AILEEN P. ROBERTS

Das Reich der Schatten

GOLDMANN
Lesen erleben

Buch

Ihre Freundschaft mit der alten Malerin Frau Winter und deren äußerst attraktiven Enkel Ragnar führte die 18-jährige Lena an die Schwelle eines geheimnisvollen Landes: Elvancor, ein Reich jenseits der Zeit, in dem ausgewählten Menschen ein zweites Leben gewährt wird. Durch ein besonderes Artefakt vermag Lena die Schwelle zu Elvancor zu überschreiten. Dort will sie sich auf die Suche nach Ragnar machen, der auf den Spuren seiner Großmutter bereits vor Lena das geheimnisvolle Reich betreten zu haben scheint – und nun spurlos verschwunden ist.

Und so stürzt sich Lena in ein atemberaubendes Abenteuer. Denn nicht nur ihre Suche nach Ragnar birgt zahlreiche Gefahren – bald sieht sich die junge Frau noch einer weiteren Herausforderung gegenüber. Denn im Land jenseits der Zeit tobt ein Konflikt zwischen Menschen, Tuavinn – den Ureinwohnern Elvancors – und geheimnisvollen dunklen Schattenwesen, die auf skrupellose Art und Weise versuchen, die Macht an sich zu reißen – und dabei auch vor der Schwelle in die Menschenwelt nicht haltmachen. Lena gerät zwischen alle Fronten …

Weitere Informationen zu Aileen P. Roberts
sowie zu lieferbaren Titeln der Autorin
finden Sie am Ende des Buches.

Aileen P. Roberts

Das Reich der Schatten

Elvancor

Band 2

Roman

GOLDMANN

Dieses Buch ist auch als E-Book erhältlich.

MIX
Papier aus verantwortungsvollen Quellen
FSC® C014496

Verlagsgruppe Random House FSC® N001967
Das FSC®-zertifizierte Papier *Super Snowbright* für dieses Buch
liefert Hellefoss AS, Hokksund, Norwegen.

1. Auflage
Originalausgabe September 2013

Umschlaggestaltung: UNO Werbeagentur, München
Umschlagmotiv: Clayton Bastiani / Trevillion Images
Karte: © Andreas Hancock
Lektorat: Kerstin von Dobschütz
Th · Herstellung: Str.
Satz: DTP Service Apel, Hannover
Druck und Bindung: GGP Media GmbH, Pößneck
Printed in Germany
ISBN: 978-3-442-47930-6
www.goldmann-verlag.de

Besuchen Sie den Goldmann Verlag im Netz

Für Mara und Stephan

Elvancor
N
O
S
W
Berge von Avarinn
Himmelsfluss
Talad
Linnron
Ceadd
Cerelon
Erbora
Crosgan
Warrarin
Walkan-See
Hancock

Prolog

Leise rauschte der Wind in den Baumkronen rund um die Esperhöhle. Der Geruch von Regen lag noch in der Luft. Tief sog Ragnar den Duft von Tannennadeln, frisch gefallenem Laub und Erde in seine Lungen. Von prickelnder Aufregung erfasst, hastete er mit langen Schritten den Berg hinauf und spürte alsbald die Gegenwart anderer Wesenheiten. Er schloss die Augen, seine Sinne verschärften sich.

Schon standen zwei Männer und eine Frau auf dem Vorplatz zur Höhle, die mit ihren senkrecht aufragenden Felsen wie eine Theaterkulisse anmutete. Menschen längst vergangener Zeit – Keltenkrieger. Der linke trug ein verblichenes Hemd und eine karierte Hose, der zweite ein bodenlanges Gewand, ähnlich wie die Frau. Sie alle hatten sich mit zahlreichen Schmuckstücken behängt, die Bärte der Männer waren ebenso ordentlich gekalkt wie ihre hellen Haare. An der Seite des linken Mannes hing ein Schwert, genau wie bei der Frau, der andere war unbewaffnet.

Ich grüße euch, sagte Ragnar in Gedanken.

Die drei musterten ihn verwirrt, waren es wohl nicht gewohnt, von Sterblichen gesehen zu werden. Doch nachdem sie kurz miteinander geflüstert hatten, verbeugten sie sich zum Gruß.

Wie können wir dir behilflich sein, junger Mann aus einer Epoche, die weit nach der unsrigen liegt? Die Stimme der Frau klang sanft in Ragnars Ohren, ihr Blick drang regelrecht in sein Innerstes.

Vor langer Zeit, mit einem zögernden Schmunzeln korrigierte er sich, *oder – für euer Verständnis – wohl eher vor kurzer Zeit muss meine Großmutter hier gewesen sein. Sie hat das Bruchstück einer Kette in den Höhlen versteckt. Wisst ihr, wo es sich befindet?*

Die drei Krieger sahen sich kurz an, dann trat der Mann mit der braun karierten Hose vor und strich sich über seinen imposanten Schnurrbart. *Wir konnten die beiden beobachten, wir waren Zeugen. Eine Frau kam hierher, von schlanker Statur mit braunem Haar. Sie wurde von einem Wesen begleitet, das aus der Anderswelt stammt.*

Die Keltin nickte zustimmend. *Bei unseren Ahnen waren sie als die* Wächter der Ewigkeit *bekannt, aber nur die tapfersten Krieger und die weisesten Druiden und Druidinnen durften ihnen in ihr magisches Reich folgen und dort lernen oder auf jene warten, die sie liebten.*

»Dann gibt es diesen Maredd wirklich?«, rief Ragnar aus, ohne zu bemerken, dass er laut gesprochen hatte.

Wie es aussah, verstanden ihn die Kelten aber ohnehin.

Maredd, ja, diesen Namen haben wir vernommen.

Möglicherweise erfassten sie ja auch seine Gedanken.

Weshalb seid ihr hier an der Höhle geblieben?, wollte Ragnar wissen.

Der ältere Mann lächelte milde. *Wir blieben hier, um die Schwelle zu hüten. Nicht nur gute Geister gehen an diesem Ort um. Auch die Seelen unserer Feinde, die wir einst geopfert haben, finden keinen Frieden. Wir sind hier, um unsere Nachkommen zu schützen, denn die Wächter deiner Zeit haben nicht mehr das Wissen von einst.*

Ragnar war nicht ganz klar, was der Mann meinte, aber auch er hatte an der Informationstafel an der Höhle bereits gelesen, dass hier zu Zeiten der Kelten Opferungen stattgefunden haben sollten. Tatsächlich glaubte man manchmal einen kalten Hauch aus dieser Zeit zu spüren. Irgendetwas Düsteres, das diesen alten, feuchten Steinen noch anhaftete.

Folge mir. Auch in dir fließt das Blut unserer Ahnen.

Zunächst stutzte Ragnar, doch dann erinnerte er sich an etwas, das seine Großeltern ihm vor langer Zeit erzählt hatten. Angeblich stammte seine Familie von einem Keltenclan aus Irland ab, und seine Vorfahrinnen waren von Wikingern geraubt und weit in den Norden gebracht worden.

Was du suchst, befindet sich in der Grotte.

Mit geschmeidigen Schritten ging die Frau voran, hielt auf den rechten, niedrigen Eingang zu. Ein Kribbeln durchfuhr Ragnar, als er ins kühle Innere der Höhle trat. Die Decke war vermutlich schon vor langer Zeit eingebrochen, Felsen bedeckten den Boden, durch das Loch konnte man Bäume erkennen, deren Wurzeln sich teilweise in die Felswände gekrallt hatten. Durch die Baumkronen spitzte der Himmel hervor. Die Keltin führte ihn zu einer Einbuchtung im Fels.

Dort haben sie es versteckt. Sie deutete mit einem schlanken, mit Schmuck behängten Arm auf eine Stelle in den Felsen, die sich nicht im Geringsten von den anderen unterschied.

Aufgeregt trat Ragnar vor und begann, Moos, Erde und kleine Steinchen mit dem Finger zu entfernen. Was mochte Lena sagen, wenn er das letzte Stück gefunden hatte? Sicher würde sie sich freuen. Ein Schmunzeln huschte über sein Gesicht, als er an das energische Mädchen dachte, das ihm eine Zeit lang gehörig auf die Nerven gefallen war, aber inzwischen verbrachte er wirklich gerne Zeit mit ihr und mochte sie sehr. Gerade hatten seine Finger einen kühlen, glatten Gegenstand ertastet, als er hastig herumfuhr. Etwas hatte sich verändert. Die Luft vibrierte förmlich, ihm fiel das Atmen schwerer, ein mulmiges Gefühl breitete sich in seinem Inneren aus. Auch die Keltenkriegerin blickte sich nervös um.

Sind das die bösen Geister, von denen du gesprochen hast?

Nein! Was auch immer da kommt, flüsterte sie in seine Gedanken hinein, *ist viel schlimmer.* Die Keltenfrau riss ihre stahlblauen Augen weit auf, dann war sie urplötzlich verschwunden, ebenso wie ihre Gefährten.

Eilig zog Ragnar das bronzefarbene Teil des Amuletts aus dem Spalt, bemerkte beiläufig, dass es sich tatsächlich um die fehlende Triskele, das Mittelstück des Schmuckstücks, handelte, und wollte sich dann eilig davonmachen. Doch am Ausgang hatten sich zwei Gestalten aufgebaut. Zunächst glaubte er, es handle sich um Geister, doch diese Kreaturen wirkten fester, materieller, als es bei Geistern der Fall war. Vielmehr muteten sie wie verdichtete Schatten an, verschwammen immer wieder, nur um sich erneut zu manifestieren. Wesen wie diese waren ihm durchaus bekannt. Bereits in Island hatte er sich verfolgt gefühlt, hatte jedoch gedacht, sie hier in Deutschland abgeschüttelt zu haben. Auch den Fuchs, der nun näher kam, hatte er schon einmal gesehen. Vor ein paar Tagen, als Lena gestürzt war.

Früher hatte er stets den Eindruck gehabt, die Kreaturen würden vor ihm zurückweichen, auch wenn er nicht verstand, weshalb. Aber jetzt kamen sie näher. Drohend, geräuschlos und ohne Zögern.

»Du musst dich nicht vor uns fürchten«, sagte der Rechte, der in einem Moment wie einer der gedrungenen Bauern dieser Region aussah, anschließend zu einem hochgewachsenen blonden Mann wurde. Erst mit einiger Verzögerung wurde Ragnar bewusst, dass er Isländisch sprach.

»Was wollt ihr von mir?« Er bemühte sich, seiner Stimme einen festen Klang zu verleihen, und als er auf die beiden zutrat, bemerkte er, dass sie stehen blieben. Anscheinend hatten sie Angst vor ihm, und das mochte ein Vorteil sein, wenngleich er nicht wusste, welchem Umstand er dies zu verdanken hatte.

»Du kannst uns helfen, die Unseren hierherzubringen«, zischte der Fuchs.

Eigentlich hätte es Ragnar seltsam vorkommen sollen, dass ein Fuchs sprach, aber was auch immer dieses Wesen sein mochte, es gehörte nicht zu der Spezies, die normalerweise den Wald bevölkerte. Diese Kreatur war deutlich größer geraten, ihre Augäpfel waren am Rand weiß und mit auffallend vielen blutroten Äderchen durchzogen. Eine Besonderheit, die auch dem Mann zu eigen war.

»Weshalb sollte ich das tun?«

»Weil wir es von dir verlangen«, knurrte der Fuchs mit einem aggressiven Unterton.

»Verschwindet, ich werde euch nicht helfen, ich wüsste nicht einmal, wie.« Energisch trat er auf die beiden zu, die erneut zurückzuckten, aber der Fuchs bleckte dennoch drohend seine Zähne.

»Bleib und hilf uns, sonst bringst du das Mädchen in Gefahr.«

Das ließ Ragnar alarmiert aufhorchen. Sicher sprachen sie von Lena, und er wollte sie keinesfalls einem Risiko aussetzen.

»Ich verschwinde ohnehin bald aus der Gegend.«

Er machte Anstalten zu gehen, doch der Fuchs sträubte sein Nackenfell. »Du musst nur einige Menschen töten. Dann kannst du sie nach Elvancor geleiten, so wie du es schon mit dem alten Mann und dem Pferd getan hast. Durch dich können unsere Brüder an diesen Ort hier gelangen.«

»Elvancor? Wen soll ich töten und weshalb?«, stammelte Ragnar.

Für einen Augenblick dematerialisierte sich der Schattenmann, nur um Sekunden später einen sichtlich abgemagerten Menschen vor sich herzutreiben. Dieser hielt den Kopf gesenkt. Schüttere Haare fielen vor seine Augen, und die schlackernden Kleider ließen vermuten, dass er schon lange nichts mehr zu essen bekommen hatte. Im Zeitlupentempo sah er auf, doch er schien Ragnar gar nicht wahrzunehmen, seine Augen wirkten gebrochen, während die des Schattenmannes irr funkelten. »Töte ihn. Du musst nur den Pfad nach Elvancor lange genug geöffnet lassen.«

Elvancor – das magische Land, von dem seine Großmutter immer gesprochen hatte.

»Das kann ich nicht«, entgegnete Ragnar voller Entsetzen.

»Du hast es bereits getan«, knurrte die Schattengestalt. »Auf deiner Insel und auch hier. Halt uns nicht für einfältige Narren.«

Ragnars Gedanken überschlugen sich. Er starrte auf diese eigenartigen Wesen und bemühte sich, einen Sinn in ihren Worten zu erkennen. »Ich werde niemanden grundlos töten!« Nun hatte Ragnar genug, er wollte versuchen, an dem Schattenwesen vorbeizukommen, zumal jetzt nur noch der Fuchs im Weg stand, der andere war auf einmal verschwunden. Vielleicht war das seine Chance. Aber plötzlich spürte er einen Stich in seinem rechten Arm. Als er sich umsah, steckte ein winziger Pfeil darin, und vom eingebrochenen Rand der Höhle her starrte ihn eine schattenhafte Fratze grinsend an. Kurz darauf verdichtete sie sich wieder zu der männlichen Gestalt und stellte sich neben den Fuchs. Instinktiv zog Ragnar den Pfeil heraus, aber er fühlte bereits eine lähmende Kälte in sich aufsteigen und torkelte nach hinten.

»Noch ist es nicht zu spät«, schmeichelte der Fuchs. »Öffne den Pfad nach Elvancor, dann wirst du leben.«

Schritt für Schritt wich Ragnar zurück, seine Augen suchten nach einem Ausweg. Doch überall ragten steile Felswände empor, und die Schattenkreaturen schnitten ihm immer wieder den Weg ab. Lediglich rechts von ihm gab es eine Lücke zwischen den Felsen. Vielleicht konnte er dort schnell hindurchschlüpfen, und wenn er Glück hatte, tat sich dahinter ein weiterer Pfad auf, der ihn ins Freie führte.

»Töte – diesen – Mann«, verlangten der Fuchs und der Blonde wie aus einem Mund.

Ragnar wollte losspurten, sich an ihnen vorbeiquetschen, aber diese seltsame Kälte breitete sich weiterhin in ihm aus, ließ seine Bewegungen langsam und schwerfällig werden. Vor seinen Augen verschwamm alles, er strauchelte, rutschte auf dem feuchten

Untergrund aus. Die Welt um ihn herum fing an, sich schnell zu drehen, wurde zu einem Wirrwarr sich vermischender Farben. Ragnar überschlug sich mehrfach, prallte schmerzhaft gegen einige Steine, dann krachte sein Kopf auf einen Felsen. Alles wurde dunkel.

Wie aus weiter Ferne konnte Ragnar Stimmen vernehmen, doch nur zögernd drangen sie durch den Schleier, der sich um ihn gelegt hatte.

»Seid ihr wahnsinnig?«, vernahm er aufgebrachte Worte, dann ein Jaulen.

»Wir wollten doch nur …«

»Schweigt! Weshalb konntet ihr nicht warten?«

Ein Gesicht erschien über ihm, schemenhaft, mit grauen Haaren. »Hättet ihr Narren nicht den Pfeil verwendet, hätte er möglicherweise überlebt, aber nun ist alles verdorben!«

»Er versuchte zu fliehen. Wie konnten wir erahnen, dass er stolpert und stürzt«, erfolgte eine wimmernde Antwort.

Ganz allmählich konnte sich Ragnar wieder erinnern. Er befand sich in der Esperhöhle. Erst jetzt spürte er, wie entsetzlich kalt ihm war, sein linker Arm war taub, und als er den Kopf heben wollte, hatte er das Gefühl, Tausende Dolche würden durch seinen Körper fahren.

»Werft diesen Bauern ins Klingloch, anschließend verschwinden wir. Wie konnte ich mich jemals mit euch einlassen? Geschwächt durch unser Gift hätte er den Pfad nach Elvancor ohnehin nicht öffnen können …« Die Stimmen entfernten sich, und Ragnar versuchte, sich auf die Seite zu drehen. Leider missglückte auch dies, ihm wurde übel und schwarz vor Augen. Verzweifelt rang er nach Luft, tastete nach Lenas Handy in seiner Hosentasche, fand es jedoch nicht. Hatte er es bei dem Sturz verloren? Quälende Minuten rang er nach Luft, bemühte sich, die Panik niederzukämpfen. Bestimmt hatte er sich mehrere Knochen gebrochen, mit Sicherheit eine Gehirnerschütterung und sich vielleicht sogar innere Verletzungen zugezogen. Noch ein paar Mal kämpfte er darum, aufzustehen oder sich zumindest kriechend vorwärtszubewegen, aber jedes Mal musste er nach kurzer Zeit aufgeben, denn ihm schwanden die Sinne.

Lena, vielleicht kommt sie her?, dachte er und fragte sich im gleichen Atemzug, ob er sich das wirklich wünschen sollte. Was, wenn diese Schattengestalten dann noch in der Nähe waren?

Ragnar bemühte sich, ruhig und gleichmäßig zu atmen, um nicht von der Panik übermannt zu werden. Langsam drehte er sich auf den Rücken. Stille herrschte in der Höhle, er war allein. Die Kälte des feuchten Bodens drang allmählich durch seine Kleider. Plötzlich nahm er aus dem Augenwinkel eine Bewegung wahr. Ragnar drehte leicht den Kopf und blinzelte. Es waren die drei Kelten. Abermals waren sie gekommen und betrachteten ihn nun mitleidig. Die Frau streichelte über sein Gesicht. Wie ein kühler Hauch fühlte sich ihre Berührung an.

Lena, eine junge Frau mit schulterlangen braunen Haaren, wenn sie hier auftaucht, bringt ihr sie dann zu mir?

Das werden wir, aber dein Lebensfunke verlöscht. Die Stimme der Frau klang besorgt.

Ich weiß. Ragnar schluckte schwer, konnte kaum noch klar sehen, immer wieder verlor er das Bewusstsein, und auch das Atmen wurde mit jeder Sekunde mühseliger. Er hatte das Gefühl, all die Felsen, die ihn umgaben, würden auf seiner Brust liegen und ihn allmählich ersticken.

Als er jemanden seinen Namen rufen hörte, glaubte er zu träumen. *Lena!* Lediglich ein Krächzen kam über seine Lippen. Noch einmal holte er tief Luft, bot seine ganze Kraft auf, seinen Kopf zu heben, aber mehr als ein gequältes Stöhnen brachte er nicht zustande.

»Ragnar, bist du hier?« Die Stimme näherte sich, und Ragnar setzte alles daran, einen Stein zu erreichen, der nur knapp neben seiner Hand lag. Wenn er damit gegen den Felsen schlug, würde sie ihn doch sicher hören.

Lena, bitte, ich bin hier, dachte er verzweifelt, streckte sich, ignorierte die Wellen des Schmerzes, die über ihn hereinbrachen, denn er wollte unbedingt diesen verdammten Stein in die Finger bekommen. Erneut fühlte er einen Hauch, die Keltenkriegerin erschien.

Meine Brüder versuchen sie herzubringen, aber sie kann uns nicht sehen und fürchtet sich.

Ragnar nickte stumm, konnte die Tränen nicht mehr zurückhalten, als er hörte, wie sich die Schritte wieder entfernten.

Geh nicht weg, Lena, bitte komm zurück, flehte er stumm, doch seine Hoffnung versickerte wie seine Tränen in der blutdurchtränkten Erde.

Wir konnten das Mädchen nicht aufhalten, erklärte kurz darauf der ältere Keltenkrieger bedauernd. *Sie hat den kalten Hauch gespürt, der diesen Ort durchdringt.*

Unaufhaltsam schwand Ragnars Lebenskraft, jeder Atemzug war eine Qual. Die Geister der Keltenkrieger blieben bei ihm, und er war froh, zumindest sie an seiner Seite zu haben.

Möchtest du einer von uns werden?, fragte die Frau sanft.

Auch wenn Ragnar schon einige Menschen oder Tiere beim Sterben begleitet hatte, so hatte er sich über seinen eigenen Tod noch keine großartigen Gedanken gemacht. Eigentlich hatte er damit gerechnet, erst in fünfzig, sechzig oder siebzig Jahren diese Welt zu verlassen. Nicht schon jetzt, nicht mit einundzwanzig.

Du könntest hier verweilen und dem Mädchen helfen.

Gerne würde er Lena wiedersehen und vor den Schatten, die sie möglicherweise erneut heimsuchen würden, beschützen. Doch er wusste auch, sie würde ihn nicht erkennen. Wie war es, wenn er weiterging? Wo mochte er dann landen? Die Schatten hatten behauptet, er sei in der Lage, andere Menschen nach Elvancor zu bringen. Dieses Land – existierte es tatsächlich?

Allmählich verengte sich Ragnars Blickfeld.

Lena, es tut mir leid, dachte er noch und fügte sich in sein Schicksal. Weiterzukämpfen ergab keinen Sinn mehr.

Plötzlich flammte helles Licht vor ihm auf, ähnlich einem Regenbogen breitete es sich in der gesamten Höhle aus, erfüllte sein Inneres, und auch die Geister verharrten staunend. Ein hochgewachsener Mann mit langen, grauen Haaren, aber einem Gesicht, das ihn nicht viel älter als vierzig wirken ließ, trat aus dem Licht, streckte ihm die Hand entgegen.

»Ragnar, komm mit mir.«

»Ich kann nicht.«

»Doch, du kannst. Erhebe dich, mein Junge.«

»Ich habe es versucht, es tut so entsetzlich weh.«

»Jetzt nicht mehr, komm, Ragnar, du musst es nur wollen.«

Vorsichtig hob er seinen Kopf, stützte sich langsam auf den rechten Unterarm. Verdutzt und fasziniert zugleich bemerkte er erst jetzt, dass er nicht mehr fror, die Schmerzen waren wie von Zauberhand verschwunden. Mit einem erleichterten Lächeln nahm er die Hand, ließ sich in die Höhe ziehen. Der Fremde war beinahe einen Kopf größer als er selbst, und Ragnar fiel ein Schwert in einer Lederscheide an der Seite des Mannes auf. »Wer bist du?« Als Ragnar sich umdrehte, erstarrte er. Er sah seinen eigenen zerschundenen Körper in einer Blutlache auf dem Boden liegen. Die Augen starr, Beine und Arme in einem unnatürlichen Winkel verdreht.

»Ich bin dein Großvater Maredd, aber das ist mir erst seit einer Weile klar. Begleite mich nach Elvancor.«

»Du bist …« Vollkommen verblüfft blickte Ragnar von seinem Körper zu dem Fremden. Er verstand nicht, was gerade vor sich ging.

»Ich kann dir alles erklären. Aber nun musst du mit mir kommen.«

Unsicher sah sich Ragnar um. »Lena, sie ist in Gefahr!«

»Darum kümmere ich mich. Aber du musst mir folgen.«

Erst jetzt bemerkte Ragnar, dass auch die Keltenkrieger noch da waren. Umgeben von dem Licht beobachteten sie ihn und Maredd schweigend.

»Könnt ihr sie beschützen, falls sie noch einmal hierherkommt?«, wandte er sich an die drei Geister.

Die beiden Männer schüttelten gleichzeitig die Köpfe, die Frau riss sogar erschrocken die Augen auf, so als verlange er etwas sehr Gefährliches. »Diese Schatten, sie sind mächtiger als wir.«

»Mächtig sind sie, aber ihr könnt ihnen widerstehen. Hier, an diesem Ort, wo sich mehrere Kraftlinien kreuzen, schwindet ihre Kraft. Zudem werden sie sich eher an den Seelen der arglosen Lebenden in dieser Welt nähren. Schon lange Zeit wacht ihr über diesen Ort«, hallte Maredds Stimme durch die Höhle. Der große Krieger blickte einem nach dem anderen in die Augen. »Unrechtmäßig habt ihr das Leben eurer Feinde geopfert und euch den Zorn meiner Vorfahren zugezogen, doch dies sei euch nun vergeben. Beschützt das Mädchen, soweit es in eurer Macht steht, dann will ich euch eines Tages mit nach Elvancor nehmen, jenes Land, in dem einige eurer Ahnen noch immer leben. Und sofern ihr es wünscht, begleite ich euch auch weiter bis in die Ewigkeit oder den Ort, den ihr Anderswelt nennt.«

Diese Worte bewirkten eine Veränderung. Der Krieger mit der karierten Hose zog eine Augenbraue in die Höhe, die Frau hatte sich gespannt aufgerichtet. Schließlich schob der Krieger mit dem langen Gewand die beiden ein Stück zur Seite, wo sie kaum hörbar miteinander tuschelten. Dabei sahen sie immer wieder zu Maredd hinüber.

»Dein Angebot ehrt uns«, verkündete die Frau. »Wir werden versuchen, die Schatten aufzuhalten.«

Maredd deutete eine Verbeugung an, fasste Ragnar an der Schulter, ehe er ihn auf das Zentrum des Lichts zuschob.

Noch einmal warf Ragnar einen Blick zurück, konnte nicht

fassen, was gerade mit ihm geschah. Die Dinge um ihn herum passierten einfach.

Doch Maredd nickte ihm aufmunternd zu. »Ich weiß, es fällt schwer, sein altes Leben hinter sich zu lassen. Aber du wirst einige derer wiedertreffen, die du verloren geglaubt hast. Und jene, die du zurücklässt, wirst du schneller wiedersehen, als du denkst.«

»Achtet auf Lena«, wiederholte Ragnar, »sie ist etwas Besonderes.« Dann trat er mit dem Mann, der behauptete, sein Großvater zu sein, über die Schwelle.

Kapitel 1

Das Wiedersehen

Der Hufschlag der sich nähernden Pferde vermischte sich mit dem aufgeregten Klopfen ihres eigenen Herzens. Lena wagte kaum zu atmen, konnte nach wie vor nicht glauben, was ihr gerade widerfuhr. Verwirrtheit, Aufregung und Hoffnung fochten einen erbitterten Kampf in ihrem Inneren aus, während sie auf der Wiese unterhalb der Berge von Avarinn stand. Es war noch nicht lange her, dass Maredd sie nach Elvancor geholt hatte, in dieses magische, für sie unfassbare Reich. Nun hielten die drei Reiter vor ihr an. Zwei saßen auf hellgrauen Pferden, einer ritt einen Braunen, aber Lena achtete kaum auf die Tiere, sondern hatte nur Augen für den Mann, der auf dem Rücken des Braunen saß. Sein Gesicht erschien ihr so vertraut, und doch hatte sich Ragnar verändert. Seine Haare waren nun vollständig ergraut, länger als früher und von einem ungewöhnlichen dunklen Silberton durchzogen, womit sie denen von Maredd glichen. An den Seiten, in einem knapp zehn Zentimeter breiten Streifen, hatte er sie oberhalb der Ohren abrasiert. Dort zierten nun verschlungene Tätowierungen seine Haut. Und noch etwas war anders, doch sie konnte nicht sagen, was.

Ragnar sprang aus dem Sattel und schloss sie in seine Arme. »Lena, wie schön.«

Sie brachte kein Wort über die Lippen, genoss jedoch seine Umarmung, seine Wärme, spürte seinen schlanken und jetzt deutlich muskulöseren Körper. Der ungewöhnliche Schlag seines Herzens drang an ihr Ohr: Bum – Bum – Bumbumbum. Lena schloss die Augen und lauschte einfach. Selten in ihrem Leben hatte sie sich so glücklich gefühlt.

»Du sagst ja gar nichts«, flüsterte er in ihr Ohr.

»Ich … ich spüre dich. Du bist kein Geist«, stammelte sie.

Ragnar lachte leise auf, drückte ihr einen Kuss auf die Stirn und sah ihr in die Augen. »Nein, ich bin kein Geist, und Lena, es ist wundervoll hier. Ich bin froh, dass es Maredd endlich gelungen ist, dich herzuholen. Ich hoffe nur, es war dir recht.«

»Natürlich war es mir recht«, antwortete sie zerstreut.

Erst jetzt nahm Lena die beiden anderen Reiter richtig wahr. Es handelte sich um Maredd und einen weiteren Mann, der ihm auf den ersten Blick ähnlich sah. Auch er hatte silbergraues Haar, das zu einem Pferdeschwanz zusammengebunden war. Doch sein Gesicht wirkte mit den buschigen Augenbrauen und einer wulstigen Narbe an der Stirn düsterer und kantiger als das von Maredd. Sein breiter Mund, der von einem kurzen Bart umrahmt wurde, zeigte jedoch nun ein Lächeln.

»Sei gegrüßt, Lena. Mein Name ist Etron.« Dann blickte er in den Himmel. »Graha hat uns deine Ankunft mitgeteilt.«

Lena sah ebenfalls nach oben. Sie vermutete, dass Etrons Bussard der gleiche war, den Maredd erst vor Kurzem auf die Suche nach seinen Freunden geschickt hatte. Das Tier bewegte sich in eleganten Kreisen aus den Lüften herab, um auf Etrons Schulter zu landen. Kluge, dunkle Augen blickten Lena an, dann stieß der Bussard einen leisen Ruf aus und rieb seinen Kopf an Etrons Wange.

Dieser schüttelte schmunzelnd den Kopf. »Nein, ist sie nicht, mein Freund.«

Was sollte denn diese Frage? Lena runzelte die Stirn, während Maredd sich zu dem Vogel drehte.

»Sie ist nicht unhöflich, Graha. Sie ist es nur nicht gewohnt, mit Tieren zu kommunizieren. Lena, Graha hat sich dir vorgestellt, und er ist enttäuscht, weil du es ihm nicht gleichgetan hast«, erklärte Maredd.

»Richtig«, stimmte Etron zu.

Mit einem leisen Lachen drückte Ragnar Lenas Schulter. »Keine Sorge, auch für mich war das anfangs fremd. Wenn ein Tuavinn ein Tier als Anam Cara hat, kann er in Gedanken mit ihm sprechen, und auch andere Tuavinn sind dazu in der Lage, wenn die Seelenfreundschaft lange genug besteht.«

»Wow, das ist unfassbar!«

»Lena ist ein Mensch, es wird eine Weile dauern, bis sie sich an Elvancors Wunder gewöhnt hat.« Eine schlanke Frau mit dunkelbraunem, glattem Haar, das ihr fast bis zur Hüfte reichte, sprang aus dem Sattel. »Bei meinen ersten Besuchen habe ich mich über vieles gewundert. Heute weiß ich, dass das Gehirn der Tuavinn weiter ausgereift ist als ein menschliches. Zudem unterscheiden sich die Gesetze Elvancors von der Welt, die Lena, Ragnar und ich kennen. Aber inzwischen bin ich ein Teil dieses Landes, und alles ist ganz selbstverständlich geworden.« Auch die Frau umarmte sie. Anschließend musterte sie Lena aus diesen graublauen Augen, die ihr seltsam vertraut vorkamen.

»Es ist schön, dich wiederzusehen.«

»Ich kenne dich nicht, trotzdem glaube ich, dich schon irgendwo mal getroffen zu haben«, meinte Lena verblüfft. Forschend betrachtete sie das Gesicht der Frau, die sie abwartend und mit einem beinahe liebevollen Lächeln ansah.

»Du weißt, wer ich bin, Lena.«

»Nein … ich …« Auf einmal sog sie scharf die Luft ein, schüttelte heftig den Kopf, blickte zu Maredd, dann zu Ragnar, der ihr aufmunternd zunickte.

»Frau Winter?«

»Du kannst mich gerne Amelia nennen.«

»Das gibt's doch nicht … Sie sind … Sie wirken so … Ich meine, Sie sind wirklich hübsch – und so jung!«

Ein helles Lachen entstieg Amelias Kehle. Ein Grübchen bildete sich an ihrer rechten Wange, und sie fuhr sich durch ihre Haare. »Ich habe dir erzählt, dass ich hier wieder jung sein kann. Wer mit dem Verlassen seines Körpers den endgültigen Schritt nach Elvancor macht, nimmt in der Regel die körperliche Form an, die ihm in der anderen Welt am liebsten oder am vertrautesten war. So wie ich jetzt vor dir stehe, habe ich mit Ende zwanzig ausgesehen.«

Voller Staunen riss Lena die Augen auf und hatte das Gefühl, in einem Traum gefangen zu sein.

»Und ich?« Sie betastete ihr Gesicht. »Wie sehe ich aus?«

»So, wie ich dich gekannt habe«, erklärte Amelia geduldig. »Du bist lediglich zu Besuch hier und hast daher die körperliche Gestalt beibehalten, die du auch tatsächlich besitzt. Wärst du in der anderen Welt gestorben und nach Elvancor gekommen, wäre es möglich gewesen, dass du eine andere Gestalt annimmst, beispielsweise die deiner Kinderzeit. Doch bei jungen Erwachsenen wie dir ist auch das selten der Fall.«

Für Lena war das alles sehr verwirrend, und sie musterte Ragnar. »Er sieht auch anders aus«, stellte sie fest.

»Man kann sich durchaus verändern und weiterentwickeln, hier in Elvancor«, bemühte sich Amelia um eine Erklärung. Liebevoll streichelte sie ihrem Enkel über die Wange. »Ragnar ist nun schon eine ganze Weile hier, und bei den jungen Tuavinn ist es Tradition, sich die magischen Zeichen auf die Haut malen zu lassen, sobald sie lernen, mit ihrer Magie umzugehen.«

Unwillkürlich wanderte Lenas Blick zu Maredd und Etron, aber beide Männer hatten ihre Schläfen nicht rasiert.

»Erst seit der letzten Generation von Tuavinn wird es so gehandhabt.«

Während Lena noch das meisterhafte Tattoo bestaunte, legte Amelia ihr eine Hand auf die Brust. »Achte gut auf dein Amulett, denn nur durch dieses Schmuckstück ist es dir möglich, hierzubleiben oder auch an einem beliebigen Tag in deine Welt zurückzukehren.«

»Was passiert, wenn ich es verliere?«

»Wir gehen davon aus, du würdest auf äußerst unsanfte Art und Weise in die Ewigkeit katapultiert werden«, erläuterte Maredd, während sein Blick zu den Berggipfeln schweifte. »Nur wer sein Leben in deiner Welt abgeschlossen hat und – wie du es nennen würdest – stirbt und von einem Tuavinn nach Elvancor begleitet wird, gehört auch wirklich zu diesem Land und darf bleiben, bis er in die Ewigkeit eingeht. Das Amulett ist sehr wertvoll. Es gibt nur noch wenige dieser mächtigen Schmuckstücke.«

»Manch ein Bewohner dieser Welt würde dafür morden«, fügte Etron noch knapp hinzu.

Erschrocken riss Lena die Augen auf, aber Ragnar zwinkerte ihr zu. »Keine Sorge, wir passen auf dich auf. Inzwischen kann ich recht gut mit Schwert und Bogen umgehen.« Er legte seinen Kopf schief. »Falls du länger bleiben möchtest, solltest du das auch lernen.«

»Ich?« Zu vieles strömte auf Lena ein, und jetzt schob Ragnar sie auch noch sanft zu dem braunen Pferd hin.

»Erkennst du sie?«, fragte er mit einem Lächeln.

Zunächst stutzte Lena, dann drehte sie sich staunend um. »Devera?«

Ragnar nickte, und Lena betrachtete kopfschüttelnd das Pferd, das sie nun vorsichtig mit der Nase anstupste.

»Aber wie ist das nur möglich?«, rief Lena verständnislos. Einerseits glaubte sie zu träumen, andererseits jedoch war all das hier realer als jeder Traum.

»Ich habe sie eigentlich unbeabsichtigt hierhergeschickt«, erklärte Ragnar.

»Kommt jetzt«, unterbrach Etron sie, während sein Blick unruhig umherschweifte. »Wir sollten unser Lager vor Einbruch der Nacht erreichen.«

»Sind Rodhakan in der Nähe?«, wollte Maredd wissen.

»Wir werden dir alles erzählen. Vieles hat sich seit deinem Fortgehen geändert.« An Amelias Stimme hörte Lena, dass das nicht nur erfreuliche Neuigkeiten waren.

Ragnars Großvater nickte ernst, dann begleitete er Amelia zu ihrem grauen Pferd, hob sie mit spielerischer Leichtigkeit in den Sattel und schwang sich hinter ihr auf den Rücken des Tieres.

»Möchtest du mit auf Devera reiten?« Ragnar sah Lena fragend an.

»Das wäre toll.« Sie beobachtete, wie Ragnar aufstieg, dann hielt er ihr die Hand hin. Sie setzte einen Fuß in den Steigbügel, zog sich mit Ragnars Hilfe hinauf und ließ sich sanft hinter ihm auf den Pferderücken gleiten. Sofort galoppierten sie los.

Der flotte Ritt über die Grasebene war für Lena wie ein Rausch. Die Farben dieser eigenartigen Welt verschwammen miteinander. Hier und da strichen die langen, weichen Halme an ihren Beinen entlang, und sie hatte das Gefühl, durch ein grünes Meer zu galoppieren. Nach einer Weile verlangsamten Maredd und Amelia das Tempo, hielten aber weiter auf die Berge zu. Das Land zeigte sich zunehmend felsig, daher mussten sie die Pferde bald im Schritt gehen lassen. Mit grenzenlosem Staunen sah sich Lena um. Die meisten Bäume und Büsche hier hatte sie noch niemals zuvor gesehen. Viele Blätter waren riesig und von gezackter oder auch geschwungener Form. Andere Bäume wiederum trugen winzig kleine Blättchen, dafür glitzerten sie aber in Rottönen und waren von silbernen Adern durchzogen. Wenn der Wind hineinfuhr, ertönte eine Art leises Klingeln.

Ragnar wandte den Kopf zu ihr herum, und ein Lächeln stand in seinen grauen Augen. »Gefällt es dir?«

»Es ist … unfassbar.« Lena fiel es schwer, überhaupt Worte für das zu finden, was sie gerade erlebte. Sie spürte, wie sich Ragnars Hand auf ihren Oberschenkel legte. Wunderbar warm und beruhigend.

»Du wirst noch viel Fantastisches in diesem Land erleben, Lena. So vieles, was mich in der anderen Welt, in dem Leben, das ich zurückgelassen habe, verwirrt oder geängstigt hat, ergibt jetzt endlich einen Sinn. Mein vermeintlicher Herzfehler zum Beispiel«, er lachte befreit auf, »das ist gar kein *Fehler.* Alle Tuavinn haben diesen Herzschlag, er erlaubt es uns, uns sehr viel schneller und ausdauernder zu bewegen als ein normaler Mensch. Ich habe mich immer gefragt, weshalb ich im Dunkeln so gut sehen kann. Auch das liegt an meinem Erbe. Im Vergleich mit den meisten Tuavinn sehe ich sogar ausgesprochen schlecht.«

»Ach wirklich?« Schlagartig wurde Lena klar, weshalb Ragnar sie früher regelmäßig abgehängt und warum er damals, bei ihrem Einbruch bei seinem Onkel, nicht einmal eine Taschenlampe benötigt hatte.

»Früher habe ich mich oft gewundert, weshalb Verletzungen bei mir so schnell abheilen.« Kleine Fältchen bildeten sich um seine Augen, als er lächelte. »Die Tuavinn haben sehr viel stärkere Knochen, als dies bei Menschen der Fall ist. Wunden heilen in der Regel innerhalb kürzester Zeit. Ich bin gar nicht seltsam oder abnormal – ich bin einfach nur zu einem Viertel ein Tuavinn!«

Lena freute sich für Ragnar, der weiterhin voller Begeisterung über sein neues Leben erzählte. Sie ritten tiefer in die Berge hinein, das Unterholz wurde dichter und dichter. Neugierig spähte Lena hinter Ragnars Rücken hervor, glaubte hier und da ein Huschen zu erkennen. Ob es sich um Vögel oder irgendwelche Wildtiere handelte, konnte sie nicht feststellen, aber nachdem keiner ihrer Begleiter nervös oder besorgt erschien, entspannte auch sie sich.

Lena konnte hören, wie Maredd und Amelia miteinander sprachen, hin und wieder vernahm sie ein verhaltenes Lachen. Als die beiden dann völlig ungerührt auf eine dichte, von Stacheln bewehrte Hecke zuhielten, die kleine weiße und rosafarbene Röschen zierten, versteifte sie sich. Aber wie von Geisterhand zogen sich Äste und Blätter leise raschelnd zur Seite, und vor ihnen tat sich ein Trampelpfad auf. Sie ritten durch das Gebüsch, und als Lena sich umdrehte, schloss sich die Hecke hinter Etron, so als hätte es dort niemals einen Durchlass gegeben.

»Was war das denn?«, stieß sie atemlos hervor, blinzelte mehrfach, aber die Hecke blieb undurchdringlich wie eine Mauer.

»Viele Naturgeister sind den Tuavinn in Freundschaft verbunden«, erklärte Ragnar. »Sie helfen uns, unsere Aufenthaltsorte vor den Rodhakan und den Bewohnern der Städte zu verschleiern.«

»Ach? Und diese *Naturgeister* öffnen und schließen völlig verwachsene Dornenhecken?«

»Es ist so ...« Weiter kam Ragnar nicht, denn nun wurde der Pfad deutlich breiter, weniger steinig, und das Pferd von Maredd und Amelia galoppierte an. »Später, Lena.«

In mächtigen Sätzen stürmten die Pferde den Berg hinauf, rasten an gewaltigen Baumstämmen vorüber. Zu ihrer Rechten bahnte sich ein Wildbach schäumend seinen Weg ins Tal, floss dabei in etlichen Windungen über ungewöhnlich geformte und bläulich oder grün schillernde Steine, aber durch den raschen Galopp konnte Lena das alles gar nicht richtig erkennen. Irgendwann lichtete sich das dichte Blätterdach, und sie erreichten eine grasbewachsene Hochebene. Ragnar ließ Devera an den Rand treten und ermöglichte Lena so einen atemberaubenden Blick über die dichten Wälder der Berge von Avarinn. Weiter unten liefen sie in sanftere Hügel aus und endeten in einem gräsernen Meer von derart unterschiedlichen Grüntönen, dass Lena schwindlig wurde. Weit in der Ferne erahnte sie etwas Blaues, einen gewaltigen See oder vielleicht sogar das Meer. Sie sog die Luft ein, stieß sie zischend wieder aus und schüttelte den Kopf. Dabei ließ sie sich vom Pferderücken rutschen. Auch Ragnar stieg ab und legte einen Arm um ihre Schultern. Glücklich, ihn endlich wieder zu spüren, lehnte sich Lena an ihn.

»Ist es nicht wunderbar hier?«, fragte Ragnar.

Lena drehte sich zu ihm um und nickte stumm, woraufhin Ragnar ihr zuzwinkerte. »Komm jetzt, du wirst sicher hungrig sein.«

Bislang hatte Lena gar keinen Appetit verspürt, aber jetzt, da Ragnar es erwähnte, knurrte wie auf Kommando ihr Magen.

Maredd und Etron schafften mittlerweile Holz heran, Amelia kramte in einer Satteltasche und legte anschließend eine wahre Vielfalt unterschiedlicher Nahrung auf einen Stein. Ein großes Stück goldgelber Käse, mehrere Brotfladen und Beeren, für die sie keinen Namen kannte.

»Lena, ich gehe noch einige Früchte sammeln, die dir sicher schmecken werden«, sagte Ragnar. »Bleib doch kurz bei Amelia, später können wir reden.«

Eigentlich hätte Lena Ragnar lieber begleitet, ihn so vieles gefragt, aber er war bereits zwischen den Büschen verschwunden.

Lena trat zu Amelia heran.

»Und, was sagst du zu Elvancor?«, erkundigte sich die Frau, die Lena im Altersheim als gebrechliche Seniorin kennengelernt hatte. Jetzt strahlte sie Kraft und Jugendlichkeit aus.

»Es ist unglaublich.« Lena fiel auf, dass es langsam dämmerte. Die Schatten wurden länger, der Himmel färbte sich dunkelrot. Sie sah sich um, suchte nach der Sonne, um herauszufinden, wo sich Westen befand. Doch es gelang ihr nicht, die gelbe Himmelsscheibe auszumachen, stattdessen entdeckte sie einen blau schimmernden Planeten und rechts von ihm zwei kleinere, einer silbern, einer rötlich.

»Was ist das?«

Amelias Blick folgte Lenas ausgestrecktem Finger, dann schaute sie Lena mit einem Funkeln in den Augen an. »Wir nennen sie die magische Triade. Es kommt nicht sehr häufig vor, dass sie am Firmament erscheint.«

»Welche Planeten sind das?«

»Das weiß niemand, aber wir alle erfreuen uns an ihrem Anblick. Und viele Menschen feiern ein Fest zu ihren Ehren.«

»Wo liegt Elvancor eigentlich?«, fragte Lena und bestaunte die ungewöhnliche Sternenkonstellation.

»An keinem Ort und allen zugleich«, erfolgte die wenig befriedigende Antwort.

»Und wo ist die Sonne?«

»Sie ist bereits untergegangen, Lena.« Ein Lächeln überzog ihr Gesicht. »Die ältesten Tuavinn sagen, bevor die Kelten aus unserer Welt hierherkamen, gab es gar keine Sonne, so wie wir sie kennen. Nur durch ihre feste Überzeugung, ohne Sonne gebe es kein Leben, sei sie entstanden. Am Tage lichten sich die Nebel der Ewigkeit, und es wird hell. Wenn es Nacht wird, senkt sich der Schleier, doch hinter den Bergspitzen bleibt ein Glimmen. Hier wird es niemals so dunkel wie in der Welt, in der wir zuvor gelebt haben. Zudem leuchten hier zwei Monde.« Amelia deutete in den Nachthimmel. »Momentan sind sie nur schwach zu sehen, dort über den Bergen des Ostens. Ein weißer Mond, ähnlich dem, den wir kennen, und ein rotgoldener, der hinter seinem kleinen Bruder aufgeht und ihn überstrahlt.«

»Kann so etwas sein?« Ungläubig blickte sie zum Firmament. Tatsächlich erkannte sie im Osten zwei schemenhafte Sicheln.

»In Elvancor ist vieles möglich, was ich niemals für denkbar gehalten hätte«, entgegnete Amelia und drückte Lenas Hand. »Man sagt, jeder, der Elvancor betritt, bringt etwas aus seiner Welt mit, das ihm besonders wichtig war. Maredd meinte, erst seit meinem Erscheinen würden sich die Blätter der Wälder bunt färben. Dies geschieht ganz willkürlich, denn hier gibt es keine Jahreszeiten, wie wir sie kennen.« Ihre Augen strahlten. »Ich habe es stets besonders geliebt, den herbstlichen Wald zu malen.«

Für Lena war das alles unfassbar.

Maredd gesellte sich zu ihnen, wobei er noch einige trockene Äste auf den Holzstoß legte. »Hat dir Amelia einiges erzählt?«

»Ja, aber ich kann das alles nicht begreifen! Dieses Land, dass Ragnar und Amelia noch leben. Ich bin völlig verwirrt!«

Der Tuavinn-Krieger zog sie an der Hand in die Höhe, legte ihr seine kräftigen Hände auf die Schultern und drehte sich mit ihr im Kreis. »Elvancor hat keine Grenzen. Es ist umgeben von den Bergen von Avarinn und den Nebeln der Ewigkeit.«

»Regnet es hier? Ist Elvancor ein Planet? Und ist das dort hinten ein Meer?« Sie deutete auf die tiefblaue Fläche am Horizont, auf der es überall silbern aufblitzte, wie Sonnenlicht, das sich in Wellen brach.

»Du hast viele Fragen, junges Mädchen von jenseits der Schwelle.« Ein Schmunzeln erhellte Maredds markantes Gesicht. »Ja, gelegentlich regnet es in Elvancor, und alles wächst, auch wenn es nicht die Jahreszeiten gibt, die du aus deiner Welt kennst. Auf den Bergen, nahe den Nebeln der Ewigkeit, liegt häufig Schnee, doch in tieferen Lagen ist das Wetter meist mild, so wie bei euch im Frühsommer. Manchmal gibt es Stürme, wenn die Geister der Lüfte miteinander im Streit liegen, dann kann es auch im Tal schneien. Was du siehst, ist der Linnron, ein gewaltiger See, und weiter im Süden befindet sich der Walkansee, der so riesig ist, dass manch einer ihn als Meer bezeichnen würde. Die Wasser der Flüsse von Avarinn und auch die des Berges Cerelon ergießen sich dort hinein und bilden den Süden unseres Reiches.«

»Ist Elvancor dann, ähnlich der Erde, ein runder Planet?«

»Elvancor ist anders, Lena«, versuchte Amelia sanft zu erklären, »du kannst es nicht mit dem Verstand erfassen.« Sie legte eine Hand auf ihre Brust. »Nur mit dem Herzen.«

»Elvancor versorgt seine Bewohner mit allem, was sie benötigen. Mit ausreichend Wasser, Früchten, Wild und was immer du dir vorstellen kannst.« Plötzlich verfinsterte sich Maredds Miene. »Zumindest war dies in alten Tagen so.«

»Jetzt nicht mehr?«

»Seitdem die Menschen ihre Städte gebaut haben, nicht mehr

auf unsere Lehren achten und die Rodhakan ihr Unwesen treiben, hat sich vieles geändert«, erzählte er mit düsterer Stimme.

»Maredd, hab Verständnis für die Menschen, es ist einfach ihre Art, sich etwas von Bestand zu erschaffen.«

»Wir haben versucht, sie zu lehren, aber nein …« Nun klang er wirklich aufgebracht, und erst als Amelia ihm über die Wange strich, lockerten sich seine verhärteten Gesichtszüge.

»Du musst wissen, Lena«, sagte Amelia, »in früheren Zeiten war es nur wenigen auserwählten Menschen vergönnt, Elvancor zu betreten.«

Fragend neigte Lena den Kopf zur Seite.

»Uns Tuavinn gibt es schon sehr, sehr lange«, ergriff Maredd wieder das Wort. »Die Legende erzählt, Elvancor wäre ein Reich der Schöpfung, ein besonderer Ort im Universum, geschaffen, um allen Wesen ein Leben in perfektem Einklang miteinander zu ermöglichen.« Maredd machte eine ausschweifende Handbewegung. »Nicht alles ist friedlich, auch hier muss man um sein Leben kämpfen, Prüfungen bestehen und an seinen Herausforderungen wachsen. Aber Elvancor versorgte seine Bewohner, ob nun Tuavinn, Tier oder Naturgeist.« Der große Krieger seufzte schwer. »Unsere Vorväter erzählten, dass einer von uns eines Tages auf den höchsten Gipfel von Avarinn stieg, in dem festen Glauben, seine Tage in Elvancor seien abgelaufen und er müsse ein Teil der Ewigkeit werden. Doch er hatte eine Vision. Eine Lichtgestalt trat direkt aus den Nebeln der Ewigkeit und beauftragte ihn zurückzugehen, um über die Schwelle in deine Welt zu reisen.«

»War das eine Art … Gott?«

Ein Schmunzeln huschte über Maredds Gesicht. »Ihr Menschen sprecht gerne von Göttern, Wesen, die das Schicksal lenken und denen ihr im Zweifelsfall die Schuld geben könnt, wenn etwas in eurem Leben misslingt.«

»Dann war es kein Gott?«

Der Tuavinn hob die Schultern. »Wir nennen sie die Herren des Lichts, aber vermutlich stellt auch das keine korrekte Bezeichnung dar. Bei uns herrscht die Überzeugung vor, dass die, die weitergehen und große Weisheit erlangt haben, sich mit der Ewigkeit vereinen, ein Teil von ihr werden. Diejenigen, die noch nicht so weit sind, werden irgendwann wiedergeboren. Ob nun hier in Elvancor oder in der Welt, die dir bekannt ist. Die Herren des Lichts besitzen keine materielle Form, es ist ihnen zwar möglich, sich zu manifestieren, doch tun sie dies eher selten. Sie können überall sein, behalten die Welten im Auge und beobachten, greifen jedoch so gut wie nie ein und lassen alle Kreaturen ihre eigenen Erfahrungen machen.«

»Puh, das ist mir irgendwie zu hoch«, stöhnte Lena. Ihr schwirrte allmählich der Kopf. Außerdem fragte sie sich, ob sie wirklich hier sein und das alles tatsächlich wissen wollte. Gewiss, sie hatte sich nach Ragnar gesehnt und war glücklich, ihn wieder getroffen zu haben, doch vieles an Elvancor erschien ihr unheimlich.

Amelia lächelte mitfühlend. »Auch ich habe damals lange gebraucht, bis ich all das hier verstanden habe. Und – wenn ich ehrlich sein soll – viele Dinge verstehe ich noch immer nicht. Doch genau damit habe ich mich mittlerweile abgefunden, und das macht es etwas einfacher. Aber jetzt lass Maredd einfach weitererzählen. Hör nur zu, ohne alles sofort begreifen zu wollen.«

Maredd schenkte Amelia ein Lächeln, dann fuhr er fort. »Jarin, jener Tuavinn, von dem ich gerade erzählte, hatte also diese Vision. Die Lichtgestalt, der er begegnet war, sprach von einer Welt, die eine den Tuavinn sehr ähnliche, wenn auch weniger weit entwickelte Rasse hervorgebracht hatte. Wir sollten Menschen suchen, die eine bestimmte Begabung dafür besitzen, die Natur zu verstehen, die Geschicke der Welt zu lenken und die Kraft der Elemente zu nutzen – du magst es Magie nennen.«

Lena dachte kurz darüber nach. »Und das waren die Kelten?«

Amelia nickte. »Richtig, Lena. Es begann, als diese Völkergruppe, die wir heute als Kelten bezeichnen, sich in Europa ausbreitete und sich das Druidentum entwickelte. Angetrieben durch Jarins Vision begaben sich Maredds Vorfahren auf die Suche nach Magiekundigen, und die Tuavinn lehrten und unterrichteten sie in magischen Belangen.«

»Am Anfang waren es nur wenige«, führte Maredd aus. »Die Klügsten und Stärksten, tapfere Krieger oder weise Männer und Frauen, sollten nach ihrem körperlichen Tod nach Elvancor kommen, um ihre Magie mit der Elvancors zu vereinen. Schon immer wussten wir um die Kraftlinien, die unser Land durchziehen und die sich in den Bergen von Avarinn kreuzen und mächtige Kraftpunkte bilden. Doch niemandem war bis zu diesem Zeitpunkt klar, dass die Linien auch fremde Reiche miteinander verbinden und es so möglich war, in die andere Welt – deine Welt, Lena – zu reisen. Jarin wusste nun, die Zeit war gekommen, um Menschen, Wesen, die uns gar nicht so unähnlich sind, Elvancors Wunder zu zeigen und ihnen ein Leben in noch größerem Einklang mit der Natur zu vermitteln, als sie es ohnehin schon führten. Hatten sie dann eine bestimmte Reife erlangt und fühlten sich bereit, den Schritt in die Ewigkeit zu gehen, war es unsere Aufgabe, sie dorthin zu geleiten. So verlangte es die Vision, und wir, die Tuavinn, wurden zu den Hütern der Ewigkeit. Der Lichtgestalt zufolge, die Jarin erschien, sollten diese Auserwählten anschließend als spirituelle Führer wieder in die materielle Welt zurückkehren, um die Menschen auf ihrem Weg der Reifung zu begleiten.«

»Die Hüter der Ewigkeit«, wiederholte Lena. Wenngleich sie das alles nicht wirklich verstand und Maredds Erzählung sich anhörte, als wäre sie der Feder eines Schreibers entsprungen, der jeglichen Sinn für Realität verloren hatte, so übte das Ganze doch eine gewisse Faszination auf sie aus.

»Jarin und weitere Tuavinn begaben sich also in deine Welt.

Dort beobachteten sie die Menschen und brachten auch einiges an Wissen mit hierher. Nach und nach lernten sie das Volk der Kelten kennen und schätzen, ein Volk, das um Magie, die Kräfte der Erde, der Geister und des Lichts wusste. Eine tiefe Freundschaft zwischen den Kelten und unserem Volk entstand. Und wie es die Vision wollte, so geleiteten die Tuavinn die Seelen der Verstorbenen nach Elvancor, die sich in deiner Welt durch besondere Weisheit und Tapferkeit hervorgetan hatten. Hier«, Maredd breitete die Arme aus, »sollten sie sich zu Höherem entwickeln, ehe wir sie in die Ewigkeit geleiten würden. Nach und nach verbanden sich Tuavinn und Menschen und brachten in wenigen Fällen sogar Nachkommen hervor. Du musst wissen, bei uns geschieht es sehr selten, dass Tuavinn Kinder bekommen, deshalb übersteigt unsere Zahl in Elvancor auch kaum einmal eintausend.«

Im ersten Moment stutzte Lena, denn eintausend Tuavinn-Krieger erschienen ihr eine Menge, doch wenn sie an die großen Städte ihrer Welt dachte, waren es in der Tat sehr wenige.

»Nachdem sich unser Blut vermischt hatte, schlossen wir einen Pakt und besiegelten diesen mit Magie und Blut. Bis zum Ende unserer Völker sollten nur noch Menschen vom Blute der Kelten über die Schwelle nach Elvancor treten dürfen, denn die Feinde der Kelten waren zahlreich und rissen nach und nach die Macht an sich.«

»Das heißt, ich …« Lena riss die Augen weit auf.

»Auch du trägst das Blut des alten Volkes in dir«, bestätigte Maredd. »Tuavinn wandelten lange in deiner Welt, brachten die Weisesten und Stärksten mit hierher, zeigten ihnen Elvancors Wunder und ermöglichten es ihnen, auf jene zu warten, die noch in deiner Welt verweilten, um eines Tages gemeinsam mit ihnen in die Ewigkeit zu gehen und ihrer Bestimmung zu folgen.« Maredd hielt kurz inne. »Dann begann in deiner Welt eine Zeit, die den Untergang des Keltenvolkes erahnen ließ«, fuhr er schließlich fort. »Meine Vorväter ließen sich von den Kelten, allen voran den Stammesfürsten, dazu überreden, nicht nur auserwählte Menschen, die ihr irdisches Dasein beendet hatten, hierherzuführen, sondern auch jenen einen Blick auf Elvancor zu gewähren, die ihren Körper noch nicht verlassen hatten. Magiekundige Menschen und Tuavinn vereinten daher ihre Kräfte, schufen Amulette, so wie du eines trägst, und brachten viele über die Schwelle.«

Unwillkürlich fuhr Lenas Hand zu ihrem Hals, und sie berührte das glatte, kühle Metall.

»Meine Vorfahren sprachen von großer Dankbarkeit von denen, die ihre Liebsten hier trafen. In deiner Welt waren sie gestorben, verloren geglaubt. Doch was als gute Tat gedacht war, erwies sich als Fluch und zog Schwierigkeiten und Veränderungen nach sich, die zu unser aller Verderben wurden.« Maredds Gesicht verfinsterte sich. »Wir wissen nicht, ob es die vereinte Magie unserer Vorfahren war oder die Tatsache, dass wir Menschen nach Elvancor ließen, deren irdisches Leben noch nicht vorüber war, doch in jedem Fall verschoben sich die Kraftlinien deiner Welt und Elvancors und vereinten sich nur noch an wenigen Tagen, sodass der Übertritt nicht mehr zu jeder Zeit möglich war. Zudem brachte die Freundschaft mit den Kelten noch weitere Herausforderungen mit sich.«

»Welche denn?«, fragte Lena gespannt.

»Wie du vielleicht bereits weißt, wird für jeden Tuavinn ein Anam Cara erschaffen, ein Seelenfreund. In alten Tagen fanden wir unseren Anam Cara stets hier, in Elvancor. Doch nachdem sich die Völker verbanden, kam es gelegentlich vor, dass der Anam Cara eines Tuavinn in deiner Welt geboren wurde.« Voller Liebe wanderten Maredds Augen zu Amelia, die seinen Blick erwiderte und seine Hand in ihre nahm.

»Und was ist daran so schlimm?«

Bedächtig wiegte Maredd seinen Kopf. »Manche von uns waren der Meinung, die Verbindung mit Menschen bringe nichts Gutes, besonders, wenn ein Kind daraus hervorging.«

Lena blickte ihn verwundert an, und Maredd fuhr fort, wenn auch zögernd. Vielleicht sprach er nicht gerne darüber. »Die Tuavinn von reinem Blute wussten es stets zweifelsfrei, wenn sie ihrem Anam Cara gegenüberstanden, denn es war eine tief gehende Begegnung, geprägt von großer Zuneigung zueinander. Und selbst wenn einer der beiden Seelengefährten vor dem anderen mit der Ewigkeit vereint wurde, so trauerte der Zurückgebliebene zwar, doch wusste er auch zugleich, dass er seinen Anam Cara eines Tages wiedersehen würde. Entweder würde er ihn hier in Elvancor antreffen oder ihm begegnen, sobald auch er sich mit den Nebeln der Ewigkeit vereint hatte.«

Nicht zum ersten Mal rieb Lena sich die Schläfen. »Ich verstehe aber immer noch nicht, wo nun das Problem bei Kindern liegt, die mit Menschen gezeugt wurden?«

»Tuavinn, in deren Adern Menschenblut fließt, verhalten sich anders. Sie zweifeln, lassen sich irreführen, vertrauen nicht auf ihre innere Stimme. Und finden sie ihren Anam Cara nicht, werden sie rastlos.« Bei diesen Worten sahen Maredd und Amelia derart betrübt aus, dass sich Lena scheute nachzufragen, aber Amelia sprach mit leiser Stimme weiter.

»So war es bei unserem Sohn.«

»Ragnars Vater ist auch hier?«, stieß Lena hervor, dann schürzte sie die Lippe. »Hätte ich mir eigentlich denken können. Er ist ja schließlich auch ein halber Tuavinn, nicht wahr?«

Maredd nickte bestätigend. »Mir war bis zu Amelias Übertritt nach Elvancor gar nicht klar, dass er mein Sohn ist. Eines Tages brachte Gavin, ein noch sehr junger Tuavinn, Lucas mit hierher. Du musst wissen«, warf er erklärend ein, »ein Tuavinn spürt stets, wenn sein Anam Cara Gefahr läuft, sein Leben zu verlieren. Im Augenblick des Todes wird eine gewaltige Menge an Energie freigesetzt, und wir gehen davon aus, dass diese stets ausreicht, um die Kraftlinien Elvancors mit denen deiner Welt zu verbinden. In jedem Fall brachte Gavin, der Anam Cara unseres Sohnes, Lucas mit hierher. Und auch wenn ich mich sehr zu Lucas hingezogen fühlte, so ahnte ich doch nicht, dass er von meinem Blute ist.«

»Warte, Maredd, das ist nicht ganz richtig«, widersprach Amelia. »Du hast mir erzählt, du hättest irgendwann, als ich noch in der anderen Welt lebte, ein ganz eigenartiges, drängendes Gefühl verspürt. Damals dachtest du, ich könnte sterben, doch heute gehe ich davon aus, es handelte sich um Lucas.«

»Ja, das ist korrekt«, gab Maredd zu. »Aber das Gefühl verflog, bis ich die Berge von Avarinn erreichte.«

»Möglicherweise war es tatsächlich der Zeitpunkt, als Lucas in Irland sein irdisches Leben beendete. Nur kam dir Gavin zuvor.«

»Das mag durchaus sein.«

»Alle Tuavinn«, fügte Amelia hinzu, »denen das große Glück gewährt wird, Nachkommen zu zeugen, spüren auch, wenn die von ihrem Blute Gefahr laufen, ihr Leben zu verlieren.«

»Moment.« Die vielen Informationen wirbelten durch Lenas Kopf. »Dieser Gavin war der Seelengefährte von Ragnars Vater Lucas, und obwohl er ihn gar nicht kannte, hat er über diese weite Entfernung gespürt, dass er stirbt?«

»Das mag verwunderlich für dich klingen, aber so war es.«

»Hm.« Ihr kam ein weiterer Gedanke, und sie blickte unsicher von Maredd zu Amelia. »Gavin war ein Mann, richtig?«

»In der Tat.«

»Oh, dann ist Ragnars Vater also eigentlich …« Sie zögerte, ihre Augen weiteten sich, und auch wenn Maredd ganz offensichtlich nicht verstand, schüttelte Amelia schmunzelnd den Kopf.

»Nein, Lena, nicht was du denkst. Die Verbindung mit einem Anam Cara geht weit über jede sexuelle Beziehung hinaus. Sieh dir nur Etron und Graha an. Die beiden sind eine Einheit, und auch wenn Etron für einige Zeit eine Gefährtin hatte, so war doch der Bussard der wichtigere Teil für ihn. Das ist nicht einfach für denjenigen, der Lebenspartner eines Tuavinn ist, aber nicht zugleich sein Anam Cara.« Zärtlich streichelte sie über Maredds Hand. »Besonders schön ist es hingegen, wenn zwei Wesen sowohl Anam Cara sind als auch ihre Liebe miteinander teilen. Es ist das Erfüllendste und Berauschendste, das du dir vorstellen kannst.«

Für Lena war das alles schwer nachvollziehbar, aber als sie hörte, mit wie viel Liebe Amelia davon sprach, spürte sie ein schmerzhaftes Ziehen in ihrem Inneren. Sie wäre auch so gerne mit Ragnar zusammen, wünschte sich, seine Anam Cara zu sein. Aber hätte er sie das nicht in diesem Fall wissen lassen? Und würde nicht sie selbst dann auch diese besondere Verbindung spüren? War das, was sie fühlte, wirklich genug für eine solch innige Seelenfreundschaft?

»Maredd, du hast doch gesagt, die Schwelle nach Elvancor lässt sich nicht immer passieren«, hakte Lena nach. »Damals, als Ragnar …« Noch immer machte ihr der Gedanke zu schaffen, dass er allein und von Schattenwesen bedroht in der Esperhöhle gelegen hatte, »… also, als Ragnar starb. Hast du das gespürt, weil er dein Enkel ist?«

»Davon gehe ich aus«, stimmte Maredd zu. »Wie gesagt, normalerweise werden Tuavinn-Mischlinge, wie unser Sohn Lucas einer war, nicht mit Nachkommen gesegnet. Jemanden wie Ragnar hat es noch nie gegeben, und ich vermag nicht zu erklären, weshalb es bei Lucas und seiner Frau anders war.« Maredd strich sich über die Wange, als würde er nachdenken.

»Dann ist Ragnar also selbst für Elvancor etwas ganz Besonderes«, überlegte Lena.

»O ja, das ist er. Deshalb habe ich auch keine Möglichkeit, Vergleiche anzustellen. Dennoch spürte ich den Drang, in die Berge von Avarinn zu gehen, um in deine Welt zu reisen und jemandem, der mir verbunden ist, zu helfen. Es war ein großes Glück, dass ich mich in einem Tuavinn-Lager in der Nähe des Himmelsflusses aufhielt und so schnell über die Schwelle treten konnte.« Seine Augen wanderten hinauf zu den Nebeln der Ewigkeit, die die Gipfel der Berge umhüllten. »Und dafür bin ich unendlich dankbar, denn sonst wäre Ragnar möglicherweise in die Ewigkeit eingegangen und hätte noch einmal wiedergeboren werden müssen, bevor er Elvancor hätte betreten können.«

»Oder die Rodhakan hätten ihn zuerst gefunden und …« Amelia beendete ihren Satz nicht, und auch Maredd schüttelte gramvoll den Kopf.

»Ich bin auf jeden Fall froh, dass du ihn mitgenommen hast, Maredd.« Die Vorstellung, Ragnar hätte tatsächlich für sie verloren sein können, versetzte Lena auch nachträglich noch einen Stich.

»Wir haben überlegt, ob Ragnar durch seine seltsame Gabe selbst die Verbindung nach Elvancor hergestellt haben könnte oder ob es an dem Teil des Amuletts lag, den er am Tage seines Todes in der Esperhöhle fand«, fügte Amelia hinzu.

Inzwischen hatten unzählige Sterne am Himmel zu leuchten begonnen, und die magische Triade tauchte das Land in fahles Licht. Lena war so vertieft in das Gespräch mit Amelia und Maredd gewesen, dass sie erschrak, als Etron und Ragnar auf einmal vor ihr standen.

»Ragnar kann dir den Rest erzählen, zunächst sollten wir uns stärken«, schlug Amelia vor.

»Hier, probier das. Man nennt sie Yogala.« Ragnar hielt Lena eine runde Frucht von der Größe eines kleinen Apfels hin. Die Yogala war dunkelorange, winzige Härchen bedeckten die Schale. Vorsichtig biss Lena hinein, kaute kurz und lächelte dann. »Sie schmeckt gut. Süß und doch erfrischend und so saftig.«

»Ich wusste, dass du sie magst«, freute sich Ragnar und legte einige weitere Früchte auf den flachen Stein.

Im Schein des Feuers aßen sie von dem dünnen Brotfladen, dem würzigen Käse und mehrere Yogalas. Lena wunderte sich, wie schnell sie satt war, und lehnte sich bald zufrieden gegen einen Stein.

»Es gab kein Fleisch, ich hoffe, das stört dich nicht«, erwähnte Maredd.

»Nein, eigentlich nicht, dieses Abendessen war sehr lecker«, erwiderte Lena. »Seid ihr Vegetarier?«

Maredd und Etron sahen sich fragend an.

»Vegetarier sind Menschen, die kein Fleisch essen«, erklärte Amelia und strich sich das Haar zurück.

»Nein, das sind wir nicht«, antwortete Etron.

»Sofern eines der Tiere Elvancors sich entschließt, seinen Körper zu verlassen, nehmen wir gerne sein Fleisch«, ergänzte Maredd, nachdem Etron nichts weiter hinzuzufügen gedachte.

»Das heißt, ihr jagt nicht?«

»Doch, wir waren stets gute Jäger. Allerdings nehmen wir nur ein Leben, das ohnehin dabei ist, sich mit der Ewigkeit zu vereinen.« Der Krieger klang sehr entschlossen. »Eine Unart der Menschen hingegen ist es, Tiere ohne Bedacht zu töten.«

»Wie du siehst, existieren einige Schwierigkeiten zwischen den Tuavinn und den menschlichen Bewohnern der Städte.« Für einen Moment hatte Lena den Eindruck, Maredds Blick würde auf Ragnar haften bleiben und ein Anflug von Trauer sein Gesicht überziehen, aber das mochte im flackernden Schein der Flammen auch täuschen.

»Das größte Problem liegt darin, dass die meisten Menschen, also die in den Städten, die Tuavinn nicht mehr bitten, sie in die Ewigkeit zu geleiten«, erläuterte Ragnar.

»Weshalb tun sie das nicht?«, fragte Lena verwundert.

»Sie haben irgendwann begonnen, uns zu fürchten, zu denken, ohne uns könnten sie ewig leben.« Wütend schleuderte Maredd einen Stein ins nächste Gebüsch. »Das ist ein Irrglaube und auch nicht, wofür Menschen bestimmt sind!«

»Wenn ein Bewohner Elvancors bereit ist, ein Teil der Ewigkeit zu werden«, fuhr Amelia fort, »bittet er einen der Tuavinn, ihn zu den Gipfeln von Avarinn zu begleiten. So war es in den Tagen, als die ersten Kelten hierherkamen.«

»Und dann?«

»Dann ist er das, was du als *tot* bezeichnen würdest, Lena. Er wird Teil der Ewigkeit oder kehrt eines Tages in einem anderen Körper zurück, wenn er noch etwas zu lernen hat. Das ist der große Zyklus, den die Seelen zu durchlaufen haben.«

»Aber du bist doch auch tot«, erwiderte Lena.

»In gewisser Weise ja, zumindest für die Vorstellung unserer Welt. Aber wie du siehst, gibt es eigentlich keinen Tod. Ich habe lediglich meinen Körper zurückgelassen und bin nach Elvancor gekommen.«

»Dann ist das hier der Himmel, das Paradies oder so ähnlich?«

»Deine Vorfahren bezeichneten Elvancor gerne als Anderswelt, aber auch das ist nicht der richtige Begriff, denn Elvancor stellt eher einen besonderen Abschnitt auf dem Entwicklungszyklus dar, von dem Amelia eben sprach.« Maredds Augen blickten zu den Bergen, deren Gipfel nun in Flammen zu stehen schienen. »Unser Reich liegt jenseits von allem, was du dir vorstellen kannst. Wenn du dich entschließt, Elvancor zu verlassen, dann kommst du an einen Ort, den die Menschen Anderswelt, Himmel, Nirwana oder wie auch immer es ihnen beliebt nennen.«

»Hm.« Lena dachte über Maredds Worte nach. »Dann wollen die Stadtbewohner also nicht sterben – irgendwie verständlich, finde ich.«

»Ihre Gier nach Gold und Edelsteinen, ihre Art, unser Land zu beherrschen, das hat ihren Verstand vergiftet«, ereiferte sich Maredd, und Lena ahnte, dass es besser wäre, das Thema zu wechseln, denn er sah äußerst aufgebracht aus.

»Die Tuavinn leben in absolutem Einklang mit der Natur«, warf Amelia ein. »Selbst Holz nehmen sie nur von toten Bäumen, sofern sie überhaupt eine Behausung bauen wollen.«

»Zumeist tun wir dies nur, wenn wir in einem Menschen unseren Seelenfreund finden, und leben ihm zuliebe in Holzhäusern«, fügte Maredd hinzu, nun wieder mit einem liebevollen Lächeln auf Amelia.

Diese knuffte ihn jedoch in die Seite. »Ich habe nicht von dir verlangt, eine Hütte zu bauen. Inzwischen schlafe ich sehr gern unter freiem Himmel oder im Schutz der Bäume.«

Lena konnte nur staunen, denn die Denkweise der Tuavinn war für sie fremd, dennoch ergab sie bei genauerem Nachdenken einen Sinn, und vor allem konnte sie sich nun Ragnars seltsames Verhalten in ihrer Welt erklären. Vermutlich war das Blut der Tuavinn für seine große Vorliebe für Aufenthalte im Freien und seine Abneigung gegen Betonbauten verantwortlich gewesen. Ihre Augen schweiften zu Ragnar, der in Gedanken versunken am Feuer saß und kleine Holzstückchen in die Glut warf. Er war ihr vertraut, aber gleichzeitig fremd. Doch nicht seine muskulösere Gestalt, auch nicht seine langen Haare oder die Tätowierungen oberhalb der Ohren unterschieden ihn von dem jungen Mann, mit dem sie auf Schatzsuche gegangen war. Zunächst kam sie nicht darauf, beäugte ihn sehr lange im Schein des Feuers, und plötzlich ereilte sie die Erkenntnis. Ragnars Gesicht – es wirkte entspannt und glücklich. Seine Augen funkelten sanft im Feuerschein, um seinen Mund spielte ein Lächeln. Wie es aussah, hatte er seinen Platz gefunden – er gehörte hierher. Ein Kloß breitete sich in Lenas Kehle aus. Ragnar hatte sich verändert, hatte sich weiterentwickelt; und daher fragte sie sich nun, inwieweit diese Veränderung ihre Beziehung zueinander beeinflussen würde. Würde sie dadurch stärker werden, vielleicht sogar zu Liebe, oder musste Lena sich bald schon der Tatsache stellen, dass sie sich eher voneinander entfernt hatten? Zudem musste sie selbst irgendwann wieder zurück in ihre eigene Welt gehen. All dies bereitete ihr Angst und großes Unbehagen. Wäre es möglich, Ragnar zumindest gelegentlich zu besuchen? Oder konnte sie vielleicht sogar ganz hierbleiben – und wollte sie das überhaupt? Sie atmete tief durch und befreite sich aus diesem verworrenen Gedankenmeer. Noch stand so etwas überhaupt nicht zur Debatte.

»Kommt, wir halten Wache«, durchbrach Amelias sanfte Stimme das friedliche Schweigen.

»Wozu? Graha achtet doch …«, begann Maredd.

»Die Rodhakan«, unterbrach ihn Amelia, zupfte Etron am Hemd und forderte die beiden Männer mit ungeduldigen Gesten auf, ihr zu folgen. Maredd ergriff sein Schwert, Etron den Bogen, und Lena konnte noch hören, wie sie ihnen zuwisperte: »Die beiden haben sich sicher viel zu sagen, was nicht für unsere Ohren bestimmt ist.«

Auch Ragnar hatte das offenbar vernommen, denn er schmunzelte vor sich hin.

Doch plötzlich drehte sich Amelia noch einmal um, kam zurück und sah verlegen aus. »Lena, es tut mir übrigens leid, euch irrtümlich auf Schatzsuche geschickt zu haben.«

»Weshalb irrtümlich?«, hakte Lena nach.

»Weil es gar keinen Schatz gibt – zumindest nicht im Sinne von Gold und Edelsteinen.«

»Ach?« Durch die ganzen Turbulenzen der letzten Tage hatte Lena gar nicht mehr daran gedacht. So lange waren Ragnar und sie den Hinweisen auf Amelias Bildern gefolgt, waren sich nähergekommen, zu Freunden geworden.

Amelia hob zögernd die Mundwinkel, zuckte die Achseln und sagte dann betreten: »Damals, im Altenheim, konnte ich mich immer nur daran erinnern, dass Maredd häufig von einem Schatz und von Edelsteinen sprach. Aber mittlerweile erinnere ich mich wieder, was er wirklich sagte: *Ich lasse dir die Teile des Amuletts in deiner Welt. Das ist der größte Schatz, den ich besitze, wertvoller als alle Edelsteine Elvancors. Wenn du erkennst, dass du meine Anam Cara bist, und dich an Elvancor erinnerst, wird mein Glück vollkommen sein.*«

»Ich habe einen Erdgeist beschworen, und der hat durch seine

Magie eine Hälfte des Amuletts in vier Stücke geteilt. Gemeinsam mit Amelia habe ich diese an den Kraftorten deiner Welt versteckt. Orte, die einst von deinen Vorfahren bewacht wurden, aber heute in Vergessenheit geraten und nicht mehr so stark wie früher sind. Ich fürchtete, Rodhakan könnten sich auch in eurer Welt aufhalten, und habe deshalb diese Orte gewählt, die sie schwächen und die sie deshalb meiden. Allerdings hatte ich nicht gedacht, dass eine für euch derart lange Zeit vergeht, bis Amelia sich entsinnt«, fügte Maredd hinzu. »In vielerlei Hinsicht sind mir die Menschen nach wie vor ein Rätsel.«

Zärtlich fuhr Amelias schlanke Hand über Maredds Wange. »Dein Vergessenszauber hat sich lange gehalten, aber manchmal, wenn ich gemalt habe, dann habe ich mich an Elvancor erinnert. Nur flüchtig, wie in einem Traum. Doch heute weiß ich, dass ich damals viele Bilder Elvancors erschaffen habe, aber auch von den Orten, an denen die Teile des Amuletts versteckt waren. Doch jedes Mal, wenn ich meinen Pinsel beiseitegelegt habe, war die Erinnerung verflogen.«

»Das Malen ist deine Art von Magie und hat möglicherweise eine Verbindung geistiger Art zu Elvancor hergestellt, die selbst uns Tuavinn fremd ist.« Maredd hauchte ihr einen Kuss auf die Stirn.

Gebannt hatte Lena zugehört, und als sie antwortete, war es ihr sehr ernst. »Das mit dem Schatz macht nichts, Amelia. Ich muss zugeben, zuerst wollte ich unbedingt Gold und Edelsteine finden. Aber ich glaube, nach Elvancor zu kommen und die wiederzusehen, die man …«, sie räusperte sich, »… die man verloren geglaubt hat, das ist wirklich sehr viel wertvoller als alles andere.«

Ragnars Lächeln war ihr Belohnung genug, und auch Amelia machte einen zufriedenen Eindruck.

»Aber, Amelia«, fiel Lena dann noch ein, »du hast doch damals in dem Brief geschrieben, Maredd hätte die andere Hälfte des Amuletts wieder mit nach Elvancor genommen.«

»Nein, hatte er nicht. Ich hoffe, du verzeihst mir, denn ich war eine alte Frau, und meine Erinnerung kam nur bruchstückhaft und verworren zurück. Als ich damals den Brief schrieb, spürte ich zwar, dass sich meine Tage dem Ende zuneigten, aber noch nicht alles, was mit Maredd oder Elvancor zu tun hatte, passte für mich zusammen. Ich schrieb dir den Brief, Lena, weil ich wollte, dass Ragnar jemanden an seiner Seite hat, den ich mochte und dem ich vertraute. Ich dachte, Maredd hätte das Gegenstück zu den versteckten Teilen mitgenommen, aber so war es nicht.«

»Nein«, wandte Maredd ein. »Bei Amelias zweitem Besuch in Elvancor spürte ich, dass sie sich von ihrem alten Leben nicht trennen konnte, wollte ihr für eine Weile ein normales Leben mit ihrem Ehemann und dem Kind ermöglichen und belegte sie deshalb mit dem Vergessenszauber. Ich hoffte, Amelias Erinnerung würde spätestens zurückkehren, wenn ihr Sohn zum Mann geworden ist, dann hätte sie die Teile des Schmuckstücks zusammensetzen und zu mir nach Elvancor gelangen können. Ich sagte ihr nur, sie solle den zweiten Teil des Amuletts gut verstecken, für den Fall, dass ein Rodhakan ihr auf die Spur kommen würde.«

»Und wo hattest du dann das Amulett, das ich neben … ähm, deiner Leiche gefunden habe?«

»Ich hatte es hinter einem Bild versteckt, hinter jenem mit dem Wasserfall. An dem Abend, als ich mein irdisches Dasein beendete, fiel es mir ein. Ich holte es hinter dem Rahmen hervor und ging in den Garten, um auf Maredd zu warten. Tief in meinem Herzen wusste ich, er würde kommen!«

»Und weshalb hattest du das Bild von der Esperhöhle hinter dem mit dem Hirsch versteckt? War das auch eine Vorsichtsmaßnahme?« Die Erinnerung an den völlig verrückten Einbruch bei Ragnars Onkel brachte Lena zum Kichern, und an Amelias Gesicht erkannte sie, dass Ragnar ihr schon davon berichtet hatte, denn sie schmunzelte nun.

»Das war ein dummer Zufall. Als ich jünger war, gab es einige

Jahre, in denen mein Mann und ich wenig Geld hatten. Da habe ich neue Bilder über die älteren gespannt, weil ich mir keine Rahmen leisten konnte. Und später habe ich das dann vergessen.«

»Puh, dann haben sich zumindest die meisten Rätsel aus meiner Welt gelöst.« Kopfschüttelnd betrachtete sie Amelia. »Unglaublich, dass du – zumindest für mich – vor ein paar Wochen noch eine alte Frau warst.«

Amelia lächelte den beiden zu, dann fasste sie Maredd an der Hand und ging langsam davon. Nachdem sie mit der Dämmerung verschmolzen waren, saßen sich Lena und Ragnar stumm gegenüber. Sie hatte sich vorgenommen, ihm so viel zu sagen, aber jetzt wusste sie einfach nicht, wie sie beginnen sollte. Daher war sie ganz froh, als Ragnar schließlich das Gespräch eröffnete.

»Ich habe mir Sorgen um dich gemacht«, gab er zu und sah ihr in die Augen, woraufhin sich ein heftiges Kribbeln in Lenas Magengrube breitmachte. »Hattest du Schwierigkeiten mit Luvett und Everon, diesen Rodhakan?«

»Na ja, irgendwie schon. Aber zum Glück war Maredd bei mir.« Lena stockte, sprach mit heiserer Stimme weiter. »Es war furchtbar, als man mir sagte, du bist tot.«

Nun rutschte Ragnar näher zu ihr heran, seine Finger umschlossen ihre, warm und beruhigend. »Ich hatte die Geister in der Höhle gebeten, dich zu beschützen. Ich wusste nicht, was ich sonst hätte tun sollen, denn mir war klar, dass ich nicht mehr lange durchhalten würde.«

»Die Geister«, flüsterte Lena. Jetzt erinnerte sie sich an das seltsame Gefühl, eine Art Barriere zwischen sich und den Rodhakan gespürt zu haben. »Was denkst du, werden Luvett und Everon jetzt tun?«

Ratlos hob Ragnar die Schultern. »Vermutlich auf die Suche nach jemandem wie mir gehen. Aber hab keine Angst, Maredd hat beschlossen, eine Versammlung der Tuavinn einzuberufen, denn sie wollen die beiden in deiner Welt unschädlich machen.«

In meiner Welt, dachte Lena traurig. *Früher war es auch deine Welt, Ragnar.* Trotzdem freute sich Lena über Maredds Hilfe, denn zu wissen, dass sich gefährliche Wesen nicht weit von ihrem Wohnort herumtrieben, war kein gutes Gefühl. »Dann waren es sicher sie, die die Menschen entführt und den Mann ins Klingloch gestoßen haben.«

Ragnar erschauderte. »Ja, du hast bestimmt recht. Von mir verlangte Everon, diesen armen Mann zu töten, um so das Tor nach Elvancor zu öffnen. Sie wollen weitere ihrer Art in deine Welt bringen, um dort ihr Unwesen zu treiben.«

Bei diesen Worten lief ein eisiger Schauer über Lenas Rücken, doch Ragnar fuhr fort: »Inzwischen weiß ich, wie die Rodhakan an Stärke gewinnen. Sie wachsen an der Angst von Menschen oder Tieren, halten sie als Gefangene oder töten sie und nähren sich von ihrer Furcht und von ihren Lebenskräften.« Er senkte die Stimme. »Manche Tuavinn sind gar der Auffassung, die Rodhakan seien die verlorenen Seelen der Menschen aus den Städten, die, wenn sie sterben, nicht von den Tuavinn in die Ewigkeit geleitet werden, so wie es eigentlich sein sollte.«

Dass es so etwas wie die Rodhakan gab, überstieg noch immer Lenas Vorstellungskraft. »Das ist gruselig. Eigentlich ist Elvancor ja ein wunderschönes Land, nur diese Rodhakan …«

»Alles hat auch seine Schattenseite.« Er zog sie an der Hand in die Höhe und drehte sie in Richtung Osten, wo Lena ein leichtes Glimmen am Horizont erkennen konnte. »Sieh nur, der Vulkan – Maredd ist der Meinung, ich habe ihn nach Elvancor mitgebracht. Die Vulkane Islands habe ich immer besonders gemocht. Ich liebte diese Kraft, die sich aus den Tiefen der Erde einen Weg ins Freie suchte, war beeindruckt von dem Gegensatz von Eis und Feuer.«

»Amelia hat so etwas erwähnt. Das ist unglaublich.«

»Elvancor ist wundervoll«, stimmte Ragnar zu, »aber gleichzeitig auch gefährlich.«

»Ich hoffe nur, den Tuavinn gelingt es, die Rodhakan in meiner Welt – und natürlich auch in Elvancor – unschädlich zu machen.« Lena schlang ihre Arme um den Körper, rückte dabei etwas näher an Ragnar heran. »Dein Großvater hat mir erzählt, du hättest versehentlich Rodhakan hinübergelassen.«

Ragnar fuhr sich durch die Haare. »Ja, leider. Du kannst dich sicher an dieses warme Licht erinnern, als Devera gestorben ist. Es war das Licht der Ewigkeit, nur habe ich Devera nicht ganz hinübergeleitet, sondern ein Tor nach Elvancor geöffnet. Wenn ein Tuavinn die Schwelle überqueren möchte, muss er dazu die entsprechenden Kraftorte aufsuchen. Nur so ist es ihm möglich überzutreten. Bei mir ist das anders. Wie es scheint, kann ich immer und überall einen solchen Pfad erschaffen.«

Lena sah ihn ungläubig an. »Maredd und Amelia haben mir berichtet, dass es jemanden wie dich noch nie gegeben hat.«

»Jemanden wie mich.« Ragnars Mund verzog sich spöttisch, doch Lena legte ihm rasch eine Hand auf den Arm.

»So habe ich das nicht gemeint. Mir zeigt es nur, dass du etwas Besonderes bist.«

Kurz blickten sie einander in die Augen.

»Aus deinem Mund klingt dies irgendwie – schön«, sagte Ragnar. »Nicht so wie bei den meisten Tuavinn«, fügte er mit einer Spur von Bitterkeit in der Stimme hinzu.

Der Ruf eines Nachtvogels ließ Lena herumfahren. Voller Grauen musste sie an die Rodhakan denken, aber Ragnar lächelte sie beruhigend an.

»Hier wird dir nichts geschehen. Aber du solltest wirklich lernen zu kämpfen, in Elvancor ist das nötig.«

»Kannst du es mir beibringen?«

»Sehr gern«, freute er sich. »Aber von Maredd kannst du noch viel mehr lernen, er ist ein Meister mit dem Schwert. Etron dagegen bevorzugt den Bogen.«

Einerseits hatte Lena keine Lust, gegen irgendjemanden oder

irgendetwas zu kämpfen, andererseits war es ein fürchterliches Gefühl gewesen, den Rodhakan schutzlos ausgeliefert zu sein. »Gut, dann sollten wir morgen anfangen.«

Zu gern hätte Lena Ragnar jetzt ihre Gefühle gestanden, ihm gesagt, wie sehr sie um ihn getrauert hatte und was er ihr inzwischen bedeutete. Doch irgendetwas hinderte sie daran, vielleicht die Angst vor seiner Reaktion. Außerdem kehrten in diesem Moment auch Maredd und Amelia zu ihnen zurück. Der Tuavinn-Krieger reichte Lena eine dunkle Wolldecke.

»Legt euch jetzt schlafen. Morgen werden wir dir unsere Behausung und die anderen Tuavinn vorstellen.«

So aufregend Lena hier alles fand, sie musste sich eingestehen, dass sie wirklich müde war. Also nahm sie die Decke an, legte sich auf den Boden und suchte nach einer bequemen Position. Es war ungewohnt für sie, auf der nackten Erde zu schlafen. Hier bohrte sich ein Stein in ihren Rücken, dort ein kleiner Ast, aber schließlich hatte sie ihre Position gefunden und wunderte sich, wie weich das Gras unter ihr war. Sie drehte sich zu Ragnar und hielt die Luft an, als sie ihm direkt in die Augen sah. Offenbar hatte auch er sie beobachtet. Im Schein des Feuers funkelten die silbernen Pünktchen in seinen Augen, und als er sie anlächelte, wurde ihr ganz warm ums Herz.

»Schlaf gut, Lena, morgen wirst du viel Neues entdecken.«

Kapitel 2

Gefahren

»Lena, wach auf!«

Lena glaubte zu träumen, als sie Ragnars drängende Stimme vernahm. Lautes Geklirre, wie Stahl, der auf Stahl schlug, drang an ihr Ohr. Hier und dort ertönte ein unterdrückter Schrei. Eine Hand rüttelte sie ungeduldig an der Schulter, und als Lena sich in einem Zustand zwischen Wachen und Träumen aufrichtete, schrak sie zusammen, denn sie erblickte Ragnars Gesicht direkt vor sich. *Er ist doch tot*, schoss es ihr durch den Kopf, aber plötzlich erinnerte sie sich wieder an alles: Sie befand sich in Elvancor! Die klirrenden Geräusche ließen sie hochfahren, und im fahlen Licht des heranbrechenden Morgens erkannte sie, wie Maredd und Amelia sich gegen eine Horde von Kriegern verteidigten.

Sofort war Lena auf den Füßen, sah sich hektisch um, denn aus dem nahen Wald stürmten weitere Gestalten heran. »Sind das Rodhakan?«, fragte sie erschrocken.

»Nein, komm mit!« Ragnar fasste sie an der Hand, lief mit ihr von dem Kampfgetümmel fort, in Richtung einiger Felsen, und schob sie hinter eine mannshohe Wurzel. »Warte hier! Sobald es sicher ist, kommen wir dich holen.«

Voller Entsetzen riss Lena die Augen auf. »Du willst mich doch nicht im Ernst allein lassen!«

»Lena, ich muss meinem Großvater und Amelia helfen«, keuchte Ragnar.

»Was sind das denn für Leute, was wollen sie?«

Er drückte noch einmal aufmunternd ihre Hand. »Später, Lena.« Dann rannte er mit langen Schritten über die Lichtung, und Lena blieb nichts weiter übrig, als sich hinter der knorrigen Wurzel zu verstecken. Hin und wieder wagte sie es, vorsichtig über den Rand zu spähen. Die Angreifer waren eindeutig in der Überzahl. Lena schätzte zwischen dreißig und vierzig schwertschwingende Männer, aber es war noch dämmrig, daher konnte sie nichts Genaues ausmachen. Einzig Maredd und Etron stachen wegen ihrer Größe aus der Menge heraus. An der Art, wie die Fremden angriffen, glaubte Lena abzulesen, dass sich ihre vier Begleiter im Kreis aufgestellt hatten und Rücken an Rücken kämpften. Hier und da ertönte der Schrei eines Greifvogels, und ein Schatten stürzte aus dem Himmel, woraufhin kurz darauf meist einer der Fremden brüllend zu Boden fiel.

Lena war derart gebannt von der Szenerie, dass sie die Gefahr in ihrem Rücken erst viel zu spät bemerkte. Jemand zog an ihrem Pullover. Ruckartig fuhr sie herum und blickte in das Gesicht eines Mannes, höchstens ein paar Jahre älter als sie selbst. Blondes Haar hing ihm zottelig ins Gesicht. Er trug lediglich einen Brustpanzer aus Leder, seine Arme waren nackt, und in der Hand hielt er ein Schwert.

»Folge mir, ich bringe dich von hier fort.«

Lena wich zurück, schüttelte den Kopf, suchte panisch nach jemandem, der ihr zu Hilfe kommen konnte, aber ihre Begleiter fochten noch immer in einiger Entfernung.

»Du bist doch eine von uns«, schmeichelte der junge Mann mit den hellbraunen Augen. »Ich bin hier, um dich …«

Blitzschnell drehte sich Lena um, wollte fortrennen und schrie Ragnars Namen. Sie strauchelte, der Boden kam viel zu schnell näher, kurz darauf schoss ein scharfer Schmerz durch ihren Oberschenkel. Lena ruderte mit den Armen, hatte wohl eine Wurzel übersehen, und schlug mit dem Kopf an einem Felsen auf.

»Keine Sorge, schluck diese Medizin, dann schläfst du, bis wir zu Hause sind.« Ein blonder Haarschopf beugte sich über Lena. Der freundlich lächelnde Mann kam ihr vage bekannt vor, doch sie konnte beim besten Willen nicht sagen, wo sie ihn schon einmal getroffen hatte. Ehe sie etwas einwenden konnte, hatte er ihr eine bittere Flüssigkeit eingeflößt. Sie musste husten, was ihren Kopf förmlich zum Explodieren brachte, dann senkte sich erneut Dunkelheit über sie.

Noch ein- oder zweimal sah Lena den Mann, roch Pferdeschweiß und Leder, aber wirklich wusste sie damit nichts anzufangen, denn alles verschwamm immer wieder vor ihren Augen.

Lena erwachte vom Geräusch gedämpfter Stimmen und drehte sich auf die Seite. Sie lag auf einem weichen Lager, war mit einer dicken Wolldecke zugedeckt, direkt vor ihrer Nase befand sich eine Wand aus grob behauenen grauen Steinen. Verwirrt schaute sie sich um, ertastete einen Verband um ihren Kopf und schlug die Decke zurück.

»Ragnar?«, rief sie leise. Als sie an sich hinuntersah, bemerkte sie, dass sie ein langes, unförmiges Gewand aus Leinen, weder Schuhe noch Socken trug. »Verflucht noch mal, wo bin ich hier?«

Allmählich erinnerte sie sich an den Kampf in den Bergen, an den blonden Krieger und wie sie gestolpert war. »Verdammt, die haben mich entführt«, flüsterte sie entsetzt. Bei dem Sturz hatte sie sich den Kopf angestoßen, und unterwegs war sie wohl betäubt worden. Kopfschmerzen spürte sie keine, nur an der rechten Schläfe ertastete sie eine kleine Beule. Der Raum beherbergte nicht mehr als das einfache Holzbett, einen runden Tisch, zwei Stühle und eine kleine Truhe in der Ecke. Dort stand ein Krug mit Wasser. Durstig leckte sie sich über die trockenen Lippen. Zu gern hätte sie einen Schluck genommen, aber am Ende war darin ein Schlafmittel aufgelöst. Dummerweise gab es kein Fenster, durch das sie hätte abhauen können. Von ihren Kleidern war keine Spur zu sehen, aber notfalls musste sie eben barfuß fliehen.

Sicher suchten Ragnar und Maredd schon nach ihr. Also schlich sie zur hölzernen Tür. Diese war grob gezimmert, mit fingerbreiten Schlitzen zwischen den Brettern. Lena konnte eine Frau in einem langen Rock vorbeigehen sehen. Obwohl sie vermutete, dass die Tür verriegelt sein würde, drückte sie dagegen. Zu ihrer Überraschung schwang sie jedoch auf, und sie fand sich in einem schmalen Flur wieder. Vorsichtig blickte sie nach rechts und links. Welcher war der Weg ins Freie? Von rechts hörte sie gedämpfte Stimmen, daher wandte sie sich in die Gegenrichtung, aber nach wenigen Schritten machte sie kehrt, denn von dort waren Fußtritte zu vernehmen. Also doch nach rechts.

Sie presste sich eng an die raue Steinwand, arbeitete sich Schritt für Schritt weiter, spähte durch die Spalten in der nächsten Tür. Schätzungsweise zwanzig Männer und Frauen, größtenteils ergraut, die Männer mit langen Bärten, saßen dort im Kreis. Lediglich eine blonde Frau, deren Gesicht Lena zugewandt war, sah jung aus. Eigentlich wollte Lena schnell weitergehen, aber dann ließ sie etwas verharren.

»Ich sage, sie ist eine Spionin«, krächzte ein Mann mit schlohweißem Haar.

»Sie trägt das Zeichen der Vorfahren«, widersprach eine andere männliche Stimme.

»Doch welch eigentümliche Gewandung hatte sie am Leib?«

Beinahe hätte Lena laut aufgelacht, als eine Greisin mit spitzen Fingern ihre Jeans in die Höhe hob und daraufhin verwirrtes Gemurmel ausbrach.

»Mag sein, dass dies die neuen Gewänder der Tuavinn sind.«

»Noch nie habe ich einen Tuavinn in einem solchen Stoff gesehen.«

»Zudem kann sie keinesfalls eine Tuavinn sein, nicht einmal eine sehr junge. Dafür mangelt es ihr an Körpergröße.«

»Abgesehen davon berichtete Kian, sie hätte sich versteckt. Vermutlich konnte sie den Tuavinn entkommen.«

So wogte die Unterhaltung noch eine Weile hin und her, und Lena entschloss sich, die Gunst der Stunde zu nutzen und zu verschwinden, solange die Menschen hier beschäftigt waren. Eine Hand auf ihrer Schulter verwandelte Hoffnung in Panik.

»Wir müssen Lena finden!«, rief Ragnar und fuhr sich gereizt durch die Haare. Erfreulicherweise war der Kampf ohne Verluste oder größere Verletzungen für ihn und seine Freunde ausgegangen, und die Menschen hatten sich zurückgezogen. Nur Lena war verschwunden, und Ragnar machte sich wirklich Sorgen um sie. Bestimmt war sie nicht einfach davongelaufen. Sie kannte sich hier nicht aus, daher lag der Verdacht nahe, dass man sie entführt hatte. Schon häufiger waren Tuavinn und deren Gefährten von Menschen verschleppt worden, um sie als Druckmittel einzusetzen. Möglicherweise hatten sie Lena für eine der Ihren gehalten, dann schwebte sie in großer Gefahr, besonders falls man sie nach Crosgan oder Erborg gebracht hatte. Sie hatten die Umgebung kreisförmig nach ihr abgesucht, Graha hatte am Himmel Ausschau gehalten – ohne Erfolg.

»Übe dich in Geduld, Ragnar.« Maredd war über einen bewusstlosen Menschen gebeugt, dessen Verband er gerade wechselte. Wenngleich schon beinahe zwei Tage seit dem Überfall vergangen waren, hatte er das Bewusstsein noch nicht wiedererlangt.

Amelia rührte unterdessen eine Paste aus Heilwurzeln für ihn an. »Sobald er wach ist, werden wir ihn befragen und erfahren, wo Lena sein könnte.«

Aber Ragnar hatte keine Geduld. Er wollte endlich los, aufbrechen, alles war besser, als weiterhin hier untätig herumzusitzen. Selbstverständlich hatte sein Großvater recht, und die Männer und Frauen, die sie angegriffen hatten, hätten von überall her kommen können. Nun schritt Ragnar rastlos auf und ab, putzte sein Schwert unnötigerweise zum wiederholten Male und ließ seine Augen über das Land schweifen. Elvancor war groß, faszinierte ihn noch immer, und auch wenn viele Menschen den Tuavinn – für ihn unverständlicherweise – feindlich gesinnt waren, so liebte er die Heimat seiner Vorfahren nun beinahe schon mehr, als es bei der Welt der Fall gewesen war, in der er geboren worden – und gestorben – war.

Nachdenklich fuhren seine Finger über den lederumwickelten Griff seines schlanken Schwertes. Vielleicht hatte der Krieger schon früher in ihm geschlummert. Schließlich war er von Mittelalterveranstaltungen und Kampfsport von jeher begeistert gewesen. So vieles, was er als Kind oder Jugendlicher nicht verstanden hatte, war nun nachvollziehbar und logisch. Das war etwas, was ihn sehr glücklich machte, doch andererseits …

Ein leises Stöhnen aus Maredds Richtung riss Ragnar aus seinen Grübeleien. Der Verletzte bewegte sich, schlug langsam die Augen auf, und als Maredd ihm beruhigend eine Hand auf die Brust legte, um ihn daran zu hindern aufzustehen, kroch er furchtsam zurück.

»Wir werden dir kein Leid antun«, versprach er.

Doch die Augen des Kriegers suchten nach einer Fluchtmöglichkeit. Feine Linien an seinen Augenwinkeln verrieten, dass er nicht mehr ganz jung war, auch wenn das in Elvancor nicht die gleiche Bedeutung hatte wie in der anderen Welt, aus der Ragnar und Lena kamen.

Hastig trat Ragnar vor. »Wo kommst du her?«

Der Mann kniff die Lippen zusammen und starrte Ragnar herausfordernd an.

»Sprich schon!«

»Du sollst ihn nicht ängstigen.« Amelia lächelte freundlich und hielt dem Krieger eine Schale voll Wasser hin.

Doch dieser schnaubte nur und ignorierte die Geste.

»Ich muss aber wissen, wo Lena hingebracht wurde.« Ragnar kniete sich vor den Mann. »Aus welcher Stadt kommst du? Wo würden deine Verbündeten eine Gefangene hinbringen?«

»Ihr könnt mich festhalten oder foltern, ich werde nichts preisgeben«, antwortete er trotzig.

»Das werden wir ja sehen.« Ragnar packte ihn an seinem Hemd, aber sein Großvater ging dazwischen.

»Ragnar! Mäßige dich! So wirst du nur das bestätigen, was man von uns behauptet.«

»Und wenn schon! Wer weiß, was sie mit Lena machen«, empörte sich Ragnar.

Voller Unruhe huschten die Augen des Menschen hin und her, er schien nicht zu wissen, was gerade vor sich ging.

»Wir wollen dir kein Leid antun, dich weder foltern noch gefangen halten«, versicherte Maredd. »Nichts von dem, was ihr uns vorwerft, entspricht der Wahrheit. Nicht wir, die Tuavinn, sind am Erstarken der Rodhakan schuld.«

»Pah!« Der Blonde spuckte aus. »Das behauptest du! Und selbst wenn das wahr ist – ihr wollt unseren verehrten Fürsten ihren Platz in Elvancor streitig machen.«

»Mit dieser Aussage hast du recht«, räumte Maredd mit ruhiger Stimme ein, dann sah er dem Mann ernst in die Augen. »Euch Menschen ist es nicht dienlich, bis in alle Ewigkeit in Elvancor zu verweilen. Ihr solltet hier lernen, Erfahrungen machen, um dann mit größerer Weisheit in die Ewigkeit einzugehen, und nicht hier verharren, um euch zu bereichern und das Land nach euren Vorstellungen zu verändern.«

Voller Verachtung zog der Mann seine Oberlippe in die Höhe. »Euch dagegen soll das vergönnt sein.«

»Wir sind die Wächter, nur bedachten wir nicht …«

Ruckartig kam der Mann auf die Füße, schwankte jedoch und hielt sich den Kopf. Den stützenden Arm Amelias schlug er aus.

»Ihr wollt unsere Fürsten vernichten – und die sind von größerer Stärke und Weisheit, als ihr es jemals begreifen werdet.« Langsam und ohne seine Bewacher aus dem Blick zu lassen, bewegte sich der Mann von ihnen fort.

Ragnar wollte ihm hinterher, wurde jedoch von seinem Großvater festgehalten. »Nicht.«

»Aber wir müssen ihn doch befragen!« Fassungslos sah Ragnar dem Krieger nach, wie er unbehelligt davonrannte.

»Er wird uns zu seiner Stadt führen.«

»Und was ist, wenn er absichtlich nicht nach Hause geht, uns in die Irre leitet?« Wütend runzelte Ragnar seine Stirn, wäre dem Kerl am liebsten hinterhergerannt und hätte die Wahrheit aus ihm herausgeprügelt.

»Er mag einen Umweg wählen«, gab Maredd zu, »doch früher oder später wird er die Richtung einschlagen, die ihn nach Hause bringt.« Der große Tuavinn seufzte tief. »Und wenn uns das Glück hold ist, wird er den Seinen berichten, dass wir ihm kein Leid angetan haben.«

»Das bringt doch alles nichts«, schimpfte Ragnar. »Schon seit Ewigkeiten versuchst du, das Vertrauen der Menschen zu gewinnen. Und was hat es gebracht – nichts. Sie hassen uns mehr denn je, weil wir irgendwelche verstaubten Fürsten endlich in die Ewigkeit jagen wollen.«

»Ragnar, ich dachte, du hättest inzwischen gelernt, dich in Geduld zu üben. Außerdem«, Maredd hob seinen Zeigefinger in die Höhe, »ist *jagen* wohl der falsche Ausdruck, und das weißt du auch. Es ist ihnen nicht bestimmt, so lange hier zu sein. Sie unterbrechen damit den großen Kreislauf.«

»Ach was! Und jetzt lass uns endlich aufbrechen.« Ragnar wollte nichts mehr hören und eilte zu Devera, um seinen Proviant in den Satteltaschen zu verstauen.

Mit sorgenvoll gerunzelter Stirn blickte Maredd seinem Enkel hinterher. Während Ragnars erster Zeit in Elvancor hatte er den Eindruck gehabt, der Junge würde sich sehr gut entwickeln, seine Aufgabe und Bestimmung gefunden haben, den Ort, an den er gehörte. Auch Amelia war dieser Meinung gewesen. Gemeinsam waren sie auf die Jagd gegangen, Ragnar hatte gelernt, mit Schwert, Bogen und Speer zu kämpfen, und schätzte mittlerweile die Wunder Elvancors. Aber seit einer Weile wirkte er verändert, rastlos, ungeduldig, so wie er es laut Amelia auch früher gewesen war.

Liegt es daran, dass er sich noch immer nicht an seinen Anam Cara gebunden hat? Maredds Blick schweifte nach Süden, zum Berggipfel von Cerelon, der sich an klaren Tagen weit über das Land erhob. *Vielleicht ist es nun doch schon an der Zeit.*

Kapitel 3

Talad

Dieser Fluchtversuch war ja gründlich misslungen! Ruckartig drehte Lena sich um und blickte in das kantige, von einem leichten Stoppelbart bedeckte Gesicht des jungen Mannes, der sie entführt hatte. Eigenartigerweise spielte ein Lächeln um seinen Mund, und er blickte sie freundlich an. Statt sie niederzuschlagen, deutete er auf die Tür. »Weshalb trittst du nicht ein?«

Zu verdutzt, um antworten zu können, runzelte sie lediglich die Stirn.

»Mein Name ist Kian.«

»Ich heiße Lena.« Nachdem sie den ersten Schrecken überwunden hatte, wallte plötzlich Wut in ihr auf. »Was fällt dir eigentlich ein, mich zu entführen? Wo bin ich überhaupt, und gib mir verdammt noch mal meine Kleider zurück!«

Sichtlich überrascht von Lenas Ausbruch, zuckte Kian zurück. »Ich habe dich gerettet«, rief er empört.

»Gerettet? Hatte ich dich vielleicht gebeten, mich zu *retten*?«

»Aber es waren Tuavinn in der Nähe. Warst du am Ende gar nicht auf der Flucht?«

»Nein, das war ich nicht«, fauchte sie. »Und jetzt bring mich zurück!«

Entsetzt schüttelte der junge Mann den Kopf. »Dein Geist muss von dem Schlag auf den Schädel verwirrt sein. Die Tuavinn sind böse und gefährlich.«

So langsam ahnte Lena, dass es jetzt besser war, nicht die ganze Wahrheit zu sagen. Wenn sie hier als Freundin der Tuavinn auftrat, könnte sie in ernsthafte Schwierigkeiten geraten. Daher rieb sie sich über die Stirn, konnte sich jedoch einen weiteren bissigen Kommentar nicht verkneifen. »Und wer bitte ist schuld daran, dass ich gestolpert bin?«

Eine leichte Röte überzog Kians Gesicht. »Hat man dir kein passendes Gewand gegeben?«

»Nein, hat man nicht. Aber ich würde ohnehin meine eigenen Kleider bevorzugen.«

Abwägend wanderten seine Augen über sie, sodass Lena unruhig wurde. »Niemals zuvor habe ich eine solche Gewandung gesehen. Sag, ist es nun Sitte im Süden, solche Kleider zu tragen?«

Beim besten Willen wusste Lena nicht, was sie antworten sollte, denn eine schlüssige Erklärung für ihren Aufzug gab es nicht. »Vergiss die Kleider … oder meinst du, ich erinnere mich an ein paar verfluchte Kleider, wenn ich nicht einmal weiß, wo ich herkomme oder was ich bei den Tuavinn getan habe?«

Der junge Mann brummte unschlüssig, dann öffnete er die Tür zum Versammlungsraum und schob Lena sanft, aber bestimmt hinein. Ihr Unbehagen steigerte sich, als sämtliche Gespräche schlagartig verstummten und sie von zwanzig Augenpaaren gemustert wurde, mal mehr, mal weniger skeptisch.

»Das ist Lena«, stellte Kian sie vor.

»Welch seltsamer Name«, grummelte die Alte, die Lena schon durch den Türschlitz gesehen hatte.

»Mein Name ist Ureat, Ältester von Talad.« Ein Mann mit wettergegerbtem Gesicht erhob sich. Weniger hochgewachsen als Kian, von kräftiger Statur, und auch wenn er nicht mehr der Jüngste war, zeichneten sich noch beachtliche Muskeln unter seinem grauen, vor der Brust geschnürten Hemd ab. Das Auffälligste an ihm war sein Bart. Dieser bedeckte lediglich Oberlippe und Wangen, was Ureats ausgeprägten Unterkiefer noch betonte. Zudem war der Bart so buschig, dass er gut und gerne fünf Zentimeter von seinem Gesicht abstand. »Sag, woher kommst du?«

Lenas Gedanken rasten, sie hatte keine Ahnung, was sie antworten sollte. Zu verkünden, dass sie über die Schwelle nach Elvancor gereist war und sich in einen Tuavinn-Krieger verliebt hatte, mochte sich im Moment als unklug erweisen. Daher starrte sie den alten Mann nur stumm an.

»Du musst es ihm sagen«, flüsterte Kian ihr ins Ohr.

»Ich ... ich weiß es nicht«, stammelte sie schließlich und deutete mit einer unbeholfenen Geste auf ihre Stirn. »Der Schlag auf den Kopf, ich kann mich nicht erinnern.«

Die Männer und Frauen sahen sich an, leises Gemurmel brach aus.

»Aber dein Name ist dir bekannt?«, fragte Ureat herausfordernd.

Mist, jetzt habe ich nicht aufgepasst, dachte sie und antwortete so unbedarft wie möglich: »Ich bin mir nicht sicher, dass es mein Name ist, es war das Erste, was mir in den Sinn kam.«

»Ich denke nicht, dass das ihr Name ist«, grummelte die Alte. »Niemals zuvor habe ich diesen Klang vernommen.«

Ureat fuhr sich über seine buschige Gesichtsbehaarung. »Nun gut, fürs Erste soll sie Lena heißen, und bis ihre Erinnerung zurückkehrt, muss sie bewacht werden. Kian, du hast sie gerettet, du wirst auf sie achten.«

Lena holte zu einer Entgegnung Luft, aber Kians Hand drückte ihre Schulter. »Es ist besser so, zu deinem eigenen Schutz«, raunte er ihr zu.

Auch wenn Lena das überhaupt nicht gefiel, zog sie es jetzt vor zu schweigen. Sie musste nur zusehen, irgendwie von hier verschwinden zu können. Vielleicht hielten sich Ragnar und Maredd schon ganz in der Nähe auf. Das hoffte sie zumindest inständig.

Mit einem Seitenblick auf Lena fuhr der Älteste – sie ging davon aus, dass er eine Art Anführer dieser Stadt war – fort: »Sag, konntet ihr einige dieser Wilden unschädlich machen?«

Verlegen kratzte sich Kian am Kopf. »Du weißt, sie sind schwer zu besiegen.«

»Weshalb kämpft ihr denn gegen die Tuavinn?«, wagte Lena zu fragen.

»Weshalb kämpfen wir gegen die Tuavinn?«, höhnte die Alte, doch Ureat unterbrach sie barsch.

»Schweig, Irba, sie kann sich nicht erinnern.« An der Art, wie der alte Mann sie jedoch musterte, glaubte Lena ablesen zu können, dass Ureat sie durchschaut hatte.

Auch die alte Irba schnaubte nur und kniff die Lippen zusammen.

»Die Tuavinn«, erklärte Ureat, »haben die Rodhakan nach Elvancor gebracht.«

»Wie kommt ihr denn darauf?«, rutschte es Lena heraus, und sie hielt sich gerade noch zurück, mehr zu sagen, denn sie musste ja ihre Amnesie überzeugend weiterspielen – sofern ihr überhaupt jemand glaubte.

»Einst kamen unsere Fürsten«, Ureat deutet auf Lenas Amulett, »aus den Bergen von Avarinn über die Schwelle aus der anderen Welt. Über eine lange Zeit wechselten sie zwischen den Welten, manch einer brachte gar seine Familie vor dem Feind in Sicherheit. Sie verbrachten hier ein gutes Leben über Generationen. Die Kinder und Kindeskinder derer, die einst mithilfe der Amulette über die Schwelle traten, nahmen so viel der Magie Elvancors in sich auf. Sie wurden zu Wesen Elvancors und benötigen somit den Schutz der Amulette nicht mehr.«

Neugierig blickte sich Lena um. Keiner der Anwesenden hatte ein Amulett so wie sie, zumindest soweit sie das beurteilen konnte, denn nicht jeder trug sein Hemd so lose geschnürt wie Kian.

»Über viele Generationen traten keine Menschen mehr über

die Schwelle, weil die Tuavinn niemanden mehr herüberließen. Irgendwann tauchten nämlich die Rodhakan auf, verbreiteten Angst und Schrecken, und wir gehen davon aus, dass sie aus der Welt jenseits der Berge von Avarinn stammen.«

»Ach?« Beinahe hätte Lena verkündet, sie hätte noch niemals einen Rodhakan in ihrer Welt gesehen, allerdings waren da Luvett und Everon gewesen. Außerdem hatte Ragnar behauptet, er habe Schuld daran, dass sie in ihre Welt gelangt seien.

»Wir wollen die Tuavinn zwingen, die Grenzen zu schließen«, warf die alte Irba ein. »Das Übel soll von uns fernbleiben, und die selbst ernannten Hüter der Ewigkeit sollen unsere Fürsten«, sie verbeugte sich leicht, »endlich in Frieden leben lassen.«

»Was haben denn eure Fürsten damit zu tun?«, wollte Lena wissen.

Erneut dieser forschende Blick Ureats. »Die Tuavinn«, er spuckte ins Feuer, »wollen unsere verehrten Fürsten, die vor undenklicher Zeit aus der Welt jenseits der Berge von Avarinn gekommen sind, zwingen, in die Ewigkeit zu gehen.«

»Moment …« Das alles verwirrte Lena ungemein. »Wollt ihr damit sagen, die alten Keltenfürsten«, sie brach ab, als sich viele fragende Blicke auf sie richteten, »also die ersten Menschen, die hierherkamen«, sagte sie daher schnell, »wollt ihr wirklich behaupten, sie leben immer noch?«

»Nicht mehr viele«, bemerkte Irba, »die meisten verschmolzen mit der Ewigkeit. Aber einige wenige unserer verehrten Vorfahren«, erneut neigte sie ihr weißes Haupt, »leben in Ceadd, Erborg und Crosgan, und wir, ihre Nachkommen, schützen sie vor den Rodhakan und den Tuavinn.«

»Du scheinst nicht sehr viel zu wissen oder viel vergessen zu haben.« Ureat verschränkte die Arme vor der Brust, während er Lena musterte. »Als das Volk der Kelten in der alten Welt am Vergehen war, kamen viele über die Schwelle hierher. Nicht nur jene, die starben, sondern auch die Lebenden.«

Lena lauschte aufmerksam, auch wenn sie diesen Teil der Geschichte schon von Maredd gehört hatte.

»Mithilfe kraftvoller Amulette war es manchen Angehörigen des Keltenvolkes – unseren Vorfahren – vergönnt, nach Elvancor zu kommen, um sich ein neues Leben aufzubauen. So auch den alten Fürsten. Sie tragen noch heute diese magischen Amulette.«

Nun gut, das war für Lena neu, und nicht zum ersten Mal drehte sich in ihrem Kopf alles. Wenn diese Keltenfürsten tatsächlich noch immer lebten, mussten sie unfassbar alt sein. Soweit sie sich erinnerte, hatte die keltische Kultur ein paar Jahrhunderte nach Christus geendet, was für ihre Begriffe eine Ewigkeit her war. Aber wie Maredd und Amelia ihr erklärt hatten, folgte die Zeit in Elvancor ganz anderen Gesetzen.

»Das Mädchen kann gar keine von ihnen sein«, meldete sich nun ein Mann zu Wort, der, abgesehen von Kian, noch am jüngsten sein musste. Sein dunkles Haar war von wenigen weißen Strähnen durchsetzt. An seinem Gürtel hingen ein Dolch und mehrere Messer, die nackten Unterarme wiesen zahlreiche Narben auf. »Unsere Fürsten sind allesamt weise, von vielen Tagen des Lebens gezeichnet. Dieses Kind erscheint mir weder weise, noch spiegelt ihr Gesicht eine lange Lebenszeit wider.«

»Dann stammt sie am Ende aus Crosgan«, krächzte Irba.

»In diesem Falle sollte sie auch ohne Amulett auskommen.« Schon griff die Hand des Messermannes nach ihr, aber Ureat hielt ihn auf, was Lena erleichtert aufatmen ließ. Maredds Worte schossen ihr durch den Kopf. *Ohne das Amulett wirst du vermutlich auf äußerst unsanfte Art und Weise in die Ewigkeit katapultiert.* Und das war etwas, das sie auf keinen Fall ausprobieren wollte.

»Wir sind uns nicht im Klaren darüber, wer oder was sie ist. Es mag sein, dass sie eine der Vorfahren ist, denn manch einer hat seine Jugend bewahrt, oder sie ist eine Botin. Auch mag sie aus Crosgan stammen, aber sie ist noch jung, und dann können wir sie auf den rechten Weg bringen.«

»Was ist denn Crosgan?« Diesmal musste Lena ihre Unwissenheit nicht spielen.

»In Crosgan leben diejenigen unseres Volkes, die es sich in den Kopf gesetzt haben, über die Schwelle zu treten und in die alte Welt jenseits von Avarinn übersiedeln zu wollen. Sie rauben die magischen Amulette und wollen die Tuavinn zwingen, sie zurückzubringen, da sie sich dort ein besseres Leben erhoffen.«

»Narren!« Die alte Irba spuckte erneut ins Feuer.

Das war alles wirklich verwirrend. Also gab es jahrtausendealte Keltenfürsten, die sich vor den Tuavinn versteckten und nicht sterben wollten, Menschen wie Kian und Ureat, die die Tuavinn für das Erscheinen der Rodhakan verantwortlich machten und deshalb die Grenzen schließen wollten, und wieder andere, die unbedingt in die Welt jenseits der Berge von Avarinn – wie Lena mittlerweile wusste, ihre eigene Welt – zurückwollten.

»Wie auch immer, ich denke, wir können diese Versammlung als beendet erklären«, ergriff Irba das Wort, woraufhin Ureat seine Augenbrauen zusammenzog, doch er wies sie nicht zurecht. »Brot muss gebacken und Wäsche gewaschen werden. Wenn ich es nicht überwache, tratschen die jungen Dinger doch nur die ganze Zeit.«

»Darf ich Lena unsere Stadt zeigen?«, erkundigte sich Kian, und Lena horchte auf. Möglicherweise gelang ihr ja bei dieser Gelegenheit die Flucht.

Bedächtig neigte Ureat sein graues Haupt. »Führ sie herum, vielleicht kehrt dadurch ihre Erinnerung zurück, sofern sie schon einmal hier war.«

»Meine Kleider«, wagte Lena zu sagen, wobei sie auf ihre Jeans und den Pullover deutete.

»Ich werde dir angemessene Gewänder bringen lassen, in denen du in dieser Stadt weniger auffällst.« Kopfschüttelnd blickte der alte Mann auf die ihm fremden Kleidungsstücke, aber Lena nahm ihre Sachen dennoch an sich. Selbst wenn es jeglicher Logik entbehrte, vermittelte es ihr ein Gefühl von Sicherheit, diese letzten Überbleibsel aus der ihr bekannten Welt bei sich zu haben.

Nach und nach erhoben sich die Ratsmitglieder, warfen Lena hier und da einen Seitenblick zu und sprachen leise miteinander. Am Ende standen nur noch Lena und Kian im Raum. Unruhig trat sie von einem Bein aufs andere, denn ihre Füße waren wegen des kalten Bodens zu Eisklumpen erstarrt. »Wo sind denn bitte meine Schuhe?«

Suchend sah sich Kian um, dann zuckte er unsicher mit den Schultern. »Das kann ich dir leider nicht sagen.«

Es dauerte nicht lange, und eine Frau in einem bodenlangen, grauen Kleid kam herein. Auf dem Arm trug sie ein Bündel Wäsche und ein Paar braune, halbhohe Lederstiefel.

»Ich hoffe, ich habe alles passend ausgewählt«, sagte sie mit leiser Stimme und sah Lena neugierig an.

Diese nahm die Kleider an sich, hielt sich den braunen Rock vor den Körper und stellte unzufrieden fest, dass er viel zu lang war und sich am Boden bauschte. Trotzdem schlüpfte sie hinein, und als die junge Frau ihr einen groben Strick reichte, konnte Lena das Kleidungsstück zumindest festzurren. Auch die Tunika war deutlich zu weit, und sie kam sich vor, als würde sie in einem Kartoffelsack stecken. Zumindest passten die Schuhe halbwegs und waren überraschend weich, selbst ohne Socken.

»Lass uns gehen«, meinte Kian mit einem zufriedenen Nicken. Er griff nach einem Schwert mit einem schwarzen, lederumwickelten Griff. Den Knauf zierten ineinander verschlungene Knoten, die silbern und goldfarben glänzten. So als hätte er es schon hundertmal getan, steckte Kian sich die Waffe in die Lederscheide an seinem Gürtel, dann öffnete er Lena die Tür. Sie folgten dem düsteren Gang, stiegen eine schmale Treppe hinauf, und nachdem Kian eine Klappe zur Seite gewuchtet hatte, hielt er Lena die Hand hin. Sie befanden sich nun in einem mit Pferdegeschirr, Körben, Gemüse und Gerätschaften zugestellten Raum. Wie es aussah, hatte Kian Lenas verwunderten Blick bemerkt.

»Die Versammlung des Ältestenrates findet stets im Geheimen statt und immer an anderen Orten.«

»Wenn ihr das für nötig haltet«, war Lenas knappe Antwort, denn etwas Besseres fiel ihr nicht ein.

»Die Menschen Elvancors sind sich nicht immer einig, es gibt sehr viel Unsicherheit und Verrat.« Er seufzte tief. »Unser Leben ist nicht einfach.«

»Das Leben ist selten einfach.«

Lena folgte Kian in eine enge Gasse. Helles Tageslicht ließ sie blinzeln, und sie schaute sich neugierig um. Die Häuser waren allesamt nicht sehr hoch, teils mit Schindeln, teils mit Stroh oder Gras gedeckt. Dafür standen sie jedoch dicht an dicht und erlaubten es Lena nicht, den Blick schweifen zu lassen. Erst als sie einen Hügel hinaufstiegen, wurden die Abstände zwischen den Gebäuden breiter. Sie traten auf einen mit grob behauenen Steinen gepflasterten Platz, wo einige Händler gerade ihre Waren auslegten. Ein Karren mit Obst und Gemüse rumpelte vorbei. Voller Verwunderung blickte Lena in den Himmel. Zu ihrer Linken strahlte eine Sonne vom blauen Firmament herab, ähnlich wie sie sie kannte, aber über der steilen, nackten Felswand, die direkt hinter der Stadt aufragte, hing diese gewaltige magische Triade, die sie abermals erstaunte. Wieder fragte sich Lena, wo Elvancor sich eigentlich befand, aber das war ein Geheimnis, das sie vermutlich niemals lösen würde. Also riss sie sich von dem faszinierenden Anblick los und wandte sich Kian zu. Dieser hatte sie offenbar beobachtet, und Lena zupfte peinlich berührt an ihren Klamotten herum. »Wo sind wir hier?«

»In Talad, an den nördlichen Bergen von Avarinn.«

Die nördlichen Berge von Avarinn – dort war sie laut Maredd über die Schwelle getreten. Hoffnung keimte in ihr auf, bald von hier verschwinden zu können. Nur musste sie einen Weg aus dieser Stadt finden. Von ihrem erhöhten Standpunkt aus konnte sie Talad gut überblicken. Die Siedlung war anscheinend nicht allzu groß, eher ein größeres Dorf für Lenas Empfinden. Ein Fluss wand sich am Westende Talads entlang. Hier auf dem Hügel gab es wenige, etwas großzügiger angelegte Häuser, außerdem wuchsen, anders als auf der Ebene, mancherorts Bäume und Büsche. Nach Norden hin war die Stadt durch die Felswand abgeschirmt, im Westen durch den Fluss. Bestimmt hatte man sie aus diesem Grund genau hier erbaut. Gut zu verteidigen und in der Nähe von Wasser.

Lenas Blick wanderte zu den Bergen. Vielleicht konnte sie sich ja irgendwie dorthin durchschlagen – und hoffen, dass Ragnar und Maredd sie fanden.

Als hätte Kian ihre Fluchtgedanken erahnt, fasste er sie am Arm. »Komm, du wirst hungrig sein.«

»Eher durstig.« Erneut spürte sie jetzt, wie ihre Zunge am Gaumen klebte.

Kian schob sie sanft in Richtung eines gemauerten Brunnens, dessen Rand Drachenreliefs zierten. Die geflügelten Kreaturen waren erstaunlich detailliert in den Stein gemeißelt. Die gezackten Schwänze, die schuppigen Körper, nadelspitze Zähne, die aus aufgerissenen Mäulern ragten. Auf einmal erinnerte sich Lena, dass Amelia erzählt hatte, hier gebe es tatsächlich Drachen, und ihr Blick fuhr zum Himmel. Doch nur einige Vögel kreisten über den Bergen. Nachdem Lena wirklich durstig war, schob sie alle Bedenken, was Bakterien oder Keime betraf, beiseite und schöpfte eine Handvoll Wasser aus dem Brunnen. Wunderbar sanft und erfrischend rann es ihre Kehle hinab, und auch wenn ihre Situation noch immer prekär war, so fühlte sie sich doch ein bisschen besser.

»Lebst du schon lange in Talad, Kian?«

»Als Kind lebte ich nicht hier«, stellte er richtig und deutete zu den Bergen. »Ich stamme aus einem kleinen Dorf im Osten, nahe dem Himmelsfluss. Wir wurden von Rodhakan überfallen, viele getötet, und die Überlebenden sind nach Talad geflohen.«

»Das tut mir leid«, erwiderte Lena leise.

Der junge Mann sah bedrückt aus, aber dann straffte er seine Schultern. »Dennoch lasse ich mich nicht unterkriegen. Meist halte ich mich in den Bergen auf oder erledige Botenritte nach Ceadd oder Crosgan. Städte kann ich nicht sonderlich leiden.«

Etwas, das du mit Ragnar gemein hast, dachte Lena. Die Sehnsucht nach ihm drohte sie zu übermannen, und sie biss sich energisch auf ihre Lippe, um nicht in Tränen auszubrechen.

Kian schien es dennoch zu bemerken, denn er sah sie mitleidig an. »Deine Erinnerung wird sicher zurückkehren.« Mit seiner kräftigen Hand streichelte er vorsichtig über die Beule an ihrem Kopf.

Insgeheim musste Lena zugeben, dass Kian nicht einmal unsympathisch war. Auch wenn er hochgewachsen, muskulös und mit seinen Waffen am Gürtel zunächst nicht sehr vertrauenerweckend auf sie gewirkt hatte, strahlten seine Augen eine gewisse Freundlichkeit aus. Sein kantiges Gesicht wurde weicher, wenn er, so wie jetzt, lächelte. Er hatte sie zwar entführt, aber inzwischen bezweifelte sie seine guten Absichten nicht.

»Kannst du mich nicht einfach gehen lassen?«, fragte sie.

»Wo willst du denn hin? Ich dachte, du weißt nicht einmal, wo du herkommst.«

»Schon«, gab sie zu, »aber …«

»Du fühlst dich in der Stadt ebenfalls nicht wohl«, spekulierte er. »Möglicherweise bist du ja dann eine vom Bergvolk.«

»Und was soll das Bergvolk sein?«

»Auch sie stammen von jenen Kelten ab, die einst über die Schwelle hierherkamen. Allerdings vertreten sie andere Ansichten und haben sich keiner der Städte angeschlossen. Aus den Streitigkeiten zwischen deren Bewohnern und den Tuavinn halten sie sich heraus.« Kurz unterbrach er sich selbst, so als zögerte er fortzufahren. »Manch einer munkelt gar, sie würden sich eher auf die Seite der Tuavinn als auf die der Menschen schlagen, sollte es darauf ankommen.«

»Ach wirklich?«

Kian nickte. »Sie leben frei und wild in den Bergen. Meist haben sie nicht einmal Häuser, sondern schlafen in Höhlen oder unter freiem Himmel.«

»Was im Sinne der Tuavinn wäre«, murmelte Lena vor sich hin und drehte sich dann erschrocken zu Kian um, doch dieser hatte sich glücklicherweise abgewandt, schöpfte gerade einige Hände voll Wasser aus dem Brunnen und trank.

Anschließend bedeutete er ihr, ihm zu einem hölzernen Marktstand zu folgen, wo Brotfladen auf einem heißen Stein einen verführerischen Duft verströmten.

»Gib uns zwei davon«, forderte er den jungen Mann mit dem roten Haar auf, der gerade neue Fladen formte und Stücke goldgelben Käses und Speckwürfel hineindrückte.

Lena nahm eines der Brotstücke in die Hand und wechselte es rasch von einer in die andere Hand, da es noch heiß war. Dann biss sie hinein und stieß ein begeistertes »Hm« aus, denn die Fladen waren ausgesprochen köstlich und würzig.

Kian lächelte ihr zu und ließ es sich selbst schmecken, dann schlenderte er weiter. Als Lena zögerte, blieb auch er stehen und musterte sie fragend.

»Sollten wir nicht bezahlen?« Der Bäcker machte zwar keine Anstalten, sich zu beschweren, aber dennoch wunderte sich Lena.

»Was willst du?«, erkundigte sich Kian verwirrt.

»Na, ihn bezahlen, ihm Geld geben«, antwortete sie ungeduldig, aber der junge Mann schien sie wirklich nicht zu verstehen.

»Von was im Namen der Weisen sprichst du?«

Nun schwante Lena, dass es so etwas wie Geld in Elvancor gar nicht gab. »Ich meine, wir müssten ihm doch etwas im Tausch für sein Brot geben«, erklärte sie eilig.

»In Talad ist es nicht üblich zu tauschen.« Kian legte seinen Kopf schief. »Wahrscheinlich kommst du dann doch aus Crosgan oder Erborg. Dort wird Tauschhandel betrieben.«

»Und wie macht ihr es dann hier?«

Nun setzte Kian seinen Weg erneut fort, und während sie an Ständen mit Kleidung, Gemüse, Pferdegeschirr und geräucherter Wurst vorbeikamen, klärte er Lena über die Gebräuche Talads auf. »Jeder hat einen festen Platz in der Gemeinschaft. Zoreon«, er deutete auf den Bäcker, »versorgt die Menschen der Stadt mit Nahrung. Wieder andere bauen Nahrungsmittel an oder schlachten das Vieh. Ich hingegen bin ein Krieger und verteidige die Stadt in Notzeiten und erledige, wie gesagt, Botenritte.«

»Das heißt«, staunte Lena, »jeder darf sich so viel zu essen nehmen, wie er will, auch Kleidung, Waffen oder Ledersachen?«

»So halten wir es, seitdem die ersten Fürsten eintrafen. In Talad und Ceadd ist es so geblieben.«

»Und das funktioniert?«, fragte Lena verdutzt. »Nimmt sich nicht einer zu viel, zum Beispiel ein großer Krieger, und ein Schwächerer geht leer aus?«

»Nein, weshalb sollte das geschehen?« Kians Augenbrauen zogen sich zusammen, dann wiegte er bedächtig den Kopf. »Allerdings sagt man, in den Städten des Südens würde es Menschen geben, die sich über ihresgleichen erheben und sie unterdrücken.«

»Dann habt ihr gar keinen …« Lena suchte nach einem geeigneten Wort. »Keinen Anführer oder so etwas?«

»Es gibt die Ältesten. Sie sind weise und erfahren. Und natürlich sind da auch noch Fürst Gobannitio und Fürstin Tarenja von Ceadd, die wir verehren und denen wir Abgaben leisten, damit uns Ceadds Krieger in der Not beistehen.«

Jetzt kommen wir der Sache schon näher, dachte Lena.

An Kians Seite wanderte sie weiter durch die Stadt. Beinahe alle Häuser waren aus diesem grauen Gestein erbaut. Die niedrigen Häuschen mit den kleinen Fenstern besaßen keine Scheiben, sondern dicke Vorhänge oder Fensterläden. Insgesamt wirkten die Gebäude ziemlich einfach und erinnerten Lena an eine mittelalterliche Stadt – zumindest hätte sie sich dies so ähnlich vorgestellt. Trotzdem machte Talad keineswegs einen schmutzigen Eindruck. Unwillkürlich fragte sie sich, ob es hier eine Art Abwassersystem gab, denn zum Glück blieb sie von stinkenden Wasserrinnen verschont, wie es sie im Mittelalter gegeben haben musste, und auch auf den Straßen, durch die sie nun bergab streiften, war keinerlei Unrat zu sehen. Menschen kamen ihnen entgegen, begrüßten Kian freundlich, betrachteten sie selbst entweder mit einem neugierigen Blick oder nahmen ihre Anwesenheit lediglich durch ein Nicken zur Kenntnis. Eine ganze Reihe an Pferdefuhrwerken war unterwegs, beladen mit Nahrungsmitteln oder auch Töpferwaren und Kleidern. Sie alle steuerten auf den Marktplatz zu. Mehrere Gespanne fielen Lena auf, die gewaltige Fässer geladen hatten.

»Was transportieren sie?«, erkundigte sich Lena bei Kian.

»Die meisten Wasser. Manche auch Bier oder Wein, um das Triadenfest zu bereichern.«

»Triadenfest?«

Kian blieb kurz stehen, wunderte sich wohl, dass ihr dies nichts sagte, ging dann jedoch weiter. »Die Fürsten von Elvancor berichteten, die magische Triade hätte am Firmament gestanden, als sie das erste Mal Elvancor betraten. Außerdem haben Gobannitio und Tarenja Ceadd so erbauen lassen, dass die magische Triade an bestimmten Tagen direkt über der Festung steht. Das ist der Tag, an dem das Triadenfest gefeiert wird, und schon bald ist es so weit.« Kian wirkte nachdenklich und sah Lena einige Sekunden lang an. »Morgen brechen die meisten Bewohner Talads dorthin auf. Nur wenige bleiben zum Schutz der Stadt und der Kranken oder Schwachen zurück. Mein Onkel will, dass du uns begleitest.«

Zunächst riss sie erschrocken die Augen auf, denn eine Reise nach Ceadd bedeutete, sich noch weiter von Ragnar zu entfernen. Doch dann kam ihr ein anderer Gedanke. Wenn sie in einer riesigen Gruppe unterwegs war, würde es ihr vielleicht gelingen, heimlich die Flucht zu ergreifen.

Mittlerweile hatten sie einen weitläufigen Platz erreicht. An dessen anderem Ende ragte ein gut und gerne fünf Meter hohes Tor in die Höhe, vor dem Wagen in einer langen Schlange standen und darauf warteten, hindurchgelassen zu werden. Vor dem Tor standen Wachen, ähnlich gekleidet wie Kian, mit Speeren in den Händen und Schwertern um ihre Hüften gebunden. Nacheinander winkten sie die Fuhrwerke hindurch und beobachteten sehr genau, wer hereinkam oder hinausging. Einen Augenblick lang spielte Lena mit dem Gedanken loszuspurten, sich durch die Fuhrwerke zu schlängeln, sich irgendwo auf einem Wagen zu verstecken. Aber ihr war durchaus klar, dass sie nicht weit kommen würde, und wenn man sie dann fing, würde man sie einsperren und sie käme gar nicht mehr weg. Sehnsüchtig wanderte ihr Blick zu den Bergen.

Ragnar, bitte komm her und hol mich!

Kapitel 4

Verzweifelte Suche

Schon seit zwei Tagen verfolgten Ragnar und Maredd den Flüchtigen. Amelia und Etron waren schweren Herzens zurückgeblieben und hatten sich auf die Suche nach weiteren Tuavinn begeben, damit diese ebenfalls nach Lena Ausschau halten konnten.

Ragnar wurde das Gefühl nicht los, dass der Mann sie in die Irre leiten wollte: Zunächst lief er nach Westen, dann plötzlich machte er einen großen Bogen und wanderte wieder nach Südosten. Dabei sah er sich ständig gehetzt um. Stets blieben Maredd und Ragnar in einiger Entfernung. Sie beide konnten deutlich besser sehen als jeder Mensch, und besonders Maredd war ein Meister im Spurenlesen. Doch als sie auf ein Felsplateau gelangten, war nicht mehr zu erkennen, welche Richtung der Mann eingeschlagen hatte. Rechts von der Hochebene ergoss sich ein sprudelnder Bergfluss, weiter südlich begann dichtes Buschland.

Maredd fuhr sich über sein Kinn, seine Augen suchten die Umgebung ab. »Ich vermute, der Mann möchte nach Talad. Er bewegt sich zwar in weiten Bögen, aber trotzdem stets bergab.«

Mit einem Satz sprang Ragnar aus Deveras Sattel und ging in die Hocke. Angestrengt starrte er auf den Fels. »Nichts, keine Spur. Denkst du, er hat sich in die Büsche geflüchtet?«

»Du könntest die Geister der Berge befragen«, schlug sein Großvater mit einem Lächeln vor.

Noch immer war es für Ragnar ungewohnt, sich Hilfe von diesen ihm fremden Wesen zu holen, und häufig gelang es ihm auch nicht. »Du könntest es tun, auf dich hören sie besser.«

»Ragnar, auch dir kann es gelingen«, versicherte Maredd ihm.

Um rasch weiterzukommen, gab Ragnar nach. Er ließ sich auf die Knie nieder, seine Hände berührten den Fels, dann schloss er die Augen. Behutsam versuchte Ragnar, sich in sich selbst zu versenken, spürte die Energie, die Maredd als Magie bezeichnete, durch seinen Körper und den Fels unter sich fließen. Die Tuavinn behaupteten, sie seien ein Teil Elvancors, aus seiner Magie geboren, und konnten auch wieder mit ihr verschmelzen, wenn dies nötig war.

Ständig schweiften Ragnars Gedanken ab. Er musste an Lena und ihre Entführer denken, und die Wut darüber spülte jegliche Konzentration hinweg.

»Maredd, bitte tu du es, es gelingt mir nicht«, bat er schließlich.

Tröstend legte ihm sein Großvater eine Hand auf die Schulter, bevor er beide Handflächen auf das Gestein legte und den Blick senkte. Es dauerte keine zwei Lidschläge, da erhob sich direkt aus dem Fels eine graue Gestalt, doppelt so groß wie sie beide. Zunächst waberte das formlose Grau hin und her, dehnte sich aus, schmolz wieder zusammen, bis es schließlich zu einem grauen Mann wurde. Er wirkte wie aus Stein gemeißelt, mächtige Muskeln zeichneten sich auf den Armen ab. Das Gesicht war ebenso grau wie sein restlicher Körper, kantig, der Mund glich einer Felsspalte, und hätten sich die dunklen Augen nicht bewegt, man hätte ihn für einen Teil der Felsen halten können.

»Aus welchem Grund ruft ihr mich aus dem Herzen meiner Bergwelt?«, grollte eine tiefe Stimme, die etwas in Ragnars Innerem zum Beben brachte.

»Maredd und Ragnar von den Tuavinn erbitten deine Hilfe, Herr der Berge.« Maredd verbeugte sich voller Ehrfurcht, und Ragnar beeilte sich, es ihm gleichzutun.

Nur schwer hielt er dem Blick des Steinmannes stand, denn dieser schien sich förmlich durch ihn hindurchzubohren.

»Nicht nur das Blut der Tuavinn fließt in diesem jungen Krieger. Aus Elvancors Bergen stammt er nicht.«

»Ragnar wurde in der Welt jenseits der Berge von Avarinn geboren«, erklärte Maredd.

»Die Verbindung von Mensch und Tuavinn birgt große Gefahren.« Der Berggeist streckte seinen wulstigen, einer Felsnadel gleichenden Finger nach Maredd aus. »Ihr müsst ihn leiten, lehren und führen.«

Dieses Gerede wurde Ragnar langsam zu dumm. »Wir suchen eine Freundin, eine junge Menschenfrau, die entführt wurde. Kam sie hier vorbei oder ein Mann auf der Flucht?«

Ein tiefes Grollen, einer Felslawine gleich, drang aus dem Mund des Berggeistes, und Maredd trat eilig vor Ragnar.

»Verzeih, Herr der Berge. Mein Enkel ist in Sorge um das Mädchen. Sie kommt aus der Welt jenseits der Schwelle, und wir befinden uns auf der Suche nach ihr.«

»Geduld ist eine Tugend. Zu viel Menschenblut fließt in deinen Adern. Zügle deine Wut, hier existiert keine Zeit. Alles hat seinen Sinn.«

»Was für einen Sinn kann es denn haben …«, brach es aus Ragnar heraus, aber sein Großvater schüttelte eilig den Kopf.

»Vergib ihm. Für unsere Maßstäbe ist er noch jung, denkt noch meist in den Dimensionen der Welt, die er verlassen hat. Wir bitten dich, hilf uns bei der Suche. Wir fürchten um das Wohlergehen des Mädchens.«

Eine für Ragnar unerträglich lange Zeit stand der Berggeist einfach nur da, stierte in die Luft und rührte sich nicht. Schon häufig hatte Ragnar ähnliches Verhalten bei Naturgeistern erlebt, aber im Augenblick fehlte ihm schlicht und einfach die Geduld. Der warnende Blick seines Großvaters traf ihn, als er den Mund öffnete, aber da fing der Geist der Berge endlich zu sprechen an.

»Der Fliehende begibt sich in Richtung Fluss, aber vor einigen Sonnenaufgängen kam eine größere Gruppe durch meine Berge. Ein Mädchen war bei ihnen, über den Rücken eines Pferdes geworfen.«

Auf der Stelle spannte sich Ragnar an, und auch sein Großvater straffte die Schultern.

»Am Fuße der Berge bewegten sie sich auf den Fluss zu.«

»Dann sind sie tatsächlich auf dem Weg nach Talad!«, rief Ragnar aus und stürzte auch schon zu seinem Pferd.

Maredd dagegen verbeugte sich tief. »Ich danke dir, Herr der Felsen und der Berge. Würdest du uns die Ehre gewähren, auf den kurzen Wegen zu reisen?«

Abermals entstieg der Kehle des Felsenmannes ein tiefes Grollen. »In Langmut muss der junge Tuavinn sich üben. Bis dahin bleibt ihm mein Pfad verschlossen.« Damit verschwamm der Berggeist, seine Konturen wirbelten wild, einem Strudel gleich, über dem Felsplateau, bis sie mit diesem verschmolzen.

»Na toll«, schimpfte Ragnar, wobei er wütend auf die Stelle starrte, wo der Geist verschwunden war. »Jetzt müssen wir den ganzen Weg reiten. Wehalb hat uns der verdammte Berggeist nicht geholfen?«

»Ragnar«, versuchte Maredd ihn zu beschwichtigen, »du weißt doch, die Naturgeister Elvancors erwarten Respekt und Besonnenheit von uns. Bevor du das nicht verinnerlicht hast, wird dir ihre Hilfe verwehrt bleiben.«

»Wie soll ich denn bitte *besonnen* bleiben, wenn meine beste Freundin entführt wurde?« Nur mühsam zügelte Ragnar seine Wut.

»Wir werden Lena bald wieder unter uns wissen, ihr wird nichts geschehen.«

»Wenn ich mir da nur so sicher sein könnte.« Hastig schwang sich Ragnar in den Sattel und lenkte Devera den Berg hinab. Die Stute warf den Kopf in die Höhe und scheute, als ein dumpfes

Grollen ertönte, ähnlich einer abgehenden Lawine in weiter Ferne. Während Ragnar das aufgebrachte Pferd beruhigend am Hals klopfte, blickte er nach Osten, wo die Berggipfel in ein rötliches Licht getaucht waren.

»Was ist das?«, fragte Ragnar seinen Großvater.

»Ich bin mir nicht sicher, mein Junge.«

»Ist er derjenige, den wir suchen?«

Mitras sah zu seinem schattenhaften Gefährten hinüber. Aus einiger Entfernung hatten sie beobachtet, wie die beiden Tuavinn den Berggeist herbeigerufen hatten.

»Es mag sein! Sein Äußeres entspricht der Beschreibung unserer Brüder und Schwestern. Und …«, nachdenklich kniff Mitras seine Augen zusammen, »… er reist an Maredds Seite.«

»Dann ist er es, jener, der Everon, Luvett und die anderen über die Schwelle brachte?« Sichtlich aufgeregt schwoll Urdhens Gestalt an, ähnelte nun einem mächtigen Bären.

»Beruhige dich«, fuhr Mitras ihn an. »Sie könnten dich sehen.«

»Verzeiht, Herr.« Sogleich ließ Urdhen seine körperlichen Formen verschwimmen, wurde zu einem Schemen, der mit dem Fels verschmolz.

»Lange hat er den Schutz vieler Tuavinn genossen, hat in der Nähe ihrer Lagerstätten gelebt«, überlegte Mitras laut. »Doch nun ist nur Maredd an seiner Seite.«

»Maredd ist ein mächtiger Tuavinn«, wagte Urdhen einzuwenden.

»Ich weiß.« Ruckartig fuhr Mitras herum. »Geh auf die Jagd und sieh zu, dass du diesmal einen starken Bären fängst.« Abfällig wanderten seine Augen über Urdhens blasse Konturen.

»Aber ein starker Geist …«, setzte Urdhen an.

»Einen starken Geist zu bezwingen bedeutet mehr Macht für dich«, zischte Mitras. »Gewinne an Macht oder verblasse zu nichts!« Damit wirbelte er herum und machte sich auf zu seinen

Gefährten. Sie würden den Jungen im Blick behalten. Wenn tatsächlich er es war, der Everon und die anderen über die Schwelle gelassen hatte, wären sie ihren Wünschen und Zielen ein großes Stück näher.

Kian brachte Lena zu einem der Häuser am Marktplatz. Es unterschied sich kaum von den anderen, war mit Schindeln gedeckt, das Innere niedrig, von einem schmalen Gang aus zweigten drei Holztüren ab. Kian öffnete die rechte. In einer Ecke des Raumes brannte ein kleines Feuer an einer offenen Feuerstelle, über der sich auf Kopfhöhe ein Kamin auftat. Eine Frau mittleren Alters stand dort, betrachtete Lena neugierig und rührte dabei in einem Kupferkessel.

»Gib Lena zu essen, Erena«, verlangte Kian. »Ich bin bald zurück.«

Unter den wachsamen Augen der Frau ließ sich Lena auf der grob gezimmerten Bank nieder, die zu beiden Seiten des dunklen Holztisches stand. Erena brachte ihr eine Schüssel, und Lena begann langsam die Gemüsesuppe zu löffeln, während ihr Blick durchs Zimmer schweifte. Die schweren Vorhänge waren zurückgezogen, und so konnte sie das geschäftige Treiben auf dem Markt beobachten. Der Raum selbst war zweckmäßig gehalten, mit wenigen, einfachen Holzmöbeln und drei größeren Truhen, die was auch immer enthalten mochten. Lediglich die beiden Schwerter über dem Kamin waren auffällig. Die schartigen Klingen sprachen von einer bewegten Vergangenheit, und Lena fragte sich, ob sie jetzt nur noch zur Zierde an der Wand hingen.

In der steinernen Mauer fand man zahlreiche Vertiefungen. Dort wurden Holzschalen, Töpfe und Löffel aufbewahrt.

»Du bist das Mädchen, das Kian von den Tuavinn befreit hat, nicht wahr?«, erklang jetzt Erenas schüchterne Frage vom Feuer aus. Sie war dabei, Teigklumpen zu formen und anschließend auf einen flachen Stein zu legen.

»Könnte man so sagen«, brummte Lena.

»Kannst du dich nun erinnern, wo du herkommst?«

Lena schüttelte den Kopf und überlegte, ob sie nicht einfach versuchen sollte zu fliehen. Vorsichtig senkte sie die Hand, legte den Löffel ab und musterte Erena. Sie schätzte die Frau als keine Gegnerin ein, die eine ernsthafte Bedrohung für sie darstellte. Mit ihrem recht untersetzten Körperbau würde sie wohl kaum mit ihr mithalten können. Schnell blickte sie zur Tür, dann wieder zu Erena. Diese hatte ihr den Rücken zugewandt. Leise erhob sich Lena, aber da hörte sie plötzlich Schritte. Schon schwang die Tür auf, und Kian betrat den Raum. Er setzte sich zu Lena an den Tisch, nickte beiläufig, als auch er eine Schüssel Suppe vorgesetzt bekam.

»Onkel Ureat hat gesagt, wir brechen morgen auf«, erklärte er knapp.

»Das ist schön«, entgegnete Lena und merkte dann selbst, wie lahm das klang.

Während Kian bedächtig aß, sah er immer wieder zu ihr herüber, und Lena fragte sich, was er wohl denken mochte.

»Wie alt bist du eigentlich, Kian?«, erkundigte sie sich, nachdem ihr das Schweigen doch zu peinlich wurde.

»Was meinst du damit?« Fragend sah er von seinem Essen auf.

»Na, wie viele Jahre …« Lena zögerte, da er sie ganz offensichtlich nicht verstand. »Na, wie lange du schon lebst, meine ich.«

Er fuhr sich durch seinen dunkelblonden Haarschopf. »Die Prüfung, die mich zum Bewacher Talads machte, liegt nun schon einige Triaden hinter mir.«

»Und wie viele?«, wollte Lena ungeduldig wissen.

Erneut schien er sich über diese Frage zu wundern. »Ich bin mir nicht sicher, es mögen sieben gewesen sein.«

»Wie oft taucht denn diese magische Triade am Himmel auf?«

»Du machst dir über eigenartige Dinge Gedanken, Lena. Die Götter lassen die Triade erscheinen, wie es ihnen beliebt. Manchmal vergehen einhundert Tage, dann wieder fünfhundert.« Forschend sah er sie an. »Ist das denn so wichtig?«

»Nein, eigentlich nicht«, seufzte sie. So schwer es auch für sie nachvollziehbar war, hier interessierte sich tatsächlich niemand für Jahre, Monate oder gar Jahrhunderte, die vergingen. Und wenn Kian ihr nicht mit Absicht etwas Falsches erzählt hatte, so konnte man die Zeit nicht einmal anhand von Sternenzyklen messen.

Auf Lena wirkte Kian nur unwesentlich älter als sie selbst, aber vielleicht lebte er schon hundert oder zweihundert Jahre in Elvancor.

»Wie lange lebst du denn schon?«, stellte er nun die Gegenfrage.

Im Kopf fing Lena an auszurechnen, wie viele Tage achtzehn Jahren entsprachen, aber als sie Kians lauernden Blick bemerkte, hob sie lediglich die Schultern. »Ich weiß nicht.«

»Hm.« Er fuhr sich über sein stoppeliges Kinn, dann erhob er sich und ging zur Tür. »Folge mir, ich zeige dir deinen Schlafplatz für heute Nacht.«

Er führte Lena zu einer schmalen Tür und musste den Kopf einziehen, als er einen Raum ohne Fenster betrat. Dieser beherbergte lediglich ein Bett und eine Truhe. Eine Kerze in einem Metallgestell an der Wand spendete spärliches Licht.

»Ich wünsche dir eine angenehme Nachtruhe. Solltest du etwas benötigen, kannst du fragen.«

»Wohnst du auch hier?«, wollte Lena wissen, wobei sie sich auf der Holztruhe niederließ.

»Ja, es ist meines Onkels Haus.« Damit ließ er Lena allein zurück.

Auf der Truhe stand ein Krug mit Wasser, außerdem eine leere Schüssel und eine kleine Holzschale mit winzigen weißen Beeren darin. »Ich vermute, die Schüssel ist zum Waschen gedacht«, murmelte sie vor sich hin.

Vorsichtig nahm sie eine der Früchte in die Hand, drehte sie herum, roch daran, dann kostete sie davon. Sie hatte keinen besonderen Eigengeschmack, und da Lena ohnehin nicht mehr hungrig war, ließ sie die Beeren einfach liegen.

Sie schlurfte zu dem Bett, auf dem ein langes Nachthemd lag, und setzte sich darauf nieder. Wirklich müde war sie nicht. Von draußen drangen gedämpfte Stimmen herein, und sie glaubte, die von Kian herauszuhören.

Ob Ragnar nach mir sucht? Sich Sorgen macht? So verlockend dieser Gedanke auch war, sie wünschte sich nichts sehnlicher, als wieder bei ihm zu sein. Wie lange wollten diese Menschen sie hier festhalten? Lena legte sich auf das schmale Holzbett. Das Knistern ließ vermuten, dass die Matratze mit Stroh gefüllt war. Zumindest roch die Decke frisch. Ein Blick in die Höhe zeigte Holzplanken. Vielleicht befanden sich noch weitere Zimmer oder eher ein Lagerraum unter dem Dach.

Allmählich verstummten die Geräusche, Lena sah dem leichten Flackern der Kerzenflamme zu und wurde nun doch dösig. Gewaltsam riss sie ihre Augen auf, denn sie wollte jetzt nicht schlafen.

Ich sollte versuchen, in der Nacht zu verschwinden, überlegte sie, schlich zur Tür und lauschte. Nichts war zu vernehmen. Also löschte Lena die Kerze, öffnete die Tür einen Spaltbreit und lugte um die Ecke. Es war stockdunkel, und sie fragte sich, ob sie zur Eingangstür gelangen würde, ohne irgendwo dagegenzustoßen. Behutsam schob sie die Tür ein Stück weiter auf, fuhr jedoch augenblicklich zusammen, als diese laut knarrte. Doch noch mehr erschreckte sie die Stimme aus der linken Ecke des Ganges. »Benötigst du etwas?«

»Kian?«, japste sie.

Sie hörte ein Rascheln, glaubte eine Bewegung zu erahnen. Ein schabendes Geräusch ertönte, dann flammte eine Kerze auf. Tatsächlich erhob sich Kian nun von seinem Lager.

»Schläfst du immer mitten im Gang?«, fuhr Lena ihn an. Sie hätte sich ja denken sollen, dass sie bewacht wurde.

»Nein, aber nachdem du mein Zimmer bewohnst, schlafe ich hier.«

»Oh.« Sie räusperte sich und sah ihn herausfordernd an. »Ich muss mal.«

»Was musst du?«

»Na, pinkeln, verdammt!« Auf einmal wurde Lena bewusst, dass sie, seitdem sie in Elvancor war, noch gar kein derartiges Bedürfnis verspürt hatte. Andererseits hatte sie aber auch bis heute wenig gegessen und getrunken.

»Ach, du musst dich erleichtern, sag das doch gleich.« Mit einer Handbewegung bedeutete Kian ihr zu folgen, nahm die Kerze und ging voran.

Entsetzt stellte Lena fest, dass er sie ins Freie führte. Sie rechnete fest damit, irgendwo in eine Ecke gehen zu müssen, aber er deutete zu einem unscheinbaren viereckigen Gebäude. Dort machte er eine einladende Geste und übergab ihr die Kerze.

Na toll, ein öffentliches Klo. Lena hielt die Luft an, öffnete die Tür und erwartete einen schmuddeligen, stinkenden Raum. Sie steckte die Kerze in die Halterung neben der Tür und stellte dann erstaunt fest, dass hier alles ausgesprochen sauber war. Auf einem Steinpodest standen ein Krug Wasser und eine Schüssel. In die Öffnung daneben konnte man vermutlich das verbrauchte Wasser gießen. Ein weiteres Loch in einem Stein diente als Toilette, aber dieses stank ebenfalls nicht. Daneben war ein Korb mit weichem Moos zu sehen. *Das ist wohl elvancorisches Toilettenpapier,* dachte sie grinsend.

Also verrichtete Lena ihr Geschäft, wusch sich die Hände und trat hinaus. Wie nicht anders erwartet, stand Kian noch draußen.

»Das ist – praktisch«, meinte sie mit einem Blick auf das Toilettenhaus.

»Kanntest du das nicht?« Sie ersparte sich eine Antwort, aber

Kian fuhr ohnehin fort: »Schon die ersten Fürsten sollen diese Abtritte auf Anraten der Tuavinn eingerichtet haben. Das Jurtenmoos ist sehr hilfreich, denn es vertilgt sämtliche menschlichen oder tierischen Exkremente. Selbst in Erborg und Crosgan, wo man alles verdammt, was mit den Tuavinn in Zusammenhang steht, soll es sie noch geben. Ansonsten würde es bestialisch stinken, befürchte ich.«

So ein Moos könnten wir in unserer Welt auch gebrauchen, dachte Lena.

Nachdem ihr Fluchtversuch gescheitert war, begab sie sich zurück in das kleine Zimmer und wurde bald vom Schlaf übermannt.

Ragnar, vielleicht denkst du auch an mich.

Nördlich von Talad lag Ragnar auf weichem Gras und betrachtete den Nachthimmel. Unzählige Sterne hingen am Himmel, hier und da sah man fremde Planeten, immer unterschiedliche, wie er schon hatte feststellen müssen. Ein leiser Wind fuhr säuselnd durch Büsche und Bäume. Tatsächlich waren Ragnars Gedanken zu Lena geschweift, aber auch andere Dinge beschäftigten ihn.

»Wo habt ihr meinen Vater zum letzten Mal gesehen?«, fragte er seinen Großvater.

Dieser lag neben ihm, hielt die Augen geschlossen, aber Ragnar glaubte nicht, dass er schlief.

»Junge, du musst dich damit abfinden. Er fiel den Rodhakan zum Opfer!«

»Niemand hat es gesehen«, protestierte Ragnar.

Die kräftige Hand seines Großvaters schloss sich um seinen Unterarm. »Du weißt, nachdem Gavin starb, stürzte sich dein Vater in waghalsige Kämpfe. Lucas war nicht mehr er selbst, und eines Tages ritt er mitten in eine Gruppe Rodhakan, die über eine Bergsiedlung herfielen – das kann er nicht überlebt haben, so sehr mich das betrübt.«

Schon so oft hatte Maredd ihm das erzählt, aber Ragnar wollte es nicht glauben. Und vor allem fühlte er sich schuldig, denn inzwischen wusste er, dass sein Vater seinen Seelengefährten über die Schwelle geschickt hatte, um ihn zu beschützen. Er hatte Gavin niemals gesehen, aber Maredd und Amelia hatten gemeint, nur durch ihn hätten ihn die Rodhakan so lange unbehelligt gelassen. Die Schattenkreaturen hatten Angst vor den Tuavinn, und solange sie noch keine feste Gestalt angenommen hatten, waren sie verletzlich. Aber jemanden wie Ragnar, der gar nicht wusste, welche Kräfte er innehatte, hätten sie trotzdem leicht töten oder für ihre Zwecke einnehmen können.

»Weshalb hat sich Gavin mir nur nicht gezeigt?«, seufzte er wie schon viele Male zuvor.

»Wir vermuten«, meinte Maredd, »dass er dich in Island gesucht hat. Er wählte einen anderen Übergang, weiter im Osten der Berge von Avarinn. Dieser führt zu einem Kraftpunkt im Norden Schottlands. Von dort aus war der Weg nach Island nicht mehr ganz so weit. Vermutlich sind viele Tage vergangen, bis er herausfand, wo du dich aufhältst.«

»Und Vater spürte tatsächlich, als Gavin in meiner alten Welt starb?«, erkundigte sich Ragnar betrübt.

Maredd seufzte tief. »Das spüren alle, die sich an einen Seelenfreund gebunden haben. Wenn er in großer Gefahr ist, wenn er Schmerzen hat und ganz besonders, wenn er seinen Körper verlässt. Wir vermuten, er fiel einem Rodhakan zum Opfer.«

»Aber sag …« Diesen Gedanken hatte Ragnar zuvor noch gar nicht gehabt. »Weshalb kehrte Gavin dann nicht nach Elvancor zurück, als er starb? Sowohl Vater als auch ich kamen hierher.«

»Gavin war ein Wesen Elvancors, und die gehen sofort in die Ewigkeit ein.«

»Das ist nicht fair.« Wütend warf Ragnar einen Ast ins Unterholz. »Weshalb bekommt man einen Anam Cara, nur um ihn dann doch wieder zu verlieren?«

»Weil das manchmal Teil des Lernens ist. Schmerzhaft, aber ein Lernprozess«, erklärte Maredd ruhig. »Wer sich in Geduld übt, wird seinen Anam Cara wiederfinden. In einem anderen Körper oder in der Ewigkeit.«

»Weißt du das sicher?«

»Hier weiß ich es.« Maredd legte seine Hand aufs Herz.

»Und wenn es dir aus irgendwelchen Gründen nicht gelungen wäre, Großmutter mit nach Elvancor zu bringen? Was, wenn sie sich nicht an dich und dieses Land erinnert hätte?«

»Dann hätte ich gewartet, bis sie wiedergeboren worden oder ich in die Ewigkeit gegangen wäre.« Er wiegte seinen Kopf hin und her. »Wobei Ersteres wahrscheinlicher gewesen wäre.«

»Weshalb?«

»Hätte Amelia mich nicht als ihren Anam Cara erkannt, hätte es sein mögen, dass sie noch ein weiteres Leben als Mensch oder auch Tier benötigt hätte, um die nötige Reife zu erlangen, sich auf die starke Bindung an einen Seelenfreund einzulassen.«

»Aber hättest du nicht entsetzlich gelitten, sie so lange Zeit nicht zu sehen?«

»Ich habe es dir schon oft erklärt, Ragnar. Zeit ist nichts, was für uns Bedeutung hat, es ist eine Denkweise der Menschen. Wir warten, lernen und wachsen an unseren Aufgaben.«

»Aber Vater konnte den Verlust nicht ertragen«, flüsterte er.

Tröstend drückte Maredd noch einmal Ragnars Arm. »Es ist das menschliche Erbe, das ihn hat zweifeln lassen, Gavin tatsächlich wiederzusehen. Ich bitte dich, Ragnar, sei vernünftiger, wenn du dich erst an deinen Seelenfreund gebunden hast. Begehe nicht den gleichen Fehler wie dein Vater.«

»Mein Seelenfreund.« Sein Blick schweifte zu den Sternen.

Das Geräusch von Schritten und Stimmen weckte Lena auf. Ein schmaler Lichtschein drang durch die Schlitze in der Holztür, und Lena krabbelte eilig aus dem Bett. Sie verzog den Mund, als sie ihre Schultern bewegte, denn ihr Nachtlager war alles andere als bequem gewesen. Ein Blick durch den Türschlitz zeigte ihr große Geschäftigkeit. Daher unterzog sie sich lediglich einer Katzenwäsche und trat dann hinaus. Sie lief Ureat, der gerade in ein Gespräch mit Irba vertieft war, direkt in die Arme.

»Und ich sage dir, es war der Vulkan, der ausgebrochen ist. Die Wächter an der Mauer haben es gesehen, und es bedeutet nichts Gutes«, keifte die alte Frau.

Der kräftige Mann fuhr sich über seinen ungewöhnlichen Wangenbart und murmelte zerstreut: »Wie du meinst, Irba.« Dann musterte er Lena, so als würde sie heute anders aussehen als am gestrigen Tage.

Ein Vulkanausbruch, überlegte sie. Auch sie hatte ein dumpfes Grollen vernommen, dies jedoch für ein fernes Gewitter gehalten und sich keine weiteren Gedanken darüber gemacht.

»Kannst du dich deiner Herkunft entsinnen?«, fragte Ureat nun streng.

»Nein, leider nicht.«

Irba schnaubte abfällig, stapfte weiter ihres Weges, wohingegen Ureat nur zu der Tür deutete, hinter der Lena gestern ihr Abendessen bekommen hatte. »Dann nimm dein Morgenmahl zu dir und beeil dich. Wir brechen gleich auf.«

»Ich habe keinen Hunger«, versicherte Lena. Eine Tasse Kaffee hätte sie hingegen nicht verachtet, bezweifelte jedoch, dass es hier so etwas gab.

»Iss, sonst wirst du auf der Reise hungrig«, bestimmte der ältere Mann und sah sie derart eindringlich an, dass Lena nicht zu widersprechen wagte.

Also ging sie in den Wohnraum und war erstaunt, da sich nun an die dreißig Menschen hier drängten. Einige der älteren Leute erkannte sie von der Versammlung wieder, aber auch zwei junge Krieger und eine Frau mit hüftlangem, blondem Haar saßen um den Tisch herum. Allesamt verspeisten sie Brot oder löffelten

Brei aus kleinen Holzschüsseln. Sämtliche Gespräche verstummten bei Lenas Eintreten, und sie grinste zaghaft. Die alte Irba wandte sich ihr zu, dabei verengten sich ihre Augen zu Schlitzen, und ihr Mund presste sich so fest aufeinander, dass die Lippen kaum mehr sichtbar waren. Lena schluckte, Appetit hatte sie nun wirklich keinen mehr. Allerdings kam in diesem Moment Erena zu ihr und reichte ihr eine Schale mit gelblichem Brei und eine Scheibe dunkles Brot.

Lena setzte sich auf einen Holzklotz in der Ecke und begann zu essen. Langsam setzten die Gespräche wieder ein, aber sie spürte sehr wohl die Blicke aus allen Richtungen.

Nach und nach erhoben sich die Männer und Frauen, und Lena war froh, als Kian hereinkam.

»Der Wagen ist fertig«, verkündete er, und Lena ließ erleichtert ihr Frühstück stehen.

Irba kam angehumpelt, hielt Kian einen Finger unter die Nase und keifte: »Achte nur gut auf sie. Sicher wird sie versuchen zu fliehen. Sie ist eine Verräterin.« Sie tippte sich an ihren eigenen gebogenen Zinken. »Das kann ich riechen.«

»Ich achte auf sie«, erfolgte Kians gelassener Kommentar. Nachdem die Alte aus der Tür verschwunden war, murmelte er jedoch: »Sie sollte besser an ihrem Hemd riechen und es mal wieder waschen.«

Das brachte Lena zum Kichern, denn die alte Frau hatte in der Tat einen strengen Duft verströmt. Voller Dankbarkeit lächelte sie den jungen Mann an und hoffte, sie möge sich in ihm nicht täuschen.

Draußen auf dem Marktplatz herrschte großes Gedränge. Frauen und Kinder, Krieger und Alte bepackten ihre Fuhrwerke. Wieder andere waren zu Fuß auf dem Weg, mit einem Bündel auf dem Rücken oder kleinen Karren, die sie hinter sich herzogen.

»Wir können auf diesem Bierwagen mitfahren.« Kian steuerte auf ein mit Fässern beladenes Fuhrwerk zu.

Dummerweise saß ausgerechnet die alte Irba neben dem Kutscher und warf Lena giftige Blicke zu, als sie sich mit Kian auf dem letzten freien Platz der Ladefläche niederließ. Als der Wagen losrumpelte, mussten sich die beiden kräftigen Braunen mächtig ins Zeug legen, denn die Fässer mit ihrem Inhalt wogen vermutlich schwer.

Der Weg bergab war von Menschen übersät, sie schienen aus der ganzen Stadt zu kommen. Nachdem Talad auf einem Hügel lag, musste Lena spontan an einen Ameisenhaufen denken. Dennoch blieben alle gelassen. Die Fußgänger machten den Reitern oder Kutschen Platz, und am Tor wurden sie nacheinander hindurchgewunken.

»Wie lange werden wir unterwegs sein?«, erkundigte sich Lena.

»Das kann ich dir nicht sagen.«

»Weshalb nicht? Ist das etwa verboten, weil ich eine Gefangene bin?«, regte sich Lena auf.

»Nein!«, entgegnete Kian empört. »Ich vermag es nicht zu sagen. Manchmal geht die Sonne fünfmal auf, dann wieder zwanzigmal.«

»Hä?« Lena verstand die Welt nicht mehr, aber Kian schien nicht minder verwirrt. »Du musst doch wissen, wie lange eine Reise dauert. Man kann ja nicht immer unterschiedlich lange unterwegs sein.«

»Doch, selbstverständlich ist es so.«

Beim besten Willen konnte Lena nicht sagen, ob Kian sie jetzt gerade verspottete oder die Wahrheit sprach. Sie betrachtete ihn eingehend. Doch seine Miene war ernst, keineswegs wirkte er wie jemand, der sie gerade auf den Arm nahm. Stattdessen las sie in seinen Augen eine Spur von Verwirrung. Vermutlich irritierten ihn ihre Fragen genauso sehr wie sie seine Antworten.

Bald hatte auch ihr Gefährt Talad verlassen, und sie entschloss sich dazu, die Sache auf sich beruhen zu lassen. Entweder Kian wollte ihr nicht verraten, wie lange sie brauchten, oder das war wieder so eine Besonderheit Elvancors. Noch einmal drehte sie sich um. Mächtig ragten die nördlichen Berge von Avarinn hinter Talad auf. Wie Lena mittlerweile wusste, umringte dieses Gebirge ganz Elvancor wie eine gewaltige Mauer, die allerlei Geheimnisse verbarg, zum Beispiel die Ewigkeit. Allerdings konnte sie sich darunter kaum etwas vorstellen. Daher wandte sie sich lieber wieder dem Land vor ihr zu. Die Gegend hier war größtenteils gerodet, zahlreiche Felder lagen vor der Stadt, auf denen hier und da sogar gearbeitet wurde. Die meisten Bewohner dieses Landstriches wanderten, ritten oder fuhren jedoch auf der breiten Straße in Richtung Süden. Unweit eines Flusses führte der von vielen Füßen oder Wagenspuren ausgetretene Weg entlang, der nur an wenigen Stellen mit Steinen befestigt war. Lena überlegte, dass sie heute, da die Sonne angenehm warm vom Himmel schien, Glück hatten. Bei Regen würde sich diese Straße sicher in einen kaum passierbaren Sumpf verwandeln. Sie krempelte sich die Ärmel hoch, dabei beobachtete sie Kian heimlich. Der blickte jedem der Reiter, die sie überholten, mit gerunzelter Stirn hinterher.

»Was ist?«, fragte sie.

Ertappt fuhr er herum. »Nichts«, antwortete er unfreundlich.

Aber Lena bemerkte sehr wohl, dass ihm irgendetwas überhaupt nicht gefiel. Später trabte ein junger Krieger heran. Wie Kian trug er eine helle Lederhose, ein weites Hemd und einen Lederharnisch darüber. Lässig saß er im Sattel. Sein sonnengebräuntes Gesicht bildete einen interessanten Kontrast zu dem schulterlangen, zu einem Pferdeschwanz gebundenen, blonden Haar, aus dem sich ein paar Strähnen gelöst hatten und ihm ins Gesicht fielen.

»Na, Kian, so ist das, wenn man ein Leben rettet. Anschließend muss man Kindermädchen spielen.«

»Halt den Mund, Ruven«, knurrte Kian, wobei sich seine Miene noch mehr verfinsterte.

Der junge Mann dagegen lachte lauthals, stieß einen Schrei aus und galoppierte davon.

»Wer war das?«, wollte Lena wissen.

»Mein Bruder«, grollte Kian. »Ein entsetzliches Großmaul.«

Lena streckte sich, um Ruven nachzublicken. Dieser war nur wenige Meter vorangaloppiert, unterhielt sich nun mit einem anderen Mann auf der Kutsche vor ihnen, wobei er immer wieder zu Lena und Kian zurücksah.

Kian und Ruven besaßen durchaus eine gewisse Ähnlichkeit, allerdings fand Lena Kians Bruder attraktiver. Ruvens Gesicht war ebenmäßiger, weniger kantig als Kians. Die durchtrainierte Statur war ihnen beiden gemein, Ruven mochte noch ein Stück größer sein, doch da er im Sattel saß, konnte das auch täuschen. Alles in allem waren beide Brüder durchaus eine angenehme Erscheinung.

Verdammt, Lena, der Kerl hat dich entführt, wies sie sich in Gedanken zurecht. Trotzdem konnte sie Kian nicht wirklich böse sein. Er hatte in dem Glauben gehandelt, sie zu retten, und zumindest war er ihr gegenüber nicht feindselig aufgetreten.

»Du wärst bestimmt auch lieber geritten«, spekulierte sie nun.

»Natürlich«, grummelte er. »Ich bin doch kein Greis.«

»Ich auch nicht«, lachte sie.

»Es ist uns nicht gestattet zu reiten, weil …« Er unterbrach sich selbst, und Lena ergänzte: »Weil alle Angst haben, ich könnte versuchen zu fliehen.«

»Hm«, stimmte er zu.

»Kian«, lachte sie auf, »hier wimmelt es nur so von deinen Leuten. Wie bitte sollte ich fliehen?«

»Sag das nicht mir, sondern den Ältesten.«

»Das würde nichts nützen«, vermutete sie.

»Eben!« Seufzend ließ sich Kian gegen ein Fass sinken und schloss die Augen.

Lena hingegen besah sich sehr genau die Umgebung. Sofern

ihr irgendwann ein Fluchtversuch gelingen sollte, würde sie sich orientieren müssen. Bisher war alles recht übersichtlich. Der Fluss bildete einen wichtigen Anhaltspunkt, und auch wenn sie hin und wieder durch kleine Haine oder Buschland reisten, so war sein Rauschen doch stets zu vernehmen. Die Abstände zwischen den Reisenden auf der Straße wurden zunehmend größer. Lena fiel auf, dass regelmäßig bewaffnete Krieger vorbeipreschten und besonders den Waldrand im Auge behielten.

Auch Ruven kam noch ein paar Mal vorbei, zwinkerte Lena frech zu, ließ sein Pferd halb steigen und aus dem Stand angaloppieren.

»Angeber«, meinte sie kopfschüttelnd und musste an Kevin denken – der hatte auch immer sein Auto aufheulen lassen.

»Du hast ihn durchschaut«, stimmte Kian zu.

»Ihr mögt euch wohl nicht sehr.« Nachdem sich der Tag mit einer gewissen Eintönigkeit dahinzog, versuchte Lena, mit ihrem Aufpasser ins Gespräch zu kommen.

»Wir sind Brüder«, entgegnete Kian knapp. Als Lena ihn auffordernd ansah, seufzte er tief, ließ seine Schultern nach vorne sacken und erklärte dann: »Er hat mir schon zwei Mädchen streitig gemacht.«

»Ach wirklich? Das ist gemein!«

»Ruven weiß es, Frauenherzen zu gewinnen.« Wütend stocherte Kian mit seinem Dolch in einer Holzspalte herum. »Und das, obwohl er nach mir geboren wurde und weitaus weniger Wert auf seine Kriegerausbildung legt.«

Lena konnte sich vorstellen, dass der attraktive Ruven bei den Frauen Elvancors gut ankam. Andererseits war er sicher ein ähnlicher Aufschneider wie Kevin. Daher legte sie Kian tröstend eine Hand auf den Unterarm, was ihn überrascht aufsehen ließ. »Wenn sich die Mädchen von ihm haben blenden lassen, waren sie nicht die Richtigen für dich. Oder sie werden irgendwann erkennen, wie dumm sie waren.«

»Denkst du?« Kians Stirn legte sich in Falten.

»Ja, bestimmt. Ich bin auch schon einmal auf einen Ruven hereingefallen. Früher oder später bemerkt man seine Fehler.«

»Hm.« Das schien Kian zum Nachdenken zu bringen, und bis sie endlich anhielten, starrte er nur stumm vor sich hin.

In der Nähe des Flusses, auf einer grasbewachsenen Lichtung, stellten sie fünf Wagen im Kreis auf. In der Mitte wurde ein Feuer entzündet und Decken auf dem Boden ausgebreitet. Mehrere Krieger postierten sich bei den Bäumen.

»Mach dich nützlich und hol Wasser«, blaffte Irba Lena an, wobei sie ihr einen Kessel in die Hand drückte.

Kian öffnete den Mund zu einer Entgegnung, aber Irba unterbrach ihn. »Sie wird wohl kaum hineinspringen und davonschwimmen!«

Wäre zumindest einen Gedanken wert, sagte Lena bei sich. Sie trat auf das kiesbedeckte Ufer zu. Der Fluss war mit Sicherheit einen Kilometer breit, von zahlreichen Felsen durchsetzt, und überall gab es reißende Strudel. Lena ging in die Hocke und hielt ihre Hand ins Wasser – es war eiskalt. Daher verwarf sie auch diesen Fluchtplan und ließ ihren Eimer volllaufen. Winzige Fischchen von unterschiedlichster Farbe schwammen an einigen seichteren Stellen nahe dem Flussufer umher. Aber als Lena genauer hinsah, erkannte sie, dass es gar keine Fische waren. Sie glichen eher winzigen Gestalten mit langem, blauem Haar, tauchten auf und ab, führten regelrechte Wassertänze auf und verschwanden immer wieder in den Fluten. Vor Staunen konnte sich Lena gar nicht von dem Anblick lösen. Aber dann erinnerte sie sich an etwas. Sie war doch mit Maredd durch das Wasser gereist, als diese Wasserfrau sie zu Ragnar gebracht hatte. Vorsichtig blickte sie sich um, aber sie war ganz allein an der Kiesbucht.

»Hallo«, flüsterte sie daher. »Könnt ihr mich bitte zu Maredd oder Ragnar bringen?«

Die Wasserwesen reagierten nicht, erst als Lena mit der Hand den Wasserreigen unterbrach, erhoben sich einige der kleinen Kreaturen aus den Fluten. Die meisten von ihnen öffneten ihre Münder drohend, nadelspitze Zähne blitzten daraus hervor, und ihre Gesichter wirkten alles andere als lieblich oder freundlich.

»Tut mir leid, ich wollte euch nicht stören«, versicherte sie rasch. »Ich brauche nur eure Hilfe.«

Die Wasserwesen, Lena vermochte kaum zu sagen, ob sie männlich oder weiblich waren, starrten sie nur abwartend an.

»Ich will zurück in die Berge von Avarinn«, wisperte sie gehetzt. »Dort war so eine große Wasserfrau, die hat mich und Maredd auch geführt. Bringt mich doch bitte zu ihr!«

Flehend streckte sie ihre Hand aus, und nachdem die Wesen einige Blicke getauscht hatten, fühlte sich Lena von winzigen kalten Händen gefasst. Sie konnte ihr Glück kaum fassen. Der Zug wurde kräftiger. Lena ging langsam ins Wasser, biss die Zähne zusammen, da dieses tatsächlich eiskalt war. Sie wartete auf den blauen Nebel, das Wirbeln, aber nichts dergleichen geschah. Damals, mit Maredd, war sie nicht einmal nass geworden, aber jetzt kroch die Nässe unaufhaltsam ihre Beine hinauf. Die Wassergeister grinsten sie, wie es ihr schien, hämisch an, zogen weiter an ihr, und urplötzlich keimte Angst in Lena auf.

Kapitel 5

Die Reise nach Ceadd

Wartet, ich glaube …« Weiter kam Lena nicht, denn sie verlor den Boden unter den Füßen, als die Wassergeister sie weiter in die Tiefe zerrten. Lena versuchte, an die Oberfläche zu gelangen, aber diese winzigen Gestalten besaßen Bärenkräfte.

Panik überkam sie, denn bald würde ihr die Luft ausgehen, ihre Lungen drohten zu bersten. Verzweifelt strampelte sie und trat mit den Beinen, wollte zurück ans Ufer, doch dieses war unerreichbar fern. Hunderte kleine Wasserwesen bleckten boshaft ihre Zähne, das Blau ihrer Haare wirbelte um Lena herum, wurde zu einem Schleier, der sie gleich ersticken würde.

Das ist das Ende!

Plötzlich durchschnitt ein Lichtstrahl die Wasseroberfläche. Die Wesen stoben auseinander. Irgendwer packte Lena an der Schulter und riss sie nach oben. Dann atmete sie Luft – kostbare, klare Luft. Sie hustete, japste, und endlich lag sie am Ufer und kämpfte darum, wieder Sauerstoff in ihre Lungen zu bekommen. Jemand schlug ihr auf den Rücken, und als sie sich umsah, saß Kian schwer atmend hinter ihr im Gras. Aus seinen Haaren lief Flusswasser, wie sie war er klatschnass und zitterte.

»Was … wie?«

»Weshalb holst du an einer Stelle Wasser, an der es von Maryden nur so wimmelt?«, schimpfte er, dann strich er sich die Haare aus dem Gesicht und stand auf.

Auch Lena erhob sich. »Ich weiß doch nicht mal, was Maryden sind.«

Kians Miene war wutverzerrt, die Augenbrauen bedrohlich zusammengezogen, und wie es aussah, holte er zu einer scharfen Entgegnung Luft. »Du kannst dich nicht erinnern, ich vergaß«, grummelte er dann. »Langsam beginne ich dir sogar zu glauben. Maryden sind gefährliche Kreaturen des Wassers. Sie ziehen Menschen in ihr Reich, und man sagt, deren Seelen sind dann auf immer verloren.«

Starr vor Entsetzen blickte Lena in den rauschenden Fluss. »Aber … es gibt doch auch gute Wassergeister, oder nicht?«

»In alten Tagen soll es sie gegeben haben«, bestätigte Kian zögernd. »Doch heute zürnen die meisten Geister Elvancors den Menschen.«

Lena war verwirrt. Weshalb war es ihr gelungen, mit Maredd unbehelligt durch den Fluss zu reisen, und jetzt wollten diese Wesen sie umbringen – oder Schlimmeres? Eigentlich wusste sie viel zu wenig über Elvancor, das wurde ihr jetzt endgültig klar. »Kian, du hast mir das Leben gerettet – danke!«

Die Falten auf Kians Stirn glätteten sich. »Komm, wir müssen uns umziehen, sonst werden wir krank.«

Wasser tropfte aus ihrer beider Kleidung, und bei jedem Schritt gluckerte es in Lenas Schuhen, daher zog sie diese aus. Sie hatten sich weiter vom Lager entfernt, als Lena gedacht hatte. Der Fluss musste sie ein ganzes Stück mit sich gerissen haben. Einige Menschen, darunter auch Ureat und Ruven, kamen ihnen entgegengeeilt. Eine alte Frau hatte Decken dabei und reichte ihnen sofort jeweils eine.

Ruven trug ein breites Grinsen im Gesicht. »Nun hast du ihr schon das zweite Mal das Leben gerettet, Bruder. Dieses Band wird nicht mehr zu durchtrennen sein.« Die Augen des jungen Mannes wanderten interessiert über Lena, aber Kian stieß ihn zur Seite und eilte auf die Wagen zu.

»Was meinte er damit?«, wollte Lena wissen.

»Zieh dich um«, blaffte Kian sie ungehalten an.

»Jetzt sag schon!«

»Später.« Damit verschwand der Krieger hinter einem der Wagen.

Lena stand unentschlossen und tropfend zwischen den Menschen. Alle beobachteten sie neugierig, nur eine junge Frau erbarmte sich ihrer und fasste sie am Ärmel.

»Komm mit, du kannst dich dort drinnen umziehen.«

Sie führte Lena zu einem Planwagen, in dem Decken, Töpfe und verschiedene Handelswaren gelagert waren. Zunächst entledigte sich Lena ihrer nassen Kleider. Leider fand sie hier nichts, was sie hätte anziehen können. Daher trocknete sie sich lediglich ab, wickelte sich in eine Bahn grauen Stoffes und schlang sich die Decke um die Schultern. Das weite Hemd und den Rock nahm sie mit und hängte sie über die nächstbeste Wagenwand. Die nassen Schuhe stellte sie umgedreht neben die Deichsel. Nachdem es nicht sonderlich kalt war und ein leichter Wind ging, hoffte sie, dass alles möglichst bald trocknen würde. Sie selbst war völlig durchgefroren und begab sich daher zum Feuer in der Mitte der Wagenburg, wo Kian bereits saß. Er trug ebenfalls eine Decke um die Schultern und löffelte mit düsterer Miene einen Becher Suppe.

»Also, was hat dein Bruder vorhin damit gemeint: Das Band wäre nicht mehr zu durchtrennen?«

Kian blickte auf. Sein Blick wanderte über all die Menschen und blieb schließlich an Ruven haften. Dieser stand mit anderen jungen Kriegern zusammen und lachte mit ihnen.

»Bei uns gilt ein Grundsatz«, begann Kian beinahe widerwillig. »Wenn man einem Menschen das Leben gerettet hat, bleibt man auf immer miteinander verbunden.«

»Oh.« Lena schluckte. »Ich muss dich jetzt aber nicht gleich heiraten, oder?«

»Heiraten?« Er sprach das Wort so seltsam aus, als hätte er es noch niemals zuvor vernommen.

»Na, dich zum Mann nehmen, mit dir eine Familie gründen«, erklärte sie und spürte Schamesröte in ihre Wangen steigen.

Kian betrachtete sie eine Weile stumm, dann schüttelte er den Kopf. »Nein, dazu besteht keine Verpflichtung. Dieses Band hätte auch bestanden, hätte ich einem Mann das Leben gerettet. Es ist nur so, dass wir nun füreinander verantwortlich sind.« Er zuckte mit den Schultern. »Meist entsteht eine tiefe Freundschaft daraus … oder …« Kian beendete seinen Satz nicht, und obwohl Lena ihn auffordernd ansah, fuhr er nicht fort, sondern räusperte sich und blickte erneut zu seinem Bruder hinüber. »Ruven wird versuchen, Zwietracht zwischen uns zu säen.«

»Weshalb sollte er das?«

»Weil er es nicht ertragen kann, wenn ich etwas habe, was er nicht besitzt.«

»Dieses … Band?«, hakte Lena vorsichtig nach.

»Richtig. Du wirst mir ebenfalls das Leben retten, sollte das vonnöten sein.«

»Ach ja?« Lena zog sich die Decke enger um die Schultern und dachte: *Wo bin ich da nur hineingeraten?* Trotzdem musste sie sich eingestehen, dass ihr Kian nicht unsympathisch war. Abgesehen davon war sie ihm wirklich dankbar, trotzdem war sie fest entschlossen, so bald wie möglich zu Ragnar und den anderen zurückzukehren – und die waren ja, wie es aussah, Feinde von Kians Volk.

»Du, Kian, nicht dass es mir grundsätzlich etwas ausmachen würde, in deiner Schuld zu stehen«, begann sie zögernd. »Aber ich bin keine Kriegerin.«

Seine haselnussfarbenen Augen hielten sie gefangen, eine ganze Weile sprach er gar nicht. »Es gibt viele Möglichkeiten, ein Leben zu retten«, sagte er schließlich leise.

Ohne weiter zu sprechen, starrten sie in die Flammen, während die Dunkelheit langsam über den Horizont kroch. Ein kleines Mädchen brachte Lena eine Schüssel voll Suppe, aber auch die vermochte sie nicht wirklich zu wärmen. Das eisige Bad steckte ihr gehörig in den Knochen, und mit der Nacht kroch auch die Kälte vom Fluss herauf. Nebelschwaden waberten im Zwielicht des Abends. Die tiefer gelegenen Gipfel der Berge von Avarinn sahen aus, als wären sie in Flammen getaucht, während die höchsten Bergspitzen Nebel umhüllte. Dies war ein sonderbares Bild, wie Lena es noch nie gesehen hatte. Das waren also die Nebel der Ewigkeit. Außerdem war dieses sanfte Leuchten zu erkennen, ein warmes Gelb, und Lena fragte sich, ob dort wirklich das Jenseits, die Ewigkeit oder der Himmel lag, wie es die meisten Menschen in ihrer Welt bezeichnen würden. Der Gedanke daran war faszinierend. Andererseits erschauderte sie, und sie zog sich die Decke bis an die Nasenspitze.

»Ist dir kalt?« Kians Stimme holte sie zurück in die Gegenwart.

»Ja, schon«, gab sie zu. »Ich befürchte nur, meine Kleider sind noch nicht trocken.«

Zu ihrer Überraschung nahm er seine eigene Decke von den Schultern, legte sie ihr um und saß nun mit nacktem Oberkörper am Feuer. Er war muskulöser, als sie gedacht hatte, ein heller Flaum zierte seine Brust, und einige alte Narben zeugten von seinem Leben als Krieger. Vier dieser Wundmale waren besonders auffällig. Vermutlich waren sie schon lange verheilt, aber dennoch im tanzenden Licht der Flammen deutlich sichtbar. Zudem verliefen sie parallel zueinander.

»Was war das?«, wollte Lena wissen und hielt sich nur mit Mühe davon ab, über die Narben zu streichen, die sich von der rechten Schulter bis zum Bauchnabel zogen.

»Eine Bergkatze«, erzählte Kian gelassen. »Ich war noch kaum zum Mann gereift und habe in ihrer Höhle geschlafen. Nur wusste ich nicht, dass sie Junge hat. Natürlich hat sie mich angegriffen, aber ich konnte entkommen.«

Lena war äußerst dankbar für die zusätzliche Decke, trotzdem hatte sie ein schlechtes Gewissen, denn sie sah, wie sich die Haare an Kians Armen aufstellten und eine Gänsehaut seinen Oberkörper überzog. »Ich kann die Decke nicht annehmen, denn jetzt frierst du.«

Doch Kian schüttelte energisch den Kopf, verschränkte lediglich die Arme vor der Brust und meinte: »Ich habe ein Hemd für die Triadenfeier bei mir, das kann ich anziehen.« Allerdings machte er keine Anstalten, sich zu erheben.

»Du musst jetzt nicht den harten Kerl spielen«, stellte Lena klar, löste sich mit leisem Bedauern aus der warmen Decke und gab sie ihm zurück.

Zunächst wirkte er irritiert, dann rutschte er zu ihrer Überraschung näher an sie heran und legte die Wolldecke um sie beide. »Wir können teilen«, sagte er einfach.

Im ersten Moment war es ihr unangenehm, daher schaute sie sich verlegen um. Insgeheim fragte Lena sich, was Ragnar wohl denken mochte, würde er sie jetzt hier mit Kian sehen. Beobachtete er sie am Ende schon? Wäre er dann eifersüchtig? Ein verlockender Gedanke, nur leider wahrscheinlich ihren tiefsten Wünschen entsprungen. Aber die Chance, dass Ragnar sie bereits aufgespürt hatte, war ohnehin verschwindend gering. Am Rande des Lichtscheins, der vereinzelt durch die dicht beieinanderstehenden Wagen hindurchschimmerte und den Bereich außerhalb des Lagers erhellte, erkannte Lena Krieger, die dort patrouillierten. Sie konnte sich nicht vorstellen, dass die Tuavinn es wagen würden, sie hier zu befreien und ein Blutbad anzurichten.

Nachdem Lena ihr Unbehagen beiseitegeschoben hatte, musste sie zugeben, dass Kian eine nicht zu unterschätzende Wärme verströmte, also versuchte sie, sich keine weiteren Gedanken darüber zu machen, was dieses seltsame Band, von dem er und sein Bruder gesprochen hatten, bedeuten mochte.

»Weshalb halten so viele Krieger Wache?« Lena drehte ihren

Kopf zu Kian und sah in dessen verdutztes Gesicht. In seinen Augen war diese Frage sicher ausgesprochen dumm, aber sie wollte es dennoch wissen.

»Wegen der Rodhakan und zum Schutz vor Räubern aus Crosgan und auch vor den Tuavinn, wenngleich die sich selten hinab in die Ebenen wagen.«

»Aber Rodhakan sind doch Schattenwesen. Wie könnt ihr sie besiegen?«

»Gar nicht.« Plötzlich klang Kian sehr bedrückt. »Wir können versuchen, einigen von uns die Flucht zu ermöglichen. Wenige Wachen tragen sogar Waffen, die wir von den Tuavinn erbeutet haben. Sie können die Rodhakan schwächen und verletzen. Dennoch müssen sich stets einige von uns opfern, wenn es zu einem Rodhakan-Angriff kommt.«

»Oh.« Lena schluckte schwer. Sie konnte sich daran erinnern, wie Amelia damals im Altenheim von Waffen gesprochen hatte, die in den Bergen von Avarinn geschmiedet wurden und mit denen man die Schattenwesen besiegen konnte.

»Wenn ich es richtig verstanden habe, seid sowohl ihr als auch die Tuavinn Feinde der Rodhakan. Weshalb bekämpft ihr euch dann und schließt euch nicht zusammen?«

»Du sprichst wie eine vom Bergvolk«, erwiderte er, wobei ein gewisses Misstrauen in seinen Worten mitschwang.

»Mir erscheint das nur sinnvoll.«

»Man sagt, früher hätten die Tuavinn die Menschen beschützt«, räumte er ein.

»Vielleicht würden sie das wieder tun, wenn ihr miteinander sprecht«, erwähnte Lena vorsichtig.

Doch Kians Unterkiefer verspannte sich, und er schüttelte den Kopf. »Sie wollen unsere ehrenwerten Fürsten töten und aus Elvancor verbannen.«

»Kian«, Lena blickte ihm eindringlich in die Augen, »eure Fürsten sind schon lange tot.«

Jetzt sah er wirklich verwirrt aus, und Lena biss sich auf die Lippe, denn er kannte ihre Welt ja nicht. »Soweit ich alles verstanden habe, kamen eure Fürsten und so manch andere des Keltenvolkes doch damals durch die Tuavinn hierher nach Elvancor.« Als er bestätigend nickte, fuhr sie fort: »Und deinen Vorfahren war es nur möglich, mit einem Amulett, so wie ich es trage, hierherzureisen.«

»Ja, so ist es.«

»Aber sie alle, deine Vorfahren, wurden irgendwann alt und gingen weiter – in die Ewigkeit.«

»So war es einst.«

»Und heute nicht mehr?«

»Nur wenn die Fürsten von Rodhakan oder Tuavinn getötet werden, müssen sie in die Ewigkeit gehen.« Kian reckte sein Kinn vor. »Die Fürsten haben verfügt, dass sie alle das Recht haben, ebenso lange in Elvancor zu leben wie die Tuavinn.«

»Und das kann man so einfach verfügen?«, rutschte es Lena heraus.

Zunächst wirkte Kian recht empört, dann kratzte er sich an der Stirn. »Sie herrschen schon seit vielen Generationen in Elvancor und sind weise. Wir sollten ihre Entscheidungen nicht infrage stellen.«

Eigentlich hätte Lena gerne widersprochen, überlegte es sich aber anders. Sie hatte das Gefühl, Kian ins Grübeln gebracht zu haben. Möglicherweise würde er ja selbst darauf kommen, dass hier irgendetwas grundlegend schieflief. Andererseits machten sich aber auch in Lena Zweifel breit. Hatten Menschen nicht vielleicht wirklich das Recht, auf unbestimmte Zeit in Elvancor zu bleiben? Oder war eine Art ewiges Leben in Elvancor tatsächlich nur den Tuavinn vergönnt? Schwierige Fragen, die sie in dieser Nacht nicht würde beantworten können.

»Und was ist mit euch?« Sie deutete auf die vielen Mitreisenden. »Lebt ihr auch so lange wie die Fürsten?«

»Welch seltsame Fragen du stellst«, meinte Kian, dann zuckte er die Schultern. »Wie Ureat dir schon erzählte, wurden wir zu Wesen Elvancors. Sofern wir nicht krank werden, durch Kriege oder andere unglückliche Umstände getötet werden, verlässt unsere Seele den Körper, wenn dieser nicht mehr in der Lage ist, ihr ein Zuhause zu bieten.«

Wie Lena vermutete, war es müßig, Kian zu fragen, in welchem Zeitraum so etwas in der Regel geschah. Doch er blickte hinauf in die Berge und sagte, vermutlich mehr zu sich selbst: »Bis zu jenem unglückseligen Tag, als Rodhakan über unser Dorf herfielen, war selbst meine Urgroßmutter noch am Leben. Die Tuavinn wollen uns einreden, unsere Seelen seien verloren, wenn sie uns nicht in die Ewigkeit begleiten.«

Lena unterdrückte ein Gähnen. »Und, denkst du, das stimmt?«

Er runzelte lediglich die Stirn, und Lena merkte, wie die Müdigkeit sie übermannte. »Wo können wir schlafen, Kian?«

Der junge Mann erhob sich. »Am besten hier beim Feuer. Ich werde noch einige Felle holen.«

Gähnend ließ sich Lena auf die Seite sinken, versteckte ihre eisigen Füße, so gut es ging, unter der Decke und blickte hinauf in den sternenübersäten Himmel. Die nächtliche Szenerie wurde von der magischen Triade beherrscht. Jetzt, in der Dunkelheit, leuchtete sie noch viel intensiver, strahlt geradezu magisch. Der blaue Planet schien förmlich zu pulsieren, während sie den Eindruck hatte, der silberne und der rötliche würden um ihn kreisen, sofern man das mit bloßem Auge überhaupt erkennen konnte. Doch vielleicht lag das auch einfach an der bleiernen Schwere, die sie verspürte. Sie war unglaublich müde. Es gelang ihr kaum noch, ihre Lider zu heben. Die magische Triade und faszinierende Sternenbilder tanzten vor ihren Augen, bildeten einen flimmernden Reigen, bevor Lena in einen tiefen Schlaf fiel.

Pferdeschnauben und Stimmen weckten Lena auf. Sie blinzelte und streckte sich. Außer ihr selbst lag niemand mehr um die erkaltete Feuerstelle herum. Die Sonne kroch gerade über den östlichen Horizont, vom Fluss her stieg leichter Nebel auf, und auch in den Bergen von Avarinn hing er. Eifrige Geschäftigkeit herrschte, die Menschen brachen ihr Lager ab oder wanderten bereits auf der Straße entlang, und Lena war es unangenehm, so lange geschlafen zu haben.

»Einen Becher Tee für die edle Dame?« Auf einmal stand Ruven hinter ihr, über das ganze Gesicht strahlend, einen Tonbecher in der Hand.

»Mal abgesehen davon, dass ich keine *edle Dame* bin, gerne.« Sie nahm den Tee und nippte daran. Er schmeckte nicht schlecht, nach Kräutern und vielleicht einer Beerenart.

»Ich dachte, du weißt nicht, wer du bist.« Ruven beugte sich zu ihr hinab und nahm eine ihrer Haarsträhnen zwischen seine Finger. »Am Ende gar eine Fürstin aus Ceadd.«

»Wohl kaum.« Energisch wandte sie sich von ihm ab, zupfte den Stoff zurecht, der ihr während des Schlafens verrutscht war, und sah sich nach Kian um.

»Ich könnte heute in eurer Nähe Patrouille reiten«, redete Ruven weiter auf sie ein, »damit du in Sicherheit bist.«

»Nicht nötig«, wehrte Lena ab, dann begab sie sich zu ihren Kleidern. Die Bluse war erfreulicherweise getrocknet, der Rock an einigen Stellen noch feucht, aber das war allemal besser, als hier weiterhin mit diesem Stofffetzen herumzulaufen. Also nickte sie Ruven noch einmal zu und verschwand dann im Inneren des Wagens.

»Oh, Verzeihung.«

Die alte Irba kramte gerade zwischen den Waren herum, und ihr Gesicht verzog sich unwillig, als sie Lena erkannte.

»Du wolltest wohl etwas stehlen?«

»Nein, ich will mich umziehen.«

»Hm.« Die Alte setzte sich auf eine Truhe, schnaubte misstrauisch und verschränkte die Arme vor der Brust.

Lena sah sie auffordernd an, aber Irba machte keine Anstalten zu gehen. »Ich würde mich gerne *allein* umziehen.«

»Und ich würde gerne auf unsere Ware achten«, krächzte Irba, und als Lena zu einer empörten Entgegnung Luft holte, sagte sie säuerlich: »Ich werde nichts entdecken, was ich nicht schon einmal gesehen habe!«

Auch wenn das der Wahrheit entsprechen mochte, so war es Lena peinlich, sich vor dieser garstigen Frau auszuziehen. Nachdem Irba aber mit trotzigem Gesichtsausdruck an Ort und Stelle verharrte, drehte ihr Lena schließlich den Rücken zu und streifte sich zuerst das Hemd über den Kopf. Zumindest reichte es bis fast zu den Knien, daher schälte sie sich aus der Stoffbahn, ließ diese zu Boden fallen und schlüpfte in den unförmigen Rock.

»An dir ist ja kaum etwas dran«, lästerte Irba. »Kein Mann wird auf Dauer an dir Gefallen finden.«

»Das ist Geschmackssache«, schoss Lena zurück, zurrte sich energisch den Rock mit dem Seil fest und fügte dann trocken hinzu: »Nicht jeder kann Euter wie eine Kuh haben.« Demonstrativ blickte sie auf Irbas erschlaffte Brüste, bei denen man selbst unter der braunen Tunika erkannte, dass sie ihr bis zum Bauchnabel hingen. Die alte Frau schnappte empört nach Luft, und als Lena ins Freie sprang, folgte ihr nicht nur ein gekeiftes: »Einst war ich die begehrteste Frau Talads!«, sondern auch ein tönerner Krug. Dieser verfehlte sie zwar, streifte allerdings Ruven, ehe er am Boden zerschellte.

»Autsch!« Anscheinend hatte der junge Mann auf sie gewartet. Er rieb sich kurz die Schulter, dann fasste er Lena an der Hand. »Komm, Irba ist ein garstiges Weib.« Tatsächlich tauchte nun der hochrote Kopf der alten Frau auf, daher ließ sich Lena ohne Gegenwehr mitziehen. Zu gern hätte sie noch ihre Schuhe geholt, aber sie wollte Irbas Schimpftirade entgehen.

Lachend hielt Ruven hinter einem Wagen an. »Ich habe euer Gespräch belauscht.«

»Das ist nicht sehr höflich.« Lena zog sich einen Stachel aus ihrem Fuß, dann sah sie zu Ruven auf, der nicht allzu schuldbewusst schien.

»Du hast recht.«

»Womit?«

»Ich weiß, die Götter werden mich strafen, wenn ich so spreche.« Er verneigte sich in Richtung der Berge. »Aber Irbas Brüste gleichen den Eutern einer alten, ausgemergelten Kuh.«

Ungewollt entfuhr Lena ein Glucksen, und Ruvens Augen musterten sie in höchst anzüglicher Weise. »Ich mag straffe, wohlgeformte Frauen.«

»Jetzt pass mal auf«, Lena stützte die Hände in die Hüften, »du kannst mögen, was du willst, aber ich habe kein Interesse an dir. Ist das klar?«

Ihr forscher Tonfall irritierte ihn sichtlich, dann zog er spöttisch eine Augenbraue nach oben. »Du fühlst dich meinem Bruder verpflichtet, weil er dich gerettet hat.«

»Nein, weder du noch dein Bruder interessieren mich.«

»Nicht?« Nun klang Ruven entsetzt, und er stutzte, bevor er fragte: »Fühlst du dich zu Frauen hingezogen?«

Vielleicht wäre es für sie das Einfachste gewesen, das zu bejahen, aber Lena schüttelte den Kopf.

»Du kannst dir offenbar nicht vorstellen, dass jemand weder mit dir noch mit deinem Bruder ...« Sie fuchtelte herum und suchte nach einer geeigneten Bezeichnung. »... na ja, eben unter die nächstbeste Decke kriechen will.«

Ihre Offenheit schien ihn zu verwundern, aber kurz darauf hatte er schon wieder dieses unverschämte, wenn auch zugegebenermaßen attraktive Grinsen im Gesicht. »Wenn ein Mädchen meinen Bruder verschmäht, kann ich das verstehen. Er ist der schlechtere Krieger, langweilig, und er wurde von den

Göttern mit einem weniger ansehnlichen Antlitz gesegnet als ich.«

»Ich kann kaum glauben, jemanden gefunden zu haben, der noch eingebildeter als Kevin ist«, stöhnte Lena, genoss für einen Moment Ruvens Verwirrung, dann stieß sie ihn mit einem Finger vor die Brust. »Bild dir nicht so viel ein. Schönheit vergeht, das siehst du ja an Irba.«

Damit ließ sie ihn stehen, wobei sie es tunlichst vermied, sich noch einmal umzudrehen.

Zum Glück waren ihre Schuhe tatsächlich über Nacht getrocknet, nur das Leder fühlte sich hart und unbequem an. »Na toll, jetzt bekomme ich sicher Blasen«, knurrte sie.

Prompt stand Irba nicht weit entfernt, tuschelte mit einer anderen Frau und warf ihr böse Blicke zu. Aber Lena ignorierte die beiden und atmete auf, als Kian auf sie zueilte.

»Wo warst du? Ich habe dich gesucht.«

»Ich habe mich umgezogen.« Mit einer Grimasse deutete sie auf ihre viel zu großen Kleider.

Kian antwortete darauf lediglich mit einem Brummen, dann hielt er ihr einen hölzernen Tiegel und ein Stück Stoff hin. »Du solltest deine Stiefel fetten.«

»Danke! Du bist der erste vernünftige Mensch, der mir heute begegnet«, seufzte sie, woraufhin sich Kians Stirn in Falten legte. Allerdings ging er nicht weiter darauf ein, denn in diesem Moment setzten sich die Wagen in Bewegung, und auch Kian und Lena schwangen sich auf eine der Ladeflächen. Zu Lenas Erleichterung befand sich Irba heute auf einem anderen Fuhrwerk, doch Ruven konnte es sich selbstverständlich nicht verkneifen, neben ihnen herzureiten. Absichtlich ließ er sein Pferd hierhin und dorthin tänzeln, es halb auf die Hinterbeine steigen, und dabei grinste er stets zu ihr hinüber.

Die Arme vor der Brust verschränkt und mit düsterer Miene saß Kian neben Lena.

»Ignorier ihn einfach«, riet sie flüsternd, »das ist die schlimmste Strafe für ihn.«

Demonstrativ schloss sie die Augen, reagierte nicht, wenn Ruven sie ansprach, und tatsächlich preschte er irgendwann in einer Staubwolke davon.

»War er schon immer so?«, wollte Lena wissen.

»Nein.« Kian entspannte sich spürbar, streckte die Beine aus und lehnte seinen Kopf gegen die Wand des Wagens. »Als Kinder haben wir uns gut verstanden. Aber seitdem mein Onkel ihm in Aussicht gestellt hat, den Wachen von Ceadd beitreten zu können, hält er sich für den Größten.«

»Würdest du denn auch gerne zu den Wachen gehen?«

Für einen Moment schweiften Kians Augen nachdenklich über das weite Land – gerade überquerten sie eine von hüfthohem Gras bewachsene Ebene, durch die sich der Fluss schlängelte. Dann schüttelte er den Kopf. »Nein.«

Mehr fügte der junge Krieger nicht hinzu, und daher betrachtete nun auch Lena die Umgebung ein wenig eingehender. Im Augenblick entfernten sie sich weiter von den Bergen, reisten durch sanftes Hügelland. Ihr völlig unbekannte Insekten schwirrten umher, manche schillernd wie Libellen, doch mit deutlich größeren Flügeln. Schwärme von Vögeln jagten über den Himmel, viele von ihnen trugen ein Federkleid, dessen Farbenpracht Lena überwältigte. So staunte sie über taubengroße Vögel mit leuchtend grünen Flügeln, die sie zunächst in einem der gleichfarbigen Büsche gar nicht wahrgenommen hatte. Im ersten Schreckmoment hatte sie gar gedacht, der gesamte Busch würde davonflattern, aber dann stoben die Tiere nur so auseinander und ließen Lena fasziniert zurück. Herden schneeweißer Rehe, deren Geweihe allerdings eher an die von Elchen erinnerten, zogen über das Grasland. Die Straße nach Ceadd wand sich durch eine atemberaubende Landschaft, vorbei an kleinen Seen, manche türkisblau, andere erinnerten an schwarze Opale, durch kleine Wäldchen und von unzähligen Wildblumen übersäte Täler.

Über die Vielfalt der Tier- und Pflanzenwelt konnte sie nur staunen und musste sich sehr zusammennehmen, um nicht ständig mit weit aufgerissenen Augen alles anzustarren.

»Lebt hier überhaupt kein Mensch?«, erkundigte sich Lena, nachdem sie nach dem dritten Tag noch immer auf keine Dörfer oder Städte getroffen waren. Ihre Fluchtpläne hatte sie inzwischen aufgegeben, denn sowohl Kian als auch die anderen Menschen hier hielten ständig ein Auge auf sie. Vielleicht würde es ihr auf der Rückreise, in der Nähe von Talad gelingen, in die Berge zu entkommen – oder Ragnar spürte sie endlich auf.

»Früher schon, jetzt sind sie alle in die Städte geflohen, weil sie vor den Rodhakan Angst haben.«

»Aber bisher gab es doch kein Zeichen von ihnen«, erwiderte Lena verwundert.

»Wir hatten Glück«, bemerkte Kian einfach. »Wir reisen in Gruppen auf unterschiedlichen Wegen nach Ceadd. Die einen in Richtung Westen, wir am Fluss entlang, manche Reiter gar durch die Berge.«

»Dann denkst du …« Lena wagte es nicht, den Satz zu beenden.

»Nicht alle werden Ceadd erreichen«, bestätigte Kian, wobei er keinerlei Emotionen erkennen ließ.

»Ja, aber – weshalb in aller Welt reist ihr dann immer wieder nach Ceadd? Die Rodhakan müssen doch von diesem Triadenfest wissen und dann besonders wachsam sein.«

Mit einem Mal bekamen Kians Augen einen kalten Ausdruck. »Weil sie dann endgültig gewonnen hätten. Weil sie dann ihr Ziel erreichen – uns eingepfercht wie Vieh in den Städten halten und diejenigen verschlingen, die sich doch noch hinauswagen. Nein, Lena, das lassen wir nicht zu!«

Auch wenn ein Teil von ihr Kian verstand, so musste sie doch hart schlucken, wenn sie sich bewusst machte, dass vielleicht in diesem Augenblick Menschen von den Rodhakan verschleppt wurden. Außerdem bekam sie Angst, und ihr wurde plötzlich bewusst, dass hinter jeder Biegung, jedem Hügel die Schattenkreaturen lauern konnten.

Jetzt lächelte Kian wieder, als hätte er ihre Gedanken erraten. »Wir werden auf dich achten – ich werde auf dich achten.«

Dieses Versprechen erschien Lena in Anbetracht der Bedrohung durch die Schattenwesen wenig beruhigend, auch wenn sie nicht an Kians gutem Willen zweifelte – nicht nach der Sache am Fluss. *Wenn nur Ragnar, Maredd und die anderen hier wären*, dachte sie voller Sehnsucht, suchte den Horizont nach einem Zeichen der Krieger mit ihren Pferden ab, fürchtete sich aber auch gleichzeitig davor, da dies einen Kampf bedeuten würde.

»Ragnar, du bist der Einzige, der unbemerkt in Talad eindringen kann. Aber Junge«, beschwor ihn sein Großvater, »du darfst nicht unbedacht handeln, sofern du herausfindest, dass Lena hier gefangen gehalten wird.« Große Besorgnis stand in Maredds grauen Augen, und Ragnar war sich bewusst, wie berechtigt diese Sorge war.

Wenn er daran dachte, dass Menschen aus Talad Lena entführt hatten, brodelte auf der Stelle unbändiger Hass in ihm. Er wollte niemanden grundlos töten, aber er würde auch nicht zögern, es zu tun, wenn es nötig sein sollte.

»Ich werde aufpassen.« Ragnar zog sich seine Kapuze weit ins Gesicht, hatte ein einfaches graues Hemd über seinen Lederharnisch gezogen, das Tuavinn-Schwert mit den aufwendigen Gravierungen in der unscheinbaren Scheide versteckt. Einen Bogen wollte er nicht mitnehmen, denn der wäre ihm in den engen Gassen und Straßen Talads kaum von Nutzen. Unglücklicherweise herrschte kein großer Andrang am Tor, lediglich zwei halbwüchsige Jungen trieben eine Herde Schafe in die Stadt, eine alte Bäuerin zog einen Gemüsekarren hinter sich her. Ragnar wäre es lieber gewesen, er hätte sich in eine größere Gruppe einreihen und ohne Aufsehen zu erregen durch das Wachtor gelangen können. Doch vermutlich befanden sich viele auf dem Triadenfest, denn die Stadt war so gut wie menschenleer. Nachdem ihm keine andere Wahl blieb, trat er neben der alten Frau durch das Tor.

Ein junger Krieger mit einer Lanze stellte sich ihm in den Weg. »Zeig mir dein Gesicht.«

Langsam schob Ragnar seine Kapuze ein Stück zurück. Er wollte es vermeiden, dass man seine silbergrauen Haare sah. Natürlich gab es auch Menschen mit grauen Haaren, mit seinem jugendlichen Gesicht hingegen war das ungewöhnlich. Auf keinen Fall jedoch durften sie seine Tätowierungen sehen. Während der letzten Tage hatte er die Haare darüber nicht mehr rasiert, um sich so gut wie möglich zu tarnen. Dennoch würden ihn die verschlungenen Linien, die noch immer hindurchschimmerten, als einen Tuavinn zu erkennen geben. Es war zwar von Vorteil, dass er nicht so groß war wie die reinblütigen Tuavinn. Doch wenn die Wache ihn zwang …

Weitere Überlegungen blieben Ragnar erspart, denn der Torwächter winkte ihn weiter, und so trat er unter das mächtige Holztor. Auf einmal schien irgendetwas nach seiner Kehle zu greifen, ihm die Luft abzudrücken. Er keuchte auf, schwankte und hielt sich an dem Karren der Alten fest. Dieses Gefühl hatte er schon einmal gehabt. Damals, als ihn der Pfeil des Rodhakan getroffen hatte.

Verdammt, aber mich hat doch niemand angeschossen.

Die Bäuerin sah ihn schon kritisch von der Seite her an, und so zwang er sich, einen Fuß vor den anderen zu setzen. Nachdem er endlich auf den Platz hinter der Stadtmauer trat, war dieses seltsame Gefühl wie von Geisterhand verschwunden.

Verwirrt sah Ragnar über die Schulter, wobei er sich den Hals rieb. Was sollte das eben gewesen sein? Ein Schutzzauber, der den Tuavinn Einlass verwehrte?

Aber jetzt schritt er den Berg hinauf und wollte versuchen, sich möglichst unauffällig nach Lena umzuhören, und er wusste auch schon, zu wem er gehen wollte.

Kapitel 6

Das Triadenfest

Auf der Weiterreise zur Fürstenstadt Ceadd war Lena ausgesprochen angespannt, und auch an den Gesichtern der Wächter konnte sie ablesen, wie ernst die Lage war. Selbst Ruven tat sich nicht mehr durch übertriebene Gesten hervor, sondern ritt aufmerksam Patrouille.

Nachdem sie den ausgedehnten See Linnron hinter sich gelassen hatten, führte die Straße weitgehend durch offenes Land. Kian erklärte unterwegs, seine Vorfahren hätten in mühevoller Arbeit das Land gerodet. Und auch wenn diese Arbeiten von Erfolg gekrönt waren, so sah man doch überall, wie sich Haine ihren Platz zurückerobert hatten und Büsche wieder bis zur Straße herangewuchert waren. Lena ahnte, dass diese Rodungen den Tuavinn ein Dorn im Auge waren, erwähnte das jedoch besser nicht.

Am sechsten Tag ihrer Reise regnete es, ein strammer Wind peitschte das Wasser in dichten Schleiern über das Land. Über die meisten Wagen waren Planen gezogen worden, und auch Lena saß mit Kian unter diesem willkommenen Schutz. Geschossen gleich donnerten die Regentropfen gegen die Plane aus Tierhaut. Lena war verwundert darüber, wie gut diese dicht hielten, denn selbst nach einem halben Tag zeigten sich keine Pfützen im Inneren des Wagens. Sturmböen zerrten an den Fuhrwerken, und sie hatte Mitleid mit den Pferden, die sich stoisch ihren Weg durch den matschigen Untergrund bahnen mussten.

»Die Sturmgeister werden die Regenwolken bald vertrieben haben«, behauptete Kian. Er saß mit angewinkelten Beinen an die Wand gelehnt und schnitzte an einem Holzpfeil herum.

»Die Sturmgeister – na klar.« Lena musste grinsen, aber offenbar meinte Kian es ernst.

»Sieh doch hinaus.«

Skeptisch runzelte Lena die Stirn, dann schob sie die Plane ein Stück beiseite und spähte ins Freie. Heftig schlug ihr das Wasser entgegen, als sie sich über den Rand des Wagens beugte, und sie schimpfte, weil sie sofort nass wurde. Sie wollte den Kopf schon zurückziehen, hielt jedoch inne, lehnte sich sogar weiter hinaus – und wäre um ein Haar kopfüber auf die Straße gestürzt. Über ihr bot sich ein beeindruckendes Schauspiel, und auch wenn der Schlamm nur so spritzte, als Lena aus dem Wagen sprang, konnte sie doch nicht anders und blieb neben der Straße stehen. Keine zwei Atemzüge später stand Kian neben ihr. Offensichtlich war es ihr ungläubiges Gesicht, über das er nun lachen musste. Die weißen Wolken am Himmel hatten sich zu einem gewaltigen Drachen geformt, dessen Schwingen ganz Elvancor zu umfassen schienen. Ihm gegenüber befand sich eine Wolkenwand, grau und teilweise sogar schwarz, und bauschte sich zu einer undurchdringlich wirkenden Mauer auf. Jetzt öffnete der weiße Drache sein Maul, ein mächtiger Sturmwind erhob sich, und dort, wo sein imaginärer Atem hervortrat, wurden die Wolken zurückgedrängt, und blauer Himmel zeigte sich. Die dunkle Wolkenwand stemmte sich jedoch dagegen, waberte vor, doch kurz darauf zerbarst sie in Tausende Wolkenfetzen. Die Sonne kam hervor, das ganze Land war plötzlich von Regenbogen überzogen. Sie spannten sich über den Bergen, formten ein regelrechtes Brückenwerk aus schillernden Farben, sodass Lena die Augen zusammenkneifen musste.

»Was … ist das?«

Kian murmelte etwas vor sich hin, dann legte er einen Arm

um ihre Schultern. »An manchen Tagen kämpfen die Geister des Himmels miteinander. Die Windgeister wollten die Regengeister vertreiben. Daher haben sie sich formiert und ihre Widersacher fortgeblasen.«

»Geister, die sich formieren«, staunte Lena, dann erinnerte sie sich an etwas. »Also war das so ähnlich wie bei den Maryden.« Voller Unbehagen sah sie zum Himmel hinauf. »Sind die Himmelsgeister genauso gefährlich wie die des Wassers?«

Bedächtig wiegte Kian seinen Kopf hin und her. »Maryden sind meist aggressiver. Aber auch Wind- und Regengeister zürnen den Menschen gelegentlich, fordern sie mit Orkanen oder Schneestürmen in den Bergen heraus.«

In ihrer Welt hätte Lena über eine solche Sicht der Dinge gelacht und Kian für verrückt erklärt. Aber wenn sie jetzt in den Himmel blickte, überwiegend strahlend blau, nur noch im Osten die nachtschwarzen Reste der Sturmwolken, und das Farbenspektakel über den Ebenen, dann konnte sie nicht anders, als Kians Denkweise für wahr zu halten. »Und die Regenbogen – stecken da etwa auch Geister dahinter?«

Kians Augen folgten ihrem ausgestreckten Finger. »Regenbogen – das ist ein hübscher Name! Wir nennen sie Lichtbrücken, denn sie verbinden Land, Himmel und Wasser miteinander. Und ja, die Geister des Lichts sind dafür verantwortlich. Vor ihnen muss man sich jedoch nicht fürchten, sie gelten als friedlich, bringen ihre Freude über das Verschwinden der Dunkelheit nach einem regnerischen Tag durch ihre Lichtbrücken zum Ausdruck. Tausende kleine Lichtwesen tanzen auf ihnen.«

Jetzt, da Lena genauer hinsah, glaubte sie, die einzelnen Farben der Regenbogen ineinander verschwimmen zu sehen. Fasziniert betrachtete sie dieses Naturschauspiel. Anders als sie es von zu Hause kannte, verschwanden die Regenbogen nicht nach kurzer Zeit, sondern blieben den gesamten Nachmittag über den Ebenen hängen.

Sie konnte gar nicht genug bekommen von diesem Land, daher schlug sie die Plane so weit wie möglich zur Seite, als sie wieder auf den Wagen kletterte. Auch heute kreuzten zahlreiche Tiere ihren Weg, farbenprächtige Vögel, schillernde Insekten, und als sie später eine gewaltige Kreatur ausmachte, die auf die entfernten Berge zuhielt, traute sie ihren Augen kaum. »Ein Drache!«, rief sie aus.

»Meist halten sie sich eher im Süden auf.« Kian schirmte seine Augen mit der Hand gegen die Sonne ab. »Vielleicht ein Weibchen auf der Suche nach einer Brutstätte.«

»Wahnsinn!« Niemals zuvor hätte sie sich auszumalen vermocht, wie majestätisch diese Himmelskreaturen sein konnten. Hoch über ihnen flog der metallisch grün schimmernde Drache, bewegte seine Schwingen mit mächtigen Schlägen, die seinen Körper rasch vorwärtskatapultierten.

Völlig gefangen von diesem Anblick reagierte Lena erst gar nicht, als Kian verkündete: »Morgen werden wir Ceadd erreichen.« Stattdessen gab sie nur abwesend ein »Hm« von sich, besann sich dann allerdings und drehte sich in Fahrtrichtung. Im schwindenden Licht des Tages konnte sie eine Erhebung über dem Grasland erkennen. Umgeben von einem dichten Waldgebiet thronte ein Hügel, auf dessen höchstem Punkt Lena eine Mauer zu erkennen glaubte.

»Das ist Ceadd?«

»Richtig.«

»Und wir müssen durch den Wald? Ist das nicht gefährlich?« Bei dem Gedanken daran, diesen düsteren, dichten Wald zu betreten, erschauderte Lena. Anders als die Wälder der Berge von Avarinn wirkte dieser hier bedrohlich auf sie, auch wenn sie sich das nicht erklären konnte.

»Nein, die Tuavinn meiden ihn.«

»Ich dachte auch weniger an die Tuavinn«, murmelte Lena.

»Selbst die Rodhakan halten sich fern. Wir wissen nicht, weshalb, aber noch niemals haben sie den Eibenwald vor Ceadd durchquert.«

Nach und nach verschwanden die ersten Reiter und Wagen zwischen den Bäumen. Lena überkam ein eigenartiges Gefühl, als sie zwischen den knorrigen, verwachsenen Waldpflanzen eintauchten. Viele der Bäume besaßen mächtige Stämme, waren sehr hoch, bestimmt an die zwanzig Meter, andere eher niedrig, und ihre Äste hingen bis auf die Erde. Dicke Wurzeln überzogen den Boden, die meisten von ihnen hätte sie nicht mit ihren Armen umfassen können. Obendrein waren die Wurzeln zu einem dichten Geflecht zusammengewachsen und derart ineinander verschlungen, dass man kaum sagen konnte, zu welchem Baum sie gehörten. Auch wenn es hier insgesamt recht düster war, lockerten die roten Beeren an einigen Bäumen die Atmosphäre zumindest ein wenig auf. Doch das Fehlen jeglicher anderer Vegetation war befremdlich, und wohl fühlte sich Lena nicht. Sie hatte den Eindruck, Schatten zwischen den Bäumen umherhuschen zu sehen.

Sie waren noch nicht weit in den Eibenwald vorgedrungen, als der Zug auf einer Lichtung anhielt. Der Boden war glatt gestampft, sicher lagerten Reisende hier häufiger.

Heute wurden die Wagen nicht im Kreis aufgestellt, sondern zwischen den Bäumen, wo Platz war. Zudem fiel Lena auf, dass nur wenige Wachen die Umgebung im Auge behielten. Die meisten Männer oder auch Frauen saßen in kleinen Gruppen unter den Bäumen, aßen, tranken und unterhielten sich.

Kian verschwand kurz, nachdem sie angehalten hatten, mit einer gemurmelten Entschuldigung, und auch wenn ihr Aufpasser nicht in der Nähe war, wusste Lena nur zu gut, dass sie beobachtet wurde. Viele ihrer Mitreisenden beäugten sie noch immer argwöhnisch. Bestimmt hatte Irba ihr Bestes getan, Lena in einem schlechten Licht dastehen zu lassen. Jetzt begab sie sich auf die Suche nach frischem Wasser, denn zumindest Gesicht und Hände wollte sie vor dem Abendessen waschen.

Unter dem prüfenden Blick zahlreicher Männer und Frauen trat Lena zwischen zwei Wagen hindurch und fand tatsächlich einen mit einem Wasserfass. Gerade ließ ein kleines Mädchen seinen Holzeimer volllaufen, lächelte Lena schüchtern zu und verschwand dann. Sie selbst drehte den hölzernen Hebel zur Seite, wusch sich eilig den Schmutz der Reise von der Haut und wünschte sich sehnlichst eine warme Dusche.

»... bin mir sicher, sie spricht die Wahrheit«, hörte sie da eine bekannte Stimme von der anderen Seite des Wagens her.

Vorsichtig schlich Lena ein Stück näher. Mit dem Rücken zu ihr standen Kian und sein Onkel Ureat.

»Es kann auch eine List sein, sie könnte sich verstellen.«

»Ihre Begeisterung, ihr Staunen, das kann sie gar nicht vorgetäuscht haben«, versicherte Kian ihm, dann lachte er leise. »Wie sie über den Wolkendrachen am Himmel verwundert war – wie ein kleines Kind.«

»Trotz allem müssen wir achtsam sein. Ich habe das Gefühl, sie verbirgt etwas Wichtiges. Kian, bleib weiter in ihrer Nähe!«

»Ja, Onkel, das werde ich.« Kian machte eine Bewegung, wollte sich wohl gerade umdrehen.

Schnell wich Lena zurück. Doch der junge Krieger kam nicht in ihre Richtung.

Er glaubt mir also, dachte Lena, *das ist zumindest ein Anfang.*

In der Nacht konnte sie nicht schlafen. Das Rauschen der Bäume erschien ihr bedrohlich, überall hörte sie knackende Geräusche, hier und da sogar ein Heulen oder den Schrei eines Nachtvogels. Auch wenn Ruven ihr bestätigt hatte, dass noch niemals Rodhakan in diesem Wald angegriffen hätten, so konnte sie sich kaum einen unheimlicheren Ort als diesen vorstellen. Nur ganz selten blitzte ein Stern durch das dichte Laubdach, weder die beiden Monde noch die Triade waren zu sehen. Die Gerüche des feuchten Waldbodens lagen schwer in der Luft, wirkten in der undurchdringlichen Dunkelheit fast schon erdrückend.

»Kian«, flüsterte Lena irgendwann.

Mit einem unwilligen Grunzen drehte sich der Krieger zu ihr um. »Was ist?«, murmelte er schlaftrunken.

»Weshalb wurde heute kein Feuer entzündet?«

Er gähnte lautstark, seine Decke raschelte. Jetzt konnte sie sogar seinen Atem an ihrer Wange spüren. »Weil es die Geister des Eibenwaldes erzürnen würde.«

»Schon wieder Geister«, stöhnte Lena.

»Alles ist von den Geistern der Natur beseelt, wusstest du das nicht?«

»Nein … doch … keine Ahnung.«

»Eibengeister«, Kian senkte seine Stimme, »hassen das Feuer ganz besonders.«

»Weshalb das denn?«

»Eine Legende besagt, dass in einem Sommer, lange bevor ich geboren wurde, der Wald von Wakkarin niederbrannte. Es ist ein unumstößliches Gesetz, niemals in der Nähe einer Eibe ein Feuer zu entzünden, sonst wäre uns der Zorn der Eibengeister gewiss.«

»Konnten sie damals nichts gegen das Feuer tun?«

»Nein, und man sagt, noch heute zürnen sie den Wind- und Regengeistern, die ihnen nicht zu Hilfe gekommen sind.« Erneut gähnte Kian. »Und jetzt schlaf, morgen wirst du Ceadd sehen.«

An Schlaf war jetzt erst recht nicht zu denken. Lena starrte in die Baumkronen hinauf, hatte mehr denn je das Gefühl, von geisterhaften Augen beobachtet zu werden.

Erst in der Morgendämmerung war Lena eingeschlafen, und daher fühlte sie sich reichlich zerschlagen, als Kian sie weckte. Viele ihrer Mitreisenden saßen schon auf ihren Wagen oder hoch zu Ross, während sie noch ihre Sachen zusammenpackte.

»Ich könnte Lena durch Ceadd führen«, bot Ruven sogleich an. Er hielt sein Pferd am Zügel, sah bewundernswert ausgeschlafen aus, das Gesicht frisch rasiert, die schulterlangen Haare an den Seiten zu Zöpfen geflochten und im Nacken mit einem Lederband befestigt. Der braune, mit Nieten besetzte Lederpanzer, den er über einem hellen Hemd trug, glänzte geradezu, und auch seine kniehohen Stiefel hatte er geputzt. Insgesamt stellte er eine beeindruckende Erscheinung dar.

»Nichts dergleichen wirst du tun«, knurrte Kian. »Ich bin für sie verantwortlich.«

»Ich könnte Onkel Ureat bitten, dass er mir Lenas Bewachung überträgt.« Der junge Krieger streckte sich, auch wenn er seinen älteren Bruder ohnehin schon um ein paar Zentimeter überragte. »Schließlich werde ich bald der Wache von Ceadd beitreten.«

Kian hielt den Kopf gesenkt und prüfte den Sitz seines Schwertes. »Wenn es nur schon so weit wäre«, hörte Lena ihn murmeln. Dann sah er jedoch auf, und als er laut weitersprach, rang er spürbar um Gelassenheit. »Ich werde meinen Pflichten nachkommen und auf Lena achten. Du solltest die deinen wahrnehmen und unseren Zug beschützen. Als zukünftige Wache von Ceadd ist es nur angemessen, deine Aufgabe ernst zu nehmen.«

Ruven schnaubte lediglich arrogant. »Wir haben die Stadt beinahe erreicht. Niemand wird uns behelligen.«

»Jetzt hört doch auf zu streiten«, mischte sich Lena ein. »Ich bleibe bei Kian.«

»Ehrlich gesagt, glaube ich kaum …« Ruven wurde unterbrochen, als eine herrische Stimme von vorne rief: »Aufbruch! Ruven, sieh zu, dass du dich an die Spitze setzt!«

Während Ruven mit den Zähnen knirschte, sich jedoch auf sein Pferd schwang, grinste Kian triumphierend. Nachdem sein Bruder davongetrabt war, raffte der junge Mann eilig Lenas Sachen zusammen. »Komm jetzt, du kannst auf dem Wagen dein morgendliches Mahl zu dir nehmen.«

Langsam setzte sich der Zug in Bewegung. Es musste noch früh am Tag sein, denn nur wenig Licht drang durch die Bäume.

Der Eibenwald machte auf Lena auch heute einen bedrohlichen Eindruck. Keine Tiere kreuzten ihren Weg, nicht einmal Gräser oder Moose bedeckten den Boden, keine Blume war zu sehen. Stattdessen hatte sie das Gefühl, als würden Schatten durch die Bäume huschen, sie verfolgen und beobachten.

Es scheint so, als würde irgendetwas alles andere am Wachsen hindern, schoss es Lena durch den Kopf.

»Sag mal, Kian, weshalb hat sich dein Bruder eigentlich so herausgeputzt?«, fragte sie, um sich abzulenken.

»Sicher will er einige Mädchen beeindrucken, wenn er in Ceadd einreitet.« Kian schnaubte verächtlich. »Es hätte auch ausgereicht, wenn er sich zum Triadenfest seine besten Kleider angezogen hätte. Aber nein, Ruven muss alle übertrumpfen.«

Nun bereute es Lena, davon angefangen zu haben, denn Kian schimpfte in einem fort über seinen Bruder. Stetig stieg der Weg an, und bald bemerkte sie, dass von anderen Seiten weitere Menschen herbeiströmten, von Pfaden rechts und links ihres Weges.

»Du solltest deine Kette gut verborgen tragen«, riet Kian ihr. Als Lena fragend die Stirn runzelte, erklärte er: »Es könnten Menschen aus Crosgan hier sein. Sie haben es sich zur Aufgabe gemacht, die Amulette der Vorfahren zu sammeln, und schrecken nicht selten vor Diebstahl oder gar Mord zurück.«

Eilig zog Lena ihre Tunika fester zu und beäugte die Reisenden argwöhnisch. Wie sollte sie herausfinden, wer aus Crosgan kam? Sie war froh um Kians Schutz, denn ihm würde sie im Ernstfall mehr vertrauen als diesem Kindskopf von Ruven, selbst wenn er der bessere Krieger sein sollte.

Nach einer Weile erreichten sie einen mit groben Steinen gepflasterten Weg. Dieser führte auf ein haushohes Tor zu. In den dunkelgrauen Stein, aus dem auch die Stadtmauer bestand, waren kunstvoll verschlungene Muster gemeißelt. Viele ähnelten den keltischen Symbolen, die Lena aus ihrer Welt kannte, was ja nicht verwunderlich war. Einige zeigten Drachen, andere Blätter und Blumen, in prachtvolle Ranken verwoben. Vor den Mauern standen Wachen. Hochgewachsene Männer und auch einige Frauen, in silbernen oder bronzefarbenen Brustharnischen, goldverzierte Helme auf den Köpfen, die Gesichter völlig unbewegt und Lanzen in den Händen. Sie flankierten das gesamte, annähernd fünf Meter breite Tor. Lena konnte nur staunen, als sie ihren Blick von den starren Mienen der Wächter löste und den Platz hinter dem Durchgang betrat. Menschenmassen drängten sich zwischen den vielen Marktständen, aber die meisten Besucher hielten auf eine weitere, schätzungsweise hundert Schritt entfernte Mauer zu.

»Folg mir.« Kian half Lena vom Wagen. »Die Kutschen werden länger benötigen, um durch den zweiten Verteidigungsring in die Oberstadt zu gelangen.« Er nahm sie an der Hand und geleitete sie durch das Gewimmel.

Die zweite Mauer war weniger beeindruckend, eher schlicht gehalten und auch nicht ganz so breit. Hier wurden alle Besucher genau betrachtet und nacheinander durchgewinkt. Hinter dem zweiten Tor ließ erfreulicherweise das Gedränge nach. Auch hier gab es zahlreiche Marktstände, aber von dem zweiten Vorplatz aus zweigten mehrere Straßen in alle Richtungen ab, und die Menschen verteilten sich. Das alles erinnerte Lena an Mittelaltermärkte, die sie kannte, und war doch wieder anders – denn dieses Fest hier war nicht gespielt, nachgestellt, sondern Realität. Von den langen Roben hin bis zu den Waffen. Beeindruckend waren die dicht an dicht stehenden Häuser. Allesamt mit keltischen Mustern, Drachen oder anderen Reliefs verziert; selbst in die Türen hatte man meisterhafte Ornamente eingearbeitet. Junge Mädchen streiften mit Bauchläden voller Essen umher, und jeder durfte zugreifen. Und das tat Lena, denn sie hatte das Frühstück ganz vergessen. Zielsicher ging Kian durch die engen Gassen voran. Sie hätte überall stehen bleiben und die Baukunst bestaunen mögen. Anders als in Talad waren die Häuser deutlich größer, meist zweistöckig, manche in Turmform erbaut und mit Schindeln oder Ziegeln bedeckt.

Die gesamte Stadt pulsierte geradezu vor Leben. Kinder rannten umher, Krieger in prächtigen Rüstungen, mit blank polierten Waffen an den Gürteln, Frauen und Männer in edlen Gewändern und mit kunstreichen Frisuren, in denen Lena hier und da sogar Edelsteine schimmern sah. »Wann findet denn dieses Triadenfest statt?«, wollte sie wissen.

Kian hielt an, betrachtete sie, als hätte sie nicht alle Sinne beisammen, dann schüttelte er den Kopf. »Das hier *ist* das Triadenfest. Solange die magische Triade am Himmel steht, wird gefeiert. Menschen aus ganz Elvancor kommen in die Stadt, bringen Essen, Waren und Tiere. Jeden Abend treten die Fürsten vor das Volk, dann wird getanzt, Geschichtenerzähler gehen umher, Gaukler und Sänger üben ihre Kunst aus.«

»Und das geht über mehrere Tage so?«, staunte Lena.

»Selbstverständlich.« Für ihn schien das völlig normal zu sein, aber sie wunderte sich. Unter Umständen hing diese magische Triade über Wochen am Himmel, und wenn die ganze Zeit über derart verschwenderisch gefeiert wurde, mussten Unmengen an Nahrungsmitteln nach Ceadd geschafft werden und Teile der Bevölkerung den Rest des Jahres, oder wie auch immer sie es nannten, hungern. Aber vielleicht war auch alles ganz anders, als sie dachte. Lena fiel zumindest nicht auf, dass hier irgendjemand ärmlich gekleidet aussah. Nicht alle Gewänder waren prächtig, doch ungepflegt oder unterernährt wirkte niemand. Vielleicht ging dieses ungewohnte Konzept, von dem Kian ihr erzählt hatte, ja auf. Jeder nahm das, was er benötigte, und gab, was er konnte. Doch über solche Dinge wollte sie sich im Augenblick keine Gedanken machen, genoss die lebendige Atmosphäre, nahm hier ein Stück Brot oder Käse, dort einen Becher Wein, und wanderte mit Kian durch die Gassen Ceadds. Auffällig war, dass sich selbst gebrechliche Greise unter das Volk mischten, ganze Kutschen voll weißhaariger Männer und Frauen mit faltigen Gesichtern wurden durch Ceadd gefahren. *Beinahe wie im St. Elisabeth, wo ich meine Sozialstunden ableisten musste*, dachte Lena, denn über die Hälfte der Stadtbesucher war äußerst betagt.

»Sag, Kian«, begann Lena irgendwann, »darf ich mir hier auch einfach nehmen, was ich möchte?«

»Ja, das darfst du.« Dann runzelte er die Stirn. »Wir wissen nicht, ob du aus Ceadd oder einer anderen Stadt stammst, und normalerweise sollte ein jeder seinen Beitrag zum Triadenfest leisten. Doch da du nicht weißt, wer du bist, wird niemand Anstoß daran nehmen, wenn du nimmst, was dir beliebt. Bis auf Waffen. Mein Onkel wäre dagegen.«

»Ich will keine Waffen.« Lena zupfte an ihren Kleidern herum. »Aber ich hätte gerne etwas anzuziehen, das mir passt.«

»Ach, wirklich?«

»Ja, ich sehe aus wie eine Vogelscheuche, und die ganzen anderen Frauen haben so hübsche Gewänder.« Bewundernd schaute sie einer Frau nach, deren dunkelblaues Kleid in weichen Wellen auf den Boden herabhing und zu ihrem hüftlangen Zopf passte. Kleine blaue Perlen hatte sie in ihr hellblondes Haar geflochten.

»Vogelscheuche?« Er verzog den Mund. »Welche Vögel sollten denn von dir verscheucht werden?« Aber bevor Lena zu einer Erklärung ansetzen konnte, nahm er sie an der Hand und geleitete sie zu einem Stand an der Mauer. Dort wurden zahlreiche Kleider angeboten. Manche üppig verziert, andere eher schlicht gehalten.

»Wir kommen aus Talad«, erklärte Kian mit fester Stimme dem Mann, der die Kleider anbot. »Lena benötigt ein neues Kleid, Tuchmacher.«

Die Augen des Tuchmachers wanderten über Lena. Seine längliche Nase kräuselte sich zu zahlreichen Falten, als er sie betrachtete. »Wir werden ein Kinderkleid nehmen müssen, sie ist klein und dürr«, bemerkte er mit heiserer Stimme.

Sofort schoss Lena die Schamesröte in die Wangen.

Schneller als sie etwas entgegnen konnte, hatte der Tuchmacher Kians Schwert an der Kehle liegen. »Du sollst sie nicht beleidigen, sondern einkleiden.«

Der Mann zog ein säuerliches Gesicht und schob das Schwert behutsam zur Seite. »Das war keine Beleidigung, es entspricht den Tatsachen«, entgegnete er trocken, begann jedoch gleichzeitig, in einer Kiste zu wühlen.

Am liebsten wäre Lena wieder gegangen. Sie hatte sich eigentlich immer für halbwegs ansehnlich gehalten, aber womöglich hatte man hier etwas andere Schönheitsideale als in ihrer eigenen Welt.

Kian schien ihre Stimmung zu bemerken und zwinkerte ihr zu. »Manch kleiner Mensch hat mehr Größe in sich als ein Riese«, flüsterte er ihr ins Ohr.

Das war nett gemeint, dennoch ärgerte sie sich, wurde jedoch abgelenkt, als der Tuchmacher mehrere Kleider auf seiner Holztheke ausbreitete. Nacheinander hielt Lena sie sich vor den Körper. Einige waren zu lang, andere seltsam geschnitten. Ein hellblaues Kleid gefiel ihr recht gut, aber Kian schüttelte den Kopf. »Nimm das hier.«

Dieses Gewand war von einem zarten Grünton, das Oberteil korsettartig geschnürt, mit langen Ärmeln, der Ausschnitt mit dunkelgrünen Knoten verziert. »Es passt zu deinen Augen.«

Lena nahm das Kleidungsstück an sich, zu gerne hätte sie jetzt einen Spiegel gehabt.

»Du kannst es dort anziehen«, knurrte der Tuchmacher, wobei er auf ein Holzgestell mit Vorhang deutete.

Also verschwand sie dahinter, hatte zunächst Schwierigkeiten mit der Schnürung und trat nach einer Weile hervor. Kian stand einfach nur da, betrachtete sie stumm und sagte keinen Ton.

»So schlimm?« Lena drehte sich unsicher um. »Soll ich doch lieber das blaue nehmen?«

»Nein!«, hielt sie Kians Ruf zurück. »Du siehst bezaubernd aus.«

Lena stutzte und blickte an sich herab. Bezaubernd – das hatte noch niemals jemand zu ihr gesagt. Scharf, cool, stylisch – das waren Begriffe aus Kevins Wortschatz gewesen. Aber Kian sah nicht so aus, als hätte er einen Witz gemacht, und Lena räusperte sich verlegen. »Es ist ein bisschen zu lang.«

»Ich wollte es ja nicht erwähnen«, fauchte der Tuchmacher, »sonst hätte der junge Krieger mich bestimmt gleich wieder bedroht.« Mit gerümpfter Nase blickte er zu Kian. »Darf ich es abändern?«

Dieser nickte nur stumm, woraufhin sich der Tuchmacher vor Lena auf den Boden kniete und ihren Saum umnähte.

Lena zupfte an ihrem Ausschnitt herum, wünschte sich eine üppigere Oberweite. Zumindest an der Taille saß es gut, war weder zu weit noch zu eng und durch die Schnürung gut zu regulieren. Ab der Hüfte fiel es in weichen Falten bis auf den Boden. Zum Glück war der Tuchmacher bald fertig, nickte zufrieden und wandte sich schließlich einer älteren Frau zu, die sich ebenfalls Stoffe besah.

Lena nahm ihre alten Sachen und stopfte sie in den Beutel mit ihrer Jeans und Ragnars Pullover, denn Rock und Tunika wollte sie für die Rückreise aufheben.

»Wir gehen zum Haus von Onkel Ureats Schwester. Dort werden die meisten aus Talad ihr Lager aufgebaut haben.«

Kian führte sie durch weitere Gassen, gesäumt von prächtigen Häusern, kleinen Plätzen mit Brunnen und Marktständen. Auf einer Bühne sangen drei Frauen ein Lied. Ihre Stimmen waren so intensiv und berührend, dass Lena einfach stehen bleiben musste. Sie besangen die magische Triade, das Geschenk des Lebens und die Geister des Windes. Begleitet wurden sie von einer leisen Flöte, welche die klaren Stimmen so wunderbar untermalte, dass sich Lena sämtliche Haare an den Unterarmen aufstellten.

Kian bemerkte erst ein paar Schritte später, dass sie nicht mehr hinter ihm war, und drehte sich eilig um. »Was hast du?«

»Das ist wunderschön«, flüsterte sie ergriffen.

Auch Kian lauschte eine Weile, dann lächelte er. »Komm, es werden noch viele Sänger das Triadenfest bereichern.«

Nur widerstrebend ließ sie sich von Kian weiterführen. Der Gesang folgte ihnen auch noch in die nächste Gasse, verblasste aber, als sie einen kleinen Platz erreichten. Mehrere Wagen standen hier nebeneinander, die Pferde fraßen Heu aus einer langen Holzraufe, und überall wuselten Menschen geschäftig umher. Kian sah sich um, dann steuerte er direkt auf seinen Onkel zu, wechselte kurz einige Worte mit ihm, die Lena nicht verstand, und eilte davon. Bevor sie fragen konnte, ob sie mitkommen sollte, war Ureat schon bei ihr. Er musterte sie kurz und fasste sie am Arm.

»Kannst du dich erinnern? Stammst du aus Ceadd?«

»Ich denke nicht«, antwortete Lena vorsichtig.

Er seufzte tief, schob sie dann zu einem der Wagen. »Du kannst den Männern und Frauen beim Abladen der Waren helfen.«

Der Klang seiner Worte ließ keinen Zweifel daran, dass Lena zu gehorchen hatte, und so lud sie Gemüse, Brot und Tonwaren von den Wagen. Heute sah sie zum ersten Mal auch den Messermann mit den vielen Narben an den Armen wieder – eine Frau nannte ihn Teros. Schon beim Rat war er ihr aufgefallen. Er nickte ihr zu, diesmal nicht einmal unfreundlich, und machte sich daran, kleine Fässer aufzuschichten.

Nachdem das meiste Gemüse abgeladen war, erschien auch Kian wieder. Seine Haare sahen frisch gewaschen aus und waren zu einem Pferdeschwanz gebunden, was sein markantes Gesicht noch mehr betonte. Jetzt trug er eine dunkle Lederhose, hohe Stiefel, ein dunkelrotes Hemd sowie einen sauber polierten Lederharnisch darüber.

Nicht übel, schoss es Lena durch den Kopf. Unter anderen

Umständen hätte Kian ihr durchaus gefallen. Aber sie sehnte sich nach Ragnar, wollte eigentlich nur fort von hier. Außerdem musste sie plötzlich an zu Hause denken. Vermisste sie schon jemand? Vermutlich nicht. So unvorstellbar es für sie war, falls Maredd die Wahrheit gesagt hatte, war für ihre Eltern und ihre Oma kaum Zeit vergangen, sodass sich niemand wunderte, wo sie abgeblieben war. Dort wusste ja kein Mensch, dass es Elvancor überhaupt gab, dass Ragnar lebte, ebenso wie Amelia.

»Lena?« Auf einmal stand Kian vor ihr und ruckelte an dem breiten Silberring herum, der um seinen Hals hing.

»Ja?«

»Stimmt etwas nicht?«

»Doch, doch.« Auch wenn sie ihm jetzt gerne gesagt hätte, dass er gut aussah, verkniff sie sich das. Am Ende hätte er ihre Worte falsch ausgelegt. Daher stemmte sie die Hände in die Hüften. »Und jetzt?«, fragte sie unternehmungslustig.

Kian sah hinauf in den Himmel. Die wenigen Wolken waren in einen sanften rötlichen Glanz getaucht, Vögel zogen weit oben in keilförmigen Formationen vorbei. »Wir gehen zum Hauptplatz und hören uns die Ansprache der Fürsten an.«

Auf diese Fürsten war Lena schon lange gespannt, daher nickte sie eifrig. Sicheren Schrittes führte Kian sie durch die Stadt. Bald wurde das Gedränge immer dichter, und Kian legte seinen Arm um sie, damit sie nicht getrennt wurden. Das war Lena ganz recht, denn die meisten Männer und selbst die Frauen waren deutlich größer als sie; bestimmt hätte sie Kian schnell aus dem Blick verloren.

Viele der Menschen trugen prächtige Waffen und stellten allerlei Schmuck aus Gold, Silber oder Edelsteinen zur Schau. Kian manövrierte Lena durch die Menschenmassen, und bald schon hatten sie einen völlig überfüllten Platz erreicht. In der Mitte ragte eine Säule empor; silbern schillernd und so hoch wie das höchste Gebäude ganz am Ende dieses Hofes dominierte sie die

Szenerie. In dem schimmernden Metall spiegelten sich die Menschen, und als Lena und Kian näher kamen, konnte auch sie sich betrachten. Auch wenn sie mit ihrem Äußeren immer recht kritisch war, musste sie zugeben, dass ihr dieses Kleid gut stand. Normalerweise trug sie höchstens mal einen Minirock, aber ihr neues Gewand passte zu ihr, und so drehte sie sich von rechts nach links. Zumindest fiel sie hier nicht unangenehm auf, selbst wenn sie außer dem Amulett keinen Schmuck trug. Aber dieses war bis auf die schmale Silberkette in ihrem Ausschnitt versteckt – und dort sollte es auch bleiben.

»Das Herrscherhaus der Fürsten«, erklärte Kian. Er deutete auf das große Gebäude mit einer breiten, mit steinernen Ranken verzierten Balustrade. Dort führten gerade zwei Männer ihre Fertigkeiten mit dem Schwert vor. Das Herrscherhaus selbst bestand aus zwei runden Türmen, dazwischen ein zweistöckiges Gebäude. Auch hier war alles mit kunstvollen Reliefs geschmückt. Um den rechten Turm rankte sich gar ein kompletter steinerner Drache.

Die Schwertkämpfer wurden von Tänzern und schließlich von drei Dudelsackspielern abgelöst, deren Instrumente jedwede Unterhaltung übertönten. Klagend hallten die Töne über das Land, verursachten Lena eine Gänsehaut, zumal es jetzt auch dunkelte und überall Fackeln entzündet wurden, was die besondere Stimmung noch unterstrich. Aus dem silbernen Turm in der Mitte des Platzes schoss plötzlich eine Feuerfontäne, die Dudelsäcke verstummten, und rundherum wurde es ganz leise.

Nur Momente später wusste Lena, weshalb. Geleitet von einem Fackelzug traten drei Männer und zwei Frauen auf die Balustrade. Lena war sich sicher, es handelte sich um die Fürsten, deren Alter sie unmöglich schätzen konnte. Jung waren sie nicht mehr, sahen jedoch keinesfalls so alt aus, wie sie hätten sein müssen. Unbewegt, beinahe wie in Stein gemeißelt, muteten ihre Gesichter an. Der dunkelhaarige Fürst strich sich über seinen langen Schnurrbart. Anders als bei dem Hellhaarigen, der einen gestutzten Vollbart trug, reichte er bis auf die Brust. Arm- und Halsreifen wurden zur Schau gestellt, und den Gewändern sah man selbst auf die Entfernung an, dass sie aus edlem Stoff gefertigt waren. Brustpanzer aus Metall mit prächtigen Verzierungen vervollständigten die beeindruckende Erscheinung der Männer.

»Bewohner Elvancors«, ließ der Fürst mit dem Vollbart seine Stimme über den Platz schallen, »es ist uns eine Freude und Ehre, dass ihr zu diesem Triadenfest den weiten Weg und die Gefahren auf euch genommen habt und nach Ceadd gereist seid.« Ein Windstoß wirbelte das graublonde Haar des Fürsten auf, und er warf es sich mit einer beiläufigen Geste zurück über die Schulter.

Jubel ertönte, auch Kian riss seine Hände in die Höhe und klatschte. »Das ist Gobannitio, der Fürst von Ceadd«, schrie er ihr gegen den Tumult ins Ohr.

»Uns allen, die hier in Elvancor, der Anderswelt, sind, wurde von den Göttern ein großartiges Geschenk gemacht.«

Anderswelt? Lena blickte fragend zu Kian auf, aber der lauschte gebannt der Ansprache des Fürsten.

Nun trat eine Frau vor, üppig gebaut mit flachsblondem, an den Seiten zu Grätenzöpfen geflochtenem Haar und einem recht freundlichen, runden Gesicht.

»Wer ist das, Kian?«

»Fürstin Tarenja von Ceadd.«

»Lasst uns unseren Platz in Elvancor verteidigen. Gegen die Rodhakan, die Tuavinn und gegen alle, die zweifeln. Dies ist unsere Prüfung, die uns die Götter auferlegt haben.« Fürstin Tarenja neigte ihren Kopf in Richtung ihrer Begleiter, eine anmutige, doch wie es auf Lena wirkte, eingefleischte Geste. »Ich begrüße Fürstin Elgetia von Erborg.« Ihre mit Ringen und Armreifen herausgeputzte Hand deutete auf eine Frau von knochiger Gestalt, deren helles Haar zu einer pompösen Schnecke aufgetürmt war, und sie verbeugte sich. »Seid ebenso willkommen wie Fürst Nemetos von Crosgan!«

Letzterer trat nach vorne an die Balustrade. Er war der größte der Anwesenden, muskulös und mit einer Haut, die Lena an einen Südländer ihrer Welt erinnerte. Ähnlich wie einige Wachen hatte er seine Haare nach hinten gekalkt. Für Lena stellte er die beeindruckendste Erscheinung unter den Fürsten dar. Sein Blick schweifte herrisch über das Volk, und sein energisches Kinn schob sich nach vorne, als er nun mit durchdringender Stimme sprach.

»Bewohner Elvancors, viele von euch haben die beschwerliche Reise nach Ceadd auf sich genommen, um das Triadenfest zu feiern. Mut und Stärke waren eure Begleiter, und besonders meinen Untertanen aus Crosgan möchte ich meine Bewunderung aussprechen!«

Hier und da wurden Fäuste und Schwerter in die Höhe gereckt, überwiegend von Männern, die mit ihren langen Schnurrbärten Fürst Nemetos sehr ähnelten. Ein Seitenblick auf Kian zeigte ihr, wie dieser die Augen verdrehte.

»Nemetos – er und seine Crosganianer sind nicht gern gesehen, da sie über die Schwelle reisen wollen und die Amulette stehlen«, flüsterte Kian Lena zu.

Ihre Hand fuhr zu ihrem Amulett. »Aber weshalb lässt man sie dann überhaupt in die Stadt?«

Doch da sprach Nemetos auch schon mit kräftiger Stimme weiter. »Lange haben wir im Streit gelegen, Kriege geführt, und nicht immer sind sich die Städte einig.« Seine buschigen Augenbrauen zogen sich zusammen, und Lena hatte den Eindruck, er würde die anderen Fürsten missbilligend betrachten. »Doch liegt in allem Übel auch etwas Gutes. Die Bedrohung durch die Rodhakan und der Kampf gegen die Tuavinn hat uns zusammengeführt, hierhin, in diese *prächtige* Stadt.«

Lena fragte sich, ob sie es sich nur einbildete, aber so wie Nemetos das Wort *prächtig* ausgesprochen hatte, klang das irgendwie abwertend.

Kian zwinkerte ihr zu. »Nemetos hält Crosgan für die schönere Stadt und würde das Triadenfest lieber dort abhalten. Seine Festung soll mit purem Gold verziert sein.«

»Oh.« Sie hatte einige Worte des Fürsten verpasst, aber jetzt lauschte sie ihm erneut.

»… daher lasst uns in einem festen Verbund der Städte den Tuavinn trotzen.« Mit einer Hand schlug er sich auf die Brust. »Wir, die Fürsten von Elvancor, beschützen und führen euch. Wir sind es, die für euer Wohlergehen sorgen. Wir wurden von den Göttern erwählt, nach Elvancor zu kommen und eure Anführer zu sein!«

Wieder ertönte Jubel, diesmal aus allen Richtungen, und junge Mädchen gingen mit Krügen umher, die freudig angenommen wurden.

»Es ist bei jedem Triadenfest das Gleiche«, lachte Kian, wobei er auf den dunkelhäutigen Fürsten deutete, der nun aus einem gewaltigen, mit Drachenköpfen besetzten Krug trank und ihn nacheinander an die anderen Fürsten weiterreichte. »Nemetos reißt das Wort an sich und lässt die anderen nicht mehr zum Zuge kommen.«

»Dann ist er nicht sehr beliebt?«

»Bei seinen Untertanen durchaus, aber gerade Gobannitio und Tarenja haben eine andere Art zu herrschen. Sie sind nicht ganz so sehr den alten Traditionen verhaftet wie Nemetos und Orteagon.«

»Wer ist Orteagon?«, wollte Lena wissen.

»Der Gemahl der Fürstin von Erborg – er hat sich schon seit vielen Triaden nicht mehr hier in Ceadd blicken lassen.«

»Hat Talad auch einen Fürsten?«

»Seitdem Fürst Tibelos von Talad in die Ewigkeit ging, hat sich unsere Stadt Ceadd angeschlossen.«

»Ging er freiwillig?«, erkundigte sich Lena vorsichtig.

Bedächtig wiegte Kian den Kopf hin und her. »Die Ältesten

lehren seit Generationen, es wären die Tuavinn gewesen, die ihn töteten, aber hinter vorgehaltener Hand munkeln manche, seine Loyalität hätte den Tuavinn gegolten und er sei mit ihnen gegangen.«

Nachdenklich betrachtete Lena die Fürsten, die ihrem Volk zuprosteten und dabei große Gesten machten.

Maredd hatte doch die Ewigkeit als Anderswelt bezeichnet, überlegte sie. *Diese uralten Fürsten hingegen halten Elvancor für die Anderswelt, das Jenseits, soweit ich das richtig verstanden habe. Kein Wunder, wenn sie nicht weitergehen wollen. Wahrscheinlich denken sie, Elvancor ist das Paradies. Nicht ganz abwegig, denn Maredd hat ja auch gesagt, dass Elvancor seine Bewohner mit allem versorgt, was sie benötigen.* Lena blies die Backen auf, nahm von Kian einen Krug an und trank. Dieser Wein schmeckte leicht süßlich, nicht zu schwer, und war ausgesprochen süffig.

Direkt unterhalb der Balustrade entstand unvermittelt Tumult, die Menschen drängten zurück, und Wachen in schimmernden Rüstungen erschienen. Sie trieben Menschen in Lumpen und fettigen Haaren zwischen sich her, mit Stricken, teils auch mit Ketten zusammengebunden. Wieder war es Nemetos, der vortrat.

»Wie zu jedem Triadenfest werden wir auch diesmal jene mit uns nach Crosgan nehmen, die sich nicht in die Gemeinschaft einfügen. Mögen sie ihr nächstes Leben mit mehr Weisheit beginnen.« Nemetos machte ein Handzeichen, woraufhin die Gefangenen fortgeführt wurden.

»Was hatte denn das jetzt zu bedeuten?«

Um sie herum wurde getuschelt, viele reckten ihre Hälse, um auf den Gefangenenzug zu blicken, und Kian trat unruhig von einem Bein aufs andere.

»Zu jedem Triadenfest nehmen Fürstin Elgetia und Nemetos Mörder, Vergewaltiger und andere mit sich, die ein schweres Verbrechen begangen haben.«

»Haben sie denn so eine Art Gefängnis?«

»Man weiß nicht genau, was mit ihnen geschieht«, antwortete Kian beinahe widerwillig. »Vermutlich werden sie zu Arbeitsdiensten eingesetzt oder im Bergbau.«

Irgendwie wurde Lena den Eindruck nicht los, dass er ihr etwas verschwieg, aber nun setzte die Musik erneut ein, die Gefangenen waren in der Menge verschwunden, und nach und nach breitete sich wieder eine fröhliche Stimmung aus. Nur Lena gingen die Männer und Frauen nicht aus dem Kopf.

»Du musst hier in Ceadd keine Angst haben«, versicherte Kian ihr, so als hätte er ihre Gedanken gelesen. »Das Fürstenpaar gilt als sehr gerecht. In Erborg und Crosgan hingegen …« Er atmete tief ein und zuckte mit den Schultern.

»Was ist in den anderen Städten?«, hakte Lena nach.

»Nun ja, dort wird auch manch einer gefangen genommen, der sich den Fürsten zu offen widersetzt. Und angeblich sogar jene, die Handel mit dem Bergvolk betreiben oder Legenden aus alten Tagen weitergeben, die von einer Gemeinschaft der Menschen mit den Tuavinn handeln.«

»Puh!« Ihr schwante, dass sie unglaubliches Glück gehabt hatte, Kian und nicht einem Krieger aus Crosgan oder Erborg in die Finger geraten zu sein.

Inzwischen wurde rund um die Silbersäule zum Klang von Flöte, Trommel und Dudelsack getanzt. Fröhlich sprangen die Menschen im Kreis herum, drehten sich mal umeinander, mal fassten sie sich an den Händen. Diese Tänze waren hübsch anzusehen und zeugten von Lebensfreude.

»Möchtest du mitmachen?«

Die Musik war wirklich mitreißend, aber Lena hatte Angst, sich zu blamieren, und die Sache mit den Gefangenen ging ihr noch immer nach. Daher schüttelte sie den Kopf. »Ich kenne diese Tänze nicht.«

»Dann warten wir, bis ein einfacher an der Reihe ist«, bestimmte Kian.

Nachdem zwei weitere Tanzvorführungen mit kunstvollen Formationen dargeboten wurden, drängten weitere Menschen in die Mitte des Platzes und bildeten Tanzreihen.

Auch Kian ergriff nun Lenas Hand und zog sie einfach mit sich. »Der Cétsamuin ist ein ganz einfacher Tanz.«

»Ich weiß nicht«, zögerte Lena, aber da stand sie schon gemeinsam mit Kian in der äußersten von fünf Reihen. Ein Mann mit gewaltigem Schnurrbart nahm sie an der anderen Hand und lächelte freundlich. Zunächst schritten alle Tänzer zu Trommelmusik in die eine Richtung, anschließend in die andere. Flöten, Harfe und ein einzelner Dudelsack stimmten mit ein, gaben einen mitreißenden Rhythmus vor. Nach und nach wurde die Musik schneller, die Tanzenden hüpften im Kreis, mal wirbelte Kian Lena herum, dann der andere Mann. Sie kam gar nicht dazu nachzudenken, ließ sich einfach gehen und von den berauschenden Klängen entflammen. Als sich die Melodie änderte, wechselten sämtliche Tänzer in den nächsten Kreis, schritten durch die vor ihnen liegende Reihe, und alles begann von vorne. Am Ende war Lena ganz schön außer Atem.

»Hat es dir gefallen?«, erkundigte sich Kian. Haarsträhnen hatten sich aus seinem Pferdeschwanz gelöst und klebten ihm teilweise an der Stirn.

»Ja, es hat Spaß gemacht.« Sie musste nicht einmal lügen, denn dieser Tanz war wirklich äußerst ergreifend gewesen.

Bis spät in die Nacht hinein wurde in Ceadds Straßen getanzt und gefeiert. Lena und Kian waren unter den Ersten, die aufbrachen. Der junge Krieger führte sie zurück zum Lagerplatz. Ein bisschen beschwipst war Lena schon, aber dieser rote Beerenwein, den sie später am Abend an einem Stand entdeckt hatte, war einfach zu lecker gewesen.

»Komm«, sagte Kian einfach und zog sie zu einem zweistöckigen Haus, dessen Türbogen die Maserung eines Baumstammes hatte.

»Cool«, seufzte sie.

»Was hast du gesagt?«

»Ach, nichts.« Sie lehnte sich an die Tür und ließ sich dann von Kian ins Innere schieben. Dort war alles von einem sanften blauen Licht erfüllt. Erst nach kurzem Suchen erkannte Lena kürbisgroße Kristalle längs einer breiten Steintreppe.

»Ein Lager ist für uns im ersten Stockwerk gerichtet.«

Benommen folgte sie Kian, stieg über mehrere Decken am Boden und ließ sich dort nieder, wo Kian hindeutete.

»Ich sollte das schöne Kleid ausziehen«, murmelte sie, doch ihr Kopf berührte bereits das Kissen, und obwohl Kians Worte noch verzerrt zu ihr durchdrangen, konnte sie dennoch nicht mehr verstehen, was er sagte.

Kapitel 7

Unter Feinden

Schon lange war Ragnar nicht mehr in Talad gewesen. Als Tuavinn – selbst wenn man zum größten Teil menschlich war – mied man die Menschenstädte besser. Aber Ragnar kannte jemanden, der ihm helfen würde.

Eiligen Schrittes machte er sich zum Westende Talads auf. Dort lag in der Nähe eines Nebentores ein kleines Haus. Das Schilfdach war mit Gras überwachsen, die Haustür stand offen. Derjenige jedoch, den Ragnar suchte, war in der Scheune nebenan beschäftigt, denn von daher hörte er gerade ein leises Räuspern. Ein Mann mit schütterem, graublondem Haar saß dort und knüpfte ein Netz. Eine Welle der Zuneigung überschwemmte Ragnar, spülte einen Teil des Zornes über Lenas Verschwinden weg.

»Andri!«, rief er leise.

Der Mann hob seinen Kopf, seine Stirn legte sich in Falten, dann sprang er auf. »Ragnar!«, rief er erfreut, sah sich jedoch erschrocken um. »Was tust du denn hier?« Eilig fasste er ihn am Arm und zog ihn mit sich ins Innere des niedrigen Hauses. Ragnar musste den Kopf einziehen, Andri dagegen konnte bequem durch die Eingangstür treten.

»Setz dich, Junge.« Andri deutete auf einen einfachen Holzstuhl und begab sich zur Feuerstelle, wo noch ein schwaches Feuer glomm. Er legte Scheite auf und hängte einen Kessel über die zaghaft züngelnden Flammen.

Ragnar beobachtete den Mann, den er unbeabsichtigt nach Elvancor gebracht hatte und wegen dessen Tod man ihn in Island des Mordes bezichtigt hatte. Heute sah Andri so aus, wie er ihn aus Island in Erinnerung behalten hatte. Ruhig, ausgeglichen, immer bei der Arbeit und mit diesem freundlichen, wenn auch heute besorgten Ausdruck in seinem wettergegerbten Gesicht.

»Was führt dich zu mir?« Der ältere Mann hob seine Schultern. »Wie du weißt, konnte ich in Talad noch nicht viel ausrichten. Es braucht Zeit, die Menschen behutsam davon zu überzeugen, dass die Tuavinn ihnen nichts Böses wollen.«

»Darum geht es auch nicht.« Ragnar nahm sich ein Stück Brot aus der Schüssel, die Andri auf den Tisch gestellt hatte, und begann gedankenverloren zu essen. »Es ist sehr nett von dir, dass du dich für uns einsetzt, aber ich glaube kaum, dass ein Einzelner etwas ausrichten kann.«

Andris Hand legte sich auf Ragnars Unterarm. »Ein Einzelner nicht. Doch wenn mir auch nur einer zuhört und glaubt, wird er es einigen seiner Freunde weitergeben, und wenn davon auch nur ein Teil derselben Meinung ist, mag auf lange Sicht ein Wandel eintreten.«

»Ja, kann schon sein.« Ragnar seufzte schwer.

»Wie du weißt, dauerte es auch eine ganze Weile, bis man mich hier akzeptierte. Aber schließlich konnte ich die Menschen überzeugen.«

»Zum Glück bist du damals beim Bergvolk gelandet, die sind deutlich toleranter«, murmelte Ragnar. Nachdem er selbst von Maredd nach Elvancor gebracht worden war, war Ragnar während seiner Ausbildung mit Maredd durch die Berge geritten und dort in einem Bergdorf auf Andri getroffen. Es war ein freudiges Wiedersehen gewesen und hatte auch Andri endlich verstehen lassen, was mit ihm geschehen war.

»Misstrauisch waren sie zu Anfang, denn als ich ihnen erzählte, wo ich herkam, hielten sie mich für einen Verrückten, einen Lügner. Aber schließlich erinnerten sich einige der Bergleute an Geschichten ihrer Ahnen, den Kelten. Von dem Land jenseits der Berge von Avarinn. Doch in ihren Augen war ich ein Nordmann, ein Feind ihrer Vorfahren.«

»Ich denke, auch in dir schlummert ein Teil des keltischen Blutes«, vermutete Ragnar.

»Das mag sein, mein Junge«, bestätigte Andri, »die Völker vermischten sich mit den Jahrhunderten.« Ein Lächeln zauberte eine Vielzahl an Falten um seine Augen. »In jedem Fall bin ich dir sehr, sehr dankbar, dass du mich nach Elvancor gebracht hast, Ragnar.«

»Damals wusste ich nicht, was ich tue.«

»Trotzdem, du bist ein guter Junge.« Andri straffte die Schultern. »Ich werde versuchen, mich für die Tuavinn einzusetzen, bevor ich in die Ewigkeit gehe.«

»Ich hoffe, damit lässt du dir noch Zeit!«, betonte Ragnar.

Aber der alte Mann, der in Island wie ein Großvater für ihn gewesen war, wiegte bedächtig den Kopf. »Elvancor ist wundervoll, und ich bereue keinen Tag, den ich hier verbracht habe. Dennoch drängt es mich, die wiederzusehen, die ich in der alten Welt gekannt habe. Meine Frau, meine Eltern, ja selbst Dagur.«

»Dagur.« Ragnars Augen verengten sich, als er sich an seinen verhassten Stiefvater erinnerte, doch Andri nickte ihm zu.

»Vieles, was Dagur getan hat, war nicht richtig. Aber entweder ist ihm das in der Ewigkeit bewusst geworden, oder aber er wird es in seinem nächsten Leben lernen.«

»Mag sein«, grummelte Ragnar.

»So, aber nun sag, was führt dich zu mir, Ragnar?«

»Lena, das Mädchen, von dem ich dir erzählt habe – Maredd hat sie nach Elvancor gebracht. Aber sie wurde entführt, vermutlich von Männern aus Talad. Hast du etwas davon gehört? Ist sie vielleicht hier?«

»Ist sie denn in der anderen Welt gestorben?«, fragte Andri bestürzt.

»Nein, Maredd brachte sie mithilfe des Amuletts hierher.«

»Ach so. Ja, ich hörte Gerüchte von einem Mädchen, das ein junger Krieger in den Bergen gefunden und vor den Tuavinn gerettet hat.«

»Gerettet?«, wiederholte Ragnar.

»Und angeblich hat sie ihr Gedächtnis verloren, doch hegen einige der Ältesten Zweifel daran und wollen sie prüfen.«

Von einer plötzlichen Unruhe ergriffen sprang Ragnar auf. »Vielleicht hat sie das behauptet, um sich zu schützen«, er packte den älteren Mann an den Schultern, »wo ist sie, Andri? Kannst du mir helfen, sie zu befreien?«

»Es tut mir leid, Ragnar, soweit ich weiß, ist sie mit dem großen Zug zum Triadenfest nach Ceadd gefahren.«

»Verdammt!« Wütend schlug Ragnar mit der Faust auf den Holztisch, aber Andri erhob sich und klopfte Ragnar beruhigend auf den Rücken.

»Gedulde dich, Junge, sie wird bald wieder zurückkommen.«

»Oder von den Rodhakan überfallen und getötet.« Mit zwei Schritten war er an der Tür, drehte sich noch einmal zu Andri um und sagte dann: »Vielen Dank, und sei vorsichtig. Ich muss Lena finden, das bin ich ihr schuldig.«

»Sei du vorsichtig, Ragnar«, verfolgte ihn Andris Warnung, aber Ragnar zog nur seine Kapuze über den Kopf und eilte zum Stadttor.

Zwei weitere Tage verbrachte Lena in dieser ungewöhnlichen und lebendigen Stadt, ließ sich von Kian herumführen, bestaunte die prächtigen Gebäude und den großen Markt. Natürlich war sie eine Gefangene, aber Kian behandelte sie eher wie einen Gast. Er war ein ausgesprochen angenehmer Begleiter, und Lena merkte, wie unsicher sie sich fühlte, wenn er einmal nicht da war und sie Ureats Obhut überließ. Auch Kians Onkel war nicht unfreundlich zu ihr, doch sie spürte sehr wohl – Ureat ahnte, dass sie etwas verheimlichte. Abgesehen von Irba verhielten sich die anderen Besucher aus Talad ihr gegenüber freundlich, wenn auch zurückhaltend.

Für den dritten Tag war der Besuch vom Fürstenpaar Ceadds im Hause von Ureats Schwester Neah angekündigt, und Lena durfte nicht dabei sein. Dafür nahm sie erneut mit Kian an den Feierlichkeiten auf dem Marktplatz teil. Bei ihrer Rückkehr am späten Abend waren nicht alle Lagerplätze besetzt, und Lena ging davon aus, dass sich die Bewohner Talads noch auf dem Triadenfest befanden oder beim Fürstenempfang dabei waren. Lediglich einige Kinder und zwei ältere Männer schliefen tief und fest auf dem Boden.

»Ich wünsche dir eine angenehme Nachtruhe«, murmelte Kian mit schwerer Zunge. Er hatte Bier und Wein ordentlich zugesprochen. Lena hingegen fühlte sich keineswegs schläfrig und lag mit offenen Augen auf dem Strohlager. Es dauerte nicht lange, bis ein leises Schnarchen aus Kians Richtung ertönte.

Ihr Mund war trocken, sie hatte Durst, daher stand sie noch einmal auf und tastete sich bis zur Tür. Nur wenige Kerzen in steinernen Halterungen erhellten den Gang, aber Lena kannte den Weg zur Küche inzwischen. Meist hatten die Mahlzeiten in dem großen Empfangssaal daneben stattgefunden. Auch heute drangen Stimmen durch die Holztür, und sie blieb stehen. Neugierig spähte sie durch die Spalten im Holz. In kleinen Gruppen standen einige der Bewohner Talads in dem großen Raum. Manche saßen auch an der langen Tafel und aßen oder tranken. Direkt neben der Tür, nahe dem Feuer, entdeckte sie Ureat und seine Schwester.

Fehlt nur noch der Wangenbart, dachte Lena grinsend, *dann könnte man Neah für Ureats Zwilling halten.* Die beiden ähnelten sich ungemein mit ihrer kräftigen, gedrungenen Statur, dem dichten Haar und dem ausgeprägtem Unterkiefer.

»Ich bin außerordentlich froh, dass Talad seit dem letzten Triadenfest weitgehend von Überfällen der Rodhakan verschont geblieben ist«, sagte Fürst Gobannitio gerade.

»Die Angriffe beschränken sich auf wenige Bergdörfer«, erklärte Ureat.

Fürstin Tarenja nahm ein Stück Gebäck von einer der Dienerinnen, die kurz Lenas Sicht versperrte, und kaute dann genüsslich. »Soll das Bergvolk doch endlich in die Städte kommen«, Tarenja leckte sich über die vollen Lippen, »ich weiß nicht, weshalb sie sich derart dagegen wehren.«

Durch den Schlitz sah Lena, wie sich Ureats Augenbrauen zusammenzogen. »Es ist ihre Art zu leben, und man kann sie nicht zwingen.«

»In dieser Angelegenheit würden Nemetos und Orteagon Euch widersprechen, Ureat«, bemerkte Gobannitio, wobei sich sein bärtiges Gesicht verzog.

»Wir sind Euch sehr verbunden dafür, dass Ihr dem Ältestenrat in Talad weitgehend freie Hand lasst«, bedankte sich Ureat mit einer Verbeugung.

Schwere Schritte erklangen hinter Lena, und sie wollte eilig zur Küche gehen, doch da tauchte ein Mann auf.

»Befindet sich das Fürstenpaar noch in diesem Haus?«, herrschte er sie an.

Schnell nickte Lena, und als der Mann sich etwas drehte, erkannte sie ihn auch an dem dunklen Teint und dem beeindruckenden Schnurrbart – Fürst Nemetos. Er wandte sich der Tür zu, und Lena wollte nun endlich verschwinden, doch da drehte Nemetos sich noch einmal um, fasste sie an der Schulter und starrte auf ihren Ausschnitt. Schmerzhaft bohrten sich seine Finger in ihre Schulter, und jetzt erst bemerkte sie, dass ihr Amulett zur Hälfte aus ihrem viel zu großen Schlafhemd gerutscht war.

»Wo hast du das her?«, knurrte er gefährlich leise, drückte noch fester zu und musterte sie durchdringend. »In Crosgan habe ich dich noch niemals zuvor gesehen.«

»Ich … ich habe … ich bin«, stammelte Lena und hatte keine Ahnung, wie sie sich aus dieser prekären Situation befreien sollte. Falls dieser kräftige Mann versuchen sollte, ihr das Amulett wegzunehmen, hätte sie ihm kaum etwas entgegenzusetzen.

»Lena?«, vernahm sie da Kians verschlafene Stimme. Mit verstrubbelten Haaren, das Hemd hing ihm unordentlich über die Hose, kam der junge Mann auf sie zu.

»Kian!« Für einen Moment hatte sich Nemetos' Griff gelockert, und so schlüpfte sie an ihm vorbei an die Seite von Kian.

»Dieses Mädchen trägt ein Amulett aus Crosgan«, sagte der Fürst schneidend. »Ich verlange, dass es mir ausgehändigt wird.«

Kian trat vor Lena, richtete sich zu seiner vollen Größe auf, und auch wenn er die von Nemetos nicht erreichte, so beruhigte sie Kians Anwesenheit doch ungemein.

»Lena steht unter meinem Schutz und dem von Talad und Ceadd«, entgegnete Kian, das Kinn vorgereckt, sein Blick hielt dem von Nemetos stand.

Höhnisch lachte der große Mann auf. »Seit wann legen Talad und Ceadd Wert auf die Amulette?« Er kniff seine Augen zusammen und streckte eine Hand aus. »Händigt es mir aus, dann werden beide Städte von unserem Schutz profitieren.«

Lena hielt die Luft an und war froh, als Kian nach hinten griff und beruhigend ihre Hand fasste.

»Wir benötigen Euren Schutz nicht!«

Der Fürst atmete scharf ein, aber da öffnete sich die Tür, und Ureats Tante trat heraus. Ihre Augen wanderten über Nemetos, dann flüchtig zu Lena und Kian.

»Nemetos, ich kann mich nicht daran erinnern, Euch eingeladen zu haben.«

»Ich habe Dinge mit Gobannitio und Tarenja zu klären.« Ein Seitenblick auf Lena. »Wichtige Dinge.«

»Das mag sein.« Die resolute Frau fasste ihn am Arm und geleitete ihn den Gang zurück. »Doch ich möchte vermeiden, dass in meinem Hause am heutigen Abend Streitigkeiten zwischen den Fürstenhäusern ausgetragen werden. Ich bitte Euch, zu gehen und das Fürstenpaar morgen aufzusuchen.« Mit einer eindeutigen Geste wies sie auf die Tür.

Der Fürst schnappte nach Luft, seine rechte Faust öffnete und schloss sich. »Die Gastfreundschaft Ceadds lässt zu wünschen übrig«, schnaubte er. »Richtet Gobannitio aus, ich erwarte ihn noch vor dem Morgengrauen in meinem Quartier.« Er machte auf dem Absatz kehrt und verließ zu Lenas Verwunderung das Haus.

»Benötigt ihr etwas?«, wandte sich Neah nun an Kian und Lena.

»Nein, wir wollten einen Krug mit Wasser holen«, erklärte Kian mit einem Lächeln. »Du weißt, Tante, der Genuss von zu viel Crumela macht durstig.«

Ein gutmütiges Lächeln machte sich auf ihrem Gesicht breit, und sie verwuschelte Kian die Haare. »Junge Männer trinken häufig zu viel. Solange du aber deinen Aufgaben nachkommst«, zu Lena gewandt hob sie die Augenbrauen, »möchte ich dich nicht verurteilen.« Sie walzte in Richtung Küche davon, und Lena stieß die Luft aus, die sie unbewusst angehalten hatte.

»Danke, Kian, aber was soll ich denn jetzt tun? Nemetos will mein Amulett und …« Sie erwog, ihm zu sagen, wo sie herkam und dass sie es unmöglich hergeben konnte, aber Kian sah sie ernst an.

»Ich spreche mit meinem Onkel, der genießt das Vertrauen des Fürstenpaares. Niemand wird dich nur wegen eines Amulettes an Nemetos ausliefern. Seinen Wahn, die alten Schmuckstücke zu besitzen, versteht ohnehin keiner außer den Crosganianern. Geh jetzt schlafen, Lena.« Er runzelte die Stirn. »Wo wolltest du eigentlich wirklich hin?«

»Tatsächlich etwas trinken«, antwortete sie kläglich.

Flüchtig strich Kian ihr über die Wange. »Ich suche Ureat auf und bringe dir dann einen Krug mit.«

»Danke.« Lena ging zurück in den Raum und legte sich hin. Voller Ungeduld wartete sie auf Kians Rückkehr und hoffte inständig, er hätte Erfolg.

Um ein Haar wäre sie doch noch eingenickt, aber beim Geräusch der sich öffnenden Tür schreckte sie wieder auf. Lediglich der Schein des schwach glimmenden Feuers im Kamin zeigte ihr Kians Gesicht.

»Alles ist gut, Lena. Ich habe meinem Onkel erklärt, was sich zugetragen hat, und der ist sofort zu Gobannitio gegangen. Er hat behauptet, du wärst meine zukünftige Gemahlin und ich hätte dir auf dem Markt in Ceadd ein Schmuckstück geschenkt, das den Amuletten sehr ähnelt, hinter denen die Crosganianer her sind.«

»Und das hat er ihm abgenommen?«, zweifelte Lena.

»Natürlich wollte Gobannitio den Schmuck sehen, aber Ureat konnte ihn überzeugen, bis zum Morgen zu warten, da du bereits schläfst. Ich ziehe sofort los und besorge eine solche Kette bei einem Schmuckhändler.«

»Dann hat Ureat für mich gelogen«, stellte sie erstaunt fest. »Ich dachte, er würde den Fürsten dienen.«

»Lass es mich so ausdrücken«, begann Kian zögernd, »er stellt sich gut mit Fürst Gobannitio und seiner Gemahlin, damit sie Talads Ältestenrat freie Hand lassen. Die Fürsten von Ceadd sind, wie Onkel Ureat stets zu sagen pflegt, die besonnensten und diejenigen, die in der Vergangenheit noch die wenigsten Kriege begonnen haben.« Er zögerte, bevor er weitersprach. »Ich hoffe sehr, du missbrauchst sein Vertrauen nicht und stellst dich am Ende nicht gegen uns. Das …« Er räusperte sich. »Das würde im Übrigen auch mich persönlich sehr verletzen«, gab er dann leise zu.

Bekräftigend legte Lena ihm eine Hand auf den Unterarm. »Ich bin keine Verräterin, das verspreche ich dir.«

Er musterte sie kurz, dann nickte er. »Geh wieder schlafen, Ureat hat Wachen vor dem Haus aufgestellt. Niemand wird dich behelligen. Und morgen fahren wir ohnehin zurück nach Talad.«

Ein wenig beruhigt war Lena jetzt schon, dennoch machte sie sich in dieser Nacht noch viele Gedanken.

Erst im Morgengrauen war Lena eingeschlafen und zuckte zusammen, als Kian sie sanft an der Schulter rüttelte.

»Lena, komm. Fürst Gobannitio hat das Schmuckstück gesehen und für eine Nachbildung der Amulette befunden. Er wird Fürst Nemetos in seine Schranken weisen. Du solltest im Haus bleiben, bis alle abfahrtbereit sind.«

Dagegen hatte Lena nichts einzuwenden. Sie zog sich die viel zu weite Tunika und den Rock für die Reise an und steckte das hübsche Kleid in ihr Bündel. Gemeinsam mit Kian nahm sie das Frühstück ein, und sie warteten auf das Zeichen zum Aufbruch. Lena war froh, jetzt bald wieder näher in Ragnars Reichweite zu sein, und besonders nach der Sache mit Fürst Nemetos wollte sie die Fürstenstadt so rasch wie möglich verlassen, auch wenn das Triadenfest von Ceadd durchaus eine faszinierende Erfahrung gewesen war.

»Wir sind bereit«, rief Ureat plötzlich durch die geöffnete Tür und war kurz darauf wieder verschwunden.

Eilig schaufelte Kian den Rest seines Getreidebreis in sich hinein, nahm noch einen Apfel in die Hand und erhob sich, genau wie Lena. Die meisten Wagen waren schon losgefahren, mehrere Menschen, die Lena von ihrer Hinreise kannte, machten sich zu Fuß auf den Weg. Während der letzten Tage hatte Lena Ruven gar nicht mehr gesehen – und ihn auch nicht vermisst.

Doch nun kam er angaloppiert, parierte sein Pferd im letzten

Moment durch und verbeugte sich. »Wollt ihr auch aufbrechen? Ich bin da, um euch zu beschützen.«

»Möchtest du nicht lieber die Wanderer beschützen?«, knurrte Kian, doch sein Bruder lachte nur.

»Lenas Wohlergehen liegt mir am Herzen. Und deines selbstverständlich ebenfalls, werter Bruder«, fügte er zynisch hinzu.

Kian ging nicht weiter darauf ein, packte Decken und sein Bündel auf einen der Wagen, dann nickte er Lena zu. »Es geht los.«

Und tatsächlich setzten sich die vordersten Wagen in Bewegung. Gemächlich rollten sie durch Ceadds Gassen. Noch einmal konnte Lena die prachtvollen Gebäude, die Brunnen in Form von Drachen, Vögeln oder Blütenkelchen bestaunen. »Ich gehe davon aus, es hat keinen Sinn, wenn ich frage, wie lange wir unterwegs sein werden?«, vermutete Lena.

»Weshalb ist dir das denn so wichtig?«, fragte Kian mit gerunzelter Stirn.

»Die Macht der Gewohnheit«, murmelte Lena, ließ sich gegen die Wagenwand sinken und versuchte, sich in Geduld zu fassen.

Erst gegen Mittag rollten sie durch das Tor hinaus, da dort gewaltiger Andrang herrschte. Lena war froh, dass sie unbehelligt passieren konnten, denn insgeheim hatte sie befürchtet, Nemetos würde sie doch noch aufhalten. Aber vielleicht hatte er den kleinen Trick ja geschluckt. Sie nahm sich vor, Ureat bei Gelegenheit zu danken. Jetzt tauchten sie in den Eibenwald ein. Zum Glück war es noch hell, und Lena hegte die Hoffnung, dass sie den Wald bis zum Abend durchquert haben würden. Die verschlungenen, ineinander verwachsenen und größtenteils bizarr geformten Bäume versetzten sie erneut in Erstaunen, machten ihr jedoch abermals auf eine unerklärliche Art und Weise Angst. Der Weg erschien ihr diesmal enger, das Blätterdach noch dichter, denn teilweise bildete das Geäst sogar eine Art Baldachin.

»Sind wir auf dem Herweg auch schon hier durchgekommen?«, fragte Lena nach einer Weile.

»Nein, wir nehmen eine andere Route.«

»Weshalb?«

»Ich weiß nicht, die Ältesten haben das beschlossen.« Kian schnitzte an einem Löffel herum und schien sich keine Sorgen zu machen. Auf dem holprigen und von Wurzelwerk übersäten Boden kam der Wagenzug nur langsam voran, und nach einiger Zeit bemerkte Lena, wie es düsterer im Wald wurde. Bodennebel stieg auf, hing Geisterwesen gleich zwischen den Bäumen und verstärkte ihr Unbehagen.

»Wann verlassen wir den Wald?«, fragte sie Kian.

Der zuckte mit den Schultern. »Es kann nicht mehr weit sein, aber falls es zu dunkel wird, werden wir das Lager im Schutz der Bäume aufschlagen.«

Auf diesen Schutz hätte Lena nur allzu gern verzichtet, denn erneut fühlte sie sich beobachtet.

»Wächter!«, gellte ein Schrei durch den Wald.

Wie eine Horde wilder Tiere sprangen auf einmal düstere Gestalten hinter Felsen und Bäumen hervor, stürzten sich auf die Menschen, Kämpfe brachen aus.

Sofort hatte Kian sein Schwert in der Hand und sprang vom Wagen. »Duck dich und bleib, wo du bist!«, rief er ihr zu.

Rasch zog Lena den Kopf ein, doch als Kampflärm ertönte, richtete sie sich ein wenig auf und spähte vorsichtig hinaus. Sie sah Ruven, der wild um sich hieb und sich gegen einen Angreifer zur Wehr setzte. Dieser attackierte ihn mit einem kurzen, dicken Schwert. Doch Kians präzise geführte Schläge drängten den Feind zurück, direkt auf den Wagen zu. Als der andere Mann mit dem Rücken gegen die Seitenwand des Wagens krachte, duckte sich Lena erneut. Kurz darauf hörte sie einen erstickten Aufschrei. Ängstlich hob sie den Kopf und sah hinaus. Kian hatte seinen Widersacher niedergestreckt. Nun erkannte Lena auch, dass das Gesicht des Angreifers schwarz gefärbt war, um die Schultern trug er einen grauen Pelz.

»Sie ist dort vorne, fünf Wagen vor uns«, vernahm Lena plötzlich einen Ruf. Und eine weitere Stimme dröhnte durch den Wald: »Sie hat ein Amulett, nehmt sie und lasst uns in Frieden!«

Kian neben ihr erstarrte, sah sich hektisch um. »Schnell! Raus aus dem Wagen!«

Lena gehorchte, und Kian fasste sie an der Hand. »Folge mir.«

»Wohin denn?«, jammerte sie. Um sie herum herrschte reines Chaos. Waffen klirrten, Schreie hallten durch die Finsternis, überall waren waffenschwingende Gestalten schemenhaft erkennbar. Doch Kian ließ sich nicht beirren, kämpfte sich einhändig seinen Weg frei, hatte Lena fest mit der anderen Hand gepackt und zerrte sie ins Unterholz.

»Wo willst du denn hin?«, keuchte sie.

»Fort, sie wollen dich.«

»Nemetos?«

»Das kann ich nicht sagen, aber jetzt sei still und lauf, wenn du leben willst.«

Lena wusste nicht, ob sie das Richtige taten, dennoch rannte sie Kian hinterher. Hin und wieder versuchte sie, einen Blick über die Schulter zu werfen, doch nachdem sie mehrfach strauchelte, ließ sie das besser bleiben. Quer durch den Wald hasteten sie, sprangen über Wurzeln, umrundeten Bäume, quetschten sich durch Felsspalten. Zu gern hätte Lena gewusst, was Kian bezweckte. Im Schutz seiner Mitreisenden, von Ureat und den anderen, wären sie doch bestimmt besser dran gewesen. Mittlerweile konnte sie kaum noch die Hand vor Augen sehen und prallte gegen Kian, als dieser abrupt stehen blieb.

»Aua!« Sie rieb sich die Schulter, aber er legte ihr einen Finger auf den Mund.

»Sei ruhig. Wir verstecken uns.« Mit diesen Worten kroch er unter eine annähernd mannshohe Wurzel.

Lena war das nicht ganz geheuer, aber allein hier draußen bleiben wollte sie auch nicht. Daher sank sie ebenfalls auf die Knie und krabbelte hinter Kian her. Zum Glück weitete sich der Spalt in der Wurzel bald, und sie befanden sich in einem halbwegs geräumigen Hohlraum unter einer alten Eibe.

»Kian, was hat das alles zu bedeuten?«

»Wir sollten schweigen, nur für den Fall, dass wir die Verfolger nicht abgeschüttelt haben.« Sein Arm legte sich um sie, und er rieb ihr kurz die Schulter. »Später werde ich versuchen, es dir zu erklären.«

»Na prima«, grummelte Lena. Mit weit aufgerissenen Augen starrte sie in die Dunkelheit, lauschte auf verdächtige Geräusche. Hier ein Rascheln, dort ein Knacken, dann ein unzuordenbarer Ruf, und jedes Mal zuckte Lena zusammen, doch Kian drückte stets beruhigend ihre Hand.

Sie vermochte die Zeit kaum zu schätzen, aber es schienen ihr Stunden zu sein, die sie in diesem Versteck kauerten.

Noch einmal lauschte Kian in die Dunkelheit, dann begann er zu sprechen. »Ich denke, jemand hat das Gespräch mit meinem Onkel belauscht und den Crosganianern verraten, auf welchem Weg wir reisen.«

»Kann es nicht dein Onkel gewesen sein, der mich verriet?«

»Nein«, versicherte er nachdrücklich. »Er hält die Jagd nach den Amuletten für Irrsinn und sieht große Gefahren darin, wenn die Crosganianer tatsächlich über die Schwelle zurückgehen würden.«

Also in meine Welt, dachte Lena. »Aber was wollen sie dort?«, fragte sie laut.

»Manch einer spricht davon, dass Nemetos behauptet, dort ließen sich Gold, Silber und Edelsteine leichter abbauen als in Elvancor, wo sie von Tuavinn und Berggeistern beschützt werden. Andere glauben, er wolle sich seine alte Welt wieder untertan machen und ohne die übrigen Fürsten herrschen.«

»Dann will Nemetos zurück?«

»Mag sein.« Kian stieß die Luft heftig aus. »Ich möchte nur wissen, wer uns belauscht hat. Denn normalerweise würden alle Onkel Ureat zur Seite stehen. Es sei denn, es handelte sich um jemanden, der dich nicht mag oder fürchtet …«

»Irba«, stöhnte Lena.

»Wir sollten sie nicht voreilig verurteilen, aber es wäre möglich.«

Nun war sich Lena sicher, Irbas garstige Stimme vernommen zu haben, als die Fremden angegriffen hatten.

»Und was tun wir jetzt?«

Selbst wenn es stockdunkel war, spürte Lena Kians Blick auf ihrem Gesicht.

»Ich sehe mich kurz draußen um, dann entscheiden wir, ob wir warten oder fliehen.«

Schon hörte Lena, wie Kians Kleider raschelten und er sich erhob.

»Soll ich nicht besser mitkommen?«

»Nein, warte hier. Ich bin gleich wieder da.«

Die Vorstellung, ganz allein zurückzubleiben, war beinahe mehr, als Lena ertragen konnte. Was war, wenn Kian sie im Stich ließ? Wenn er getötet oder verletzt wurde? Sie kauerte sich zusammen, lauschte auf jedes noch so ferne Geräusch. Instinktiv tastete Lena nach ihrer Rocktasche und hätte beinahe hysterisch aufgelacht. Seitdem sie in Elvancor war, hatte sie kein Handy mehr und es, ehrlich gesagt, auch nicht vermisst. Mal abgesehen davon, dass es ihr ohnehin nichts genützt hätte. Aber jetzt wünschte sie sich verzweifelt einen beruhigenden Lichtschein, zumindest auf die Uhr sehen zu können, auch wenn diese hier nicht von Bedeutung war. Dann musste sie an Ragnar denken. Wo war er jetzt?

»Lena!« Sie zuckte heftig zusammen, als sie diesen leisen Ruf hörte.

»Ja.«

»Komm heraus, soweit ich sehen kann, ist niemand in der Nähe.«

Erleichtert atmete sie auf, kroch aus ihrem Versteck und stellte sich neben Kian.

»Wir müssen leise sein. Vielleicht gelingt es uns, unentdeckt den Wald zu verlassen.«

Den Wald verlassen – die Aussicht, endlich aus dem Eibenwald herauszukommen, sagte Lena durchaus zu. Daher folgte sie Kian nur zu gern, erschrak aber jedes Mal, wenn sie auf einen morschen Ast trat oder eine Wurzel übersah. Sie hatte das Gefühl, völlig tollpatschig durch die Gegend zu stolpern, während Kian mit bewundernswerter Geschmeidigkeit und annähernd lautlos durch die Bäume eilte. Das Gefühl, von unsichtbaren Augen beobachtet zu werden, jagte Lena ständig eisige Schauer über den Rücken. Ob es nun Geister oder ihre Verfolger waren, konnte sie nicht sagen. Lediglich hier und da warfen Sterne oder die magische Triade ihr Licht durch das dichte Blattwerk. Als Kian auf einmal abrupt anhielt, prallte sie gegen seinen Rücken.

»Was ist?«, flüsterte sie.

Er nahm sie an der Hand, deutete nach vorne, und Lena riss ihre Augen auf. Der Waldrand war nicht mehr weit entfernt, wie sie an dem etwas helleren Lichtschimmer, den die Gestirne warfen, erkennen konnte. Doch genau dort, wo sie diesen unheimlichen Wald endlich hätten verlassen können, standen Gestalten. Schemenhaft, ihre Form verändernd, hatten sie sich nebeneinander aufgebaut.

»O verdammt«, hauchte Lena. »Rodhakan!«

»Rodhakan sind wir nicht, Mädchen von jenseits der Berge«, sprachen auf einmal alle Wesenheiten gleichzeitig, zumindest schien es Lena so. Ihre Stimmen waren überall, vor ihr, hinter ihr, selbst in den Bäumen wisperten sie. Die Gestalten kamen näher, und Lena achtete gar nicht weiter auf Kian, der sie verwundert musterte.

»Was … seid ihr dann?«, wagte sie zu fragen.

»Die Geister, die Seelen der Eiben«, ertönte die Antwort, und nun glitt eine der Kreaturen näher. Sternenlicht fiel auf ein ungewöhnliches Wesen. Seine Erscheinung bestand von Kopf bis Fuß aus kleinen grünlichen Blättern, die leise raschelten. Rötliche Beeren bildeten die Augen, und sogar Wimpern, wie ganz feine Härchen auf den Blättern, waren zu sehen. Den Kopf zierten spitze Nadeln und erinnerten Lena an einen Kranz. Der Eibengeist mochte sicher an die drei Meter groß sein, und Lena verspürte den Drang fortzurennen, aber Kian drückte beruhigend ihre Hand.

»Sie werden uns nichts tun, sie sind die Beschützer Ceadds.«

»Solange kein Tuavinn unter euch ist, verschonen wir euch«, bestätigte auch der Eibengeist, aber Lena erschien es, als würde er bis in ihr Innerstes sehen und ganz genau wissen, dass sie eine Freundin der Tuavinn war.

»Sagt, Herren der Eiben«, Kian verneigte sich, »sind andere Menschen in der Nähe? Sie verfolgen uns.«

»Die Belange der Menschen sind nicht die unseren. Dennoch kann ich dir sagen, dass ihr hier die einzigen seid«, zischte ein anderer Eibengeist. Es klang wie Wind, der durch trockenes Laub fuhr.

»Wir danken euch vielmals, Herren der Eiben.« Schon zerrte Kian Lena vorwärts.

Zu ihrer Überraschung teilten sich die Eibengeister, ließen sie passieren, auch wenn ihr alles andere als wohl dabei war, geradewegs durch diese Wesen durchzulaufen. Aber schließlich erreichten sie freies Feld, und Lena atmete befreit auf.

»Noch sind wir nicht außer Gefahr«, warnte Kian. »Wir müssen zu den Bergen.«

Also rannten sie weiter durch die Nacht. Lena war froh um

das leichte Glimmen, das wie immer aus den Bergen kam, und auch Sterne, die Triade und die beiden Monde spendeten Licht. Anstrengend war diese nächtliche Flucht trotzdem, und jedes Mal, wenn Lena glaubte, die westlichen Berge wären schon ganz nahe, tat sich hinter dem nächsten Hügel ein weiterer auf, den sie erklimmen mussten. Zumindest rannte Kian jetzt nicht mehr, behielt jedoch ein strammes Tempo bei. Als er endlich an einem Bachlauf anhielt, kroch die Sonne bereits über den Horizont, überschwemmte das Land mit ihrem sanften Morgenlicht. Lichtpunkte tanzten über dem Bach, der sprudelnd aus den Bergen floss. Lena ließ sich einfach an Ort und Stelle fallen, schöpfte mit den Händen gierig von dem klaren, wunderbar erfrischenden Wasser und legte sich dann lang ausgestreckt ins weiche Gras.

»Ich bin echt fertig«, stöhnte sie. »Selbst wenn jetzt alle Rodhakan Elvancors auftauchen würden, könnte ich nicht mehr aufstehen.«

Auch Kians Gesicht glänzte vor Schweiß, er hielt seinen Kopf ins kühle Nass, schüttelte seine Haare aus und schnitt eine Grimasse. »Glaub mir, sollten Rodhakan hier erscheinen, dann würdest du rennen.«

»Meinst du, es sind welche in der Nähe?« Lenas Augen suchten den nahen Waldrand ab.

Sie befanden sich unmittelbar vor den westlichen Ausläufern der Berge von Avarinn. In der Gegenrichtung konnte Lena noch schemenhaft den markanten Hügel Ceadds mit dem düsteren Eibenwald erkennen. Trotzdem mussten sie in dieser Nacht ein gewaltiges Stück des Weges hinter sich gebracht haben.

Mit einem erschöpften Seufzen legte sich Kian ebenfalls ins Gras. »Nein, ich denke nicht. Rodhakan sind Schattenkreaturen. Sie fürchten den Tag zwar nicht direkt, kommen jedoch lieber in der Dämmerung oder bei Nebel heraus. Dann verschmelzen sie mit der Umgebung und können besser angreifen.«

Bei diesen Worten bekam Lena eine Gänsehaut, aber sie hoffte darauf, dass Kian recht behielt. Jetzt war Tag, die Sonne schien, fürs Erste waren sie in Sicherheit – und sie konnte sich endlich ausruhen.

Die Muskeln an ihren Beinen zuckten noch eine ganze Weile, und Lena war froh, während der letzten Zeit so viel mit Ragnar unternommen zu haben, denn sonst wäre es um ihre Kondition weniger gut bestellt gewesen. Mit einer Hand spielte sie im Wasser herum, ließ den kühlen Strom durch ihre Finger gleiten. *Ragnar, ich wünschte, du könntest hier bei mir sein*, dachte sie. Kurz glaubte sie kleine Augen im Wasser aufblitzen zu sehen, daher zog sie eilig die Hand zurück, denn sie musste an die Maryden denken. Schließlich drehte sich Lena zu Kian um. Dieser saß im Schneidersitz im Gras, kaute auf einem Grashalm herum und behielt dabei die Gegend im Blick.

»Und was tun wir jetzt? Bringst du mich zurück nach Talad?«

Eine ganze Weile schwieg er, dann schüttelte er den Kopf. »Nein, Lena. Ich befürchte, diejenigen, die dich verraten haben, würden dich an Crosgan ausliefern, nur um weiteren Streitigkeiten aus dem Weg zu gehen.«

»Oh!«

Er runzelte die Stirn, besah sie noch einmal kritisch. »Von der Welt jenseits der Schwelle kannst du nicht stammen.« Lena hielt die Luft an, aber Kian fuhr fort: »Seit Generationen kam kein Mensch mehr nach Elvancor, deshalb glauben wir auch, dass dort die Rodhakan herrschen. Aber du bist eine vom Bergvolk, nicht wahr?«, sagte er so hastig, als läge ihm diese Frage schon länger auf der Zunge.

Als Lena den Mund öffnete, winkte er ab. »Du musst es nicht mehr leugnen, ich lasse dich gehen.«

»Ach wirklich?« Jetzt war Lena verdutzt, und sie erhob sich zögernd. »Na ja … also danke.«

»Findest du allein zu deinen Leuten zurück? Wo halten sie sich auf?« Er blickte in die Berge, dann wieder zu ihr. »Oder ist es dir lieber, wenn ich dich begleite?«

»Kian, das ist nett, aber …«

Weiter kam Lena nicht, denn mit einem Mal packte Kian sie fest am Arm, starrte in Richtung des Waldrandes. Dort stand eine Gestalt, das Gesicht unter einer Kapuze verborgen, doch der aufgezogene Bogen sprach Bände.

Kapitel 8

Versprechen

Atemlos verharrte Lena, krallte ihre Hand in Kians Unterarm, während der Bogenschütze näher trat. Selbst wenn das vermutlich nichts nützen würde, hatte Kian innerhalb von einem Sekundenbruchteil sein Schwert gezogen und schob sie hinter sich. Doch plötzlich hielt der Angreifer inne und schrie: »Duck dich, Lena.«

Auf einmal begriff sie. »Ragnar!« Lenas Herz machte einen kleinen Satz. Sie fragte sich, wo er so unerwartet hergekommen war, aber da wurde ihr schlagartig bewusst, dass er noch immer auf Kian zielte.

»Nein, nicht! Nicht schießen!«, schrie sie.

Doch Ragnar hielt den Bogen gespannt, daher sprang Lena instinktiv vor ihren Begleiter und hob beide Hände.

»Ragnar, er hat mir geholfen.«

Lauernd kam Ragnar näher, den Bogen noch immer aufgezogen, und Lena konnte förmlich seine Anspannung spüren. Im Augenblick erinnerte er sie an ein Raubtier. Leise, geschmeidig, tödlich. Sosehr sie sich freute, ihn endlich wiederzusehen – jetzt hatte sie Angst um Kian. Ein kurzer Blick über die Schulter zeigte ihr Kians zusammengepresste Lippen, wie er eisern sein Schwert umklammerte und Ragnar fixierte.

»Ist das nicht einer der Kerle, die dich entführt haben?« Nur noch wenige Schritte trennten sie voneinander.

»Ja … nein … Ragnar, bitte, lass es mich erklären. Kian hat mir geholfen, er hat mich gerettet.«

Nur sehr zögernd und ohne den Blick von Kian abzuwenden, ließ Ragnar seinen Bogen sinken, die Sehne entspannte sich, und er steckte den Pfeil mit einer beiläufigen Handbewegung in den Köcher auf seinem Rücken. Dann streifte er seine Kapuze zurück.

»Steck das Schwert weg«, zischte sie Kian zu.

»Er ähnelt einem Tuavinn«, stellte Kian misstrauisch fest.

»Also, Jungs«, versuchte Lena die bedrohliche Atmosphäre aufzulockern, »jetzt bleibt mal ganz entspannt. Jeder steckt seine Waffe weg, und wir tun das, was Männer nicht gerne tun – reden.«

Während Ragnars linker Mundwinkel zu zucken begann, sah Kian sie nur verständnislos an.

Langsam ging Lena auf Ragnar zu, Kian ließ sie dabei aber nicht aus den Augen. Dieser öffnete und schloss die Finger um seinen Schwertgriff, erweckte jedoch zumindest nicht den Eindruck, sofort angreifen zu wollen. Eilig umarmte sie Ragnar, war unendlich froh, ihn wieder bei sich zu haben. Dann stellte sie sich zwischen die beiden Männer.

»Kian, ich habe dir nicht die Wahrheit gesagt. Ich bin weder vom Bergvolk noch aus einer der Städte, und mein Gedächtnis habe ich auch nicht verloren. Und Ragnar ist tatsächlich zum Teil ein Tuavinn.«

Sofort strafften sich die Schultern des jungen Mannes wieder, aber Lena schüttelte den Kopf. »Nicht, Kian, die Tuavinn wollen euch nichts Böses, auch Ragnar nicht. Und ich komme …«

»Das solltest du besser für dich behalten«, unterbrach Ragnar sie barsch.

»Nein, Kian hat mir mehrfach bewiesen, dass man ihm vertrauen kann.« Lena lächelte dem Krieger zu, und dieser erwiderte diese Geste, wenn auch vorsichtig. Aus dem Augenwinkel erkannte sie, wie Ragnar die Stirn runzelte.

»Ich komme aus dem Land jenseits der Berge von Avarinn. Von dort, wo deine Vorfahren herstammen.«

»Du?« Kians hellbraune Augen drohten ihm aus den Höhlen zu quellen. »Ich wusste, du verbirgst etwas. Aber das … Ich glaube nicht … Niemand kam mehr über die Schwelle … andererseits, dieses Amulett. Ich hätte es wissen müssen!« Er deutete auf Lenas Hals, und reflexartig schlossen sich ihre Finger darum.

»Wollen wir uns nicht setzen?«, schlug sie vor und schnitt eine Grimasse. »Dann wird es zumindest schwieriger, wenn ihr euch auf der Stelle an die Kehle zu gehen versucht.«

Ragnar lachte leise auf, schüttelte den Kopf und hauchte Lena einen Kuss auf den Scheitel, bevor er sich im Schneidersitz auf dem Boden niederließ.

Kians Blick wanderte eine Weile zwischen Ragnar und Lena hin und her, doch schließlich setzte auch er sich und legte das Schwert neben sich ins Gras. Auffordernd sah er nun Lena an.

»Also, es war folgendermaßen …«

Lenas Erklärungen, wie sie nach Elvancor gekommen war, die missverständliche Entführung und ihre Reise nach Ceadd nahm einige Zeit in Anspruch. Auch wenn sich Kian und Ragnar hin und wieder feindliche Blicke zuwarfen, besonders wenn es um Anschuldigungen zwischen Tuavinn und den Menschen Elvancors ging, so ließen sie Lena doch ausreden, und am Ende erschienen ihr die beiden sogar halbwegs entspannt.

»Dann bist du seit«, Kian blies die Backen auf und unterbrach sich selbst, »seit unfassbar vielen Generationen die Erste, die wieder nach Elvancor kam.«

»Ich dachte, Zeit bedeutet euch nichts«, zog ihn Lena augenzwinkernd auf, doch Kian musterte sie nur durchdringend.

»Mir ist niemand bekannt, der nach den letzten Fürsten mit einem Amulett über die Schwelle trat. Sag, Lena, ist die alte Welt nicht zerstört und überschwemmt von Rodhakan?«, fragte er voller Ehrfurcht.

»Das stimmt nicht!«, warf Ragnar ein, aber Lena legte ihm beruhigend eine Hand auf den Arm.

»Nein, Kian, bei uns gab es überhaupt gar keine Rodhakan, bevor …« Sie stockte, denn Ragnar wollte sie nicht als Verantwortlichen nennen, selbst wenn er unabsichtlich Everon und seine Kumpane in ihre Welt gebracht hatte. »Ich meine, ich kannte überhaupt keine Rodhakan, bevor ich hierherkam.«

»Ja, aber wo sollen die Schattenwesen denn sonst herkommen, wenn nicht aus deiner Welt?«, ereiferte sich der junge Krieger und bedachte Ragnar erneut mit kritischen Blicken.

»Aus Elvancor.«

Ein abfälliges Schnauben war Kians einzige Reaktion.

»Die Tuavinn denken, die Rodhakan sind dadurch entstanden, dass sie sich nicht mehr von ihnen in die Ewigkeit geleiten lassen – verlorene Seelen sozusagen«, erklärte Ragnar schließlich.

»Das hat doch alles keinen Sinn«, schaltete sich Lena energisch ein. »Der eine bezichtigt den anderen, am Erscheinen der Rodhakan Schuld zu haben. Aber wissen tut es niemand.«

Betont lässig und mit diesem leicht arroganten Ausdruck im Gesicht, den Lena von früher kannte, zuckte Ragnar mit den Schultern. »Sie sind hier, und wir müssen sehen, wie wir damit zurechtkommen – jeder für sich.«

»Aber besser wäre es doch, ihr würdet euch zusammenschließen«, wandte sich Lena an die beiden.

Beinahe gleichzeitig öffneten die jungen Männer den Mund, und sicher lag ihnen eine scharfe Entgegnung auf der Zunge, aber Lena sah sie kopfschüttelnd an.

»Wollen nicht zumindest wir drei Frieden schließen und unseren Freunden die Sichtweise des jeweils anderen Volkes klarmachen? Vielleicht kommen wir zu einer Einigung.«

»Hm.« Kian rieb sich über sein stoppeliges Kinn. »Ich muss gestehen, ich habe schon häufiger mit dem Gedanken gespielt, mich dem Bergvolk anzuschließen.«

»Ach wirklich?«, freute sich Lena. »Na siehst du, und die Bergleute sind doch Freunde der Tuavinn.«

»Als Freunde würde ich sie nicht alle bezeichnen«, warf Ragnar scharf ein. »Aber sie respektieren uns als die Hüter und Bewacher der Schwelle, die wir sind.«

»Und deshalb haltet ihr euch für die Herren über Leben und Tod?«, schoss Kian sogleich zurück.

»Nein, aber es ist nicht natürlich für einen Menschen, auch nicht für einen Fürsten, über so viele Generationen in Elvancor zu herrschen, ohne in die Ewigkeit weiterzugehen.«

»Und das willst du entscheiden können?« Kians Hand wanderte zu seinem Schwert.

Lena richtete sich auf, da sie fürchtete, das Gespräch könne eskalieren, denn auch Ragnars Haltung drückte nicht gerade Versöhnlichkeit aus. Im Moment erinnerte er an einen Bussard, der eine Maus entdeckt hatte.

»Schon immer waren die Tuavinn die Wächter der Schwelle«, fuhr Ragnar fort. »Ihnen ist ein langes Leben gegeben, damit sie sich dieser Aufgabe voll und ganz widmen können. Elvancor ist ein Reich, das dem Einzelnen helfen soll, sich weiterzuentwickeln. Wesen, die nach Elvancor kommen, sollen ein Leben in Harmonie mit sich und der Natur führen, um auf diese Weise wieder zu sich selbst zu finden. Tun sie das, gelangen sie von selbst zu der Einsicht, dass sie weiterziehen müssen.«

»Was redest du da?«, unterbrach ihn Kian. »Wir müssen uns nicht *finden* und sind, wer wir sind. Und wir haben uns entschlossen hierzubleiben.«

»Du verstehst nicht!«

»Ich verstehe sehr wohl!«, schimpfte Kian.

»Bitte, Kian! Lass Ragnar ausreden. Mich interessiert, was er zu sagen hat.« Lena warf Kian einen bösen Blick zu, ehe sie Ragnar aufmunternd zunickte.

»Die Vision eines Tuavinn veranlasste unser Volk, in die andere

Welt, Lenas Welt, zu gehen, um Auserwählte nach ihrem Tod nach Elvancor zu geleiten. Hier sollten sie lernen und zu großer Weisheit finden, damit sie genau dieses Wissen bei ihrer Wiedergeburt in die andere Welt weitergeben konnten. So sollten alle Menschen sich zu einer höheren Reife entwickeln und die Dinge, die sie umgeben, mit Respekt behandeln. Du weißt das, Lena.«

Sie nickte.

»Doch dann begingen die Tuavinn den Fehler, viele Lebende des Keltenvolkes mittels magischer Amulette nach Elvancor zu bringen. Anstatt sich jedoch dem Zyklus des Reifens zu beugen und weiterzuziehen, haben sie sich hier festgesetzt und leben ihr altes Leben einfach weiter, ohne sich zu entwickeln. Sie verschandeln Elvancors Antlitz mit riesigen Städten, berauben die Erde ihrer Schätze. Allen voran stehen die Keltenfürsten, die ihr uraltes Stammessystem aufrechterhalten, und die Menschen sind ihnen hörig.«

»Bis auf das Bergvolk«, murmelte Lena, und Ragnar nickte.

»Diese Menschen, von denen du sprichst«, erwiderte Kian, »sie sind die Nachfahren eben jener Fürsten! So wie ich auch. Und jetzt frage ich dich, weshalb sollten wir nicht das Recht haben, hier unser Leben zu leben?«

Ragnar schüttelte resigniert den Kopf. »Du und dein Volk«, begann er dann, »ihr lebt, wie ihr es immer getan habt.«

»Aber was ist daran so schlimm?«, rief Kian zornig und erhob sich ruckartig.

Auch Ragnar sprang auf, und Lena stellte sich rasch zwischen die beiden. »Hört auf damit und setzt euch!«

»An ihrer Besonnenheit könntest du dir ein Beispiel …«

»Nicht, Ragnar, lass es!«, rügte Lena ihn und setzte sich wieder hin, nicht ohne den beiden zu bedeuten, es ihr gleichzutun.

Ragnar und Kian schauten einander an, doch schließlich legte Ragnar beide Hände aneinander und führte sie an seine Lippen. »Wer ewig so lebt, wie er es schon immer getan hat, der erstarrt.«

Nun wirkte Kian doch ein wenig nachdenklich. »Die Fürsten sind weise, sie wissen, was gut ist«, sagte er, allerdings fehlte seiner Stimme nun der Nachdruck. »Dann denkst du, wir müssten uns alle in die Ewigkeit begeben und – sterben«, flüsterte er.

»Nein, ich denke, das ist nicht nötig«, erklärte Ragnar mit versöhnlicher Stimme. »Nur die Fürsten und jene, die in diesen alten Tagen herübergekommen sind, müssten ihre Amulette abgeben und weiterziehen. Die anderen sollten sich der Führung der Tuavinn anvertrauen. Eines Tages wird dann die Einsicht folgen, dass es richtig ist zu gehen. Der Weg in die Ewigkeit ist nur ein weiterer Weg und kein Sterben, wie die Menschen es zumeist verstehen.«

Kian schwieg.

Lena nahm an, dass er grübelte. Auch sie machte sich Gedanken über Ragnars Worte und konnte ein Stück weit nachempfinden, was in dem jungen Mann vor sich ging.

»Ich schlage vor, Kian geht zu seinen Leuten und redet mit ihnen. Vielleicht mit Ureat«, überlegte sie. »Sein Wort scheint mir in diesem Ältestenrat Gewicht zu haben. Ich kann zwar nicht behaupten, dass Ureat mir sympathisch war, aber zumindest wirkte er halbwegs vernünftig auf mich – und er hat mir geholfen.«

Kian wiegte bedächtig den Kopf. Zwar war die Anspannung und Feindseligkeit während des Gespräches ein klein wenig von ihm gefallen, aber noch schien er nicht wirklich überzeugt. Daher legte Lena ihm nun eine Hand auf den Arm. »Kian, bitte! Versuch es zumindest.«

Kian strich sich mit beiden Händen die Haare zurück, seufzte, doch schließlich nickte er. »Also gut. Ich werde mit Ureat reden, aber«, sein Blick wanderte von Lena zu Ragnar, »versprechen kann ich euch nichts.«

»Danke, Kian«, freute sich Lena. »Mehr wollen wir doch auch gar nicht.« Schließlich wandte sie sich an Ragnar. »Und wir gehen zu den Tuavinn und versuchen, ihnen zu erklären, was die Menschen über sie denken. Vielleicht können wir ja Menschen und Tuavinn dazu bewegen, schon zum nächsten Vollmond miteinander zu sprechen.«

»Die Tuavinn wissen, was die Menschen über sie denken«, wandte Ragnar bitter ein.

»Aber es sind doch nicht alle gleich, verdammt«, rief Lena aus. »Sagen wir mal, Ureat und Maredd treffen sich. Jeder legt dem anderen dar, was er denkt, dann können sie sehen, ob es ihnen nicht gelingt, die ganzen verfluchten Missverständnisse aus der Welt zu schaffen.«

Ragnar lächelte, wirkte dabei sogar ein wenig müde. »Lena, es spricht für dich, dass du diese Streitigkeiten, die schon seit so langer Zeit existieren, mit so viel Leidenschaft schlichten möchtest.« Er drückte kurz ihre Hand. »Bedenkt man jedoch, dass es derartige Bemühungen bereits gab, so erscheint dieser Versuch fast schon naiv.«

»Von welchen Bemühungen sprichst du?« Kian sah Ragnar gespannt an, und auch Lena war auf seine Antwort neugierig.

»Maredd erzählte, es sei vor langer Zeit geschehen.« Mit seinem Zeigefinger deutete er auf Kian. »Vermutlich lange, bevor du geboren wurdest. Es gab einen großen Rat mit Vertretern der einzelnen Städte. Die Tuavinn versuchten, die Menschen zurück zu dem zu bringen, was sie einst lehrten – Leben im Einklang mit allen Wesen Elvancors.«

»Und, was war das Ergebnis dieses Treffens?«, wollte Lena wissen, und auch Kian beugte sich gespannt vor.

»Das Ergebnis.« Ragnar verzog zynisch den Mund. »Die wenigen Menschen, die den Tuavinn glaubten, zerstritten sich mit ihrem Volk und gingen in die Berge. Heute sind sie als das Bergvolk bekannt. Die anderen verschanzten sich in ihren Städten, in Ceadd, Talad, Crosgan und vor allem Erborg, und steigerten sich noch weiter in ihren Wahn hinein, die Tuavinn seien böse.«

»Das ist kein Wahn«, fuhr Kian dazwischen. »Schließlich wollt ihr unsere Fürsten zwingen …«

»Jetzt hört doch auf!«, unterbrach Lena die beiden. »Ihr stützt euch hier auf Geschichten, die lange vor eurer Zeit geschehen sind. Ihr wisst doch gar nicht, wie es wirklich war und wie diese ganzen Streitereien entstanden sind.« Lena nahm Kians Hand in ihre linke, Ragnars in ihre rechte und sah ihnen nacheinander in die Augen. »Ihr seid eine neue Generation von Bewohnern Elvancors. Ihr könnt alles verändern. Und vielleicht kann ich es schaffen, euch zu helfen. Schließlich mag ich euch beide sehr.« Besonders auf Ragnar blieb ihr Blick länger haften, dann räusperte sie sich. »Denkt darüber nach. Wir können wirklich etwas bewegen.«

»Lena, die Friedensstifterin«, entgegnete Ragnar, »ein ganz neuer Zug an dir.« Als Lena zu einer empörten Erwiderung Luft holte, zwinkerte er ihr jedoch zu. »Aber ich glaube, du hast recht. Lasst uns zu unseren Leuten zurückgehen.«

Kian sah hinauf in den Himmel, wo auch bei Tage die Sichel des rotgoldenen Mondes und der bereits zunehmende weiße Mond zu sehen waren. »Wenn beide Monde voll am Himmel stehen, treffen wir uns genau an dieser Stelle. Aus jeder Stadt, vom Bergvolk und auch von den Tuavinn dürfen nur zwei Krieger ihren Ältesten oder Fürsten begleiten. Ansonsten würden sich meine Leute fürchten, wenn zu viele Tuavinn auftauchen. Bist du einverstanden, Ragnar?«

Zunächst erwiderte Ragnar nichts, dachte nach, dann nickte er. Kian erhob sich, und Ragnar tat es ihm gleich. Eine Weile standen die beiden sich stumm gegenüber, musterten sich. Lena fiel auf, wie unterschiedlich sie waren. Kian dunkelblond, einen halben Kopf größer als Ragnar, das Gesicht markanter, mit buschigeren Augenbrauen und dem energischen Kinn. Ragnar dagegen wirkte insgesamt deutlich feingliedriger, auch wenn er jetzt muskulöser war als früher. Trotzdem hätte Lena nicht gewusst, wer aus einem Zweikampf als Sieger hervorgegangen wäre. Sie beide waren Krieger, und sicher hatte ein jeder seine Vorteile. Doch nun streckte Kian seinen Arm aus, legte ihn Ragnar auf die Schulter und senkte leicht den Kopf. »Dann lass uns Verbündete sein und uns vertrauen – zumindest so lange, bis einer dem anderen Anlass zum Misstrauen gibt.«

Auch Ragnar hob seinen Arm, erwiderte die Geste. »So soll es sein.«

»Ein schräges Abkommen«, stellte Lena fest, und vermutlich verstand Kian den Sinn ihrer Worte nicht, aber Ragnar grinste, drehte sich um und ging mit langen Schritten in die Richtung, aus der er gekommen war. »Bis die Monde voll am Himmel stehen, Kian aus Talad.«

Lena lächelte Kian noch einmal zu, dann wandte auch sie sich ab.

»Willst du tatsächlich mit *ihm* gehen?«

Noch einmal drehte sich Lena zu Kian. »Ja, er ist mein Freund.«

»Hm.« Kian trat zu ihr und drückte sie kurz an sich. »Dann nimm dich in Acht, selbst wenn du den Tuavinn traust. Und Lena, danke. Auch wenn du keine Kriegerin bist, so hast du mir nun tatsächlich das Leben gerettet, sonst hätte dein Freund auf mich geschossen.« Jetzt war sein Lächeln einnehmend, ließ sein Gesicht sehr viel freundlicher und weicher erscheinen. Er strich ihr sogar behutsam über die Wange.

»Ach was«. Lena räusperte sich verlegen, sah sich nach Ragnar um und bemerkte mit einiger Genugtuung, wie er zu ihnen herübersah. Stolz, den Bogen in der linken Hand stand er auf einem Felsen. »Na ja, vermutlich hätte dich Ragnar tatsächlich mit Pfeilen gespickt wie ein Wildschwein.«

Kian lachte leise auf. »Ein Wildschwein?«

»Gibt es in Elvancor keine Wildschweine?«

»Doch, nur hat mich noch niemals jemand mit einem Schwein verglichen.«

»Ich wollte auch nicht …«, versicherte Lena errötend, aber Kian schüttelte den Kopf und ließ sie los.

»Wildschweine sind stark und entschlossen im Kampf, mächtige Gegner. Einige Krieger aus Crosgan huldigen Arduinna, der Göttin der Berge und des Hochlands. Häufig haben sie ein Abbild von ihr auf ihren Helmen, wie sie auf einem wilden Eber reitet.«

»Dann habe ich dich nicht beleidigt?«, erkundigte sich Lena.

»Nein. Ich freue mich auf ein Wiedersehen, Lena aus dem Land jenseits der Schwelle. Gerne würde ich dir zuhören, wenn du mir eines Tages mehr davon erzählen möchtest.«

»Sehr gern. Machs gut, Kian.« Beinahe tat es Lena nun leid, Kian zu verlassen. Dennoch wandte sie sich ab und stieg den Berg hinauf zu Ragnar. Als sie sich ein zweites Mal umdrehte, stand Kian an der gleichen Stelle, an der sie ihn zurückgelassen hatte, und sah ihr nach.

»Was hattet ihr denn noch so lange zu bereden?«, fragte Ragnar.

Er wird doch nicht eifersüchtig sein, dachte sie und piekste ihn in die Seite. »Du musst ja nicht alles wissen.«

Ragnar schnaubte lediglich, dann fasste er sie am Arm. »Komm mit. Eines der Hauptlager der Tuavinn ist nur einen Tagesritt von hier entfernt. Wenn wir uns beeilen, können wir in der Nacht dort sein.«

Immer weiter stiegen sie den Berg hinauf, und Lena staunte über mächtige Baumriesen, die sich in die Felsen krallten und deren Blätter teilweise einen Durchmesser von über einem Meter haben mussten. Andere wiederum waren winzig und von unterschiedlichen Grüntönen, die einen bei genauerem Hinsehen beinahe schwindlig werden ließen.

»Devera!«, freute sich Lena, nachdem sie einen hohen Felsen umrundet hatten. Die Stute stand auf einer mit dichtem Gras bewachsenen Lichtung und hob den Kopf, als sie die beiden Menschen sah.

»Danke, dass du auf mich gewartet hast«, sagte Ragnar zu dem Pferd und klopfte es am Hals.

»Na, dann los.« Unternehmungslustig schwang sich Lena in den Sattel und rutschte dann nach hinten auf den Rücken, um für Ragnar Platz zu machen. Auch dieser saß kurz darauf auf, und sofort erklomm die Stute die nächste Anhöhe.

Während ihres Rittes entdeckte Lena fremdartige Insekten, die schillernd durch die Bäume flogen, Wild, dem ihrer Welt gar nicht unähnlich, und sogar eine Waschbärenfamilie kreuzte ihren Weg. Dann wiederum trafen sie Tiere an, die sie überhaupt nicht zuordnen konnte. Eine Kreatur von der Größe eines Fuchses, aber mit langen, pelzigen Schlappohren rekelte sich auf einer Lichtung in der Sonne. Ihr dichtes Fell leuchtete strahlend weiß, nur Pfoten und die Spitze ihres langen Schwanzes waren von einem tiefen Schwarz.

»Was ist das denn?«, lachte Lena, als sich das Wesen auf den Rücken drehte und alle viere in die Höhe hob.

»Ein Kurdul«, erklärte Ragnar. »Lass dich nicht von seinem niedlichen Äußeren täuschen. Wenn er oder seine Rotte bedroht wird, nimmt er es selbst mit einem Bären auf.«

»Wirklich?«, staunte Lena und fragte sich auch bei einigen Vögeln, die sie unterwegs sah, ob sie deren Namen nur nicht kannte oder ob sie ebenfalls Wesen Elvancors waren.

»Wie hast du mich eigentlich gefunden, Ragnar?«, wollte Lena wissen.

»Wir haben dich eine lange Zeit gesucht«, gab er zu. »In Talad erfuhr ich von Andri, dass man dich nach Ceadd verschleppt hat.«

»Andri?«

»Der alte Mann, von dem ich dir erzählt habe.« Ragnar drehte sich um, und nun erhellte ein liebevolles Lächeln seine Züge. »Auch ihn habe ich versehentlich nach Elvancor geschickt. Seither lebt er hier und versucht, ein gutes Wort für uns Tuavinn einzulegen – mit mäßigem Erfolg.«

»Andri! Ich erinnere mich. Ragnar, es freut mich, dass du ihn wiedergesehen hast.«

»Ja, mich ebenfalls. Auf jeden Fall bin ich auf der Stelle mit Maredd in Richtung Ceadd geritten, und als wir an einem Bach vorbeikamen, stieg plötzlich ein Wassergeist vor uns auf und überbrachte mir die Nachricht, dass du mich suchen würdest.«

Jetzt staunte Lena ungemein. »Ich habe mit der Hand im Wasser herumgespielt und mir gewünscht, du wärst bei mir«, murmelte sie vor sich hin.

»Und der freundliche Wassergeist hat uns das ausgerichtet. Nachdem er berichtete, es wäre nur ein einziger Krieger bei dir, konnte ich Maredd dazu überreden, zu den anderen zu reiten, denn sie alle waren in großer Sorge um dich.« Verlegen zuckte er die Achseln. »Eigentlich sollte ich euch nur beobachten und warten, bis Maredd mit Verstärkung kommt, aber als ich dich mit diesem jungen Krieger sah – da musste ich einfach etwas tun.«

»Du hättest Kian beinahe erschossen«, ergänzte Lena missbilligend.

»Ich wusste ja nicht, dass er dein neuer Freund ist.« Jetzt klang wieder eine Spur des für Ragnar so typischen Zynismus durch, aber Lena ließ sich nicht provozieren.

»Kian ist wirklich in Ordnung. Ohne ihn wäre ich verloren gewesen.«

»Mag sein. Aber jetzt lass uns schneller reiten. Ich freue mich schon darauf, dir das westlichste Lager der Tuavinn zeigen zu können!«

Ragnar ließ Devera in einen leichten Galopp fallen. Bald hatten sie ein Hochplateau erreicht und ritten durch weit auseinander stehende Bäume.

»Können wir nicht irgendeinen Geist bitten, dass er uns schneller ans Ziel bringt?«

»Ich bin noch immer nicht sehr gut darin, die Naturgeister zu beschwören. Zudem gibt es hier keinen Fluss, und ich habe den

Eindruck, die Wassergeister sind noch am kooperativsten. Die Geister der Berge und der Felsen sind verärgert über die Menschen, und ich bin zum Teil menschlich.«

»Weshalb sind sie verärgert?«

»Die Bewohner der Städte reißen große Stücke aus dem Gestein, um Häuser, Paläste, Mauern zu bauen. Zudem sind vor langer Zeit die Bewohner Crosgans – die Stadt liegt übrigens im Süden, nahe einer Bergkette – auf die dumme Idee gekommen, Bergbau zu betreiben.«

Lena seufzte tief. »Ich glaube, ich verstehe langsam. Genau das passt nicht zum Einklangsgedanken der Tuavinn, nicht wahr?«

»Richtig. Auch ich fand Bergbau und das Errichten von Städten anfangs nicht ungewöhnlich. Aber die Tuavinn erklärten mir, dass die Geister, die Beschützer der Berge, nichts dagegen hätten, wenn man Gold, Silber, Bronze und auch Edelsteine nimmt, die sie freiwillig geben. Ob sie nun durch die Flüsse aus den Bergen gewaschen werden oder ob das Land sie nach einem Erdrutsch freigibt. Doch hält man sich nicht daran, werden sie ausgesprochen zornig, und so haben sie mit einem gewaltigen Beben das alte Crosgan zerstört. Die Menschen machten natürlich wieder die Tuavinn dafür verantwortlich, die sie lange genug gewarnt hatten. Sie behaupteten, unser Volk habe die Berggeister aufgehetzt und wolle die Edelmetalle nur für sich allein. Später wurde Crosgan einige Meilen im Landesinneren neu erbaut.«

»Hm. Aber ihr benutzt doch auch Stahl für eure Schwerter.« Ihre Hand fuhr über den Knauf des Schwerts, das an Ragnars Seite hing.

»Kein Stahl, es ist ein anderes Material. Die Tuavinn nennen es Pyralon, und in einer gewissen Mischung mit Eisen und Silber gibt es die härtesten und zugleich geschmeidigsten Schwerter – und sie sind die einzige Waffe gegen die Rodhakan.«

»Dieses Pyralon muss aber auch irgendwie abgebaut werden, oder etwa nicht?«, wandte Lena ein.

»Ja, aber es gibt natürliche Vorkommen in den Bergen. Die Orte sind geheim, und die Tuavinn bewachen die Höhlen aufs Strengste. Kegelförmige Steine wachsen von den Decken der Höhlen, brechen irgendwann ab, und dann ist es den Tuavinn erlaubt, die Steine zu nehmen, in den Feuern, die unter den Bergen von Avarinn lodern, mit Eisen und Silber zu verschmelzen und ihre Waffen zu schmieden.«

»Ich würde zu gern diese Höhlen sehen«, seufzte Lena.

»Das wirst du«, versprach Ragnar. »Wir sind auf dem Weg zu ihnen.«

Während ihres Rittes wurden die Schatten länger, und als Devera in einem gleichmäßigen Schritt weiter in die Berge vordrang, spürte Lena eine gewisse Müdigkeit. Sie ließ ihren Kopf an Ragnars Schulter sinken, beobachtete mit träger werdenden Gedanken die wilde, urtümliche Berglandschaft und schlummerte schließlich ein.

Auch unten auf den Ebenen brach die Abenddämmerung herein. Nebel stieg vom Fluss her auf, legte sich über Wiesen und Wälder, verhüllte Stein und Fels. Dies war ihre Zeit, die Zeit der Schatten. Gierig blickte Mitras auf die lange Reihe aus Menschen, die sich in Richtung Norden bewegte. Narren, die noch immer das Triadenfest feierten. Hinter ihm hatten sich seine Brüder und Schwestern versammelt. Körperlos verharrten sie im Nebel.

»Wartet«, flüsterte er, denn er liebte den Moment, bevor er zuschlug, die Anspannung, die Vorfreude, sich bald an den Ängsten von Mensch und Tier nähren zu können und ihnen ihre Kräfte zu rauben. Er bemerkte, wie auch die anderen Rodhakan vor Anspannung vibrierten, sich langsam zu Gestalten verdichteten, mal Menschen, mal Tiere. Er selbst nahm die Form eines Tuavinn an – eines der mächtigsten Wesen Elvancors.

Allen voran schritt er auf den Wagenzug zu. Das Nachtlager wurde gerade aufgeschlagen, die ersten Feuer waren bereits entzündet. Und dann – erschrockene Rufe hallten durch die Dunkelheit, steigerten sich alsbald zu panischen Schreien. Menschen flohen in Richtung eines Wäldchens. Eine Handbewegung von Mitras, und fünf Rodhakan, in Gestalt von Bergkatzen und Bären, schnitten den Fliehenden den Weg ab. Mitras konnte die Angst riechen, die Schreie, das Flehen um Gnade erregten ihn. Er sah, wie seine Brüder die Menschen überwältigten, sie teilweise mit ihren Klauen zerrissen, sie in eine tödliche Umarmung schlossen, aus der die Rodhakan an Stärke gewannen. Er selbst trat auf einen Krieger zu, der ein Schwert in der zitternden Hand hielt. Dieser hier zeigte ein Mindestmaß an Courage, versuchte sich zu wehren und hieb mit dem Schwert nach ihm.

»Nehmt ihn mit, an ihm können wir uns länger stärken«, befahl Mitras einem der Seinen, dann trat er auf einen wimmernden alten Mann zu, umschloss ihn mit seinen Schattenarmen, spürte, wie dessen Lebenskraft auf ihn überging und ihm kurzfristig mehr Substanz gab. Dieser hier hatte ihm nichts entgegenzusetzen gehabt, und eigentlich bevorzugte er stärkere Wesenheiten, genoss es, ihre Schutzhülle zu sprengen und sich nach und nach ihrer Kräfte, ihrer Erinnerungen und ihres Innersten zu bemächtigen. Doch hin und wieder benötigte er, genau wie seine Brüder, ein rasches Opfer, damit sie nicht verblassten und vergingen wie Rauch im Wind. Und so säumten bald die Leiber toter Menschen, Pferde und Ochsen die Ufer des Rigal. Kaum jemand war entkommen, und eine Gruppe von zehn Männern und Frauen wurde wie eine Herde Schafe von den Rodhakan angetrieben, zu deren Lagerplätzen in den Bergen gebracht, dorthin, wo sie die Kraftlinien ihrer verhassten Feinde am wenigsten schwächten.

»Lena!«

Ragnars Ruf und Deveras scharfes Schnauben ließen sie aufschrecken. Verwirrt blinzelnd sah sich Lena um. Der Wald war von Dunkelheit erfüllt, aber trotzdem drang dieses sanfte Leuchten von irgendwoher. Lena wusste, dass es das Licht der Ewigkeit war, das die Baumwipfel mit diesem besonderen Schimmer überzog. Aber auch der Glanz der Sterne, der Monde und der Triade erhellte die Umgebung.

Devera trat unruhig auf der Stelle herum, und jetzt bemerkte Lena auch, weshalb sie angehalten hatten.

Vor ihnen erstreckte sich eine mindestens fünf Meter breite Schlucht, über die nur ein schmaler Felsgrat führte. Und dort hatten sich im Sternenlicht drei Gestalten aufgebaut. Nur undeutlich konnte Lena sie erkennen. Einer sah aus wie ein Bär, auf die Hinterbeine aufgerichtet stand er da. Die anderen ähnelten den Kriegern aus Ceadd. Dennoch wirkte ihre Gestalt seltsam verschwommen.

»Sind das wieder irgendwelche Berggeister?«, flüsterte sie, obwohl sie bereits ahnte, welche Kreaturen da auf sie lauerten. Zudem richteten sich die feinen Härchen an ihren Armen auf.

»Rodhakan«, flüsterte Ragnar nur, und seine Hand wanderte ganz langsam zu seinem Bogen.

»Bist du sicher?«, stieß Lena hervor.

»Spürst du es denn nicht?«

Natürlich spüre ich es, dachte sie. Und jetzt, da sie bewusst darauf achtete, fühlte sie auch wieder diese lähmende Angst, die ihr die Luft abzuschnüren drohte. So wie damals in der Esperhöhle.

Einer der Rodhakan trat von der natürlichen Steinbrücke. Die schlaksige Figur und das spitze, schmale Gesicht verliehen ihm die Erscheinung eines kaum erwachsenen Mannes. Geräuschlos bewegte er sich auf sie zu. »Du möchtest über diese Schlucht, junger Tuavinn-Krieger«, stellte der Rodhakan mit leiser, beinahe schon schmeichelnder Stimme fest.

Ragnar antwortete nicht, seine Finger umschlossen einen der Pfeile in dem Köcher, der an seinem Sattel befestigt war.

»Lass deine Waffe stecken. Ich schlage dir einen Handel vor.«

Der Rodhakan kam einen weiteren Schritt näher, seine Augen fixierten Ragnar, dann neigte er den Kopf ein wenig und musterte Lena.

»Einen Handel?«, wiederholte Ragnar misstrauisch.

»Das Mädchen gegen freies Geleit.« Der Rodhakan machte einen Schritt zur Seite, wobei er einnehmend auf die Brücke deutete. Ein wölfisches Lächeln überzog sein schmales Gesicht. Lena wurde äußerst unbehaglich zumute.

Einen Moment lang schwieg Ragnar. »Ein gutes Angebot«, sagte er dann zu Lenas Entsetzen und trieb Devera vorwärts.

Auch die beiden anderen Rodhakan verließen den schmalen Grat, der sich über die Schlucht spannte, und kamen ihnen entgegen.

»Spinnst du?«, zischte Lena.

Nun richtete sich der Bär weiter auf, und sie konnte sein abscheuliches Gesicht erkennen, das aussah, als wäre es in vielen Kämpfen zerfetzt worden. Aber vermutlich hatte sich die Kreatur ganz bewusst für dieses abschreckende Antlitz entschieden. Panik übermannte Lena. Was war nur in Ragnar gefahren? Sie überlegte schon abzuspringen, was allerdings auch sinnlos gewesen wäre.

Doch da spürte sie, wie Ragnar sich plötzlich anspannte. »Halt dich fest!« Sein Ruf hallte durch die Schlucht, dann presste er seine Beine in Deveras Flanken, das Pferd schoss vorwärts, und Ragnar rammte zeitgleich einen seiner Pfeile in die Schemengestalt des nur wenige Schritte neben ihnen stehenden Rodhakan. Die Kreatur kreischte ohrenbetäubend auf. Bäume und Felsen flogen nur so an ihnen vorbei. Lena vermied den Blick nach rechts, denn sie galoppierten haarscharf am gezackten und brüchigen Rand der Schlucht entlang. Ein Blick über die Schulter zeigte ihr den Bären, der in mächtigen Sprüngen hinter ihnen herjagte.

»Schneller«, schrie Lena, woraufhin das Pferd noch einmal an Tempo zulegte.

Als Devera über eine kniehohe Wurzel sprang, verlor Lena beinahe den Halt und rutschte zur Seite. Nur Ragnars fester Griff hielt sie davon ab, ganz herunterzustürzen.

Weiter und weiter jagten sie bergauf, und Lena bemerkte mit Entsetzen, dass Devera langsamer wurde. Das Pferd trug zwei Reiter. Dieses rasende Tempo konnte sie nicht allzu lang durchhalten, schon gar nicht auf diesem steilen Geläuf. Abermals warf Lena einen Blick nach hinten. Der Bär folgte ihnen nach wie vor, setzte gerade mit einem gewaltigen Sprung über die Wurzel hinweg, die Lena um ein Haar zu Fall gebracht hätte.

Zumindest lenkte Ragnar sie nun vom bedrohlichen Rand der Schlucht weg. Die Bäume standen hier recht weit auseinander, und Devera konnte besser ausgreifen.

»Geister der Bäume und der Berge, wir erbitten eure Hilfe und euren Schutz!«, hörte sie Ragnars vom Wind verzerrten Schrei.

Ich hoffe nur, sie hören uns, flehte sie stumm, denn zu ihrer Linken sah sie einen Schemen zwischen den Bäumen. Der Bär war es nicht, der verfolgte sie zwar noch immer, war aber ein ganzes Stück weit hinter ihnen. Der menschliche Rodhakan konnte es eigentlich auch nicht sein, denn kein Mensch konnte so schnell rennen wie ein Pferd. Andererseits handelte es sich ja auch um keinen normalen Menschen, sondern um eine Kreatur des Schattens.

»Ragnar!«, rief sie daher und zupfte an seinem Ärmel.

Endlich erkannte er, was sie entdeckt hatte, und riss Devera hart nach rechts. Zu hart für Lenas ohnehin schon wackelige Position. Sie krallte sich noch fester in Ragnars Umhang, doch es war zu spät. Sie rutschte hinab, schrie auf, krachte schmerzhaft auf den Boden, wo sie sich mehrfach überschlug, ehe sie nach Atem ringend liegen blieb.

Verdammt, die Rodhakan, dachte sie und wollte sich schnell aufrappeln. Doch ihr wurde schwarz vor Augen, und als sie wieder klar sehen konnte, hatten sich der Schattenbär und fünf weitere Rodhakan vor ihr aufgebaut. Einer ähnelte sogar Everon mit seinen langen, grauen Haaren. *Jetzt ist es vorbei!* Lena schluckte schwer, hätte gerne die Augen geschlossen, aber nicht einmal das brachte sie fertig.

»Kommt ja nicht näher, keinen Schritt«, vernahm sie Ragnars Stimme hinter sich. Ein Blick über die Schulter zeigte ihr, wie er mit gespanntem Bogen neben Devera stand, das Gesicht eine konzentrierte, zornige Maske, vom Licht der Triade beschienen, die hoch über den Bergen stand.

»Du magst einen von uns töten, bevor wir das Mädchen haben«, höhnte einer der Rodhakan.

»Nicht nur einen«, knurrte Ragnar. »Ich bin schnell mit dem Bogen.«

Nun trat die schemenhafte Gestalt eines bärtigen Manns mit blondem Haar hervor. »Wir müssen keine Feinde sein«, behauptete er und klang beinahe freundlich, auch wenn Lena sich nicht täuschen ließ. Sie versuchte, unauffällig rückwärtszukrabbeln, doch die Bärengestalt schnitt ihr den Weg ab und fletschte die Zähne. Ein Knurren drang aus seiner Kehle, das dichte Nackenfell stellte sich auf.

»Du gehörst nicht wirklich zu den Tuavinn, bist nicht reinblütig. Komm zu uns und hilf uns, dann wirst du mächtig sein.« Der Rodhakan legte den Kopf schief. »Wir wissen, wer du bist. Du bist der …«

Seine weiteren Worte wurden von Lenas entsetztem Schrei übertönt, denn – wie aus der Dunkelheit geboren – sprang ein gewaltiges Tier aus den Büschen genau in ihre Richtung. Dunkelgrau, muskulös und größer als ein Wolf.

Kapitel 9

Freund oder Feind

Die Bestie riss ihr Maul auf, und Lena glaubte sich dem Tod nahe. Doch da regneten Pfeile auf die Rodhakan nieder, das Tier sprang auf den Schattenbären zu. Lena konnte nur noch einen Haufen wirbelnder Schemen ausmachen. Immer wieder durchbohrten Pfeile die Rodhakan; der Bär brüllte auf, als sein Angreifer ihm mit einem lauten Fauchen die Krallen in den Schattenleib schlug. Ehe Lena sichs versah, war Ragnar bei ihr und zog sie schnell von dem Geschehen weg.

»Alles ist gut«, flüsterte er in ihr Ohr.

Lena erwiderte nichts, ihr Mund war trocken. Sie war gefangen von der schaurigen Szenerie vor ihr. Nach und nach wurden die schattenhaften Kreaturen blasser, bis sie schließlich ganz verschwanden.

Doch nun wandte sich das finstere Tier um, kam auf leisen Pfoten auf sie zu. Die spitzen, von dichtem Pelz bewachsenen Ohren spielten aufmerksam, und sein Kopf war nicht kleiner als der des Bären. Ein tiefes Brummen entstieg der Kehle des Tieres.

Zu Lenas Entsetzen trat Ragnar vor. »Das ist Morqua.«

»Morqua?«, wiederholte sie mit dünner Stimme.

»Eine Bergkatze und zudem die Anam Cara von Eryn.«

»Sei gegrüßt, Lena. Ich bin Eryn, und mir und Morqua ist es eine Ehre, dich, die jenseits der Schwelle geboren wurde, kennenzulernen.« Eine schlanke Frau kam hinter einem hohen

Findling hervor und stellte sich neben die riesenhafte Bergkatze. Wie selbstverständlich legte sie ihr eine Hand auf den breiten Kopf, woraufhin sich das Tier an ihr Bein schmiegte.

Nur undeutlich konnte Lena Eryn erkennen, denn wo sie stand, fiel kein Licht durch das Blätterdach. Doch sie war groß, so wie alle Tuavinn, und nun trat sie gemeinsam mit Morqua näher.

»Fürchte dich nicht.« Die Tuavinn lächelte, und Lena blickte in ein schmales Gesicht mit langen Wimpern, einer leicht gebogenen Nase und hohen Wangenknochen. Die langen Haare hatte sie auf die linke Seite zu einem Fischgrätenzopf geflochten. Für Lena verströmte Eryn eine Art zeitloser Anmut, wenngleich sie nicht unbedingt dem Schönheitsideal aus ihrer Welt glich. Eryn wirkte recht kräftig und muskulös für eine Frau, ihre Lippen eine Spur zu breit für ihr Gesicht, dennoch empfand Lena ihre Gesamterscheinung als harmonisch.

Allmählich löste sich Lena aus ihrer Starre, lächelte und winkte Eryn zaghaft zu. »Also dann gehört ihr zu den Guten, prima«, stellte sie mit zittriger Stimme fest, wobei sie ihre feuchten Hände am Stoff abwischte.

Ein herzhaftes Lachen entstieg Eryns Kehle, und wie um einzustimmen, fauchte die Bergkatze. »Ob wir *gut* sind, darüber würden sich die Meinungen in Elvancor scheiden.« Die Art, wie sie den Kopf senkte, drückte bewundernswerte Anmut aus. »Doch kannst du uns als Freund derer bezeichnen, denen auch du verbunden bist, Lena.«

»Und die Rodhakan sind fort?«.

Allerdings machten Ragnar und Eryn wie auch ihr tierischer Retter jetzt einen recht entspannten Eindruck »Ja, wir konnten sie verjagen«, bestätigte die hochgewachsene Frau. »Einige von uns werden sie verfolgen und aus den Bergen treiben.« Unternehmungslustig zwinkerte sie Ragnar zu. »Lass uns Lena unser Lager zeigen, während Maredd und einige andere von uns sich um die Rodhakan kümmern.«

Daraufhin stieß Ragnar einen leisen Pfiff aus, Devera kam angetrabt, und nur Sekunden später erschien Etron auf seinem Grauen. Den Bogen hielt er noch in der Hand.

Ragnar und Lena begrüßte er mit einem knappen Nicken. »Kommt jetzt, Amelia wird bereits warten«, sagte er, dann zogen sich seine buschigen Augenbrauen zusammen. »Hast du ein Pferd bei dir, Eryn?«

Die silberhaarige Tuavinn schüttelte den Kopf. »Nein, ich war mit Morqua dabei, Flussforellen zu fischen, als mich euer Ruf ereilte.«

Auffordernd deutete Etron hinter sich, und Eryn sprang geschmeidig auf den Rücken des Pferdes. Morqua trabte wie ein grauer Schatten neben ihnen her, und auch wenn alle Lena versichert hatten, die Bergkatze sei ein Freund, so spürte sie doch gehörigen Respekt vor ihr. Dieses Tier musste über gewaltige Kräfte verfügen, und wer sich mit ihm anlegte, dem räumte Lena keine allzu großen Chancen ein.

Nun ritten sie wieder bergab und überquerten an der Stelle, wo Ragnar und sie auf die Rodhakan getroffen waren, die tiefe Schlucht. Lena hielt die Luft an, als sie über die natürliche Steinbrücke ritten. Sie war recht schmal, die Ränder teilweise abgebröckelt, hier und da rieselten Steinchen in die Tiefe, wenn sich der Huf von Etrons Pferd – er ritt vor ihnen – zu weit dem Rand näherte. Ein Fehltritt von Devera, und sie würden alle drei meterweit in die Schlucht stürzen, hinab in die schäumenden Fluten.

»Hab keine Angst, Lena, Devera ist ein kluges Pferd«, erklang auf einmal Ragnars Stimme vor ihr. »Sie kennt diese Brücke und achtet auf den Weg.«

»Kannst du meine Gedanken lesen?«, jammerte Lena.

»Nein«, Ragnar drehte den Kopf halb zu ihr und schnitt eine Grimasse. »Aber wenn du mich weiter so fest umklammerst, könnte es sein, dass mir bald die Gedärme zu den Ohren herauskommen.«

»Entschuldigung!« Erst jetzt bemerkte Lena, wie fest sie sich an ihn gekrallt hatte, und lockerte daher ihren Griff. Trotz Ragnars Versprechung war sie heilfroh, als Devera endlich sicheren Boden erreichte. Ein Blick zurück zeigte ihr, wie Morqua ganz gelassen und selbstverständlich über die steinerne Brücke trabte und sich anschließend wieder neben Eryn einreihte.

Eine ganze Weile lang ritten sie gefährlich nahe an der Schlucht entlang. Wie sie zugeben musste, der einzig sinnvolle Weg, denn rechts von ihnen wuchs dichtes Gebüsch. Während die anderen sich fröhlich miteinander unterhielten, kostete es Lena alle Beherrschung, sich zusammenzureißen und nicht ständig eisern Ragnars Hüfte zu umklammern.

Als ein Schatten an ihnen vorbeizischte, zuckte Lena derart zusammen, dass auch Devera kurz aus dem Takt kam und strauchelte.

»Sitz still, verdammt«, fuhr Ragnar sie an. »Das ist doch nur Graha.«

Erst jetzt erkannte Lena den Bussard, der sich gerade auf Etrons Schulter niederließ und seinen Kopf an dessen Wange rieb.

»Konnte ich doch nicht wissen«, verteidigte sie sich. »Hier wuseln ja alle möglichen …«, sie fuchtelte mit einer Hand in der Luft herum, »… Naturgeister, Rodhakan und was weiß ich nicht umher. Wie soll man denn da durchblicken?«

»Hast ja recht«, lenkte Ragnar ein. »Aber verlass dich auf Devera und mich, wir wissen, wann Gefahr droht.«

Das war leichter gesagt als getan, und Lena war erleichtert, als Etron kurz darauf nach rechts abschwenkte. Vor ihnen erstreckte sich dorniges Buschland, auch Bäume, vom Licht der Gestirne erhellt. Diesmal handelte es sich um sehr große Vertreter ihrer Art, deren mächtige Blätter ein dichtes Dach bildeten. Lena hörte den Tuavinn-Krieger einige Worte murmeln, glaubte kurz, eine Blättergestalt in dem Gebüsch ausmachen zu können und Augen zu sehen, deren Blick über sie glitt. Dann öffnete sich wie von

Geisterhand die Hecke vor ihnen. Auch wenn Lena Derartiges schon einmal erlebt hatte, versetzte es sie abermals in Erstaunen. Nachdem sie einen guten Kilometer mitten durch Büsche und Unterholz geritten waren, wurde der Wald deutlich lichter, sodass sie zügig vorankamen. Die Pferde erklommen steile Berghänge, trabten an klaren Bergseen und sprudelnden Bächen vorbei. Irgendwann wurde das Unterholz wieder dichter, und sie ritten auf kaum erkennbaren Pfaden und kurz darauf durch eine Art Felsenlabyrinth. Die Felswände rückten immer enger zusammen, und Lena bekam schon Beklemmungen, aber dann erreichten sie ein von Bäumen und Buschland umrahmtes Plateau. Dahinter tat sich ein weiteres gewaltiges Felsmassiv auf, vor dem mehrere Lagerfeuer glommen. Bei genauerem Hinsehen entdeckte Lena auch mit Blattwerk und Moos bedeckte Hütten, die man kaum von den Büschen unterscheiden konnte. Manch eine schmiegte sich auch an einen der wenigen großen Bäume, die hier wuchsen und deren Blätterdach Schutz vor Regen spendete. Hier hielt Etron an, Eryn sprang vom Rücken des Grauen, und Morqua legte sich lang ausgestreckt auf den Boden.

»Wir sind da.« Ragnar bedeutete Lena abzusteigen.

Ihre Beine fühlten sich von dem langen und anstrengenden Ritt wie Gummi an, während Ragnar beneidenswert geschmeidig auf der Erde landete.

»Wo sind wir hier?«

»Das ist eines der Hauptlager der Tuavinn. Hier halten sich stets einige von uns auf, leiten Botschaften weiter, oder wir treffen uns, wenn wichtige Entscheidungen anstehen. Außerdem gibt es in den Höhlen eine Verbindung zu unserer alten Welt – nach Irland.«

Bevor Lena nachfragen konnte, kam eine Frauengestalt herangeeilt, wie es aussah direkt aus dem Felsen.

»Lena, Ragnar, ich bin so froh, dass ihr heil angekommen seid.« Amelias Blick wanderte prüfend über die Ankömmlinge. »Wo sind Maredd und die anderen?«

»Sie verfolgen die Rodhakan.« Ragnar umarmte seine Großmutter flüchtig und erzählte ihr in aller Kürze von Lenas Entführung und ihrer Begegnung mit den Rodhakan.

Sie lauschte, schüttelte hier und da ungläubig oder besorgt den Kopf, doch dann lächelte sie und strich Lena über die Wange. »Schön, dass du hier bist. Komm, ich zeige dir unsere Höhlen und die Hütte, die Maredd vor einiger Zeit für mich gebaut hat.«

Sie nahm Lena an der Hand und zog sie mit sich. »Im Augenblick halten sich nur wenige Tuavinn in den Höhlen auf.« Sie öffnete eine aus Weidenbüschen geflochtene Tür und betrat das Innere der überraschend geräumigen Behausung. Bläulich leuchtende Kristalle spendeten sanftes Licht. Ein steinerner Tisch bildete das Zentrum des Raumes. Holzklötze, teilweise mit kunstvollen Zeichen verschönert, standen als Stühle um ihn herum. Auch einige Truhen sowie Regale mit Tonschüsseln gehörten zur Ausstattung. Ein Vorhang trennte einen weiteren Raum ab, der das Schlafzimmer bildete. Die Felle und Decken am Boden sahen einladend und bequem aus, und Amelia ließ sich lachend darauf fallen. »Ich hätte niemals gedacht, wie gemütlich diese Moosbetten sind.« Sie hob einige der Felle hoch. »Wir benutzen Holzrahmen und füllen sie mit einem bestimmten Moos aus den Bergen.«

»Schön.« Lena konnte sich nicht so richtig vorstellen, wie es war, ohne Lattenrost und Matratze auszukommen, doch sie war müde von dem anstrengenden Ritt und hätte das Bett nur allzu gern ausprobiert. Aber noch war sie von all den Ereignissen zu aufgewühlt und viel zu neugierig, als dass sie sich hätte schlafen legen können. Langsam drehte sie sich im Kreis, betrachtete alles ganz genau, und schließlich musste sie grinsen. »Keine Küche? Keine Toilette?«

Ein Schmunzeln erhellte Amelias Gesicht. »Wir Tuavinn kochen immer gemeinsam. Bei gutem Wetter im Freien, ansonsten in einer der Höhlen, die über einen guten Abzug verfügt. Und was das andere anbelangt«, sie zwinkerte Lena zu, »ist dir nicht aufgefallen, dass du kaum das Bedürfnis verspürst, eine Toilette aufzusuchen?«

Mit einem Stirnrunzeln kratzte sich Lena am Kopf. »Doch, eigentlich schon. Ich habe mich gewundert. Nur in Talad, da war es anders …«

Amelia seufzte tief. »Wenn du dich nur von dem ernährst, was Elvancor dir bietet, von Früchten, Kräutern und hin und wieder etwas Fleisch von Wildtieren, dann verwertest du alles so optimal, dass einfach nichts übrig bleibt. Für den Notfall haben wir auch eine Art Toilette, hauptsächlich für die menschlichen Gefährten der Tuavinn, denn die essen oder trinken manchmal mehr, als sie eigentlich benötigen.«

»Und die Tuavinn nicht?«, wunderte sich Lena.

»Nein, sie wissen genau, wie viel gut für sie ist. Die Menschen in den Städten dagegen bauen Getreide an, züchten Tiere.« Bedauernd hob Amelia die Schultern. »Viele aus Maredds Volk sind sehr wütend darüber, dass sie die Erde aufreißen und Ackerbau betreiben.«

»Na ja, wenn eigentlich alles hier wäre, was sie brauchten«, entgegnete Lena zögernd. »Dann wundert es mich nicht, dass die Tuavinn verärgert sind.«

»So einfach ist das nicht. Lange haben sich die Menschen an die Lehren der Tuavinn gehalten. Besonders in Ceadd und Talad findet man noch Zeugnisse davon. Doch unter den Fürsten wie Nemetos und Gobannitio, die nicht weitergehen wollen, kamen diese Missverständnisse auf. Die Menschen haben sich zurückentwickelt, in ihren Städten verschanzt und leben so, wie sie es früher getan haben. Ich denke, sie tun das nicht mit böser Absicht.«

»Vermutlich nicht«, stimmte Lena zu. Sie musste an Kian denken und fragte sich, ob er Talad bereits wieder erreicht hatte – und ob ihm auch nichts geschehen war.

Kapitel 10

Auf neuen Pfaden

Wahnsinn!« Staunend stand Lena in einer gewaltigen Höhle. Amelia hatte sie lange schlafen lassen, erst gegen Mittag geweckt, gemeinsam mit ihr gegessen und ihr anschließend das Areal gezeigt, das sich rund um das Lager erstreckte. Zwischen den Bäumen und Beerenbüschen standen fünfzehn Holzhütten auf dem Gelände verteilt, in der Nähe plätscherte ein Bach. Doch nun befanden sie sich in dieser faszinierenden Höhle. Das Deckengewölbe spannte sich einer Kuppel gleich an die zehn Meter über ihr. Doch weder die durchaus beeindruckenden Tropfsteine noch die glimmenden Kristalle, die man in Nischen und auf steinerne Tische gestellt hatte, begeisterten sie so sehr wie die Bilder. Hunderte Wandgemälde verzierten zu einem großen Teil die Höhle. Häufig waren Schlachten dargestellt, aber auch die Berge von Avarinn, riesige Seen, die Pferde der Tuavinn und ein Abbild von Ceadd waren auf den Fels gemalt worden. Als Lena näher heranging, erkannte sie sogar Ragnar, Maredd und einige andere Tuavinn.

»Hast *du* die Bilder gemalt?«, fragte Lena atemlos.

»Ja. Eine Tuavinn, die schon lange vor allen anderen hier gelebt hat, hat damit begonnen.« Amelia führte Lena zu einer Wand, wo – im Gegensatz zu Amelias Gemälden ausgesprochen stümperhaft – Szenen von Tuavinn aufgezeichnet waren, die Menschen durch die Berge führten oder sie zu den Nebeln der Ewigkeit geleiteten. »Ich habe diese Arbeit fortgeführt, als ich hierherkam.« Zärtlich strich Amelias Hand über ein noch nicht fertiggestelltes Bild von Morqua und Eryn. »Ich wollte das Leben derer darstellen, die momentan in Elvancor leben, um etwas für die nachkommenden Generationen zu erhalten.«

»Du bist wirklich eine Meisterin.« Lena war begeistert, denn alles war so detailgenau und liebevoll dargestellt, selbst die Steinreliefs in Ceadds Mauern erkannte sie wieder.

»Herzlichen Dank.« Sie bemerkte, wie Amelia leicht errötete, dann nahm sie einen Pinsel von einem Felssims, wo zahlreiche Tiegel mit Farben standen, kleine Hämmer und Spachteln. »Seitdem ich in Elvancor bin, sind meine Hände wieder ruhig, meine Augen schärfer.« Sie lachte leise auf. »Kein Wunder, denn nun bin ich ja auch wieder jung.«

»Ich mochte deine Bilder schon früher, aber diese hier!« Lena vermochte kaum in Worte zu fassen, was sie empfand. »Es ist, als würde alles …«

»Leben?«, ergänzte Amelia vorsichtig.

»Genau! Ich habe beinahe den Eindruck, Morqua müsse jeden Augenblick aus der Wand herausspringen«, sagte Lena, während sie auf das Bild der Bergkatze deutete.

Amelia drückte sie an sich. »Es freut mich, dass du das so empfindest. So wird die Erinnerung an jene bewahrt, die für Elvancor kämpfen.« Mit einem traurigen Lächeln ging sie zu dem Bild eines hochgewachsenen Tuavinn-Kriegers, der neben einem etwas kleineren Mann mit dunkleren Haaren stand. Einträchtig blickten sie über die Ebenen unterhalb der Berge von Avarinn. Lena trat näher heran, der eine Mann kam ihr bekannt vor, dann sah sie erschrocken zu Amelia. »Ist das Ragnars Vater?«

»Ja, Lucas, unser Sohn«, bestätigte sie traurig.

»Er sieht Ragnar ähnlich.«

»Ja, das ist wahr.« Amelias Hand zitterte kaum merklich, als sie über das Gemälde fuhr.

»Der andere, war das sein Anam Cara?«

»Gavin.« Betrübt schüttelte Amelia den Kopf. »Ragnar will einfach nicht akzeptieren, dass Lucas den Rodhakan zum Opfer gefallen ist. Vielleicht kannst du helfen, ihn zur Vernunft zu bringen. Dich hat er gern, er vertraut dir.«

»Ich kann es versuchen«, versprach Lena zögernd. Dann lauschte sie Amelia eine Weile, die ihr erzählte, wie Lucas nach Gavins Tod beinahe den Verstand verloren hatte und schließlich in dieser selbstmörderischen Aktion mitten in eine Gruppe Rodhakan galoppiert war.

»Weißt du, Lena, auch wenn Ragnar …«

Sie wurden unterbrochen, als Ragnar hereinkam. Da sie sich den ganzen Tag noch nicht gesehen hatten und sich schon wieder langsam der Abend über Elvancor senkte, freute sie sich. Ein strahlendes Lachen war auch auf seinem Gesicht zu sehen. Er fasste Lena an der Hand. »Großmutters Bilder. Sie sind beeindruckend, nicht wahr?«

»Ja, unglaublich«, bestätigte sie.

»Komm, ich möchte dir jemanden vorstellen.« Seine Aufregung war spürbar, und so ließ sich Lena mit ins Freie ziehen.

Auf dem Platz befanden sich mehrere Tuavinn mit ihren Pferden, darunter auch Maredd. Doch Ragnar steuerte geradewegs auf eine Tuavinn-Kriegerin zu, die mit Eryn am Feuer saß. Das Abendlicht tanzte auf ihrem hüftlangen Haar, das, ganz anders als bei den übrigen Tuavinn, von einem hellen Silberblond war. Genau wie bei Ragnar zierten Muster die Haut oberhalb ihrer Ohren. Ihre Tätowierung stellte ein Kunstwerk aus Linien und filigranen Blütenblättern dar. Ein feines, ebenmäßig geschnittenes Gesicht mit einer zierlichen Nase und langen Wimpern wurde von eisblauen Augen beherrscht. Selten hatte Lena eine derart attraktive Frau gesehen, und als sie nun gemeinsam mit Eryn über irgendetwas lachte, erhellte ein äußerst sympathisches Strahlen ihre gesamte Erscheinung.

Doch was Ragnar ihr dann freudig zuraunte, ließ sie erstarren. »Das ist Aravyn.« Er beugte sich näher zu ihr. »Ich glaube, sie ist meine Anam Cara.«

Während seiner mehrtägigen Reise nach Talad ging Lena Kian einfach nicht aus dem Kopf. Kam sie tatsächlich aus einem fremden Land jenseits der Berge von Avarinn? Für ihn war das unvorstellbar. Natürlich kannte er die Geschichten der Fürsten, die von Kriegen in der alten Welt handelten, von den Tuavinn, die einigen der Fürsten geholfen hatten, die Schwelle zu dieser Welt zu überqueren. Legenden zufolge stammten allerdings auch die Rodhakan aus dieser Welt. Sprach Lena also die Wahrheit, und in ihrer Welt existierten gar keine Rodhakan? Sobald Kian die Grasebene erreicht hatte, fiel er in einen Laufschritt, um seine wirren Überlegungen, die er diesem Ragnar zu verdanken hatte, durch die Bewegung zu verdrängen. Doch ganz gleich, wie schnell er lief, es gelang ihm nicht. Wie es die Tradition verlangte, waren er und Lena nun miteinander verbunden. Sie hatten sich gegenseitig das Leben gerettet. Kian knirschte mit den Zähnen, als er an diesen arroganten Tuavinn dachte. Aber angeblich war er ja Lenas Freund. Außerdem hatten sie Frieden geschlossen, zumindest bis bestimmte Dinge geklärt waren. Schon lange hatte Kian an vielem gezweifelt, was die Bewohner Talads für richtig hielten. Zu eingefahren, ja teilweise sogar engstirnig kamen ihm deren Weltvorstellungen vor, und stets hatte es ihn angetrieben, auszuziehen, um etwas anderes zu finden, wenngleich er nicht wusste, was das sein mochte. Seitdem er Botenritte erledigte, hatte sich der Gedanke bei ihm festgesetzt, eines Tages zum Bergvolk überzusiedeln. Bisher hatte er sich nicht getraut, hatte es nicht einmal fertiggebracht, mit jemandem darüber zu reden. Schließlich wollte Ruven Stadtwache in Ceadd werden, Onkel Ureat war einer der Ältesten von Talad, und wenn er, Kian, nun in den Augen der Bewohner Talads ein Abtrünniger wurde, konnte das dem Ansehen seiner Familie schaden. Nachdem seine und Ruvens Eltern einem Rodhakan-Überfall zum Opfer gefallen waren, hatte Onkel Ureat sie bei sich aufgenommen, und das durfte Kian nicht vergessen. Andererseits konnte und wollte er nicht sein Leben in einer Stadt verbringen. Irgendetwas in ihm drängte stets in die Berge, selbst wenn das Gefahren durch die Schattenkreaturen bedeutete.

Zielgerichtet steuerte er auf den Fluss zu. In der Ferne konnte er schon den Hügel von Talad erkennen. Würden Onkel Ureat und der Rat ihm Glauben schenken und einem Treffen mit den Tuavinn zustimmen? Immerhin war ein solcher Versuch schon einmal gescheitert.

Bald entdeckte Kian eine Gruppe Reisender, die am Ufer des Rigal lagerten und sich ausruhten. Fünf Männer saßen auf der Wiese, eine Frau verband gerade den Arm eines ihrer Begleiter. Während Kian sich schwer atmend auf die Knie stützte, erkannte er, dass sie alle am Ende ihrer Kräfte sein mussten. Der Verband eines Mannes, Kian glaubte ihn schon einmal in Talad gesehen zu haben, war völlig mit Blut durchtränkt.

»Was ist euch widerfahren?«, erkundigte er sich keuchend.

Die Frau wandte ihm den Kopf zu, tiefe Falten hatten sich in ihr Gesicht gegraben. »Rodhakan, vor einigen Nächten. Wir waren dreiundfünfzig, nur wir haben überlebt.« Ihre Stimme klang resigniert und verbittert, und auch die Männer nickten nur schwach, waren offensichtlich zu erschöpft, um etwas hinzuzufügen.

»Sie kamen mit dem Nebel, zahllose Gestalten«, flüsterte ein anderer Mann nach einer Weile, das Gesicht noch jetzt vor Angst verzerrt. »Einer von ihnen hat meinen Onkel umarmt, ihm das Leben ausgesaugt, es war entsetzlich!«

»Verdammt noch mal!« Wütend ließ sich Kian auf den Boden sinken.

Einer der weniger verletzten Männer reichte ihm einen Wasserbeutel. »Ich bin Torven. Ich hoffe, deine Gruppe wurde nicht ebenfalls ausgelöscht.«

»Mein Name ist Kian.« Dankbar nahm er das Wasser entgegen. »Nein, wir hatten Ärger mit Plünderern aus Crosgan. Der Schattenbrut sind wir nicht begegnet.« *Zumindest hoffe ich, dass meine Leute unbehelligt geblieben sind, nachdem ich sie verlassen habe*, fügte er in Gedanken hinzu.

Doch die erschöpften Reisenden fragten nicht weiter nach.

»Wir haben nur dieses eine Pferd«, sagte die Frau müde. »Würdest du es nehmen und nach Talad reiten? Es wäre schön, wenn man uns mit einem Wagen abholen könnte.«

»Selbstverständlich.« Sofort ging Kian zu dem stämmigen Braunen. »Ich schicke euch Hilfe.«

Mit einem bedauernden Blick zurück trieb er das Pferd an und galoppierte auf dem ausgefahrenen Weg in Richtung Talad. Er war froh, nun früher am Ziel zu sein, aber die Menschen taten ihm leid. Schon wieder waren so viele Opfer der Rodhakan geworden. Aber genau das trieb ihn nun vorwärts. Kian wollte handeln, endlich etwas unternehmen.

Am Tor wurde er freudig begrüßt, denn zwei der drei Wächter nannte er seine Freunde. »Sind Onkel Ureat und die anderen schon eingetroffen?«

Firon, er hatte mit Kian als Kind Schwertkampfunterricht erhalten, schüttelte bedauernd den Kopf. »Nein, leider nicht.«

»Verdammt!«, rief Kian verärgert und besorgt zugleich. Dann erinnerte er sich an die Verletzten. »Lass bitte einen Heiler und eine Kutsche auf der westlichen Straße den Fluss entlangfahren. Einige Taladaner benötigen Hilfe.«

»Rodhakan?« Als Kian bestätigend nickte, spuckte Firon auf den Boden. »Ich möchte nur wissen, wann wir es endlich schaffen, dieser Brut das Handwerk zu legen.« Erneut spie er aus. »Verflucht seien die Tuavinn.«

Stumm betrachtete Kian seinen Freund. *Und was ist, wenn es tatsächlich gar nicht ihre Schuld ist?*, fragte er sich. *Was, wenn sie genauso unter den Schatten leiden wie wir?* Zu gern hätte er mit seinem Freund darüber geredet. Doch er wusste genau, wie treu ergeben Firon und seine Familie den Herrschern von Ceadd waren.

Also fügte Kian nichts hinzu, gab das Pferd am Tor ab und begab sich zu einem der Badehäuser der Stadt, um sich den Schmutz der langen Reise abzuwaschen. Großer Andrang herrschte hier, denn viele genossen die Annehmlichkeit, nicht im kalten Fluss baden zu müssen. Die hölzernen Badezuber wurden von heißen Steinen erwärmt und auf Wunsch duftende Öle hinzugefügt. Frauen und Männer badeten in einem Raum, denn die Badehäuser stellten auch ein gesellschaftliches Zentrum dar. Schon manch ein Geschäft oder eine Verbindung war dort geschlossen worden.

Auch heute unterhielten sich die Bewohner Talads aufgeregt miteinander. Überwiegend ging es um Rodhakan-Überfälle. Insgesamt drei Gruppen waren während ihrer Rückreise von Ceadd von den Schattenwesen heimgesucht worden, über zweihundert Tote oder Verletzte waren zu beklagen – deutlich mehr als bei den vergangenen Festen.

Während sich Kian in das angenehm warme Wasser gleiten ließ, lauschte er den Gesprächen. Ganz allmählich entspannten sich seine verkrampften Muskeln.

»… überlege, ob ich nicht doch nach Erborg gehe«, flüsterte eine Kauffrau ihrem Mann zu. Sie teilten sich einen der größeren Zuber und saßen mit dem Rücken zu Kian.

»Man sollte Talad ebenso befestigen, wie es in Ceadd der Fall ist«, ertönte eine weitere Meinung.

»Und was ist, wenn wir uns doch mit Erborg vereinen und gemeinsam gegen die Tuavinn ziehen und sie zwingen, die Grenzen ein für alle Mal zu schließen, damit sich die Brut nicht weiter vermehrt?«

So viele Zweifel, so viele Ängste und Unsicherheit zwischen

den Menschen. Kian sank bis über die Ohren in das Wasser, war froh, nichts mehr hören zu müssen. Doch irgendwann ging ihm die Luft aus. Prustend tauchte er wieder auf.

Er musste wirklich dringend mit Onkel Ureat sprechen, vielleicht fanden sie ja doch eine Möglichkeit, dass sich Menschen und Tuavinn aussöhnten und sogar verbündeten.

Nach drei Tagen ungeduldigen Wartens trafen endlich Ureat und seine Leute ein. Sichtlich erschöpft von der langen Reise, aber dennoch festen Schrittes kam der ältere Mann mit dem buschigen Wangenbart auf Kian zu. Der stand vor dem Haus seines Onkels und sah ihm entgegen.

»Kian – im Namen der Fürsten und sämtlicher Götter. Ich dachte schon, du wärst tot.« Eine kräftige Umarmung wurde Kian zuteil.

»Nein, Onkel, mir geht es gut. Aber sag, wie war eure Reise? Konntet ihr den Plünderern entkommen?«

Die Schultern seines Onkels sackten herab, und er nickte. »Wir hatten einige Verletzte, die wir zunächst nach Ceadd zurückschaffen mussten. Dies hat den Wagenzug ein wenig aufgehalten. Ansonsten haben aber alle überlebt. Auch unsere Reise verlief ruhig. Andere hatten da weniger Glück, wie ich zwischenzeitlich erfahren habe.«

»Ich habe davon gehört.«

»Was ist mit dem Mädchen? Haben die Crosganianer sie entführt?«

Eilig blickte sich Kian um. Viele neugierige Augen sahen zu ihnen herüber, und vermutlich war auch der eine oder andere in Hörweite.

»Ich gehe davon aus. Sie waren hinter ihr her, Onkel.«

»Verflucht seien Fürst Nemetos und seine Crosganianer«, schimpfte Ureat. »Ich habe dem Mädchen nicht völlig vertraut, aber solch ein Schicksal hätte ich ihr auch nicht gewünscht.«

»Komm, Onkel, ich habe ein Bad für dich herrichten lassen.« Eilig zog Kian Ureat mit sich, und dieser seufzte.

»Das ist ein hervorragender Gedanke. Ich spüre jeden einzelnen meiner Knochen.« Er legte eine breite Hand auf Kians Schulter und folgte ihm.

»Lena konnte mit meiner Hilfe Fürst Nemetos' Kriegern entkommen«, gestand Kian auf dem Weg zum Badehaus, woraufhin sein Onkel ihn strafend musterte. »Weshalb hast du gelogen?«

»Zu viele Zuhörer.«

»Hm.« Der ältere Mann fuhr sich über seinen Bart. »Was ist mit ihr geschehen?«

Für die Ältesten Talads gab es gesonderte Räume, in denen sie ungestört waren, ihr heißes Bad allein genießen oder von neugierigen Ohren unbelauscht ihre Gespräche führen konnten. Ein solcher Raum war mittlerweile auch für Kians Onkel vorbereitet worden. Eine Magd brachte frische Tücher und verschwand nach einer Verbeugung wieder. Während sein Onkel sich auskleidete und anschließend mit einem wohligen Brummen ins Wasser gleiten ließ, erzählte Kian von seinen Erlebnissen und dem seltsamen Zusammentreffen mit dem Tuavinn-Mischling Ragnar.

Zunächst wirkte sein Onkel ausgesprochen skeptisch, doch wie es Ureats Art war, ließ er ihn ausreden. Das hatte Kian schon immer an ihm geschätzt. Auch wenn jemand über weniger Lebenserfahrung und Weisheit verfügte, so lauschte ihm Ureat stets aufmerksam, dachte anschließend nach und bildete sich erst dann ein Urteil. Manche der Ältesten waren da ganz anders und erstickten jede gegenteilige Meinung meist im Keim.

Auch jetzt saß Onkel Ureat eine ganze Weile mit angestrengtem Gesichtsausdruck da, wusch sich bedächtig das dichte Haupthaar und den Bart und ließ sich von der Magd sogar noch einmal heißes Wasser und zwei Krüge mit Bier bringen. Nachdem die junge Frau wieder gegangen war, deutete er auf einen der Bierkrüge.

»Trink, Kian.«

Gespannt musterte er seinen Onkel. Was mochte er sagen?

»Das Mädchen. Ich bin mir im Klaren darüber, dass du dich für sie verantwortlich fühlst – und das ist sehr ehrenhaft.«

»Darum geht es nicht«, unterbrach Kian ihn, doch sein Onkel bedeutete ihm zu schweigen.

»Es ist ehrenhaft, birgt jedoch auch eine gewisse Gefahr. Was, wenn sie sich von vornherein bei uns eingeschlichen hat? Deinen Schilderungen entnehme ich, dass sie eine Verbündete der Tuavinn ist, auch wenn sie aus der alten Welt stammt. Wer weiß, was sie im Schilde führen?«

»Onkel, sie war äußerst aufgebracht darüber, dass ich sie mitgenommen hatte. Als die Crosganianer auftauchten, war ihre Angst echt, ebenso wie ihre Verwunderung, den Tuavinn zu sehen. Das kann sie nicht alles gespielt haben.« Ein Grinsen huschte über sein Gesicht. »Als sie hingegen gespielt hat, ihr Gedächtnis verloren zu haben, hat man das sogleich gemerkt.«

Zweifelnd zwirbelte Ureat an seinen Barthaaren herum, ein sicheres Zeichen dafür, dass er konzentriert nachdachte. »Möglicherweise war das eine List. Sie hat schlecht gelogen, um ihre anderen Lügen zu tarnen.«

»Nein, das glaube ich nicht.«

»Kian, seit Generationen kam niemand mehr über die Schwelle.«

»Lena zufolge doch – allerdings nur Gefährten der Tuavinn.«

»Ich weiß nicht, ich weiß nicht, ich traue diesen angeblichen Schwellenhütern einfach nicht.«

»Ich ebenfalls nicht«, räumte Kian ein, »und was ich von Ragnar halten soll, weiß ich auch noch nicht. Doch in einem Punkt hat Lena recht. Wir sollten uns treffen und uns bemühen, einen Weg zu finden, die Rodhakan aus Elvancor zu vertreiben. Einer gibt dem anderen die Schuld daran, doch besiegen konnte sie noch niemand. Wenn wir mit den Tuavinn sprechen, können wir zumindest sehen, wie ihre Reaktion ausfällt, und vielleicht einschätzen, wie sie zu den Rodhakan stehen.«

»Hättest du mich vor dem Triadenfest mit einer solchen Bitte konfrontiert, hätte ich dich ganz gewiss zurückgewiesen.« Ureats buschige Brauen zogen sich zusammen, und er starrte nachdenklich in sein Badewasser. »Aber nun, da wir so viele Tote zu beklagen haben, müssen wir handeln. Außerdem erstarken die Rodhakan zunehmend. Vielleicht steckt ja wirklich noch etwas anderes dahinter als die Tuavinn.«

Ein weiteres bedächtiges, kaum verständliches Grummeln kam über Ureats Lippen, dann erhob er sich ächzend. Wasser troff von seinem Körper. Noch immer besaß er beeindruckende Muskeln, doch seine Haut war an vielen Stellen schlaff geworden und durch das lange Sitzen im Wasser nun schrumpelig. Kians Onkel trocknete sich gründlich ab, nahm noch einen Schluck aus dem Bierkrug und lächelte dann.

»Ich danke dir, Kian.«

»Und was bedeutet das?«, erkundigte dieser sich ungeduldig.

»Für das Bad danke ich dir – und auch für deinen Rat. Ich denke, dieses Treffen ist eine Überlegung wert.« Warnend hob er eine Hand, als Kian freudig von der Bank neben dem Badezuber aufsprang. »Dennoch wird es schwierig sein, auch nur den Ältestenrat Talads zu überzeugen, von Erborg und Crosgan ganz zu schweigen. Bedenke, ein solches Treffen hat es bereits gegeben, und dieses ist gescheitert. Aber nun gut«, Ureat rieb sich das Kinn, »bis die beiden Monde in ihrer gesamten Pracht am Himmel stehen, werden viele Tage vergehen. Dennoch ist es eine lange Reise in die großen Fürstenstädte. Du wirst mir helfen müssen und mich begleiten.«

»Das werde ich, Onkel.« Hastig reichte Kian seinem Onkel die frischen Kleider, die er schon aus dessen Haus geholt hatte.

»Ich könnte Ruven zu den Vertretern aus Ceadd schicken.«

Bei diesem Vorschlag verfinsterte sich Kians Gesicht. »Er wird dagegen sein, nur weil der Vorschlag von mir kam.«

»Wir müssen ja nicht sagen, dass es dein Vorschlag war.« Ein listiges Lächeln huschte über Ureats bärtiges Gesicht, dann schlug er Kian auf die Schulter. »Ihr seid Brüder und solltet euren Streit beilegen.«

Kian presste seinen Kiefer fest zusammen und knirschte mit den Zähnen. »Wenn Ruven nur endlich aufhören würde …« Dann winkte er ab. »Ruven und ich, das ist eine andere Angelegenheit. Aber, Onkel, ich bin sehr froh, dass du einem Treffen mit den Tuavinn zustimmst.«

»Sei dir nicht zu sicher«, warnte Ureat ihn jedoch. »Auch ich bin nicht völlig überzeugt, und ob die Vertreter der übrigen Städte mit sich reden lassen, ist mehr als fraglich.«

Inzwischen waren sie wieder ins Freie getreten. Die Sonne schien warm vom Himmel, einzelne Wolkenfetzen zogen vorüber. Kians Blick wanderte zu den Bergen von Avarinn. »Aber es ist ein Anfang, und letztendlich hat jede Veränderung irgendwann ihren Anfang genommen.«

Kapitel 11

Verzweiflung

Unfähig, sich zu rühren, stand Lena da. Mit diesen wenigen Worten hatte Ragnar all ihre Träume und Wünsche auf einen Schlag vernichtet. Tief in ihrem Inneren hatte sie auf eine gemeinsame Zukunft mit ihm gehofft, selbst wenn sie nicht wusste, wie die hätte aussehen sollen, da sie ja tatsächlich Welten trennten. Aber darüber nachzudenken war nun ohnehin hinfällig. Während Lena krampfhaft versuchte, gegen den Knoten in ihrem Magen anzukämpfen und überhaupt ein Wort herauszubringen, redete Ragnar munter weiter, sah sie nicht einmal an, sondern hatte nur Augen für die hübsche Aravyn.

»Ich habe sie in einem Tuavinn-Lager weiter im Osten kennengelernt. Sie ist mir sofort aufgefallen. Du solltest sie einmal mit dem Schwert kämpfen sehen«, schwärmte Ragnar, bevor er auflachte. »Zu Anfang hat sie mich immer besiegt.«

»Das … wäre … sicher sehenswert gewesen«, presste Lena mühsam hervor. Sie rang schwer um ihre Fassung, und das Einzige, an das sie jetzt noch denken konnte, war, ihr Entsetzen zu überspielen. Zumindest sollte Ragnar nicht merken, wie enttäuscht sie war. Wie es aussah, hatte sie sich die ganze Zeit nur etwas vorgemacht. Ragnar betrachtete sie lediglich als gute Freundin, nicht mehr und nicht weniger. Sie hatten viel miteinander erlebt, aber tiefere Gefühle hegte er einfach nicht für sie.

Nun ließ sie sich vorwärtsschieben. Jeder Schritt fühlte sich an, als würden ihre Beine Tonnen wiegen. Anmutig und geschmeidig erhob sich Aravyn von einem liegenden Baumstamm und umarmte Ragnar. Als er sie auf die Wange küsste, verspürte Lena das dringende Bedürfnis wegzurennen.

»Aravyn, es ist schön, dich zu sehen. Konntet ihr die Rodhakan vertreiben?«

»Das konnten wir. Maredd gelang es sogar, einen von ihnen zu töten, und ich habe einen verletzt. Mag sein, dass auch er Elvancors Antlitz nicht mehr beschmutzt.« Aravyns Stimme klang melodisch, aber doch fest und selbstbewusst und passte somit zu ihrem gesamten Erscheinungsbild. Sie war so groß wie Ragnar, von schlanker Figur und mit prallen Brüsten, nicht zu groß, nicht zu klein, und Lena wurde nur allzu schmerzlich bewusst, dass sie genau dem entsprach, was sich Ragnar immer als Traumfrau vorgestellt hatte. Mutig, attraktiv, eine Kriegerin.

Interessiert blickten Aravyns blaue Augen Lena an. »Und du musst Ragnars Freundin aus dem Land jenseits der Berge sein«, rief sie freudig aus und umarmte sie spontan.

»Hm«, war alles, was Lena herausbrachte. Diese Umarmung war ihr mehr als zuwider, selbst wenn ihr klar war, dass Aravyn gar nichts von ihren Gefühlen für Ragnar wissen konnte. Doch die Eifersucht tobte in ihr, und sie hätte diese hübsche junge Frau am liebsten von sich gestoßen.

Endlich ließ Aravyn sie los.

»Aravyn trägt ebenfalls zu einem Teil Menschenblut in sich – so wie ich«, erzählte Ragnar freudig.

»Wie schön«, entgegnete Lena lahm.

»Kommt, setzt euch«, lud Aravyn Ragnar und Lena ein. »Eryn hat Eintopf gekocht.«

»Oje, wenn Eryn gekocht hat, sollten wir uns besser darauf einstellen, die Nebel der Ewigkeit aufzusuchen«, scherzte Ragnar.

Als Aravyn ihm durch die Haare strubbelte und ihn dann

scherzhaft in den Schwitzkasten nahm, hatte Lena das Gefühl, jemand würde einen Dolch in ihren Köper rammen.

»Du bist solch ein Schandmaul«, schimpfte Aravyn, doch Eryn blieb gelassen.

»Ich weiß, von wem diese Worte kommen, keine Sorge.«

Dicht nebeneinander ließen Aravyn und Ragnar sich nieder, und ihre Blicke sprachen von großer Vertrautheit.

»Ich … bin nicht hungrig.« Noch vor wenigen Augenblicken hatte Lena gedacht, den gesamten Inhalt des Topfes allein verspeisen zu können, aber jetzt war ihre Kehle wie zugeschnürt.

»Sei versichert, Eryns Kochkünste übersteigen Ragnars bei Weitem.« Aravyn hob eine ihrer leicht geschwungenen Augenbrauen. »Ich erinnere mich nur an diese Pilzsuppe, damals, in der Nähe von Crosgan.«

Während Ragnar sich verlegen durch die Haare fuhr, schöpfte Aravyn eine Holzschale voll Eintopf und reichte diese Lena mit einem freundlichen Lächeln. »Beinahe hätte er uns alle an den Rand der Ewigkeit befördert.«

»Wie hätte ich denn wissen sollen, dass diese weißen Pilze giftig waren?«, verteidigte er sich. »Sie sahen aus wie Steinpilze.«

Mit einem gequälten Lächeln nahm Lena die Suppenschüssel an sich und lauschte mit wachsendem Unwohlsein Aravyn und Ragnar, die nun in gemeinsamen Abenteuern schwelgten.

Beim besten Willen brachte sie nicht mehr als ein paar Löffel von dem Eintopf herunter, selbst wenn dieser schmackhaft war. Sie war froh, als sie die Schüssel wegstellte und Morqua sich – unbemerkt von den anderen – dieses unverhoffte Mahl einverleibte.

Eryn verhielt sich recht ruhig, warf hier und da einen Kommentar ein und sah gelegentlich zu Lena hinüber. Die rang noch immer um ihre Fassung und erhob sich irgendwann ruckartig. »Also, Leute, tut mir leid, ich bin jetzt wirklich müde.« Zum Glück senkte sich die Dämmerung tatsächlich langsam herab.

»Ja, natürlich.« Aus seiner Erzählung gerissen, blickte Ragnar zu ihr auf. »Soll ich dich zu Amelias Hütte begleiten?«

»Nein, nicht nötig. Gute Nacht.«

Lena musste sich wirklich sehr anstrengen, nicht zu rennen, sie hörte noch, wie auch Aravyn und die anderen ihr einen erholsamen Schlaf wünschten, schaffte es jedoch nicht, sich noch einmal umzudrehen. Jetzt bahnten sich die Tränen unaufhaltsam ihren Weg, und nachdem sie – so hoffte sie zumindest – außer Sichtweite war, rannte sie nicht zu Amelias Hütte, sondern fort von der kleinen Siedlung. Hinter einem Felsen ließ sie sich nieder, versteckte den Kopf in den Knien und weinte hemmungslos. All die Wut, alle Enttäuschung brachen aus ihr heraus, und am liebsten wäre sie die ganze Nacht hiergeblieben. Doch irgendwann versiegten die Tränen, und Lena wusste, man würde sie suchen, wenn sie nicht bald zurückging. Also wusch sie sich das Gesicht an der Quelle, die unweit der Höhle aus dem Fels sprudelte, und ging dann in weitem Bogen um den Platz herum zu Amelias Hütte. An der Stelle, wo zuvor gekocht worden war, erhellten jetzt zwei Feuerstellen die Nacht, fröhliche Stimmen schallten herüber. Lena hoffte, niemandem über den Weg zu laufen, aber Amelia saß im sanften Schein eines der besonderen Kristalle vor der Hütte und flickte ein Hemd.

»Lena, wo warst du denn?«

Eilig ließ Lena ihre Haare vors Gesicht fallen, aber offenbar hatte Amelia schon genug gesehen. Sie sprang auf und nahm sie in den Arm. »Aravyn, du hast sie kennengelernt«, seufzte Amelia.

»Was … ich … du weißt …« Verlegen fuhr sich Lena über die Augen. Natürlich war es närrisch gewesen anzunehmen, dass das kalte Wasser die Spuren auf ihrem verheulten Gesicht vollständig verwischt hatte.

»Ach Lena, ich habe gleich gespürt, wie viel Ragnar dir bedeutet«, sagte sie mitleidig und streichelte ihr tröstend über die Haare. »Und glaub mir, du bist ihm ebenfalls sehr wichtig.«

Ein bitteres Lachen entstieg Lenas Kehle. »Aravyn ist seine Anam Cara – sagt das nicht alles?«

»Das ist nicht gewiss. Sie sind den endgültigen Bund noch nicht eingegangen.«

Nun horchte Lena auf. »Ich dachte, man weiß es instinktiv, wenn man seinen Anam Cara trifft.«

»Bei Tuavinn mit Menschenblut ist das anders. Häufig benötigen sie eine lange Zeit, um sich wirklich sicher zu sein, ob derjenige auch wirklich ihr Seelenfreund ist.«

»Und wenn schon. Gegen *die* habe ich doch ohnehin keine Chance!«

»Wie kommst du auf diesen Gedanken?«

Lena schnaubte verächtlich aus. »Sieh sie dir doch nur an. Die tollen langen Haare, ihre Figur. Sie ist eine Kriegerin, zum Teil Tuavinn, so wie Ragnar.« Sie fuchtelte in der Luft herum, da schon wieder Tränen der Wut in ihr aufstiegen.

»Lena, mach dich nicht verrückt.« Amelia drückte sie an sich, und auch wenn Lena sich zunächst versteifte, tat ihr nach ein paar Sekunden des Widerstands der Trost doch gut.

»Im Augenblick ist Ragnar verliebt, fasziniert von Aravyn. Aber Verliebtheit hat mit wahrer Liebe nichts zu tun und ist weit entfernt von dem, was eine Verbindung mit seinem Anam Cara ausmacht.«

»Woran erkennt man denn letzten Endes seinen Seelenfreund?«, wollte Lena schließlich wissen.

Amelia schob Lena ein Stück von sich, musterte sie und wies dann auf einen weiteren Holzstuhl, der vor dem Kristall stand.

Lena zögerte, ließ sich jedoch nieder, und auch Amelia setzte sich neben sie auf den anderen Stuhl. Ein wenig verträumt blickte sie in den leuchtenden Stein, dessen Licht Amelias braune Haare mit einem sanften Schimmer überzog. Lena glaubte schon, sie würde gar nichts mehr sagen, doch dann begann sie leise zu sprechen. »Wenn du jemanden sehr gernhast oder ihn liebst, dann füllt diese Liebe dich aus. Du hast das Gefühl, dass ihr Leuchten jeden noch so verborgenen Winkel deines Inneren erhellt. Wenn du aber deinem Anam Cara begegnest«, Amelia sog die Nachtluft wie eine schwere süße Flüssigkeit ein, »ich meine, wenn du ihm vollständig begegnest, also auch innerlich, dann stellst du fest, dass es in dir noch viel mehr gibt. Wo du dachtest, die Liebe hätte in dir bereits alles durchdrungen, findest du plötzlich noch eine Wand. Eine Wand, hinter der ein Geheimnis verborgen liegt und die zu Staub zerfällt, sobald der Gefühlssturm, den dein Seelenfreund in dir auslöst, sie erreicht.«

Lena betrachtete Amelia fasziniert. »Welches Geheimnis?«, flüsterte sie ehrfurchtsvoll.

Abermals seufzte Amelia, dann sah sie Lena an, und ihre graublauen Augen strahlten, jedoch nicht von dem Kristall, es war vielmehr ein Leuchten, das aus ihrem Inneren kam. »Die Ewigkeit, Lena. Du erblickst die Ewigkeit!«

Lena schwieg, aber Amelia schien ihren fragenden Gesichtsausdruck zu bemerken. »Das, was hinter den Bergen von Avarinn liegt, die Ewigkeit, ist auch ein Teil von dir. Eine Welt, so intensiv und voller Liebe, dass sie dich voll und ganz umfasst und dabei jeden noch so kleinen Teil in dir ergründet. Eine Welt, die dein Anam Cara für dich öffnet und in der du von einem Gefühlssturm erwartet wirst, der mit Worten nicht zu beschreiben ist.«

Amelias Ausführungen hatten Lena in ihren Bann geschlagen. Noch lange betrachtete sie die andere Frau, ehe sie wie benommen den Blick abwandte und in den Kristall schaute. Doch dann überkam sie eine tiefe Traurigkeit. »Also ist es das, was Ragnar in Aravyn gefunden hat«, sagte sie leise.

»Noch ist das nicht gewiss! Niemand kann in die Herzen und die Seelen der beiden blicken. Nur sie selbst können entscheiden, ob sie diese tiefe Verbindung spüren und leben können.« Amelia erhob sich, ließ sich neben Lena in die Hocke nieder und nahm sie in den Arm. »Als ich noch in der anderen Welt lebte, konnte ich diese Wand, von der ich sprach, nicht durchdringen, Maredd nicht als meinen Anam Cara akzeptieren. Erst hier, in Elvancor, habe ich es zugelassen.«

»Aber die beiden sind in Elvancor«, würgte Lena hervor.

Eine ganze Weile weinte sie leise an Amelias Schulter, dann ließ sie sich ins Innere der Hütte führen.

Amelia tupfte ihre Tränen mit dem Ärmel ihrer Bluse ab. »Schlaf erst einmal. Morgen sieht die Welt schon anders aus.«

»Das glaube ich kaum«, schniefte Lena, wehrte sich jedoch nicht, als Amelia sie sanft auf das Bett drückte. »Es sei denn, Aravyn würde sich einfach in Luft auflösen.«

Leise lachend schüttelte Amelia den Kopf. »Aravyn ist eine nette junge Frau. Wenn du erst deine Eifersucht abgelegt hast, wirst du das erkennen.«

Doch Lena schnaubte nur, zog sich eine der Wolldecken bis an die Nasenspitze und fragte: »Wo schlaft ihr denn?«

»Draußen am Feuer.« Als Lena Einwand erheben wollte, schüttelte Amelia den Kopf. »Inzwischen bin ich das gewohnt, und ich muss sagen, ich liebe es, in die Baumwipfel und die Sterne zu blicken, bevor ich einschlafe. Nur wenn es stark regnet, nächtigen wir hier drinnen oder in der Höhle.«

»Wirklich?« Eine bleierne Müdigkeit ergriff von Lena Besitz. Sie wollte nur noch die Augen schließen, alles vergessen.

Noch einmal streichelte Amelia über ihre Wange. »Mach dir nicht zu viele Gedanken, noch ist nichts entschieden.« Sie zögerte kurz. »Und Lena, du gehörst ohnehin in die andere Welt.«

»Ich weiß.« Traurig rollte sich Lena auf die Seite, wollte jetzt nicht weiter nachdenken, und schon bald übermannte sie ein tiefer und gnädiger Schlaf.

Als sie am nächsten Morgen aufwachte, hätte sie sich am liebsten die Decke über den Kopf gezogen und versucht, wieder seliges Vergessen im Schlaf zu finden. Nur zu genau konnte sie sich an den letzten Abend erinnern und stand daher ausgesprochen widerwillig auf. Lena hatte sich nicht einmal die Mühe gemacht, ihre Kleider auszuziehen, obwohl ihr Amelia – wie sie jetzt bemerkte – sogar ein Nachthemd aufs Bett gelegt hatte.

Gerade hatte sie sich einen Becher voll Wasser aus dem Krug auf dem Tisch eingeschenkt, als Amelia hereinkam.

»Guten Morgen, Lena. Wie hast du geschlafen?«

»Eigentlich ganz gut.« Sie biss auf ihrer Unterlippe herum und fragte dann: »Amelia, ich kann doch durch dieses Amulett jederzeit zurückreisen.«

»Ja, das ist richtig.«

»Gut, könntest du Maredd dann bitten, mich zurück nach Hause zu bringen?«

Amelia legte den Kopf schief. »Das könntest du selbst tun, aber willst du wirklich so schnell aufgeben?«

»Was soll ich denn noch hier?«, stieß sie hervor. »Ich weiß, dass es Ragnar gut geht, er hat seine Anam Cara gefunden, und ich bin völlig überflüssig.«

Amelia setzte sich zu Lena. »Wie gesagt, ob Aravyn und Ragnar verbundene Seelen sind, ist noch nicht gewiss, und ich denke, du hast sehr wohl noch eine Aufgabe in Elvancor zu erfüllen.«

»Und welche soll das sein?«

»Ragnar hat mir von dem jungen Kelten aus Talad erzählt. Ich finde deinen Gedanken sehr gut, Vertreter der einzelnen Städte und der Tuavinn zusammenzubringen. Meiner Meinung nach ist das schon längst überfällig.«

»Ja, ich habe das angeleiert«, gab Lena widerwillig zu, »aber erstens weiß man nicht, ob das überhaupt etwas bringt, und zweitens können sie jetzt auch ohne mich weitermachen.«

»Nein, Lena.« Amelia drückte ihren Arm. »Seit sehr langer Zeit bist du die Erste von jenseits der Schwelle. Wie du weißt, fließt keltisches Blut in dir, und damit bist du auch eine Nachfahrin der Kelten und in gewisser Weise sogar der Fürsten Elvancors.«

Lena runzelte die Stirn. »Hm, meine Großmutter hat mir einmal erzählt, dass keltisches Blut in mir fließt.«

»Eben«, bestätigte Amelia. »Gerade in der Gegend, aus der du und ich stammen, finden sich sowohl viele keltische als auch germanische Nachfahren.«

Lena genehmigte sich einen Schluck Wasser, stellte das Trinkgefäß ab und rieb sich die Schläfen. Die Vorstellung, von diesen uralten Keltenfürsten, die noch immer Elvancor bevölkerten, abzustammen, mutete Lena doch recht abstrus an. Aber nach allem, was sie bislang über diese Welt erfahren hatte, entsprach es wohl der Wahrheit.

»Was ist mit dir? Du warst doch auch schon mal hier. Hast du dich als Nachfahrin zu erkennen gegeben?«

»Nein. Maredd hat stets darauf geachtet, dass niemand außer den Tuavinn erfährt, woher ich stamme. Wenn wir Menschen getroffen haben, behaupteten wir immer, ich wäre eine vom Bergvolk.«

»Weshalb das denn?«

Amelia seufzte tief. »Wie du sicher mitbekommen hast, sind einige Menschen der Ansicht, die Rodhakan würden von jenseits der Schwelle kommen. Bei meinen ersten Besuchen waren sie den Tuavinn noch nicht ganz so schlecht gesinnt, aber dennoch mahnte mich Maredd zur Vorsicht. Die Bewohner Crosgans sind schon sehr lange hinter den letzten Amuletten her, denn sie wollen zurück in die alte Welt.«

Lena blies die Backen auf. »Die würden sich doch bei uns gar nicht mehr zurechtfinden.«

»Dieser Auffassung sind auch die Tuavinn. Und nachdem sich die vielen Probleme gezeigt haben, die sich daraus ergaben, dass die Tuavinn damals auch Angehörige der Kelten hierherbrachten, die jenseits der Schwelle noch nicht gestorben waren, begannen sie, die heiligen Relikte nach und nach zu vernichten.«

»Ich kenne zwar die Geschichte mit Jarins Vision, aber haben sich die Tuavinn nicht irgendwie doch zu Herren über Leben und Tod gemacht?«, wandte Lena kritisch ein.

»Lena, diese uralten Fürsten und Fürstinnen, die noch immer ihre Amulette tragen, leben nach deinem Empfinden von Zeit schon seit Jahrtausenden. Sie lassen sich wie Götter verehren und verhindern im Grunde genommen, dass ihr Volk sich Elvancor anpasst.«

»Ich weiß. Ragnar hat mir und Kian alles erzählt. Aber was die Fürsten mit den Amuletten angeht, dann könnten sie, genau wie ich, eigentlich zurück über die Schwelle reisen.«

»Ja, das wäre möglich. Nur verlässt keiner von ihnen ohne großes Geleit die Städte. Es sind eher Vertreter der nachfolgenden Generation und insbesondere diejenigen unter Fürst Nemetos' Obhut in Crosgan, die hinüberwollen. Orteagon und Elgetia aus Erborg hingegen beharren darauf, dass alles so bleibt, wie es ist.« Nun überzog ein Schmunzeln Amelias Gesicht. »Mittlerweile bin ich der festen Überzeugung, Elgetia muss eine Vorfahrin von Frau Käppler sein, dieser Altenheimleiterin, die dir das Leben so schwer gemacht hat. Nur könnte man Letztere beinahe schon als sympathisch bezeichnen.«

»Ach du Schande«, lachte Lena auf. »Ist diese Elgetia so biestig?«

»Ich habe sie kennengelernt und kann nur sagen – dieser Frau möchte ich weder in diesem noch im Nachleben noch einmal begegnen. Sie ist es, die ihre Leute ganz besonders gegen die Tuavinn aufhetzt.«

»Aber sie kam doch mit ihnen hierher.«

»Das schon, aber zum einen ist das lange her, zum anderen will sie – ähnlich wie die übrigen Fürsten der ersten Tage – nicht in die Ewigkeit gehen, auch wenn die Tuavinn ihnen das schon vor langer Zeit nahegelegt haben.«

»Puh!« Lena fuhr sich durch die Haare. »Wenn ich das also richtig verstehe, sitzen diese verstaubten Fürsten in ihren Städten und stacheln ihre Leute gegen die Tuavinn auf.«

»Richtig, und ich muss gestehen, ganz aus der Luft gegriffen sind ihre Anfeindungen auch nicht. Nachdem ich das zweite Mal in Elvancor war, hörte ich von einem Vorfall mit einem Tuavinn und einem Fürsten. Der Tuavinn wollte den alten Fürsten, den Bruder von Nemetos aus Crosgan, überreden, endlich das Amulett abzugeben und in die Ewigkeit weiterzugehen, so wie er es schon längst hätte tun sollen. Es kam zu einem Handgemenge, und dabei starb der alte Fürst.«

»Oje, und das haben sie den Tuavinn natürlich übel genommen. Aber gut, das war ja eine Art Unfall.«

»Richtig, aber die Fürsten von Crosgan haben sich fortan verschanzt und genau wie die Fürsten von Ceadd einen Eibenwald um ihre Stadt gepflanzt, damit kein Tuavinn mehr in die Stadt kann.«

»Dieser unheimliche Wald, ja, ich erinnere mich«, flüsterte Lena. »Kian erzählte mir, ein Tuavinn hätte den Eibenwald von Wakkarin niedergebrannt.«

»Das ist eine sehr alte Geschichte«, fuhr Amelia fort. »Ein Tuavinn-Mischling verlor seine Anam Cara, als eine morsche Eibe sie unter sich begrub. In seinem Zorn brannte er den gesamten Wald nieder und verfluchte die Eibengeister. Seither sind sie erklärte Feinde von MareddS Volk. Eibengeister sind sehr leicht zu erzürnende Naturgeister, starr, unnachgiebig und kaum zu besänftigen. Seitdem ihr Wald zerstört wurde, hassen sie die Tuavinn, lassen sie nicht mehr in den Wald, und wir vermuten, dass sich die Fürsten aus Ceadd und Crosgan mit ihnen verbündet haben – soweit das bei Geistern und Menschen der Fall sein kann.«

»Das ist ja alles schön und gut«, kam Lena auf den Ausgangspunkt ihres Gespräches zurück, »aber was hat das alles mit mir zu tun?«

»Wie gesagt, du bist eine der Ersten seit einer kleinen Ewigkeit, die sozusagen als Lebende über die Schwelle kam. Du kannst den Menschen erzählen, dass es in deiner Welt keine Rodhakan gibt …«

»Gibt es aber jetzt doch.«

Amelias Gesicht verfinsterte sich. »Das stimmt, aber dieser unglückliche Umstand kam durch Ragnar zustande, der nicht wusste, was er tat. Dadurch, dass er nicht mit seiner Magie, seiner besonderen Gabe, umgehen konnte, sind die Rodhakan über die Schwelle geschlüpft.«

»Kann das bei anderen Tuavinn auch geschehen?«

»Ja, leider. Die Rodhakan sind Schattenwesen, können sich für kurze Zeit in Nebel verwandeln, und auch wenn wir davon ausgehen, dass sie an Substanz und Macht einbüßen, wenn sie über die Schwelle treten, so ist es trotzdem möglich, dass sie bei unachtsamen Tuavinn die Grenze überschreiten. Deshalb erlaubt der Rat auch nur sehr starken und erfahrenen Tuavinn, über die Schwelle zu reisen. Aber um auf deine Frage zurückzukommen. Lena, es wäre gut, wenn du bei der Beratung der Fürsten dabei wärst und ihnen erklärst, dass die Welt, die sie kannten, nicht mehr existiert.«

»Ich weiß nicht, Amelia.« Dieser Gedanke behagte Lena nicht sonderlich, und es blieb das Problem mit Aravyn und Ragnar.

»Und es gibt noch etwas, das du bedenken solltest.« Amelias Miene war sehr ernst. »Rodhakan sind in deine Welt gelangt, und wenn du zurückgehst, solltest du gelernt haben, dich gegen sie zur Wehr zu setzen. Oder möchtest du deine Familie nicht beschützen?«

»Doch, schon«, antwortete Lena zögerlich, die sich mit dem Gedanken, als schwertschwingende Amazone in ihre Welt zurückzukehren und dort Schattenwesen zu bekämpfen, gar nicht anfreunden konnte. »Aber wollten nicht Maredd und seine Tuavinn die Rodhakan jagen?«

»Richtig, dennoch wäre es gut, wenn du dich verteidigen könntest. Everon und Luvett wollten dich schon einmal fangen.

Lena«, Amelia nahm ihr Gesicht in die Hände, »ich weiß, du bist enttäuscht. Aber wie ich bereits sagte, noch haben sich Aravyn und Ragnar nicht aneinander gebunden. Ihr Onkel ist ein sehr alter und erfahrener Tuavinn. Er besteht darauf, dass mindestens zweimal die magische Triade über Elvancor stehen muss, bis sie sich endgültig entscheiden. Du musst wissen, er fürchtet, die beiden könnten ein Kind mit einer ähnlichen Gabe bekommen, wie sie Ragnar besitzt, und von Verbindungen zwischen Mensch und Tuavinn hält er ohnehin nicht viel. Aravyns Vater war der Gefährte einer Menschenfrau und gab sein Leben für sie.«

»Und eine Triade ist schon erschienen«, vermutete Lena.

»Richtig.«

»Na ja, aber was soll das bringen? Er ist verliebt in sie, das sieht doch ein Blinder mit Krückstock«, presste sie mühsam hervor.

»Verliebtheit kann vergehen. Und selbst wenn Aravyn und Ragnar verbundene Seelen sind, dann könnte es doch sein, dass er sich eine andere Frau sucht. Ich habe dir erzählt, dass man einen Anam Cara nicht zwangsweise auch als Lebenspartner wählen muss.«

»Ja, mag schon sein. Trotzdem müsste ich immer in Aravyns Schatten leben.« Betrübt blickte sie in ihren Trinkbecher, während sie ihn in ihren Händen hin und her drehte.

»Lass dir alles in Ruhe durch den Kopf gehen, Lena.«

Eine Weile saß Lena da, wägte ab, was dafür oder dagegen sprach, in Elvancor zu bleiben, und rang mit ihren Gefühlen.

»Also gut«, seufzte sie schließlich. »Kämpfen zu lernen leuchtet mir ein, auch wenn es mich nicht gerade begeistert. Ehrlich gesagt, finde ich die Vorstellung schrecklich, dass Everon und Luvett meine Familie bedrohen könnten, und wenn ich ihnen noch einmal begegnen sollte, möchte ich nicht wieder dastehen wie ein Lamm vor der Schlachtbank.«

»Sehr schön, Lena«, freute sich Amelia. »Komm mit hinaus, dann kannst du frühstücken.«

Selbst wenn Lena zugestimmt hatte zu bleiben, so zweifelte sie doch an ihrem Entschluss, als sie Ragnar und Aravyn zusammenstehen und miteinander reden sah. Wenigstens kam Ragnar gleich auf sie zu, als sich sein Blick in ihre Richtung wandte.

»Guten Morgen, hast du gut geschlafen?«

»Ja, ganz okay.« Sie bemühte sich, ein Lächeln auf ihr Gesicht zu zaubern, aber Ragnar sah sie skeptisch von der Seite an.

»Komm, nach einem Frühstück fühlst du dich besser. Hier sind wir vor den Rodhakan sicher, und du kannst lernen, wie du mit Schwert und Bogen umgehst.« Er nahm sie an der Hand, führte sie zu einem großen, flachen Stein, um den Eryn, Etron und Maredd saßen und sich ihr Morgenmahl schmecken ließen. »Hier, probier das mal.« Freudestrahlend schöpfte Ragnar einen gelblichen Brei in eine Holzschüssel und garnierte dieses ungewohnte Frühstück mit einigen Früchten.

»Danke.«

Während Lena sich auf einem der Holzklötze niederließ, lehnte sich Ragnar lässig gegen den Steintisch. »Ich kann dir die Grundbegriffe des Schwertkampfes beibringen, wenn du möchtest, aber später solltest du mit Aravyn trainieren. Immerhin ist sie eine Frau, und die kämpfen schließlich anders als Männer.«

Bei dem Namen Aravyn blieb Lena der eigentlich recht leckere Brei im Halse stecken, sodass sie sich verschluckte. Sofort klopfte ihr Ragnar auf den Rücken, und sie grinste halbherzig zu ihm hinauf.

Ich soll mit Aravyn trainieren, na toll, dachte sie.

»Lena, komm doch in die große Höhle mit den Bildern, wenn du fertig bist«, bat Amelia. »Ich habe Kleider für dich heraussuchen und kürzen lassen.«

»Ja, danke.« Sie beeilte sich, den Getreidebrei in sich hineinzuschaufeln. Dann stellte sie die leere Schale lautstark vor Ragnars Nase ab. »Zumindest sehe ich dann vielleicht nicht mehr aus wie eine Vogelscheuche«, murmelte sie und sprang auf. Sie fühlte Ragnars Blick in ihrem Rücken, als sie auf den Höhleneingang zusteuerte.

Erneut wurde Lena von den prachtvollen Gemälden in ihren Bann gezogen. Amelia stand an dem unvollendeten Bild von Morqua und Eryn und ließ ihren Pinsel schwungvoll über das Abbild der schwarzen Bergkatze gleiten.

»Oh, da bist du ja schon«, freute sich Maredds Seelengefährtin. »Ich habe dir das Nötigste herausgesucht. Du kannst dich dort hinten in der Nebenhöhle umziehen.« Amelia deutete mit ihrem Pinsel direkt auf die Felswand.

»Vielen Dank!« Lena lief los, blieb aber gleich wieder stehen, da sie den Zugang zu besagter Grotte nicht finden konnte.

»Wo soll der Eingang sein?«, fragte sie daher.

»Na dort.« Verschmitzt schmunzelnd ging Amelia auf das Wandgemälde eines Bergmassivs zu – und war Sekunden später verschwunden. Überrascht hielt Lena inne, dann näherte sie sich der Wand und musste feststellen, dass sich hinter dem gezeichneten Felsspalt tatsächlich eine Höhle auftat. Schummrig rötliches Licht erhellte die Umgebung, aus der Wand plätscherte ein kleiner Wasserfall. Bei genauerem Hinsehen erkannte Lena, dass das Wasser über große rötliche Kristalle strömte, sich in einem niedrigen Steinbecken fing und anschließend durch eine Öffnung im Boden abfloss.

»Sicher möchtest du dich säubern. Frische Tücher liegen bereit.«

»Ja, das wäre toll.« Lena wartete, bis Amelia gegangen war, dann zog sie sich aus. In der Erwartung, eiskaltes Bergwasser zu spüren, streckte sie die Hand aus und kniff die Augen zusammen – doch das Wasser war angenehm warm.

»Wow, was ist das denn?« Freudig trat sie unter den Wasserstrahl, genoss das samtweiche, warme Wasser und wusch sich auch gleich die Haare. Wenngleich sie weder Seife noch Shampoo hatte, fühlte sie sich nach ihrer Dusche doch wunderbar erfrischt.

Sie wickelte sich in eines der langen Tücher und besah sich die Kleidungsstücke. Eine graue Hose aus Stoff, eine sandfarbene aus weichem Leder und zwei dunkelgrüne Hemden – weit geschnitten und am Hals geschnürt – lagen für sie bereit. Außerdem einige Unterhemden mit schmalen Trägern. Unterhosen suchte sie vergeblich, aber vielleicht waren die hier nicht üblich. Sie erinnerte sich an das Kleid, das sie aus Ceadd mitgebracht hatte und noch in ihrem Bündel lag. Sie sollte es später waschen und aufhängen. Nachdem Ragnar ja gesagt hatte, er wolle ihr den Umgang mit dem Schwert zeigen, entschied sie sich für die Stoffhose und das Hemd. Beides passte recht gut. Die Hose war elastisch und eng anliegend, das Hemd weit und angenehm auf der Haut zu tragen. Mit dem breiten braunen Ledergürtel zurrte sie es in der Taille fest und schlüpfte anschließend in ihre Stiefel.

»Gut, dann bin ich mal gespannt, was mich gleich erwartet.«

Lena trat durch die Felsspalte und stellte fest, dass Amelia nicht mehr mit Malen beschäftigt war, daher durchquerte sie die große Höhle eilig und wollte gerade ins Freie treten, als Stimmen sie innehalten ließen. Direkt neben dem Eingang standen zwei Tuavinn, einer von ihnen klang wie Maredd, der andere redete wütend, aber mit gedämpfter Stimme auf ihn ein.

»… hättest das Mädchen nicht herführen dürfen.«

»Ragnar hat sich große Sorgen um sie gemacht, und ich wollte mir ohnehin ein Bild davon machen, was jenseits der Schwelle geschieht.«

»Ragnar«, spie der Mann geradezu aus, »ihn hättest du erst recht nicht nach Elvancor bringen sollen! Er hat schon genug Unheil angerichtet.«

Nun nahm auch Maredds Stimme einen harten Klang an. »Die Übergänge nach Elvancor wurden von ihm nicht mit Absicht erschaffen, er wusste ja nicht einmal, was er ist.«

Ohne auf das Gesagte einzugehen, schimpfte der andere Mann weiter. »Wie lange haben wir gerätselt, wo plötzlich diese *Kre-*

aturen herkamen, die gar nicht dazu bestimmt waren, Elvancors Wunder zu erblicken? Wie aus dem Nichts tauchten sie in unserem Land auf, abseits der Kraftpunkte und …«

»Nun beruhige dich doch wieder«, verlangte Maredd. »Was ist denn schon geschehen? Zwei alte Männer, ein kleiner Junge und einige Tiere – bis auf Devera und Andri haben wir alle hinüber in die Ewigkeit geleitet.«

»Du vergisst die Rodhakan – er hat zu verantworten, dass sie nun auch noch Elvancors Grenzen verlassen haben.«

»Bei allen Geistern der Berge«, stieß Maredd hervor. »Hätte ich ihn deiner Ansicht nach allein sterben lassen sollen?«

»Möglicherweise wäre das die klügere Entscheidung gewesen, ihn in die Ewigkeit gehen zu lassen. Ich sehe Gefahr für Elvancor – und nicht nur ich.«

Kapitel 12

Der Rat der Tuavinn

Lena presste sich an die Wand, konnte kaum glauben, was dieser Fremde da von sich gab. Nun bewegte Maredd sich in ihr Blickfeld, ging vermutlich auf den anderen zu. »So etwas kannst du nur sagen, weil du keine eigenen Kinder hast, Targon. Ragnar ist von meinem Blute, von meinem und Amelias, und er hat es verdient, Elvancors Wunder zu sehen.«

»Ragnar ist *etwas*, das es noch niemals zuvor gab. Und ich rate euch, achtet gut auf ihn! Es darf nicht noch einmal geschehen, dass Rodhakan über die Schwelle fliehen – ob versehentlich oder nicht.«

»Wir achten auf ihn«, stieß Maredd hervor. »Und wir wissen ja nicht einmal, ob er auch hier einen Übergang in die andere Welt erschaffen kann.«

»Und das soll auch so bleiben«, entgegnete Targon bestimmt. »Wir können uns nicht erlauben, fortan auch noch in anderen Welten Rodhakan zu jagen.«

»Dennoch müssen wir jene, die versehentlich hinübergelangt sind, zur Strecke bringen.«

»Wenn weitere unserer Brüder eingetroffen sind, werden wir uns beraten – und das in Ordnung bringen, was *dein* Enkel verbrochen hat.«

»Ich scheue mich nicht, selbst über die Schwelle zu treten und die Rodhakan unschädlich zu machen.«

Lena konnte förmlich spüren, wie es in Maredd brodelte. Jedes seiner Worte kam so gepresst aus seinem Mund, als müsse er es mit aller Macht hinausdrücken.

»Und ich bin der Meinung, du solltest besser hierbleiben und auf den Jungen aufpassen.« Mit energischen Schritten hielt Targon auf den Höhleneingang zu.

Lena gelang es, einen flüchtigen Blick auf ihn zu werfen. Riesig wirkte er auf sie, weitaus muskulöser als die anderen Tuavinn, einen Teil seiner grauen Haare hatte er an den Seiten zusammengefasst und hinten zu einem langen Zopf gebunden. Der Rest seiner Haarpracht wallte in dicken Locken über seinen Rücken.

Dann ist dieser Tuavinn Ragnars Feind, dachte Lena schaudernd. *Beinahe hatte ich den Eindruck, als würde er ihn am liebsten umbringen. Noch ein Grund mehr, um kämpfen zu lernen. Ich würde Ragnar gegen jeden verteidigen.* Mit diesen Gedanken, die wild durch ihren Kopf wirbelten, trat sie entschlossen ins Freie.

Maredd stand noch vor der Höhle und sah diesem Targon hinterher. Lena bemerkte, wie angespannt seine Kiefermuskulatur war, seine Fäuste hatte er nach wie vor geballt. Als er sie erblickte, entspannten sich seine Züge jedoch.

»Du siehst gut aus, Lena«, sagte er freundlich, dann runzelte er die Stirn. »Aber weshalb hast du dein Haar nicht getrocknet?«

»Einen Föhn wird es ja wohl kaum geben«, entgegnete sie grinsend.

»Föhn?« Maredd führte sie am Arm zurück zu der Höhle mit dem Wasserfall, trat ans äußerste Ende und deutete dann in die Höhe. »Ein Luftstrom kommt durch den Berg. Wir haben Wärmekristalle aufgehängt, und so kannst du dich trocknen.«

»Wow!« Lena beugte sich nach vorne, spürte tatsächlich einen sanften, angenehmen Luftwirbel. »Also doch ein Föhn«, lachte sie.

»Wenn du es so nennen möchtest.«

Für einen Moment überlegte Lena, ob sie ihn auf diesen seltsamen Tuavinn ansprechen sollte, verschob es aber auf später, da

Maredd schon wieder hinauseilte. Kurze Zeit später waren ihre Haare trocken.

Draußen vor der Höhle hatte sich inzwischen eine ganze Reihe fremder Tuavinn versammelt. Hochgewachsene, silber- oder grauhaarige Kriegerinnen und Krieger. Nun, da Lena das Gespräch zwischen Maredd und Targon mitbekommen hatte, wirkten sie auf sie beinahe bedrohlich. Wie sie dort standen, mit ihren Umhängen, die um ihre Körper wehten und Lena groteskerweise an die Flügel von Todesengeln erinnerten.

Manch einer beäugte sie grimmig, andere musterten sie nur neugierig oder lächelten sogar. Neben einer grauhaarigen Tuavinn-Kriegerin lag ein gewaltiger brauner Bär. Lena ging davon aus, dass es sich hierbei um ihren Anam Cara handelte, so fremd das für sie noch immer anmutete.

»Lena!«

Sie beobachtete, wie Ragnar sich durch die Tuavinn-Krieger schlängelte, und als er neben ihr stand, fühlte sie sich gleich deutlich besser. »Viele sind aus allen Richtungen der Berge von Avarinn gekommen, um über das vermehrte Auftreten der Rodhakan zu beraten«, erzählte er.

Ob er weiß, dass Targon und vermutlich auch noch andere alles andere als freundlich über ihn denken?, überlegte sie.

»Nicht alle können kommen«, fuhr er fort, »denn sie müssen die Kraftpunkte vor den Rodhakan und den Menschen aus Crosgan beschützen, die versuchen, über die Schwelle zu gelangen.«

»Liegt hier auch ein solcher Kraftpunkt?«

»Ja, tief in den Höhlen. Die Geister der Berge sind an diesem Ort sehr stark«, erklärte Ragnar, und sein Blick schweifte hinauf in die Baumwipfel. »Sie helfen uns, die Wesen des Schattens fernzuhalten. An manch anderen Stellen, besonders weiter im Süden, sind die Tuavinn eher auf sich gestellt.«

»Weshalb?«

»Die Naturgeister zürnen den Menschen und ihren Städten, deshalb ziehen sie sich immer weiter zurück.«

Lena nickte. »Und wohin führt dann dieser Übergang in den Höhlen?«, wollte sie wissen.

»An verschiedene Kraftpunkte in Irland.«

»Wirklich?« Staunend wandte Lena sich um und betrachtete den Höhleneingang.

»Wirklich! Und in der Nähe des Himmelsfalls, wo du über die Schwelle getreten bist, liegt der Kraftpunkt Avarinns, der zur Esperhöhle und den anderen magischen Stellen deiner Region führt.«

»Die Esperhöhle.« Lenas Gedanken wanderten zu dieser düsteren, kalten Grotte. Eine Gänsehaut lief ihren Rücken hinab, als sie daran dachte, was dort geschehen war und wie sie Ragnar in der Gerichtsmedizin gesehen hatte. Blass, kalt, ohne Leben. Dass er heute vor ihr stand, war ein Wunder, und sie war dankbar dafür – selbst wenn es jetzt jemanden wie Aravyn an seiner Seite gab.

»Lena, es tut mir leid, dass ich dich damals so erschrecken musste.« Als er sie in seine Arme schloss, fühlte sich das wunderbar an. »Wer hat es dir eigentlich gesagt?«

»Die Polizei. Ich musste dich identifizieren, weil sie deine Mutter nicht erreichen konnten.«

»Mutter, verdammt!« Ragnar hielt Lena ein Stück von sich weg. »Wenn du wieder zurückgehst, würdest du ihr dann sagen …« Er unterbrach sich selbst. »Nein, sie würde dir nicht glauben. Meine Großmutter aus Island noch am ehesten. Ich denke, ich werde ihr einen Brief schreiben.« Dann lächelte er Lena an. »Aber das hat noch Zeit. Jetzt gehen wir erst einmal in den Wald, dann kann ich dir zeigen, wie man ein Schwert führt.«

Gemeinsam mit Ragnar stieg sie ein Stück den Berg hinauf, zu einer Lichtung, die von mächtigen Bäumen umrahmt wurde. Der Boden kündete davon, dass man sich in dieser natürlich gewachsenen Arena häufiger in der Kunst des Kampfes übte. Weder Gras noch Schösslinge wuchsen hier. Die gewaltigen Bäume beugten sich hoch droben zueinander, verwuchsen gar teilweise miteinander, und ihre Blätter bildeten ein dichtes Dach, das beinahe wie eine Kuppel anmutete.

»Hier können wir bei jedem Wetter trainieren, es sei denn es regnet tagelang«, Ragnar deutete zu dem sonderbaren Baldachin, »dann dringt nämlich doch Wasser durch.«

»Praktisch – aber zur Not habt ihr ja auch die Höhle.«

»Richtig.« Ragnar trat zu einem der Bäume, dessen Borke so rissig war, dass sie regelrechte Krater bildete, und holte aus der Einkerbung zwei Holzstöcke hervor. Er warf ihr einen der beiden Stöcke zu, und Lena gelang es nur im letzten Moment, diesen zu fangen. Glatt und geschmeidig fühlte sich das Holz an. Ein Ende war jeweils mit Leder umwickelt.

»Du musst auf einen festen Stand achten.« Ragnar stellte sich neben sie, ging leicht in die Knie. »Wichtig ist, dass du deinen Schwerpunkt absenkst, sonst verlierst du zu schnell den Halt.« Er machte es ihr vor und führte das Trainingsschwert dann langsam über den Kopf. »Zunächst werde ich dir einige Grundbewegungen beibringen.«

Während der Tag voranschritt, zeigte Ragnar Lena immer neue Schläge, wie sie am besten stehen oder ausweichen sollte, wann und wie sie ihr Gewicht verlagern musste.

Es bereitete Lena Freude, mit Ragnar zu trainieren, gleichzeitig frustrierte es sie jedoch, wie geschickt und selbstverständlich er mit seiner Waffe umging, wohingegen sie ständig aus dem Gleichgewicht geriet, sich die Schlagfolgen meist nicht merken konnte und ihre Arme schon nach kurzer Zeit schmerzten.

»Du hast dich wacker geschlagen«, behauptete er, nachdem sie endlich ihr Training beendet hatten.

»Ist doch sonst nicht deine Art, mit Komplimenten um dich zu werfen. Ich habe mich wie der letzte Idiot angestellt«, stöhnte sie.

»Das war kein falsches Kompliment. Du hast deine Sache sehr

gut gemacht. Schließlich hast du noch niemals zuvor ein Schwert in der Hand gehalten.«

Kritisch blickte sie auf den Stock. »Ich möchte ja nicht wissen, wie es mit einer echten Waffe ist.«

»Glaub mir oder nicht, Lena. Auch ich habe zu Beginn meines Trainings jede Menge Niederlagen einstecken müssen.«

»Du konntest aber zumindest schon mit einer Waffe umgehen.«

»Das dachte ich auch.« Ein breites Grinsen zeichnete sich auf seinen Zügen ab. »Aber das war im Vergleich zu wirklichen Kämpfen ein Witz. Ich wäre selbst gegen sehr junge Krieger aus den Städten unterlegen gewesen.«

»Inzwischen bist du aber richtig gut«, stellte Lena fest und lockerte ihre verkrampften Schultern. »Jetzt kann ich gleich noch mal unter diese Höhlendusche steigen – die ist übrigens klasse!«

»Allerdings. Aber wir sind noch nicht fertig, ich möchte dir noch etwas zeigen. Komm mit.«

»Was denn?«

»Sei nicht so neugierig.« Er stupste sie auf die Nase und zwinkerte ihr zu.

»Jetzt sag schon!«

»Nein.«

»Du bist und bleibst ein Ekel«, schimpfte sie spaßhaft, schubste ihn und brachte ihn zu ihrer Genugtuung sogar zum Stolpern.

Aber Ragnar lachte nur. »Lass dich doch überraschen.«

Er ging zu dem Baum, holte hinter dem Stamm einen Stoffbeutel und ein Zaumzeug hervor.

»Willst du reiten?«

»Was ich dir zeigen möchte, liegt ein Stück entfernt.« Mit diesen Worten eilte Ragnar los, und Lena verfiel in Laufschritt, um mit ihm mitzuhalten. »Wir nehmen Devera.«

»Jetzt bin ich aber wirklich gespannt.«

Die Pferde der Tuavinn grasten ein paar Hundert Meter entfernt auf einer Waldlichtung. Ragnar zog Devera das Zaumzeug über, dann stupste er Lena auffordernd an. »Ich helfe dir hoch.«

»Ohne Sattel?«, stieß sie entsetzt hervor.

»Wir reiten nur im Schritt, da brauchst du keinen.«

Kritisch sah Lena von Ragnar zu Devera, dann ließ sie sich aber doch von ihm auf den blanken Pferderücken helfen und hielt sich an der dichten Mähne fest. Mit beneidenswerter Eleganz sprang er hinter ihr auf das Pferd, nahm die Zügel auf und lenkte Devera durch den Wald.

»Ich passe auf, dass du nicht herunterfällst«, versprach er.

Auch wenn sich Lena auf dem glatten Rücken der Stute nicht sicher fühlte, entspannte sie sich nach einer Weile, genoss die Wärme, die Devera verströmte, und lehnte sich gegen Ragnars Brust. Sie ritten tiefer in die Berge hinein, an einem reißenden Wildbach entlang und auf eine Felswand zu. Nebelschwaden hingen über den hellgrauen Basaltfelsen, die teilweise bizarre Formationen aufwiesen. Einer sah aus wie ein Turm aus einzelnen Felsnadeln, ein anderer war wie ein Torbogen geformt, und auf der rechten Seite, wo sich der Bergbach durchschlängelte, waren die meisten Felsen glatt geschliffen und schimmerten in der Sonne.

»Das ist wunderschön«, staunte Lena.

»Hat sich deine Geduld also doch ausgezahlt.« Am Rande des Felsmassivs parierte Ragnar Devera durch, glitt von deren Rücken und half schließlich Lena herunter. »Komm, es wird noch besser.« Er zog Devera das Zaumzeug über die Ohren und wollte schon losgehen.

»Läuft sie nicht weg?«

»Nein, und selbst wenn, dann würde sie nur zu ihrer Herde zurückkehren.«

»Wenn du meinst.«

Ragnar fasste Lena an der Hand und ging voran durch einen von kleinen Steinen bedeckten Felskorridor, an dessen Ende er nach oben deutete. Zwischen zwei mächtigen, gezackten Basaltfelsen hindurch stürzte der Fluss herab, mündete in einem Bergsee unmittelbar vor ihnen. Ungewöhnliche Steingebilde unterteilten das Gewässer in einzelne Becken. Überall auf den Felsen wuchsen Moos und unterschiedliche Blumen. Auch hier hing Nebel über dem Wasser.

»Das sind heiße Quellen.«

Lena riss die Augen weit auf, als Ragnar sich wie selbstverständlich zu entkleiden begann, Hemd und Hose fallen ließ und auf eines der Felsbecken zuging.

»Warum tust du mir das an?«, murmelte sie vor sich hin, während sie die Rückansicht seines muskulösen und wohlgeformten Körpers betrachtete.

Ragnar sprang ins Wasser, tauchte kurz unter und schüttelte sich anschließend die Nässe aus dem Gesicht. »Komm schon, es ist angenehm warm.«

»Ich habe keine Ersatzkleidung dabei«, sie zupfte an ihrem Hemd herum, »und das ist alles durchgeschwitzt.«

»Du kannst sie später waschen und dort hinten zum Trocknen hinlegen.« Er wies auf ein Areal aus flachen Felsen. »Die Felsen werden von einem unterirdischen Feuerfluss erwärmt – genau wie das Wasser –, da trocknet alles ganz schnell. Sei so gut und gib mir auch meine Sachen.«

Sie tat, worum er sie gebeten hatte, und beobachtete, wie Ragnar sein Hemd durch das Wasser zog.

»Dann fließt Lava direkt unter dem Wasser?«, wunderte sich Lena. »Das ist aber schon unheimlich.«

»Der Feuerstrom verläuft ein ganzes Stück weit unter den Felsen. Es ist nicht gefährlich. Jetzt komm, Lena!« Er spritzte sie mit Wasser voll, schwamm anschließend mit seinen Kleidern in der Hand auf das entfernte Ufer des großen Beckens zu, wo er Hose und Hemd auf die Steine legte.

»Also gut.« Lena löste ihren Gürtel, zog sich das Hemd über den Kopf und schlüpfte aus der Hose. Da sie nicht beabsichtigte, völlig nackt zu baden, ließ sie zumindest das lange Unterhemd an. Das reichte ihr bis zu den Oberschenkeln und verbarg somit ihre intimsten Stellen. Unter anderen Umständen hätte sie nichts dagegen gehabt, nackt mit Ragnar zu baden – ganz im Gegenteil. Aber da war Aravyn, und das ärgerte Lena gewaltig.

Barfuß tastete sie sich über die Steine, war froh, als sie das weiche Moos erreichte und ließ sich schließlich ins Wasser gleiten. Wunderbar warm umschloss es ihren Körper. Hier und da stiegen leichte Blasen auf, und sie schwamm Ragnar hinterher, der am anderen Ufer wartete.

»Wir kommen häufig zum Baden hierher«, erklärte er. »Nach einem anstrengenden Trainingstag oder einem Ritt durch die Berge ist das wirklich entspannend.«

Ich möchte gar nicht wissen, wie oft er schon mit Aravyn hier war – und was sie hier gemacht haben. Mit aller Gewalt verdrängte sie die Bilder, die vor ihrem inneren Auge aufstiegen, versuchte stattdessen, die Zweisamkeit mit Ragnar zu genießen.

Seite an Seite schwammen sie einige Runden, setzten sich anschließend auf eine Art natürliche Felsbank, wo ihnen das Wasser noch immer bis an die Schultern reichte. Lena legte ihren Kopf auf das Moos am Rande des Beckens und blickte in den Himmel. »Elvancor ist einfach unglaublich.«

»Ja, und ich bin sehr glücklich hier … nur …« Als Lena Ragnar anblickte, sah sie, wie er angestrengt die Stirn runzelte und mit einer Hand im Wasser herumspielte. Kleine Wellen schwappten über ihre Schultern.

»Was denn?«

»Dieser Rat der Tuavinn. Das ist alles nur meine Schuld.«

»Ragnar.« Zu gerne hätte Lena ihm jetzt über die Wange gestreichelt, traute sich jedoch nicht. »Du hattest doch keine Ahnung, was du tust. Du wolltest denen, die du geliebt hast, helfen. Kein Mensch kann dir das vorwerfen.«

»Ein Mensch vielleicht nicht – ein Tuavinn durchaus«, entgegnete er zynisch. Dann strich er sich durch die Haare. »Targon, er ist Aravyns Onkel, kann mich nicht ausstehen und hat schon einige Tuavinn aus dem Süden gegen mich aufgehetzt.«

Dann weiß er es also schon, dachte Lena.

»Aber Aravyn und ich, wir werden es allen zeigen. Sobald die Triade noch einmal am Himmel erscheint, gehen wir den Bund der Tuavinn ein.«

Ein äußerst schmerzhafter Stich fuhr in Lenas Herz. »Was … ist das denn für ein Bund?«, fragte sie stockend. »So ähnlich wie heiraten?«

»Nein, es ist kein formaler Bund, der besagt, dass man auf ewig zusammenbleiben muss«, Ragnar lachte auf, »was hier in Elvancor in der Tat sehr lange wäre. Nein, es ist eher ein Bund, der im Angesicht der Mächte Elvancors auf dem Berg Cerelon geschlossen wird. Dieser liegt genau im Zentrum Elvancors. Wenn man dort den Bund eingeht, vereint man seine Kräfte. Die Naturgeister vom Cerelon segnen nur die, die wahre Anam Cara sind.«

»Und was ist wenn jemand hinaufsteigt und sich getäuscht hat?«

»Dann bringen die Geister sie um.«

Lena riss ihre Augen entsetzt auf, aber plötzlich begann Ragnars rechter Mundwinkel zu zucken.

»Blödmann!« Lena spritzte ihm Wasser ins Gesicht, woraufhin er in Gelächter ausbrach.

»Nein, natürlich nicht. Maredd sagt, sie würden sich schlicht und einfach nicht zeigen, und somit können diejenigen, die den Bund eingehen wollen, auch zweifelsfrei erkennen und akzeptieren, dass sie keine verbundenen Seelen sind.«

»Weshalb gehst du dann nicht gleich mit Aravyn auf diesen Berg?«, platzte Lena heraus. So weh es ihr tat, es wäre doch besser, sofort Gewissheit zu haben.

»Das geht nicht.« Nun wurde seine Miene wieder wütend. »Die Tuavinn sind der Meinung, diejenigen von uns, die auch Menschenblut in sich haben, wären wankelmütig, würden sich zu schnell darauf verlassen, ihren Anam Cara gefunden zu haben, und verwechseln Leidenschaft oder Verliebtheit mit der Verbundenheit der Seele.«

Nachdenklich sah Lena ihn an. *Ich wünschte, das wäre auch bei dir der Fall.*

»Nachdem die ersten Tuavinn-Mischlinge geboren wurden, gingen viele von ihnen mit dem Partner, den sie erwählten, sehr rasch zum Berg von Cerelon, was die Geister verärgerte. Sie sehen eine heilige Handlung darin, diesen Bund einzugehen – was ja auch richtig ist. Daher haben die Tuavinn entschieden, dass sich Halbblütler wie Aravyn und ich zuerst ihrer Ausbildung hingeben müssen. Wir sollen durch ganz Elvancor reisen, oder auch warten, bis wir spüren, dass unser Anam Cara uns braucht.« Ragnar stieß abfällig die Luft durch die Nase aus. »Als hätten wir das nötig!«

»Na ja, bei manchen Tuavinn, Maredd zum Beispiel, scheint es ja so zu sein, dass ihr Anam Cara aus meiner Welt kam. Hätte er sich vorher mit jemand anderem …«

»Unsinn«, unterbrach Ragnar barsch. »Aravyn und ich gehören zusammen.«

»Ja, schön.« Jedes Wort traf Lena wie ein Schlag in die Magengrube, aber sie setzte alles daran, ihre Gefühle nicht zu zeigen, und bemühte sich sehr, ihr Lächeln halbwegs glaubwürdig erscheinen zu lassen.

Doch Ragnar achtete ohnehin kaum auf sie, sondern sprach schon weiter. »Außerdem besagt ein Gesetz, dass alle Tuavinn – auch Tuavinn mit Menschenblut – zuerst in der Lage sein müssen, Erdgeister, Wassergeister und all die anderen Naturgeister Elvancors zu beschwören, bevor sie zum Cerelon gehen. Maredd behauptet, die Geister des Cerelon wären höher entwickelt als diejenigen, die ansonsten Elvancor bevölkern. Erst wenn du dir den Respekt der anderen Geister verdient hast, lassen die des Cerelon dich überhaupt auf den Berg.«

»Puh, aber ich dachte, viele Geister mögen die Menschen nicht.« Mit Grauen dachte sie an die Maryden.

»Das ist genau mein Problem. Ich habe menschliches Blut, noch mehr als Aravyn, und selbst ihr fällt es häufig schwer, die Geister um Hilfe anzurufen.«

»Dann wird euch nichts anderes übrig bleiben, als weiter zu üben.« Lena wollte dieses Thema nun beenden, und so glitt sie von der steinernen Bank und schwamm noch eine Runde in dem Wasserbecken.

Als sie schließlich zu ihren Kleidern kam, stellte sie überrascht fest, dass diese tatsächlich auf dem heißen Stein getrocknet waren.

»Möchtest du gehen?«, rief ihr Ragnar zu.

»Na ja, sonst werden wir bald aussehen wie die verschrumpelten alten Leute bei uns im Altenheim.«

Er lachte laut auf. »Du wirst froh sein, dem Heim entronnen zu sein, nicht wahr?«

»Ach, na ja. Ich muss gestehen, am Ende fand ich es gar nicht mehr so schlimm. Und manche Bewohner werde ich sogar vermissen, wenn ich mit den Sozialstunden fertig bin.«

»Dann kannst du ihnen Geschichten aus Elvancor erzählen – und vielleicht sogar die Angst vor dem Sterben nehmen.«

»Eine schöne Idee«, Lena rümpfte ihre Nase, »aber niemand würde mir glauben, nicht einmal die Verwirrtesten.«

»Das ist gut möglich.« Ragnar legte den Kopf schief. »Zieh dich an, ich schwimme noch eine Runde.«

Damit drehte er um, und Lena schwang sich an den Rand des natürlichen Beckens. Die Steine fühlten sich warm an auf ihrer Haut – beinahe schon zu warm, um länger darauf sitzen zu bleiben. Sie entledigte sich ihres nassen Unterhemds und schlüpfte in Hose und Hemd. Auf dem schmalen, mit Moos bewachsenen Steg balancierte Lena bis zu der Stelle, wo ihre Schuhe standen, widerstand der Versuchung, sich umzudrehen, als sie hörte, wie Ragnar aus dem Wasser stieg, und wartete, bis er bei ihr war.

»Hat es dir gefallen?«

»Ja, es ist toll hier.« Lena sah zurück zu den heißen Quellen und staunte, als sich der Nebel auf einmal zusammenzog.

»Sind das …«, begann sie, wenngleich sie keinerlei Furcht verspürte, wie es beim Erscheinen der Rodhakan stets der Fall gewesen war.

»Nein, es sind Quellengeister. Manchmal verdichten sie sich zu Dampf und bilden diese ungewöhnlichen Formen.«

In diesem Augenblick stieg eine Rose aus Wasserdampf auf, schwebte über den heißen Quellen und zerbarst schließlich, nur um sich gleich darauf in einen überdimensionalen weißen Schmetterling zu verwandeln. Dieser flatterte nun auf sie zu. Lena hielt die Luft an, aber Ragnar nahm beruhigend ihre Hand. Als die Quellengeister näher kamen, konnte Lena winzige, wie aus Nebel geformte Gestalten ausmachen. Ähnlich weißen Flämmchen schwebten sie dicht zusammengeschmiegt näher. Die Augen der Quellengeister waren klein wie Stecknadeln und immer nur für wenige Augenblicke zu erkennen. Lautlos glitten die Quellengeister an ihnen vorbei. Lena spürte eine sachte, feuchte Berührung auf ihrem Gesicht, die sich warm und beinahe liebevoll anfühlte. Kurz darauf stoben diese ungewöhnlichen Wesen auseinander und lösten sich auf.

»Sie mögen dich, Lena«, freute sich Ragnar. »Mir haben sie sich bisher nur ein- oder zweimal gezeigt, dabei war ich schon viele Male hier baden.«

»Das war sicher Zufall.« Fasziniert strich sich Lena über die Wange, die nach wie vor warm von der Berührung war. Anschließend räusperte sie sich, ließ Ragnars Hand los und deutete in Richtung des Ausgangs.

»Möchtest du versuchen, die Geister zu beschwören, damit wir auf diesen magischen Wegen zurückkommen?«

»Nein, das würde mir nicht gelingen.« Ragnars Gesicht verfinsterte sich.

»Das sagt gerade derjenige, der mich heute dauernd aufgefordert hat, nicht aufzugeben, wenn mir irgendwelche Schläge nicht gelungen sind«, zog sie ihn auf.

Aber Ragnar ging nicht weiter darauf ein. »Das ist etwas anderes«, antwortete er abweisend. »Und jetzt komm, es wird bald dunkel.« Er steuerte auf den Felsengang zu.

Erfreulicherweise graste Devera nicht weit entfernt, und so konnten sie den Weg zu Pferd zurücklegen. Diesmal saß Lena hinter Ragnar, schmiegte ihren Kopf an seinen Rücken und versuchte, nicht daran zu denken, dass sie bald wieder auf Aravyn treffen würden. Ragnar lebte in dieser Welt weiter, sie waren gute Freunde – und das war ein wunderbares Geschenk.

Kapitel 13

Kraftorte

Kaum kehrten Lena und Ragnar zu den Höhlen zurück, hörten sie schon von Weitem ein lautes Gespräch. Zwei Tuavinn, eine Frau mit dunkelgrauen Haaren, in denen einzelne silberfarbige Strähnen einen interessanten Kontrast bildeten, und ein Mann, der sein graues Haar lediglich schulterlang trug, standen sich gegenüber und stritten heftig.

»Nein, das sehe ich vollkommen anders!«, ruckartig wandte sie sich von ihm ab und verschränkte die Arme vor der Brust.

»Noch haben sie nicht entschieden, ob ich überhaupt in die andere Welt gehen soll. Also ist es gut möglich, dass ich dabei sein werde, wenn deine Schwester ihr Kind bekommt.«

»Dennoch war es nicht richtig, dich freiwillig zu melden!«, beharrte sie, ohne sich umzudrehen. »Die Geburt eines Kindes ist für einen Tuavinn ein außergewöhnliches Ereignis, dem du als naher Verwandter beiwohnen solltest.«

»Als Tuavinn ist es unsere Pflicht, nicht nur die Grenzen zu hüten. Werden diese von Rodhakan übertreten, so erachte ich es als unsere Aufgabe, die Schattenbrut auch in der anderen Welt unschädlich zu machen.«

»Es war nicht deine Schuld, dass dies geschehen ist«, brauste die Tuavinn auf, wirbelte herum, sodass ihre Haare nur so durch die Luft flogen.

Lena bemerkte, wie Ragnar beschämt den Kopf senkte, daher

strich sie ihm kurz über den Arm, ehe sie sich wieder dem Streit zuwandte. Die dunklen Augenbrauen des Tuavinn zogen sich zusammen, er schien gleich die Beherrschung zu verlieren. Doch dann besann er sich, trat auf die Frau zu und nahm sie an den Schultern. »Lass uns doch erst einmal die Entscheidung abwarten«, bat er sie, doch vergebens. Seine Gesprächspartnerin hatte sich derart in Rage geredet, dass sie seine Hände von ihren Schultern stieß, sich abwandte und mit großen Schritten davonstapfte.

»Was war denn mit denen los?«, wollte Lena wissen.

»Das sind Taramin und Gheros.« Ragnar schnitt eine Grimasse. »Sie streiten sich ständig.«

»Dann sind sie keine Anam Cara?«

»Doch, sind sie – und das schon sehr lange.«

»Tatsächlich?«

»Ja, sie liegen sich ständig in den Haaren, aber ohne einander können sie auch nicht leben. Soweit ich es ihrem Gezänke entnommen habe, hat sich Gheros bereit erklärt, in der anderen Welt Rodhakan zu jagen, und Taramin gefällt das nicht. Du musst wissen, ihre jüngere Schwester erwartet ein Kind, und das ist ein ausgesprochen bedeutendes und seltenes Ereignis bei den Tuavinn.«

Bis jetzt hatte Lena noch kein einziges Tuavinn-Kind zu Gesicht bekommen. Alle Vertreter von Maredds Volk waren erwachsen.

»Dann muss diese Verbindung also nicht zwangsläufig vollkommen harmonisch sein?«, erkundigte sich Lena vorsichtig.

»Nein, das ist sie nicht immer«, bestätigte Ragnar. »Manchmal liegt das einfach daran, dass der Seelenfreund die Schwächen des anderen widerspiegelt, woraus Uneinigkeit entstehen kann. Wenn man dazu noch bedenkt, wie lange Tuavinn zusammen sind, ist das gar nicht so ungewöhnlich.«

Stumm musterte Lena Ragnar und überlegte, wie das wohl bei ihm sein würde. Aber wollte sie wirklich warten, bis er Aravyn vielleicht eines Tages überdrüssig wurde? Konnte sie das überhaupt ertragen, oder würde sie bis dahin in ihrer Welt nicht alt und grau geworden sein? Dann straffte sie energisch die Schultern. Im Augenblick konnte sie an Ragnars Gefühlen für Aravyn sowieso nichts ändern. Außerdem wurde sie abgelenkt, da sich eine muskulöse Gestalt vom Höhleneingang her näherte. Lena erkannte den Tuavinn wieder, der mit Maredd über Ragnar gesprochen hatte. Der geflochtene Zopf am Rücken unterschied ihn von den anderen, zudem überragte er die meisten Tuavinn mindestens um Hauptеslänge.

»Targon.« Auf der Stelle verfinsterte sich Ragnars Gesicht, und auch der Tuavinn stutzte kurz, kam dann jedoch auf sie zu.

»Ragnar.«

Lena bemerkte, dass in diesem einen Wort eine große Abneigung lag, mehr noch als es eben bei Ragnar der Fall gewesen war, als er den Namen des Tuavinn ausgesprochen hatte.

»Beehrst du diesen heiligen Platz doch noch mit deiner Anwesenheit?«

»Ich weiß nicht, was du damit sagen willst, Targon.« Seine typisch arrogante Miene zeigte sich auf Ragnars Gesicht. »Und ehrlich gesagt, interessiert es mich auch nicht.« Er ging lässig weiter und ließ Targon einfach stehen.

Dieser bebte nun förmlich vor Zorn.

Lena hingegen sah nur kurz zu dem großen Mann auf, dann eilte sie Ragnar hinterher. Hier in Elvancor hatte sie Ragnar noch nie so herablassend und beleidigend erlebt, aber offensichtlich scherte er sich nicht darum, was Aravyns Onkel von ihm dachte und ob dieser ihn mochte oder nicht – oder er gab es zumindest vor. Auch ihr war dieser Tuavinn nicht unbedingt sympathisch, aber so mit ihm zu sprechen hätte sie dennoch nicht gewagt, denn Targon hatte etwas Bedrohliches, Machtvolles an sich, wie sie fand.

Im Inneren der Haupthöhle hatten sich schätzungsweise zweihundert Tuavinn versammelt. In kleinen Gruppen unterhielten sie sich leise, manche aßen oder tranken, andere bestaunten Amelias Wandgemälde.

»Ich kann das nicht glauben!«, hörte Lena Ragnar plötzlich rufen. Gemeinsam mit Aravyn und seinem Großvater stand er vor dem Bild eines Bergmassivs.

»Beruhige dich doch«, versuchte Aravyn ihn zu beschwichtigen. Ihre schlanke Hand legte sich auf Ragnars Unterarm, aber er schüttelte sie unwirsch ab.

»Ich hätte dabei sein müssen«, echauffierte sich Ragnar, »schließlich ging es um eine Angelegenheit, die mich betrifft. Ich habe zu verantworten, dass Rodhakan über die Schwelle gelangt sind, und hätte gerne mitentschieden, ob jemand in die andere Welt geht und wer dies sein wird!«

»Du bist einer der jüngsten Tuavinn«, erklärte Maredd ruhig.

»Du hast mit Absicht heute früh vorgeschlagen, dass ich mit Lena trainiere und ihr die heißen Quellen zeige, nur um mich aus dem Weg zu haben«, warf Ragnar ihm vor.

Dieser hob entschuldigend seine Schultern. »Es wäre dir ohnehin nur gestattet gewesen zuzuhören. Entscheidungen stehen dir noch nicht zu.«

»Sicher war es besser so.« Aravyn lächelte Ragnar an, aber er presste die Lippen wütend aufeinander, und in seinen Augen funkelte es zornig.

»Wir haben uns für Ilragar und Wenlann entschieden, da beide schon einmal in der anderen Welt waren und den Weg zur Esperhöhle sicher rasch finden werden.«

Also war der Streit zwischen Gheros und Taramin völlig unbegründet, dachte Lena, doch da traf sie Maredds Blick, und daher trat sie nun näher.

»Ilragar und Wenlann werden in deine Welt aufbrechen, Lena, um dort die Rodhakan zu jagen und zur Strecke zu bringen. Diese Wesen des Schattens gehören zwar auch nicht nach Elvancor, aber noch weniger sollten sie in der anderen Welt sein. Wir hoffen, dass du dich bereit erklärst, unseren Freunden aus dem Süden beim Übertritt behilflich zu sein.«

Lenas Hand fuhr zu dem Schmuckstück, das unter ihrem Hemd verborgen war. »Ja, natürlich. Heißt das, ich soll Elvancor verlassen?« Die Vorstellung, Ragnar nicht mehr sehen zu können, stimmte sie traurig, aber Maredd schüttelte beruhigend den Kopf.

»Nein. Wir Tuavinn können nur dann in die andere Welt, wenn sich an den Kraftorten die Linien verbinden. So müssen wir also normalerweise warten, bis es so weit ist. Mithilfe des Amuletts jedoch verschmelzen die Linien augenblicklich und öffnen den Pfad in die andere Welt. Du musst nicht mit ihnen ziehen, sondern nur zugegen sein, damit die Kraft des Amuletts sich entfalten kann. Wenn es allerdings dein Wunsch ist …«

»Nein!«, fuhr Ragnar dazwischen. »Ich möchte, dass Lena bleibt.«

Insgeheim freute sich Lena darüber, dass er sie bei sich haben wollte, wenngleich er es wohl aus anderen Beweggründen tat, als sie es sich ersehnte.

»Natürlich helfe ich euch!«, entgegnete sie schließlich.

»Danke, Lena!« Maredd neigte den Kopf und wandte sich schließlich an Ragnar. »Trag es uns nicht nach, dass wir so schnell wie möglich und ohne dich entschieden haben, aber Eile ist geboten.«

»Dennoch möchte ich beim nächsten Mal einer solchen Versammlung zumindest beiwohnen.« Obwohl seine Stimme einen versöhnlicheren Klang angenommen hatte, wirkte Ragnar noch immer ein wenig verstimmt, und Lena hätte beinahe seine Hand ergriffen. Doch Aravyn kam ihr zuvor und zog ihn mit sich, allerdings drehte sie sich noch einmal zu ihr um.

»Mach dir keine Sorgen um deine Welt, Lena«, rief sie ihr zu. »Bestimmt können Ilragar und Wenlann die Rodhakan sehr bald unschädlich machen.«

Mit einem, wie Lena zugeben musste, freundlichen Lächeln nickte sie ihr zu und ging mit Ragnar davon.

»Da hast du meine Besorgnis wohl missverstanden«, murmelte Lena, und fast wünschte sie sich, Aravyn wäre nicht so nett zu ihr.

Einen Tag später – die Abenddämmerung war bereits hereingebrochen – saß Lena mit den übrig gebliebenen Tuavinn am Feuer und ließ ihren Blick über die Versammelten schweifen. Fremd waren sie ihr, diese hochgewachsenen Krieger, auf deren silbrigen Haaren das Licht der Flammen tanzte. An Morqua und Eryn hatte sie sich inzwischen gewöhnt. Es faszinierte Lena zu beobachten, wie die schwarze Bergkatze Eryn wie ein stiller Begleiter umgab. Manchmal verriet nur ein verirrter Lichtstrahl, der sich in den Augen des Tieres fing, dass Morqua überhaupt zugegen war. Und Eryn war Lena zumindest sympathisch, hatte sie doch ein offenes und einnehmendes Wesen. Auch den schweigsamen Etron und seinen Bussard mochte sie mittlerweile. Targon dagegen strahlte etwas Unangenehmes aus, und Lena mied seine Nähe. Aravyn war ein Fall für sich. Natürlich war Lena eifersüchtig auf sie, dennoch konnte sie seltsamerweise keinen Groll gegen Ragnars Geliebte hegen. Soweit sie das bislang beurteilen konnte, hatte Aravyn für jeden ein offenes Ohr, zeigte sich stets hilfsbereit, und unbeherrscht oder zornig hatte sie die junge Tuavinn noch nie erlebt. Die beiden Streithähne Taramin und Gheros hatten sich vorhin kurz mit ihr unterhalten. Zwar hatten sie sich ihr gegenüber freundlich gezeigt, doch waren Lena auch die kritischen Blicke aufgefallen, mit denen sie Ragnar bedachten – und damit waren sie nicht die Einzigen. Schon am Morgen, als noch Tau die Wiese vor der großen Höhle benetzt und viele Tuavinn sich für die Abreise vorbereitet hatten, waren Lena die teils düsteren, teils unsicheren Blicke nicht entgangen. War vielleicht Targon schuld daran, hatte er sie aufgehetzt? Oder rührte das Misstrauen daher, dass Ragnar in einer anderen Welt aufgewachsen war? Mochten die Tatsache, dass es jemanden wie ihn noch nie zuvor gegeben hatte und dass er auch abseits der Kraftorte Pfade nach Elvancor öffnen konnte, am Ende der Beweggrund für das ablehnende Verhalten sein?

Lena konnte es nicht sagen. In jedem Fall hatte sich die Stimmung geändert. Als Ragnar nur mit Etron, Amelia und Maredd zusammen gewesen war, hatte sie das Gefühl gehabt, er wäre endlich an dem Ort angekommen, an den er gehörte, wo er akzeptiert und geliebt wurde. Doch nun erschien ihr alles deutlich weniger harmonisch. Ragnar war wohl ein Kind zweier Welten.

In diesem Moment trat Maredd, gefolgt von Wenlann und Ilragar, aus der Höhle. Ragnars Großvater reichte den beiden zwei Köcher, die sie schweigend entgegennahmen.

Mit ernsten Gesichtern prüften sie die Pfeile einzeln, und erst nach einer eingehenden Begutachtung nickten sie.

Lena musterte die beiden neugierig. Sie hätten Brüder sein können, mit den kurzen Bärten, die sie trugen und die Oberlippe und Kinn gleichermaßen bedeckten. Die hohen Wangenknochen und die ausgeprägten Kinnpartien wurden dadurch eher hervorgehoben als überspielt. Wenlann war etwas breiter gebaut als Ilragar, die langen, für Tuavinn oft so bezeichnenden silbergrauen Haare trugen sie beide zu Pferdeschwänzen gebunden.

Nun steuerte Maredd in Lenas Richtung.

»Es ist so weit, Lena. Wenn du uns nun den Pfad öffnen würdest?«

»Oh, jetzt schon … natürlich.« Sofort sprang sie auf und spürte eine gewisse Aufregung. Sie war froh um Maredds Hand, die beruhigend auf ihrem Rücken lag.

Die beiden Tuavinn begrüßten sie mit einer Verbeugung, aber ihr entging auch nicht der prüfende Blick aus den dunklen Augen. Was mochten sie wohl von ihr halten? Lena schluckte und folgte Maredd. Schweigend führte dieser sie durch die Haupthöhle und steuerte auf eine Wand zu, die noch nicht von Amelias Bildern verziert worden war. Durch einen schmalen Spalt gelangten sie in einen Felsgang. Auch hier glommen fahle Kristalle, ihre Schritte hallten von den Wänden wider.

»Wie … also wie wollt ihr eigentlich zur Esperhöhle kommen? Kennt ihr euch überhaupt aus?«, erkundigte sich Lena vorsichtig. Die Frage war eher ihrer Aufregung geschuldet als wirklicher Besorgnis, denn immerhin sprach sie mit Tuavinn.

Ilragar blieb plötzlich stehen, seine Adleraugen wandten sich ihr zu. »Wir sind Tuavinn. Wir werden dorthin gelangen, wohin wir es wünschen.« Dann beugte er sich zu ihr hinab, und Lena kam sich vor wie ein Kind, zu dem ein Erwachsener sprach. »Wir mögen aussehen wie Menschen«, flüsterte er. »Doch wenn wir die Grenze übertreten und auf die Jagd gehen, werden wir zu etwas anderem.«

Mit einem Mal fröstelte es sie.

»Auch wir können zu Schatten werden, um die Schattenwesen zu jagen. Haben wir ihre Fährte erst einmal aufgenommen, werden wir zu«, er neigte seinen Kopf noch näher heran, »Jägern des Todes.«

Unwillkürlich trat Lena einen Schritt zurück.

»Du machst ihr Angst«, rügte Maredd Ilragar.

»Sie weiß, wer wir sind, und sie soll auch wissen, zu was wir werden können«, unterstützte Wenlann seinen Bruder.

Maredd nickte Lena aufmunternd zu, und sie gingen weiter.

Die Schwerter und Dolche an den Gürteln der beiden Tuavinn und auch die Langbögen wirkten auf sie fast schon überflüssig. Es würde sie nicht wundern, wenn diese beiden die Rodhakan mit bloßen Händen vernichten könnten.

»Seid auf der Hut, wenn ihr hinübertretet«, warnte Maredd dennoch seine Freunde. »Ihr wisst, in diesem Moment seid ihr am verwundbarsten.«

»Sind die Kraftlinien in der Tat so schwach in der anderen Welt?«, fragte Wenlann.

»Schwächer als hier – nur noch wenige besitzen das alte Wissen.«

Bevor Lena nachhaken konnte, hielten sie inne. Eigentlich hatte sie etwas Spektakuläres erwartet. Eine prächtige Höhle, einen Wasserfall oder vielleicht auch besondere Kristalle. Stattdessen befanden sie sich nun in einer Grotte, die kaum mehr als zehn Menschen fassen würde.

Die Tuavinn starrten allesamt auf den Boden, kurz darauf nickten sie nacheinander. Lena hingegen wusste gar nicht, was es da zu nicken gab. Damals, an der Esperhöhle, hatte sie die magischen Linien gesehen; auch ihr Amulett wurde nicht warm so wie beim ersten Mal, als sie über die Schwelle getreten war.

Sie knieten sich auf den Boden, und Maredd bedeutete ihr mit einem Blick, es ihnen gleichzutun.

»Geister der Steine, wir erbeten den Einlass in die Tiefen der Berge von Avarinn zu den Orten der Macht.«

Lena schrie leise auf, als der Boden unter ihr unvermittelt zu beben begann, nein, er bebte nicht, sondern verwandelte sich in einen Strudel, so als würde das Gestein sich verflüssigen. Dann ging alles ganz schnell. Lena wurde nach unten gezogen, die Welt um sie herum färbte sich grau, und plötzlich fanden sie sich in einer weiteren Höhle wieder – Lena mit zitternden Beinen und rasendem Puls. Dieser Raum erstreckte sich weit in sämtliche Richtungen. Von den Decken hingen so viele nadelspitze Tropfsteine, dass Lena glaubte, im Maul eines Drachen eingeschlossen zu sein. Überall ragten Stalagmiten empor und erinnerten an einen Steinkreis. Etwas Warmes drückte plötzlich auf ihre Brust, und nun erkannte sie es wieder – das magische Pulsieren des Amuletts. Die Silber- und Bronzestränge wirbelten umher, und auch auf dem Boden entdeckte sie zahlreiche filigrane Linien.

Fasziniert sah Lena zu Maredd, und dieser lächelte beruhigend. Ilragar und Wenlann verbeugten sich vor Lena.

»Wir bedanken uns für deine Hilfe und werden deine Welt von

den Rodhakan befreien.« Wenlanns Worte klangen wie ein Versprechen, und wenn es tatsächlich so etwas wie Jagdfieber gab, so hatte Lena es soeben in den Augen der beiden aufblitzen sehen.

Das Licht wirbelte um die zwei Männer herum, schloss sie ein, und für einen winzigen Moment glaubte Lena, schemenhaft etwas hinter dem Leuchten ausmachen zu können. Vielleicht war es ebenfalls eine Höhle oder auch nur ein großer Felsen. Aber da waren die beiden Tuavinn schon verschwunden. Die Linien blieben, ebenso der helle Schimmer in dem Stalagmitensteinkreis. Ein weiteres Erlebnis, das sie mit Staunen erfüllte.

»Komm«, verlangte Maredd. Seine Stimme hallte unnatürlich laut durch die Stille, die zurückgeblieben war. »Du solltest dich entfernen, damit die Schwelle wieder verschlossen wird.«

Sogleich sprang Lena aus dem magischen Kreis.

Maredd blieb in der Mitte stehen, hob eine Hand und wirkte höchst konzentriert. »Ich möchte nur sichergehen, dass kein Rodhakan hier hindurchschlüpft.«

Lena wich weiter zurück und verharrte an der Höhlenwand. Sie hielt den Atem an.

Wie gebannt starrte sie auf die verschlungenen Linien, und eine Gänsehaut kroch ihr über die Arme, als sie daran dachte, dass Rodhakan unbemerkt über die Schwelle treten könnten. »Kannst du es fühlen, wenn einer hier auftaucht?«, fragte sie und merkte selbst, wie dünn ihre Stimme klang.

Maredd antwortet nicht, er wartete ab.

Endlich verblassten die Linien im Fels, und Lena stieß erleichtert die Luft aus.

»Wollen Rodhakan die Schwelle überqueren, nehmen sie für kurze Zeit die Gestalt von Rauch oder feinem Nebel an. Doch nichts dergleichen ist geschehen, sonst hätte ich es gespürt.«

»Sehr gut.« Trotz seiner Erklärung war Lena nervös und ausgesprochen froh, als Maredds angespannte Schultern sich senkten.

Er nahm seine Hand vom Schwertknauf und trat aus dem Stalagmitenkreis. »Ich bin glücklich, dass die Kraftlinien sich stets so rasch lösen und sich der Übergang schließt, wenn man das Amulett benutzt. An Tagen, an denen sich die Linien von selbst verbinden, bleiben sie manchmal bis zum folgenden Tag oder länger bestehen, und wir Tuavinn müssen sehr achtsam sein.«

»Das alles ist mir so fremd«, flüsterte Lena.

Väterlich streichelte Maredd ihr über die Haare. »Auch wir haben das Geheimnis der Kraftlinien noch immer nicht völlig entschlüsselt. Alles, was uns bleibt, sind Vermutungen. Wir wissen nur, dass in alten Tagen, als deine Vorfahren, die ihr Kelten nennt, nach Elvancor kamen, die Schwelle noch sehr häufig passierbar war. Heute ist das anders – aus welchen Gründen auch immer.« Nachdenklich legte er einen Finger an den Mund. »Sag, Lena, möchtest du vielleicht einen weiteren heiligen Ort der Tuavinn kennenlernen?«

»Noch so einen Kraftpunkt?«

Maredd schüttelte den Kopf. »Ich spreche von jener Stelle, an der die Waffen der Tuavinn entstehen.«

»Ja, sehr gerne.«

Er sah sie sehr eindringlich an. »Du musst jedoch geloben, niemals diesen Ort zu verraten. Normalerweise führen wir keine Menschen dorthin, es sei denn, es handelt sich um den Anam Cara eines der Unsrigen.«

»Und weshalb darf ich dann mitkommen?«

»Weil du viel für Ragnar getan hast, weil Amelia dich sehr mag und …« Ein Lächeln machte sein Gesicht weich und sympathisch. »Weil ich ihr einfach nichts abschlagen kann. Sie hat gesagt, du würdest die Pyralon-Felder und den Geburtsort unserer Leuchtkristalle sicher gerne sehen.«

Geehrt von Maredds Vertrauen nickte sie und folgte dem Tuavinn durch ein regelrechtes Labyrinth unterirdischer Gänge.

Irgendwann bemerkte Lena, dass es immer wärmer wurde und Schweiß über ihren Körper zu rinnen begann. Da blieb Maredd stehen. Seine Hand tastete über das Gestein, die Felswand glitt zur Seite und gab den Blick auf eine gigantische Höhle frei. Hier war es so hell, dass sie zunächst nichts erkannte und mehrfach blinzeln musste.

»Die Kristallhöhlen heißen dich willkommen, Lena.«

Überall glitzerte es in sanftem Weiß bis hin zu Rotgold. Vor ihnen erstreckte sich ein klarer See, umrahmt von hellblauen Kristallfelsen. Aus dem Wasser ragten turmhohe Kristallsäulen, von der Decke hingen wie Kegel geformte Gebilde aus gräulich schimmerndem Gestein herab. Vielleicht waren es sogar Edelsteine oder Diamanten. Lena trat vor, zögernd, langsam und kam aus dem Staunen nicht mehr heraus. Ein zischendes Geräusch ließ sie zusammenfahren. Erschrocken schrie sie auf, als aus den Mäulern zweier Drachen rechts und links von ihnen eine Feuersbrunst schoss, sich in der Mitte vereinte und den Weg versperrte. Die grünen Augen der Drachen glühten und flackerten im Feuerschein. Entsetzt torkelte sie zurück und befürchtete schon, im nächsten Moment gefressen zu werden.

»Verzeih, Lena, das ist nur eine Vorsichtsmaßnahme, damit niemand ungebeten diesen Ort betritt«, erklärte Maredd. »Ich kann das Feuer für kurze Zeit zurückhalten, aber sobald wir über diese Gesteinsplatte getreten sind, wird der Mechanismus wieder ausgelöst.«

Für einen Moment hatte Lena geglaubt, dort würden echte Drachen liegen. Riesig waren sie, mit langen, gezackten Schwänzen, schuppigen Leibern und gewaltigen Köpfen. Bei genauerem Hinsehen stellten sich die Augen als Smaragde heraus. Meisterhaft waren diese Drachen aus dem Stein gehauen, stumme Wächter dieser unterirdischen Welt. »Woher kommt das Feuer?«, fragte sie verwundert, nachdem sie ihren Schrecken überwunden hatte.

Maredd deutete nach links. »Ein Feuerfluss durchquert die Berge von Avarinn, und ein Teil dieses Blutes der Erde entzündet eine besondere Art von lange brennendem Moos, das in die Drachen eingearbeitet ist. Wir Tuavinn erneuern es in regelmäßigen Abständen.«

»Das Blut der Erde«, murmelte Lena und fügte in Gedanken hinzu: *ein schöner und passender Begriff.*

»Im Feuerfluss werden unsere Waffen geschmiedet.« Er deutete zur Decke. »Das ist Pyralon, aus dem wir Pfeilspitzen und Klingen herstellen.«

»Ragnar hat davon erzählt.« Ehrfürchtig ging Lena zu einer armlangen Spitze, die abgebrochen auf der Erde lag. »Er hat gesagt, ihr nehmt sie nur, wenn der Berg sie freiwillig hergibt.«

»Sehr richtig.« Maredd hob die Spitze hoch, verbeugte sich anschließend und erhob dann voller Ehrfurcht die Stimme. »Dank gebührt euch, Geister des Berges, für dieses Geschenk.«

»Sind denn Berggeister hier?«, erkundigte sich Lena und sah sich voller Unbehagen um.

»Ganz Elvancor ist von Naturgeistern beseelt. Solange du ihnen und ihrem Land kein Leid antust, musst du sie nicht fürchten.«

»Hatte ich nicht vor.« Fasziniert näherte sie sich dem unterirdischen See, erblickte im Wasser rote Steine und hatte beinahe das Gefühl, sie würden pulsieren.

»Diese Steine entstammen dem Inneren Elvancors. Wir benutzen sie als Wärmequelle.«

»So wie in der Höhle mit dem Wasserfall«, staunte Lena.

»Wir haben versucht, den Menschen in den Städten zu erklären, dass alles in Elvancor in ausreichender Menge vorhanden ist. Sie müssen weder Bäume fällen, um ihre Behausungen zu beheizen, noch Steine aus den Bergen brechen, damit sie sich hinter gewaltigen Verteidigungsanlagen verschanzen.«

»Aber sie haben nicht auf euch gehört«, spekulierte Lena. Sie ließ sich am Rande des Sees nieder und spielte mit einer Hand im warmen Wasser herum, bevor sie sich wieder zu Maredd umdrehte. »Würden denn Elvancors Vorräte für all die Menschen reichen, die momentan hier leben?«

»Nein.« Maredds Miene verfinsterte sich. »Viele weigern sich, so wie ihre uralten Fürsten, weiter in die Ewigkeit zu gehen.«

»Können sie denn selbst bestimmen, wann sie sterben?«, wollte Lena wissen.

»Bis zu einem gewissen Zeitpunkt durchaus. Es sei denn, sie erleiden einen Unfall, werden von Rodhakan getötet oder einem wilden Tier. Normalerweise spüren sowohl Mensch als auch Tuavinn in ihrem Inneren, wann die Zeit gekommen ist weiterzugehen.« Er deutete auf seine Haare. »Wir Tuavinn altern nur sehr langsam, aber letztendlich ist es auch uns anzusehen, wenn sich der Tag nähert, an dem wir in die Nebel hinaufsteigen müssen. Ich bin diesem Tag bereits näher, als es bei Aravyn oder Eryn der Fall ist. Dennoch wird keiner von uns so lange verweilen, bis er welke Haut oder verblichenes Haar hat.« Er seufzte tief. »Auch jene Menschen, die einst nach ihrem körperlichen Tod in deiner Welt hierherkamen, warteten niemals so lange. Erst nachdem sich die heutigen Fürsten der großen Städte weigerten, gibt es viele Gebrechliche und Kranke, die sich nicht entschließen können zu gehen – so wirr und verloren sind sie im Geiste.«

»Aber sie haben doch ewig gelebt«, wunderte sich Lena.

»Dennoch wollen die uralten Fürsten nicht in die Ewigkeit gehen, und die Menschen, die hier geboren wurden, sind ihnen hörig.«

»Also wollt ihr, dass all die Alten, deren Zeit bereits abgelaufen ist, hinauf in die Nebel der Ewigkeit steigen.«

»So ist es«, stimmte Maredd zu.

»Weil dann der Zyklus, wie ihr es nennt, die Veränderung wieder in Gang gesetzt wird und alles seiner ursprünglichen Bestimmung von …«, Lena rieb sich die Schläfe und nickte, als es ihr wieder einfiel, »… von Werden und Vergehen folgt. So hat Ragnar es Kian und mir erklärt.«

»Das hast du dir gut gemerkt, Lena«, lobte Maredd sie.

Noch immer war Lena diese Denkweise fremd. Sie hatte Ceadd kennengelernt, und selbst wenn das eine beeindruckende Stadt mit Zehntausenden Menschen gewesen war, so war das doch nichts im Vergleich zu den Großstädten ihrer Welt. Für ihre Begriffe gab es in Elvancor auch ausreichend Platz für alle, aber die Tuavinn sahen das offenbar anders.

»Wollen wir gehen?« Maredd deutete in Richtung des Ausgangs, wo die beiden Drachen unermüdlich ihren Feueratem versprühten.

»Ja. Und vielen Dank, dass ich das sehen durfte.« Lächelnd ließ sie ihren Blick noch einmal durch die Höhle schweifen.

»Es war mir eine Ehre.« Sie hielten auf den Ausgang zu, aber dann blieb Lena abrupt stehen und fasste Maredd am Arm.

»Sag, wenn sich die Menschen irgendwann dazu entschließen würden, in die Ewigkeit zu gehen, und ihr nur menschliche Anam Cara aus meiner Welt holt, würden dann nicht die Menschen hier aussterben?«

Maredd sah sie eine ganze Weile stumm an, dann zuckte er kaum merklich mit den Schultern. »Die Menschen in den Städten und auch die vom Bergvolk gebären Kinder, mehr als die Tuavinn. Aber manchen von uns …« Er unterbrach sich selbst, legte eine Hand auf den Fels, woraufhin das Drachenfeuer versiegte, und bedeutete Lena voranzugehen. »Komm, Amelia wird uns erwarten.«

Lena fragte sich, was er noch hatte sagen wollen, bohrte aber nicht weiter nach. Kaum waren sie zurück, stürzten Ragnar und Amelia mit Fragen auf sie ein, sodass sie nicht weiter zum Nachdenken kam.

Kapitel 14

Eine Frage der Zukunft

Knisternd verschlangen die Flammen ein neues Scheit, das gerade von einem Diener auf die Feuerstelle gelegt worden war. Belustigt bemerkte Kian, wie sich wieder ein dicker Wassertropfen vom Dach löste und in den Haaren von Fürstin Elgetia von Erborg verschwand. Deren schlohweißes Haar war zu einer gewaltigen Schnecke aufgetürmt, mit roten Steinen und goldenen Ketten durchwirkt. Doch weder der Schmuck noch das prächtige Kleid aus edlen, mit Goldfäden verzierten Stoffen konnte von ihrer ausgemergelten Erscheinung ablenken. Ihr Gesicht hatte Ähnlichkeit mit dem Pergament, das in Talad gelegentlich benutzt wurde, um Botschaften zu übermitteln. Hier, in Erborg, war das verpönt. Die Verwendung von Schriftzeichen galt als schweres Vergehen, und jeder in der Stadt musste die Geschichten seines Volkes erlernen, bis er das Mannesalter erreicht hatte. Auch in Crosgan hielt man dies so. In Talad und Ceadd dagegen war man seit einigen Generationen dazu übergegangen, manches auf Schriftrollen festzuhalten, und besonders wichtige Werke waren sogar zu Büchern gebunden worden, jedoch wohlbehütet von den Ältesten und Weisesten der Stadt.

Schon wieder drohten Kian die Augen zuzufallen, nur der Ellbogen seines Onkels, der sich schmerzhaft in seine Rippen bohrte, bewahrte ihn vor der Schmach, an der Tafel des Fürsten einzuschlafen.

Allerdings hatte dessen greise, monotone Stimme einen äußerst einschläfernden Effekt, und Kian hatte keine Lust mehr, den immer gleichen Argumenten für oder wider ein Treffen mit den Tuavinn zu lauschen – denn darum ging es nun schon seit geschlagenen fünf Tagen. Und seit fünf Tagen saß er von Sonnenaufgang bis Sonnenuntergang in diesem verräucherten Raum. Er verstand einfach nicht, weshalb sich Fürst Orteagon nicht einmal dazu entschließen konnte, Kamine in seine Häuser einbauen zu lassen. Nein, es mussten die traditionellen Feuerstellen in der Mitte des Raumes sein. Der Rauch stieg dann einfach nach oben und sammelte sich, bevor er durch das mit Schilf gedeckte Dach äußerst langsam abzog.

»Sie werden uns gefangen nehmen und ermorden«, erwähnte Fürst Orteagon – bereits zum vierten Male, und das nur am heutigen Tage.

»Ich hingegen bin mir sicher«, mischte sich Martegos ein, »dass sich die Ältesten aus Crosgan nicht die Gelegenheit entgehen lassen, eine junge Frau von jenseits der Schwelle zu treffen.« Über der Oberlippe des hochgewachsenen Kriegers thronte ein gewaltiger blonder Schnurrbart. Dieser war an den Enden mit Holzperlen geschmückt und hing ihm bis auf die Brust. Martegos war ein angesehener Krieger, der schon zahlreiche Schlachten geschlagen hatte.

»Sie wollen unsere Traditionen aufbrechen, uns in die Ewigkeit schicken!«, donnerte Orteagon. Ähnlich wie bei seiner Frau war auch seine Haut verschrumpelt, dennoch erfreute er sich eines kräftigen Körpers, sein Haupthaar war ebenso voll wie sein Schnurrbart.

Es würde sicher nicht schaden, mit manch einer Tradition zu brechen, dachte Kian, denn hier in Erborg gab es deutlich weniger Abtritte und Kanäle als in seiner Heimatstadt, und der Gestank war gerade bei regnerischem Wetter bestialisch. Immerhin drängten sich an die fünfzigtausend Menschen auf dem Hochplateau. Auch die Stroh- und Schilfdächer mochten traditionell sein, ließen jedoch, wenn sie nicht regelmäßig ausgebessert wurden, recht viel Wasser durch. Kian musste lachen, als er sah, wie Fürstin Elgetia von ihrem Wein nippte, dann zornig die Stirn runzelte und nach oben blickte. Anschließend befühlte sie ihre Frisur, sah erneut in die Höhe und bekam prompt einen Tropfen ins Auge. Als Kian der Blick seines Onkels traf, ließ er das Lachen in ein Hüsteln übergehen und blickte rasch zu Boden. Kian wünschte sich fort, in den Wald, auf die Ebenen östlich von Talad oder auch in die Berge von Avarinn, Rodhakan hin oder her. Diese endlosen Beratungen machten ihn wahnsinnig. Nun erhoben sich die beiden Fürsten und weitere deutlich betagte Männer und Frauen, die, wie er inzwischen wusste, die Entscheidungsträger von Erborg waren.

»Wir ziehen uns für eine Beratung des innersten Kreises zurück«, verkündete Fürst Orteagon würdevoll, verbeugte sich vor den Versammelten und schritt mit seiner Gefolgschaft auf die bogenförmige Tür seines Haupthauses zu.

Ein unterdrücktes Seufzen ging durch die Menge. Wie Kian wollten die meisten einfach nur eine Entscheidung. Er lehnte ein Tablett mit geräuchertem Fisch ab, das ihm eine der Mägde anbot, denn er hatte ohnehin schon genügend gegessen, und auch Wein wollte er nicht mehr trinken. Gelangweilt legte er die Füße auf den inzwischen leeren Stuhl neben ihm, denn Onkel Ureat war aufgestanden.

»Du bist doch Kian aus Talad, nicht wahr?« Eine junge Kriegerin mit rotem Haar stellte sich vor ihn und lächelte verführerisch. Diese Art von Ablenkung kam ihm gerade recht.

»Ja, der bin ich.« Er richtete sich auf, strich sein Hemd glatt und machte den Stuhl frei.

Anmutig ließ sich die Rothaarige neben ihm nieder, schlug kokett die Beine übereinander und entblößte dabei ein schlankes, nacktes Bein, denn ihr Rock war unerhört weit geschlitzt.

»Mein Name ist Elene.« Sie beugte sich näher zu ihm und legte den Kopf schief. »Dein Bruder ist Mitglied der Wache von Ceadd, habe ich gehört.«

Kian zog seine Augenbrauen zusammen. »Ruven. Er ist jünger als ich und wird der Wache bald beitreten«, gab er widerwillig zu.

Elenes Finger fuhr zart über seinen bloßen Unterarm, sodass er eine Gänsehaut bekam.

»Könntest du mich ihm vorstellen, wenn ich einmal nach Ceadd komme?«

Mit einem Satz sprang Kian auf. Das konnte ja nicht wahr sein! Dieses Mädchen wollte ihn lediglich dafür benutzen, um an seinen Bruder heranzukommen. »Ich halte mich selten in Ceadd auf«, antwortete er unwirsch. »Und bitte entschuldige mich jetzt. Ich benötige frische Luft – dringend!«

Damit verließ er den Raum. Innerlich kochte er. Es war immer das Gleiche. Der Ruf seines Bruders eilte ihm voraus. Ruven, der brillante Krieger, der gut aussehende Neffe eines Ältesten von Talad. Voller Wut stieß er die hölzerne Tür auf, trat hinaus in den Regen und atmete tief durch. Von sämtlichen Strohdächern tropfte das Wasser, ein Pferdefuhrwerk wurde durch den Schlamm getrieben, und als er ziellos um die Ecke schlenderte, schmatzte es laut unter seinen Füßen.

»… also gut, dann ist es entschieden!«, vernahm Kian die Stimme des alten Fürsten, und er blieb ruckartig stehen. Als er vorsichtig um die Ecke spähte, erkannte er die zehn Männer und Frauen des innersten Kreises, die sich in einem Unterstand drängten. Hier hatten sie also ihr geheimes Gespräch geführt, und Kian fragte sich, was wohl der Inhalt der Unterredung gewesen sein mochte.

»Und da ist noch etwas«, hörte er den Fürsten von Erborg schnarren. Was dieser dann von sich gab, ließ Kian zusammenzucken und behagte ihm überhaupt nicht.

Schon seit Tagen trainierte Lena regelmäßig mit Ragnar, und auch wenn sie sich in der Tuavinn-Siedlung wohlfühlte und die Gespräche mit Amelia genoss, ging ihr doch heute alles auf die Nerven. Der Regen tropfte beständig durch die Bäume, ihre Hose war durchnässt, und wenn sie Aravyn beobachtete, wurde sie grün vor Neid. Noch einmal zeigte diese ihr geduldig eine Angriffstechnik. Geschmeidig wie eine Katze wirbelte sie um Ragnar herum und schaffte es, ihn am Arm zu treffen.

»Wunderbar, Aravyn«, lobte er sie, während Lena mit den Zähnen knirschte.

Nun sollte sie wieder gegen die Tuavinn-Kriegerin kämpfen. Allein schon das Lächeln hätte sie dieser unverschämt hübschen Frau zu gerne aus dem Gesicht geprügelt, aber es gelang ihr nicht einmal, in Aravyns Nähe zu gelangen. Jedes Mal, wenn Lena angriff, schien sich die Kriegerin in Luft aufzulösen, fuhr blitzschnell herum – und Lena lief ins Leere.

»Verflucht noch mal«, knurrte sie, drehte sich um und schlug mit ihrem Stock erneut nach Aravyn. Diese drehte sich nur nach links, Lena stolperte über eine Wurzel und fiel der Länge nach in den Matsch.

»So ging es uns allen zu Anfang«, versicherte Aravyn, wollte ihr aufhelfen, aber Lena fegte ihre Hand zur Seite.

»Für heute reicht es mir!«

»Du musst dich in Geduld üben, Lena, sicher wirst du bald die ersten Erfolge erzielen«, versuchte Ragnar sie aufzumuntern.

Diesmal war sie es, die ihn stehen ließ. Erfüllt von maßloser Wut stapfte sie zurück zu der Siedlung, holte sich frische Kleider aus Amelias Hütte und eilte dann zur Haupthöhle. Sie wollte eine ausgiebige Dusche nehmen.

»Oh, Lena, was ist denn mit dir geschehen?« Wie meist befand sich Amelia in der Höhle und malte.

»Ich habe mich wie der letzte Idiot angestellt«, schimpfte sie. »Ich kann es einfach nicht so gut wie … sie!« Lena spürte, wie

Tränen in ihre Augen stiegen, und sosehr sie sich auch bemühte, sie ließen sich nicht zurückhalten.

Tröstend streichelte Amelia ihr über die Wange.

»Aravyn ist eine Tuavinn. Sie hat von Geburt aus schon sehr viel schnellere Reflexe, außerdem hat sie dir so manches Training voraus.«

»Ich glaube, ich sollte doch besser über die Schwelle gehen«, grollte Lena. »Mit Aravyn werde ich mich niemals messen können.«

»Ach Lena«, auch wenn sie vor Dreck starrte, drückte Amelia sie an sich, »nun vergleich dich doch nicht immer mit Aravyn. Das tut dir doch nur weh.«

»Sie ist aber nun einmal besser als ich – in allem!«

»Meinst du?« Fragend hob Amelia ihre Augenbrauen.

»Natürlich!«, regte sich Lena auf. »Ihr Körper ist perfekt, sie ist eine begnadete Schwertkämpferin und …«, sie fuchtelte wild in der Luft herum, »… allein schon ihr Name – Aravyn –, dagegen klingt Lena doch wie ein Bauerntrampel.«

»Du bist unmöglich«, lachte Amelia, dann schob sie Lena energisch an den Schultern vorwärts durch die halbe Höhle und in eine kleine Grotte hinein, die Lena zuvor noch gar nicht entdeckt hatte. In hölzernen Waffenständern hingen Schwerter und Lanzen, Bogen lehnten an der Wand, und in zahlreichen Köchern befanden sich Pfeile. Hier lagerten die Tuavinn also ihre Waffen. Teils in in die Wand gehauenen Vertiefungen, teils in hohen Regalen stapelten sich zudem Kleidungsstücke, Decken und Felle.

Amelia trat zu einem der Waffenständer und besah sich die hölzernen Bogen, dann reichte sie Lena einen geschwungenen, dunkelbraunen Bogen, knappe zehn Zentimeter kürzer, als Lena groß war.

»Das ist ein Reiterbogen, du kannst ihn aber natürlich auch vom Boden aus benutzen. Ich glaube, ich habe dir schon einmal erzählt, dass ich mit dem Schwert ebenfalls wenig anzufangen wusste. Vielleicht magst du dich im Bogenschießen üben. Eryn ist eine gute Bogenschützin – Ragnar hat dazu zwar auch Talent, aber ich denke, mit Eryn fällt es dir leichter, dich zu konzentrieren«, spekulierte Amelia augenzwinkernd.

»Das ist ein schöner Bogen«. Bewundernd strich Lena über das glatte Holz.

»Wenn du gut damit zurechtkommst, wird dir Etron sicher einen eigenen schnitzen. Er ist ein Meister darin, jedem Krieger eine passende Waffe anzufertigen.« Abwägend betrachtete Amelia noch einmal den Bogen. »Aber mit diesem hier kannst du schon mal beginnen.«

»Danke, ich denke, ich werde es versuchen«, freute sich Lena.

Sie stellte den Bogen zurück an die Wand und ging in die Höhle mit dem Wasserfall. Als sie frisch gesäubert hinaustrat, hatten sich einige Tuavinn zum Essen versammelt. Ragnar saß neben Aravyn, einen Arm um ihre Hüfte gelegt, und drückte ihr gerade einen Kuss auf die Wange. Wieder durchfuhr sie schmerzhafte Eifersucht, aber Lena versuchte, sich zusammenzureißen. Mit zickigem Getue würde sie ihn garantiert nicht für sich gewinnen.

»Na, hast du dich abgeregt?«, fragte er augenzwinkernd.

»Ja, und bei mir geht das schneller als bei dir«, entgegnete sie frech. »Ich sage nur – Windgeister!« Vielsagend hob sie die Augenbrauen, woraufhin sich Ragnars Gesicht verdüsterte. Vor zwei Tagen hatte er mit seinem Großvater versucht, auf einer der Klippen Windgeister zu rufen, und war den ganzen Abend schlecht gelaunt gewesen, weil all seine Bemühungen fehlgeschlagen waren.

»Eines Tages wird es dir auch gelingen«, tröstete Aravyn Ragnar.

»Aber nicht, wenn er weiterhin so ein Gesicht macht«, zog Lena ihn auf. »Dann rennt doch jeder Windgeist davon!«

Eryn musste lachen, stand auf und schnappte sich einen leeren Korb. »Ich hole neues Brot.«

Ragnar dagegen verschränkte nur die Arme vor der Brust. »Du weißt gar nicht, wie schwierig das mit den Geistern ist, also kannst du nicht mitreden.«

»Oh, der Herr will mir den Mund verbieten!«

»Nein, es ist nur …«

Jetzt brach Lena in Gelächter aus, und als Ragnar sie schief ansah, deutete sie auf ihn. »Früher hast du dich immer beschwert, dass ich mich zu leicht ärgern lasse, und jetzt schmollst du.«

»Freche Kröte«, knurrte er, allerdings war ein leichtes Schmunzeln um seinen Mund erkennbar, und er warf einen seiner nassen Handschuhe nach ihr.

»Lena, ich habe gehört, du möchtest dich dem Bogenschießen widmen.« Eryn war zurück, stellte den Brotkorb auf den Steintisch und setzte sich wieder. »Amelia hat es mir soeben erzählt. Eine gute Entscheidung, wie ich finde.«

»Sie ist doch nur zu faul, ein Schwert zu führen«, lästerte Ragnar mit vollem Mund und schob sich grinsend ein Stück frisches Fladenbrot hinein.

»Blödmann!« Lena streckte ihm die Zunge heraus. »Ja, ich würde es gerne versuchen.« Absichtlich wandte sie sich von Ragnar ab und Eryn zu.

»Dann lass uns beginnen, sobald der Regen nachlässt.«

Draußen vor der Höhle stürzten nun wahre Wassermassen herab, das Plätschern drang bis ins Innere.

»Der Regen wird anhalten.« Wortkarg wie immer saß Etron am Tisch und schnitzte an einem Pfeil. Graha hatte es sich auf einem Felsvorsprung bequem gemacht und seinen Kopf im Gefieder versteckt.

»Wir haben auch in einer der tieferen Höhlen die Möglichkeit, mit dem Bogen zu schießen«, erwähnte Eryn.

»Lena kann ihn ohnehin nicht weit genug aufziehen«, stichelte Ragnar.

»Lästermaul. Zeig du erst einmal, was du draufhast.«

Mit weit aufgerissenen Augen sah Aravyn von Ragnar zu Lena und konnte mit ihren Frotzeleien offensichtlich wenig anfangen.

Möglicherweise hat Amelia sogar recht. Aravyn ist so sanft und nachgiebig, vielleicht braucht Ragnar auf Dauer wirklich etwas anderes.

Neuen Mutes machte sie sich nach dem Essen gemeinsam mit Eryn auf den Weg. Einen langen und recht schmalen Gang stiegen sie hinab in die Tiefen des Berges. Ihr Weg wurde teils von Fackeln, teils von schwach glimmenden Kristallen erhellt. Der Boden war offensichtlich schon lange in Gebrauch, von vielen Füßen ausgetreten, die Steine glatt geschliffen. Immer wieder zweigten Gänge ab, und Lena war erstaunt, wie weitläufig dieses Höhlensystem war. Hin und wieder konnte sie das Rauschen von Wasser hören, dann aber vernahm sie Stimmen, die sich näherten. Sie sah fragend zu Eryn, aber diese lächelte beruhigend.

Kurz darauf kamen Taramin und Gheros den Weg herauf.

»Nein, ich habe zweimal mehr getroffen als du.«

»Der Pfeil ging an meinem vorbei«, widersprach Taramin leidenschaftlich.

»Nur weil du mich abgelenkt hast.«

»In einem realen Kampf wird man ebenfalls abgelenkt.«

Die beiden waren derart in ihr Streitgespräch vertieft, dass sie beinahe über Morqua gestolpert wären. Die große Bergkatze trottete Lena und Eryn voran und fauchte die Streithähne nun an. Taramin stutzte kurz, dann erhellte ein Lächeln ihr schmales Gesicht. »Morqua!« Sie streichelte der Bergkatze über den Kopf. »Möchtet ihr euch ebenfalls im Bogenschießen üben?«

»Ja, Lena will es versuchen.«

»Möge dein Pfeil stets sein Ziel finden.« Die Frau mit den auffälligen Silbersträhnen im Haar verneigte sich, bevor sie weiterging, und auch Gheros nickte ihr zu. Nur wenige Augenblicke später diskutierten die beiden schon wieder lautstark.

»Ich bin der Meinung, Pfeile aus Eichenholz sind die besten.«

»Nein, das Holz der Buche ist geschmeidiger.«

»Die beiden sind schon ein lustiges Gespann«, bemerkte Lena, nachdem auch Eryn amüsiert den Mund verzog.

»In der Tat, aber sie lieben sich – auf ihre Art.«

Nach einem kurzen Marsch erreichten sie einen lang gezogenen Hohlraum. Eine gewaltige Höhlendecke spannte sich über Lena hinweg, an den Wänden glimmende Kristalle verströmten ein sehr viel helleres Licht als in der Haupthöhle. Holzscheiben standen in unterschiedlichen Distanzen in einer Reihe, und Eryn steuerte auf jene zu, die lediglich zwanzig Schritte entfernt war. Sie prüfte den Stand und kam dann zurück. Geduldig zeigte sie Lena, wie sie den Bogen spannen musste, was sich als äußerst kniffelig herausstellte, denn die Sehne wollte sich einfach nicht in die Kerbe führen lassen. Doch nach einigem Üben gelang es Lena.

»Sehr gut. Benutzt du lieber die linke oder die rechte Hand?«

»Ich bin Rechtshänder.«

»Gut. Dann nimm den Bogen in die linke Hand, leg den Pfeil auf und versuch, die Sehne langsam zu spannen, bis du etwa dein Ohr erreichst.«

Lena tat, wie ihr geheißen. Es war nicht ganz einfach, den Pfeil stillzuhalten, aber Eryn nickte anerkennend.

»Nun schließ kurz die Augen. Versenke dich in deinem Inneren, werde eins mit deinem Bogen. Dann visiere das Ziel an, und wenn du einen Moment der Stille spürst, kannst du loslassen.«

Zunächst fiel es Lena schwer, Eryns Anweisungen zu folgen. Ihr Arm zitterte bereits nach kurzer Zeit, sie fluchte, als ihr der Pfeil wiederholt abrutschte. Aber Eryn munterte sie auf, es wieder und wieder zu probieren. Die ersten Pfeile gingen an der Zielscheibe vorbei, bald schmerzten Lenas Arme, ihr Nacken verspannte sich, aber schließlich war es so weit – ihr Pfeil traf! Ziemlich nahe am Rand der morschen Holzscheibe, aber sie hatte getroffen!

»Hervorragend. Für heute beenden wir den Unterricht.«

»Ausgerechnet jetzt, da ich getroffen habe?«, protestierte Lena. Zu gern hätte sie noch einige Pfeile abgeschossen, aber Eryn schüttelte den Kopf.

»Es ist stets besser, mit einem Erfolgserlebnis zu schließen. Das gibt dir ein gutes Gefühl, sodass du dich auf deine nächsten Übungen freuen wirst.«

»Also gut«, stimmte Lena zu, und sie machte sich gemeinsam mit Eryn und Morqua auf den Weg zurück in die Haupthöhle.

Sie freute sich darauf, Ragnar von ihrem Training zu erzählen, doch sie konnte ihn nirgends entdecken, stattdessen bekam sie eine Diskussion zwischen Taramin und Gheros mit. Die beiden standen mit dem Rücken zu ihr und blickten zum Höhlenausgang hinaus.

»Ich sage dir, Targon hat vollkommen recht. Es ist besser, man hält ihn fern von denen, die sich in die Nebel der Ewigkeit begeben«, verkündete Taramin im Brustton der Überzeugung.

»Das mag schon sein, aber wäre es nicht trotzdem wichtig, ihn anzuleiten?«, wandte Gheros ein. »Schließlich ist es die Aufgabe eines jeden Tuavinn.«

Taramin schnaubte. »Er besitzt ohnehin wenig Tuavinn-Blut. Ich halte ihn für eine Gefahr.«

»Habt ihr Ragnar gesehen?«, fragte Lena unvermittelt.

Die schuldbewussten Gesichter der beiden bestätigten nur, was sie ohnehin schon vermutet hatte – sie hatten über Ragnar gesprochen.

»Er ist draußen.« Gheros deutete ein Lächeln an, dann fasste er Taramin am Arm und wandte sich eilig ab.

Ohne zu fragen, was vorgefallen war, hastete sie nach draußen. Selbst das dichte Blätterdach konnte den strömenden Regen nicht völlig abhalten, und Lena fand Ragnar, wie er nahe dem Eingang zum Felsenlabyrinth stand.

Das Wasser platschte unter ihren Füßen, als sie zu ihm rannte.

»Hey, was stehst du denn hier draußen rum?« Lena zog die

Schultern ein und sah zu ihm auf. Aus seinen langen Haaren tropfte Wasser, Regen rann über sein starres Gesicht, und sie erkannte, dass er die Fäuste geballt hatte.

»Eine alte Frau vom Bergvolk. Sie möchte in die Nebel der Ewigkeit geleitet werden«, presste er zwischen den Zähnen hervor.

»Und?«

Wütend fuhr er zu ihr herum. »Und? Targon leitet Aravyn dabei an, die Frau zu begleiten. Mich lässt er dabei außen vor – wieder einmal!«

»Ach, Ragnar«, seufzte sie und streichelte vorsichtig seinen Rücken. »Vielleicht bist du einfach noch nicht so weit.«

Sie erschrak über den zornigen Ausdruck in seinen Augen.

»Sie verwehren mir das, was jeder junge Tuavinn lernt. Die wenigsten geben es zu, aber sie hassen mich dafür, dass ich dazu in der Lage bin, eine Verbindung zwischen Elvancor und unserer alten Welt zu schaffen.«

»Vielleicht haben sie auch einfach Angst und wissen nicht, wie sie mit deiner Gabe umgehen sollen«, entgegnete Lena vorsichtig.

Ragnar runzelte die Stirn, strich sich das Regenwasser aus dem Gesicht. »Es ist genau wie damals in Island«, sagte er bitter, »ich bin anders als die anderen – abnormal.«

»Ich mag dich so, wie du bist.«

Stumm sah Ragnar zu ihr hinab und wollte gerade etwas erwidern, als drei Gestalten zwischen den Felsen hervortraten. Targon und Aravyn, Letztere führte eine hutzelige Frau mit weißem Haar am Arm. Kurz starrte Ragnar zu ihnen herüber, dann drehte er sich ruckartig um und rannte davon. Lena zögerte, ob sie ihm folgen sollte, aber da rief Aravyn ihren Namen, und sie ging langsam auf die drei zu.

Sie waren unter einem der mächtigen Laubbäume stehen geblieben. Hier drangen kaum Wassertropfen durch das Blätterdach.

»Das ist Sarena«, stellte Aravyn die kleine Frau vor.

Deren Gesicht war von zahlreichen Runzeln gezeichnet, doch ihre Augen blickten noch ungemein wach zu ihr auf. »Die junge Tuavinn erzählte mir, du kämst von jenseits der Schwelle.« Ruhig und freundlich sprach Sarena, betrachtete Lena neugierig. »Es ist mir eine Freude, eine Nachfahrin der Begründer unseres Volkes zu treffen, bevor ich in die Ewigkeit gehe.«

Lena lächelte, wusste nicht, was sie sagen sollte. Sofern Ragnar recht behielt, würde Sarena jetzt sterben, dennoch wirkte sie so gefasst, beinahe schon entspannt.

Sarenas faltige, von harter Arbeit gezeichnete Hand erfasste die von Lena noch erstaunlich kräftig. »Es ist wunderbar in Elvancor, genieße die Tage in diesem Land.«

»Ja, das werde ich«, erwiderte Lena, dann konnte sie sich eine Frage doch nicht verkneifen. »Wo kommst du denn her, Sarena? Und weshalb möchtest du in die Ewigkeit gehen? Bist du etwa krank?« Sie sah nicht danach aus, und die alte Frau schüttelte milde lächelnd den Kopf.

»Ich komme aus einem Bergdorf, das drei Tagesmärsche von diesen Höhlen liegt.« Sie kicherte. »Zumindest drei Tagesmärsche, wenn man so viele Triaden hat aufgehen sehen wie ich.«

»Die Bergleute, die nach den alten Lehren der Tuavinn leben, steigen zu uns empor, wenn sie denken, ihre Tage in Elvancor sind abgelaufen«, erklärte Aravyn mit sanfter Stimme. »Wir Tuavinn spüren es, wenn jemand bereit ist weiterzugehen und holen ihn ab.«

»Ja, und ich habe mich entschlossen.« Bewundernd blickte Sarena zu Aravyn empor. »Ich durfte zwei gesunde Kinder gebären und sogar die Kinder meiner Enkel das Licht Elvancors erblicken sehen – ich hatte ein gutes Leben.« Sie seufzte tief, blickte hinauf in die Baumwipfel. »Doch mein Mann wurde vor einer Weile von einem Bergrutsch mit in die Ewigkeit genommen. Jetzt möchte ich ihm folgen.«

»Eine weise Entscheidung«, bemerkte Targon.

Was Sarena sagte, brachte Lena ins Grübeln. Die Frau sah alt aus, doch sicher war es ein schwerer Entschluss, sich von seinem Leben zu trennen, wenn man eigentlich noch rüstig und gesund war. Langsam ahnte sie, dass es den Fürsten ähnlich erging, umso mehr bewunderte sie Sarena.

»Targon und ich begleiten dich«, versicherte Aravyn ihr und legte ihr eine Hand auf die Schulter.

»Ich bin bereit.«

»Targon wird nun einen Erdgeist beschwören«, erläuterte Aravyn ruhig und geduldig. »Der bringt uns zu den Gipfeln von Avarinn, und von dort aus geleiten wir dich in die Nebel der Ewigkeit.«

Ein kurzer Blick zurück zu ihrem Onkel, aber Targon nickte anerkennend.

»Tritt zurück, Lena«, verlangte er dann knapp.

Lena befolgte seine Worte, beobachtete Sarena, die nun ihre Augen schloss, ein friedliches Lächeln auf den Lippen. Aravyn stand dicht hinter ihr, beide Hände auf ihren Schultern. Targon legte seine Handflächen auf den Boden, murmelte einige Worte, und kurz darauf umschloss ein brauner Wirbel die Tuavinn und die Menschenfrau und nahm sie mit sich.

Eine Gänsehaut überzog Lenas gesamten Körper – so war es also, wenn ein Tuavinn jemanden in die Ewigkeit geleitete. Vielleicht war sie damals mit Ragnar gar nicht so falschgelegen, vielleicht waren sie doch eine Art Todesengel. Manch einer sanft und liebevoll wie Aravyn oder auch bedrohlich wie Ilragar und Wenlann – es kam wohl darauf an, wem sie den Tod brachten.

Kapitel 15
Schrecken

Ich wünschte wirklich, wir könnten auf dem Fluss zurück nach Talad reisen.« Onkel Ureat rieb sich sein Hinterteil und ließ sich wieder in den Sattel plumpsen, woraufhin sein stämmiger Brauner die Ohren anlegte.

Einen Großteil des Weges von Talad nach Erborg hatten sie auf einem Floß zurückgelegt, und die reißende Strömung hatte sie rasch bis zum Linnron und dann das Flussdelta hinab bis Erborg gebracht. Nun mussten sie flussaufwärts zurückreiten, und Onkel Ureat stöhnte mit jedem Tag mehr. Kians Blick wanderte hinauf in den Himmel. Die magische Triade war nun schon seit einer ganzen Weile verblasst, die Monde füllten sich unaufhaltsam. Ob alle Fürsten oder deren Vertreter aus Crosgan und Erborg gleichzeitig eintreffen würden, blieb ungewiss. Sie hatten es abgelehnt, sofort mit Ureat zu reiten. Noch immer dachte Kian über das nach, was er heimlich mitangehört hatte. Später hatten die Fürsten öffentlich verkündet, persönlich an dem Treffen teilzunehmen, doch nicht alles war von ihnen offenbart worden.

Ich habe geschworen, Lena zu beschützen und …

Ein Warnruf riss ihn aus seinen Gedanken. Mit einer Eskorte von zehn Kriegern aus Talad ritten Kian und Ureat in Richtung Heimat. Teros an der Spitze, wie immer trug er seine zahlreichen Messer am Gürtel, hatte nun angehalten. Sofort zogen alle ihre Waffen, selbst sein Onkel zerrte sein kurzes Schwert hervor. Eben hatte er noch wie ein alter Mann gewirkt, doch nun drückte seine Miene Entschlossenheit aus.

Kian trieb sein Pferd vorwärts und sah sich wachsam nach allen Seiten um. Rechts von ihnen strömte leise der Fluss dahin, zu ihrer Linken erstreckte sich ein hügeliges Gebiet mit niedrigen Bäumen.

»Was ist los, Teros?«, vernahm Kian Ureats Stimme hinter sich.

»Ein Toter.«

Nun entdeckte auch Kian den Mann. Mit dem Rücken auf dem Boden, die Augen starr in den Himmel gerichtet, lag er da. Kian sprang aus dem Sattel, um ihn zu untersuchen. Eine Verletzung konnte er nicht erkennen, doch der entsetzte Ausdruck, der sich im letzten Moment seines Lebens in das Gesicht des Mannes gebrannt hatte, war eindeutig.

»Rodhakan!«, schloss Ureat.

Kian nickte nur und blickte sich um. Der Tote war noch warm, hatte sein Leben erst vor Kurzem ausgehaucht. »Seid achtsam«, sagte er daher leise.

»Verbrennt den Mann«, befahl Ureat. »Dann reiten wir noch ein Stück weiter, bevor es vollends finster wird.«

So zogen sie weiter, doch die Stimmung blieb angespannt. Niemand sprach ein Wort, jeder war wachsam, und so manch einer sah immer wieder über die Schulter.

Ureats Miene war unbewegt, aber Kian bemerkte die Schweißperlen auf seiner Stirn. Selbst wenn sein Onkel es nicht zugeben würde, auch er hatte Angst – so wie alle. Zu unberechenbar, zu schwer zu besiegen waren die Schatten, und ihre Überfälle mehrten sich.

Allmählich senkte sich die Nacht über das Land, was ihre Reise noch gefährlicher machte. Verschmolzen mit der Dunkelheit lagen die Rodhakan auf der Lauer, ehe sie angriffen. Manchmal ließen sie sich durch Feuer abhalten, aber eben nicht immer. Man hatte auch schon Wachposten neben lodernden Flammen gefunden, von Rodhakan ermordet. So wie die meisten Krieger Talads fürchtete sich Kian nicht davor, sterben zu müssen, in die Ewigkeit einzuziehen, um vielleicht eines Tages in einem anderen Körper wiedergeboren zu werden. Sein Ende durch die Umarmung eines Rodhakan zu finden – das erfüllte ihn allerdings mit Entsetzen.

Ureat und Kian ritten als Erste über einen Hügel.

»Beim Licht der Ewigkeit!«, stieß Ureat aus und deutete nach vorne.

In der Dämmerung kaum sichtbar, schmiegte sich ein Dorf in eine Senke. In der Mitte des Dorfplatzes brannte noch ein Feuer, Dampf stieg von dem großen Kessel auf. Schätzungsweise dreißig Körper lagen dort, ihre Glieder teils bizarr verrenkt, die Hände in die Erde gekrallt. Übelkeit stieg in Kian auf, als er bemerkte, dass sogar Kinder darunter waren.

Schweigend ritten sie näher und hielten am Rande des Dorfplatzes an. Ohne große Hoffnung stieg Kian ab, besah sich jeden einzelnen Toten, aber das Leben war aus ihnen gewichen.

»Wie viele sie wohl mitgenommen haben?«, überlegte Ureat laut, der neben der Leiche einer Frau in die Hocke gegangen war.

Ein Knacken ließ Kian herumfahren, doch es war nur Teros, der ebenfalls abgestiegen war und sich neben ihn stellte.

»Sicher sind die Rodhakan schon fort«, sagte er. »So schnell, wie sie zuschlagen, verschwinden sie meist wieder.«

Langsam erhob sich Ureat, beugte sich schließlich zu einem kleinen Jungen hinab. Dann schloss er dessen Augen und schüttelte den Kopf. »Seht in den Hütten nach. Möglicherweise lebt noch jemand – wenngleich ich nicht einmal weiß, ob ich ihnen das wünschen soll.«

»Wären sie doch nur in eine der Städte gekommen«, schimpfte Teros.

»Vielleicht wollten sie einfach nur frei leben«, sagte Kian leise.

»Du siehst, was ihnen das gebracht hat.«

Nach und nach durchsuchten die Krieger Talads die einfachen, teilweise nur einen einzigen Raum umfassenden Häuser. Kian und zwei weitere Krieger schleppten Holz heran und schichteten es auf. Anschließend bahrten sie die Leichen auf dem Stapel auf. Ureat entzündete das Feuer.

»Mögen eure Seelen in der Ewigkeit ihren Frieden finden.«

»Denkt ihr, es ist wahr, dass diejenigen, die von Rodhakan getötet werden, nicht in die Ewigkeit eingehen und ihre Seele auf ewig verdammt ist?« Kian sah, wie seine Gefährten zusammenzuckten. Bestimmt hatten sie alle das Gleiche gedacht, es jedoch nicht auszusprechen gewagt.

»Es ist eine Vermutung der Tuavinn«, antwortete Ureat mit Bedacht, wobei er den Rauch betrachtete, der in den Nachthimmel aufstieg. »Ich mag es nicht glauben, aber die Rodhakan«, schaudernd zog er seinen grauen Umhang enger um sich, »von ihnen geht eine Gefahr und ein Grauen aus, das jenseits jeglicher Bedrohung liegt, die es in Elvancor je gab. Warum nur werden sie immer stärker?«

Wut und Entsetzen tobten in Kian, während er zusah, wie die Flammen die Toten verschlangen. Friedliebende, einfache Menschen, die sicher keine bösen Taten vollbracht hatten. »Wir müssen sie vom Antlitz dieser Welt fegen, Onkel«, zischte er durch zusammengebissene Zähne, »selbst wenn das Opfer von uns allen verlangt.«

Ganz langsam senkte Ureat sein graues Haupt. »Selbst wenn es Opfer verlangt«, stimmte er bedächtig zu.

»Du solltest die Mitte treffen.« Mit einem frechen Grinsen lehnte Ragnar an einem Felsen, biss in einen der köstlichen Wildäpfel, die hier zuhauf in den Bergen wuchsen, und deutete auf die Zielscheibe, ungefähr fünfzig Schritte von Lena entfernt.

»Wie gut, dass du das erwähnst«, schnaubte Lena. Sie war froh, dass sich Ragnar nach der Sache mit Aravyn und der alten Frau wieder beruhigt hatte. Gesprochen hatte er nicht mehr darüber – zumindest nicht mit ihr. Dafür freute er sich aber mit ihr darüber, dass sie eine Waffe gefunden hatte, die ihr mehr lag als das Schwert. Während der letzten Tage hatte sie sich enorm verbessert. Auf kurze Distanzen traf sie bereits sehr häufig das Ziel. Das Bogenschießen machte ihr so viel Spaß, dass sie mehrfach am Tag übte, und heute waren sie ein Stück den Berg hinabgeritten, da sie es auch von Deveras Rücken aus versuchen wollte. Hier gab es eine ebene Stelle, die sich hervorragend für das Training zu Pferd eignete. Doch das war wieder eine neue Herausforderung, und Lena schwante, dass es ein weiter Weg war, bis sie auch ein bewegliches Ziel treffen würde.

Erneut griff sie in ihren Köcher, legte den Pfeil auf und ließ Devera in einen leichten Galopp fallen. Mit dem Blick fixierte sie die Zielscheibe, ließ im letzten Moment die Zügel los, die sie mit einer Hand gehalten hatte, zog den Bogen blitzschnell auf und schoss. Atemlos verfolgte sie die Flugbahn des Pfeils, dachte schon, er würde vorbeizischen, aber dann blieb er eine Handbreit vom Rand der Scheibe entfernt stecken.

»Wow!« Jubelnd riss Lena die Arme hoch, beugte sich über Deveras Hals und umarmte die Stute. Ragnar warf sie ein triumphierendes Lachen zu.

»Das war gut.« Er schleuderte einen Apfel in ihre Richtung, den sie geschickt auffing.

»Lena, ich glaube, mit dem Bogen hast du wirklich deine Waffe gefunden.«

Skeptisch wartete sie ab, in dem festen Glauben, dass er sie mal wieder aufzog, aber jeglicher Spott blieb aus.

»Ja, es macht richtig Spaß.«

»Trotzdem solltest du zumindest gelegentlich mit dem Schwert trainieren und auch waffenlose Selbstverteidigung üben«, ermahnte er sie. »Aravyn hat gesagt, du hättest dich gestern schon wieder gedrückt.«

»Ich war müde«, antwortete sie ausweichend. Lena hatte nichts dagegen, Selbstverteidigung zu erlernen, im Gegenteil, bestimmt wäre das irgendwann einmal hilfreich, aber noch immer fiel es ihr schwer, auch nur ansatzweise normal mit der hübschen Tuavinn umzugehen. »Heute Abend werde ich mit Amelia üben.«

»Wirklich?« Argwöhnisch hob Ragnar seine Augenbrauen.

»Ja, versprochen. Aber sag mal, wo ist Aravyn heute eigentlich?« Sie verkniff sich einen biestigen Kommentar wie: *Sonst klebt sie ja auch an dir wie eine Klette.*

»Mit ihrem Onkel am Himmelsfluss. Sie soll üben, mit den Geistern des Wassers zu sprechen.«

Lena sah ihm ganz genau an, wie ungern er darüber sprach.

»Ach, komm schon, Ragnar, sei nicht frustriert. Irgendwann wirst du es sicher lernen.« Sie schnitt eine Grimasse. »Bis meine Pfeile so gut treffen wie eure, werden auch noch viele Tage vergehen, und dein Großvater wollte doch gestern mit dir einen Berggeist beschwören, oder nicht?«

»Das haben wir verschoben.« Ragnars Gesicht wurde wieder unnahbar und verschlossen, aber Lena ließ nicht locker.

»Mir wirfst du vor, ich wolle mich vor dem Schwertkampftraining drücken und du …«

»Hörst du das?«, unterbrach er sie, drehte seinen Kopf und zog die Stirn kraus.

»Netter Versuch, Ragnar, aber so leicht lasse ich dich nicht davonkommen.«

»Sei ruhig, es ist mein Ernst!« Er eilte zu dem Baum, an dem sein Schwert und der Langbogen lehnten. »Komm mit«, rief er und lief los. Lena folgte ihm zu Pferd über die weitläufige Bergwiese. Zunächst war sie überzeugt, er wolle sie nur von dem ungeliebten Thema abbringen, doch nachdem sie sich dem Rand einer Felsklippe genähert hatten, hörte sie es ebenfalls. Gedämpfte Stimmen drangen zu ihnen herauf, hin und wieder auch das Klappern von Pferdehufen auf losen Steinen.

Langsam ließ sich Ragnar auf die Knie nieder, robbte das letzte Stück zum Rand. Auch Lena glitt aus dem Sattel und tat es ihm gleich. Als sie in die Tiefe spähte, erkannte sie eine Gruppe von fünfzehn Männern und zwei Frauen. Es waren keine Tuavinn.

»Sind das Jäger?«, erkundigte sie sich.

»Ich denke nicht. Kaum jemand dringt so tief in die Berge vor.« Ragnar sah kurz zu ihr herüber. »Höchstens Angehörige des Bergvolks, die einen der Ihren begleiten, der in die Ewigkeit geht, so wie du es kürzlich bei Aravyn gesehen hast.«

»Ich habe nicht gesehen, dass jemand die alte Frau begleitet hätte.«

»Sie haben sich von ihr verabschiedet, nachdem sie auf Targon und Aravyn getroffen sind. Später haben die beiden ihnen Sarenas Körper gebracht, denn das Bergvolk begräbt oder verbrennt seine Toten, je nach Tradition.«

»Hat Aravyn …«

»Sie konnte das Ritual in den Nebeln kaum in Worte fassen«, unterbrach er sie abweisend, und Lena spürte, dass er nicht weiter darüber sprechen wollte.

Stattdessen schlich er geduckt am Rande der Steilklippe entlang. Hier wuchsen mehrere niedrige Büsche, sodass sie die Reiter gut im Auge behalten konnten, ohne selbst entdeckt zu werden. Lena bemühte sich, ihm leise zu folgen und auf keinen Ast zu treten.

»Wie ist es eigentlich bei denen, die nicht dem Bergvolk angehören und sterben?«

Ragnar schnaubte missbilligend. »Die Menschen in den Städten reizen ihr Leben bis zum Letzten aus, viele von ihnen sind uralt und gebrechlich und würden den Weg hinauf in die Berge nicht mehr bewältigen. Sie sterben in den Städten, manchmal auch qualvoll. Aber letztendlich zieht auch ihr Geist hinauf in die Nebel der Ewigkeit. Die Tuavinn spüren es, wenn eine Seele auf die Reise geht, gleichgültig, ob Mensch oder Tier. Deshalb halten sie sich auch meist in den Bergen auf und ziehen umher. Nur glauben sie, manche Seelen zu spät zu finden. Diese irren umher, verwirrt und hilflos, und werden dann zu Rodhakan. Davon sind zumindest die meisten Tuavinn überzeugt.«

»Wow, das ist schon beeindruckend, ich meine, dass die Tuavinn die Menschen trotzdem begleiten.«

»Sie sind die Hüter der Ewigkeit und der Meinung, die Menschen würden, sobald sie ihre körperliche Hülle verlassen haben, erkennen, was wirklich zählt.«

»Wie ist es eigentlich mit den Tuavinn?«, wollte Lena noch wissen. »Wer führt sie?«

Ragnar hob die Schultern. »Sofern sie einen Anam Cara haben, begleitet der sie oder ein guter Freund. Großvater behauptet jedoch, die Seele eines Tuavinn würde auch allein in die Ewigkeit finden.«

»Das ist schon alles sehr fremd für jemanden wie uns, oder nicht?«

»Man gewöhnt sich daran.« Noch immer starrte er aufmerksam in die Tiefe.

»Denkst du, das dort unten sind Bergleute, Ragnar?«

»Nein, dafür sind sie zu stark bewaffnet. Ich tippe auf Krieger aus Crosgan, sieh dir nur die langen Schnurrbärte an. Außerdem tragen einige Helme mit dem eingeprägten Eberkopf – die meisten Crosganianer sind ähnlich traditionsbewusst wie die Bewohner von Erborg.«

»Und was wollen die?«

»Vermutlich nach Kraftorten in den Bergen suchen.«

»Die Leute aus Crosgan sind doch diejenigen, die unbedingt zurück in unsere ... ähm, in meine Welt wollen, oder nicht?«

»Richtig.«

Die Männer und Frauen, schwer bewaffnet mit Schwertern, Lanzen und teilweise auch Schilden, erinnerten sie unangenehm an Fürst Nemetos' Krieger.

»Kennen sie denn die Höhlen? Sollen wir Maredd und die anderen warnen?«, fragte Lena aufgeregt.

»Nein, ich denke, das ist nicht nötig, solange sie sich nicht weiter bergauf bewegen.«

»Aber wie haben sie denn hierhergefunden?«

»Immer wieder wagen sich Crosganianer weit in die Berge hinein. Maredd ist der Meinung, einige von ihnen spüren es, wo die Kraftlinien am stärksten sind, eine Fähigkeit, die sie von ihren Vorfahren geerbt haben, denn auch in unserer alten Welt gab oder gibt es Menschen, die diese Gabe besitzen.« Abrupt blieb Ragnar stehen, fasste sie am Handgelenk und drückte sich an einen Felsen.

»Was ist?«

Er hatte noch nicht geantwortet, als Schreie aus der Tiefe zu ihnen klangen, und in diesem Moment spürte Lena dieses unangenehme Prickeln im Nacken, das sie schon einmal gefühlt hatte.

»Rodhakan«, wisperte sie.

Ragnar riss sein Schwert aus der Scheide, blickte angespannt hinab. Auch Lena beugte sich vor, bereute es jedoch sofort. In der Tiefe bot sich ihr ein Bild des Grauens. Gerade schnellte eine Schattengestalt herbei und zerrte einen Reiter vom Pferd. Die undeutlichen Konturen waberten umher, wirkten nur entfernt menschlich, dann schnellten die Arme des Rodhakan um den Mann. Dieser schrie auf und flehte um Gnade. Der Mann wand sich, versuchte zu entkommen, aber es war deutlich, dass es aus der Umarmung des Rodhakan kein Entkommen gab. Schon wurden seine Bewegungen langsamer, seine Augen, die kurz in Lenas Richtung blickten, wirkten leblos.

Pferde suchten indes panisch das Weite, Krieger fochten einen aussichtslosen Kampf gegen die Schattenwesen, die vor den Klingen nicht einmal zurückwichen.

»Lena!« Ragnar zerrte sie zurück, denn sie war wie erstarrt stehen geblieben, das Entsetzen ließ sie nicht los. »Nimm Devera und reite zu den Höhlen, sag Maredd und den anderen, was passiert ist.«

»Ja«, stammelte Lena. »Aber was ist mit dir?«

»Ich muss ihnen helfen!« Er wollte bereits losstürmen, doch Lena hielt ihn am Arm fest.

»Nein, Ragnar, du bist ganz allein!«, presste sie bestürzt hervor.

»Ich kann sie nicht sterben lassen, ganz gleich, ob sie die Tuavinn mögen oder nicht.«

»Dann bleibe ich auch hier.« Lena setzte dazu an, ihren Bogen zu spannen, aber Ragnar schüttelte den Kopf. »Selbst wenn du treffen würdest, wir haben keine Pfeile, die den Rodhakan Schaden zufügen.« Er hob sein Schwert in die Höhe. »Das hier ist alles, was ich ihnen entgegenzusetzen habe.« Ungeduldig wandte er sich dem Abhang zu. »Und jetzt geh schon. Je schneller du zurück bist, umso eher erhalte ich Hilfe.«

»Ragnar, sie sind in der Überzahl!« Grenzenlose Angst durchströmte jede Faser ihres Körpers, Panik, Ragnar noch einmal zu verlieren, erfasste sie.

Doch er drückte sie nur kurz an sich. »Ich werde mich nicht mitten hineinstürzen, aber zumindest denen helfen, die fliehen können.« Energisch schob er sie von sich. »Und jetzt reite endlich los!«

Lena wusste, sie würde ihn von seinem Vorhaben nicht abbringen können. Also schwang sie sich in den Sattel, galoppierte unter Bäumen hindurch und kümmerte sich nicht darum, dass Äste und Dornen ihr Gesicht zerkratzten. *Ragnar, bitte pass auf dich auf!*

Noch immer drangen Schreie zu Ragnar herauf, erfüllten ihn mit Entsetzen. Er musste versuchen, zumindest ein paar dieser Menschen zu retten. Vielleicht würden sie sogar die Kunde weitertragen, dass die Tuavinn ihnen nichts Böses wollten. In einem weiten Bogen umrundete er die Klippe, rutschte den vor ihm liegenden Steilhang hinab, suchte immer wieder Deckung. Einen der Männer hatte er in diese Richtung fliehen sehen. Konnte er ihn in Sicherheit bringen? Adrenalin tobte durch Ragnars Körper, jeder Muskel war angespannt, seine Sinne geschärft. Er würde die Rodhakan spüren, wären sie in seiner unmittelbaren Nähe, doch das war im Augenblick nicht der Fall. Hundert Schritt von ihm entfernt preschte ein reiterloses Pferd an ihm vorbei, Ragnar konnte sogar die Panik des Tieres wahrnehmen. Er spähte hinter einem Felsen hervor, entdeckte einen Mann, der vollkommen kopflos flüchtete. Dabei schaute er ständig über die Schulter, strauchelte, rappelte sich auf, nur um schließlich doch zu Boden zu stürzen.

Ragnar eilte zu ihm, sah sich nach Feinden um, konnte jedoch keine Schattengestalten ausmachen.

Als er den Mann am Rücken berührte, schrie dieser auf. Wild und unkontrolliert schlug er um sich, und plötzlich bohrte sich das Messer des Mannes tief in Ragnars Arm.

»Beruhige dich! Und verdammt noch mal sei leise.« Wütend schlug er dem Mann sein Messer aus der Hand und betrachtete flüchtig seinen blutenden Arm, aber darum konnte er sich jetzt nicht kümmern. »Gegen die Rodhakan ist dein Messer ohnehin nutzlos!«, rief Ragnar.

Doch der Fremde hörte ihm gar nicht zu. Schweißnass klebte ihm das Haar am Kopf, seine Augen waren so weit aufgerissen, dass sie beinahe aus den Höhlen quollen. Sein Mund formte unzusammenhängende Laute, und nur allmählich gab er seine Gegenwehr auf, als Ragnar seine Hände mit aller Kraft festhielt.

»Sei ruhig, ich bringe dich von hier fort.«

»Dort … sie …« Die zitternde Hand des Mannes deutete in die Richtung, aus der er gekommen war.

»Ich weiß«, versuchte Ragnar ihn zu beruhigen. »Ich bringe dich in Sicherheit.«

»Wirklich? Mein Name … ist … Tu… Tundor …« Wieder blickte er sich um – und blieb stocksteif stehen.

In diesem Moment spürte auch Ragnar, wie sich Schatten zwischen den Bäumen verdichteten. Zuerst nur ein einzelner Mann, dann ein weiterer, ein schemenhafter Wolf folgte sowie eine wabernde Gestalt, die noch gar keine feste Form hatte.

Ragnar zog sein Schwert. »Lauf fort. Ich bin ein Tuavinn und kann sie aufhalten.«

Der Mann starrte ihn verblüfft an, sein Blick flackerte zwischen Ragnars Klinge und den Schattenkreaturen, die sie einkreisten, hin und her.

»Tuavinn«, flüsterte er, drehte sich abrupt um und floh den Berg hinab.

Weit kam er nicht, wie Ragnar voller Grauen bemerkte. Der Rodhakan in Wolfsgestalt schnellte sofort auf ihn zu und trieb Tundor zurück neben Ragnar.

»Kannst du … sie besiegen?«, stammelte der Kelte. Er zitterte am ganzen Körper, und angesichts der wachsenden Anzahl der Rodhakan war diese Frage mittlerweile lächerlich, aber vermutlich klammerte er sich einfach an den Gedanken.

»Mein Schwert kann sie verletzen«, antwortete Ragnar ausweichend. *Lena, bitte beeile dich, ich brauche Hilfe!*

Langsam und drohend schloss sich der Kreis um Ragnar und Tundor.

Kapitel 16

Verschollen

Unter normalen Umständen hätte sich Lena niemals getraut, in einem derart halsbrecherischen Galopp durch den Wald zu reiten. Aber jegliche Vorsicht war vergessen. Sie musste zu den Höhlen gelangen – und das schnell.

Draußen am Feuer sah sie Aravyn und ihren Onkel. Es war das erste Mal, dass sie sich über den Anblick der jungen Kriegerin freute – jegliche Hilfe war willkommen.

Die beiden hoben verwundert die Köpfe, als Lena herbeistürmte und noch im Trab aus dem Sattel sprang. Um ein Haar wäre sie ins Feuer gefallen, hätte Targon sie nicht am Oberarm ergriffen.

»Hat dir niemand gezeigt, wie man ein Pferd anständig reitet?«, herrschte er sie an, aber Lena fuchtelte wild in der Luft herum, rang nach Atem, und so hielt der Tuavinn inne, betrachtete sie jedoch weiterhin voller Missbilligung.

»Ragnar – dort hinten, unterhalb der Lichtung, wo wir immer Bogenschießen üben. Dort sind Rodhakan und greifen irgendwelche Krieger aus Crosgan an. Bitte, ihr müsst ihm helfen.«

Aravyn schlug eine Hand vor den Mund, rannte auf der Stelle in Richtung Höhle, aber Targon starrte Lena nur wütend ins Gesicht.

»Dieser … Mensch – er bringt nichts als Ärger!«

»Sag mal, hast du mir überhaupt zugehört?«, fuhr Lena ihn an.

»Ragnar versucht ganz allein, diese Menschen zu retten …« Sie winkte ab, hastete zur Höhle, in der Aravyn soeben verschwunden war.

»Ich werde Aravyns Beziehung zu Ragnar nicht dulden!«, rief ihr Targon hinterher.

Zum Glück kam in diesem Augenblick Aravyn in Begleitung von Maredd, Etron, Gheros und Taramin herausgeeilt, alle mit Bogen und Schwert bewaffnet.

»Lena, wo genau fand der Angriff statt?« Maredds Gesicht drückte große Besorgnis aus.

»Unterhalb der Klippe, wo wir immer Bogenschießen vom Pferd aus üben.«

»Gut.« Maredd nickte seinen Gefährten zu.

Etron stieß einen Pfiff aus, woraufhin Graha aus den Bäumen herabstürzte. Der Krieger murmelte etwas, und sofort verschwand der Bussard wie ein Pfeil im blauen Himmel. Lena war froh, dass zumindest Graha Ragnar zu Hilfe kam – ob er etwas gegen die Rodhakan ausrichten konnte, das wusste sie jedoch nicht.

»Beeilt euch, wir erbitten die Hilfe der Berggeister.«

Die Krieger stellten sich im Kreis auf, schlossen die Augen und summten leise.

»Ich will mitkommen«, rief Lena, aber niemand achtete mehr auf sie. Sie fuhr zusammen, als sich eine Hand auf ihren Rücken legte.

Es war Amelia. »Lass sie allein gehen, das ist sicherer für dich.«

»Aber Ragnar …«

»Sie werden ihm helfen«, versprach Amelia, obwohl ihre Miene große Angst zeigte.

Aus der Mitte der Krieger erhob sich unvermittelt ein Sandwirbel, der sich schnell zu einer Frauengestalt manifestierte. Braun, wie fließende Erde war ihr Haar; Hände, Arme und das Gewand erinnerten an beständig herabrieselnden Sand und Erde.

»Herrin der Erde, wir ehren dich.« Gemessen und ruhig klang Maredds Stimme, doch spürte Lena auch eine gewisse Anspannung darin. »Wir erbitten deine Hilfe, Herrin, denn einer von uns und Menschen von den Ebenen sind in großer Gefahr.«

Der Erdgeist drehte sich im Kreis, schaute eine für Lena unerträglich lange Zeit in die Gesichter der Tuavinn. »Die Rodhakan schwächen uns, sie durchdringen ganz Elvancor mit ihrer Bosheit«, sagte die Erdfrau mit überraschend sanfter Stimme.

»Und deshalb wollen wir sie bekämpfen.«

»Ihr müsst das Wesen der Rodhakan erkennen, um sie zu besiegen. Heute will ich euch führen.«

Die Frau explodierte regelrecht, Erde und Sand wurden davongeschleudert, erfassten alle Krieger mit einem Schlag. Gleich einer Sandhose schraubte sich der Berggeist nach unten und riss die Tuavinn mit sich in die Tiefe. Atemlos blickte Lena ein letztes Mal auf den Erdwirbel, doch nur wenige Lidschläge später sah der Boden genauso aus wie zuvor.

»Lena, alles wird gut gehen«, sagte Amelia.

»Es waren aber so viele Rodhakan«, flüsterte sie und wollte schlucken, doch es ging nicht. Angst schnürte ihre Kehle zu.

Aufmunternd drückte Amelia ihre Hand. »Komm, Lena, wenn sie zurückkehren, werden sie hungrig sein. Lass uns Holz suchen.«

Natürlich wusste Lena, dass Amelia sie nur ablenken wollte, aber letztendlich war alles besser, als untätig herumzustehen.

Nun kam auch Targon heran, kritisch musterte er Lena von oben herab, dann wandte er sich an Amelia. »Ich hoffe nur für uns alle, dass dein Nachkomme auf keinen Menschen trifft, der gerade beabsichtigt, in die Ewigkeit zu gehen. Wie oft habe ich schon vorgeschlagen, Ragnar nur noch in Begleitung eines erfahrenen Tuavinn fortgehen zu lassen? Aber nein. Maredd bestand ja darauf …«

»Targon, Ragnar weiß sehr wohl, dass er sich von jenen fernhalten soll, die in die Ewigkeit ziehen«, unterbrach Amelia ihn gelassen. »Wir können ihn schließlich kaum hier einsperren – immerhin fließt das Blut der Tuavinn in seinen Adern. Zudem kennst du selbst diesen unbezwingbaren Freiheitsdrang.«

»Wenn sich Aravyn erneut durch seine Schuld in Gefahr bringt, wird er das büßen!«

»Wie wär's, wenn du den anderen helfen würdest?«, fuhr Lena ihn an. »Dastehen und klug daherreden kann jeder.«

Sie hörte, wie Amelia unterdrückt gluckste, und nach einem Moment der Verwirrung lief Targon knallrot an.

»Welch unverschämtem Geschöpf hat Maredd da gestattet, die Schwelle zu überqueren?«, ereiferte er sich. Drohend kam er auf sie zu, und seine beeindruckende körperliche Präsenz ließ Lena beinahe zurückweichen. Aber dann hielt sie seinem Blick stand, denn hier ging es um Ragnar, der in Gefahr war.

»Du kannst dich noch den halben Tag über mich aufregen, aber das hilft weder Aravyn noch sonst jemandem. Weißt du was?« Sie wandte sich in Richtung Devera. »Ich reite jetzt zurück, denn auch wenn ich nicht so gut kämpfen kann wie ein Tuavinn, ist das besser, als nur große Reden zu schwingen …«

Sie hörte, wie Targon mit den Zähnen knirschte, seine Kiefer waren zum Zerreißen gespannt, dann fasste er sein Schwert, drehte sich um und verschwand zwischen den Bäumen.

Amelia lachte lauthals los. »So habe ich ihn selten gesehen!«

»Ist doch wahr«, grummelte sie, klopfte Devera den mit Schweiß bedeckten Hals und öffnete langsam den Sattelgurt. »Ich würde übrigens wirklich gerne losreiten.«

»Noch bist du nicht so weit. Maredd und Ragnar müssten nur zusätzlich auf dich aufpassen, das wäre keine große Hilfe.«

»Ich weiß«, gab sie widerstrebend zu.

»Lena.« Nun wurde Amelia ernst. »Kannst du dich daran erinnern, dass ich dir vor einiger Zeit gesagt habe, der beste Schutz vor den Rodhakan sei es, keine Angst zu zeigen und einen mentalen Schutzschild um dich zu ziehen?«

»Ja«, sie schnitt eine Grimasse, »das hat sich so angehört wie Oma, die immer von ihrer Aura redet. Leider weiß ich immer noch nicht, wie ich das anstellen soll.« Sie erschauderte. »Wie soll man bei derart grausigen Kreaturen keine Angst haben?«

»Vielleicht hast du dich bisher dagegen gewehrt, dass es etwas wie eine Aura gibt, weil du es nicht glauben wolltest.« Lächelnd legte Amelia den Kopf schief. »Aber gerade eben, als du mit Targon gestritten hast, da hast du stark und entschlossen gewirkt, bist nicht vor ihm zurückgewichen. Vielleicht hast du in diesem Moment unbewusst die Kraft in dir entdeckt, die dich stark machen und schützen kann.«

»Meinst du?«, zweifelte Lena, aber eigentlich war das gar nicht so abwegig. Bisher hatte sie eine gewisse Furcht vor Targon verspürt, hatte er doch eine ausgesprochen dominante und unbezwingbare Art an sich. Aber eben, da hatte sie das Gefühl gehabt, er hätte ihr nichts anhaben können.

»Okay, dann sollte ich wohl öfters mit Targon streiten«, scherzte sie.

»Das nicht unbedingt, aber im geeigneten Moment solltest du dich daran erinnern, wie es dir gelungen ist, Targon auf Abstand zu halten. Er ist zwar kein Rodhakan, aber dennoch gelegentlich eine recht unangenehme Erscheinung. Nicht jeder traut sich, ihm die Stirn zu bieten.«

»Ja, mal sehen.« Kurz war es Lena gelungen, nicht an Ragnar und die Gefahr, in der er schwebte, zu denken. Aber jetzt war die Angst wieder da, die Sorge um ihn und auch um jene, die ihm zu Hilfe geeilt waren.

Gemeinsam mit Amelia machte sie sich auf die Suche nach heruntergefallenen Ästen. Weit entfernten sie sich nicht von der Höhle, aber so taten sie zumindest irgendetwas Sinnvolles.

Ein Bild des Grauens erwartete Maredd und seine Gefährten. Unterhalb der Klippe lagen zehn tote Männer und eine Frau.

Sogar eines der Pferde hatten die Rodhakan getötet und mit gebrochenem Genick liegen gelassen.

»Wo ist Ragnar?«, fragte Aravyn, wobei sie sich suchend im Kreis drehte.

Maredd sah, wie fest sie ihr Schwert umklammert hielt. »Ich weiß es nicht, aber wir werden ihn finden.«

Eine Bewegung am Abhang erweckte Maredds Aufmerksamkeit. Sofort spannte er seinen Bogen, auch die anderen hielten ihre Waffen bereit. Doch kurz darauf senkte er seine Hand wieder. »Targon.«

Der Krieger kam den Abhang heruntergeeilt und gesellte sich sogleich zu seiner Nichte.

»Gut, wir ziehen los«, rief Maredd und wunderte sich, dass Targon nicht widersprach. Lediglich Aravyn bedeutete er, an seiner Seite zu bleiben.

Gemeinsam folgten sie einer Spur von zwei fliehenden Menschen. Möglicherweise war es ja Ragnar gewesen, der einem der Crosganianer hatte helfen wollen. Immer weiter rannten sie bergab, schweigend, auf ihren Weg konzentriert. Plötzlich vernahm Maredd den Schrei eines Vogels.

Sofort hielt Etron inne und blickte zum Himmel. »Graha hat sie gefunden.« Blitzschnell schoss der Bussard über ihre Köpfe hinweg, nur um gleich darauf über den Baumwipfeln zu entschwinden.

Die sechs Tuavinn änderten ihre Richtung, rannten nun wieder bergauf, folgten der Richtung, in die Graha geflogen war. Sie sprangen über eine schmale Felsspalte hinweg, in deren Tiefe ein Bach gluckerte, hasteten weiter zwischen den Bäumen hindurch und erreichten eine Lichtung, die teils von hohen Felsen umrahmt wurde. Und dort lauerten sie: Rodhakan!

Vier in hochgewachsener Menschengestalt, ein anderer ein Bär. Gerade drängten sie zwei der versprengten Crosganianer zurück an einen Felsen. Von Ragnar fehlte jede Spur.

Maredd zögerte nicht. Mit einem gewohnten Handgriff legte er einen der Pfeile an, deren Spitzen in den Feuern der Berge von Avarinn geschmiedet worden waren. Er spannte den Bogen, ließ los – und traf! Der Rodhakan wirbelte herum, kurz darauf bohrten sich drei weitere Pfeile in seinen Leib. Sein Mund öffnete sich unnatürlich weit, ein Fauchen tönte über die Lichtung, ehe der Getroffene zu Boden sackte und sich in grauen Rauch auflöste.

Dann griffen die anderen an. Lediglich der Bär folgte den beiden fliehenden Menschen zwischen einer Felsspalte hindurch. Es dauerte nicht lange, und ihre Todesschreie hallten von den Steinen wider.

Blutgier glomm in den Augen der Angreifer auf, ein unersättlicher Hunger nach Lebenskraft. Wie eine Sturmböe schossen die drei Rodhakan auf die Tuavinn zu, einer von ihnen zeigte sehr feste Konturen, war sogar mit einem Schwert bewaffnet.

Targon stieß Aravyn zur Seite, seine eigene Klinge rauschte durch die Luft. Auch Maredd rollte sich ab und kam sofort wieder auf die Beine. Keinen Augenblick zu spät. Der Schatten baute sich vor ihm auf, Klauen hieben nach ihm. »Schenk mir dein Leben, Tuavinn«, zischte Maredds Gegner.

Doch der Krieger antwortete nur mit schnellen Angriffen, wirbelte seine Klinge durch die Luft und ließ sie immer wieder nach vorne zucken. Nur aus den Augenwinkeln bekam Maredd mit, dass Aravyn gestürzt war, ihr Onkel und Etron warfen sich gerade schützend zwischen sie und einen Rodhakan. Gheros setzte sich gegen die schwertschwingende Schattenkreatur zur Wehr. Sofort verstärkte Maredd seine Angriffe, sein Schwert beschrieb einen Kreis, dann zog er die Klinge mit aller Kraft herab und schlitzte die konturlose Brust seines Gegners auf. Grauer Nebel hüllte ihn ein, als sein Feind starb.

»Der Tod ist alles, was ein Tuavinn einem Rodhakan zu schenken hat«, zischte er. Dann wirbelte er herum.

Taramin streckte den bewaffneten Rodhakan nieder, während sich Gheros an den Kopf fasste. Offensichtlich war er von der Klinge getroffen worden.

Ein Brüllen lenkte Maredd ab, und eine riesige Gestalt brach aus dem angrenzenden Gebüsch – der Bär! Mit einem gewaltigen Hieb schleuderte das Ungetüm einen morschen Baumstamm durch die Luft, der Gheros völlig unvorbereitet in die Beine krachte. Der Tuavinn schrie auf und ging zu Boden.

Der Bär wandte sich Taramin zu, die sich ihm sofort entgegenwarf – furchtlos zwar, wie Maredd erkannte, dennoch chancenlos. Die Bestie war zu gewaltig, und Maredd fragte sich einen Augenblick, an wie vielen Leben sie sich schon genährt hatte. Plötzlich rauschte Graha über den Kopf des Bären hinweg und lenkte ihn ab. Einen Moment nur, doch lange genug für Taramin und Maredd, um zuzuschlagen. Maredd schnappte sich seinen Bogen, und gleichzeitig mit seinem Pfeil durchstieß Taramins Klinge den Leib des Bären. Auch er verblasste innerhalb weniger Atemzüge. Nur noch zwei Rodhakan waren übrig, und schnell bereiteten die Tuavinn ihnen den Garaus. Ihre Feinde waren tot, nur noch dunkler Rauch, der über den Baumwipfeln hing, kündete davon, dass sie je existiert hatten. Doch wie viele von ihnen gab es mittlerweile in Elvancor? Wie sehr waren sie bereits erstarkt?

»Gheros?«, hörte Maredd Taramin rufen und eilte zu ihr. Sein Bein stand in einem unnatürlichen Winkel ab, er rührte sich nicht.

»Ich helfe dir, ihn zurückzubringen«, bot Etron an, und Taramin nickte dankbar.

Maredd holte indes das Schwert, mit dem der Rodhakan gekämpft hatte.

»Ungewöhnlich, findest du nicht?«, meinte Targon.

Auch Aravyn trat näher, ihre schlanken Finger glitten vorsichtig über das Heft. »Ist euch aufgefallen, dass der mit dem Schwert festere Konturen aufwies als die anderen?«

Maredd nickte. »Allerdings. Es war einer von denen, die bereits die Lebenskräfte vieler in sich aufgenommen haben. Sie können Waffen mühelos führen.« Er drehte das Schwert in seinen Händen hin und her. »Ein ganz normales Menschenschwert, aber für uns doch tödlich wie die Klauen der Rodhakan. Wenn wir nur wüssten, welche Art von Gift sie verwenden.«

Aravyn sah sich unbehaglich um. »Mir werden sie jedenfalls immer unheimlicher.«

»Wir suchen Ragnar!«, erklärte Maredd nun, getrieben von der Angst um seinen Enkel. Und daher machten er, Targon und Aravyn sich sofort auf den Weg, während Etron und Taramin den Verletzten zurückbrachten.

Schon längst lag ein beachtlicher Berg Brennholz vor der Höhle. Amelia und Lena hatten damit begonnen, wilde Rüben, die wie Kartoffeln schmeckenden Früchte des Therenbusches und verschiedene Wildkräuter kleinzuschneiden.

»Autsch!« Schon das zweite Mal schnitt sich Lena in den Finger, denn ihr Blick wanderte beständig zu der Stelle, an der Maredd und die anderen verschwunden waren.

»Lass es gut sein«, riet Amelia ihr. »Möchtest du lieber Brot backen?«

»Ja, ist vielleicht besser.« Wütend saugte Lena an ihrem blutenden Finger. »Ich gehe davon aus, auch hier in Elvancor wächst ein Finger nicht nach, wenn man ihn erst einmal abgeschnitten hat.«

Das brachte Amelia zum Lachen. »Nein, davon wäre mir zumindest nichts bekannt.«

Etwas Feuchtes streifte Lenas Nacken, und sie schrie auf, als sie sich umdrehte. »Verdammt, Morqua!«, schimpfte sie, denn die große Bergkatze stand genau hinter ihr.

»Sie mag dich«, stellte Amelia fest.

»Und deshalb schleicht sie sich an mich heran?«

»Das ist die Art der Bergkatzen.« Eryn trat hinter einem Felsen hervor, über der Schulter ein totes Reh. »Sie pirschen sich lautlos an ihr Opfer an und töten es mit einem Biss.«

Voller Unbehagen rieb sich Lena den Nacken und bedachte Morqua mit einem kritischen Blick.

Doch Eryn ließ sich lachend auf der Erde nieder. »Du bist eine Freundin, dir würde sie niemals etwas antun.«

»Sehr beruhigend.« Mittlerweile fand Lena die Raubkatze wirklich faszinierend, hatte sogar ihre Scheu verloren, aber dieser feuchte Kuss aus dem Hinterhalt erschreckte sie dennoch.

»Wo sind denn die anderen?«, wunderte sich Eryn.

»Sie sind Ragnar zu Hilfe geeilt. Rodhakan haben in der Nähe einige Menschen angegriffen«, erklärte Amelia.

Sofort sprang die Kriegerin auf, ließ dann aber ihren Blick über Lena und Amelia schweifen und hielt inne. »Ich bin im Augenblick die einzige Tuavinn hier«, seufzte sie. »Besser, ich wache über euch und diesen Ort!«

Lena verstand ihre Worte nicht und sah fragend von Amelia zu Eryn. »Normalerweise bewachen mindestens drei Tuavinn einen der Kraftorte«, erklärte Amelia.

»Aber bis eben war überhaupt niemand da«, meinte Lena.

»Ich habe nicht weit von hier und entlang der Kraftlinien gejagt. Hätten Rodhakan die Linien durchbrochen, es wäre mir nicht entgangen.«

»Wie denn das?«

»Die magischen Linien.« Eryn deutete auf den Boden. »Noch sind sie stark und unbeschädigt.«

Verwirrt sah Lena auf die Erde, und die Tuavinn fuhr fort: »Ganz Elvancor ist von ihnen durchzogen. An manchen Orten, so wie diesem, sind sie besonders stark und sammeln sich. Hier sind wir geschützt. Vor den Rodhakan und vor anderen Eindringlingen.«

Lena ließ sich in die Hocke nieder und betastete den Boden. »Kaum zu glauben«, flüsterte sie.

»Lena kann sie nicht erkennen«, sagte Amelia. »Mir ging es ähnlich, als ich das erste Mal hier war. Erst seitdem ich mit Maredd verbunden bin, hat sich meine Wahrnehmungskraft verschärft.«

»Für mich ist es fremd, dass jemand die Linien nicht sieht«, entgegnete Eryn. »Doch den anderen Menschen Elvancors geht es ja ähnlich wie Lena.«

»Bei uns an der Esperhöhle habe ich damals Linien gesehen«, erinnerte sie sich. »Das zweite Mal sind sie aufgetaucht, als Maredd mich holen kam, und auch hier in der Höhle, als wir die beiden Tuavinn in meine Welt geschickt haben, konnte ich sie erkennen.«

»Sehr gut«, freute sich Eryn. »Dann wirst du vielleicht eines Tages auch jene Linien der Kraft wahrnehmen, die uns alle umgeben.«

»Was ist mit den Rodhakan? Sie können die Linien überqueren, sagst du?«

»Ja, wenn sie die Kraftlinien durchbrechen, schwächen sie diese, aber auch sich selbst und geben einen Teil ihrer Lebenskraft ab.«

»Weiter im Süden«, warf Amelia ein, »sind die Kraftlinien besonders schwach, manche existieren beinahe nicht mehr, denn in der Nähe des verwüsteten Landes von Rodh halten sich die Rodhakan besonders häufig auf.«

»Die Tuavinn im Süden haben die meisten Kämpfe mit den Rodhakan auszufechten. Immer wieder müssen sie versuchen, die Kraftlinien zu stärken.«

»Das ist möglich?« Ein wenig verwundert blickte Lena auf.

Eryn lehnte sich gegen einen Felsen, streckte ihre langen Beine aus und spielte an einer ihrer Haarsträhnen herum. »Durch Opfergaben wie Blumen oder auch Gesänge und Tänze bitten wir die Naturgeister, den Kraftlinien Energie einzuhauchen. Die Kräfte, die den Geistern innewohnen, unterscheiden sich von denen der Kraftlinien kaum.« Mit einem Lächeln nickte Eryn

Amelia zu. »Amelias Gemälde zum Beispiel erfreuen besonders die Berggeister. Sie wissen die so meisterhaft auf ihren grauen Stein gemalten Szenen sehr zu schätzen.«

Lena nickte bedächtig, dann legte sie einen Finger an die Lippen. »Könntet ihr die Geister nicht einfach bitten, die Rodhakan zu vernichten?«

Eryn schüttelte den Kopf. »Wir vermuten, die Naturgeister hätten die Rodhakan schon längst vernichtet, würde dies in ihrer Macht liegen. Es ist reine Verderbnis, die durch die Rodhakan strömt, und genau diese zehrt die natürlichen Lebenskräfte, wie sie die magischen Linien oder eben auch die Naturgeister durchziehen, auf.«

»Meine Oma hat auch immer Blumenkränze an der Esperhöhle niedergelegt«, überlegte Lena. »Und getanzt und gesungen, als ich noch ein kleines Mädchen war.«

Eryn und Amelia sahen sich an. »Möglicherweise stammt sie von einer Familie von Hütern oder gar Bewahrern ab«, überlegte Eryn.

»Das würde einiges erklären«, stimmte Amelia zu.

»Was sind Hüter und Bewahrer?«

»In alten Tagen, als die Kelten in Freundschaft mit den Tuavinn verbunden waren, gab es in deiner Welt sogenannte Hüter«, erläuterte Amelia. »Sie kümmerten sich um die Kraftpunkte und die Übergänge nach Elvancor, damit niemals ein Feind in diese Welt kommen konnte. Bei Bewahrern handelte es sich um besonders weise Männer und Frauen. Sie lehrten und überwachten die Hüter. Aber selbst bei ihrem Volk wusste niemand, wer wirklich ein Bewahrer war. Das war wichtig, damit das Wissen nicht in falsche Hände gelangte.«

»Nachdem die ersten Rodhakan in Elvancor erschienen waren«, fuhr Eryn fort, »und die Tuavinn nur noch sehr selten über die Schwelle reisten, verschwanden leider viele Hüter in deiner Welt. Einerseits vermischte sich das Keltenvolk mit anderen Kulturen, andererseits gab es keine Tuavinn mehr in deiner Welt, um sicherzustellen, dass Nachfolger für diese Hüter bestimmt wurden.« Bedauernd zuckte Eryn die Achseln. »Wie du weißt, kümmern wir uns nicht um Dinge wie Zeit, die vergeht. Amelia hat versucht, es mir zu erklären, und ich vermag mir kaum vorzustellen, wie es ist, nur diese begrenzte Lebensspanne zur Verfügung zu haben. In jedem Fall kamen für viele Generationen an Menschen keine Tuavinn mehr in deine Welt, das Wissen der Bewahrer geriet in Vergessenheit.«

»Maredd und einige andere haben sich bemüht, die Nachfahren der Bewahrer aufzuspüren, was gar nicht einfach war«, ergänzte Amelia. »Diese wiederum sind auf der Suche nach Menschen, die ein Gespür für magische Dinge besitzen, und tragen Sorge, dass die Kraftorte weiterhin geschützt werden.«

»Und ihr denkt, meine Oma könnte so ein Bewahrer sein?«, rief Lena aus.

»Maredd versicherte mir, euer Haus läge auf einer starken Kraftlinie, und ich gehe davon aus, die Rodhakan haben weder dir noch Ragnar schon früher etwas angetan, weil ihr über große Kräfte in euch selbst verfügt, auch wenn ihr das nicht wusstet.«

»Wow! Ich muss meine Oma unbedingt fragen, sobald ich zurück bin.«

»Nur die stärksten der Bewahrer wissen von den Tuavinn. Du wirst ihr von Elvancor erzählen müssen, denn sonst wird sie dir nichts berichten. Sie alle legen einen Eid ab, die Tuavinn und Elvancor geheim zu halten.«

»Aber weshalb?«

»Weil die meisten Menschen der anderen Welt nicht bereit dazu sind, Elvancor zu betreten. Sieh dir doch nur an, was die Menschen, und ich nehme mich damit nicht aus«, gestand Amelia, »mit unserer Welt angestellt haben. Gier, Kriege, Hunger, Leid. Ich denke, die meisten werden noch viele Leben hinter sich bringen müssen, bis sie begreifen, was wirklich zählt. Würden sie alle hierherkommen, Elvancor würde vernichtet werden und untergehen. Vermutlich würden sie weitaus größeren Schaden anrichten als die alten Keltenfürsten.«

»Aber wie sollten sie denn hierher gelangen?«, fragte Lena verwundert. »Ich dachte, nur den Kelten war dies damals möglich, und das auch nur, weil Tuavinn sie mitnahmen oder eben zusammen mit ihnen die Amulette anfertigten?«

»Das ist schon richtig«, bestätigte Eryn. »Tuavinn und Kelten schlossen einen Pakt, der besagte, dass nur die vom Blute der Kelten mit nach Elvancor kommen oder später eben die Amulettträger. Deshalb wurden die Kraftpunkte und ihre Bewahrer ja auch so geheim gehalten. Würden aber die Rodhakan die Kraftpunkte erobern, könnte die dunkle Macht, die in der Schattenbrut steckt, die Menschheit vernichten oder die Kraftlinien derart verzerren, dass vielleicht auch andere Menschen über die Schwelle gelangen. Das alles sind Vermutungen, aber niemand möchte es darauf ankommen lassen.«

»Ich glaube, so langsam erahne ich das Ausmaß der Probleme, die diese Rodhakan mit sich bringen«, stellte Lena fest.

»Und sie bedrohen auch deine Welt«, verkündete Eryn unheilvoll.

Wie um ihre Worte zu unterstreichen, fauchte Morqua und sprang auf. Auch Lena und Amelia schreckten hoch, erkannten dann aber zwei Gestalten, die sich der Höhle näherten und eine Dritte zwischen sich herschleppten. Lena spürte, wie sich ihr Pulsschlag beschleunigte, ihr Herz klopfte bis zum Hals, aber schließlich bemerkte sie, dass es sich nicht um Ragnar handelte.

»Gheros ist verletzt«, rief Taramin schon von Weitem.

Sofort eilten sie alle zu den dreien hinüber.

»Bringt ihn in die Höhle.« Amelia rannte voraus.

Sowohl Etron als auch Taramin atmeten schwer. Lena erkannte das Blut an Gheros' Haaren, das hinterherschleifende Bein, und sie sah die Angst in Taramins Augen.

»Habt ihr Ragnar gesehen?«, wagte sie nun zu fragen.

»Nein, aber Maredd wird ihn finden«, versicherte Etron ihr.

Obwohl es sehr bestimmt klang, ließ ein Blick auf Gheros einen dicken Kloß in Lenas Kehle aufsteigen.

»Hier, legt ihn zu den Wärmekristallen«, verlangte Amelia und schaffte in aller Eile Decken und Felle herbei. Diese stapelte sie neben den roten Kristallen auf, die eine angenehme Wärme und ein beruhigendes Licht verströmten.

Behutsam betteten sie Gheros auf sein Lager. Während Eryn den Verletzten untersuchte und Lena beim Anblick der vielen Blutergüsse mitleidig den Mund verzog, hielt Taramin mit besorgter Miene Gheros' Hand.

»Alles wird schnell verheilen, nur das hier macht mir Sorgen«, rief Eryn und deutete auf einen Schnitt an Gheros' Kopf.

»Das war ein Rodhakan mit einem Schwert«, erklärte Taramin, und ihre Unterlippe begann zu beben. Zärtlich streichelte sie über die Haare ihres Gefährten.

Tröstend legte Amelia der Kriegerin eine Hand auf den Arm.

»Schon mehrfach habe ich auf meinen Streifzügen auch Rodhakan mit Waffe gesehen«, erklärte Eryn mit düsterem Blick auf die Wunde. »Meist tragen sie jene, die schon weiter materialisiert sind. Ich hole Kräuter und Verbände.«

»Was ist, wenn eine Rodhakan-Waffe ihn verletzt hat?«, erkundigte sich Lena, da ihr die Besorgnis der anderen nicht entgangen war.

»Dann werde ich ihn verlieren«, sagte Taramin mit so dünner und tonloser Stimme, dass es Lena eiskalt wurde.

»Es ist nur ein kleiner Schnitt«, erwiderte Eryn und wandte sich dann an Lena. »Wir hegen den Verdacht, dass die Rodhakan Gift benutzen, das wir nicht kennen. Seltsamerweise überleben es Menschen eher als Tuavinn.«

»Gheros ist ein reinblütiger Tuavinn, er ist den Rodhakan-Waffen schutzlos ausgeliefert«, schluchzte Taramin.

»Bleib bei ihm, Taramin«, riet Eryn. »Du weißt, du kannst ihm helfen.«

Die Frau nickte, zog Gheros vorsichtig in ihre Arme und versteckte ihr Gesicht in seinem Haar.

Eryn bedeutete Lena, ihr zu folgen. »Komm, wir helfen Amelia dabei, die Kräutersalbe herzustellen.«

»Hilft die denn gegen so eine Wunde?«

»Nein, aber wir können so wenigstens seine anderen Verletzungen behandeln.«

Lena warf einen Blick zurück über die Schulter. »Ständig haben sie sich gestritten, aber jetzt tut sie mir entsetzlich leid.«

»Sie lieben sich sehr – auch wenn sie das selten zeigen«, sagte Eryn wehmütig. »Aber ich gebe die Hoffnung nicht auf. Vielleicht hatte er Glück und hat nicht viel von dem Gift abbekommen. Dann kann er es unter Umständen mit der Kraft seiner Anam Cara überstehen.«

»Denkst du?«

»Durch den Bund mit seiner Anam Cara verbinden sich auch die Lebenskräfte. Dies kann dem Verletzten helfen.«

Sie waren in jenem Teil der Höhle angelangt, in dem in hölzernen Kisten, Tongefäßen und Krügen Lebensmittel und Kräuter gelagert waren. Bedächtig roch Eryn an einer kleinen Tonschale und nickte dann.

»Das wusste ich nicht. Es muss schön sein, so tief miteinander verbunden zu sein«, sagte Lena mehr zu sich selbst.

»Es ist wunderbar, aber nicht immer einfach.«

»Wie lange ist Morqua denn schon deine Anam Cara?«

Unschlüssig hob Eryn ihre Schultern. »Einige Menschengenerationen, würde ich sagen. Ich hatte meine Ausbildung in der Waffenkunst erst seit einer Weile abgeschlossen und konnte mit den Geistern Elvancors in Kontakt treten, da traf ich Morqua.«

Die Bergkatze ließ sich auf ihre Hinterpfoten sinken, ihren langen, getigerten Schwanz legte sie zwischen ihre Vorderpfoten, bevor sie sich darauf niederließ. Eryn fing an, ätherisch duftende Kräuter zu zerstampfen, und fügte schließlich eine Flüssigkeit hinzu.

»Warst du jemals mit einem Mann zusammen – ich meine, so wie Amelia und Maredd?«

Ein Schmunzeln huschte über Eryns Gesicht. »Mit einem Tuavinn und zuvor mit einer Frau vom Bergvolk.«

»Ach, wirklich?«

»Einige von uns Tuavinn fühlen sich zum gleichen Geschlecht hingezogen, manche auch zu beiden. Amelia hat gesagt, in deiner Welt wäre das nicht anders, wenn auch nicht die Regel.«

»Ja, das stimmt.« Plötzlich musste Lena an Timo denken. Wie ging es ihm? Ihr altes Leben war so weit entfernt und gleichzeitig so nah.

»Und was ist aus den beiden geworden?«

Ein trauriges Lächeln erschien auf Eryns Gesicht. »Nuria war ein Mensch, ich wusste immer, dass wir eines Tages getrennt werden würden. Es geschah, bevor ich Morqua begegnete, und manchmal dachte ich, sie wäre meine Anam Cara.«

»Aber sie war es nicht«, flüsterte Lena.

»Nein, und als ich Nuria in die Nebel der Ewigkeit begleitete, war ich sehr traurig, aber ich weiß, eines Tages werde ich sie wiedersehen.« Gespannt hörte Lena zu und bemerkte, wie ein Lächeln, vermutlich der Erinnerung entsprungen, über Eryns Gesicht huschte und ihre kantigen Züge sehr viel weicher machte. »Eine Weile blieb ich allein, dann traf ich Targon, mit dem ich eine sehr leidenschaftliche Beziehung führte.«

»Targon? Dieses Ekel?«, entfuhr es Lena.

»Er war nicht immer so. Der Tod seines Bruders und auch der seines Anam Cara durch die Hand eines Rodhakan haben ihn verbittern lassen. Früher war er ein äußerst faszinierender Mann – wenn auch kein einfacher, das muss ich zugeben.«

»Aber eure Beziehung hat trotzdem nicht gehalten.«

»Nein, Morqua konnte ihn nicht leiden, und ihr fühle ich mich stärker verbunden.«

»Kluges Tier«, brummelte Lena, und sie vermutete, die Bergkatze hatte sie verstanden, denn sie kam zu ihr und drückte sich an ihr Bein.

»Na, offenbar hast du eine Verbündete gefunden«, schimpfte Eryn gutmütig.

»Targon hasst Ragnar«, behauptete Lena.

»Ich denke nicht, dass Hass der richtige Begriff ist.« Während sie mit einem hölzernen Mörser in der Schüssel rührte, ging Eryn langsam zurück zu Taramin und Gheros. »Im Grunde fürchtet er Ragnar, so wie viele von uns. Ragnar kann Übergänge nach Elvancor auch außerhalb der Kraftorte schaffen.« Eryn atmete tief ein und stieß die Luft anschließend wieder heftig aus. »Das ist noch niemandem jemals zuvor gelungen und macht Ragnar auch gefährlich. Deshalb lehnt Targon Aravyns Beziehung zu Ragnar ab. Er hat Angst, auch seine Nichte zu verlieren.«

»Und du, hast du Angst vor ihm?«, wollte Lena wissen. Sie beobachtete die große Kriegerin sehr genau, und Eryn ließ sich Zeit mit ihrer Antwort.

»Ich mag Ragnar, nicht zuletzt, weil er der Enkelsohn von Maredd und Amelia ist, und mittlerweile nenne ich ihn sogar einen Freund. Dennoch«, sie zögerte, rang sichtlich nach Worten, »dennoch denke ich, wir müssen gut auf ihn achten. Es ist etwas Unberechenbares an ihm.«

»Was meinst du denn damit?«, hakte Lena nach.

»Ich kann es nicht wirklich in Worte fassen. Aber er wirkt rastlos, gelegentlich unbeherrscht. Es mag sein, dass sich das ändert, wenn er erst mit seinem Anam Cara vereint ist.«

Lenas Stimmung sank auf den Nullpunkt. *Aravyn*, dachte sie, doch dann hörte sie wieder Eryn zu.

»Sicher können wir jedoch nicht sein. Ragnar ist der Erste seiner Art.« Sie legte Lena ihre freie Hand auf den Unterarm. »Ich weiß, du hast ihn sehr gern. Hilf ihm, soweit es in deiner Macht steht, aber sei vorsichtig.«

»Ja, das werde ich.«

Nun galt Eryns Aufmerksamkeit wieder Gheros. Er war noch immer bewusstlos und gab lediglich ein leises Stöhnen von sich, als Eryn die Wunde an seinem Kopf auswusch und anschließend mit der Paste bestrich.

»Kann ich irgendetwas für ihn tun?«, fragte Taramin unglücklich.

»Sei einfach für ihn da.« Eryn sah sie mit einem aufmunternden Lächeln an. »Wenn es eine vergiftete Waffe gewesen wäre, hätte er schon längst Fieber und Schüttelfrost.«

»Aber er ist so bleich und wacht einfach nicht auf!«

»Diese Kopfwunde ist ernst und schwächt ihn.« Nun kniete sich Eryn neben Gheros, besah sich kopfschüttelnd sein Bein und nahm es dann in beide Hände. »Halt ihn gut fest, Taramin.«

Als ein laut knackendes Geräusch ertönte, presste Lena die Hand vor den Mund und wandte sich schnell zur Seite. Ein erneutes Knacken, Gheros schrie trotz seiner Bewusstlosigkeit auf, und Lena spürte einen heftigen Würgereiz. Da legte sich eine Hand auf ihre Schulter.

»Komm.« Etron führte sie aus der Höhle heraus.

Draußen im Freien atmete Lena tief durch und sah entschuldigend zu Etron auf. »Tut mir leid.«

»Ich kann das ebenfalls nicht gut ertragen«, sagte er überraschend.

»Im Ernst?«

Er kratzte sich verlegen am Bart. »Eryn hat Graha einmal einen gebrochenen Flügel gerichtet. Da musste ich mich übergeben.«

Lena begann zu lachen, dann räusperte sie sich. »Ich wollte dich nicht beleidigen, aber du … du wirkst so beherrscht und stark. Das wundert mich einfach.«

»Ich kann andere nicht leiden sehen.« Behutsam schob er Lena vorwärts. »Komm.«

»Wohin?«

»Wir suchen Holz für deinen Bogen.«

»Aber …« Unruhig sah sie sich um. »Was ist, wenn Ragnar zurückkommt.«

»Wir gehen nicht weit fort.«

»Wo willst du denn hin?«

Der Krieger blieb stehen, musterte sie eine Weile und sagte dann: »Der Tag ist gekommen, an dem du deinen eigenen Bogen erhalten sollst.«

»Und weshalb ausgerechnet heute?«

»Weil der Tag gekommen ist.«

Lena schürzte die Lippe. »Ach, und das hast du zu entscheiden?«

»Nein, der Wald.« Ohne weiter auf Lena einzugehen, hastete er mit großen Schritten davon.

»Mann, Mann, Mann, diese Tuavinn-Weisheiten machen mich wahnsinnig.« Noch einmal sah Lena sich um, doch nichts rührte sich. Die Aussicht auf einen eigenen Bogen ließ sie schließlich hinter Etron hereilen. Der schweigsame Krieger führte sie eine Weile durch den Wald, den Berg hinauf, zwischen hohen, zackigen Felsen hindurch.

»Woher holen wir denn das Holz für meinen Bogen?«, erkundigte sich Lena.

Etron verkürzte seine Schritte, sodass sie ihn einholen konnte. »Zu welchem Baum fühlst du dich besonders hingezogen?«

Überrascht zog sie die Nase kraus. »Ehrlich gesagt, habe ich mich noch niemals zu einem Baum hingezogen gefühlt.«

»Hm.« Etron strich sich über seinen Bart. »Dann solltest du versuchen, deine Sinne zu öffnen.« Seine Hand fuhr über seinen eigenen dunklen Holzbogen, den er über seiner Schulter hängen hatte. »Mich hat das Holz des Ebenaci stets fasziniert. Stark, aber dennoch biegsam, und der Tuavinn-Legende nach soll es das Böse abwehren.«

»Diesen Baum kenne ich gar nicht – so wie viele Bäume hier.« Sie ließ ihren Blick über die zahlreichen Laub- und Nadelbäume schweifen.

»Es ist nicht vonnöten, all ihre Namen zu kennen. Du musst dich nur ihrer Magie öffnen.«

Diese Art zu denken war Lena wieder einmal sehr fremd. Dennoch achtete sie nun genauer auf die unterschiedlichen Baumarten. Die Bäume mit den kleinen, rötlichen Blättern, die so leise im Wind raschelten, fand sie hübsch, aber ob das Etrons Meinung nach ausreichen würde?

Langsam gingen sie weiter, und irgendwann machte Etron sie auf einen schätzungsweise drei Meter hohen Baum mit handtellergroßen grünen Blättern aufmerksam. Kleine orangefarbene Früchte hingen von seinen Ästen, der dunkle Stamm bestand aus zwei ineinander verwachsenen Teilen, die sich in die Höhe schraubten. »Das ist ein Ebenaci.«

Bewundernd strich sie über das glatte Holz. »Der sieht toll aus. Denkst du, er könnte auch etwas für mich sein?«

Aber Etron schüttelte den Kopf, und so wanderten sie weiter.

Etron drängte sie nicht und schien auch nicht beleidigt zu sein, als sie stehen blieb. »Ich glaube, heute habe ich keine Nerven für so etwas. Können wir zurückgehen?«

»In Ordnung.« Der Krieger lächelte ihr zu, und sie gingen den Berg hinab, doch nach wenigen Schritten deutete er nach links. »Dort liegt eine uns heilige Quelle. Ich möchte für Gheros Wasser mitnehmen.«

»Gut.« Lena folgte ihm, und eine böse kleine Stimme in ihrem Inneren sagte: Wer weiß, ob Ragnar das nicht auch nötig hat.

Dann verdrängte sie all ihre Ängste und blieb staunend stehen, als sie einen Ort sah, den man wieder einmal nur als märchenhaft bezeichnen konnte. Aus einem von Farnen bewachsenen Hügel plätscherte eine kleine Quelle mit glasklarem Wasser. Dieses ergoss sich in ein Becken, in dem winzige Blumen auf dem Wasser trieben. Die hintere Hälfte wurde von hohen Büschen gesäumt. Weiße Blüten bedeckten den gesamten Busch, und Lena blinzelte, denn irgendetwas Buntes bewegte sich dazwischen, doch es konnten keine Blüten sein, denn es ging kein Wind. Verzaubert näherte sie sich ihm über glatte Steine hinweg, und da stoben plötzlich Hunderte kleine Wesen aus dem Busch.

»Sind das Schmetterlinge?«, staunte sie.

»Dir erscheinen sie als Schmetterlinge, aber das sind Schlehengeister.«

»Schlehengeister«, wiederholte Lena und streckte ihre Hand nach dem Busch aus. »Meine Oma hat mich immer zum Schlehensammeln mitgenommen, als ich ein kleines Kind war. Sie hat Saft aus den Früchten gemacht.«

»Dann begleitet dich dieser Baum schon seit deiner Kindheit.«

Lena nickte, und nun kam einer dieser vermeintlichen Schmetterlinge näher. Mit raschen Schlägen trugen die filigranen rötlichen Flügel einen schlanken Körper, kaum mehr als fingerdick, durch die Luft. Ein kleiner Kopf, der von riesengroßen dunklen Augen beherrscht wurde, wandte sich ihr zu. Der Schlehengeist ließ sich auf ihrer Schulter nieder, sodass Lena Etron Hilfe suchend ansah.

»Er möchte dir sagen, dass du gefunden hast, wonach du suchst.«

»Denkst du wirklich?« Behutsam drehte Lena den Kopf nach links, sah in diese dunklen Augen, die ihr so fremd und doch so ausdrucksstark erschienen. Weise, von einer ihr unbekannten Macht erfüllt.

»Du könntest ihn fragen, ob dir die Schlehengeister die Ehre erweisen, deine erste Waffe aus ihrem Holz herstellen zu dürfen.«

Ihr Blick wanderte zu dem Busch, so perfekt und anmutig wuchs er neben der Quelle in die Höhe.

»Ich möchte nichts von ihm abschneiden, das … das wäre irgendwie nicht richtig«, sagte sie spontan.

Etrons große Hand legte sich auf ihre freie Schulter. »Das ist der richtige Weg. Frag die Geister.«

»Ja, aber wie denn?«

»Du denkst zu viel nach, Lena, hör auf dein Herz, deine innere Stimme.«

Beim besten Willen wusste sie nicht, was er meinte, aber schließlich wandte sie sich erneut dem Schlehengeist zu, dessen dunkle Augen sie an nachtschwarze Bergseen erinnerten.

»Also, Schlehengeist, ich … hätte gerne einen Bogen. Aber ich möchte euren Strauch nicht kaputt machen.« Unsicher drehte sie sich zu Etron um, der ihr aufmunternd zunickte. »Kannst du mir irgendwie helfen?« Erneut betrachtete sie den Schlehengeist, und unvermittelt hatte sie das Gefühl, von seinen Augen regelrecht aufgesogen zu werden. Zunächst wehrte sie sich dagegen, aber der Sog zog sie immer weiter.

Lena sah sich selbst, wie sie am Rande dieses kleinen Wasserbeckens stand. Sie trug ein fließendes Gewand und keine Schuhe. In der Hand hielt sie einen tönernen Krug. Gemessenen Schrittes umrundete sie dreimal den Teich, dann stellte sie den Krug unter den Busch, fuhr mit den Händen sanft über die Blätter, und die weißen Blüten wirbelten um sie herum, schlossen sie ein. Der dickste Ast des Schlehenbusches bog sich in ihre Richtung, es krachte leise, und …

Jäh wurde Lena aus dieser eigentümlichen Vision gerissen, torkelte zurück und fühlte sich von starken Armen aufgefangen. Sie erblickte Etrons bärtiges Gesicht, blinzelte verwirrt und stand dann endlich wieder auf ihren eigenen Füßen. Doch mit diesem Traum oder dieser Vision war der Wunder nicht genug. Aus dem Schlehenbusch erhoben sich plötzlich Hunderte der kleinen Schlehengeister, wie in Lenas Vision wirbelten Blätter und Blüten, bildeten das Abbild einer Kriegerin mit einem Bogen, der Bogen verwandelte sich in einen dicken Ast, und die Geistergestalt schwebte über dem Wasser. Dann flogen sie alle zu dem Busch, es krachte leise, die Wesen erhoben sich kurz darauf mit einem dicken, dunklen Ast, den sie direkt vor die Füße von Lena und Etron legten. Anschließend stoben die Schlehengeister auseinander und vereinten sich wieder mit ihrem Busch, wo nun eine breite Lücke klaffte.

»Was hatte denn das jetzt zu bedeuten?«

Ehrfürchtig verbeugte sich Etron vor dem Schlehenbusch, schöpfte Wasser in seinen Lederbeutel und hob den Ast auf. »Sie haben dir die Ehre gewährt, ihr Holz zu nehmen. Komm, wir brechen auf.«

Nur widerstrebend verließ Lena diesen magischen Ort und erzählte Etron unterwegs, was ihr der Schlehengeist gezeigt hatte. Der Tuavinn war deutlich weniger verwundert als sie.

»Ein Teil deiner Vision ist Wahrheit geworden. Du solltest bald zurückkehren.«

»Um was zu tun?«

Kurz huschte ein Schmunzeln über Etrons Gesicht. »Ich denke, was sich in dem Krug befunden hat, war Schlehenwein. Wir stellen ihn gerne her, und viele Geister geben sich gelegentlich den fleischlichen Genüssen hin.«

»Geister trinken Alkohol?«, staunte Lena.

»Ich weiß nicht, ob sie ihn tatsächlich trinken so wie wir, aber sie fühlen sich geehrt, wenn aus den Früchten ihrer Büsche etwas Edles gebraut wird.«

»Na gut.« Sie sah zu dem leicht gebogenen Ast. »Dann werde ich mich demnächst mit einem Krug Wein auf den Weg machen.«

»Und ich schnitze dir einen Bogen – wenn es dir recht ist.«

»Und ob mir das recht ist!« Lena lachte auf. »Ich hätte keine Ahnung, was ich tun soll.«

»Ich werde dir einen Bogen bauen.« Seine dunklen Augen wanderten an ihr hinab. »Die Schlehe ist eine mächtige Pflanze.

Wehrhaft, schön anzusehen, und sie soll sogar Wünsche erfüllen. Sie passt zu dir.«

»Vielen Dank, Wünsche erfüllen kann nie schaden!«

Zurück bei den Höhlen krampfte sich Lena das Herz zusammen. Weder Ragnar noch die andern, die ihn suchten, waren heimgekehrt.

»Wie geht es Gheros?«, wollte sie von Eryn wissen, nicht zuletzt, um sich abzulenken.

»Er ist erwacht. Wie es aussieht, hat er kein Gift abbekommen. Sein Kopf dröhnt, und das Bein wird einige Tage brauchen, um wieder zusammenzuwachsen, aber Taramin ist bei ihm und sehr erleichtert.«

»Wenigstens eine gute Nachricht«, murmelte Lena und nahm einen Teller Suppe entgegen, den Amelia ihr reichte.

»Aber so schnell heilt doch kein Bruch«, wunderte sie sich. »Von der Kopfwunde ganz zu schweigen.«

»Das ist bei Tuavinn nicht ungewöhnlich«, erklärte Amelia.

»Stimmt, Ragnar hat mir auch erzählt, dass bei ihm immer alles sehr schnell heilt.« Sie schluckte schwer und ließ ihren Teller mit Suppe sinken. *Ragnar!*

»Lena, er wird bald hier sein.« Amelia umarmte sie, aber auch das brachte nur wenig Trost.

Die Monde standen schon hoch am Himmel, als Lena von der Höhle zu Amelias Hütte ging. Niemand war nach Hause gekommen, keine Nachricht von Ragnar. Sie wickelte sich in eine der warmen Decken, denn sie fröstelte. Doch die Kälte in ihrem Inneren ließ sich nicht verdrängen. Lange dauerte es, bis sie sich in den Schlaf geweint hatte, aber auch die Nacht brachte kein Vergessen, sondern nur wirre Albträume.

Kapitel 17

Freud und Leid

»Wie viele der Fürsten wohl tatsächlich hierherkommen werden?«, überlegte Ureat mit einem Blick hinauf zu den Monden. Noch waren sie nicht gefüllt, aber ihr Schein erhellte den dunkler werdenden Himmel. Heute waren sie an der vereinbarten Stelle eingetroffen und warteten nun auf die Tuavinn und die Fürsten oder deren Vertreter aus den Städten.

»Sie werden alle kommen, denke ich.« Mit einem Schleifstein schärfte Kian seine Waffe, ließ Unebenheiten und Kerben verschwinden. Eine Arbeit, die ihn schon immer beruhigt hatte und bei der er seine Gedanken schweifen lassen konnte. »Niemand kann sich eine derart wichtige Unterredung entgehen lassen.«

»Vermutlich nicht.« Onkel Ureat zog sich die Decke bis zur Nasenspitze.

Im Schutz einer Felsgruppe hatten sie ihr Lager errichtet.

Eine Plane aus zusammengenähten und geölten Lederstücken war zwischen zwei Felsen gespannt und würde sie auch vor starkem Regen schützen. Das Feuer prasselte behaglich und verströmte einen beruhigenden Schein.

Bald werde ich Lena wiedersehen, dachte Kian. Häufig hatte er während der Reise an das Mädchen gedacht. Wie war es ihr bei den Tuavinn wohl ergangen? Hatte sie inzwischen zu kämpfen gelernt? Wie gerne hätte er es ihr beigebracht, und der Gedanke daran, ihr bald wieder gegenüberzustehen, ließ eine gewisse

Aufregung in ihm hochsteigen. *Ob auch sie an mich denkt?* Mit einem schabenden Geräusch fuhr der Schleifstein wieder und wieder über die Klinge. Nach wie vor wusste Kian nicht, was er mit dem anfangen sollte, was er in Erborg heimlich mit angehört hatte. Aber eines war sicher, wie auch immer sie sich entschied, er würde an ihrer Seite bleiben.

Zerschlagen und unausgeschlafen fühlte sich Lena, als sie die Augen aufschlug. Das fahle Licht verriet ihr, dass der Tag noch sehr jung sein musste. Dennoch schüttelte sie die bleierne Schwere ab, zog sich an und eilte zur Haupthöhle. An dem betrübten Gesicht von Amelia erkannte sie sogleich, dass es keine Neuigkeiten gab. Gheros dagegen ging es erfreulicherweise besser. Er saß aufrecht in den Kissen und trank aus einem tönernen Becher.

»Lena, sie werden ihn sicher finden«, rief er ihr aufmunternd zu, als sie mit hängenden Schultern zu der Höhle mit dem Wasserfall schlurfte. Sie nickte nur traurig. Mittlerweile war es nicht mehr nur der Wunsch, Ragnar baldigst wiederzusehen, der sie antrieb, sondern auch das Verlangen danach, das bevorstehende Treffen mit den Menschen hinter sich zu bringen, welches Ragnar, Kian und sie selbst vereinbart hatten. Selbst wenn sie tiefe Gefühle für Ragnar hegte, so wollte sie doch in ihre eigene Welt zurückkehren. Nach dem Treffen – wie auch immer dieses ausgehen mochte – würde sich Ragnar früher oder später mit Aravyn verbinden, und dann gab es nichts mehr in Elvancor, das auf Lena wartete.

Kaum hatte sie nach dem Duschen die Grotte verlassen, sprangen Taramin und Eryn auf. »Jemand kommt!«

Lenas Herz begann, schneller zu schlagen, und sofort folgte sie den anderen, die alle aus der Höhle stürzten.

Kurz glaubte Lena, ein Wirbelsturm aus Sand bahnte sich seinen Weg aus der Erde. Wie eine Fontäne schossen Steine und Sand in die Höhe, und als sich dieser Wirbel wieder in den Boden zurückzog, standen da plötzlich drei Tuavinn. Nur schwer konnte Lena die Tränen unterdrücken, als sie bemerkte, dass es weder Ragnar noch einer von denen war, die ihn suchten.

Stattdessen handelte es sich um zwei männliche Krieger, mit Schwertern bewaffnet, und eine Frau, die ein Bündel auf dem Arm trug. Die Schreie, die von dem Bündel ausgingen, waren eindeutig: Es handelte sich um einen Säugling.

Taramin stürzte sofort auf sie zu. »Timena!«, rief sie aus. Lena nahm an, dass es sich hier um ihre Schwester handelte, von der vor einigen Tagen die Rede gewesen war.

»Ich grüße dich, Schwester«, wurde kurz darauf Lenas Vermutung bestätigt, und Timena küsste Taramin auf beide Wangen. Die Ähnlichkeit war verblüffend, auch wenn in Timenas Haar nicht die gleichen hellen Strähnen zu finden waren wie in dem ihrer Schwester. Doch beide hatten diese schmalen Gesichter mit der geraden Nase und die funkelnden grünen Augen. Stolz und mit einem Lächeln im Gesicht präsentierte Timena das Neugeborene. Auch Lena trat langsamer näher, sah die Tränen des Glücks auf Taramins Gesicht, das Leuchten in ihren grünen Augen, als ihr Finger über die rosige Wange und das rabenschwarze Haar strich.

»Ist die hübsch!«, staunte Lena. »Und diese ungewöhnlich langen Wimpern!« Sosehr sie ihre Neffen liebte, aber als Neugeborene hatten sie schlicht und einfach schrumpelig und zerknittert ausgesehen. Doch dieses Kind besaß schon jetzt eine faszinierende Ausstrahlung und unglaublich intensive braune Augen, die sich nun auf Lena richteten.

»Yara – sie begründet eine neue Generation von Tuavinn«, flüsterte Timena und küsste ihre Tochter sanft auf die Wange.

»Ja, sie ist das erste Kind seit Langem«, bemerkte nun Eryn nachdenklich, dann lachte sie. »Dieses Ereignis muss gefeiert werden.« Sie räusperte sich. »Aber erst wenn alle wieder da sind.«

»Da dieser Kraftort am besten beschützt ist«, erklärte Timena mit einem liebvollen Blick auf ihr Kind, »sind wir hierhergekommen. Hier, so glauben wir, ist die Kleine am sichersten.«

Die beiden Krieger, die sie begleiteten, nickten zustimmend, und endlich beglückte Taramin auch sie mit einer stürmischen Umarmung. »Jarid, Hurenn, ich freue mich, euch zu sehen.«

»Rodhakan streiften unweit unseres Lagers umher. Dies hat uns zu unserem Entschluss geführt, hierherzueilen«, erzählte Jarid mit tiefer, dunkler Stimme.

An der Art, wie Hurenn Timena fürsorglich um die Schultern fasste und ihr einen Kuss auf die Stirn hauchte, erkannte Lena, dass die beiden zusammengehörten – ob nun als Liebespaar oder gar Anam Cara –, das Kind stammte sicher von Hurenn.

Dessen graue Augen wanderten über seine Gefährtin. »Lass uns hineingehen.«

»Ich richte ein Lager in einer der Seitenhöhlen für euch her«, versprach Amelia.

Anmutig schritt Timena an Hurenns Seite auf die Höhle zu. Sie begrüßten Gheros und lauschten aufmerksam, als Eryn erzählte, was geschehen und wie es zu dieser Verletzung gekommen war. Besorgnis zeigte sich auf den Gesichtern der Neuankömmlinge. Schnell jedoch lenkte das Neugeborene die Aufmerksamkeit wieder auf sich, und eine fast schon fröhliche Stimmung machte sich breit. Lena erachtete dies als gutes Omen – zumal sich auch der wolkenverhangene Himmel lichtete – und hoffte auf Ragnars baldige Rückkehr.

Doch dann betraten plötzlich Targon, Aravyn und Etron völlig durchnässt und mit ernsten Gesichtern die Höhle. Etron blickte Lena in die Augen, während Graha leise herbeirauschte und sich auf seinem ausgestreckten Arm niederließ. Dann schüttelte er den Kopf.

»Wir konnten ihn nicht finden, es tut uns leid. Maredd ist noch auf der Suche«, erklärte Targon, dieses Mal lag keine Bitterkeit in seiner Stimme.

Lena bemühte sich sehr, sich ihre Enttäuschung nicht allzu sehr anmerken zu lassen. Ein betretenes Schweigen entstand, und wieder war es die kleine Yara, die mit fröhlichem Geglucks e die düstere Gemütslage aufheiterte.

»Die Kleine soll die Sonne Elvancors begrüßen«, verkündete Timena, als ein Lichtstrahl in die Höhle fiel.

Also traten sie nach draußen. Nebel hing zwischen den Bäumen, Dampf stieg von der Erde auf, und die Vögel zwitscherten. Timena hielt ihre Tochter in einen der hervorbrechenden Sonnenstrahlen, und Lena hatte das Gefühl, kleine Gestalten in dem Lichtstrahl blitzen zu sehen.

Unvermittelt krallte sich Amelias Hand in ihren Arm. »Lena, sieh nur!«

Sie blickte nach rechts, und ihr stockte der Atem. Eine Männergestalt kam durch den wallenden Nebel langsam auf sie zu. Kleiner als die meisten Tuavinn, aber mit den typischen langen silbergrauen Haaren.

»Ragnar!«, rief Aravyn plötzlich und warf sich ihm an den Hals.

Lena konnte sich nicht einmal ärgern, so perplex war sie. Die Tatsache, dass sie alle bis vor wenigen Augenblicken noch nach ihm gesucht hatten, machte Ragnars Auftauchen nur umso rätselhafter. Ausgerechnet jetzt hallten ihr Maredds Worte durch den Kopf: *Ragnar ist ein Wesen, das es niemals zuvor gegeben hat.*

»Er lebt, er ist wieder hier«, flüsterte Amelia und drückte Lena kurz an sich. »Siehst du, alles ist gut, Lena.«

Sofort rannte Amelia los und umarmte ihren Enkel.

Als Lena zu ihm ging, bemerkte sie, wie abgerissen und erschöpft er aussah. Sein Hemd hing in Fetzen, er war klatschnass, und um seinen Arm hatte er einen blutdurchtränkten Verband gewickelt.

»Ragnar, war das eine Rodhakan-Waffe?«, sprach Aravyn Lenas drängendste Frage aus.

»Nein, ein gewöhnliches Messer.«

Sie nahm sein Gesicht in ihre Hände, küsste ihn. »Wo warst du denn so lange?«

»Ich konnte entkommen, musste einen Umweg nehmen.« Jetzt sah er zu Lena herüber, aber sein Lächeln wirkte aufgesetzt. »Mir geht es gut. Danke, dass du Hilfe geschickt hast, Lena.« Mit schleppenden Schritten näherte er sich der Höhle.

Lena hatte einen Blick in seine Augen erhascht, und sie kannte ihn zu gut, um zu wissen, dass nicht alles so war, wie es sein sollte. Irgendetwas Sonderbares lag in seinem Blick, doch Lena erriet nicht, was es war. Nachdenklich beobachtete sie ihn, als Aravyn und Amelia ihn mit Fragen bestürmten. Ragnars Antworten jedoch waren sehr einsilbig. Er erzählte von den Menschen, den Rodhakan und dass er mit einem der Krieger geflohen war.

»Der Mann konnte entkommen. Ich habe ihn bis an den Fuß der Berge begleitet.« Ragnar rieb sich die Schläfen. »Ich gehe mich jetzt waschen und brauche dringend frische Kleider.« Damit erhob er sich, und nur im Vorübergehen warf er Timena und Hurenn ein angestrengtes Lächeln zu. »Herzlichen Glückwunsch zu eurer Tochter.«

Lena runzelte die Stirn. So kannte sie Ragnar nicht. Von seinen Erlebnissen hatte er nur sehr zögernd berichtet; kein näheres Wort zu den Menschen, keines zu den Schattenkreaturen. Auch Etron schaute Ragnar fragend hinterher, wobei er geistesabwesend Grahas Nacken kraulte.

Dank Ragnars unverhoffter Rückkehr entspannte sich die Stimmungslage rasch. Amelias Sorgenfalten hatten sich geglättet, und Eryn rief in die Runde: »Heute Abend können wir wirklich feiern!« Morquas zustimmendes Gebrüll hallte von den Wänden wider, und prompt fing die kleine Yara zu schreien an.

Doch Timena war nicht wütend, sondern wandte sich der

Bergkatze zu. »Geh lieber Maredd suchen, statt unschuldige kleine Tuavinn zu erschrecken.« Morquas gewaltiger Kopf drehte sich zu Eryn, und als diese nickte, sprang die Bergkatze davon.

Nun brach Geschäftigkeit aus. Yaras Geburt und Ragnars Rückkehr sollten gefeiert werden. Während Taramin Früchte und Beeren sammelte und Amelia Brot buk, waren Targon und Aravyn auf die Jagd gegangen.

Etwas unschlüssig stand Lena herum, doch da Ragnar in dem Augenblick mit frischen Kleidern aus der Höhle trat, ging sie zu ihm.

»Zeig mal deinen Arm«, verlangte sie.

»Ist nicht so schlimm«, behauptete er. Über seinen linken Unterarm hatte er nachlässig einen Stoffstreifen gelegt, der allerdings Flecken frischen Blutes aufwies.

Sie nahm seine Hand und sah ihn eindringlich an. »Du würdest es doch sagen, wenn dich ein Rodhakan verletzt hätte!«

»Das war aber nicht der Fall«, antwortete er abweisend. »Es war nur das Messer eines Menschen.«

»Einer aus Crosgan?«

»Ja, vermutlich. Er hat mich verwechselt, war völlig durcheinander.« Er verzog den Mund. »Du weißt, dass Menschen die Tuavinn nicht zu ihren Freunden zählen.«

Lena nickte bedächtig. »Was ist los, Ragnar?«, fragte sie leise. »Du bist so … seltsam.«

Er kniff die Lippen zusammen, vermied es sogar, sie anzusehen. »Ich bin müde, das ist alles.«

War es Unsicherheit oder auch Verstörtheit, was da in seinen grauen Augen stand? Lena wusste es nicht.

In diesem Moment kam Eryn mit einem hölzernen Tiegel und einen Trank, den sie Ragnar reichte. Anschließend löste sie den notdürftigen Verband. »Die Verletzung ist tief, Ragnar. Du hattest Glück, dass der Knochen nicht verletzt wurde!« Kopfschüttelnd betrachtete sie die klaffende Wunde. »Weshalb hast du keine Heilkräuter benutzt?«, schimpfte sie. »Du weißt doch, sie wachsen beinahe überall, jetzt hat sich die Wunde entzündet.«

»Keine Zeit«, murmelte Ragnar, leerte Eryns Heiltrank in einem Zug und ließ seinen Kopf gegen die Höhlenwand sinken. Als Eryn die Wundränder mit zwei Holzstäben vorsichtig auseinanderbog und sie sich genauer besah, biss er sichtlich die Zähne zusammen. Instinktiv nahm Lena seine unverletzte Hand in ihre, in der Hoffnung, ihm irgendwie beistehen zu können, und Ragnar erwiderte den Druck. Lena wurde heiß und kalt gleichzeitig. Die Wunde war wirklich tief, an den Rändern gerötet, geschwollen und teilweise dunkelblau verfärbt.

»Möchtest du nicht erzählen, was genau passiert ist?«, erkundigte sie sich, nachdem Eryn endlich seinen Arm verbunden und Ragnar eine ganze Weile mit geschlossenen Augen an der Höhlenwand gelehnt hatte, ohne ein Wort zu sagen.

Er drehte seinen Kopf zu ihr, die silbernen Punkte in seinen Augen glitzerten, doch heute bekam Lena eine Gänsehaut davon.

»Gut«, meinte sie, als er nach wie vor kein Wort über die Lippen brachte. »Wenn du es dir anders überlegst – ich bin da.«

Stumm sah er sie an, und Lena wollte sich erheben, doch seine Finger schlossen sich überraschenderweise um ihre, bevor er kaum merklich nickte und sie losließ. Kurz betrachtete sie ihn und verließ schließlich die Höhle, denn sie brauchte frische Luft.

Die Sonne hatte den meisten Nebel vertrieben, nur hier und da hing er noch zwischen den Sträuchern und Felsen. Kleine Wassertropfen funkelten in der Sonne wie zahllose winzige Diamanten. Eryn strich gerade mit den Händen über Blumen und Sträucher hinweg. Hin und wieder pflückte sie eine, eine andere ließ sie stehen.

»Man spürt, ob die Pflanzen bereit dazu sind, ihren Platz in Elvancor zu verlassen«, erklärte die Tuavinn, ohne sich zu Lena umzudrehen. Offenbar hatte sie ihre leisen Schritte bemerkt.

Lena konnte sich das kaum vorstellen. Bislang hatte sie selten Blumen gepflückt, und wenn, dann ohne sich darüber Gedanken zu machen.

»Versuch dich in die Blume oder die Ranke hineinzuversetzen«, forderte Eryn sie auf und zog dabei sachte an einer Efeuranke, die um den Stamm einer mächtigen Eiche wuchs. Wie von Zauberhand löste sich ein langer Strang und fiel zu Boden. »Alles besitzt einen Geist oder eine Seele, wie du es vielleicht nennen würdest. Ist die Seele der Pflanze bereit, ihr Dasein in Elvancor für uns aufzugeben, wird sie es dir sagen.«

»Ich traue mich schon überhaupt nicht mehr, irgendetwas anzufassen oder auf etwas zu treten«, jammerte Lena.

Doch Eryn lachte nur hell auf. »Komm, wir werden es gemeinsam ausprobieren.« Behutsam führte sie Lenas Hand zu einer hüfthohen Blume, an deren Stängel Hunderte Blüten in Glöckchenform hingen. Lenas Hände schlossen sich um den Stiel, sie spürte die kleinen Härchen.

»Denkst du, die Blume möchte mit uns gehen?«, flüsterte Eryn.

»Ich … weiß nicht.«

»Schließ deine Augen, spüre das Leben der Pflanze.«

Sie tat, wie ihr geheißen, aber sie musste sich eingestehen, dass sie nichts dergleichen fühlen konnte.

»Lass dir Zeit«, hauchte die Kriegerin ihr ins Ohr.

Auch wenn sich Lena zunächst albern vorkam, nach einer Weile spürte sie eine gewisse Ruhe in sich, und auf einmal nahm sie ein Pulsieren unter ihren Fingern wahr. Als sie sich zu ihr umdrehte, nickte die Kriegerin.

»Frag die Blume, ob sie mit uns kommen will.«

In Gedanken richtete sich Lena an die Blume, zog ganz vorsichtig an dem Stängel, bemerkte jedoch einen Widerstand, etwas, das ihre Hände förmlich von der Blume wegdrängte. Also ließ sie sie los.

»Ich glaube, sie will nicht«, sagte Lena zögerlich.

»Sehr gut, Lena«, lobte Eryn. »Du hast es gespürt!«

»War vielleicht Zufall.« Doch jetzt war Lenas Ehrgeiz geweckt. Sie ging zu einem kleinen Bach, an dessen Ufer rote Blumen mit länglichen grünen Blättern wuchsen. Sanft strich sie über eine, dann eine zweite Blüte, und als sie bei der dritten vorsichtig am Stängel zog, löste sich diese ganz leicht aus der Erde. Strahlend drehte sie sich zu Eryn um.

»Ich glaube, jetzt habe ich es verstanden!«

Die Kriegerin umarmte sie freudig und nahm ihr Gesicht in ihre Hände. »Du bist dabei, Elvancors Seele zu verstehen.«

»Aber sag mal«, betreten blickte Lena auf ihre Füße. »Trampeln wir dann nicht andauernd auf irgendwelchen Geistern oder Seelen herum?«

Ein Schmunzeln zeichnete sich auf Eryns Gesicht ab. »Die Erde und das Gras, die Steine und Felsen sind dazu geschaffen, die Wesen Elvancors zu tragen. Achte und ehre sie, so werden sie sich nicht gestört oder gar beleidigt fühlen.«

Lena nickte, trotzdem fühlte sie sich plötzlich seltsam, als sie über das Gras schritt. Sie hatte das Gefühl, alles Leben pulsieren zu spüren. In den Bäumen, den Büschen, dem Wasser. Gemeinsam mit Eryn füllte sie mehrere Beutel und einen Korb mit Pflanzen, dann schlenderten sie zurück. Auf halbem Weg kam ihnen Morqua mit lautem Gebrüll entgegengesprungen.

»Auch Maredd ist heil zurückgekehrt«, verkündete Eryn.

Vor der großen Höhle standen mehrere Tuavinn in kleinen Gruppen um einzelne Feuer herum. Lena überlegte, ob sie herbeigeeilt waren, weil die Kunde von Yaras Geburt sie erreicht hatte, oder aber wegen der Rodhakan und dem bevorstehenden Treffen mit den Menschen. Mit Kelchen oder Bechern in den Händen unterhielten sie sich. So manch neugieriger Blick traf Lena, viele der Tuavinn sah auch sie heute zum ersten Mal.

Doch lange währte das Interesse an ihr nicht, denn die Anwesenden wandten sich den köstlich duftenden Speisen und Getränken zu, und ihre Freude galt hauptsächlich der kleinen Yara.

»Ich werde mich jetzt umkleiden, und du solltest dich ebenfalls ein wenig frisch machen«, riet Eryn.

Lena nickte, doch ihre Stimmung sank, als Aravyn aus der Höhle geschwebt kam, die dunkle Wildlederhose und die helle Bluse schmiegten sich an ihren schlanken Körper, den der Schein der vielen Feuer auf so anziehende Weise umschmeichelte. Ihr silberblondes Haar war an den Seiten zu Zöpfen geflochten, in die sie winzige rote Blumen eingearbeitet hatte.

Lena wandte sich von dem niederschmetternden Anblick ab und schlenderte mit hängendem Kopf zu Amelias Hütte, erinnerte sich jedoch wieder an das Kleid, das sie mit Kian in Ceadd von dem Tuchmacher bekommen hatte, und holte es hervor. Anschließend ging sie zur Wasserfallhöhle.

Nach der erfrischenden Dusche streifte sie das hellgrüne, fast bodenlange Kleid über und betrachtete sich im Kristallspiegel. Das korsettartige Oberteil schnürte sie so, dass ihre schlanke Taille betont wurde und das Beste aus ihrer spärlichen Oberweite herausholte. Zwar würde sie sich unter den mit Hemd und Hosen gekleideten Tuavinn ein wenig merkwürdig vorkommen, aber vielleicht würde Ragnar sie so zumindest einmal mit anderen Augen sehen. Sie schlüpfte in ihre Stiefel, und nach einem letzten, halbwegs zufriedenstellenden Blick in den Spiegel eilte sie nach draußen.

Sowohl in der Höhle als auch auf dem Vorplatz herrschte ausgelassene Stimmung. Bisher hatte Lena die Tuavinn als eher würdevoll und ernsthaft kennengelernt, doch heute wurde gelacht und getanzt und dem Beerenwein ohne Hemmungen zugesprochen, obwohl niemand betrunken wirkte. Allmählich verstand sie, wie wichtig den Tuavinn das Neugeborene war, und vielleicht zum ersten Mal wurde ihr bewusst, wie ernst die Lage für Elvancor wirklich war: Das Volk der Tuavinn war womöglich vom

Aussterben bedroht, während die Rodhakan erstarkten, immer mehr Opfer forderten und die Menschen sich dem natürlichen Rhythmus des Werdens und Vergehens entzogen. In diesem Augenblick begriff Lena auch, dass sie sich verändert hatte. Hätte ihr früher jemand gesagt, dass sie sich irgendwann mit derartigen Gedanken herumschlagen würde, sie wäre in schallendes Gelächter ausgebrochen.

Sie schüttelte den Kopf und ging langsam auf die feiernden Tuavinn zu, um sich etwas zu essen zu holen. Unglücklicherweise stieß sie einen Holzteller vom Tisch und bückte sich rasch, um die faustgroßen Früchte aufzuheben.

»Ich helfe dir!« Lena sah auf und erkannte prompt Aravyn, die sich neben ihr niederließ und die Früchte auflas. »Sonst bin ich es immer, der so etwas passiert«, sagte sie mit einem Lachen. »Erst vor wenigen Augenblicken habe ich meinem Onkel versehentlich Beerenwein über die Hose geschüttet.«

Lena blickte Aravyn erstaunt an. Sie konnte sich kaum vorstellen, dass dieser jungen Tuavinn überhaupt irgendetwas versehentlich passierte. Auch wenn es unhöflich war, erwiderte sie nichts. Sie hatte einen Kloß im Hals, sah in Aravyn nur die Frau, in die sich der Mann, der ihr selbst so viel bedeutete, verliebt hatte.

Aravyn erhob sich, stellte den Teller wieder auf den Tisch und musterte Lena, wobei ihr Blick auffallend über ihr Kleid streifte. »Du siehst beneidenswert schön aus in diesem Kleid.«

Lena konnte keinerlei Spott in ihrer Stimme hören. Aravyn hatte dies ernst gemeint.

»Danke«, stammelte sie und strich sich verlegen die Haare zurück. »Danke, dass … du mir geholfen hast.«

»Ist doch selbstverständlich.« Abermals überzog ein blitzendes Lächeln Aravyns Gesicht.

»Aravyn!«, hörte Lena Targon rufen. Der große Tuavinn bedeutete seiner Nichte, zu ihm zu kommen. Diese jedoch fasste Lena kurz an den Schultern und sah ihr in die Augen. »Schade, dass wir uns während der letzten Tage kaum unterhalten konnten. Ich würde dich gerne näher kennenlernen.«

Sie nickte Lena noch einmal kurz zu, dann eilte sie zu ihrem Onkel. Völlig verblüfft schaute Lena ihr nach. Wäre sie nicht in denselben Mann verliebt gewesen, sie hätte diese Tuavinn durchaus mögen können.

Da Lena im Moment leider weder Eryn noch Amelia oder Maredd ausmachen konnte und Ragnar vermutlich schlief, schnappte sie sich kurzerhand einen Krug voll Wein und stieg den Berg hinauf. Aus der Ferne drang Musik zu ihr, fröhlich und ausgelassen. Sie glaubte Flöten und Trommeln herauszuhören, vielleicht waren es aber auch andere Musikinstrumente. Es fiel ihr nicht schwer, den Weg zurück zur Quelle zu finden. Schon bald stand sie vor dem kleinen Teich und sah zu dem Schlehdorn hinüber. Nichts rührte sich, keine kleinen Schlehengeister, keine Schmetterlinge oder sonstige Wesen.

Am Rande des Teiches ließ sie sich nieder, stellte den Krug neben sich und schnürte ihre Stiefel auf.

»In der Vision hatte ich schließlich auch keine Schuhe an«, sprach sie zu sich selbst. Ob sie nun alles richtig machte, wusste Lena nicht, aber sie beobachtete den Busch, während sie ihre nackten Füße im Wasser baumeln ließ. Sie erkannte sehr wohl, dass ein dicker Ast in dem Busch fehlte, jener, den Etron zu ihrem Bogen machen wollte.

»Also, was soll ich jetzt tun?«, fragte sie zu dem Schlehdorn gewandt. »Wenn mich meine Freunde zu Hause sehen könnten, wie ich mit einem Strauch rede, würden sie mich einliefern lassen«, murmelte sie, doch dann zuckte sie die Achseln und erhob sich. »Also, liebe Schlehengeister, hier ist mein Geschenk an euch – Beerenwein. Ich hoffe, den mögt ihr.« Langsam schritt sie um den Teich herum, dreimal, so wie sie es in ihrem Traum gesehen hatte. Dann stellte sie den Krug vor den hohen Strauch, und ihre Finger fuhren über die weißen Blüten. »Ich danke euch und hoffe, ich kann mit meinem Bogen auch wirklich etwas für Elvancor tun«, sagte sie leise. Ein Wind erhob sich, ließ den Schlehenbusch rauschen. Winzige Blüten schwebten durch die Luft, tanzten um Lena herum und verbanden sich zu einem großen Kreis.

Ob das wieder die Schlehengeister sind?, fragte sich Lena, betrachtete fasziniert das Spiel der Blüten. Kurz darauf zerstoben diese, explodierten förmlich, und die winzigen Blütenblätter rieselten herab. Als Lena sich umdrehte, war der Krug verschwunden.

»Dann habt ihr mein Geschenk angenommen«, flüsterte sie, kehrte zu ihren Stiefeln zurück und nahm diese in die Hand.

Barfuß lief sie den Berg hinab über weiches Gras und Moos. Es fühlte sich überraschend gut an, wenn sich ihre Zehen in den lockeren Waldboden gruben. *Als wäre ich ein Teil dieses magischen Landes*, fuhr es ihr durch den Kopf. Sie hielt kurz inne, lehnte sich an den dicken Stamm eines gewaltigen Ahorns, dessen Zweige bis fast auf die Erde hingen. »Danke, dass ich hier sein darf«, flüsterte sie aus einem Impuls heraus. Leise wogten die Äste im Wind, und für einen Moment hatte Lena den Eindruck, ein Gesicht würde sie aus den Blättern heraus anlächeln.

Seltsam beschwingt und mit dem Gefühl, das Richtige getan zu haben, machte sich Lena auf den Weg zu den Höhlen. Dort wurde nun tatsächlich getanzt. Mehrere Tuavinn standen mit Flöten, Trommeln und einem seltsamen Instrument, beinahe wie eine überdimensionale Gitarre, vor dem Felsmassiv.

Lena genehmigte sich noch etwas Beerenwein, und als ein junger Tuavinn namens Relian sie zum Tanzen aufforderte, ließ sie sich mitziehen. Sie tanzte, erzählte einigen der Tuavinn von ihrer Welt, und als sich das Fest langsam dem Ende näherte, machte sie sich barfuß – sie wusste nicht, wo sie ihre Stiefel gelassen hatte – auf den Rückweg zu Amelias Hütte.

Sternenlicht fiel durch das Blätterdach und beleuchtete ihren Weg, hier und da glommen noch einige Feuer, und von irgendwoher vernahm Lena ein leises Lachen. Vermutlich handelte es sich um ein Liebespaar.

Da sie noch nicht wirklich müde war, beschloss sie, zu dem klaren Bergbach zu gehen. Die Monde leuchteten vom Himmel herab, gaben der Umgebung einen silber-rötlichen Schein.

Das leise Plätschern des Baches war schon ganz nah, als eine Gestalt Lenas Aufmerksamkeit erregte. Im Mondschein saß sie auf einem Stein, bewegungslos, das Gesicht den Monden zugewandt.

»Ragnar, was tust du denn hier?« Mit wenigen Schritten war sie bei ihm.

»Du bist leiser geworden, ich hätte dich fast nicht gehört«, stellte er mit dem Anflug eines Lächelns fest.

Sie setzte sich neben ihn auf den Stein und versteckte die Füße unter ihrem Kleid.

»Kannst du nicht schlafen?«, erkundigte er sich.

»Nein«, sagte sie leise. »Aber du offensichtlich auch nicht.«

Er seufzte nur, so als müsse er etwas Schweres einatmen. Dann betrachtete er sie, und Lena hatte das Gefühl, als sähe er sie zum ersten Mal wirklich an. »Du siehst hübsch aus in dem Kleid und mit den Blüten im Haar.«

»Blüten?« Ihre Hand fuhr zu ihrem Kopf. Sie hatte sich keine Blüten in die Haare gesteckt, aber dann erinnerte sie sich an die Schlehengeister. »Ach ja. Gefällt es dir?«

Ein flüchtiges Nicken, dann lehnte er den Kopf zurück.

»Soll ich gehen? Möchtest du allein sein?«, fragte sie.

»Nein.« Seine Stimme klang so dumpf und traurig, dass Lena ihn am liebsten in den Arm genommen hätte. Aber sie traute sich nicht. Auch wenn ihr vieles auf der Seele brannte, wollte sie ihn nicht bedrängen. Vielleicht brauchte er heute auch nur eine Freundin, die neben ihm saß und mit ihm in die Sterne sah.

»Du hattest Spaß heute Abend, nicht wahr?«, begann er irgendwann ganz unvermittelt.

»Ja, ich hätte gar nicht gedacht, dass die Tuavinn so feiern können«, lachte sie leise auf und berührte ihn dabei vorsichtig am Arm. »Aber dir hat es nicht gefallen, oder? Du warst nicht einmal da.«

Er öffnete den Mund, verharrte, fuhr sich über die Augen und schüttelte den Kopf.

»Was ist los mit dir? Ragnar, du kannst es mir erzählen.«

»Manche Dinge kann man nicht einfach so erzählen.«

»Habe ich nicht auch zu dir gehalten, als du mir die Sache mit dem vermeintlichen Mord an deinem Stiefvater gebeichtet hast?«, erinnerte sie ihn.

»Ja, das stimmt.« Er blickte sie an, so viel Unsicherheit und Verwirrung, aber auch Schatten lagen in seinen grauen Augen.

Wenn du wüsstest, wie sehr ich dich liebe. Lena biss sich auf die Unterlippe, fürchtete schon, Ragnar könnte ihren Gedanken gehört haben. »Wenn du es mir nicht sagen kannst, dann meinetwegen Aravyn, aber bitte, friss nicht alles in dich hinein«, riet sie ihm schließlich.

Stumm musterte er sie, und sie sehnte sich danach zu wissen, was in ihm vorging.

»Aravyn«, flüsterte er heiser, »nein, ihr kann ich es erst recht nicht sagen. Lena, versprich mir, das, was ich dir nun verrate, keinem der anderen zu erzählen, nicht einmal Maredd oder Amelia.«

Verwirrt runzelte sie die Stirn, ein mulmiges Gefühl beschlich sie, aber schließlich nickte sie.

»Die Rodhakan, sie haben so viele Menschen umgebracht.« Jedes seiner Worte kam so schwerfällig heraus, als müsse er es mit Gewalt aus dem Mund pressen.

»Ich weiß, Ragnar, das war fürchterlich, aber …«

Ungeduldig hob er die Hand. »Ein Mann konnte entkommen, derjenige, der mich am Arm verletzt hat. Sie haben ihn verfolgt, sie haben uns bedrängt und …« Er schluckte schwer. »Sie haben den Kreis immer enger um uns gezogen, uns belauert, ich hatte das Gefühl, sie würden versuchen, in mein Innerstes einzudringen.«

»Das war sicher schrecklich, aber sag, wie konntest du entkommen, und haben sie den Mann umgebracht?«

»Nein, haben sie nicht«, Ragnar lachte bitter auf. »Ich verstehe es bis heute nicht. Einer von ihnen trat vor, in Gestalt eines Tuavinn. Er sah mich an, eine Ewigkeit, wie mir schien. Dann machte er eine Handbewegung, der Kreis der Rodhakan öffnete sich. *Ich lasse dich ziehen*, sagte er zu mir. *Ein Geschenk an dich. Wir sind nicht die dunklen Feinde, für die du uns hältst. Werde einer von uns, und du wirst bekommen, wonach du dich in deinem Inneren sehnst.* Auf einmal waren sie fort – haben mich einfach gehen lassen und mich mit diesem nagenden Gefühl des Zweifels zurückgelassen.« Voller Verwirrung sah er sie an. »Lena, ich weiß nicht mehr, was richtig und was falsch ist, und ich verstehe das nicht.«

Auch Lena hatte keine Ahnung, was das zu bedeuten hatte, aber jetzt umarmte sie ihn doch und spürte, wie er zitterte. »Ich verstehe es auch nicht, aber ich bin froh, dass du entkommen bist.«

»Die Schatten wollen etwas von mir«, flüsterte er. »Lena, mir ist so verdammt kalt.«

Sie wusste ganz genau, dass er nicht die Kühle der Nacht meinte, sondern etwas ganz anderes, das auch sie spürte. Daher drückte sie ihn an sich, versuchte, ihn mit ihrer Anwesenheit zu trösten, und beinahe schien es ihr, als würde die Nacht ihren schützenden Schleier über sie beide senken.

Etwas Kaltes fiel auf Lenas Nasenspitze, und sie öffnete verdutzt die Augen. Einen Moment lang wusste sie nicht, wo sie war. Ein brauner Umhang lag über sie gebreitet, und als sie sich umdrehte, blickte sie in Ragnars Gesicht. Ihr Kopf ruhte auf seinem Oberschenkel, und er lächelte sie unsicher an.

»Ich bin eingeschlafen.« Fröstelnd rieb sie sich die Oberarme, dann richtete sie sich ruckartig auf. Sie traute ihren Augen kaum. »Es hat ja geschneit!« Tatsächlich lag rund um sie herum eine dünne Schneeschicht.

»Ich wollte dich nicht wecken, du hast so tief geschlafen.« Vor Ragnars Mund bildeten sich weiße Wölkchen, als er sprach.

»Aber wie kann das sein?«, meinte sie erstaunt. »Noch gestern Abend war es warm und mild, ich habe meine Füße in den Teich gesteckt, und jetzt …«, sie brach ab und schüttelte den Kopf. »Ist das wieder so ein Wunder Elvancors, wo auch die Jahreszeiten eine andere Bedeutung haben?«

»Mag sein.«

Lena bemerkte, dass ihm die Überzeugung in der Stimme fehlte.

»Du hättest mich besser wecken sollen«, rief sie nun und sprang auf. »Du musst ja ein Eiszapfen sein.« Sie reichte ihm seinen Umhang, aber er schüttelte den Kopf.

»Komm, lass uns gehen.« Mit gerunzelter Stirn blickte er auf ihre nackten Füße. »Soll ich dich tragen?«

»So weit kommt's noch.« Sie ließ sich von dem Stein gleiten, fluchte aber leise, als ihre Füße den Schnee berührten. Dennoch biss sie die Zähne zusammen und ging neben ihm her.

»Wegen all dem, was du heute Nacht gesagt hast …«, fing sie an.

»Vergiss es besser.«

»Nein!« Energisch fasste sie ihn an der Schulter. »Ragnar, erzähl es deinem Großvater, er wird wissen, was zu tun ist. Sie können dich vor den Rodhakan beschützen.«

»Nein, das geht nicht. Er hat ohnehin schon meinetwegen genügend Ärger. Du hast mir versprochen, nichts zu sagen!«, erinnerte er sie.

Jetzt bereute Lena ihr leichtfertig gegebenes Versprechen. Doch sie würde es halten und hoffte, Ragnar damit nicht in Gefahr zu bringen. »Du wirst aber nicht zu den Rodhakan zurückkehren – was auch immer es damit auf sich hat, dass sie dich haben gehen lassen.«

»Nein, ich will nicht zu ihnen.«

»Vielleicht hatten sie ja auch einfach Angst vor dir«, überlegte Lena.

»Wäre möglich.« Wirklich sicher klang Ragnar nicht, und bevor sie die Höhle erreichten, hielt Lena ihn noch einmal an der Hand fest.

»Ich bin froh, dass du es mir erzählt hast.«

»Ja, ich auch.« Er zwinkerte ihr zu, auch wenn es nicht wirklich fröhlich wirkte. »Und jetzt sieh zu, dass du eine warme Dusche nimmst. Du siehst aus wie ein … blauer Schlumpf!«

»Schlumpf?« Empört stützte sie die Hände in die Hüften, dann stapfte sie davon und fand ihre Stiefel am Höhleneingang wieder, wo sie sie vor dem Tanz abgestellt hatte.

Wie Ragnar ihr geraten hatte, nahm sie eine Dusche unter dem von Kristallen erwärmten Wasserfall. Allmählich kehrten ihre Lebensgeister zurück, und als sie anschließend in die Haupthöhle ging, waren dort bereits die meisten der Tuavinn versammelt. Amelia reichte ihr eine Schüssel Getreidebrei, und während sie diesen aß, lauschte sie den Gesprächen, die sich zumeist um den unverhofften Schneefall drehten. Zwar schien man in den Bergen mit plötzlichen Wetterwechseln und Schnee vertraut zu sein, und auch die Jahreszeiten folgten – wie Lena bereits vermutet hatte – anderen Gesetzen, dennoch wunderte sich jeder darüber, da keine Wolken die weiße Pracht angekündigt hatten.

Schon bald reisten die meisten Tuavinn wieder ab. Die Freude über die kleine Yara war allgegenwärtig, aber wie Lena aus zahlreichen Gesprächen heraushörte, überschattete die Sorge wegen der Rodhakan auch dieses freudige Ereignis. Zufällig bekam sie das Gespräch von Maredd mit einem Tuavinn aus dem Süden mit.

»Wir werden morgen die Berggeister bitten, uns an den verabredeten Ort zu bringen. Sollten sie sich weigern, müssen wir reiten. Ich denke, zwei Tage sollten wir einrechnen, da wir einen Umweg nehmen müssen, um den Menschen unseren Lagerplatz nicht zu offenbaren.« Das Gesicht des anderen wandte sich dem Himmel zu, wo die Monde nur noch ganz schwach leuchteten.

»Ich wünsche euch eine glückliche Reise und eine Einigung mit den Menschen der Ebenen. Es würde unseren Kampf gegen die Rodhakan vereinfachen, wenn wir uns nicht immer wieder gegen Angriffe der verfeindeten Menschen wehren müssten!«

Seufzend fuhr sich Maredd durch sein langes Haar. »Die Menschen – wir werden sehen.«

Die beiden umarmten sich, der Mann nickte Lena freundlich zu, und auch Maredd hatte sie nun erblickt.

»O Lena, ich hatte dich bereits gesucht. Wie du gehört hast, brechen wir bald zu unserem Treffen mit den Menschen auf.« Er legte ihr einen Arm um die Schulter und zog sie ein Stück beiseite. »Es wäre gut, wenn du ihnen von deiner Welt erzählst, wie sie sich entwickelt hat, von all der Not und Zerstörung. Aber du solltest nicht eure Waffen erwähnen.«

»Weshalb? Hast du Angst, sie würden von den Tuavinn verlangen, Feuerwaffen hierherzubringen?«

»Das könnte sein«, befürchtete Maredd. »Sie würden versuchen, die Rodhakan damit zu bekämpfen, doch das würde nichts nützen. Am Ende würden sie sich gegenseitig damit bekriegen, denn auch zwischen den einzelnen Städten herrscht immer wieder Zwist.«

»Maredd, ich weiß nicht, ob es mir gefällt, ihnen nur einen Teil der Wahrheit zu sagen.«

»Denkst du wirklich, sie wären bereit für eine Welt wie deine?«

»Nein, vermutlich nicht«, gab sie zu. »Aber die Menschen in meiner Welt sind auch nicht bereit für ihre Waffen.«

»Wären sie es, glaub mir, Lena, dann würden sie solche Waffen erst gar nicht bauen«, erwiderte Maredd. »Wie auch immer. Etron und ich begleiten dich natürlich und stehen dir zur Seite.«

»Und Ragnar?«, rutschte es ihr heraus.

»Es ist besser, er bleibt hier. Außerdem habt ihr doch vereinbart, dass aus jeder Stadt und von jedem Volk lediglich drei Vertreter dabei sind.«

»Ja, das stimmt.« Lena wäre es aus vielen Gründen lieber gewesen, Ragnar könnte mitkommen. Zum einen hatte sie ihn gerne um sich, zum anderen wollte sie ihn nach seinem seltsamen Geständnis von letzter Nacht nicht allein lassen. Was hatte es mit seiner Begegnung mit den Rodhakan nur auf sich?

»Die anderen – sie passen doch auf Ragnar auf?«, fragte sie daher.

»Sorge dich nicht, Lena. Targon verhält sich häufig schroff und abweisend, aber wie du gesehen hast, ist auch er sogleich losgezogen, um Ragnar zu helfen. Wenn es darauf ankommt, halten die Tuavinn stets zusammen.«

Targon ist momentan mein geringstes Problem, dachte sie, hakte jedoch nicht weiter nach, um Maredd nicht misstrauisch zu machen.

Timena, Hurenn und die kleine Yara blieben weiterhin bei den sicheren Höhlen, Lena bewunderte dieses Tuavinn-Baby. Dessen dunkle Augen strahlten so viel Weisheit aus und beobachteten alles sehr aufmerksam. Außerdem konnte die Kleine bereits sitzen, was Lena erstaunte, denn bei ihren beiden Neffen war das erst nach Monaten der Fall gewesen.

»Tuavinn-Kinder kommen reifer und selbstständiger auf die Welt«, erklärte ihr Amelia, die wohl ihren verdutzten Blick bemerkt hatte. »Die Tuavinn-Frauen tragen sie sehr viel länger aus, deshalb sind die Kleinen weiter entwickelt. Ganz besonders auf geistiger Ebene.«

»Weshalb bist du eigentlich damals, als du mit Lucas schwanger warst, gar nicht auf die Idee gekommen, dass du von Maredd schwanger sein könntest?«, fiel Lena in diesem Zusammenhang ein.

»Die ersten Male, als ich Elvancor besucht habe, wurden keine kleinen Tuavinn geboren. Das Gespräch kam nie auf die so viel längere Schwangerschaft. Zudem ist es ohnehin sehr selten, dass eine Frau von einem Tuavinn ein Kind bekommt, und Maredd hatte einfach nicht damit gerechnet, dass es bei uns so rasch passieren könnte.«

»Sicher wusstest du nicht einmal, dass du ein Kind bekommst, als du gegangen bist«, vermutete Lena.

»Ja, das ist richtig«, bestätigte Amelia und nahm Yaras kleine Hand in ihre. »Hoffentlich wird es bald weitere kleine Tuavinn geben.«

»Yara war schon einmal hier«, behauptete Timena mit sanfter Stimme. Sie strich ihrer Tochter über den schwarzen Flaum am Kopf.

»Wie kommst du darauf?«, erkundigte sich Lena.

»Sie hat es mir gesagt, sie kann sich erinnern.«

»Sprechen kann sie auch schon?«, wunderte sie sich, denn bisher hatte sie außer dem normalen Babygebrabbel noch nichts vernommen.

»Sie spricht noch in Gedanken.« Timena küsste die Kleine auf die Stirn. »Alle Kinder tun dies, bevor sie es lernen, ihre Gedanken zu verbergen. Doch die Menschen haben noch nicht gelernt, darauf zu hören.«

»Ach?« Wieder einmal offenbarte sich ihr ein Mysterium Elvancors, aber Amelia nickte zustimmend.

»Bei Lucas hatte ich auch häufig dieses Gefühl, er wolle mir etwas sagen, auch wenn er noch ganz klein war, aber ich war wohl nicht dazu bereit, ihm auch wirklich zuzuhören.«

Die schmale Hand Timenas legte sich auf die von Amelia. »Den meisten Menschen fällt es schwer, sich auf das einzulassen, was sie nicht gewöhnt sind.« Ihre Augen wanderten zu Lena.

»Und ich wünsche mir sehr, dass ihr erreichen könnt, dass die Bewohner der Ebenen uns wieder zuhören, so wie es ihre Vorväter einst taten.«

»Ich werde es zumindest versuchen.« Noch einmal ruhte Lenas Blick auf der kleinen Yara. Allein schon für dieses winzige und doch so vollkommene Wesen lohnte es sich, ihr Bestes zu geben.

KAPITEL 18

Entscheidungen

Die Abreise wurde auf den nächsten Morgen verlegt, und als Lena mitbekam, wie sich Ragnar mit seinem Großvater stritt, hoffte sie, es gelänge ihm, diesen umzustimmen. Ragnar wollte Lena begleiten, doch die älteren Tuavinn lehnten seinen Wunsch vehement ab. Weder Maredd noch Aravyn konnten ihn besänftigen, und so stürmte er irgendwann einfach davon.

»Er wird zurückkommen, bevor wir aufbrechen«, versicherte Maredd ihr.

Die ganze Nacht lang machte sich Lena Gedanken um ihn, auch als sie am Morgen ihre Sachen zusammenpackte. Was er ihr anvertraut hatte, schwirrte einem Schwarm Bienen gleich durch ihren Kopf, und sie wünschte sich, dass das Treffen mit den Fürsten nicht allzu lange andauerte.

Auf einmal öffnete sich die Tür, und Ragnar kam herein. Dunkle Ringe ließen eine schlaflose Nacht erahnen, sein Gesichtsausdruck war ernst.

»Lena, bitte sieh dich vor. Viele der Städter hassen die Tuavinn. Dieses Treffen wird nicht einfach werden, du solltest keine harmlose Plauderei erwarten.«

»Natürlich.« Mit einem Lederriemen zurrte sie die Decke an ihrem Bündel fest. »Und du …«

»Ich komme zurecht«, versicherte er eilig und umarmte sie.

»Wir sind bestimmt bald zurück. Bleib hier bei den Höhlen,

Ragnar, ich habe ein merkwürdiges Gefühl mit diesen Rodhakan.«

Er nickte bedächtig, dann gab er ihr einen Dolch. Knappe zwanzig Zentimeter lang, mit schwarzem Leder umwickelt und mit kunstvollen Knotenmustern am Knauf verziert.

»Das ist doch deiner«, staunte sie.

»Nimm ihn. Er ist in den Feuern der Berge von Avarinn geschmiedet und im Wasser des Himmelsflusses gehärtet. Selbst ein Rodhakan wird sein Leben aushauchen, wenn du ihn damit erwischst.«

»Dann solltest du ihn besser behalten.« Sie streckte ihm die Waffe entgegen, doch seine Hände schlossen sich um ihre. »Ich habe mein Schwert. Bitte, es ist mir wichtig.«

»Gut«, brachte Lena mühsam hervor. Sie hatte das Gefühl, in seinen Augen ertrinken zu müssen, und als er sich abwandte, fühlte sie sich auf einmal furchtbar einsam.

»Bis bald, Lena.«

Mit diesen Worten war er verschwunden, und Lena begab sich zur Höhle, wo Maredd, Etron und Graha bereits warteten. Sie verabschiedete sich von Amelia, Eryn und den anderen. Es war ein ernster Abschied und von der Hoffnung auf ein baldiges Wiedersehen geprägt.

»Lasst uns nun die Geister rufen«, schlug Etron vor.

Plötzlich erschütterte ein Beben den Boden unter ihren Füßen. Die Bäume begannen zu wanken, kleine Steine lösten sich von dem Gestein der Höhle. Erschrocken blickten sie sich um, doch das Erdbeben war so schnell vorüber, wie es gekommen war.

»Eigenartig«, murmelte Maredd und wandte sich an Etron. »Ein Berggeist sollte uns am besten führen können. Die von Lena und Ragnar beschriebene Stelle liegt am Fuße der Berge, und wir sollten in der Nähe herauskommen, aber weit genug entfernt, um beobachten zu können, ob ein Hinterhalt droht.«

»Misstraut ihr den Menschen?« Lena sah von Maredd zu Etron.

»Bislang waren Unterredungen mit ihnen kaum von Erfolg gekrönt«, klärte Maredd sie auf. »Ich denke nicht, dass sie uns angreifen werden, aber wir sollten wachsam sein.«

Gemeinsam gingen sie ein Stück in den Wald hinein, Maredd warf Amelia noch einmal einen Blick zu, und sie hob die Hand zum Gruß. Leider war Ragnar nirgends zu sehen. Noch immer bedeckte Schnee den Boden, in der klaren Luft tanzten vereinzelte Schneeflocken. Lena war froh um den Umhang aus dicker Wolle und die Handschuhe, die ihr Amelia geschenkt hatte. Nachdenklich strich sie über den Knauf des Dolches – zumindest hatte sie etwas von Ragnar bei sich.

Auf einem Felsplateau blieben sie schließlich stehen. Etron und Maredd knieten sich auf den Boden, legten ihre Hände auf den Stein, dann stimmten sie ein leises, melodisches Summen an. Der leicht vibrierende Ton ging Lena regelrecht durch Mark und Bein, tief und erdig klang es in ihren Ohren. In der festen Überzeugung, gleich einen dieser faszinierenden Naturgeister zu sehen, starrte sie auf den Boden zwischen den beiden Männern. Doch nichts geschah. Maredd und Etron sahen sich kurz an und versuchten es noch einmal, aber erneut erschien kein Geisterwesen vor ihnen. An den Blicken, die die beiden einander zuwarfen, bemerkte Lena, dass etwas nicht stimmte, doch keiner sagte ein Wort.

»Noch sind die Monde nicht ganz voll, dennoch sollten wir rasch reiten«, erwähnte Etron nur.

Geschmeidig sprang Maredd auf die Füße. »Ich hole die Pferde.« Schon war er zwischen den Bäumen verschwunden.

»Ihr seid besorgt, weil der Erdgeist nicht erscheint«, stellte Lena fest.

Der Krieger warf sich eine lange Haarsträhne über die Schulter. »Manchmal sind die Geister der Erde anderweitig beschäftigt, oder sie wollen sich uns nicht zeigen. Selten kann man mit Gewissheit sagen, dass einem ein Geist hilft. Lediglich wenn jemand in die Ewigkeit gehen will, haben sie uns noch nie im Stich gelassen.«

»Also müssen wir die ganze Strecke reiten?«

»Wie Maredd sagte, noch sind die Monde nicht voll, und vielleicht folgen die Erdgeister morgen unserem Ruf.«

Es dauerte nicht lange, bis Maredd mit zwei grauen Stuten und einer Braunen am Zügel zurückkehrte.

»Das ist ja Devera«, freute sich Lena.

»Ragnar hat darauf bestanden, dass du sie nimmst.«

Lena strich dem Pferd über die weichen Nüstern. Sie war froh, diese Stute reiten zu dürfen. So faszinierend die Tuavinn-Pferde auch waren, edel und kraftvoll, aber gleichzeitig sanft und gehorsam – Lena war keine geübte Reiterin, und Devera hatte sie schon früher vertraut.

Danke, Ragnar, sandte sie ihm einen stummen Gruß, während sie mit Maredds Hilfe ihre Decke und ihr Bündel hinter dem Sattel befestigte.

Ihr Weg führte stetig bergab, durch dichtes Waldland, später erneut an der Schlucht entlang, die Lena schon beim letzten Mal die Luft hatte anhalten lassen. Graha flog meist voraus, und sie bemerkte, wie wachsam Maredd und Etron waren. Der Krieger mit der Narbe im Gesicht hielt seinen Bogen gespannt in der Hand. Auch Maredd würde sein Schwert sicher sofort ziehen, sollte es notwendig sein.

»Mir wäre es lieber gewesen, mithilfe der Geister zu reisen«, hörte sie Maredd zu seinem Freund sagen, nachdem sie endlich die steinerne Brücke überquert hatten.

»Denkst du denn, Rodhakan sind in der Nähe?«, fragte Lena mit dünner Stimme.

»Nachdem sie erst kürzlich diese Gegend unsicher gemacht haben, mag es sein, dass sie sich nun andere Jagdgründe gesucht haben.«

Ständig hatte Lena das Gefühl, von unsichtbaren Augen beobachtet zu werden. Augen von Wesen, die nur darauf warteten, sich aus einem Gebüsch, hinter einem Felsen oder einem Baum auf sie zu stürzen. Sie bemühte sich, das zu beherzigen, was Amelia ihr geraten hatte. Ganz bewusst atmete sie tief ein und aus, dachte an die, die sie liebte, versuchte, ihre innere Stärke zu finden und einen Panzer aus Kraft um sich herum aufzubauen. Einen Schutzschild, den niemand durchdringen konnte, der sie und alles schützte, was ihr wichtig war. Ob es ihr tatsächlich gelang, ihre Aura zu stärken, konnte sie nicht sagen, aber in jedem Fall ließ dieses Gefühl, hilflos ausgeliefert zu sein, nach, und sie zuckte nicht mehr bei jedem Knacken im Unterholz zusammen.

An einem Bergsee legten sie eine Rast ein, tränkten die Pferde und genossen selbst das glasklare Wasser. In stummer Eintracht verspeisten sie Brot und Früchte, und Lena beobachtete fasziniert, wie sich die Lichtstrahlen auf dem gefrorenen Rand des Sees brachen. An einer Stelle erschien sogar ein Regenbogen.

»Was hältst du davon, die Wassergeister zu rufen?« Etron deutete auf den See und gab Graha nebenbei ein Stück seines Brotes. Der Bussard nahm es vorsichtig in seinen Schnabel und schluckte es in wenigen Happen herunter.

Bedächtig wiegte Maredd den Kopf. »Die Wassergeister sind wankelmütig, manchmal setzen sie einen an der falschen Stelle ab.«

»Hm.« Noch einmal biss Etron in sein Brot, dann packte er es fort.

»Als ich hergekommen bin, sind wir doch auch mit dieser Wasserfrau gereist«, warf Lena ein.

»Das ist richtig. Aber dort oben«, seine Hand deutete nach Norden, »sind uns die Geister des Himmelsflusses auch sehr gewogen.«

»Dann sind es immer unterschiedliche?«

»Natürlich«, entgegnete Maredd. »Es gibt mächtigere und

schwächere Naturgeister. Letztendlich können sie alle die Gestalt annehmen, die sie wollen. Maryden beispielsweise sind niedere Geisterwesen des Wassers, die selten einen Grund darin sehen, uns zu helfen.«

»Maryden.« Mit Grauen dachte Lena an die kleinen Gestalten, die sie hatten ertränken wollen.

»Aber die Geister der Bergseen haben uns schon häufig geholfen«, wandte Etron ein.

»Nun gut, dann lass es uns versuchen.« Mit seinem Pferd am Zügel näherte sich Maredd dem schimmernden See. Er kniete sich ans sandige Ufer, tauchte seine Hände in das Wasser, wobei die dünne Eisschicht brach, und benetzte dann sein Gesicht mit dem kühlen Nass. »Herren der Seen, der Flüsse und Quellen. Wir ehren euch und erbitten eure Hilfe.«

Gespannt sah Lena zu. Etron bedeutete ihr, ebenfalls heranzutreten. Der Bussard blieb auf seiner Schulter sitzen.

Zunächst rührte sich nichts, aber als Lena schon vorschlagen wollte weiterzureiten, bildeten sich leichte Ringe in der Mitte des Sees, breiteten sich aus, und das Wasser begann regelrecht zu brodeln. Blasen stiegen im Zentrum des Bergsees auf, und urplötzlich erhob sich eine gewaltige, mehrere Meter große Gestalt. Zunächst erkannte Lena nur fließendes Wasser, das dann zu Eis erstarrte. Eine Männergestalt mit Haaren aus Eiskristall kam langsam näher. Nun beugte sich der Kopf ein wenig zu ihnen herab, hellblaue Augen blickten sie aus einem Gesicht an, das harmonisch, aber gleichzeitig auch kalt und bedrohlich anmutete.

»Wer stört die Geister des Wassers, wer erbittet unsere Hilfe?«, ertönten Worte aus seinem Mund mit den blauen Lippen, so klar und kalt wie ein frostiger Wintermorgen.

»Maredd und Etron von den Tuavinn, Graha, Etrons Anam Cara, und Lena, gekommen von jenseits der Schwelle.« Maredd und Etron verbeugten sich ehrfürchtig, sogar der Bussard senkte sein Haupt. Lena tat es ihnen gleich.

»Eine Nachfahrin jenes Volkes, das ihr einst hierherbrachtet und das Elvancor nun in seinen Grundfesten erschüttert.« Die blauen Finger des Wassermannes streckten sich nach Lena aus, und sie erstarrte, erkannte auch, wie sich die beiden Tuavinn anspannten.

Beinahe zärtlich, aber dennoch eiskalt glitten die Fingerkuppen über ihr Gesicht, ließen kühle Wassertropfen auf ihrer Haut zurück. Der Wassergeist starrte sie an, und auf einmal hatte sie sogar das Gefühl, es wären nicht nur seine Augen, sondern viele, die sie eingehend musterten.

»Mit Lenas Hilfe wollen wir versuchen, Einheit im Kampf gegen die Rodhakan zu erreichen«, erklärte Maredd eindringlich. »In den Hügeln westlich von Ceadd gibt es einen kleinen Fluss, an dessen Ufer wir auf Vertreter der Fürstenstädte treffen werden.«

»Es ist schwer, eine Einheit zu erzielen, und sie zu bewahren noch viel mehr. Und nicht immer ist sie die Lösung aller Rätsel. Ein Kampf wird an zahlreichen Fronten geschlagen, und oftmals entscheidet er sich im Inneren eines Einzelnen. Ein winziger Tropfen im Meer des Seins mag zwischen Vergehen und Weiterbestehen entscheiden«, sprach der Wassergeist mit klirrenden Worten, die Eispfeilen gleich in Lenas Geist schossen.

Sie wusste nicht, was er meinte, und an den verwirrten Gesichtern ihrer Begleiter erkannte sie, dass es ihnen nicht besser ging. Doch in ihr machte sich die Gewissheit breit, dass der Wassergeist etwas sehr Bedeutungsvolles von sich gegeben hatte, selbst wenn sie es jetzt noch nicht verstanden.

Nachdem er Lena und die Tuavinn eine ganze Weile betrachtet hatte, neigte der Wassergeist sein Haupt. »Die Wege des Wassers und der Erde werden euch an euer Ziel führen.«

»Wir danken Euch, Herr des Wassers«, sagte Maredd.

»Möge es Elvancor helfen.« Der Wassergeist fing an, sich aufzulösen, Eiskristalle wirbelten um sie herum, stachen schmerzhaft in Lenas Gesicht, und auch Devera scheute.

»Bleibt dicht zusammen«, rief Maredd.

Der Naturgeist wirbelte um sie herum, zog sie mit sich in die Tiefe. Lena spürte nur Kälte; Wasser, Gestein sowie Erde rasten um sie herum. Alles rauschte an ihr vorüber. Sie hatte das Gefühl, kaum geatmet zu haben, als sie plötzlich neben einem plätschernden Bach stand, unter ihr die sanften Hügel, hinter denen sich die Türme der Stadt Ceadd emporreckten. Lena war schwindlig geworden, daher hielt sie sich nun an Deveras Mähne fest.

»Hier liegt kein Schnee«, wunderte sich Etron.

»Mag sein, dass die Geister der Wolken ihren Eisatem nur über die Berge gelegt haben«, spekulierte Maredd.

Das Pferd schien diese verrückte Reise deutlich besser verkraftet zu haben als Lena, denn es rupfte bereits am saftigen Gras.

»Puh, was für eine rasante Tour«, stöhnte Lena.

»Wir sind durch Wasser und Erde gereist«, erklärte Maredd. »Unter dem See verliefen Quellen und kleine Bäche, aber um an unser Ziel zu gelangen, mussten wir auch das Erdreich durchqueren.« Er deutete auf den sprudelnden Bach. »Der Wassergeist – und es war ein sehr mächtiger – hat sich mit jenen der Erde verbunden. Dafür können wir dankbar sein, sonst wären wir nicht so weit gekommen.«

»Der war aber irgendwie schon unheimlich, oder?« Schaudernd suchte Lena nach einer Spur des Wasserwesens.

»Er war zu Eis erstarrt, so wie die Berge von Avarinn.« Mit düsterem Blick sah Etron hinauf in den Nebel, fügte jedoch nichts hinzu.

Weit im Süden glaubte Lena einen großen Schatten zu erkennen, der am Firmament vorüberzog.

»Ein Drache«, bestätigte Etron ihre Vermutung. »Dieser Tage sieht man sie selten im Norden.«

»Weshalb?«, wollte Lena wissen.

»Das kann niemand sagen. Sie handeln ihren eigenen Gesetzen zufolge.«

»Manchmal denke ich, sie beobachten die Rodhakan, weil die sich vorzugsweise im Süden aufhalten«, fügte Maredd hinzu.

»Könnten die Drachen denn die Rodhakan bezwingen?«, fragte Lena aufgeregt.

»Möglicherweise, aber ich glaube, das ist nicht ihr Bestreben.«

»Doch wenn sie zu sehr erstarken und das Volk der Drachen bedrohen, würden sie sicher eingreifen.«

»Mag sein«, stimmte Maredd seinem Freund zu, »aber bislang haben sich nicht einmal die Rodhakan an die Herren der Lüfte herangewagt, soweit es mir bekannt ist.«

»Wenn sie erst alles andere zerstört haben, werden sie es tun«, prophezeite Etron. »Doch nun sollten wir aufbrechen.«

Noch bis zur Abenddämmerung ritten sie weiter bergab. Graha kreiste am Himmel und verkündete seinem Freund bald die Anwesenheit von Menschen. So ließen sie ihre Pferde zurück und schlichen sich an jene Stelle heran, die Lena sogleich wiedererkannte. Hier war sie mit Kian auf Ragnar getroffen.

Es verwunderte sie selbst, dass ihr Herz höher zu schlagen begann, als sie den jungen Kelten entdeckte, der Wasser aus dem Bach schöpfte. Auch sein Onkel, der kräftige Mann mit dem ungewöhnlichen Wangenbart, saß nicht weit entfernt am Feuer.

»Das sind Kian und Ureat«, sagte Lena zu ihren Begleitern. »Ihnen vertraue ich.«

»Graha soll prüfen, ob weitere von ihnen in der Nähe sind«, bestimmte Maredd.

Daraufhin stieß Etron einen Schrei aus, der an den eines Bussards erinnerte, und das Tier flatterte davon.

Bald kehrte Graha zurück, und Etron hielt eine kurze Zwiesprache mit ihm. »Er hat keine Menschen entdeckt«, sagte er schließlich.

»Also lasst uns gehen, langsam und an Lenas Seite«, beschloss Maredd und nickte ihr aufmunternd zu.

Aufregung erfasste Lena. Dennoch lief sie los, stieg den Berg hinab und hob die Hand zum Gruß, als sie bemerkte, wie Kian sich versteifte und nach seinem Schwert griff.

»Kian, ich bin's«, rief sie. »Zwei Tuavinn-Krieger begleiten mich.«

Sogleich ließ der junge Mann seine Waffe sinken und kam auf Lena zugeeilt. Ein freudiges Lächeln zeigte sich auf seinem Gesicht. Er breitete seine Arme aus, zögerte, als er die beiden Tuavinn sah, umarmte Lena dann aber doch eilig.

»Große Freude erfüllt mich, dich wiederzusehen.« Er sagte das so inbrünstig, dass Lena verlegen wurde.

»Ich freue mich auch. Das sind Etron und Maredd«, stellte sie die beiden vor. Von Graha sagte sie nichts, denn die Tuavinn wollten, dass er geheim blieb und die Gegend im Auge behielt. »Dieser junge Mann ist Kian, sein Onkel heißt Ureat.«

Nun näherte sich auch der ältere Mann. Er war sichtlich angespannt, ging steif, eine Hand lag am Gürtel, nicht weit von seinem Schwertknauf entfernt.

»Die Tuavinn grüßen euch.« Maredd verneigte sich. »Seid versichert, aus unseren Reihen droht euch keine Gefahr. Sagt, seid ihr Bewohner Talads?«

»Richtig«, bestätigte Ureat kühl, »ich bin einer der Ältesten.«

»Werden die Fürsten der Städte sich herbemühen und Vertreter des Bergvolkes ebenso?«

»Das hoffen wir. Wir haben Boten gesandt.«

»Nun denn.« Maredd lächelte einnehmend. »Lasst uns gemeinsam warten. Wir haben Proviant dabei. Sind wir an eurem Feuer willkommen?«

»Selbstverständlich.« Erneut klang Ureat etwas spröde, doch er machte eine einladende Handbewegung, und so gingen sie alle zu der Lagerstelle.

»Ich hole die Pferde«, verkündete Etron. Für einen Moment wirkte Ureat alarmiert, aber Kian schüttelte kaum merklich den Kopf.

»Darf ich euch Getreidebrei anbieten?«, knurrte er, während er Platz nahm.

»Das ist sehr freundlich. Wir können unser Mahl teilen«, schlug Maredd vor, packte Brotfladen und Früchte aus und legte alles auf einen Stein.

Nachdem Etron mit den Pferden zurück war, entspannte sich Ureat zusehends, trotzdem entging es Lena nicht, dass seine Augen fortwährend unruhig umherschweiften. Sicher erwartete er weitere Tuavinn, die sie belauerten.

Kian dagegen wich nicht von Lenas Seite. »Wie ist es dir ergangen in Elvancor?« Seine haselnussbraunen Augen forschten in ihrem Gesicht.

»Gut, und ich habe ein wenig kämpfen gelernt.«

»Das ist wunderbar. Welche Waffe führst du?«

»Mit dem Schwert bin ich nicht sehr gut. Aber beim Bogenschießen konnte ich doch einige Pfeile im Ziel versenken.«

»Auch ich könnte dir sicher so manches beibringen«, sagte er hoffnungsvoll.

»Vielleicht, Kian. Irgendwann«, entgegnete Lena. Sie mochte den gut aussehenden Mann, wollte in ihm aber keine falschen Hoffnungen wecken, denn ihre Gefühle galten einem anderen.

Kian presste die Lippen aufeinander. »Ja, irgendwann.«

Bedrückendes Schweigen breitete sich aus, unterbrochen nur von Etrons Schnitzgeräuschen. Bedächtig glitt sein Messer über einen langen Ast, löste winzige Spreißel, und immer wieder betrachtete er das Holz prüfend.

»Sag mal, ist das …« Lena legte den Kopf schief.

»Dein Bogen«, beendete Etron den Satz. »Ich nutze das Warten.«

Erfreut, aber auch ein wenig müde ließ sich Lena auf den Boden sinken. »Denkt ihr, wir müssen uns lange gedulden?«

Maredd hob die Schultern, wandte sich Ureat zu, der in den Himmel blickte.

»Die Monde werden in der kommenden Nacht in ihrer ganzen Kraft erstrahlen. Doch es ist ein langer Weg von Crosgan und Erborg bis hierher. Das Bergvolk bekommen wir kaum zu Gesicht. Ob es erscheint, wissen wohl nur Brigida und Ceridwenn allein.«

»Wer sind die beiden?«, wollte Lena wissen.

»Unsere Göttinnen der Weisheit«, erklärte Kian.

»Oh, Göttinnen«, murmelte Lena.

»Du stammst doch aus der Welt jenseits der Schwelle«, polterte Ureat. »Betet man dort nicht mehr zu den Göttern unserer Vorfahren?«

»Also, ehrlich gesagt, hat sich in dieser Beziehung so einiges geändert«, erwiderte sie mit einem vorsichtigen Lächeln.

Der alte Mann kratzte sich an der Wange. »Hm.« Sein Blick wanderte zu den Tuavinn. »Ihr wollt uns ja auch unsere Götter nehmen.«

»Wie kann man denn den Menschen einen Gott wegnehmen?«, brummte Etron neben Lena.

»Wir wollen Euch nichts nehmen«, versicherte Maredd. »Ehrt sie, wenn ihr das möchtet. Nur versuchen wir seit Generationen, Euch davon zu überzeugen, dass kein Gott oder kein höheres Wesen ein Opfer in Tier- oder Menschengestalt erwartet.«

»Seitdem ich denken kann, wurden weder in Talad noch in Ceadd Menschenopfer dargebracht«, stellte Ureat richtig.

»Dafür jedoch Tiere, die nicht dazu bereit waren, in die Ewigkeit zu gehen«, warf Etron ein.

»Seit wann kümmert es Euch, ob jemand bereit ist, in die Ewigkeit zu gehen?«, brauste Ureat auf. »Ihr wollt unsere verehrten Fürsten …«

»Fangt doch nicht schon jetzt an zu streiten«, verlangte Lena, was Kian die Augenbrauen in die Höhe ziehen ließ. Anerkennend neigte er den Kopf zu ihr. Vielleicht, weil sie es wagte, einen der Ältesten Talads zu unterbrechen.

»Wir sind doch hier, um Missverständnisse aus der Welt zu räumen.«

»Richtig, Lena«, stimmte Maredd zu, dann deutete er zu Ureat hin eine Verbeugung an. »Wir sollten unsere Standpunkte darlegen, wenn alle versammelt sind. Aber eins möchte ich euch sagen. Niemals würden wir ein Leben ohne Zustimmung der betreffenden Kreatur nehmen.«

»Es sei denn, es will das unsere beenden«, fügte Etron hinzu.

»Das ist ein Pfad, den auch ich beschreite«, lenkte nun Ureat ein.

Erleichtert stieß Lena die Luft durch die Nase aus, trank von dem Wasser und genehmigte sich einige der Früchte. Nun hieß es also abzuwarten.

Ruhelos wälzte sich Ragnar auf seinem Lager hin und her. Neben ihm lag Aravyn, tief schlafend, ihr anmutiges Gesicht und die nackten Schultern nur vom sanften Licht der Kristalle in dem kleinen Höhlenraum beleuchtet. Erst vor Kurzem hatten sie sich geliebt, doch diesmal ohne die Leidenschaft, von der sich Ragnar zu Beginn ihrer Beziehung durchströmt gefühlt hatte. Nachdenklich nahm er eine von Aravyns langen Haarsträhnen in die Hand. Er liebte diese junge Tuavinn noch immer, aber etwas hatte sich verändert. Reichte ihm Aravyn plötzlich nicht mehr, um ihn vollständig auszufüllen? Oder rührte diese seltsame Leere in ihm daher, dass er sich Sorgen um Lena machte, ständig an sie denken musste? Was würde bei dieser Unterredung herauskommen? Konnten sich Tuavinn und Menschen nach dieser langen Zeit endlich versöhnen? Die Enge des Höhlenraumes drohte ihn zu erdrücken. Schließlich zog er sich leise an, legte seine Decke über Aravyns Schultern, damit sie nicht fror, und schlich hinaus.

Kalte Nachtluft empfing ihn. Raureif und die letzten Schneereste knirschten unter seinen Füßen.

Nicht nur die Sorge um Lena ließ ihn rastlos umherwandern, sondern auch die Gedanken an die Rodhakan. Was hatten sie ihm sagen wollen? Auf eine seltsame Weise verspürte er den Drang, sie erneut aufzusuchen, so gefährlich und dumm das auch sein mochte. Die schemenhaften Umrisse zweier Gestalten ließen ihn verharren. Langsam schlich er näher, vernahm kurz darauf leise Stimmen.

Vorsichtig lugte er hinter einem Felsen hervor und erspähte Eryn und Targon. Hielten sie draußen Wache? Normalerweise war das nicht nötig, solange die Kraftlinien stark waren.

»Wenn die Menschen mitbekommen, dass wir Späher schicken, könnten sie sich hintergangen fühlen«, redete Eryn auf Targon ein.

Dieser schüttelte energisch den Kopf. »Und sofern auch sie mehr als die verabredeten Krieger in den Bergen verstecken, könnte es für Maredd und Etron gefährlich werden.«

»Und für Lena«, fügte Eryn hinzu.

»Ja, für das Mädchen ebenfalls«, stimmte Targon widerwillig zu. »In jedem Fall ist es besser, ich reite zu ihnen.«

»Ich weiß nicht.«

Mehr wollte Ragnar gar nicht hören. Die anderen machten sich ebenfalls Gedanken, also rannte er zur Hütte zurück und weckte Aravyn auf.

»Was ist denn?«, murmelte sie schlaftrunken.

»Zieh dich an. Targon reitet hinab zum Treffpunkt. Sie fürchten um die Sicherheit unserer Freunde.«

Aravyn gähnte, streckte sich und blinzelte dann verwirrt. »Aber es war doch beschlossen, dass wir hierbleiben.«

»Und ich beschließe, dorthin zu reiten. Komm mit mir oder lass es sein.«

»Ich weiß nicht, Ragnar.« Nur ganz langsam erhob sich Aravyn, nahm zögernd ihr Hemd, die dicke Lederhose und betrachtete beides, als würde sie dort eine Antwort finden.

»Machst du immer das, was dein Onkel dir befiehlt?«, fuhr er sie an. Als er sah, wie sie erschrocken zurückwich, trat er zu ihr, nahm ihr Gesicht in seine Hände und drückte ihr einen Kuss auf die Stirn. »Verzeih, Aravyn, aber ich habe kein gutes Gefühl, Lena, meinen Onkel und Etron ohne Schutz zu lassen.«

»Du hast ja recht.« Sie schlüpfte in ihre Kleider, packte ihre Sachen zusammen und folgte Ragnar.

Sie schlichen durch die Höhle, um Taramin und das Baby nicht zu wecken. Leise holten sie Sättel und Zaumzeug, rannten zu der Lichtung, wo die Pferde im Mondlicht den Schnee wegscharrten, um an das spärliche Gras heranzukommen.

»Beeil dich, Aravyn«, drängte Ragnar, während sie die zwei Stuten sattelten, »wenn Targon mit den Geistern reist, holen wir ihn niemals ein.«

»Ich bin schon fertig.« Schnell zurrte die junge Tuavinn den Gurt fest und sprang in den Sattel.

Ragnar saß bereits ungeduldig auf dem Pferderücken und galoppierte aus dem Stand los, Aravyn hinter ihm her.

Zum Glück standen Eryn und Targon noch dort, wo Ragnar sie zuletzt gesehen hatte. Das Gesicht von Aravyns Onkel verhärtete sich jedoch, als er die beiden bemerkte.

»Was tut ihr hier?«

»Wir kommen mit dir. Es sind auch unsere Freunde«, erklärte Ragnar knapp.

»Ragnar, wir hatten besprochen …«, versuchte Eryn zu vermitteln, doch Ragnar schüttelte energisch den Kopf.

»Ich bleibe auf keinen Fall hier!«

»Aravyn, von dir hätte ich mehr Vernunft erwartet«, schimpfte ihr Onkel, und Aravyn senkte den Kopf.

»Du wolltest ebenfalls auf eigene Faust losziehen«, hielt Ragnar dagegen, »also wirf uns nicht vor, was du selbst tust.«

Wütend runzelte Targon seine Stirn. »Das ist etwas anderes, ich bin ein erfahrener Krieger.«

»Wir werden auf dich hören, Onkel«, versicherte Aravyn ihm sanft. »Solange keine Gefahr für die Unseren droht, versprechen wir, uns zurückhalten, so wie du. Nicht wahr, Ragnar?«

Dieser nickte zögernd, und nachdem Targon einmal tief durchgeatmet hatte, hob er die Hände gen Himmel. »Im Namen des Lichts, nun gut, dann begleitet ihr mich.«

»Gut, aber greift nur ein, wenn es wirklich nicht zu vermeiden ist«, riet Eryn. »Wir wollen die Friedensgespräche in keinem Fall gefährden.« Nun legte sie Ragnar eine Hand auf den Oberschenkel. »Besonders du. Zügle deinen Zorn, selbst wenn er über dich kommt.«

»Solange die Menschen nichts Dummes tun, werde ich auch nicht zornig.« Er lenkte seine Stute neben Targons Hengst. »Lasst uns losreiten.«

Nicht weit entfernt von den Kraftlinien, welche die Höhlen der Tuavinn schützten, lauerte eine Kreatur des Schattens. Sie hatte es sich zur Gewohnheit gemacht, die Gestalt eines der Wächter der Ewigkeit anzunehmen, doch heute war sie mit einem der Büsche verschmolzen. Aus sicherer Entfernung beobachtete sie drei Reiter, die sich eilig entfernten. *Endlich verlässt er den Schutz der Kraftlinien*, dachte das Wesen. *Es treibt ihn an, und früher oder später wird er zu uns kommen.* Wie eine Wolke aus Dunkelheit löste sich der Schatten auf. Tiere duckten sich im Gebüsch, suchten panisch das Weite – aber nicht die Kräfte der Tiere Elvancors waren es, die er so sehr begehrte.

Kapitel 19

Rat oder Verrat

Die beiden Monde beherrschten das nächtliche Firmament, doch die Keltenfürsten ließen auf sich warten. Lena war noch nicht müde, und ein wenig gelangweilt ging sie zu Devera, gab ihr einen der saftigen, süßen Äpfel und streichelte ihren Kopf.

Kian kam zögerlich auf sie zu. »Du hast ein ungewöhnliches Pferd. Die Tuavinn reiten doch normalerweise diese grauen Pferde, die wild durch die Berge ziehen.«

»Ja, richtig. Devera kommt aus meiner Welt.«

»Ist sie mit dir über die Schwelle getreten?«

»Nein, Ragnar hat sie hergeschickt.« Lena biss sich auf die Zunge, denn eigentlich hatte sie das gar nicht verraten wollen, aber Kian war nicht argwöhnisch.

Offensichtlich beschäftigte ihn auch etwas ganz anderes, denn er spielte nachdenklich an Deveras Mähne herum. »Ich habe häufig an dich gedacht.« Er sah ihr in die Augen, und sie wusste nicht, was sie darauf antworten sollte, denn in all der Aufregung der vergangenen Tage war ihr Kian kaum einmal in den Sinn gekommen. Andererseits musste sie zugeben, dass er ihr zuvor hin und wieder durch den Kopf gespukt war – eine seltsame Sache.

»Ich freue mich auch, dich wiederzusehen«, entschloss sie sich schließlich die Wahrheit zu sagen, ohne zu viel von sich preiszugeben.

Nun fasste Kian sie am Arm, warf einen Blick zum Feuer und

flüsterte: »Lena, ich konnte den Teil eines Gesprächs belauschen. Die Fürsten wollen dich nach Erborg bringen. Ich weiß nicht, wozu. Aber ich konnte hören, wie sie sagten, sie würden dir erlauben, drei Begleiter zu wählen. Bitte wähle mich. Ich konnte nicht herausbekommen, was sie vorhaben, aber ich möchte dich beschützen.«

Verwirrt trat Lena einen Schritt zurück. »Aber was soll ich denn in Erborg?«

»Das weiß ich nicht.« Ein erneuter, diesmal gehetzt wirkender Blick zum Feuer. »Bitte verrate mich nicht, mein Onkel wäre zornig, wenn durch mich das Treffen gefährdet wird, und er weiß auch nichts davon. Aber ich will dein Bestes.«

»Puh.« Sie fuhr sich durch die Haare, und als sie bemerkte, dass Maredd sie beobachtete, schob sie Kian vorwärts.

»Komm, wir gehen zurück und warten ab, was diese Beratung bringt.«

»Wirst du mich erwählen?«, drängte er noch einmal.

»Ja, wenn es sein muss«, versprach sie schnell. Ganz kurz fasste sie seine Hand und drückte sie. »Danke, dass du mich vorgewarnt hast.«

»Das erfreut mein Herz, Lena.«

Keiner der Geister Elvancors war erschienen, um Targon, Aravyn und Ragnar ihre Reise zu verkürzen. Selbstverständlich machte Targon Ragnar dafür verantwortlich. In raschem Tempo waren sie nach Süden geritten, über Bergpässe und Hänge hinab, hatten sich kaum eine Pause gegönnt und waren, wo es ging, galoppiert. Zumindest über Ragnars Reitkünste konnte sich Targon nicht beschweren. Mittlerweile hielt er mit den Tuavinn mit.

Aravyn zuliebe übernahm er jetzt die unbeliebte zweite Wache, in der dunkelsten und stillsten Phase der Nacht. Aber er mochte diese Stille, wenn sich die Tiere Elvancors größtenteils zur Ruhe gelegt hatten und nur wenige Wesen leise durch das

Unterholz schlichen. Targon und Aravyn lagen unter dem Stamm einer knorrigen Buche, die nur von fünf erwachsenen Männern hätte umfasst werden können.

Sternenlicht fiel auf Aravyns im Schlaf so sanfte Gesichtszüge. Diese Tuavinn-Kriegerin verzauberte ihn noch immer, ließ sein Herz höher schlagen. Plötzlich hoben die Pferde die Köpfe, auch Ragnar zuckte zusammen. Mehrere Schritte entfernt, am Rande seines Gesichtsfeldes, glaubte er einen Schatten zu erkennen. Schon war er drauf und dran, seine Gefährten zu wecken, doch da bedeutete ihm die Gestalt mit einer Geste näher zu kommen. Hektisch sah er sich um, doch er konnte keine weiteren Schattenkreaturen ausmachen. Normalerweise traten Rodhakan stets in Gruppen auf. Aber war das überhaupt ein Rodhakan? Zerrissenheit breitete sich in ihm aus. Einerseits wollte er seine Gefährten warnen, andererseits drängte ihn etwas, diesem Ruf zu folgen. Ohne seine Begleiter aus den Augen zu lassen, schlich Ragnar näher. Er zog sein Schwert aus der Scheide, hielt den Griff fest in der Hand.

»Ragnar, komm zu mir, niemand wird dir ein Leid antun.«

Die Stimme, leise und drängend, hatte er schon einmal gehört, und die Männergestalt, die sich vor ihm in der Finsternis abzeichnete, erschien ihm fest wie ein Wesen aus Fleisch und Blut. Keinesfalls wirkte sie so substanzlos, wie es für Rodhakan so bezeichnend war. Dennoch trat Ragnar nur zögernd heran. Er wollte sich nicht in die Irre führen, wollte seine Gefährten keinesfalls im Stich lassen. Doch als die Gestalt einen weiteren Schritt nach vorne machte, kam Wind auf, und das Licht der Monde fiel durch eine Lücke in den Baumkronen auf das Gesicht des Mannes. In diesem Augenblick glitt Ragnars Schwert aus seinen zitternden Händen – und er hatte das Gefühl, die Zeit würde stillstehen.

Gegen Mittag des nächsten Tages vernahm Lena den Schrei eines Bussards am Himmel. Sie bemerkte, wie Maredd und Etron

Blicke wechselten. Der Krieger mit der Narbe im Gesicht ließ von Lenas Bogen ab, der langsam Form annahm. Auch Maredds Hand lag nicht weit entfernt von seinem Schwert.

Doch bald wurde klar, dass sich vier Reiter ganz offen, durch ein grünes Tal, dem Lagerplatz näherten.

Ureat spähte hinab und wandte sich dann Kian zu. »Können deine Augen sehen, um wen es sich handelt?«

Der jüngere Mann kniff die Augen zusammen, dann schüttelte er den Kopf. »Leider nicht.«

»Drei Männer nähern sich, einer mit weißem Vollbart. Sie tragen einfache grüne Umhänge.«

Staunend sah Ureat zu Maredd auf, der gelassen in die Ferne spähte. Sicher lag Ureat eine Frage auf der Zunge, wie er das so genau sehen konnte, aber dann räusperte er sich. »Es muss wohl eine Abordnung aus Ceadd sein.«

Da trat Maredd noch einen weiteren Schritt vor. »Hinter ihnen reitet eine Frau, auch ihr Haar zeigt die Farbe der Gipfel der Berge von Avarinn.«

»Es waren doch nur drei Krieger vereinbart«, merkte Etron an.

Ureat wand sich, dann zuckte er mit den Schultern. »Wenn Euer Freund recht behält, handelt es sich lediglich um eine alte Frau – möglicherweise eine Magd. Und Kian und ich sind ohnehin nur zu zweit …«

»Wir werden sehen.« Maredds Blick schweifte für einen flüchtigen Moment über den Himmel, und Lena glaubte zu verstehen. Graha würde sie warnen, sollten sich die Menschen nicht an die Abmachung halten.

Sonnenlicht spiegelte sich auf metallenen Armschienen und Helmen, und auch die frisch gefetteten Lederharnische glänzten in der Sonne, als die Neuankömmlinge heranritten. Den Mann mit dem Vollbart, der sich von den anderen durch seinen Silberschmuck an Hals und Armen unterschied, hatte Lena schon einmal gesehen: beim Triadenfest in Ceadd.

Als Kian unterdrückt aufstöhnte, erkannte sie auch einen seiner Begleiter – Ruven.

»Fürst Gobannitio mit seinen Wachen Ruven und Iret«, stellte Ureat die drei Männer vor.

Ruvens Miene war ernst, nur als Lena ihm in die Augen blickte, hob sich einer seiner Mundwinkel, und er zwinkerte ihr zu.

Die Frau, die kurz darauf ihr Pferd energisch den Berg hinauftrieb, sorgte bei Lena für ebenso wenig Begeisterung wie zuvor Ruven bei Kian.

»Irba!«, wunderte sich nun auch Ureat, gewann aber rasch wieder die Fassung »Sie ist eine Älteste aus Talad«, klärte er Maredd und Etron auf. »Da wir nun zu dritt sind, werdet Ihr hoffentlich keinen Anstoß daran nehmen.«

»Nur *ein* Ältester ist ja wohl kaum ausreichend für solch wichtige Entscheidungen, deshalb habe ich mich auf den Weg gemacht«, fauchte Irba postwendend, bedachte alle Anwesenden mit einem prüfenden Blick und rutschte ächzend vom Pferd. »Kian, bring das Tier fort.«

Sogleich machte sich Kian auf den Weg. Auch der Fürst und seine Wachen stiegen ab.

Das schmale, von einer aristokratischen Hakennase und Vollbart beherrschte Gesicht von Fürst Gobannitio war auffallend ernst. Aus seinen durchdringenden graublauen Augen musterte er die Tuavinn argwöhnisch, Lena betrachtete er mit unverhohlener Neugier. Selbst wenn sich zahlreiche Falten um Mund und Augen abzeichneten, so wirkte er bei Weitem jünger, als er sein konnte. Doch wie sollte auch jemand aussehen, der nach Lenas Maßstäben Jahrtausende gelebt hatte?

»Sicher steht uns ein ereignisreiches Treffen bevor.« Gobannitio legte seinen Umhang ab und setzte sich auf einen flachen Stein. Ruven und der andere Wächter blieben dicht hinter ihm stehen.

Lena fragte sich, wie seine Worte gemeint waren, denn der

Fürst hatte sie recht emotionslos vorgetragen. Die Stimmung, die sich ausbreitete, hingegen, war alles andere als emotionslos. Jeder versuchte, den anderen einzuschätzen und abzuwägen, ob Gefahr drohte.

»Ihr werdet hungrig von der Reise sein. Lasst uns gemeinsam essen.« Etron bot den anderen einige Früchte an, und Lena war dankbar für die willkommene Abwechslung, auch wenn sie gar keinen Hunger verspürte.

Während des schweigsamen Essens reichte Etron Lena plötzlich den Bogen, eingewickelt in ein Tuch, zusammen mit einem Tiegel voll Öl und einem Köcher voller Pfeile. »Du kannst ihn ausprobieren und später einölen. Damit wird das Holz geschmeidig.«

»Das mache ich gerne«, freute sich Lena und entfernte den Stoff. Staunend betrachtete sie den Bogen, und ihre Finger fuhren über eingeschnitzte Spiralen und Knoten, die mit Blättern, Ästen und Blüten verbunden waren.

Sie erhob sich, spannte den Bogen, nahm einen Pfeil, zog die Sehne auf und zielte auf einen morschen Baumstamm. Mit einem Surren löste sich der Pfeil, verfehlte den Stamm ganz knapp. Aber ein zweiter und dritter fanden ihr Ziel. Lena war begeistert, mit diesem Bogen fiel es ihr sehr viel leichter zu schießen.

»Welch ein Meisterwerk«, staunte Kian. Unbemerkt war er hinter sie getreten.

»Ja«, hauchte Lena, »er ist einfach perfekt.« Sie konnte es nicht in Worte fassen, hatte aber den Eindruck, all die Zeichen in dem Holz würden genau das ausdrücken, was ihr Leben ausmachte: zahlreiche Pfade, verworren und verschlungen. Leben, Tod und Neubeginn. Innerlich seltsam ergriffen, sah sie zu Kian auf.

»Ich könnte mir keine Waffe vorstellen, die besser zu dir passt.«

Stumm nickte sie, und in Kians Augen erkannte Lena, dass er genau verstand, was sie fühlte. Ein Kribbeln machte sich in ihrem Inneren breit.

»Dieser Bogen ist toll, aber gleichzeitig ist mir das Ganze … unheimlich.«

»Ich würde viel dafür tun, eine Waffe wie diese zu besitzen«, entgegnete Kian und streckte seine Hand nach dem Bogen aus. »Darf ich?«

Lena nickte. Es erschien ihr nicht falsch, Kian das Holz berühren zu lassen. Zögerlich und voller Ehrfurcht strichen seine Fingerspitzen über die Intarsien. Unerwartet berührte Kian Lenas Hand. Kurz hielt er inne, dann zog er seinen Arm schnell zurück. »Verzeih!«

»Schon gut«, entgegnete Lena. Die Berührung war ihr nicht unangenehm gewesen, fast kam es ihr so vor, als wären sie für einen Augenblick durch das Schlehenholz, das sie beide berührt hatten, verbunden gewesen.

»Gefällt er dir?« Etrons Stimme brach den Zauber. Der große Tuavinn war neben ihr in die Hocke gegangen, und trotz der kantigen Züge und der Narbe über seinem linken Auge erschien ihr sein Gesicht heute freundlich, beinahe aufgeregt.

Lena nickte. »Ich habe das Gefühl, als hättest du ihn nur für mich geschaffen.«

Nun schmunzelte Etron und schüttelte den Kopf. »Nicht ich war es, der ihn für dich gemacht hat. Ich habe den Bogen lediglich von dem Holz befreit, in dem er schon seit langer Zeit verborgen lag.«

Lena schluckte, und ihre Hand schloss sich fest um das Holz. Flüchtig glaubte sie Etrons Worte zu verstehen, doch kaum wollte sie sie mit ihrem Verstand greifen, entschwand es ihr wieder.

»Er ist der deine«, sagte Etron nur. »Sobald du ihn geölt hast, solltest du dir überlegen, welchem Element du ihn weihen möchtest.«

»Welchem Element?«, wiederholte Lena verwirrt.

»Zu welchem Element fühlst du dich am meisten hingezogen?«

»Das kann ich nicht sagen. Auch habe ich mir über so etwas noch nie Gedanken gemacht.«

»Dann solltest du das nachholen.« Etron stand auf, klopfte ihr kurz auf die Schulter und setzte sich dann zu Maredd.

»Wie soll ich nur wissen, welches Element ich wählen soll?«, murmelte Lena vor sich hin. »Welches ist dein Lieblingselement, Kian?«

»Die Erde«, antwortete er, ohne zu zögern. In Elvancor schien es üblich zu sein, über derartige Dinge nachzudenken.

»Und weshalb?«

»Sie trägt uns, versorgt uns mit Nahrung, und ich reise beispielsweise sehr viel lieber auf dem Land als zu Wasser.«

»Gute Argumente«, überlegte Lena. Dennoch wusste sie nicht, was sie Etron antworten sollte, falls er noch einmal fragte.

Gegen Abend des nächsten Tages trafen – in kurzem Abstand voneinander – zwei weitere Gruppen ein. Die Fürsten Orteagon und Elgetia aus Erborg und Nemetos aus Crosgan. Letztere hatte Lena ja bereits auf dem Triadenfest gesehen, und besonders Nemetos mit seiner dunklen Haut und dem energischen Kinn war ihr in unangenehmer Erinnerung geblieben. Wie die anderen hatte auch er sich in edle Gewänder gehüllt und nicht damit gespart, sich reichlich mit Schmuck zu behängen. Das graue Haar fiel ihm offen über den Rücken, so wie bei seinen Wachen auch. Die langen Schnurrbärte der Männer aus Crosgan und Erborg verliehen ihnen zudem eine altertümliche Strenge. Kurz streifte sie Nemetos' Blick »Du!«, sagte er jedoch nur und wandte sich Gobannitio zu, worüber Lena froh war.

Als Elgetia vom Pferd stieg, fürchtete Lena, ihre Haut würde reißen, so sehr spannte sie sich über ihren Wangenknochen. Dennoch fehlte es ihren Bewegungen nicht an Kraft, und das volle, zu einer Schnecke aufgetürmte weiße Haar ließ ihr Auftreten herrisch und ihre Augen raubvogelartig erscheinen.

»Orteagon. Wir … haben uns lange nicht gesehen.« Fürst Gobannitio blickte den kleineren, weißhaarigen Mann mit dem Schnurrbart von oben bis unten an, während dieser ein wenig steif vom Rücken des Pferdes glitt. Lena fand, Gobannitio klang irgendwie seltsam, verwundert und auch ein wenig geringschätzig.

»Niemand verlässt dieser Tage seine Stadt freiwillig.« Orteagon warf einen Blick in die Runde. »Nun denn, lasst uns mit den Beratungen beginnen«, krächzte er ohne Umschweife.

»Das Bergvolk fehlt«, warf Maredd ein.

»Das wird kaum einen Unterschied machen. Vertritt das Bergvolk nicht ohnehin die Meinung der Tuavinn?« Ein provokativer Unterton schwang in Nemetos' Worten mit.

»Das Bergvolk ist nicht mit uns verbündet«, versicherte Maredd gelassen. »Es lebt lediglich nach den Lehren der Tuavinn, so wie jene, die lange vor ihnen über die Schwelle traten.« Lena bewunderte Maredd, der sich trotz der Anspielung und der kritischen Blicke der Keltenfürsten nicht aus der Ruhe bringen ließ.

»Lehren!« Der dunkelhäutige Nemetos schnaubte. »Ihr wollt uns«, er schlug sich selbst auf die Brust, »zwingen, unser gutes Leben hier aufzugeben. Meint ihr nicht, dass Ihr Euch da zu viel anmaßt?«

Zustimmendes Gemurmel wurde laut.

»Nun gut, dann sind wir eben doch bereits in den Verhandlungen gefangen«, stellte Maredd fest. Seine Augen suchten die Umgebung ab, aber Etron schüttelte kaum merklich den Kopf.

»Sollten Vertreter des Bergvolkes eintreffen, können wir ihnen berichten, was bisher besprochen wurde«, merkte Ureat an, und Irba nickte grimmig, verschränkte die Arme vor der Brust und sank ächzend auf einer Decke nieder.

Auch die anderen setzten sich nun. Teils auf niedrige Steine, teils auf Decken oder Felle. Die Wachen verharrten regungslos, aber wachsam hinter ihren Fürsten. Lena blieb in Maredds Nähe, doch ihre Augen suchten Kian, denn sie war gespannt, ob er recht behalten würde mit dem, was er belauscht hatte.

»Nun gut.« Maredd rückte das Lederband, das seine Haare hinten hielt, zurecht und legte schließlich seine Fingerspitzen aneinander. Dann blickte er in die Runde. »Seit vielen Generationen sitzen wir wieder zusammen, und diese Tatsache erfreut mein Herz.« Er legte eine kurze Pause ein, ließ seine Worte wirken. »Es hat zahlreiche Missverständnisse gegeben, woraus Hass und sinnlose Kämpfe entbrannt sind. Im Angesicht gemeinsamer Feinde, der Rodhakan, hoffe ich, wir können unsere Streitigkeiten nun beilegen. Es war eine jüngere Generation«, er deutete zuerst auf Lena, dann auf Kian, »die glücklicherweise angeregt hat, miteinander zu sprechen und vielleicht zu einem Bündnis zu finden.«

»Ich nehme an«, warf nun Ureat ein, »selbst wenn es zu diesem Bündnis käme, würde das nichts an eurem Drängen ändern, dass unsere verehrten Fürsten freiwillig in die Nebel der Ewigkeit steigen und Elvancor verlassen.«

Bedächtig senkte Maredd seinen Kopf. »Dies fänden wir angemessen, denn es entspricht lediglich der natürlichen Ordnung.«

Sofort traten die Wachen einen Schritt vor, doch Maredd hob die Hand. »Niemals würden wir sie mit Gewalt dazu zwingen, das ist nicht unsere Art. Unser Bestreben ist es nur, euch zu der Erkenntnis zu führen, dass es für den großen Zyklus des Werdens und Vergehens wichtig ist weiterzuziehen.«

»Es ist schon einmal geschehen«, bellte Fürst Nemetos. »Meinem Bruder wurde mit Gewalt sein Amulett und damit sein von den Göttern geschenktes Dasein hier in Elvancor geraubt.«

Maredd schloss kurz die Augen, nickte bedächtig, was Lena sehr überraschte. »Dies ist eine Schuld, die einer von uns auf unser Volk geladen hat. Wir haben Euch vor Langem um Verzeihung dafür gebeten.«

»Würdet Ihr den Mord an einem Bruder verzeihen?« Nemetos' dunkle Augen funkelten.

»Nicht wenige Tuavinn sind durch Menschenhand gestorben«, flüsterte Maredd. »Dennoch stehen wir heute vor Euch.«

»Das alles sind Verbrechen längst vergangener Tage«, schaltete sich Elgetia in das Gespräch ein. Ihr raubvogelartiger Blick bohrte sich in Nemetos' Augen. »Gegenseitige Anschuldigungen bringen uns nicht weiter.«

Die Nasenflügel des Fürsten von Crosgan blähten sich, aber er schwieg.

»Dieser Meinung sind wir ebenfalls, werte Fürstin.« Maredd verneigte sich vor ihr. »Wir Tuavinn werden keinen von Euch gewaltsam in die Ewigkeit schicken – wir hoffen nur darauf, dass Ihr es eines Tages freiwillig tut.«

»Wir befinden uns hier in der Anderswelt«, Gobannitio reckte sein Kinn vor und breitete dabei die Arme aus, »wohin also sollten wir noch gehen? Was sollte uns hinter den Bergen von Avarinn schon erwarten, wenn nicht ein großes Nichts?«

Eine Spur von Ungeduld zeichnete sich auf Maredds Gesicht ab. Er strich sich über die Haare, antwortete jedoch freundlich. »Werter Fürst, Elvancor ist nicht das, was Ihr als Anderswelt bezeichnet. Es ist ein Land des Lernens. Es soll uns helfen, uns auf die wichtigen Dinge zu besinnen und wieder im Einklang mit der Natur und den Elementen zu leben. Eure Vorfahren haben es so gehalten, und sie gingen in großem Frieden und mit viel Weisheit im Herzen an den Ort, den Ihr Anderswelt nennt.«

»Das behauptet Ihr!«, entgegnete Fürstin Elgetia mit messerscharfer Stimme, wobei ihre Kieferknochen hervortraten.

»Wir glauben«, Nemetos deutete auf die anderen Fürsten, »Ihr wollt uns aus der Anderswelt vertreiben. Weshalb soll es Euch gestattet sein, bis in alle Ewigkeit zu existieren, und wir sollen Elvancor verlassen?«

Zustimmendes Nicken war zu sehen, und Lena beneidete Maredd nicht darum, nun antworten zu müssen. Dennoch blieb er auch jetzt gelassen – zumindest äußerlich.

»Die Tuavinn sind eine andere Rasse. Den Menschen ähnlich, aber dennoch mit magischen Fähigkeiten ausgestattet. Wir sind die Hüter der Ewigkeit und sollen Euch lehren, Elvancors Wunder zu achten und zu nutzen, und Euch dann in die Ewigkeit begleiten. Doch seid versichert, auch wir gehen eines Tages aus freien Stücken hinauf in die Nebel, um uns mit der Ewigkeit zu vereinen.«

»Aber Ihr bewacht die Schwellen in unsere alte Welt«, warf Nemetos mit kritisch zusammengekniffenen Augen ein. »Ihr bestimmt, wer hinüber darf und wer nicht. Ihr erhebt euch über uns.«

Fürst Orteagon und seine Gattin pflichteten ihm durch ein Kopfnicken bei, auch Ureat brummte zustimmend.

»Wir erheben uns nicht, wir sind die Wächter«, schaltete sich nun Etron überraschend ein.

»Der kann also auch sprechen«, keifte Irba.

»Ich spreche dann, wenn ich es für nötig halte.« Sein düsterer Blick wanderte über die alte Frau. »Nicht nur um der Öffnung meines Mundes willen.«

Es bereitete Lena eine diebische Freude, Irbas Gesicht zu beobachten, wie es noch verkniffener wurde.

»Mir ist ohnehin nicht klar, weshalb sich die Tuavinn für eine überlegene Rasse halten«, Fürst Nemetos reckte sein Kinn nach vorne. »Erst durch uns und unsere Vorfahren habt Ihr gelernt, ein Schwert zu führen und Klingen zu schmieden.«

Jetzt war Lena ehrlich verwundert, denn sie hätte eher erwartet, die in der Kriegskunst so brillanten Tuavinn hätten den Kelten derartige Dinge beigebracht.

»Da stimme ich Euch zu«, entgegnete Maredd überraschend. »Meine Vorfahren nutzten lediglich Bogen und Speere, wenn sie auf die Jagd gingen. Die Freundschaft mit Euren Ahnen brachte uns die Kunst des Schwertkampfes, auch wenn wir dieser Waffen anfangs nicht bedurften. Aber die andere Welt hat sich stark verändert«, fuhr er fort, dann legte er Lena eine Hand auf die Schulter. »Lena kann Euch berichten. Nichts ist mehr so, wie Ihr es zurückgelassen habt. Deshalb sind wir zu dem Schluss gekommen, dass es besser für Elvancor ist, nur noch sehr wenigen den Übertritt zu gewähren.«

»Vielleicht ist der wahre Grund, dass die andere Welt von Rodhakan überrannt ist«, warf die Fürstin ein. »Die Übergänge sollten ein für alle Mal verschlossen werden, um weiteres Unheil abzuwenden.«

»Für uns ist es von großer Wichtigkeit, gelegentlich über die Schwelle zu treten«, beteuerte Maredd. »Es ist Teil unserer Aufgabe als Schwellenhüter.«

»Für Euch ist es wichtig, möglicherweise für uns ebenso.« Nemetos' Stimme wurde immer gereizter, und Lena befürchtete, die Situation könne eskalieren.

Maredd hob beschwichtigend eine Hand. »Lasst Euch von Lena erzählen, wie es in Eurer alten Heimat nun aussieht. Danach sollten wir überlegen, wie wir der Rodhakan Herr werden können.«

»Das Mädchen soll mit uns nach Erborg kommen«, erhob Orteagon nun das Wort, bevor Lena etwas sagen konnte. »Dort soll sie vor dem Volk sprechen. Alle müssen es hören, um zu entscheiden, ob wir ihr und somit auch den Tuavinn Glauben schenken können.« Nervös strich sich der Fürst von Erborg über seinen langen Schnurrbart.

Nun sahen Maredd und Etron ausgesprochen verdutzt aus. Das wäre auch Lena gewesen, hätte Kian sie nicht vorgewarnt.

»Weshalb ausgerechnet Erborg?«, wandte Nemetos misstrauisch ein, und Fürst Gobannitio hob ebenfalls fragend seine Augenbrauen.

»Vertrauen gegen Vertrauen.« Orteagon blickte die anderen auffordernd an. »Sie soll drei Wächter nach Wahl mit sich nehmen. Doch da vermutlich Tuavinn sie begleiten werden, fällt Ceadd aus. Den Eibenwald kann keiner von ihnen betreten.«

Fürst Gobannitio brummte zustimmend. »Nun gut, ich bin einverstanden. Crosgan liegt nahe am Wald von Wakkarin, kein guter Ort für ein Mädchen von jenseits der Schwelle und für die Tuavinn genauso wenig, wegen der vielen Eiben rundherum. Erborg ist gut geschützt, aber dennoch für Euch zu betreten.« Er verneigte sich vor Maredd und Etron, dann wandte er sich mit spöttischem Grinsen an Fürst Nemetos. »Und in Erborg muss sie im Gegensatz zu Crosgan auch nicht fürchten, ihres Amuletts beraubt zu werden, denn keiner von uns will über die Schwelle in ihre Welt reisen.«

»Mischt Euch nicht in crosganianische Belange ein, von denen Ihr nichts versteht, Gobannitio!« Die Adern an Nemetos' Hals begannen heftig zu pochen, sodass Lena dachte, sie müssten auf der Stelle platzen. »Und solche Worte von einem Feigling ...«

»Schweig, Nemetos!« Fürstin Elgetia sprang in die Höhe, Nemetos tat es ihr gleich.

Doch Etron trat zwischen sie, groß, beeindruckend und ruhig. »Erborg scheint die beste Wahl zu sein, aber wie wollt Ihr Schutz für Lena garantieren?«

»Gastfreundschaft ist ein unumstößliches Gebot unseres Volkes«, versicherte Orteagon ihm. »Selbst in Tagen des Krieges haben wir dieses Gebot stets gewahrt.«

»So ist es«, bestätigte Nemetos.

Der Fürst von Erborg machte eine einladende Handbewegung. »Selbstverständlich werden auch Gäste aus den übrigen Städten willkommen sein, um Lena von jenseits der Schwelle zu lauschen.«

Fragt mich eigentlich auch mal jemand?, dachte Lena. So gern sie helfen wollte, aber eine Ansprache in einer großen Stadt vor Hunderten oder gar Tausenden Leuten, das war ihr nicht geheuer.

Zum Glück legte Maredd in diesem Moment den Arm um ihre Schultern. »Wir würden uns gerne mit Lena beraten und Euch später unseren Entschluss mitteilen.«

Leise murmelnd erhoben sich die Fürsten, begaben sich ein Stück abseits, tuschelten miteinander.

Maredd fasste Lena am Arm. Sie gingen in Richtung der Pferde, und Ragnars Großvater atmete tief durch, bevor er begann. »Ich bin mir nicht sicher, ob es klug ist, mit ihnen zu gehen.«

»Das bin ich auch nicht. Aber wäre es nicht ein Zeichen, sich gegenseitig zu vertrauen, wenn ich es tue?«

»Sicher wäre es das«, stimmte er zu.

Sie lächelte zaghaft. »Und sie erlauben mir immerhin, drei Begleiter zu wählen.«

»Aus dir spricht großer Mut, Lena. Dennoch bereitet mir diese Forderung Unbehagen. Weshalb solltest du vor dem Volk sprechen, wenn am Ende sowieso die Fürsten entscheiden.« Maredd rieb sich das Kinn. »Andererseits trägt es vielleicht zum besseren Verständnis bei. Zumindest sollten wir versuchen, weitere Tuavinn als deinen Geleitschutz herauszuhandeln.«

»Aber ihr seid doch ohnehin nur zwei.«

»Graha könnte zu den Höhlen fliegen.«

»Richtig.« Lena nickte bedächtig. Ihr war selbst nicht ganz wohl bei der Sache, aber sie wollte diese Gelegenheit, etwas für Elvancor zu tun, nicht nutzlos verstreichen lassen. Das hier war Ragnars Welt, und obwohl ihr der Gedanke merkwürdig vorkam, es war auch irgendwie ihre eigene geworden.

»Nur mit ausreichendem Schutz lassen wir deine Reise nach Erborg zu«, betonte Maredd noch einmal.

»Gut«, sagte Lena. »Lass uns zurückgehen.«

Festen Schrittes trat Maredd mit Lena an seiner Seite auf die Fürsten zu. »Wir haben Folgendes zu sagen …«

Kapitel 20
Versuchung

Ragnar hatte das Gefühl, sein Herz würde aussetzen. Er konnte nicht mehr atmen, sich nicht bewegen. Noch immer fragte er sich, ob das Licht der Monde ihm einen Streich spielte, ob es mit seinen silbrigen Strahlen dieses vertraute Gesicht in die Dunkelheit zeichnete, um ihn zu verspotten. War das ein Trugbild, eine Illusion?

»Komm zu mir! Es tut gut, dich zu sehen.«

Ragnar zuckte nun, da der Mann endlich sprach, zusammen.

»Vater?«, stammelte er.

Die Gestalt erschien ihm so vertraut, selbst wenn Lucas nun, im Gegensatz zu früher, seine grauen Haare lang trug. Doch die dunkelblauen Augen waren die gleichen, auch die Stimme und selbst die Gesten waren so, wie er sie in Erinnerung behalten hatte. Auch Größe und Statur entsprachen der seines Vaters – und auch Ragnars eigener –, soweit er dies unter dem Umhang erkennen konnte.

»Du bist tot«, sagte er dennoch, »oder«, langsam hob er sein Schwert wieder auf, »ein Rodhakan in Lucas' Gestalt. Du kannst nicht mein Vater sein.«

»Vielleicht bin ich, was du Rodhakan nennst. Aber was sind Rodhakan, was sind Tuavinn?«, fragte der andere und machte eine weitläufige Handbewegung. »Sind wir nicht allesamt Wesen Elvancors?«

Ragnar warf einen raschen Blick zurück zu Aravyn und Targon.

»Sorge dich nicht um deine Freunde«, beschwor ihn der Rodhakan. »Denkst du nicht, wir hätten sie schon längst getötet, wäre dies unser Ansinnen gewesen?«

Ragnar zögerte, denn dieses Argument war nicht von der Hand zu weisen, konnte aber auch einfach nur Teil des Plans sein.

»Lass mich erklären, ich bitte dich.«

»Was auch immer du vorhast«, brachte Ragnar gepresst heraus. »Du bist ein Rodhakan. Der Anam Cara meines Vaters wurde von einem von ihnen ermordet. Niemals hätte er sich ihnen angeschlossen.«

Nun seufzte sein Gegenüber schwer, und sogar Trauer legte sich über sein Gesicht. »Gavin – sein Tod hat mich schwer getroffen, aber letztendlich zu den Rodhakan geführt. Nicht immer sind sie, wofür man sie hält. Jene beispielsweise, die dich in der anderen Welt gejagt haben, sind dumme, schwache Geschöpfe ohne Weitsicht, und sie waren es, die Gavin getötet haben.«

»Du bist nicht mein Vater«, wiederholte er und wich erneut zurück. All das, was sein Gegenüber sagte, passte weder zu einem Rodhakan noch zu seinem Vater.

»Dein erster Hund in Island hieß Bjarki, dein Lieblingspferd war die kleine Schimmelstute Askja. Und der Hügel hinter unserem Haus mit der Quelle – deine Großmutter hat immer behauptet, dort würden Elfen und Trolle hausen.«

Ragnar erstarrte, hörte atemlos zu. Wie konnte dieser Rodhakan das wissen? Die Worte wirbelten durch Ragnars Kopf. Widerstrebende Gefühle fochten einen Kampf in ihm aus. Er wollte so gern glauben, dass es sein Vater war, der hier vor ihm stand. So lange hatte er ihn vermisst.

Nun ging Lucas langsam in die Hocke, ließ Ragnar dabei aber

nicht aus den Augen. »Als du noch klein warst, habe ich dir immer am alten Holzherd in Großmutters Küche Geschichten erzählt. Die Abenteuer von Elvar, dem kleinen Kobold.«

Tränen stiegen in Ragnars Augen, und er spürte, wie seine Gegenwehr versiegte. Niemand konnte diese ganzen Details wissen. Niemand – außer seinem Vater.

Schritt für Schritt trat er näher heran. »Ich verstehe das nicht. Ich … ich kann es nicht glauben«, stammelte er. »Ich hörte, du hättest dich todesmutig auf eine Gruppe Rodhakan gestürzt. Eine Tat, die du nicht überleben konntest.«

Ragnar schüttelte den Kopf. »Und wenn du wirklich mein Vater bist, weshalb bist du dann nicht schon längst zu uns gekommen? Zu Maredd, Amelia und mir?«

»Das werde ich dir später erklären. Zunächst jedoch ist es viel wichtiger, dass du verstehst, weswegen ich deine Hilfe brauche. Ich …« Lucas brach ab und erhob sich ruckartig. »Einer deiner Freunde erwacht. Ragnar, ich werde dich erneut aufsuchen. Erzähl ihnen nichts von mir!«

Damit eilte Lucas davon und ließ Ragnar ratlos zurück. Er sah, wie sich Targon langsam aufrichtete, geschmeidig auf die Füße sprang und zu ihm kam.

»Leg dich schlafen, wir brechen noch vor der Dämmerung auf«, sagte Targon unfreundlich.

Wie soll ich jetzt noch schlafen? Ragnars Augen suchten den Wald ab, aber sein Vater war verschwunden. Was sollte das alles bedeuten?

»Drei Tuavinn sind vollkommen ausreichend!«, wiederholte Fürst Orteagon am nächsten Morgen, was er am Abend zuvor bereits gesagt hatte.

Maredd hatte für Lena einen Geleitschutz von zehn Tuavinn vorgeschlagen, doch die Fürsten hatten allesamt abgelehnt. Erstaunlicherweise waren sie sich in diesem Punkt einig gewesen.

Soeben hatte Maredd dieses Thema erneut angesprochen und zeigte sich nun deutlich unnachgiebiger.

»Elvancor und ganz besonders die Fürstenstädte sind diesem Mädchen fremd. Sie würde sich sicherer fühlen, von jenen umgeben zu sein, die sie kennt.«

Orteagon schüttelte den Kopf, und als er sprach, bemerkte Lena, wie alt und müde er doch wirkte. Nicht zuletzt trugen wohl die auffälligen Senklider zu dieser Erscheinung bei. »Die Tuavinn sind starke Krieger«, stellte er fest. »Kämet ihr in Horden, würden sich die Menschen Erborgs fürchten.«

»So ist es«, stimmte Nemetos zu, und sein Kinn wirkte energischer als je zuvor. Dennoch warf er einen raschen Seitenblick auf Orteagon, so als warte er auf etwas.

»Niemand spricht von Horden«, wandte Maredd ein. »Fünf bis zehn Tuavinn wären als Begleitung für Lena durchaus angemessen.«

Ein Vogelschrei am Himmel ließ sie aufblicken, wie auch Maredd und Etron. Graha flog hoch über ihnen hinweg, aber nachdem Etron ruhig blieb, schien zumindest keine Gefahr zu drohen. Maredds Blick indes ruhte unverwandt auf dem gealterten Fürsten.

»Drei Begleiter ihrer Wahl«, wiederholte Orteagon, dann straffte er die Schultern, »und ich werde als Pfand für das Mädchen dienen. Schickt mich zu Euren Leuten.«

Ähnliche Überraschung wie bei Lena zeigten auch Etron und Maredd.

»Nun gut. Das ist ein ehrenhaftes Angebot«, erwiderte Maredd nach einer Weile. »Nur müssten wir …«

Er wurde unterbrochen, als plötzlich eine Gruppe von Menschen den Berg herunterkam, hinter ihnen drei Tuavinn auf Pferden.

Sogleich zückten die Wachen der Fürsten ihre Schwerter. Etron hob zu Lena gewandt seine Schultern – vermutlich hatte ihm

Graha in Gedanken schon alles berichtet. Lenas Herz machte einen Satz, als sie Ragnar erkannte.

Mit hocherhobenem Kopf trieb Targon sein Pferd allen voran. »Diese Menschen konnten wir in den Bergen aufgreifen, sie trieben sich in der Nähe herum.«

Grimmige Gesichter zeigten sich bei den zwanzig Männern und den beiden Frauen, welche die Tuavinn begleiteten und mit Schwertern bewaffnet waren.

»So also halten sich die Tuavinn an Abmachungen …«, echauffierte sich Fürst Gobannitio aus Ceadd, aber Etron unterbrach ihn.

»Anscheinend herrscht auf beiden Seiten Misstrauen.«

»Wir wollten lediglich die Gegend im Auge behalten«, rechtfertigte sich einer der Krieger.

»Targon, bitte steig ab, ich muss mit dir sprechen.« Maredds Stimme war eisig, und Aravyns Onkel öffnete den Mund zu einer Entgegnung, schwieg dann jedoch und folgte Maredd ein Stück den Berg hinab.

Aus der Ferne konnte Lena sie gestikulieren sehen und ahnte, dass Maredd alles andere als begeistert über das Erscheinen der Tuavinn war.

Aravyn und Ragnar schwangen sich von den Pferden. Ein Lächeln spielte um Ragnars Mund, als er auf Lena zukam. Doch wieder lag da etwas in seinen Augen, das sie verunsicherte.

»Wir wollten in eurer Nähe sein – zumindest diesmal bin ich mit Targon einer Meinung.«

»Was ist mit diesen Männern und Frauen? Sie sehen wie Krieger aus. Glaubst du, sie hätten uns angegriffen?«, fragte Lena und deutete unauffällig auf die Menschen.

»Ehrlich gesagt, glaube ich, sie wollten sich lediglich absichern – so wie wir.«

Lena rümpfte die Nase. »Im Endeffekt kann keiner dem anderen böse sein.«

»Das stimmt.«

Während Maredd und Targon miteinander diskutierten und sich die neu eingetroffenen Krieger mit ihren Fürsten besprachen, erzählte Lena Ragnar etwas abseits, was bisher vorgefallen war. Als sie geendet hatte, sagte er spontan: »Ich begleite dich nach Erborg.«

»Das ist schön!«, freute sich Lena, auch wenn sie ahnte, dass Maredd dagegen sein könnte.

»Und sonst, ist alles in Ordnung?«

Ein Schatten legte sich über Ragnars Gesicht, sein Lächeln wirkte mit einem Mal aufgesetzt. »Ja, alles gut.«

»Ragnar, diese Sache mit den Rodhakan …«

»Nicht jetzt, Lena.« Gerade steuerte Kian auf sie zu, betrachtete Ragnar von oben bis unten und verneigte sich dann leicht.

»Du bist also auch gekommen.«

»Deine Leute haben sich in den Bergen versteckt. Es war gut, dass wir nach dem Rechten gesehen haben.«

»Ich wusste nichts davon, und es soll auch kein Vorwurf sein«, lenkte Kian ein. »Ich glaube, ich verstehe beide Seiten. Zu lange haben wir uns misstraut.«

»Wessen Vorschlag war es, Lena nach Erborg zu bringen?«, wollte Ragnar von Kian wissen.

Dieser öffnete den Mund zu einer Antwort, aber da trat sein Bruder Ruven näher. Der junge Mann mit dem blonden Haar legte Kian eine Hand auf die Schulter. Die Geste wirkte allerdings weniger brüderlich, sondern überheblich; und mit genau einem solchen Blick bedachte er nun auch Ragnar.

»Bist du ebenfalls einer von denen?« Ruven, ohnehin einen halben Kopf größer als Ragnar, richtete sich stolz auf.

»Ich trage das Blut der Tuavinn in mir, ja.«

Die beiden musterten sich mit einer gewissen Provokation in den Augen, und Lena konnte sich gut vorstellen, dass sie irgendwann einmal aneinandergeraten könnten.

»Du könntest mich als Begleitung wählen, Mädchen von jenseits der Schwelle«, meinte Ruven großspurig. »Damit könntest du dir die anderen beiden ersparen.«

»Lieber würde ich allein auf einem einäugigen, lahmen Pferd nach Erborg reiten als mit dir«, giftete Lena ihn an.

Kian prustete los, und selbst Ragnar konnte sich ein Lachen nicht verkneifen.

Ruvens Gesichtszüge entgleisten, doch rasch hatte er sich wieder unter Kontrolle. Kurz noch verharrte sein Blick auf Ragnar, doch schließlich stapfte er zu den anderen Kriegern zurück, allerdings nicht ohne Lena noch einmal zuzuzwinkern.

»Was ist mein Bruder nur für ein Großmaul geworden«, beschwerte sich Kian. Kurz sah er ihm hinterher, dann jedoch wandte er sich wieder an Lena. »Ich habe dir doch gesagt, dass sie beabsichtigen, dich in Erborg vor dem Volk sprechen zu lassen«, sagte er leise, und Ragnar richtete sich alarmiert auf. »Allerdings konnte ich nur Bruchteile des geheimen Gespräches belauschen. Wer weiß, was sie sonst noch beschlossen haben.«

»Was meinst du damit?« Ragnar schnellte vor und fasste Kian am Arm. »Lena, was redet er da?«

»Die Fürsten haben bereits vorher entschieden, mich mit nach Erborg zu nehmen«, schloss Lena, nachdem sie Ragnar von jenem Gespräch berichtet hatte, das Kian belauscht hatte.

Ragnar kniff die Augen zusammen. »Das gefällt mir nicht! Ich dachte, es wäre das Ergebnis der Unterredung hier. Wenn sie es vorher bereits ersonnen haben, verheißt das nichts Gutes!«

»Mir gefällt es auch nicht«, pflichtete ihm Kian bei. »Doch andererseits, würden die Fürsten zurückkehren und ihrem Volk plötzlich erzählen, die Rodhakan kämen nicht von jenseits der Schwelle, würden die Menschen ihnen vermutlich kaum Glauben schenken. Aber«, Kian senkte den Kopf, »ich will ehrlich mit euch sein. Es könnte sich auch um eine Falle handeln!«

»Natürlich ist es eine!«, brauste Ragnar auf.

»Ich gehe dennoch!«

»Lena! Bist du von Sinnen?«, stieß Ragnar hervor.

»Es ist der einzige Weg. Wir können die Menschen nicht einfach so bei einer kurzen Zusammenkunft am Lagerfeuer überzeugen. Nein, Ragnar«, sie schüttelte den Kopf, und während sie weitersprach, erkannte sie, wie sehr ihn ihre Entscheidung quälte, »ich werde dorthin gehen.«

Ragnar seufzte. »Wie ich schon sagte, ich begleite dich!«

»Ich ebenfalls!« Kians Stimme klang nicht weniger entschlossen als Ragnars.

Ein Lächeln – wenn auch wegen des Gesagten ein wenig zögerlich – erhellte Ragnars Gesicht, als Aravyn näher kam. Er legte den Arm um sie, küsste sie, und in Lenas Innerem verkrampfte sich etwas.

Sie stieß Kian kurz in die Seite, als sie bemerkte, mit welch unverhohlener Faszination er die junge Frau musterte.

»Ich grüße dich, mein Name ist Aravyn«, stellte sich die Tuavinn vor.

»Kian aus Ta… Talad.« Er verbeugte sich ungelenk, und Lena verdrehte die Augen. Nun hatte Aravyn auch noch Kian verzaubert – hervorragend.

»Aus Talad!«, freute sich Aravyn. »Meine Mutter hat mir davon erzählt, als ich klein war.«

»Ach, wirklich?«

Die beiden fingen an, sich angeregt zu unterhalten und Geschichten über Talad auszutauschen. Es machte Lena rasend, wie selbstverständlich Aravyn das Herz eines jeden gewann. Beinahe schien es ihr, als hätten sich Kian und Aravyn nicht gerade erst kennengelernt, sondern seien seit Jahren Freunde. Ihre heitere Art, ihr strahlendes Lachen, ohne gekünstelt oder aufgesetzt zu wirken, zog offenbar jeden in ihren Bann – ganz besonders Männer.

Nach einer Weile kam Targon angestapft. Wie selbstverständlich unterbrach er das Gespräch seiner Nichte mit Kian, ohne den jungen Kelten überhaupt zu beachten.

»Wir reiten zurück zu unseren Leuten.« Flüchtig nickte er Ragnar zu. »Du sollst ebenfalls mitkommen.«

»Ich begleite Lena«, widersprach er jedoch.

»Soll mir ebenfalls recht sein.« Targon schien Ragnars Entscheidung nicht einmal ungelegen zu kommen.

Aravyn jedoch zeigte sich weniger begeistert. »Bist du sicher? Tuavinn sind in den Fürstenstädten keine gern gesehenen Gäste. Dir wird so manche Feindseligkeit entgegenschlagen. Lass mich euch begleiten.«

»Keinesfalls!«, schritt Targon da ein.

»Onkel! Ich kann nicht immer in deinem Schatten gehen.«

Mit einem grimmigen Gesicht starrte sie Targon an. Dessen Gesichtszüge verhärteten sich, und obwohl Lena nicht auf Aravyns Begleitung erpicht war, so gefiel es ihr doch, dass sie sich gegen ihren herrischen Onkel auflehnte.

»Aravyn, bitte!« Ragnar drehte sie an den Schultern zu sich. »Wie du schon sagtest, es ist gefährlich.«

»Aber ich …«

»Nein!« Er legte ihr einen Finger auf den Mund und schüttelte den Kopf.

In diesem Moment rief Maredd alle zu sich. »Bist du bereit?«, flüsterte er Lena zu.

»Ja, bin ich.«

»Wir nehmen das Angebot der Fürsten von Erborg an«, verkündete Maredd, und sein Blick schweifte über die versammelten Fürsten. »Lena soll mit Euch gehen und sich den Bewohnern zeigen. Fürst Orteagon wird derweil unser Gast sein. Gerne darf auch er drei Wächter seiner Wahl mitnehmen.«

»Sehr … freundlich«, bemerkte Orteagon.

Lena entging nicht, dass seine Hände nun doch ein wenig zitterten, auf seiner Stirn glitzerten Schweißperlen. Sie konnte ihm seine Nervosität nicht einmal verdenken; auch ihr war nicht wohl bei dem Gedanken, nach Erborg zu reisen.

»Wir können versuchen, Euch mithilfe der Naturgeister auf kurzem Wege in die Nähe von Erborg zu bringen«, bot Maredd an.

Sofort hob Fürst Nemetos abwehrend die Hand. »Nein, diese finstere Magie ist nicht unsere Art!«

»Nichts ist daran finster«, stellte Targon scharf klar. »Auch Eure Vorfahren …«

Maredds herrischer Blick unterbrach Targon. »Die Menschen fürchten unsere Magie, das kann ich verstehen. Lasst uns zumindest bis zur Flussmündung vor Erborg mit Euch reisen – als Geleitschutz, um Euch vor Angriffen der Rodhakan zu bewahren.«

»Nun gut«, stimmte Fürstin Elgetia zu. »Reitet mit uns bis zur Gabelung, wo der Himmelsfluss auf die Wasser aus dem Linnron trifft.« Falten bildeten sich auf ihrem Gesicht, und Lena fragte sich, ob sie lächelte oder eine Grimasse schnitt. »Nur selten überqueren die Schattenwesen den Fluss.«

»So soll es sein.« Maredd verbeugte sich vor ihr, dann wandte er sich Lena zu. »Wen wählst du als deine Begleiter?«

»Etron, Ragnar und Kian.«

Der große Tuavinn sah sie verwundert an, denn raunte er: »Lena, willst du nicht …«

Doch sie schüttelte den Kopf, und so atmete er scharf ein. »Dann sollen euch Aravyn und Targon bis zum Fluss begleiten. Ich hingegen will mit Fürst Orteagon zu meinem Volk aufbrechen.«

Die Menge zerstreute sich, die Fürsten aus Ceadd und Crosgan schickten Boten mit dem Auftrag los, wichtige Vertreter aus den Städten zu holen und nach Erborg zu bringen.

»Lena, weshalb hast du den Menschen gewählt?«, fragte Maredd sie schließlich.

»Kian hat mir schon einmal geholfen. Er kennt sich in den Städten aus. Außerdem hat er mich darum gebeten.«

Prüfend wanderten Maredds Augen über den jungen Kelten. »Bist du sicher, dass das klug war?«

Sie legte ihm eine Hand auf den Unterarm. »Wenn ihr euch vereinen wollt, müsst ihr anfangen, zumindest einigen von ihnen zu vertrauen.«

»Vielleicht hast du ja recht. Nun reisen ein Mädchen von jenseits der Schwelle, ein Mensch und ein Tuavinn in gemeinsamer Sache. Doch was Ragnar anbelangt, ich weiß nicht, ob es gut ist, dass er dich begleitet.« Sorgenvoll sah Maredd zu seinem Enkel.

»Etron ist doch auch noch dabei. Ich denke, wir sind auf einem guten Weg.«

Kapitel 21

Die Reise nach Erborg

Noch am gleichen Tag brachen sie in einer Gruppe von fünfundzwanzig Kriegern in Richtung Osten auf. Neben den drei Fürsten, den Begleitern, die Lena ausgewählt hatte, sowie Aravyn und Targon ritten auch Ureat und Krieger aus unterschiedlichen Städten mit ihnen. Es waren jene Männer und die beiden Frauen, die von Ragnar, Aravyn und Targon während des Treffens mit den Fürsten aufgespürt worden waren.

Die Reise ging recht schweigsam vonstatten, lediglich das Hufgetrappel der Pferde war zu hören. Allerdings warf so manch einer den Tuavinn argwöhnische Blicke zu, aber auch gemurmelte Sätze wie: *Zumindest können sie uns vor den Rodhakan schützen* wurden geflüstert.

Bald passierten sie Ceadd, und allmählich näherten sie sich dem Linnron. Das Land zeigte sich wild und märchenhaft mit jenen ungewöhnlichen Kreaturen, die Lena schon auf ihrer Reise von Talad bewundert hatte. Die Sonne bescherte ihnen milde Temperaturen, trotzdem wurde es nachts unangenehm kalt. Häufig wünschte sich Lena, sie wären tatsächlich mit den Geistern gereist, denn dann hätten sie Erborg schon längst erreicht.

Meist ritten Etron und Kian an ihrer Seite. Leider hielt sich Ragnar überwiegend bei Aravyn auf, aber Lena tröstete sich damit, dass sie zumindest nicht mit in die Stadt kommen würde.

Große Freude hatte sie hingegen an ihrem Bogen. Jeden

Abend übte sie damit und wurde immer treffsicherer. Selbst vom Pferd aus gelang es ihr meist, ihr Ziel zu treffen.

Auch heute trainierte sie wieder. Lena bemerkte, wie Etron sie beobachtete, versuchte jedoch, sich nicht ablenken zu lassen. In leichtem Galopp hielt sie auf einen Baum zu. Sanft streichelte der Wind ihr Gesicht. Sie ließ Deveras Zügel sinken, hob den Bogen, zielte – und tatsächlich versenkte sich der Pfeil in einer der zwanzig Zentimeter langen Nüsse des schlanken Laubbaumes, aus denen die Tuavinn gerne Brot backten. Ein leises Jauchzen kam über ihre Lippen. Sie nahm die Zügel wieder auf und wendete ihr Pferd. Da stand Etron schon an der heruntergefallenen Frucht und nickte ihr anerkennend zu.

»Eine gute Leistung, Lena.«

Freudig klopfte sie ihr Pferd am Hals. »Seitdem du mir den Bogen geschnitzt hast, klappt es viel besser!«

»Er gehört zu dir«, erwiderte Etron einfach. Seine Augen wanderten gen Himmel, dort wo Graha seine einsamen Kreise zog.

»Du vermisst ihn, nicht wahr?«

»Er kommt nachts zu mir, damit die Menschen ihn nicht entdecken«, verriet Etron mit gedämpfter Stimme. »Aber jetzt komm, lass uns deine Beute rösten.« Er hob die Frucht in die Höhe und begab sich zum Feuer.

»Etron«, rief sie ihm hinterher, woraufhin er sich umdrehte, »ich glaube, ich möchte meinen Bogen dem Wind weihen. Ich bin von ihm abhängig, der fliegende Pfeil ein Teil von ihm. Nur wenn die Windverhältnisse richtig sind, treffe ich mein Ziel.«

»Eine gute Wahl, Lena.« Etron neigte seinen Kopf. »Die Windgeister werden erfreut sein.«

Wie auf Kommando erhob sich eine leichte Brise, wirbelte Lenas Haare auf, und für einen Moment hatte sie den Eindruck, durchscheinende Wesen würden um ihren Bogen tanzen. Fragend sah sie zu Etron hinüber, aber der schmunzelte nur.

Nach fünf Tagen erreichten sie ein hügeliges Gebiet. Schon die ganze Zeit über hatte Lena bemerkt, wie nervös Ragnar war. Häufiger als bei den anderen Kriegern schweifte sein Blick umher, so als würde er etwas suchen. Bei der Rast am Abend ging sie zu ihm. Sie lagerten im Schutz einer bewaldeten Hügelkette, denn der Wind hatte während des Tages empfindlich aufgefrischt. Abseits der anderen saß Ragnar an einem Baum, sein Blick wanderte ruhelos umher.

»Hast du schon gegessen?«, fragte sie ihn. Sie hielt ihm ein Stück Fladenbrot hin, aber er nahm es nur in die Hand, ohne es weiter zu beachten.

»Danke, Lena.« Selbst als er sprach, ließ er die Umgebung nicht aus den Augen.

»Denkst du, hier greift uns jemand an?« Besorgt beobachtete sie, wie sich die Wachen postierten.

»Was?« So als hätte sie ihn aus seinen Gedanken gerissen, zuckte er leicht zusammen.

»Du bist ziemlich nervös. Was ist denn los?«

»Ich bin nicht nervös, nur vorsichtig«, behauptete er, erhob sich ruckartig und ging ohne ein weiteres Wort davon.

Seufzend schaute Lena ihm nach. Nach wie vor war es manchmal schwer, an Ragnar heranzukommen.

Schon seit Tagen hoffte Ragnar darauf, wieder auf seinen Vater zu treffen. Noch hegte er Zweifel daran, dass es sich wirklich um Lucas handelte, und die Ungewissheit nagte an ihm. Er war ein Kind gewesen, als Lucas gestorben oder eben nach Elvancor gegangen war, dennoch hatte er noch immer ein Bild seines Vaters vor Augen, und das, was er als Rodhakan erachtet hatte, hatte Lucas so ähnlich gesehen. Auch die vielen kleinen Begebenheiten aus ihrer gemeinsamen Zeit, von denen er erzählt hatte – all das konnte doch kein Zufall sein.

»Aravyn, ich löse dich ab«, sagte er zu seiner Geliebten, die nicht weit entfernt Wache hielt. Auch die Krieger der Keltenfürsten nahm er in der Dämmerung wahr.

»Gut. Du kannst Targon wecken, wenn du müde wirst.« Aravyn küsste ihn sanft auf die Lippen, und er schloss sie kurz in seine Arme, bevor er sich an einen Baum lehnte.

Vom nahen Fluss stieg Nebel auf, wogte wie von Geisterhand bewegt zwischen den Bäumen und Büschen umher und machte es selbst Ragnar beinahe unmöglich, weiter als ein paar Schritte zu sehen.

»Entzündet Feuer um das Lager und zieht den Wachkreis enger«, vernahm er den Befehl von Fürst Nemetos. Seine energische, scharfe Stimme war unverkennbar.

Doch Ragnar blieb, wo er war. Die Unruhe der letzten Tage hatte sich heute noch gesteigert. Irgendetwas lag in der Luft, ein Kribbeln in seinem Inneren ließ ihn nicht zur Ruhe kommen, nicht greifbar, erklärbar, dennoch war es da. Die Nacht schritt weiter voran, und irgendwann kam Targon von selbst zu ihm. Seine hochgewachsene Gestalt erkannte Ragnar selbst durch die Nebelschwaden.

»Geh schlafen«, sagte Aravyns Onkel knapp und nicht sehr freundlich.

»Ich bin nicht müde, du kannst dich wieder hinlegen.«

Strafend blickte Targon auf ihn herab. »Es ist wichtig, dass eine ausgeschlafene Wache die Gegend im Auge behält.« Unruhig spähte Targon in den Nebel. »Etwas lauert dort draußen, ich spüre es schon die ganze Zeit.«

»Rodhakan?«, flüsterte Ragnar.

»Ich weiß es nicht. Es bewegt sich jenseits meiner Wahrnehmung, aber was auch immer es sein mag, wir müssen achtsam sein.«

»Gut.« Ragnar nickte dem größeren Tuavinn kurz zu, dann tat er so, als würde er in Richtung des Lagers gehen, aber nachdem er sich außerhalb von Targons Sichtweite wähnte, entfernte er sich noch weiter von den Feuern. Die Nebelschwaden umschlossen ihn wie feuchte Watte. Weich, sanft, aber gleichzeitig kroch eine eisige Furcht Ragnars Nacken empor, und er umklammerte sein Schwert fester. Die Verlockung, zurück zum tröstenden Schein des Feuers zu gehen, wurde übermächtig, und er wollte schon umdrehen, als sich eine Gestalt aus dem Nebel herausschälte.

Ragnars Herzschlag beschleunigte sich. Er spürte, wie jene Energie ihn durchströmte, die den Tuavinn zu eigen war und die es ihnen ermöglichte, sehr viel schneller und ausdauernder zu laufen als normale Menschen. Die schemenhafte Gestalt verdichtete sich, trat auf ihn zu – und Ragnar war nicht in der Lage, sich zu rühren.

Auch Lena fand in dieser Nacht keine Ruhe. Eine Rastlosigkeit, die sie sich selbst nicht erklären konnte, hatte sie ergriffen. Nicht weit von ihr entfernt schlief Kian, beneidenswert tief und ruhig. Auch die Fürsten lagen nahe dem Feuer in ihre Felle gewickelt, während ihre Wachen am Rande des Flammenscheins verharrten und aufmerksam in die Nacht blickten. Schon seit einiger Zeit war Etron verschwunden, sicher traf er sich mit Graha. Lenas Fingerspitzen fuhren über die Intarsien in ihrem Bogen.

Plötzlich fuhr sie auf. Hatte sie da etwas Verdächtiges gehört? Oder spielten ihre Sinne nur verrückt? In ihr vibrierte es förmlich, und dieser Zustand machte ihr Angst. Rasch streckte sie ihre Hand aus, wollte Kian schon wachrütteln. Allerdings bemerkte sie auch, dass die Wachen ruhig blieben. Also ließ sie Kian schlafen, erhob sich aber und lauschte in die Nacht. Nichts! Nur allgegenwärtige Stille. Doch was verbarg sich in ihr?

Sollte er die anderen warnen, um Hilfe rufen? War er am Ende schon von Rodhakan umzingelt? Ragnar spürte, wie Schweiß seinen Rücken hinabrann, seine Sinne waren seltsam geschärft.

Jeden Moment konnte ihn ein Pfeil, eine Lanze oder ein Speer treffen, bestrichen mit dem Gift der Rodhakan und somit tödlich für ihn. Aber nichts dergleichen geschah.

Nur die eine Gestalt näherte sich, streckte die Hand aus. »Ragnar, endlich. Schon seit Tagen warte ich darauf, dass du dich weit genug vom Lager entfernst.«

Abermals stand sein Vater vor ihm, und Ragnar entspannte sich – zumindest ein wenig. Seine Augen suchten die Umgebung ab, doch kein weiterer Rodhakan zeigte sich. Dennoch, das seltsame Gefühl von Gefahr blieb.

»Ich sehe, du misstraust mir, und das ist auch nicht verwunderlich. Aber darf ich mit dir sprechen, mein Junge?«

»Ja«, antwortete er zögernd. So gern er sich ehrlich und von ganzem Herzen gefreut hätte, seinen Vater zu sehen, er konnte es nach wie vor nicht glauben, dass er hier war.

»Würdest du mich noch ein Stück begleiten? Tuavinn sind in der Nähe, und ich möchte ungestört mit dir reden.«

Zögernd nickte Ragnar, er war auf der Hut, als er seinem Vater folgte – weg von dem Lager. Am Rande einer nebelverhangenen Senke blieben sie stehen.

»Zu gerne würde ich dich jetzt umarmen«, sagte Lucas, »aber ich denke, das wäre dir nicht recht.«

Tatsächlich wich Ragnar sogleich zurück. »Die Umarmung eines Rodhakan ist tödlich!«

»Also glaubst du, dass ich einer von ihnen bin.«

»Du kommst und gehst, wie es die Schattenwesen tun. Dennoch siehst du aus wie mein Vater, weißt Dinge, die nur er wissen kann.«

Ein Schmunzeln legte sich über Lucas' Gesicht. »Weil ich dein Vater bin, aber auch ein Rodhakan!«

»Das solltest du mir erklären«, forderte Ragnar ihn auf und fuhr sich über das Gesicht. »Es ist lange her, mehr als zehn Jahre, dass wir uns gesehen haben.«

»Ich bin Lucas, wie du ihn kanntest, nur in einer anderen Daseinsform.«

»Dein Anam Cara wurde von Rodhakan getötet. Und du willst mir erzählen, du wärst freiwillig einer von ihnen geworden?«

»Zu Anfang war es nicht aus freien Stücken«, räumte Lucas ein, was Ragnar verwunderte. »Ich war voller Zorn und ritt mitten hinein in eine Gruppe meiner Feinde.«

So hatte Maredd Lucas' Tod geschildert.

»Doch sie verschonten mich.«

»Noch niemals hat eine Gruppe Rodhakan einen Tuavinn verschont«, fuhr Ragnar ihn an. »Und genau das bist du nämlich, zumindest fließt ihr Blut in deinen Adern.«

»Es mag sein, dass die Begegnung mit den Rodhakan einen hohen Tribut fordert«, gab er zögernd zu. »Aber wie du siehst, bin ich ihnen nicht zum Opfer gefallen. Ich bin zu einem von ihnen geworden, und ich sage dir, nicht alle Rodhakan sind gleich. Diejenigen, die ich traf, nahmen mich mit sich, lehrten mich ihre Art zu leben ... Und«, er hob einen Finger, und sein Gesicht zeigte im ersten Licht des anbrechenden Tages ein Lächeln, »sie gaben mir etwas sehr viel Wertvolleres, als mit einem Seelenfreund verbunden zu sein – den Bund der Schatten.«

Misstrauisch betrachtete Ragnar den Mann vor sich. Er sah sehr viel materieller aus als viele der Rodhakan, die er getroffen hatte. »Was für ein Bund ist das?«

»Die Rodhakan vereinen viele Seelen miteinander, Ragnar, wir können miteinander verschmelzen, die Gefühle und Erinnerungen eines jeden spüren. Wenn wir uns freiwillig vereinen, ist es so viel befriedigender, als nur mit einem einzigen Seelenfreund verbunden zu sein«, erklärte Lucas voller Leidenschaft. »Ich ließ mich auf diesen Bund ein und habe ihn bis heute nicht bereut. Verlierst du deinen Seelenfreund, so ist dies ein tiefer Schmerz, ein endgültiger Verlust. Als Rodhakan spürst du diesen Schmerz nicht, denn der andere bleibt ein Teil von dir.«

»Dann bestehst du aus – mehreren Seelen?«, hakte Ragnar nach. »Wie soll ich denn wissen, ob ich gerade mit meinem Vater spreche und nicht mit irgendeiner anderen Kreatur?«

»Habe ich dir das nicht bewiesen? Ich bin Lucas, ich bin der, den du gekannt hast. Ich bin lediglich mit vielen verbunden. Seelen, die eine Einheit bilden.«

Das alles brachte Ragnar zum Grübeln. Er wusste sehr wohl, dass er möglicherweise einem Rodhakan gegenüberstand, der nur versuchte, ihn einzulullen. Dennoch hatte das Gesagte auch etwas Verlockendes. Diejenigen nie wirklich loslassen zu müssen, die man liebte, auch wenn sie starben, war das nicht etwas, wonach sich jeder sehnte? Dennoch konnte er das Verhalten der Rodhakan nicht gutheißen. »Weshalb tötet ihr? Ihr nehmt Leben, ganz gleich ob es Menschen, Tuavinn oder Wildtiere sind.«

»Ist es nicht so, dass wir das Gleiche tun wie die Menschen, wenn sie beispielsweise Tiere jagen? Wir benötigen Kraft, und die ziehen wir aus anderen Lebewesen, nur verspeisen wir sie nicht, sondern nehmen uns lediglich ihre geistige und ihre Leben spendende Essenz.«

Ragnar schnaubte. »Die Tuavinn nehmen nur Fleisch von Tieren, die bereit sind, in die Ewigkeit zu gehen.«

»Von schwachen, alten Tieren.« Lucas legte den Kopf schief. »Und das ist es, was die Rodhakan tun – zumindest jene, die verantwortungsbewusst mit ihrem Dasein umgehen. Es gibt auch andere, das muss ich einräumen. Doch findet man die nicht in jedem Volk?«

Diese Begegnung mit seinem Vater verwirrte Ragnar ungemein. Seine Gestalt, seine Stimme, die Gesten – es war, als betrachtete er sich selbst. »Und du glaubst, das genügt, um das Verhalten der Rodhakan zu billigen?«

»Vielleicht kann man ihr Verhalten nicht immer tolerieren, aber man sollte ihnen ihre Existenz sehr wohl zugestehen!«

Lucas beobachtete ihn aus zusammengekniffenen Augen.

»Ragnar, glaubst du, *alle* Tuavinn sind rein und unschuldig?«

»Nein, nicht wirklich.«

»Aber dennoch würdest du ihnen ihr Recht zu leben nicht absprechen, oder etwa doch?«

»Natürlich nicht. Aber ihre Art, mit anderen Lebewesen umzugehen, behagt mir deutlich mehr.«

Lucas trat einen Schritt vor. »Auch ich musste erst lernen, damit klarzukommen. Es dauerte, bis ich dieses Volk verstand. Aber so wie einige von uns wähle ich mit Bedacht, welches Leben ich beende. Wir töten, um nach und nach feste Gestalt anzunehmen.«

»Und du wolltest … Lucas bleiben?«, fragte Ragnar nach.

Ein Lächeln erschien auf Lucas' Gesicht, so vertraut und doch zugleich fremd für Ragnar. »Nach der ersten Umarmung durch die Rodhakan war ich ein Schatten, so wie viele von uns. Aber mit der Zeit nahm ich wieder jene Gestalt an, die mir vertraut war. Die meisten Rodhakan wählen recht willkürlich ihre Erscheinungsform. Ob nun die eines Tieres, eines Menschen oder Tuavinn.«

»Woher kommen die Rodhakan?«, wollte Ragnar wissen.

»Die ersten entstanden einfach – sie sind eine Schöpfung Elvancors«, behauptete Lucas. »Andere, wenige, so wie ich, wurden freiwillig zu Schatten, denn wir sind die Zukunft dieses Landes.«

So wie Lucas nun sprach, so bestimmt und auch kalt, war er Ragnar wieder fremd. Was gab ihm das Recht, sein Volk als Zukunft des Landes zu bezeichnen? »Ich weiß nicht, mir kommt das alles seltsam vor. Ich habe Everon und Luvett in der anderen Welt getroffen, und ich glaube kaum, dass sie Gutes im Schilde führen.«

»Die beiden.« Ein verärgerter Zug legte sich um Lucas' Mund. »Sie sind versehentlich über die Schwelle gelangt. Ragnar«, nun klangen seine Worte wieder sanft, vertraut und tröstend, »einige Male haben wir Rodhakan mitbekommen, wie du – versehentlich und ohne es zu wissen – die Pfade nach Elvancor geöffnet hast. Streit brach aus, und zunächst wurden zwei von uns hinübergesandt.«

»Damals, in Island«, vermutete Ragnar mit dünner Stimme.

»Richtig. Nur haben sich die Pfade immer an anderer Stelle aufgetan, und durch solch einen Zufall konnten Everon und Luvett übertreten. Sie haben tatsächlich nichts Gutes im Sinn. Und wenn du uns hilfst, mir hilfst, verspreche ich dir, werden wir sie aufspüren und vernichten.«

»Wie soll ich dir denn helfen?« Ragnar hätte gern gewusst, was sein Vater von ihm verlangte, was noch lange nicht hieß, dass er ihm auch half.

Sein Vater trat ganz dicht an ihn heran, seine Augen fixierten ihn. »Öffne einen Pfad in die andere Welt«, verlangte er drängend.

War es Begierde, was Ragnar da in seinem Vater zu erkennen glaubte, oder schlichte Verzweiflung, die Angst um sein Volk?

»Hier in Elvancor werden wir verfolgt, ermordet, aber dort drüben könnten wir mächtig sein«, beschwor ihn Lucas.

»Macht?«, wiederholte Ragnar. »Macht ist ein sehr niederer Beweggrund.« Großes Misstrauen keimte in ihm auf, aber Lucas hielt ihn mit seinem Blick gefangen.

»Wir werden die Geschicke der anderen Welt lenken. Vieles läuft dort in falschen Bahnen, wie du weißt. Wenn wir erst feste Gestalt angenommen haben, können wir die andere Welt neu erschaffen.«

»Richtig oder falsch!« Ragnar hörte den Spott in seiner eigenen Stimme. Er löste sich von Lucas' Blick und starrte zu Boden. »Wer kann schon beurteilen, was richtig und was falsch ist?«

»Klingt es denn so falsch, den Bund der Seelen einzugehen? Verbunden zu sein mit denen, die dir wichtig sind, und sie nie zu verlieren?«

Es klingt gut, sogar höchst verlockend, schoss es Ragnar durch den Kopf. Doch ihm kam auch ein anderer Gedanke.

»Du bist in der anderen Welt gestorben, du kannst nicht zurück«, gab er seinem Vater zu bedenken.

»Ich bin zu einem Rodhakan geworden. Ich mag Kraft einbüßen, wenn ich über die Schwelle trete.«

»Und diese zurückerlangen, indem du in der anderen Welt weitere Menschen ermordest«, schlussfolgerte Ragnar. Sofern das hier tatsächlich sein Vater war, so hatte der sich doch sehr verändert, denn der Lucas, den er gekannt hatte, hätte niemals jemanden getötet. Allerhöchstens in Notwehr.

»Wir würden achtsam sein.« Erneut lächelte Lucas einnehmend, dann streckte er seine Hand nach Ragnar aus, zog sie jedoch eilig zurück, als er bemerkte, wie dieser zurückzuckte. »Denkst du nicht, es gebe jenseits der Schwelle genügend Menschen, ohne die jene Welt besser aufgehoben wäre?« Er legte eine Pause ein, sicher gewollt. »Mörder, Diebe, korrupte Politiker, Drogenbosse, um nur einige zu nennen.«

O ja, die gibt es! Da hatte sein Vater recht. Dennoch war Ragnar bei dem Gedanken daran mehr als unbehaglich zumute. »Natürlich gibt es genügend Verbrecher«, wandte er daher ein. »Doch es ist anmaßend, sich zum Richter über Leben und Tod und zum Henker der Verurteilten aufzuschwingen!«

Lucas schmunzelte. »Einer muss es tun. Sonst wuchert die Verderbnis wie ein böses Geschwür. Außerdem würden wir lediglich ihre Lebenskraft nehmen. Die Seelen können wiedergeboren werden und mit einem besseren Leben neu beginnen.«

»Maredd sagt, wer durch einen Rodhakan getötet wird, ist endgültig verloren. Seine Seele geht nicht in die Ewigkeit.«

»Maredd.« Kurz lachte Lucas bitter auf, dann runzelte er die Stirn. »Dein Großvater ist ein kluger Mann, aber woher soll er das wissen? Hat er jemals einem Rodhakan zugehört?«

»Nein, vermutlich nicht«, räumte Ragnar ein. »Aber sie sagen, diejenigen, die von Rodhakan getötet wurden, hat noch keiner der Tuavinn in die Ewigkeit begleitet.«

Lucas schwieg, musterte Ragnar, dann sprach er erneut. »Auch wir Rodhakan vermögen Seelen in die Ewigkeit zu führen. Nur nehmen die Tuavinn diese Gabe für sich allein in Anspruch.«

»Die Tuavinn, und nur die Tuavinn sind für diese Aufgabe bestimmt!«, beharrte Ragnar.

»Wer entscheidet das, wenn nicht die Schöpfung?« Lucas breitete die Arme aus. »Und die Schöpfung war es, die uns hervorgebracht hat.«

Ragnar fuhr sich mit beiden Händen durch die Haare. Ein Knoten in seinem Kopf, unauflösbar, wie es schien, machte ihm das Denken schwer.

»Komm an meine Seite!«, forderte Lucas ihn auf. »Entscheide mit über Leben und Tod. Erfahre den Schutz der Rodhakan für dich und die, die du liebst!«

Ragnar horchte auf. Lucas wies ihm einen Weg, und nicht alles an diesem Weg hörte sich schlecht an.

Plötzlich richtete sich sein Vater auf, wurde unruhig. »Bitte, denk über meine Worte nach. Ich werde dich wieder aufsuchen.«

Und schon verschwamm Lucas mit den Schatten unter den Bäumen und ließ einen völlig verwirrten Ragnar zurück.

»Lena!« Gedämpft vernahm Lena Etrons Ruf, und sie eilte sogleich zu ihm. Auch die Wachen kamen alarmiert näher.

»Irgendetwas schleicht umher«, flüsterte der Krieger. Der Tuavinn stand neben einem Baum und spähte ins Unterholz. Der Morgen kroch nur langsam über den Horizont, noch verweigerten Schatten und Dunkelheit den Rückzug. »Seid wachsam und sucht die Umgebung ab«, wies er die Wachen an. Die Männer wirkten unruhig, warfen sich nervöse Blicke zu.

»Wir müssen die Fürsten alarmieren«, rief einer.

»Von mir aus.« Etron fasste Lena am Arm. »Graha hat etwas bemerkt. Möglicherweise Rodhakan. Wenn sich nur der Nebel lichten würde, man kann kaum die Hand vor den Augen erkennen.« Er trat zu Aravyn, weckte sie behutsam, und die junge Tuavinn war sogleich auf den Beinen. »Was ist los?«

»Ich weiß nicht«, sagte Etron schnell. »Vielleicht Rodhakan.«

Aravyn schnappte sich sofort ihr Schwert, hielt dann aber inne, als sie auf ein leeres Lager sah. »Wo ist Ragnar? Mein Onkel wollte ihn ablösen.«

Erschrocken betrachtete Lena die Decken. Die Sorge um Ragnar griff erneut nach ihr.

Auch Etron wirkte verwundert. »Sieh nach deinem Onkel«, verlangte er. »Lena und ich halten nach Ragnar Ausschau.«

Aravyn eilte los, und Etron bedeutete Lena mit einem Kopfnicken, ihr in die andere Richtung zu folgen. Ihre Finger umklammerten den Dolch, den Ragnar ihr gegeben hatte.

»Versuch, stark zu sein, die Angst nicht überhandnehmen zu lassen. Das ist der beste Schutz.«

»Wenn das so einfach wäre«, erwiderte Lena. Dennoch bemühte sie sich, ihre innere Stärke zu finden, so wie sie es mit Amelia geübt hatte.

Ragnar, bitte pass auf dich auf, flehte sie stumm, versuchte, ganz fest an ihn zu denken und Kraft aus ihren Gefühlen für ihn zu ziehen.

Ihr erschienen es Stunden, die sie durch den Nebel irrten, auch wenn es sich vermutlich nur um eine kurze Zeit handelte, Etron stumm, wie ein tödlicher Jäger stets neben ihr. Der Krieger verschmolz nahezu mit der Umgebung, trat bewundernswert leise auf den Waldboden, während Lena das Gefühl hatte, jeden verdammten Ast des Waldes zum Knacken zu bringen. Dann blieb er unvermittelt stehen. Ein Luftzug streifte Lena, und Graha landete auf Etrons Schulter. Der Raubvogel stieß einen leisen Laut aus, und Etron drückte Lenas Arm.

»Ragnar, wir sind hier!«, rief er gedämpft.

Lena atmete tief ein, wenige Augenblicke später stand Ragnar vor ihnen.

»Was macht ihr denn hier?«, fragte er ein wenig unwirsch.

»Graha hatte etwas gesehen. Du nicht?«

Sein Kopf zuckte zurück. »Ja, sicher, ich dachte es zumindest, aber dort ist nichts.«

»Hm.« Etron kratzte sich an seiner Narbe. »Nun gut, lasst uns zurückgehen. Graha hält weiterhin Ausschau.«

»Zum Glück wird es jetzt hell.« Lena blickte zu Ragnar auf, und sein eben noch so entrückter, ernster Gesichtsausdruck zeigte den Anflug eines Lächelns, aber es kam ihr gespielt vor.

Etron ging voran, und Lena ließ sich absichtlich ein Stück zurückfallen. »Rodhakan?«, fragte sie leise.

»Wie kommst du denn darauf?«, antwortete er eine Spur zu heftig, um ihr Überraschung vorzugaukeln.

»Nur ein Gefühl.«

»Dann lass mich mit deinen Gefühlen in Ruhe.« Er zog an ihr vorbei und ließ sie mit ihren Ängsten und Zweifeln allein.

Zurück bei den anderen stellte Lena fest, dass das ganze Lager auf den Beinen war. Bald jedoch legte sich die Aufregung wieder, und sie brachen auf. Kian wich nicht von Lenas Seite, Ragnar hielt sich ein wenig abseits, wirkte in sich gekehrt und still, und lediglich als Aravyn zu ihm kam, entspannten sich seine Züge, worüber Lena in diesem Moment sogar froh war.

Kapitel 22

Im Namen der Fürsten

Nach dieser ausgesprochen unangenehmen Nacht erreichten sie am nächsten Tag das Flussdelta. Hier vereinten sich Himmelsfluss und Rigal. Tosend stürzten unfassbare Wassermassen über steiniges, größtenteils baumloses Land eine Klippe hinab. In der hervorbrechenden Sonne glitzerte die Gischt, bildete Hunderte Regenbogen, sodass Lena sich fragte, ob nicht auch der eine oder andere Wassergeist in diesem Farbenspektakel zu finden war. Staunend blickte sie sich um. Nordöstlich von ihnen erhob sich ein gewaltiger Berg, dessen Spitze von Nebel eingehüllt war, die Hänge von dichtem Wald bedeckt. Weiter südlich erkannte sie eine kleinere Erhebung, die ihr seltsam bekannt vorkam.

»Ragnar«, rief sie, woraufhin er sein Pferd zu ihr lenkte. Nach wie vor war er schweigsam, schien nicht wirklich zu sehen, worauf seine Augen sich richteten.

»Ragnar!«, rief Lena nochmals eindringlicher, und endlich tauchte er aus seinen düsteren Gedanken auf, wenigstens hoffte sie das. »Was sind das für Berge?«

Ragnar deutete nach Nordosten. »Dort hinten liegt der Cerelon.«

Ein Schauer lief über Lenas Rücken. Dies war also der Ort, an dem die Tuavinn sich an ihren Anam Cara banden. Schon aus der Ferne übte der Berg eine unheimliche Anziehungskraft auf sie aus. Mächtig thronte er über dem Land. Der Nebel verbarg seinen Gipfel, und die dunklen, dichten Wälder waren von weißen Felsen unterbrochen, die – jetzt, da Lena genauer hinsah – spiralförmige Muster bildeten.

»Diese Felsen«, fragte sie ehrfürchtig, »die können doch nicht natürlich gewachsen sein?«

»Ich weiß nicht«, antwortete Ragnar. »Vielleicht sind sie natürlichen Ursprungs, oder sie wurden von Geisterhand erschaffen.«

»Von Geisterhand erschaffen«, wiederholte sie. In Elvancor hatte diese Redewendung eine ganz andere Bedeutung.

»Maredd behauptet, der Cerelon sei ein Zeichen des Kreislaufs des Lebens«, erklärte Ragnar. »Er symbolisiert Leben und Tod und kündet von ewiger Wiederkehr. Er ist eines der Zentren der Macht von Elvancor.«

Mächtig, ja, mächtig wirkte er in jedem Fall, und ein Teil von ihr wünschte sich, diesen Berg zu besteigen, ein anderer fürchtete sich vor dieser bis hierher spürbaren Kraft, die der Cerelon verströmte. Lena kam es so vor, als würde sein unsichtbarer Schatten nach ihr greifen.

Als Ragnar fortfuhr, verflüchtigte sich ihr Wunsch, die Gipfel des Cerelon zu erklimmen, jedoch schnell. »Ich muss gestehen, es ist ein zugleich faszinierender als auch beängstigender Gedanke, eines Tages mit Aravyn dort hinaufzugehen.«

Lena schluckte heftig, dann nickte sie eilig in Richtung der kleineren Erhebung. »Und dort unten, irgendwie kommt mir dieser Berg bekannt vor, aber das kann doch nicht sein.«

»Das ist Erborg. Ich weiß, was du meinst, er erinnert mich auch an diesen Berg, den wir damals gemeinsam besucht haben. Du weißt schon, die Kapelle mit dem dicken Pfarrer.«

Bei dem Gedanken daran musste Lena lachen. »Das Walberla, stimmt!« Sie kniff die Augen zusammen. »Also auf die Ferne sieht er wirklich zum Verwechseln ähnlich aus.«

»Maredd hat erzählt, Fürst Orteagon und Fürstin Elgetia hätten den Berg in mühevoller Arbeit zu dem gemacht, was er heute ist. Sie haben Wald gerodet, Gestein und Erde abtragen lassen und damit viele Naturgeister erzürnt.«

»Sie wollten sich ein Abbild ihrer alten Heimat schaffen«, flüsterte Lena und sah zu der Fürstin, deren Haar auch nach der langen Reise noch immer kunstvoll frisiert war. Demnach ritt sie hier an der Seite einer Frau, die Tausende Jahre vor ihr auf dem Walberla gelebt hatte – unfassbar.

»Eine gewaltige Mauer umgibt die Stadt, die Hänge sind ähnlich schroff wie jene des Berges, den du kennst.«

»Erborg – Ehrenbürg«, rief Lena erstaunt. Ehrenbürg war der offizielle Name des Walberla. »Wahrscheinlich kommt daher der Name Erborg!«

»Da könntest du recht haben«, stimmte Ragnar zu, wendete sein Pferd und gesellte sich wieder zu Aravyn.

Lena vermied es, zu den beiden zu sehen, stattdessen zog sie Kians Gesellschaft vor.

Gegen Nachmittag erreichten sie eine steinerne Brücke. In einem mächtigen Bogen, mit kunstvoll eingemeißelten Knotenmustern verziert, verband sie die Ufer des breiten Flusses miteinander. Jeweils zehn bewaffnete Krieger hielten zu beiden Seiten Wache. Die Männer am diesseitigen Ufer konnte Lena genau betrachten. Regungslos standen sie da, so als würden sie die prächtigen Brustharnische, die Helme, Lanzen und Schwerter nur zur Schau stellen. Bald jedoch erblickten sie die Tuavinn, und so manch eine Braue wurde in die Höhe gezogen, manch eine Hand umschloss die Waffe fester.

Fürstin Elgetia, die an der Spitze geritten war, hob Ruhe gebietend ihre Hand und wendete ihr Pferd. Ihre kühlen Augen wandten sich an Aravyn und Targon. »Bleibt nun zurück. Unsere Wachen werden für die sichere Reise nach Erborg sorgen.«

»Auf die würde ich mich nicht verlassen«, hörte Lena Etron neben ihr leise knurren, und auch sie zählte da eher auf ihn und Ragnar.

»Wir erinnern Euch an Euer Wort, Fürstin«, entgegnete Targon in dem gewohnt arroganten Tonfall. »Wir erwarten ihre wohlbehaltene Rückkehr … sagen wir … wenn von heute an die Sonne sechs Mal auf- und untergegangen ist. Dies sollte für die Reise nach Erborg, Lenas Befragung und ihre heile Rückkehr genügen.«

Huldvoll neigte Fürstin Elgetia ihr Haupt. »Mögen sich unsere Schwierigkeiten mit den Rodhakan in Wohlgefallen auflösen.« Sie trieb ihr Pferd an, woraufhin die Wachen den Weg freigaben und sich verneigten.

Fürst Nemetos trabte neben sie, und die beiden steckten die Köpfe zusammen. Eilig sah Lena zur Seite, als Ragnar Aravyn noch einmal leidenschaftlich küsste, und blickte direkt in Kians Gesicht. Dieser betrachtete sie nur stumm und deutete dann nach vorne. »Komm, Lena, bleib dicht bei mir.«

Sie drückte ihre Beine an Deveras Flanken, und laut klapperten die Hufe auf der Brücke. Weit oben über ihnen kreiste Graha. Ein erneuter Blick zurück zeigte Lena, wie Ragnar sich noch immer mit Aravyn und Targon unterhielt, während die Krieger und Fürst Gobannitio an ihnen vorbei auf die Brücke ritten. »Wann werden wir die Stadt erreichen?«, erkundigte sie sich bei Kian.

»Ich denke, in spätestens zwei Tagen. Aber ist das denn so wichtig?«

»Vermutlich nicht«, seufzte sie. Die Angewohnheit, der Zeit eine so große Bedeutung beizumessen, hatte sie noch immer nicht abgelegt.

In der Abenddämmerung erreichten sie ein Waldstück mit dunklem Nadelgehölz. Von Erborg war aus dieser Position nichts mehr zu erkennen, und auch wenn die Bäume Schutz vor dem plötzlich einsetzenden Nieselregen boten, so machte sich ein beklemmendes Gefühl in Lena breit. Kian war gerade unterwegs, um Wasser zu holen, und Etron und Ragnar standen neben ihren abgesattelten Pferden und redeten leise miteinander. Als Lena zu ihnen trat, zog Ragnar sie am Arm näher zu sich heran.

»Etron meint, wenn durch den Nieselregen Nebel aufzieht, kann selbst Graha nicht beobachten, was am Boden vor sich geht. Einer von uns beiden wird abwechselnd in deiner Nähe bleiben, der andere sich umsehen.«

Das beklemmende Gefühl in ihrem Inneren verstärkte sich. »Gut«, sagte sie mit belegter Stimme. »Und Kian ist ja auch noch da.«

»Ja, er ist anders als sie«, stimmte Ragnar überraschend zu und deutete auf Fürstin Elgetia, die sich von ihren Kriegern ein Lager aus zahlreichen Fellen und Decken herrichten ließ – einige würden nun ohne diesen Schutz auskommen müssen.

»Trotzdem sollten wir uns besser nur auf uns verlassen«, wandte Etron ein. Er zog sich seine Kapuze über den Kopf und verschwand im Regen zwischen den Bäumen.

Bald kehrte Kian zurück, reichte Lena und auch Ragnar Brot und harten Käse und hob dann bedauernd die Schultern. »Ich wurde für die Wache eingeteilt, aber ich komme so bald als möglich zurück.«

Um sie herum legten sich die meisten Menschen zur Nachtruhe nieder. Feuer wurden heute nicht entzündet, was bei dem Regen, der durch die Bäume tropfte, auch wenig sinnvoll gewesen wäre.

Lena sah Kian nach, als er zwischen den Lagern hindurchschritt, und auch Ragnars Blick folgte ihm.

»Ich vertraue ihm«, versicherte Lena ihm noch einmal.

Ragnar breitete seine Decke auf dem weichen Waldboden aus und wickelte sich hinein.

»Er ist mir mittlerweile auch nicht mehr unsympathisch, nur frage ich mich, ob er im Zweifelsfall nicht zu seinen Leuten halten wird.«

»Würdest du das nicht auch?« Sie gähnte, denn der Ritt war

anstrengend gewesen, und obwohl sie inzwischen an derartige Strapazen gewöhnt war, so spürte sie ihre Muskeln und Knochen. »Aber mir wird er nichts Böses antun, da bin ich mir sicher.«

»Mag sein. Aber ich versuche jetzt zu schlafen, denn Etron und Graha halten Wache – und das beruhigt mich mehr als Kians edle Gesinnung.« Demonstrativ schloss Ragnar die Augen.

»Männer«, murmelte Lena und machte sich ebenfalls auf die Suche nach einem trockenen Fleck Erde. Wie lange dieser Baum mit den armdicken Nadeln Schutz bieten würde, war fraglich, daher hoffte sie, dass die Nacht schnell vorbei wäre.

»Lena!«, vernahm sie Ragnars aufgeregte Stimme, und jemand griff nach ihrem Arm. War das ein Traum? Sie versuchte, die Benommenheit eines tiefen, erschöpften Schlafes abzuschütteln, hörte aber plötzlich neben sich ein Stöhnen und ein Geräusch, als ob ein Körper zu Boden fällt.

»Ragnar, was ist los?« Eine Hand presste sich auf ihren Mund, ihre Arme wurden brutal nach hinten gezerrt, und sie zappelte, um freizukommen. Doch wer auch immer sie festhielt, war stärker als sie.

Lena riss die Augen auf, konnte aber kaum etwas erkennen. Es war zu dunkel, kein Feuer brannte; lediglich umherhuschende Schatten konnte sie zwischen den Bäumen ausmachen. Was war hier los? Was war mit Ragnar, Etron und Kian? Ein Überfall schien nicht stattzufinden, denn sonst hätte sie Schreie, Waffengeklirr oder andere Kampfgeräusche hören müssen. Lena trat nach hinten, traf etwas und nahm ein wütendes Knurren wahr. »Halt still!« Sie glaubte, die Stimme schon einmal gehört zu haben, vielleicht bei einem der Krieger aus Erborg, sicher war sie jedoch nicht.

»Was soll …«, stieß sie hervor, als sich die Hand von ihrem Mund löste, aber da wurde ihr ein Knebel zwischen die Zähne geschoben. Panik drohte sie zu lähmen.

Ragnar, bitte hilf mir, flehte sie stumm, wusste jedoch gleichzeitig, dass er das getan hätte, wenn es in seiner Macht liegen würde. Noch einmal versuchte sie, sich zu befreien, denn für einen Moment hatte sich der eiserne Griff um ihre Arme gelockert. Doch da traf sie etwas an der Schläfe, und sie spürte nur noch, wie sie auf dem nassen Boden aufschlug.

KAPITEL 23

Gefangen

Irgendetwas kitzelte an Lenas Wange, ein fauliger Geruch stach ihr in die Nase, und als sie sich über den Kopf fuhr, ertastete sie eine Beule und zuckte zusammen. Schlagartig erinnerte sie sich an diese seltsamen Geschehnisse, den Überfall im Wald. Lena richtete sich auf und fand sich in einem düsteren, mit feuchtem Stroh ausgelegten Raum wieder. Nur spärlich fiel etwas Licht durch ein mit Eisenstäben verstärktes Fenster in der Tür. Langsam erhob sie sich und ging zur Tür – natürlich war diese verschlossen. Im Gang, den sie lediglich ausschnittweise überblicken konnte, flackerte eine Fackel.

»Wo zum Teufel bin ich hier?«, murmelte sie. Neben der Tür stand eine Schüssel mit erkaltetem Getreidebrei, außerdem ein tönerner Kelch, in dem sich Wasser befand. Sie war durstig, traute sich jedoch nicht zu trinken – schließlich konnte sie nicht wissen, ob das Wasser vergiftet war oder zumindest ein Schlafmittel enthielt, um sie ruhigzustellen. Ihre Zelle maß knappe fünf Schritte. Die hintere Wand bestand aus dunklem, feuchtem Gestein. Rechts und links trennten grobe Holzplanken mit breiten Spalten weitere Zellen ab. Sie spähte durch eine der zahlreichen Ritzen und stellte fest, dass die Zelle links von ihr unbelegt war. In der rechten Kammer entdeckte sie einen Körper, der vor der Tür lag. Sie hielt die Luft an. »Ragnar? Etron? Kian? Ist jemand von euch hier?«, rief sie leise. Niemand antwortete. Die Angst, ihre Freunde könnten tot sein, schnürte ihr die Kehle zu, und sie konnte es nicht verhindern, dass einige Tränen über ihre Wangen rannen.

Hatte die Fürstin von Erborg sie am Ende doch verraten, aber falls ja, was wollte sie damit bezwecken? Es war doch klar, dass die Tuavinn eine solche Tat nicht ungestraft lassen würden.

Gebannt starrte sie durch den Schlitz im Holz, und als sich nach einer scheinbaren Ewigkeit die Gestalt am Boden rührte, fing Lenas Herz schneller zu schlagen an.

»Hallo? Wer bist du?«, fragte sie.

Zunächst bestand die einzige Antwort aus einem Stöhnen. Durch den Schlitz beobachtete sie, wie sich jemand bemühte, sich aufzurichten, dann vernahm sie ein undeutliches: »Lena?«

»Ragnar?«

»Ja – verdammt!«

Als sie ihr Auge näher an den Schlitz presste, erkannte sie, wie er mühsam angekrochen kam und sich schwer atmend gegen die Bretterwand lehnte.

»Was ist mit dir?«

Er drehte den Kopf zu ihr, und im schwachen Licht sah sie all das getrocknete Blut, das über sein Gesicht gelaufen war.

»Ich weiß nicht«, sagte er mit schwerer Zunge, »die haben mir irgendein Dreckszeug gegeben.« Nun hob er die Hände, sein Mund verzog sich vor Anstrengung. »Kannst du die Fesseln lösen?«

Lena bemühte sich, ihre Hand durch den Spalt zu quetschen, riss sich dabei die Haut auf und erspürte schließlich einen festen Knoten in dem Seil, mit dem Ragnar gefesselt war.

»Weißt du, was mit Etron und Kian ist?«

»Nein«, murmelte er. »Sie sind im Schlaf über mich hergefallen, diese Feiglinge.«

»Etron, Kian?«, rief Lena diesmal etwas lauter, erhielt jedoch keine Antwort. *Hoffentlich leben sie noch*, dachte sie.

Lena quetschte auch die zweite Hand durch die Bretter, doch es gelang ihr nicht, den Knoten zu lösen. »Ragnar, ich schaffe es nicht.«

»Ist ja auch egal.« Seine Arme sackten nach unten, sein Kopf sank gegen die Wand.

»Es tut mir leid.« Mit der rechten Hand konnte sie seine Wange berühren, streichelte behutsam darüber. »Was machen wir denn jetzt?«

»Abwarten, was sie mit uns vorhaben. Hätten sie uns töten wollen, wären wir nicht hier.«

»Auch wieder wahr.« Trotzdem war es fürchterlich, so hilflos zu sein, und nachdem Ragnar betäubt war, war er weder eine große Hilfe noch ein Trost. Fieberhaft überlegte Lena, was sie tun konnte, doch es gab keine Möglichkeit, von hier zu fliehen, und den Gedanken, den Wächter zu überwältigen, wenn er sie holen kam, gab sie schnell auf. Sie wäre kaum in der Lage, bewaffnete Wärter zu überrumpeln, Ragnar – gefesselt und in einer anderen Zelle – konnte ihr nicht helfen.

Schritte, die sich näherten, ließen sie zusammenzucken. Eilig zog Lena ihre Hand zurück und unterdrückte ein Stöhnen, als sie sich die Haut noch einmal aufriss.

»Ragnar, stell dich besser schlafend«, zischte sie.

»Weshalb?«, erfolgte seine benebelte Antwort.

»Ich will nicht, dass sie dich noch einmal betäuben oder … dir wehtun.«

»Ach, Lena«, durch den Spalt erkannte sie, wie er den Mund zu einem Lächeln verzog, aber dann verschwand er aus ihrem Blickfeld. Am Rascheln des Strohs erkannte sie, dass er sich hingelegt hatte. Sie selbst kauerte sich am hinteren Ende der Zelle zusammen.

»Der Tuavinn schläft noch«, vernahm sie eine männliche Stimme. Nach dem Geräusch der Schritte kamen sie nun an ihre Zelle. »Die Kleine auch!«

»Dann stellen wir ihnen Wasser und Essen hinein. Es wird ohnehin noch ein paar Tage dauern.«

Ein Schaben, und Lena nahm zwischen ihren zusammengepressten Augenlidern hindurch wahr, wie jemand einen Krug und einen Teller durch eine kleine Öffnung am Boden schob. Kurz darauf hörte sie, dass sie das Gleiche bei Ragnar taten, dann entfernten sich die Stimmen.

Was wird noch ein paar Tage dauern?, fragte sie sich.

Im Halbdunkel des Verlieses war es unmöglich, die Tage zu zählen. Weitere Versuche, Ragnar von seinen Fesseln zu befreien, waren fehlgeschlagen. Er hatte sich vorgenommen, nichts von dem Wasser zu trinken, da er befürchtete, dass es ein Betäubungsmittel enthielt, doch selbst ein Tuavinn musste irgendwann seinen Durst löschen – und so war er auch prompt eingeschlafen, wohingegen Lenas Wasser in Ordnung gewesen war. Lena war also für eine ganze Weile allein mit ihren Ängsten und Sorgen um die Zukunft. Keine Wache zeigte sich mehr, niemand, den sie fragen konnte, was überhaupt vor sich ging. Nachdem Ragnar endlich wieder ansprechbar war, spekulierten sie einige Zeit darüber, was das alles zu bedeuten hatte, kamen jedoch zu keinem Ergebnis.

Lena kam es wie eine Ewigkeit vor, bis erneut schwere Stiefeltritte ertönten. Das klackende Geräusch eines zurückgeschobenen Eisenriegels ließ sie aufschrecken.

Sekunden später standen zwei Wachen vor ihr. Den dunkelhaarigen Mann kannte sie nicht, aber der andere war zu ihrer Verwunderung eindeutig Ruven.

»Steh auf, du wirst dem Fürsten vorgeführt«, verlangte Ruven.

»Was wollt ihr von uns?«

»Das wirst du noch früh genug erfahren.« Der dunkelhaarige Krieger zog sie an ihrem Arm in die Höhe, und als Lena sich sträubte, trat Ruven hinzu.

»Hör auf, dich zu wehren, das hat keinen Sinn.«

»Was ist mit Etron und …«

Ruvens Finger gruben sich schmerzhaft in ihren Arm, und das grinsende Gesicht des anderen Kriegers erschien vor ihrem. »Der wird dir nicht mehr helfen.«

Lena schluchzte unterdrückt auf. Sollte Etron tot sein? Sie hatte den schweigsamen Tuavinn gemocht, sehr sogar. Und sofern er nicht mehr am Leben war, hatte dann wenigstens Graha Maredd erreicht und warnen können?

»Sieh nach, ob der Kerl wach ist«, befahl Ruven seinem Begleiter. Dieser hob die Schultern, und während Ruven Lena weiterschob, ihre Hände eisern auf den Rücken gepresst, öffnete sich knarrend Ragnars Zellentür.

Bitte, tu ihm nichts, flehte sie stumm.

Am Aufgang zu einer schmalen steinernen Treppe hielt Ruven an, beugte sich zu ihrem Ohr und zischte: »Kein Wort von Kian, er hat deinetwegen schon genug Schwierigkeiten.«

Verwundert drehte sie sich um, blickte in sein verbissenes Gesicht und wusste überhaupt nicht, was das alles zu bedeuten hatte.

Der zweite Wächter tauchte kurz darauf ohne Ragnar auf, und die beiden führten Lena stumm eine endlos erscheinende Treppe hinauf, folgten anschließend einem düsteren Gang, danach traten sie ins Freie. Lena blinzelte im hellen Sonnenlicht. Sie befanden sich auf einer schmalen Straße. Rechts und links erhoben sich einfache Holz- oder Steinhäuser, einstöckig und mit Stroh oder Schilf gedeckt. Eine von stämmigen Pferden gezogene Kutsche holperte vorbei, Frauen mit Körben auf dem Rücken gingen an ihnen vorüber, tuschelten und sahen ihnen nach.

»Wo sind wir hier?«, wagte Lena zu fragen.

»Erborg«, knurrte Ruven. Alles Charmante und Draufgängerische war von ihm abgefallen, jetzt gab er sich als ernster, pflichtbewusster Krieger.

»Aber dort sollte ich doch sowieso hin«, wunderte sie sich. »Wozu dieses ganze Theater?«

»Sei still!« Brutal stieß Ruven Lena in den Rücken, woraufhin sie beinahe gestürzt wäre.

Am liebsten hätte sie Ruven zwischen die Beine getreten, doch das hätte ihr nur noch mehr Ärger eingebracht.

Sie gelangten zu einem Marktplatz, wo ein hölzernes Podest stand. *Ein Galgen*, schoss es Lena durch den Kopf. Schlagartig wurde ihr kalt. Ruven brachte sie schnurstracks zu einem der drei Holzgestelle, nahm einen herunterbaumelnden Strick – und band ihre Hände daran fest. Sie atmete auf, doch die Erleichterung währte nur kurz, als sich mehr und mehr Menschen versammelten und sie allesamt angafften. Nach einiger Zeit wurde auch Ragnar herbeigeschleppt. Jetzt, bei hellem Tageslicht, sah sein Gesicht noch schlimmer aus: blutig, das rechte Auge zugeschwollen. Ruven und der andere Wächter banden ihn mit Stricken an jeweils einer Hand an den Balken. Dennoch versuchte er, ihr aufmunternd zuzulächeln.

Was haben sie nur mit uns vor?, dachte sie. Lena suchte die Menge nach Kian ab, konnte ihn aber nirgendwo entdecken. Hatte er sie am Ende etwa doch verraten? Das mochte sie nicht glauben, denn sie hatte das Gefühl gehabt, er wäre ehrlich und sie hätte in ihm einen Freund gefunden. Dann blieb ihr Blick auf einem Mann mit auffälligem Wangenbart haften – Ureat. Der Älteste von Talad sah kurz zu ihr hinauf, wandte sich dann aber ab.

»Feigling«, knurrte Lena.

»Macht Platz für die ehrenwerten Fürsten von Erborg und Crosgan!«, ertönte da eine laute Stimme. Ein Krieger schlug auf seinen Schild, die Menge teilte sich. In pelzbesetzten Umhängen und aufwendigen Gewändern schritten sie einher: Nemetos, Elgetia und an ihrer Seite ein Mann, der Fürst Orteagon verblüffend ähnlich sah.

Lena warf Ragnar einen irritierten Blick zu, doch auch er wirkte verwirrt. »Ragnar, wer ist das?«, flüsterte sie.

»Ich weiß es nicht. Er sieht aus wie Orteagon, aber der ist ja bei Maredd …« Ragnar brach ab, betrachtete den Mann nur mit offenem Mund. »Es sei denn …« Er schüttelte den Kopf.

»Es sei denn, was?«, drängte Lena.

»Schweig!«, schrie sie einer der Wärter mit scharfer Stimme an.

Wer auch immer da auf sie zukam, war – wie Orteagon – von hagerer Gestalt, fast schon knochig, und wirkte trotz des beeindruckenden Schnurrbarts verhutzelt. Seine Augen jedoch straften seine körperliche Erscheinung Lügen, denn List und Tücke sprachen aus ihnen, ebenso wie ein klarer Verstand.

Genau diese Augen musterten Lena und Ragnar, während er bis auf zwei Schritte an die beiden herantrat.

Dann wandte er sich an das Volk. Auf eine Handbewegung von ihm hin verstummte das aufgeregte Gemurmel.

»Da, seht sie nun, die Verräter!«, rief er mit fester Stimme.

Schreie ertönten, Fäuste reckten sich in die Höhe. Orteagons Doppelgänger begann auf und ab zu schreiten, sein dunkelgrüner Mantel schleifte über den Boden. »Mit falschen Versprechungen haben sie versucht, sich unser Vertrauen zu erschleichen. Doch die Tuavinn beabsichtigten nur eines«, rief er aus, legte eine Kunstpause ein, zog blitzschnell sein Schwert und hielt es Ragnar an die Kehle.

»Nein!«, schrie Lena voller Panik. Sie zerrte an ihrem Strick, doch der schnitt nur schmerzhaft in ihr Fleisch.

Nun kam er zu ihr, seine kalten, stahlblauen Augen bohrten sich in die ihren, dann wandte er sich erneut seinem Volk zu. »Sie behaupteten, sie wollten uns im Kampf gegen die Rodhakan beistehen, doch sie hatten nur eines im Sinn.« Er wedelte mit der Hand, woraufhin zwei Krieger mit einer Bahre herbeieilten. »Uns, die Fürsten, zu töten!«

In diesem Augenblick riss er die Laken beiseite, und ein Raunen ging durch die Menge.

»Orteagon?«, entfuhr es Lena, als sie auf den toten Körper jenes Mannes blickte, den sie als Orteagon kannte und der als

Pfand den Tuavinn gefolgt war. Völlig verwirrt betrachtete sie die Leiche, schaute zu Ragnar, der ebenso fassungslos aussah, dann wieder zu dem Alten.

»Orteagon?«, lachte dieser. Seine Stimme überschlug sich beinahe. »Ich bin Orteagon!« Mit beiden Händen klopfte er sich auf die Brust und streckte danach beide Fäuste in die Höhe, so als hätte er seinem Volk zu einem großartigen Siegeszug verholfen. Plötzlich schnellte er vor, packte Lena mit einer Hand am Kinn. Seine knöchernen Finger quetschten ihren Kiefer schmerzhaft zusammen. »Glaubst du wirklich, ich selbst würde mich in die Hände von Tuavinn begeben?« Seine Augen bohrten sich in ihre, dann griff er nach Lenas Haaren und riss ihren Kopf herum, zwang sie, den Gemeuchelten anzusehen. »Glaubst du allen Ernstes, ich würde ihnen Vertrauen schenken, obwohl sie schon einmal zu einem Verrat derartigen Ausmaßes fähig waren?« Er schüttelte den Kopf. »O nein, mein Kind. Ganz sicher nicht. Aus diesem Grund haben wir einen Doppelgänger verwendet, und das Ergebnis ist, wie ich es erwartet habe.«

»Lügner!«, schrie Ragnar. Voller Zorn riss er an seinen Fesseln, hörte auch dann nicht auf, als Blut an seinem Arm herablief. Er brüllte seine Wut hinaus, trat sogar nach Orteagon.

»Seht nur her!«, rief dieser triumphierend. »Sind sie nicht wie die wilden Tiere?«

Die Masse johlte und schrie, Köpfe nickten.

Lena senkte den Blick und schloss die Augen. Tränen rannen ihre Wangen herab.

»Die Tuavinn hätten das niemals getan«, hörte sie Ragnar rufen.

Orteagon schnellte zu ihm herum. »Diesen Mann«, schon wieder deutete er auf den Toten, »haben sie als Pfand für euer Leben mitgenommen. Nun ist er tot. Späher fanden ihn, achtlos liegen gelassen am Fuße der Berge von Avarinn.«

Auch Lena konnte sich keinen Reim darauf machen. Selbst

wenn Maredd herausgefunden haben sollte, dass ihr Gast nicht der war, für den sie ihn hielten, ihn zu ermorden wäre niemals eine Option für die Tuavinn gewesen. »Weshalb sollten sie ihn töten?« Lena funkelte den Fürsten an. »Damit hätten sie doch nur riskiert, dass ihr uns ebenfalls umbringt.«

Nun trat Fürst Nemetos näher. »Möglicherweise war ihnen das gleichgültig. Du bist lediglich ein Mensch, der junge Mann ist nicht einmal ein reinblütiger Tuavinn.«

»Und was ist mit Etron?«, stieß sie hervor. »Er ist … oder war …«, sie schluckte schwer, »ein Tuavinn.«

»Geflohen«, schnitt ihr Nemetos mit einer unwirschen Geste das Wort ab. »Feige im Nebel verschwunden.«

Das konnte Lena beim besten Willen nicht glauben. Etron war ein guter Freund, niemals hätte er Ragnar und sie im Stich gelassen. Das alles war ein abgekartetes Spiel. Zumindest hörte es sich so an, als wäre Etron noch am Leben, und besonnen wie er war, hatte er vielleicht nicht eingegriffen, weil es hoffnungslos gewesen war, und lieber Verstärkung geholt. Bestimmt waren Aravyn, Targon und die anderen schon auf dem Weg. Daran glaubte sie, musste sie glauben, um nicht verrückt zu werden.

Doch was Fürst Orteagon dann sagte, ließ ihr das Blut in den Adern gefrieren.

»Da die Tuavinn den Friedenspakt so hinterrücks gebrochen haben, werden wir diese beiden nun als Opfergabe den Rodhakan überlassen.«

Jubel ertönte – zumindest von einem Großteil der Bevölkerung.

Entsetzen durchflutete Lena, griff nach ihr wie eine kalte Hand. Sie sah zu Ragnar, der jedoch keine Miene verzog. Plötzlich war er ruhig geworden, starrte Orteagon mit einem Blick an, der ihr einen Schauer über den Rücken jagte.

Der alte Fürst erhob eine Hand, wartete, bis es wieder ruhig war. »Noch am heutigen Abend bringen wir diesen hier«, sein

Schwert deutete zu Ragnar, »in die Berge und überlassen ihn den Rodhakan, auf dass sie unsere Stadt verschonen.«

»Seid ihr wahnsinnig geworden?«, schrie Lena, gefangen zwischen Ärger und Angst. »Glaubt ihr denn im Ernst, die Rodhakan auf Dauer mit Menschenopfern befriedigen zu können?«

Orteagon lächelte sie süffisant an. »Das ist kein Menschenopfer«, schnarrte er, »sondern ein Tuavinn und eine junge Frau von jenseits der Schwelle – etwas Besonderes!«

»Narren!« Lenas Wut gewann nun die Oberhand, außerdem hatte sie nicht mehr viel zu verlieren. »Und wenn ihr alle Tuavinn geopfert habt, wen wollt ihr dann den Rodhakan vorwerfen? Euer eigenes Volk? Euch selbst?«

Orteagons Gesichtszüge entgleisten, doch nun trat Nemetos vor. »Genug jetzt von dem Gekeife«, donnerte er. »Lasst uns zur Tat schreiten. Und ich bekomme das Amulett«, verlangte er mit drohendem Finger.

»Sofern es dir die Rodhakan überlassen«, entgegnete Orteagon, woraufhin der Fürst von Crosgan ärgerlich sein Gesicht verzog.

»Was macht dich eigentlich so sicher, dass die Rodhakan euch verschonen?«, hakte Lena nach.

»Die Erfahrung eines langen Lebens.« Der weißhaarige Fürst entblößte gelbliche Zähne. »Schon seit einigen Generationen bringen wir den Schatten Opfer aus unserem Volk. Gesetzesbrecher, Diebe, Schwache. Manchmal auch Freiwillige, die sich für ihr Volk opfern.«

Vor Verwunderung bekam Lena einen Moment lang keinen Ton heraus. Sie musste an die Gefangenen denken, die sie beim Triadenfest gesehen hatte, und dachte an Kians seltsam abweisende Reaktion. Hatte er das am Ende gewusst?

Orteagon legte Nemetos eine Hand auf die Schulter, sein Blick ruhte aber auf Lena und Ragnar. »Lange hielten wir das geheim, denn insbesondere Ceadd und Talad haben sich schon immer gegen Opferungen ausgesprochen. Aber der Erfolg spricht für sich.« Er breitete beide Arme aus und drehte sich langsam im Kreis. »Die Rodhakan greifen uns nicht an, begnügen sich mit denen, die wir ihnen geben, und den Wilden vom Bergvolk, die dort hausen wie die Tiere.«

Die Gedanken wirbelten durch Lenas Kopf. Sie konnte nicht fassen, was sie da hörte, und Ragnars Miene nach zu urteilen, war auch ihm nichts davon bekannt gewesen.

»Bald wird dir die Ehre zuteil, jene zu retten, von denen du abstammst, Mädchen von jenseits der Schwelle.« Orteagons schwieliger Finger hob ihr Kinn an, und er lachte ihr boshaft ins Gesicht.

Wut stieg in ihr auf, und sie war sich sicher, dass es Wahnsinn war, was da in den Augen des alten Fürsten flackerte. Der Gedanke, dies könne der Tribut sein, den das Leben für seine Unsterblichkeit forderte, drängte sich ihr auf. Nun holte sie tief Luft und hielt seinem Blick mit aller Entschlossenheit stand. »Dann sage mir – Fürst. Wäre es nicht eine weitaus größere Ehre, eine heroische Tat, eines Anführers seines Volkes würdig, wenn du dich selbst den Rodhakan opfern würdest?«

Orteagon riss die Augen auf. Stille herrschte, man hätte sogar ein Blatt fallen hören können.

»Oh, Lena«, hörte sie Ragnar flüstern, doch da trat Orteagon vor sie.

Drohend baute er sich vor ihr auf. Einen Moment lang glaubte sie, er würde sie auf der Stelle enthaupten. Doch dann drehte er sich um. »Sie will mich verspotten, doch der Spott wird ihr vergehen. Führt ihn ab!«

Zwei Krieger schnitten Ragnar los, schleiften ihn mit sich.

»Nein, lasst ihn in Ruhe, hört auf damit!«, schrie Lena entsetzt. Noch einmal drehte Ragnar seinen Kopf zu ihr, seine Lippen formten irgendwelche Worte, die sie nicht verstand. Wie besessen zerrte sie an ihren Fesseln, schrie und weinte: »Das könnt ihr nicht tun! Wir wollten euch doch nichts Böses! Sicher ist das alles ein Missverständnis!«, aber niemand hörte auf sie.

Nemetos packte sie an den Haaren und grinste sie an. »Und bald wirst du ihm folgen.« Gierig fuhren seine Finger über das Amulett um ihren Hals.

»Jetzt noch nicht, Nemetos«, wies ihn Fürst Orteagon zurecht. »Zunächst sollen die Schattenwesen des Ostens den Tuavinn als Opfer annehmen. In wenigen Tagen bringen wir die Kleine nach Süden, um die Rodhakan von Wakkarin zu besänftigen. Ich bin mir sicher, das Amulett ist für sie nicht von Wert und sie werden es dir überlassen, Nemetos.« So ließ der Mann sie los und zog sich widerstrebend zurück.

»Bitte, bringt Ragnar zurück. Die Tuavinn können sicher alles erklären«, flehte Lena.

»Jetzt werden wir gegen die Tuavinn in den Krieg ziehen«, schleuderte ihr Orteagon jedoch nur entgegen. »Ihre Herrschaft über Elvancor muss enden.«

»Sie wollen Elvancor doch gar nicht beherrschen!«, protestierte Lena. »Wir wollten euch nur gegen die Rodhakan …«

»Die Rodhakan sind nicht das Problem.« Orteagon betrachtete sie von oben herab. »Sie waren es nie!«

»Verräter«, schrie Lena ihn an.

Orteagon drehte sich um, das Gesicht vor Wut verzerrt, aber bevor er bei ihr war, sprang Ruven vor und schlug ihr ins Gesicht. »Schweig! Die Fürsten zu beleidigen bestätigt nur deine Schuld.« Brutal zwängte er ihr ein schmutziges Tuch als Knebel zwischen die Zähne, sodass sie nur noch gedämpfte Protestlaute von sich geben konnte.

»Sehr gut, Ruven, bewache sie«, befahl Orteagon und schritt das Podest hinab.

Verzweifelt schluchzte Lena auf. »Hol Kian her, bitte«, keuchte sie durch den Knebel hindurch.

»Sei still«, knurrte Ruven jedoch nur, und ob er sie verstanden hatte, wusste sie nicht. Er verschränkte die Arme vor der Brust und blickte grimmig von dem Podest hinab, wo sich das Volk langsam zerstreute. Blicke streiften Lena, in einigen las sie Mitleid, in anderen Sensationsgier. Sie wusste nicht, was sie tun sollte. Sie hatte Angst, denn auch sie sollte geopfert werden, aber im Augenblick galten ihre Gedanken Ragnar. Wo hatte man ihn hingebracht? Bis sie selbst an der Reihe war, mochte noch einiges passieren. Vielleicht hatte Etron schon Hilfe gesucht. Aber Ragnar – befand er sich am Ende bereits in den Fängen der Rodhakan?

Nachdem ihm die Wachen eine bittere Flüssigkeit eingeflößt hatten, bekam Ragnar erneut alles nur wie durch einen Schleier mit. Gefesselt hatte man ihn auf einen Wagen geworfen, nun kreisten seine Gedanken träge um Lena. Er hatte Angst um sie, niemals hätte sie dieses gefährliche Land betreten dürfen. Soweit Ragnar es feststellen konnte, brachte man ihn nach Osten. Der Wagen rumpelte auf die Berge zu, und erst als die Nacht hereinbrach, hielten sie an. Auf einem baumlosen Plateau zerrten ihn Krieger aus Erborg von der Ladefläche des Gefährts, schleiften Ragnar mit sich und banden ihn zwischen zwei schlanken Birken fest. Von hier aus konnte er hinab ins Tal sehen und auch die Monde sowie die unzähligen Sterne am Himmel erkennen.

Martegos, eine der Wachen von Erborg, stellte sich an den Rand der Klippe und breitete die Arme aus. »Mächtige Herren der Schatten. Dies ist unser Opfer an Euch. Wir erbitten Eure Gnade, und als besondere Opfergabe werden wir Euch auch noch das Mädchen von jenseits der Schwelle bringen, auf dass Ihr uns im Kampf gegen die Tuavinn unterstützt.«

Als würde er eine Antwort erwarten, blieb Martegos regungslos stehen, spielte nervös an den Holzperlen am Ende seines langen Schnurrbarts herum. Schließlich wandte er sich um, bedeutete den übrigen Kriegern, ihm zu folgen, und setzte sich auf den

Wagen. Noch einmal warf er einen Blick zurück, dann verklang das Geräusch des Gefährts in der Ferne.

Langsam klärten sich Ragnars Sinne. Er zerrte an seinen Fesseln, suchte mit den Augen nervös die Gegend ab. Würde sein Vater erscheinen, könnte er einen Weg finden zu überleben? Tief in sich verspürte Ragnar sogar den Wunsch, sich den Rodhakan anzuschließen, und sei es nur, um die Fürsten zu töten. Sie hatten sich mit den Schattenwesen verbrüdert, brachten Opfer, um sie zu einem Bündnis gegen die Tuavinn zu bewegen. Aber er wusste nicht, ob es Lucas sein würde, der ihn fand, oder andere dieser dunklen Brut. Nein, er durfte nicht tatenlos abwarten, musste unbedingt versuchen, sich zu befreien. Doch die Fesseln saßen stramm. Es gelang ihm lediglich einen Schritt vor- oder zurückzutreten. Niemals hatte Ragnar vor der Dunkelheit Furcht verspürt, sie eher als Freund willkommen geheißen. Doch nun hatte er das Gefühl, sie würde näher kriechen, ihn erdrücken. Sein Herzschlag beschleunigte sich. Jeder Muskel war angespannt. Plötzlich glaubte er Schatten zwischen den Bäumen und Felsen zu erkennen. Er blinzelte, dachte schon, er hätte sich getäuscht. Doch da – wieder. Zwei, drei menschliche Gestalten manifestierten sich, dann lösten sich weitere aus der Dunkelheit und nahmen feste Gestalt an. Immer schneller und hektischer ging Ragnars Atem, das Blut raste durch seine Adern, und er hatte das Gefühl, zerbersten zu müssen. Was würde nun geschehen? Ein heller Feuerschein weiter im Norden ließ nicht nur Ragnar, sondern auch die Rodhakan verharren. Ein dumpfes Grollen drang aus den Tiefen der Erde. Erneut brach der Vulkan aus, und ganz unverhofft fielen auch Schneeflocken vom Himmel.

Kapitel 24

Im Schatten der Angst

Angst – seitdem Lena gemeinsam mit Ragnar auf Schatzsuche gegangen war und den ersten Rodhakan in ihrer Welt gegenübergestanden hatte, hatte sie mehr und größere Angst verspürt als jemals zuvor in ihrem Leben. Nur war damals alles überraschend gekommen, von einer Sekunde auf die andere, hatte ihr keine Zeit zum Überlegen gelassen. Aber das, was sie nun erlebte, war der blanke Horror, der sich mit jedem ihrer Atemzüge steigerte, in jede Faser ihres Körpers und ihrer Seele drang. Gefesselt und geknebelt hing sie hier auf diesem Marktplatz, während sich Dunkelheit über Elvancor senkte. Wie immer blieb dieses ferne Glimmen, das Maredd als das Licht der Ewigkeit bezeichnete. Würde sie bald dort einziehen – in die Ewigkeit? Oder wäre ihre Seele verloren, wenn sie durch die Hand eines Rodhakan starb, so wie manche Tuavinn glaubten? Wie war es, einfach zu vergehen, sich in nichts aufzulösen? Und was war mit Ragnar? Die Sorge um ihn drohte ihr den Verstand zu rauben. Schon lange hatte sie keine Tränen mehr, daher schluchzte sie nur trocken auf. Sollte alles so enden? Zumindest ihre Familie und ihre Freunde hätte sie gerne noch einmal gesehen, sich von ihnen verabschiedet. Auf einmal vermisste sie alle so entsetzlich. Selbst ihre Eltern und ihre Schwester, von denen sie sich früher immer unverstanden gefühlt hatte, und ganz besonders Oma Gisela hätte sie jetzt so gern an ihrer Seite gewusst.

Dieses Warten war grauenvoll, sie bebte am ganzen Körper, und das kam nicht nur von der Kälte, die ihr langsam, aber sicher in alle Glieder kroch. *Maredd, Etron, wo seid ihr?*, flehte sie stumm. Konnten die Tuavinn nicht mithilfe eines der Naturgeister hierherkommen und sie und Ragnar retten? Doch vermutlich war das reines Wunschdenken, denn nicht immer gelang es den Tuavinn, die Geister zu beschwören.

Nach und nach verloschen die Lichter in den umliegenden Häusern. Noch einmal kam jemand zu Ruven, der stumm neben ihr Wache hielt, und Lena glaubte, die Stimme von Fürst Orteagon zu vernehmen, wie er leise mit ihrem Wächter sprach, bevor er wieder fortging.

Die Nacht schritt weiter voran, Lena hatte das Gefühl, sie würde ewig andauern, und mit jedem Atemzug, der verstrich, wuchs in ihr die Gewissheit, dass dies die letzten Stunden ihres Lebens waren.

Schlagartig bebte die Erde, das Holz, an dem Lena festgebunden war, knarrte und schwankte. Kurz darauf überzog ein rötliches Glimmen den Himmel im Norden. Menschen kamen aus den Häusern gelaufen. Ruven fluchte leise, dann war er auf einmal verschwunden. Aufgeregte Rufe wurden überall laut.

»Der Vulkan, er ist ausgebrochen!«

»Das ist ein Zeichen der Götter!«

»Haben sie den Tuavinn als Opfer angenommen?«

»So ein gewaltiges Zeichen hat es noch nie gegeben, noch nie haben wir den Vulkan bis hierher im Süden gespürt. Wie kann das sein?«

So ging es in einem fort, und Lena liefen heiße und kalte Schauer über den gesamten Körper.

»Bleib ruhig, wenn du leben willst!«

Lena schreckte zusammen. Die Stimme war direkt hinter ihr. Sie spürte, wie ihre Fesseln durchtrennt wurden, jemand drückte sie auf den Boden. »Rühr dich nicht!«

Ruven?, schoss es Lena durch den Kopf. Es war eindeutig seine Stimme. Zu ihrer Verwunderung erkannte sie, wie er eine leblose Gestalt zwischen die Seile band. Dann warf er einen Umhang über Lena und fasste sie fest am Oberarm. »Folge mir.«

»Hm!« Sie deutete auf ihren Knebel, aber er zog sie nur mit sich.

»Später.«

Zunächst bahnten sie sich ihren Weg durch die Menge. Alle starrten oder deuteten in den rötlich erleuchteten Nachthimmel, deshalb achtete niemand auf sie. Zu gern hätte Lena gefragt, was vor sich ging. Wollte Ruven sie gleich opfern, nachdem die Götter ja angeblich bereits ein Zeichen gesandt hatten? Andererseits hatte er gesagt: »Bleib ruhig, wenn du leben willst.« Die wildesten Gedanken wirbelten ihr durch den Kopf, aber gleichzeitig musste sie auf den Weg achten, denn bald hatten sie die Straße verlassen, eilten über in der Finsternis liegende Felder. Wolken bedeckten den Himmel, Monde sowie Sterne waren verschwunden, lediglich der pulsierende Schein des Vulkans im Norden spendete spärliches Licht. Überrascht sah Lena in die Höhe, als sie etwas Kaltes auf ihrem Gesicht spürte. Es hatte zu schneien begonnen.

Endlich hielt Ruven an, löste ihren Knebel, zog sie jedoch weiter. Lena bewegte ihre Lippen, froh, endlich diesen Lumpen los zu sein.

»Kannst du mir jetzt erklären, was das alles zu bedeuten hat?«

Abrupt blieb Ruven stehen, packte sie hart an den Schultern und sagte leise und drohend: »Wenn du nicht still bist, werde ich dich erneut knebeln. Ich bringe mich ohnehin schon in größte Gefahr. Jetzt lauf und halt den Mund!«

Damit rannte er los, und Lena wusste nicht, was sie tun sollte. Ihm folgen oder ihr Glück auf eigene Faust versuchen? Andererseits kannte sie sich hier nicht aus, sie war unbewaffnet und allein ganz sicher hilflos und verloren. Daher eilte sie Ruvens schemenhafter Gestalt hinterher. Bald erreichten sie eine mehr als zwei Mann hohe Mauer.

»Wir müssen hinaufklettern. Steig auf meine Schultern und sieh zu, dass du festen Tritt zwischen den Steinen findest.« Er beugte sich herab, aber Lena zauderte. »Jetzt mach schon! Wachen schreiten regelmäßig diesen Wall ab.«

Lena atmete tief durch, kletterte auf Ruvens Rücken und tastete mit den Händen nach Vertiefungen. Stück für Stück zog sie sich in die Höhe und war erleichtert, bald die Mauer erklommen zu haben. Doch ihr wurde schwindlig, als sie erkannte, wie steil es auf der anderen Seite hinabging. Dieser Wall war am Rande des Plateaus erbaut, ein gewaltiges Bollwerk gegen jeden Angriff. Beinahe senkrecht fielen die Felsen in die Tiefe, weiter im Tal waren Bäume zu sehen. Ein lautes Schnaufen, dann war Ruven neben ihr. Er duckte sich und deutete auf den Abhang. »Wir müssen dort hinunter.«

»Hast du ein Seil?«

»Nein, es muss so gehen. Bleib dicht hinter mir.«

Er wollte schon auf der anderen Seite herunterklettern, doch Lena hielt ihn an seinem Hemd fest. »Weshalb hilfst du mir, Ruven?«

»Wegen Kian.« Mehr sagte er nicht dazu, sondern hangelte sich geschickt an der Mauer herunter. Lena fiel es deutlich schwerer. Sie fand keinen sicheren Halt, befürchtete ständig abzustürzen. Und schon glitten ihre Füße aus. Sie krallte ihre Finger in eine Mauerspalte. Ihr Herz klopfte bis zum Hals, sie sah sich mit gebrochenem Genick am Fuße des Berges liegen.

»Nur noch eine Armlänge«, erklang Ruvens leise Stimme von unten. »Dann kannst du auf meine Schultern steigen.«

Noch einmal tastete sie mit den Füßen umher und konnte rechts von ihr auf einem schmalen Grat Halt finden. Sie ließ sich weiter nach unten gleiten, spürte schließlich Ruvens Hände an ihren Beinen. »Ich habe dich.«

Langsam ließ sie sich hinab und atmete beruhigt auf, als sie festen Boden unter ihren Füßen spürte.

Der Schnee fiel nun in dicken Flocken vom Himmel. Ruven deutete in die Tiefe, und Lena wurde klar, dass sie es nicht einmal ansatzweise geschafft hatten.

Der Fels war feucht und glitschig, steil abfallend, und ihre kalten, klammen Finger ermüdeten allmählich. Stück um Stück rutschten sie bergab, und auch wenn es bitterkalt war, klebte Lena bald das Hemd am Körper, Schweiß rann in ihre Augen. Sie hatte das Gefühl, stundenlang zu klettern, und nachdem sie endlich ein flacheres Waldstück erreichten, sank sie zitternd zu Boden. Auch Ruven atmete schwer, aber er gönnte Lena keine Rast.

»Komm, Kian wartet am Fuße des Berges. Wir müssen reiten, solange es schneit, sonst entdecken sie unsere Spuren.«

»Kian?«, keuchte Lena. Der Gedanke an ihn gab ihr neue Kraft, also schlitterte sie Ruven hinterher, während langsam das Morgenlicht über den Bergen von Avarinn zu leuchten begann. Irgendwann hielt der junge Krieger inne, stieß einen Ruf aus, der an den einer Eule erinnerte. Wenig später hallte eine ähnlich klingende Antwort durch die Bäume, und die Gestalt eines Reiters mit zwei Pferden am Zügel schälte sich aus dem Schneetreiben heraus.

»Kian«, stieß Lena aus und legte schließlich erschöpft ihren Kopf an den dicken Stamm eines Baumes.

Indes sprang Kian aus dem Sattel. »Es tut mir leid, ich konnte dir nicht sofort helfen«, flüsterte er ihr ins Ohr, während er sie in die Arme schloss.

»Kommt jetzt«, drängte Ruven und saß schon auf dem Pferd. »Wir müssen schnell verschwinden.«

Lena spürte selbst, wie ihre Stimme zitterte. »Wir müssen Ragnar befreien. Weißt du, wo sie ihn hingebracht haben?«

Der blonde Mann schüttelte den Kopf und betrachtete sie mitleidig. »Ich habe nichts gehört. Aber möglicherweise Ureat.

Er ist sofort, nachdem du auf den Marktplatz gebracht wurdest, losgeritten. Wir treffen ihn in einem Lager des Bergvolkes. Nur, Lena …«

»Was?«

»Ich befürchte, dann wird es bereits zu spät sein.«

Ragnar darf nicht tot sein, dachte sie niedergeschmettert. Sie ließ sich von Kian aufs Pferd helfen und sagte dann verdutzt: »Das ist doch Devera!«

»Ich konnte dein Pferd mitnehmen«, erklärte Kian.

Ruven trabte voran, Kian und Lena folgten ihm Seite an Seite. Ihr Mund war von der Kälte ganz unbeweglich, aber dennoch musste sie wissen, was Sache war.

»Ureat, ich habe ihn in Erborg bei den Fürsten gesehen. Weshalb treffen wir uns mit ihm?«

Kian drehte sein Gesicht zu ihr. Schnee bedeckte die Kapuze seines grauen Umhangs. »Seltsame Dinge gehen hier vor, und ich muss gestehen, ich hatte von vornherein ein schlechtes Gefühl. Deshalb wollte ich auch, dass du mich als Wächter bestimmst.« Er schüttelte den Kopf. »Anscheinend haben sich die Fürsten von Crosgan und Erborg vereint, um gegen die Tuavinn zu ziehen. Ich denke, sie hatten von Anfang an vor, dich und die beiden Tuavinn zu opfern. In ganz Erborg sind kaum noch Krieger zu finden. Onkel Ureat konnte außerdem von den Bewohnern der Fürstenstadt erfahren, dass schon kurz nach den Beratungen zwanzig- bis dreißigtausend von ihnen in Bewegung gesetzt wurden. Wir gehen davon aus, dass Nemetos und Orteagon niemals an Frieden mit den Tuavinn interessiert waren. Sie haben nur einen Vorwand gesucht, um sie anzugreifen.«

»Unfassbar«, stöhnte Lena, dann erinnerte sie sich an etwas anderes. »Konnte Etron tatsächlich entkommen?«

»Ja. Er kämpfte mit bewundernswerter Tapferkeit. Lena, es war Nacht, ich konnte kaum etwas erkennen, und Ureat zog mich von dem Gemetzel fort. Ich wollte dir zu Hilfe eilen, konnte dich aber in dem plötzlichen Durcheinander nicht finden. Die Krieger, die uns nach dem Treffen in Richtung Erborg begleiteten, haben schnell zugeschlagen.«

»Und Ruven?«, fragte Lena. »Er war doch sonst nicht unbedingt auf deiner Seite.«

Kian lächelte traurig. »Wir haben unsere Meinungsverschiedenheiten. Und auch wenn Ruven Wache von Ceadd werden wollte, so geht ihm dieser Betrug der Fürsten zu weit. Von dem Überfall wusste er vorher nichts, genauso wenig wie der andere Wächter aus Ceadd. Mag sein, dass selbst Fürst Gobannitio und seine Gemahlin ahnungslos waren, aber das können wir nicht mit Gewissheit sagen. Ruven hat das falsche Spiel der Crosganianer mitgespielt, um Ureat und mich nicht zu gefährden. Als ich sagte, ich würde dich in jedem Fall retten, schloss er sich mir und Ureat an. Fürst Orteagon hätte mich niemals zu deiner Bewachung abgestellt, Ruven jedoch schon, denn auch sie wissen um unsere Streitigkeiten. Doch letztendlich sind wir Brüder, und die sollten füreinander da sein.«

»Ja, zum Glück«, murmelte Lena.

Durch das Schneetreiben konnte man nur ganz schemenhaft den schroffen Berg von Erborg in ihrem Rücken erkennen. Hatte man ihr Verschwinden bereits entdeckt? Wurden sie verfolgt?

»Wo liegt denn dieses Lager, in dem Ureat wartet?«

»Östlich von Erborg«, erklärte Kian. »Wir müssen den Fluss überqueren, solange noch niemand dein Verschwinden bemerkt hat – und ich hoffe, das ist nicht der Fall. Ansonsten werden wir gezwungen sein zu schwimmen.«

Der Gedanke, einen eiskalten Fluss durchqueren zu müssen, war alles andere als verlockend, aber besser, als irgendwelchen Schattenkreaturen geopfert zu werden.

»Lena.« Kians Hand legte sich kurz auf ihren Oberschenkel. »Es mag sein, dass Etron Hilfe geholt hat und sie Ragnar retten konnten.«

Auch wenn sich Lena nicht zu viele Hoffnungen machen wollte, klammerte sie sich an diesen Gedanken.

Bebend vor Anspannung beobachtete Ragnar, wie die Schatten näher kamen. Bilder tauchten in seinem Inneren auf, Bilder von Tod, Dunkelheit und Verderben. All diese Verderbnis sollte keinen Platz in Elvancor finden, dennoch hatte sie sich eingenistet wie eine Krankheit, eine Fäulnis, die in den düsteren Winkeln dieser Welt gedieh. Er fragte sich, welchen Anteil die alten Keltenfürsten, allen voran Orteagon und Nemetos, daran hatten. Immerhin nährten sie die Rodhakan mit ihren Opfern, machten sie stärker und mächtiger. Und nun riefen sie die Schattenbrut zu einem Bündnis gegen die Tuavinn auf. Sollte er, Ragnar, nicht die Rodhakan willkommen heißen? Sollte er nicht deren düstere Umarmung ertragen, um sich mit den Schatten gegen die Menschen zu stellen, um das Bündnis zu verhindern? Gab es für ihn überhaupt eine Wahl? Wenn sie ihn jetzt angriffen, hatte er ihnen ohnehin nichts entgegenzusetzen. Sein Leben lag nicht mehr in seiner Hand. Schon einmal war er gestorben, doch da hatte ihn Maredd mit nach Elvancor genommen. Aber diesmal? Diesmal würde es anders sein.

Lena – ich hoffe, irgendjemand rettet sie, schoss es ihm durch den Kopf. *Aravyn wird Halt bei den Tuavinn finden, selbst wenn ich nicht mehr lebe.* Dann schüttelte er seine verworrenen Gedanken ab und blickte nach vorne. Ragnar wusste, dies war das Ende – so oder so.

Doch da trat eine bekannte Gestalt vor, und Ragnars Anspannung steigerte sich sogar noch. »Vater!«, stieß er hervor.

Lucas lächelte ihn an, gab den übrigen Rodhakan ein Zeichen, die sich nun zu Menschengestalten, teils auch zu Tieren wie Wölfen oder Bären verdichteten. Die Schattenwesen bildeten einen Kreis um ihn, und Ragnar wusste nicht, wie er die Situation einschätzen sollte.

Ein Messer erschien in Lucas' Hand, sein Vater schritt auf ihn zu, das Lächeln verschwand aus seinem Gesicht. Ragnar spannte sich an, als er mit der Waffe ausholte – und mit einer raschen Bewegung seine Fesseln durchtrennte. Er strauchelte, doch Lucas stützte ihn. In diesem Moment zuckte Ragnar zurück, riss die Augen weit auf.

»Siehst du, du stirbst nicht, wenn ich dich berühre. Ich habe die Wahrheit gesprochen.«

Verwirrt stand er vor seinen Vater, versuchte erneut, das Gefühl von Fremdheit zu überwinden. Er wollte ihm näherkommen, sehnte sich danach, verbunden zu sein. *Sie gaben mir etwas sehr viel Wertvolleres, als mit einem Seelenfreund verbunden zu sein – den Bund der Schatten*, hallten ihm Lucas' Worte durch den Kopf, und als sein Vater die Arme ausbreitete, ließ Ragnar es zu. Seltsam fühlte sich diese Umarmung an. Es war nicht die starke, feste Umarmung, wie er sie in seiner Erinnerung trug. Stattdessen war sie kühl und substanzlos. Aber das mochte daran liegen, dass sein Vater zu einem Rodhakan geworden war. Wurde er selbst gerade zu einem? Er verspürte ein Drängen in seinem Inneren, sich tiefer in diese Umarmung fallen zu lassen, eine Art Ziehen in seinem Geist, doch da ließ Lucas ihn von selbst los. Ragnar blickte verwundert an sich hinab. Er sah aus wie immer und fühlte sich auch nicht anders.

»Die Menschen haben dich betrogen, Ragnar«, sagte Lucas. »Sie wollten dich opfern, um ihre eigene Haut zu retten.«

»Lena!«, stieß er hervor. »Wenn sie sie hierherbringen, dürft ihr ihr nichts tun!«

»Schon einmal habe ich dir mein Wort gegeben.« Lucas machte eine ausladende Handbewegung. »Unser Wort. Wir werden sie retten, so wie wir dich gerettet haben.«

»Gut.« Er seufzte erleichtert auf.

Der Kreis der Rodhakan öffnete sich, und zwei von ihnen trieben einen Mann vor sich her. Dessen Augen waren in Panik geweitet, er bebte am ganzen Körper und ging, als würde er im Traum schlafwandeln. Nun erkannte ihn Ragnar als einen der Männer, die ihn hierhergebracht hatten. Wut keimte in ihm auf, drängte an die Oberfläche – so wie die Fontänen aus Lava, die noch immer aus dem Vulkankrater emporschossen und den Nachthimmel erhellten. Er spürte, wie seine Wangen glühten und das gelegentliche Kitzeln, wenn Schneeflocken darauffielen und sogleich dahinschmolzen.

»Wir töten ihn, und du, du öffnest das Tor in deine alte Welt.« Lucas sah ihm eindringlich in die Augen. »Hilf uns, schließ dich uns an.«

Nun schreckte Ragnar zurück. Schon Everon hatte ihn zwingen wollen, einen Menschen zu töten. »Lena ist aber nicht in der anderen Welt«, entgegnete er. »Sie ist hier, bei den Menschen!«

»Ich habe dir meine Hand gereicht, Ragnar«, erklärte Lucas, der wie ein Raubtier kurz vor dem Sprung aussah. Er musterte Ragnar aus zusammengekniffenen Augen. »Reich mir nun deine Hand, während du die Pforte öffnest. Danach werden wir das Mädchen befreien.« Er zog den Kopf des wimmernden Kriegers an den Haaren in die Höhe. »Er wollte dich opfern, hätte dich ohne jegliche Skrupel denen überlassen, die er selbst fürchtete. Ohne Bedenken hätte er dich – und auch das Mädchen – sterben lassen.«

Widerstrebende Gefühle kämpften in Ragnar. Aber letztendlich gaben Lucas' Worte den Ausschlag. Lena – auch sie sollte hingerichtet werden. Also senkte er langsam den Kopf, beobachtete, wie Lucas dem Krieger das Messer in den Rücken rammte. Für einen Moment schloss er die Augen vor diesem Grauen, an dem auch er seinen Anteil hatte.

Kapitel 25

Das Bergvolk

Mächtig erhob sich die steinerne Brücke am Ostende des Berges, auf dem die Fürstensiedlung Erborg stand.

»Zieh dir eine Kapuze ins Gesicht, Kian«, befahl Ruven. »Lena, wir müssen dich lose fesseln und knebeln, damit unsere Flucht gelingt.«

»In Ordnung.« Sie hielt Devera an und ließ sich von Ruven den verhassten Knebel in den Mund schieben. Ihre Hände band er nur locker zusammen und nickte ihr schließlich zu.

Kian nahm die Zügel ihres Pferdes, während Ruven voranritt. Stolz aufgerichtet trabte er auf die Wachen zu.

»Die Gefangene soll ebenfalls in die Berge gebracht werden.«

Lena bemühte sich, einen gebrochenen, ängstlichen Eindruck zu vermitteln, und hielt den Kopf gesenkt. Dennoch konnte sie den Wächter erkennen, wie er misstrauisch zu Ruven emporblickte. Ebenso wie seine sieben Gefährten war er mit Bogen und Lanze bewaffnet.

»Die Opferung sollte erst in einigen Tagen stattfinden«, entgegnete der Wachhabende.

Lena schluckte schwer, aber Ruven antwortete selbstsicher: »Die Fürsten haben den Ausbruch des Vulkans und den Schneefall als Zeichen der Götter gesehen, dass sie unser Opfer annehmen. Nun soll das Mädchen sogleich dem Tuavinn folgen.«

Unruhig blickte der Wächter nach Erborg, so als würde dort

die Antwort auf seine Zweifel liegen. Er fuhr sich über seinen Schnurrbart, machte aber keine Anstalten, den Weg freizugeben.

»Ich bin Ruven, Wächter von Ceadd«, schnauzte ihn Kians Bruder an, sodass der Mann einen Schritt zurückwich. »Möchtest du dir den Zorn von Fürst Gobannitio zuziehen?«

»Nein … aber … die Fürsten von Ceadd befinden sich noch gar nicht in der Stadt!«

»Weil sie gegen die Tuavinn ziehen, du Narr!«, blaffte Ruven ihn an.

Mit einem Hilfe suchenden Blick sah sich der Wächter zu den übrigen bewaffneten Kriegern um, doch auch die zuckten nur mit den Schultern. Als Ruven sein Pferd drohend auf ihn zutreten ließ, machte er eine Handbewegung, und die Wachen gaben den Weg frei.

Kurz schloss Lena dankbar die Augen, ignorierte, wie die Männer sie neugierig anstarrten, und hoffte mit jedem Schritt, mit dem sie sich dem anderen Ende der Brücke näherten, dass ihr falsches Spiel nicht auffliegen würde.

»Gelegentlich ist es gut, einen arroganten und herrschsüchtigen Bruder zu haben«, sagte Kian leise zu Ruven, als sie zu dritt nebeneinander herritten.

Dieser drehte sich grinsend zu ihm. »Du könntest noch einiges von mir lernen.«

Am jenseitigen Ende der Brücke gaben die Wachen sogleich den Weg frei. »Mögen die Götter unser Opfer annehmen!«, rief ihnen ein Krieger hinterher.

»Du kannst dich selbst opfern, Blödmann«, knurrte Lena, nachdem sie sich ihrer Fesseln und des Knebels entledigt hatte.

Solange sie noch in Sichtweite der Brücke waren, ritten sie in gemäßigtem Trab, doch sobald sie die ersten Ausläufer der Berge von Avarinn im Osten erreichten, spornten sie die Pferde zu einem raschen Galopp an. Genau wie Lena warf Kian ständig nervöse Blicke hinter sich. Lange konnte es nicht mehr dauern, bis ihr Verschwinden aufflog. Beständig stieg das Gelände an, daher konnten sie die Pferde nicht die ganze Zeit in diesem hohen Tempo laufen lassen. Inzwischen lag der Schnee ungefähr fesselhoch, aber zumindest würde der Neuschnee ihre Spuren verdecken. Dampf stieg von den Pferdehälsen auf. Tiefer und tiefer drangen sie in die Bergwelt ein.

»Wo treffen wir uns denn mit eurem Onkel?«, erkundigte sich Lena während der Rast an einem sprudelnden Bergbach, wo sie ihren Durst löschten. In ihren Händen hatte sie schon beinahe kein Gefühl mehr und wünschte sich sehnlichst Handschuhe. Während des Reitens hatte sie sich den Umhang um die Hände geschlungen, jetzt versuchte sie, ihre eisigen Finger unter den Achseln zu wärmen.

»Es kann nicht mehr weit sein. Ureat ist gestern schon sehr bald aufgebrochen. Ruven sagte, er wisse, wo unser Onkel hinwollte.«

»Aber weshalb sind wir nach Osten geflohen? Hätten wir nicht besser versuchen sollen, Aravyn und Targon zu treffen?«

»Damit werden sie zuerst rechnen. Außerdem ist das Land im Westen viel übersichtlicher, besser bewacht, und …«, Kian lächelte zaghaft. »Ureat will sich nun endlich dem Bergvolk anschließen. Die Machenschaften der Fürsten gingen auch ihm eindeutig zu weit.«

»Das freut mich für dich.«

»Kommt jetzt, wir haben den Treffpunkt bald erreicht. Ein Stück bergauf müssten wir auf einen See stoßen, dort wollte Ureat auf uns warten«, rief Ruven ihnen zu.

Seufzend stieg Lena in den Sattel, und bald stapften die Pferde erneut den Berg hinauf.

Doch Schreie und Waffengeklirr ließen sie nach kurzer Zeit innehalten. Innerhalb von Augenblicken hielten Kian und Ruven ihre Waffen in den Händen. »Lena, bleib zurück.« Die beiden ritten Seite an Seite ein Stück nach links, und auch wenn Lena

Angst hatte, wollte sie dennoch sehen, was los war. Daher spähte sie zwischen Ruven und Kian hindurch, die im Schutz eines Felsens in eine Senke blickten. Dort kämpften fünf Männer gegen einen einzelnen, ein weiterer lag am Boden.

»Da hinten ist Onkel Ureat!«, schrie Kian, und im gleichen Augenblick rief Lena: »Ragnar!« Sie konnte seine langen grauen Haare deutlich erkennen, außerdem waren seine geschmeidigen Bewegungen unverkennbar.

»Weshalb kämpft dieser Ragnar gegen …«, schimpfte Ruven, aber da hatte Lena Devera schon an den beiden vorbei den Abhang hinabgetrieben.

»Ragnar – nicht!«, schrie sie immer wieder, winkte mit einer Hand und dachte erst, als sie unten angekommen war, daran, wie leicht Devera hätte stolpern können. Die Kämpfenden hatten innegehalten.

Ragnar, ein Schwert schützend vor sich, wandte sich ihr zu. Sie erkannte Unglauben, Freude und Erleichterung in seinem Gesicht, und ihr ging es genauso. Wenige Schritte vor ihm hielt sie die Stute an, sprang in den Schnee und rief ihm entgegen: »Die Männer haben Kian und Ruven geholfen, mich zu befreien!«

Ureat ließ sein Schwert sinken und stapfte schwerfällig durch den Schnee auf seine Neffen zu.

»Ich dachte, sie wollen mich wieder einfangen«, stieß Ragnar hervor. Er steckte das Schwert in die Erde und umarmte Lena. »Ich bin so froh, dass du noch am Leben bist!«

»Und ich erst«, lachte sie, streichelte vorsichtig über seine Wange. »Wie …?«

»Ich konnte entkommen«, antwortete er knapp. Dann deutete er zu Kian und Ruven, die sich aufgeregt mit ihrem Onkel unterhielten. »Die beiden haben dich befreit?«

»Ja, zum Glück.«

Kian ritt nun in ihre Richtung. »Ragnar, ich bin erleichtert, dich unversehrt anzutreffen«, sagte er, und Lena glaubte ihm seine Worte. Kian deutete auf die Krieger, gegen die Ragnar soeben gekämpft hatte. »Das sind Verbündete, sie haben sich von den Fürsten in Erborg abgewendet.«

»Das wusste ich nicht.« Eine gewisse Herausforderung sprach aus Ragnars Worten. »Sie sahen aus wie die Männer aus Erborg, die mich opfern wollten.«

Nun kamen die Männer näher, bei vielen war Misstrauen in ihren Gesichtern zu lesen. Jenem Krieger, den Lena schon tot gewähnt hatte, wurde gerade von seinen Freunden aufgeholfen, und Ragnar blickte ihn verschämt an. »Verzeih, ich hatte euch für Feinde gehalten.«

»Ich bin nicht schwer verletzt«, versicherte der Mann. »Eine Beule und einige Prellungen, das wird rasch vergehen.« Er humpelte zu seinem Pferd, verfolgt von Ragnars betretenem Blick.

»Dein Verhalten verwundert mich nicht, junger Tuavinn«, ergriff Ureat das Wort. »Schlimmes ist dir widerfahren.« Er deutete in Richtung Westen. »Und Schlimmes kommt auf uns zu. Ich hörte, die Fürsten von Erborg hätten zum Tausch für ihre Opfer ein Gift von den Rodhakan bekommen. Nun greifen sie das Bergvolk an, um die Tuavinn aus ihren Verstecken zu locken, und wollen sie vernichten.«

Ragnar zuckte zusammen. »Das Gift ist für die Tuavinn bestimmt!« Er fuhr sich über das Gesicht. »Ich muss zu Maredd – und zu Aravyn«, stieß er hervor.

Aravyn – Lena biss sich auf die Lippe, doch sie konnte ihn sogar verstehen.

»Ich muss sie warnen und einiges klarstellen. Kian«, er betrachtete den jungen Kelten einige Atemzüge lang, so als müsse er überlegen, ob er tatsächlich weitersprechen sollte, »kannst du weiterhin auf Lena achten?«

Ohne zu zögern nickte der blonde Krieger, aber Lena holte zu einem Protest Luft. »Ich komme mit dir! Ich will auch wissen, was mit Etron und den anderen ist.«

»Lena!« Er fasste sie am Arm und hielt sie mit seinem Blick gefangen. »Du hast doch gehört, was im Augenblick geschieht! Die Menschen greifen das Bergvolk und die Tuavinn an. Ich möchte dich nicht dieser Gefahr aussetzen. Außerdem …« Er stockte, woraufhin Lena auffordernd ihre Augenbrauen hob. »Du würdest mich nur aufhalten.«

»Wie bitte?«

»Ich trage das Blut der Tuavinn in mir. Du weißt ganz genau, dass ich sehr viel ausdauernder bin. Mit dir müsste ich viel öfters Pausen einlegen, doch ich will so schnell wie möglich zu unserem Lager im Westen kommen.«

»Na toll, ich halte dich auf.« Sie wich zurück und verschränkte die Arme vor der Brust.

»Ach, Lena.« So wie Ragnar sie jetzt anlächelte und ihre Schulter streichelte, hätte sie ihm beinahe verziehen. Dennoch verletzte es sie, was er zu ihr gesagt hatte – vor allem, weil es bei Aravyn nicht der Fall gewesen wäre. *Sie* hätte ihn nicht aufgehalten.

»Auch wenn es der Tuavinn nicht gerade schmeichelhaft formuliert hat«, schaltete sich Kian ein, »so muss ich ihm zustimmen. Du würdest dich in große Gefahr begeben. Hier bist du sicherer.« Kian zwinkerte Ragnar zu. »Und ich nehme an, dass Lena dich aufhält, war ohnehin nur eine Ausrede, schließlich könntet ihr Pferde nehmen.«

Ragnar räusperte sich verlegen, ging jedoch auf Kians Äußerung nicht ein. »Ich hole dich zu uns, Lena, sobald ich weiß, ob unser Lager halbwegs sicher ist«, versprach er.

»Von mir aus.« Sie spürte, dass sie ihn ohnehin nicht würde zurückhalten können. »Aber jetzt sag mir wenigstens, wie du entkommen konntest!«

»Mit viel Glück.« Er warf einen Seitenblick auf Kian, der sich allerdings bereits seinem Bruder und seinem Onkel zugewandt hatte.

»Kann ich allein mit dir sprechen?«, fragte Ragnar.

»Ja, natürlich«, entgegnete Lena, woraufhin er sie am Arm fasste und sie ein Stück von den anderen wegzog.

Ganz offensichtlich rang er nach Worten.

»Also, was ist los?«

»Du … wolltest wissen, wie ich entkommen bin.«

»Ja, allerdings.« Flüchtig streifte sein Blick Ureat und die anderen, ehe er sich wieder auf Lena konzentrierte. »Du darfst es ihnen nicht verraten. Sag, ich sei ein Tuavinn und hätte einen Berggeist beschworen oder sonst was.«

Misstrauisch runzelte sie die Stirn. »Das hast du aber nicht.«

»Nein.« Nervös fuhr er sich über das Gesicht. »Ich hatte dir von den Rodhakan erzählt.«

»Ja, richtig.« Sie forschte in seinen Augen, wo so viel Unsicherheit, Verwirrung und noch etwas anderes verborgen lag, das sie nicht einordnen konnte.

»Lena, sie haben mir nichts getan. Im Gegenteil«, er senkte seine Stimme, »ich habe meinen Vater wiedergetroffen, und der hat mich befreit.«

»Deinen Vater? Der lebt doch nicht mehr«, wunderte sie sich.

»Er hat sich den Rodhakan angeschlossen.«

»Das ist jetzt nicht dein Ernst!«, stieß sie hervor.

Doch Ragnar nahm ihre Hand, zog sie nah an sich heran und erzählte mit leiser Stimme, was ihm widerfahren war. Mit jedem seiner Worte staunte Lena mehr, schüttelte mehrfach ungläubig den Kopf und wusste überhaupt nicht, was sie denken sollte.

»Und dann wollten sie, dass ich einen Übergang in unsere alte Welt schaffe«, gab er zu.

»Ragnar!« Entsetzt packte sie ihn am Oberarm. »Das hast du doch nicht etwa getan?«

»Nein, es ist mir nicht gelungen.« Dabei wirkte er äußerst missmutig.

»Verdammt.« Sie wich einen Schritt von ihm zurück. »Dieser Rodhakan hat den Wächter getötet, und du wolltest tatsächlich durch seinen Tod weitere von ihnen hinüber in unsere Welt lassen? Hast du sie noch alle?«

Nun verschloss sich Ragnars Miene. »Es war nicht *irgendein Rodhakan*. Es war mein Vater! Und ich sagte dir bereits, nicht alle Rodhakan sind gleich.«

»Ich weiß nicht.« Diese wirren Neuigkeiten wirbelten durch Lenas Kopf wie ein aufgescheuchter Bienenschwarm. Ragnars Vater lebte, zudem war er ein Rodhakan und hatte ihn jetzt auch noch befreit? »Bist du sicher, dass es dein Vater ist?«, hakte sie nach.

Er nickte nachdrücklich. »Zunächst hatte ich Zweifel. Aber er wusste Dinge, die niemand sonst wissen konnte.«

»Dein Vater ein Rodhakan!« Lena ließ sich gegen einen Felsen sinken. Schnee rieselte auf ihre Haare, aber darum kümmerte sie sich jetzt nicht. »Du willst dich ihnen doch nicht allen Ernstes anschließen und ihnen Tür und Tor in die andere Welt öffnen?«

»Weshalb nicht? Die Beweggründe der Rodhakan sind nicht alle schlecht und haben durchaus ihre Berechtigung.«

Lena konnte kaum glauben, was Ragnar da erzählte. Auf der Suche nach den richtigen Worten fuchtelte sie mit den Händen wild in der Luft herum. »Wie kannst du dir denn über ihre Beweggründe so sicher sein? Ich meine … Rodhakan töten Menschen, sie haben dich damals an der Esperhöhle umgebracht, sie saugen jedem das Leben aus. Du kannst dich doch nicht mit solchen Kreaturen einlassen!«

Ragnars Nasenflügel blähten sich, ein Muskel an seiner Wange zuckte. »Ich habe ihnen das Versprechen abgerungen, meinen Freunden nichts anzutun. Du bist sicher.«

»Ach ja, wie toll«, höhnte sie nach einem Moment der Fassungslosigkeit. »Und was ist mit den übrigen Tuavinn? Deinen Großeltern, Etron, Eryn?«

»Die sind eingeschlossen.«

Lena raufte sich die Haare, dann deutete sie auf die Gruppe, die sich um Ureat versammelt hatte. »Und Kian, Ruven, all die anderen Menschen? Willst du mir sagen, auch die könntest du davor bewahren, eines schrecklichen Todes durch die Schatten zu sterben?«

»Wenn ich es meinem Vater sage.«

Nun richtete sie sich wieder auf, nahm ihn an den Schultern und schüttelte ihn leicht. »Ragnar, wir haben Everon und Luvett erlebt. Und denk nur an den Überfall damals im Wald, wo du verletzt wurdest. Wie kannst du nur einem Rodhakan trauen?«

Ragnar legte seine Hände auf ihre, warm und tröstend, aber trotzdem war etwas in seinem Blick, das ihr fremd war. »Wie bereits gesagt, nicht alle Rodhakan sind gleich. Vater hat mir sein Wort gegeben.«

»Und wie bitte willst du dir sicher sein, dass er es hält? Was, wenn er dich nur benutzt?«

Unwirsch machte sich Ragnar von ihr los. »Er hat mich nicht aufgehalten, als es mir misslang, einen Übergang zu öffnen. Ich habe mir Sorgen um dich gemacht und wollte zuerst versuchen, dich zu befreien. Das hat er verstanden und mich ziehen lassen. Und ich habe ihm das Versprechen abgenommen, nur schlechte Menschen zu töten. Gleichgültig ob in Elvancor oder jenseits der Schwelle.«

»Verdammt, Ragnar, und du willst entscheiden, wer es verdient hat und wer nicht?«, schrie sie ihn an.

Die Köpfe der anderen drehten sich zu ihnen, deshalb beugte sich Ragnar zu ihr herunter. »Denkst du nicht, es gibt in unserer alten Welt genügend schlechte Menschen, ohne die der Rest der Menschheit besser dran wäre? Mörder, korrupte Politiker, Vergewaltiger. Die Rodhakan könnten die Welt sogar zu einem besseren Ort machen, wenn sie sich durch deren Tod stärken.«

Für einen Moment rang Lena um Fassung. Sie schloss kurz die Augen und holte tief Luft. »Oma Gisela sagt immer, man ist, was man isst.« Als Ragnar stutzte, fuhr sie erklärend fort: »Wenn du dich von schlechten Dingen ernährst, wirst du selbst schlecht, krank und boshaft. Und letztendlich nähren sich die Rodhakan ja von der Lebenskraft anderer Menschen.«

»Ach, sollen sie dann besser gute Menschen töten?«, fragte er herausfordernd.

»Nein, verdammt!« Sie atmete scharf aus. »Aber soweit ich das mitbekommen habe, sind Rodhakan schlechte und boshafte Wesen. Mit ihnen sollte man sich nicht einlassen.«

»Es gibt auch viele schlechte und boshafte Menschen. Soll ich mich deswegen mit dir nicht einlassen?«

Was Ragnar von sich gab, entbehrte nicht einer gewissen Logik. Dennoch – wie sollte das Böse über das Böse richten, ohne sich selbst zum Schlechten zu wenden? Schließlich hob Lena hilflos die Hände. »Ragnar, ich weiß es nicht. Ich bin noch nicht lange genug in Elvancor, um entscheiden zu können, ob es so etwas wie *gute* Rodhakan geben kann. Aber ich habe ein verdammt mieses Gefühl bei dem, was du mir erzählt hast. Bitte versprich mir, nicht wieder zu versuchen, so einen Übergang zu schaffen, bevor du nicht mit Maredd oder einem der älteren Tuavinn gesprochen hast.«

»Sie werden mir nicht glauben, mich am Ende sogar einsperren«, gab er zu bedenken.

Und vielleicht liegen sie damit gar nicht so falsch, dachte Lena. Laut sagte sie: »Nimm Maredd oder meinetwegen auch Etron oder Eryn mit, wenn du dich das nächste Mal mit deinem Vater triffst. Vielleicht können sie miteinander verhandeln.«

»Du traust mir wohl nicht genügend Urteilsvermögen zu«, schnaubte er.

»Doch … nur …« Sie nahm seine Hand in ihre und drückte sie fest. »Vielleicht wünschst du dir so sehr, deinen Vater wiederzuhaben, dass du etwas Wichtiges übersiehst.«

»Und was bitte?«

»Wenn er es wirklich ist, dann ist er zumindest nicht mehr

derjenige, den du als Kind gekannt hast. Er hat viel Zeit hier in Elvancor verbracht, hat seinen Anam Cara verloren und ist sogar eine Schattenkreatur geworden. Kannst du ihm wirklich dein Vertrauen schenken?«

An Ragnars Gesicht erkannte sie ganz genau, dass sie ins Schwarze getroffen hatte. Sosehr er sich auch um eine unbewegte Miene bemühte, sie sah, wie er blinzelte, seine Lippe zu zittern begann. Sie schlang ihre Arme um seine Hüften und drückte ihn fest an sich. »Bitte versprich mir, noch einmal ganz genau über alles nachzudenken. Wenn du Zweifel an den guten Absichten deines Vaters hast, dann unterdrück die nicht und verlass dich besser auf das Urteil von jemandem, der schon länger in Elvancor lebt.«

Er erwiderte ihre Umarmung und flüsterte nach einer Weile: »Ich denke, du hast recht.«

Nun hatte sie ein noch viel schlechteres Gefühl, ihn gehen zu lassen. »Ragnar, nimm Devera«, bat sie. »Reite schnell! Ruven war übrigens der Meinung, Etron sei entkommen. Vielleicht findest du ihn.«

»In Ordnung.« Er küsste sie auf die Stirn, und Lena hatte den Eindruck, innerlich zerbersten zu müssen. »Mach dir keine Sorgen. Sicher werden wir eine Lösung finden.«

»Wie soll ich mir keine Sorgen machen, wenn du mir gerade erzählt hast, dass du dich mit Schattenkreaturen einlässt«, murmelte sie vor sich hin, als er in Deveras Sattel stieg und davonritt.

Ragnar war fort, hatte sie verlassen, und Lena spürte eine entsetzliche Leere in sich, auch wenn sie wusste, wie wichtig es war, dass er den Tuavinn berichtete, was gerade geschah. Doch was, wenn er unterwegs auf Rodhakan traf? Sie hatte das Gefühl, an dem ersticken zu müssen, was sie wusste und doch niemandem anvertrauen konnte.

»Lena, komm, wir müssen weiter. Möchtest du mit auf meinem Pferd reiten?«

»Ja, danke«, antwortete sie zerstreut, betrachtete jedoch weiterhin die Spuren, die Devera im Schnee hinterlassen hatte.

Behutsam fasste Kian sie am Arm und reichte ihr einen länglichen Gegenstand, der in eine Decke eingewickelt war. »Dein Bogen, ich habe ihn Onkel Ureat mitgegeben. Ich konnte ihn in all dem Chaos an mich nehmen und dachte, du hättest ihn sicher gerne wieder.«

»Vielen Dank, Kian, das ist wirklich lieb von dir«, antwortete sie gerührt, nahm die Waffe an sich, packte sie aus und strich über die Intarsien. »Ragnars Schwert? Hast du das auch retten können?«

»Nein, leider nicht. Aber Ureat sagte, er hätte deinen Dolch. Vor den Wachen aus Erborg hat er behauptet, ihn für sich zu wollen.«

»Das ist ebenfalls Ragnars.« Ihre Kehle schnürte sich zu. Wenigstens den Dolch hätte sie ihm geben sollen, denn der stellte zumindest eine wirksame Waffe gegen die Rodhakan dar, sollte Ragnar bedroht werden. *Sofern er sich überhaupt gegen sie wehren will*, dachte sie betrübt.

»Ich frage ihn danach«, versprach Kian. »Ragnar wird schon zurechtkommen. Schließlich gelang es ihm, den Rodhakan zu entfliehen. Hat er dir eigentlich erzählt, wie?«

»Na ja, er sagte, die Krieger aus Erborg hätten ihn einfach zurückgelassen und wären dann verschwunden«, log sie. »Er hätte einen Berggeist um Hilfe gebeten. Du weißt schon, die Tuavinn können so etwas. Wie es genau funktioniert, ist mir auch nicht klar.«

Kian nickte beeindruckt. »Nun gut, das hat ihn gerettet. Aber komm jetzt, wir können nämlich keine Berggeister beschwören.«

»Wie wollt ihr eigentlich das Bergvolk finden?« Lena betrachtete die Landschaft ein wenig eingehender. Dichter Wald, zerklüftete Felsen, eine einsame Gegend, in der sie sich hoffnungslos verirrt hätte.

»Meist ist es eher so, dass das Bergvolk einen findet. Bleibt nur die Frage, ob sie uns auch finden wollen«, entgegnete Kian besorgt. »Ich hoffe, sie halten uns nicht für Anhänger von Fürst Orteagon, denn dann werden sie sich gewiss nicht zeigen.«

»Das klingt ja nicht so toll.«

»In jedem Fall müssen wir vor Einbruch der Nacht einen geschützten Ort suchen.« Kian eilte zu seinem Onkel und kehrte mit Ragnars Dolch zurück.

»Danke«, flüsterte sie, betrachtete wehmütig die Waffe und befestigte sie an ihrem Gürtel.

»Lass uns aufbrechen!« Sie spürte Kians Hand auf ihrer Schulter. Der junge Mann half ihr aufs Pferd, er selbst setzte sich vor Lena in den Sattel.

Während sie weiter bergauf ritten, legte Lena sich ihren Bogen quer über die Beine. Ein eisiger Wind heulte zwischen den Felsen umher oder fegte Eiskristalle über freie Flächen und erschwerte ihren Ritt auf unangenehme Weise. Mühsam stapften die Pferde durch den immer tiefer werdenden Schnee, Schweiß bildete sich auf ihrem Fell und gefror zu Eiskristallen. Am späten Nachmittag wählten sie einen vom Wind abgewandten Felsüberhang als Unterschlupf für die Nacht. Rasch waren die erschöpften Pferde abgesattelt, und einer der Krieger entzündete ein Feuer, doch dieses vermochte die Kälte nicht zu vertreiben. Ein anderer Mann stieg den Hang weiter empor, um auf dem Felsgrat Wache zu halten. Bis zur Nasenspitze wickelte sich Lena in Umhang und Decke und brachte kaum noch die Kraft auf, etwas zu essen.

»Komm, wir haben schon häufiger eine Decke geteilt«, bot Kian an, nachdem er sich vergewissert hatte, dass sie ein Stück kaltes Fleisch und einen Brotkanten verzehrt hatte. Er setzte sich neben sie, zog seine Decke über sie beide und legte seinen Arm um ihre Schultern.

»Danke.« Lena war so todmüde, dass sie nicht einmal protestierte. Vage bekam sie mit, wie Ruven zu ihnen trat und sagte: »Da haben wir es mal wieder. Der Bruder macht es sich mit einem Mädchen gemütlich, während ich Wache halten muss.«

Diesmal hatte das nicht verächtlich geklungen, sondern scherzhaft, und Lena musste schmunzeln. »Gemütlich sieht für mich eindeutig anders aus«, brummte sie, dann war sie auch schon eingeschlafen.

Verdammt, ist das kalt, war der erste Gedanke, der Lena beim Aufwachen durch den Kopf schoss. Sie lag auf der Seite, Kian war fort, seine Decke hatte er über sie gebreitet. Fahles Licht kündigte den Morgen an, und um sich aufzuwärmen, erhob sie sich und bewegte ihre steifen Glieder. Um sie herum schnarchten Männer, unter ihnen Ureat. Ruven und Kian konnte sie nicht entdecken. Über dem Feuer hing ein Kessel, in dem Wasser brodelte. Dampf stieg auf, und es roch nach irgendwelchen Kräutern. Lena füllte einen Becher und wärmte sich ihre kalten Finger daran. Nach und nach weckte der heiße Kräutersud auch ihre Lebensgeister. Einige Schritte von sich entfernt erblickte Lena eine Gestalt. Die Kapuze ins Gesicht gezogen, schaute sie den Abhang hinab. Als der Schnee unter Lenas Füßen knirschte, drehte sich die Gestalt um – es war Kian.

»Du hättest noch schlafen können«, sagte er. Weiße Wolken bildeten sich, als er sprach, und in seinen Bartstoppeln hingen Eiskristalle. »Ruven und ich haben die Pferde schon gesattelt.«

Die Reittiere standen angebunden an den Bäumen. Manch eines knabberte noch an einem Zweig herum oder rupfte das spärliche Gras unter dem Schnee.

»Mir war kalt, ich konnte nicht mehr schlafen.«

Bedauernd hob er seine Schultern und betrachtete ihren Becher.

»Möchtest du auch?«

»Sehr gern.«

Sie reichte ihm den Becher, und er nahm ihn dankbar entgegen.

»Wo ist Ruven jetzt?«

»Hat sich dem Wachposten oben angeschlossen.« Kian deutete mit dem Zeigefinger in Richtung des Felsüberhanges.

Lena nickte nur, versteckte ihre Hände unter dem Umhang, dann sah auch sie den Abhang hinab. »War alles ruhig?«

»Ja, ich denke …«

»Angriff!«, ertönte da ein Warnschrei von oberhalb des Felsgrats. Gleichzeitig rannten Kian und Lena ein Stück zur Seite und spähten den Hang hinauf. Dort wurde der Wachposten gerade von zwei Männern gleichzeitig angegriffen und auf die Kante zugetrieben. Mehr war nicht auszumachen, von Ruven keine Spur.

»Bleib bei den Felsen!« Kian spurtete zu einem der Pferde und zog sich in den Sattel.

Am Lagerplatz hatten sich die Männer sofort erhoben. Nach einem Moment der Verwirrung griffen auch sie zu den Waffen. Ureat kam auf Lena zugeeilt. »Diese Pfeile können wir entbehren.« Damit drückte er ihr einige mit weißen Federn bestückte Pfeile in die Hand und schnappte sich selbst ein Pferd.

»Aber ich …« Lena brach ab, denn Ureat folgte bereits den anderen Männern, die den Berg hinaufgestürmt waren. Lena hörte Kampfschreie, Waffenklirren, rannte zum Lagerplatz und schnappte sich ihren Bogen. Sie spannte die Sehne, sah den Abhang hinauf. Im Augenblick konnte sie niemanden entdecken, also folgte sie den Hufspuren. Bald erkannte sie Männer, die auf einer Anhöhe gegeneinander kämpften, teils zu Pferd, teils am Boden. Sofort legte Lena einen Pfeil auf, zögerte dann jedoch. Sie war in Schussweite, befürchtete aber, in dem Gerangel einen der eigenen Leute zu treffen. Mit bewundernswerter Geschicklichkeit, die sein Alter Lügen strafte, drängte Ureat einen Mann zurück. Ein Stück oberhalb focht Kian zu Pferd gegen einen anderen Reiter. Mit einem geschickten Hieb streckte er seinen Widersacher nieder, riss sein Pferd herum und galoppierte in halsbrecherischem Tempo den Abhang hinunter, um einem Verbündeten zu helfen, der von zwei Angreifern aus dem Sattel gezerrt wurde. Doch plötzlich strauchelte Kians Pferd. Lena hielt die Luft an. Das Hinterteil des Braunen rutschte zur Seite und überschlug das Pferd sich mit Kian.

»Kian!«, schrie sie.

Schon stürmten zwei Feinde auf ihn zu, wollten seinen Sturz für sich nutzen. Lena atmete tief durch und zog den Bogen auf. *Versuche, dich in dich selbst zu versenken, finde deine innere Stärke.*

»Verdammt noch mal, Eryn, wenn das hier so einfach wäre«, flüsterte sie, schloss einen Moment lang die Augen, dann ließ sie die Sehne los, beobachtete atemlos den Pfeil – doch dieser verfehlte sein Ziel. Zumindest ließ er die Angreifer kurz innehalten, und sie erkannte, dass auch Ruven seinem Bruder nun zu Hilfe eilte. Vom Pferd aus sprang er einen der fremden Krieger an und riss ihn zu Boden. Noch einmal legte Lena an, doch bevor sie erneut schoss, schwenkte sie kurzerhand in Ureats Richtung, denn dem näherte sich ein Angreifer mit langem Schnurrbart von hinten. Der alte Mann schien ihn gar nicht zu bemerken, zu sehr war er mit seinem Gegner beschäftigt. Lena zielte erneut. »Bitte!«, flüsterte sie und ließ los. Der Pfeil schnellte von der Sehne, wurde von einer leichten Windböe abgetrieben. Lena fluchte, aber da – Ureats Widersacher machte einen raschen Schritt nach vorne, hob sein Schwert, und Lenas Pfeil versenkte sich in dessen Schwertarm.

»Ja!«, jubelte sie.

Der Krieger schrie auf, stürzte, und Ureat war außer Gefahr, denn einer seiner Männer hatte mit einem weiteren Pfeil den Mann vor ihm niedergestreckt, und nun machte Ureat dem anderen den Garaus.

Kians Pferd war inzwischen wieder auf den Beinen, von ihm

selbst fehlte jede Spur. Von den sechs Kriegern, die Ureat begleitet hatten, schleiften zwei einen der Angreifer herbei, der dritte kam mit blutigem Schwert in der Hand näher geritten, während der vierte einen Flüchtenden verfolgte. Die zwei anderen waren vermutlich tot.

Lena rannte los, eilte zu der Stelle, wo sie Ruven zuletzt gesehen hatte. Erleichtert erkannte sie Kian, der im Schnee saß, allerdings jemanden im Arm hielt. »Ruven!«, keuchte Lena und sank neben den Brüdern auf die Knie. Ruven atmete schwer, Blut benetzte seine Lippen, der Schnee hatte sich rot gefärbt. Kians Gesicht war eine Maske aus Wut und hilfloser Verzweiflung.

»Ruven, bitte nicht«, flüsterte er, hielt die Hand seines Bruders, aber dessen Augen waren schon seltsam verschleiert.

»O nein.« Lena schlug die Hände vors Gesicht.

»Er wollte mich retten, Lena«, schluchzte Kian. »Er hat sich vom Pferd aus auf den Feind geworfen und …«, Kians Stimme wurde von seinen Tränen erstickt.

In diesem Moment fiel Lenas Blick auf den Dolch, der tief in Ruvens Seite steckte. Vermutlich hatte ihm sein Angreifer die Waffe in den Leib gerammt, als er vom Pferd sprang. Tröstend legte sie Kian eine Hand auf die Schulter. »Es tut mir leid, ich – bin ein schlechter Schütze.«

Ureat kam angestapft, riss erschrocken die Augen auf und erstarrte mit einem Mal. Kian schien nichts mitzubekommen, hatte seinen Kopf auf den seines Bruders gelegt, aber Lena sah in die Richtung, in die Ureat blickte.

Hinter einem Gebüsch stand eine hochgewachsene Gestalt. Ein langer grauer Umhang flatterte im Wind, Schneekristalle wirbelten umher, ließen die Gestalt nur schemenhaft erkennen.

»Nein, bitte nicht auch noch ein Rodhakan«, flüsterte Lena. Mit steifen Fingern umklammerte sie ihren Dolch, doch angesichts der düsteren Gestalt kam ihr die Waffe nutzlos vor.

Kapitel 26

Verluste

Warum nur musste Lena ihn immer wieder provozieren, zum Nachdenken bringen, und weshalb machte er sich gleichzeitig Sorgen um sie? So schnell es die raue Bergwelt erlaubte, ritt Ragnar zunächst nach Norden, denn er wollte Erborg in einem großen Bogen umgehen. Wie er den Fluss überqueren sollte, wusste er noch nicht. Doch wenn es weiter so frostig bliebe, würde der Himmelsfluss vielleicht ohnehin zufrieren. Seine Gedanken kehrten zu seinem Vater zurück. Ragnar war sich so sicher gewesen, das Richtige zu tun, als er die Pforte für Lucas öffnen wollte. Die Argumente seines Vaters hatten nachvollziehbar geklungen, und das, was er ihm versprochen hatte, war verlockend gewesen. Nun jedoch keimten Zweifel in Ragnar auf. Was, wenn er weitere Rodhakan über die Schwelle gelassen hätte? Hätte Lucas Wort gehalten und nur jene getötet, die es verdienten? Und konnte, nein, durfte es überhaupt jemanden geben, der über Leben und Tod entschied?

»Verdammt, Lena, du machst mich irre«, knurrte er. Als er bemerkte, wie Devera müde wurde, stieg er ab, stapfte unermüdlich durch den Schnee. Doch auch wenn ein Tuavinn sehr viel ausdauernder war als ein Mensch, musste er sich irgendwann ausruhen. Aravyn, Etron? Wie mochte es ihnen gehen? Hatten sie sich in Sicherheit bringen können?

Alarmiert eilten die vier Männer herbei, stellten sich mit ihren Waffen in den Händen um Lena, Kian, Ruven und Ureat. »Rodhakan«, hörte Lena ängstlich gewisperte Worte. Sie blinzelte, als die Gestalt sich näherte, um mehr erkennen zu können, doch die gleißende Morgensonne und der glitzernde Schnee verwehrten ihr die Sicht.

»Kian, steh auf!«, rief Lena. »In deinen Händen ist die Waffe besser aufgehoben als in meinen.« Sie reichte ihm den Dolch. »Der ist von den Tuavinn, er kann Rodhakan töten.«

»Ich bin kein Rodhakan, ihr müsst mich nicht fürchten«, sprach da eine dunkle männliche Stimme.

Da Kian keinerlei Anstalten machte, sich zu erheben, hielt Lena nun den Dolch vor sich – lächerlich, denn der Mann war gut und gerne zwei Meter groß. Jetzt, da er vor den Stamm einer dicken Eiche trat, ließ dieses Glimmen um ihn herum nach, und Lena fragte sich, ob das Schattenhafte nur von der Reflexion der Sonne hergerührt haben mochte.

»Mein Name ist Arihan«, ertönte die dunkle Stimme. Als er die Kapuze zurückzog, kam ein markantes Gesicht zum Vorschein. Das lange dunkelgraue Haar verlieh seinem Gesicht mit den hervorstechenden Wangenknochen und der ausgeprägten Hakennase nicht nur etwas Raubvogelhaftes, sondern ließ zudem auch einen Tuavinn vermuten.

»Ich bin gekommen, diesen tapferen jungen Krieger in die Nebel der Ewigkeit zu begleiten.«

Sofort trat Ureat vor, seine Gefährten taten es ihm gleich. Prüfend betrachtete Lena Arihan, musterte seine bartlosen, ernsten Züge. Sie fürchtete sich vor ihm, doch es war nicht die Panik, die sie stets in Anwesenheit eines Schattenwesens überfallen hatte. »Ich glaube, er ist kein Rodhakan«, sagte sie mit dünner Stimme.

Arihan verneigte sich vor ihr, geschmeidig, würdevoll. »Ich danke dir für dein Vertrauen, Menschenkind.« Bei diesen Worten trat er – die bewaffneten Männer ignorierend – auf Lena zu, legte ihr ganz unvermittelt eine große, sehnige Hand auf die Schulter und fixierte sie aus Augen, die so dunkelblau waren wie der Himmel, wenn die ersten Sterne zu blitzen begannen. Ein Anflug von Güte, aber auch Trauer lag in seinem Blick verborgen – und Würde.

Ja, Würde war es, was er ausstrahlte. Er sah älter aus als Maredd, selbst Etron, den Lena reifer an Lebenserfahrung schätzte als die meisten seiner Art, wirkte im Vergleich zu Arihan deutlich jünger.

Eine Klinge, die nach wie vor auf ihn gerichtet war, schob er einfach beiseite. »Genug Leben wurden heute verschwendet«, sagte er mit dieser tiefen Stimme zu dem Krieger, der die Waffe hielt. »Hilf mir also, deines und das deiner Kameraden zu bewahren.« Der Mann schluckte, dann senkte er den Kopf, als sich der Blick des Tuavinn auf ihn richtete.

Ureat grummelte etwas, aber Lena lächelte ihm beruhigend zu. Als der Tuavinn schließlich zu Ruven ging, bekam Lena eine Gänsehaut. Sein Mantel, der ihm vom Wind um den hochgewachsenen Körper geweht wurde, warf einen Schatten auf den Schnee, der an Flügel erinnerte. *Wie ein Todesengel*, drängte sich Lena der düstere Gedanke auf, und sie schlang die Arme um den Körper, als würde sie nackt im eisigen Wind stehen.

Langsam kniete sich Arihan neben dem verwundeten jungen Mann, dessen Brust sich unregelmäßig hob und senkte, in den Schnee. »Ich kann ihm die Schmerzen ersparen. Darf ich ihn mitnehmen?«, wandte sich Arihan mit sanften Worten an Kian.

»Er ist mein Bruder«, würgte dieser hervor. »Ich wollte ihm noch so viel sagen.«

»Du spürst Trauer in dir, lass sie zu. Aber sei gewiss, du wirst ihn wiedersehen – eines Tages seid ihr vereint, dann kann gesagt werden, was zwischen euch noch nicht ausgesprochen wurde.«

Kian hob den Kopf und blickte den Tuavinn an. So viel Schmerz lag in seinen Augen, dass es Lena vor Mitleid das Herz zerriss.

»Was hast du mit ihm vor?«, fragte Ureat schroff.

»Ich begleite ihn in die Nebel der Ewigkeit, bringe ihn auf seine Weiterreise.«

»Und wenn er hierbleibt?«

»Dann wird er weitere Schmerzen erleiden und seine Seele den Weg allein in die Nebel und ins Licht finden müssen. Das ist zunächst verwirrend, und wenn ihn ein Rodhakan zuerst findet …« Arihan zuckte mit den Achseln.

Fragend blickte Kian zu seinem Onkel, doch der schwieg.

»In alten Tagen haben wir Tuavinn euch alle begleitet«, erzählte Arihan. »Nur kommen leider nur noch wenige zu uns.«

»Lass ihn gehen«, sagte Lena zu Kian. »Ich habe erlebt, wie eine alte Frau vom Bergvolk die Tuavinn aufsuchte. Sie hatte keine Angst, und Aravyn hat sie begleitet. Es war – friedlich.«

»Bist du sicher? Ich weiß nicht …« Kians Stimme bebte und brach schließlich ganz ab.

Lena legte ihre Arme um seine Schultern und nickte. »Es ist richtig, glaub mir.«

»Gut, dann nimm ihn mit.« Noch einmal streichelte Kian seinem Bruder über die Haare, ließ es zu, dass Arihan ihn hochhob. Blut hatte den Schnee rot gefärbt.

»Du warst bei den Tuavinn, Lena? Erzähl mir später davon«, verlangte Arihan. »Ich werde euch Hilfe durch das Bergvolk schicken und später zu euch stoßen.«

Ein gequältes Stöhnen kam plötzlich über Ruvens Lippen, und Kian hob erschrocken den Kopf. Doch in diesem Moment änderte sich etwas in Arihans Blick. Ein feiner Schleier legte sich über seine Augen, und es war, als würden sie sich auf einen fernen Horizont richten, der nicht von dieser Welt war. Fast gleichzeitig entspannten sich Ruvens Gesichtszüge, sein Kopf sank gegen die Schulter des Tuavinn.

»Zwei von uns fehlen, wirst du auch sie in die Ewigkeit geleiten?«, fragte Ureat.

»Ihr Dasein in Elvancor ist noch nicht beendet. Sucht sie, sie sind am Leben.«

Arihan murmelte einige Worte, und schon wirbelte der Schnee auf, erneut flatterte sein Umhang um seinen Körper, der Schatten im Schnee glich wild schlagenden Flügeln. Verdutzte Rufe ertönten von Ureat und den anderen Männern. Eine Gestalt erhob sich aus dem Schnee – doppelt so groß wie der Tuavinn, und ein anmutiges Frauengesicht aus glitzernden Eiskristallen sah auf Arihan herab. Auch das lange Gewand und die schmalen Arme funkelten wie Tausende Diamantsplitter. »Die Nebel der Ewigkeit erwarten dich, Ruven, Sohn des Teros«, sagte sie mit sanfter Stimme, umschloss die beiden Männer in einer Umarmung. Der Schnee wirbelte abermals auf, und schon waren sie verschwunden.

Während die Krieger allesamt staunend und stumm dastanden, hatte Kian sein Gesicht in den Händen versteckt und saß noch immer auf dem gleichen Fleck.

»Kian, ich weiß, es ist schrecklich, aber steh jetzt auf, es ist eiskalt. Wir müssen in Bewegung bleiben.«

Kian wollte sich erheben, doch sein Knie knickte ein. Erst jetzt bemerkte Lena, dass sein rechtes Hosenbein blutdurchtränkt war, und als sich einer der Krieger zu ihm herabbeugte und den Stoff mit seinem Messer aufschnitt, wurde ihr übel. Kians Knie war auf das Doppelte angeschwollen und blutverschmiert.

»Ist es gebrochen?«

»Kann schon sein«, antwortete Kian gleichgültig.

Zwei Männer halfen ihm auf, die übrigen begaben sich auf die Suche nach ihren Freunden. Kurz darauf kehrten sie mit zwei Verletzten zurück und sahen sich unschlüssig um. »Sollen wir wirklich auf Angehörige vom Bergvolk warten?«, erkundigte sich einer von ihnen.

Ureat atmete scharf durch die Nase aus, sein Blick ruhte auf Kian. »Nun, das war unser Plan. Wir suchen unsere Gefährten, dann ziehen wir weiter. Die Angreifer kamen aus Erborg und konnten uns im Schnee leicht aufspüren. Auch wenn einige von ihnen verletzt sind, konnten sie entkommen und werden Hilfe holen. Also ist es wohl klüger, eine bessere Deckung in der Umgebung zu suchen.«

Einer der Krieger war bereits dabei, Kian einen notdürftigen Verband anzulegen.

»Du hast mir das Leben gerettet«, hörte Lena Ureat da brummen. »Ich danke dir!«

Lena nickte nur knapp, denn es belastete sie, dass sie Ruven nicht auch hatte retten können. In der Hoffnung, ihr schlechtes Gewissen abzuschütteln, half sie den anderen, die verstreuten Pferde zu holen. Einige Wachen aus Erborg lagen tot im Schnee und Lena fragte sich, ob Arihan oder ein anderer Tuavinn auch sie in die Ewigkeit geleiten würde.

»Kian, kannst du reiten?«, fragte sie, als sie schließlich zum Aufbruch bereit waren.

Als er nicht reagierte, streichelte Lena ihm vorsichtig über die Wange. »Kian, hast du gehört?«

Endlich wandte er sich ihr zu – mit so viel Verzweiflung in den Augen, dass sich ihr Herz zusammenkrampfte. »Es wird schon gehen«, murmelte er. Seine Stimme klang emotionslos, jegliche Lebensfreude in ihm schien verloschen zu sein.

Das Pferd, mit dem sich Kian überschlagen hatte, lahmte, daher würde es keinen Reiter tragen können. Unter großer Anstrengung hievten die Männer die Verletzten auf die anderen Reittiere, und zwei Krieger erklärten sich bereit zu laufen, sodass auch Lena reiten konnte. Sie blieb neben Kian, der mit starrer Miene im Sattel saß. Es musste ausgesprochen schmerzhaft sein zu reiten, aber er beklagte sich nicht.

Die angeschlagene Truppe war noch nicht weit gekommen, als sie in der Ferne die Silhouetten einiger Menschen erkannten, die sich aus östlicher Richtung näherten. Sofort hob Ureat die Hand, die Reiter zügelten ihre Pferde, Hände wanderten zu den Waffen.

Auch Lena richtete sich gespannt im Sattel auf, hoffte inständig, nicht erneut in einen Kampf zu geraten. Als die Fremden sie erreicht hatten, hielt einer von ihnen – wie die anderen auch war er in einen Pelz gekleidet – einen langen Speer in die Höhe, woraufhin seine Gefährten stehen blieben.

»Ich bin Neas. Arihan hat uns geschickt. Wir sollen euch helfen«, rief er mit kräftiger Stimme.

Lena wunderte sich, wie der Tuavinn so schnell hatte die Nachricht überbringen können. Bedachte man, dass er Ruven zu den Gipfeln der Berge von Avarinn hatte geleiten müssen, so hegte sie gewisse Zweifel, ob vor ihnen nun wirklich Männer des Bergvolkes standen. Doch in Elvancor war vieles möglich, und da auch Ureat an diesem Umstand nichts Sonderbares zu finden schien, entspannte sie sich wieder.

Kians Onkel trieb sein Pferd an und baute sich vor ihnen auf. »Wir sind aus Erborg geflohen. Drei von uns sind verletzt, einer ernsthaft.«

»Das erwähnte Arihan. Unser Dorf liegt nicht weit entfernt, meine Männer haben eine Trage dabei.«

»Gut. Kian, du musst nicht reiten«, sagte sein Onkel mit einem freundlichen Lächeln.

»Ich reite«, entgegnete Kian stur.

»Wenn du nicht reitest, kann sich ein anderer den mühsamen Fußmarsch ersparen«, polterte Ureat.

Zwei Männer mit einem Gestell aus Holzstangen und einem dicken Tuch in der Mitte kamen den Berg hinab. Lena sprang noch einmal aus dem Sattel und half Kian beim Absteigen. Obwohl er mit dem unverletzten Bein aufkam, bemerkte sie, wie er bleich um die Nase wurde und heftig atmete.

»Sicher ist es besser, wenn du getragen wirst.«

Er antwortete nicht, legte sich jedoch auf die Trage, und die beiden kräftigen Männer mit den zottigen Bärten hoben ihn in die Höhe. In einem langen Zug folgten sie den fünf den Berg hinauf.

»Falls Krieger aus Erborg Jagd auf uns machen, werden sie unsere Spur leicht verfolgen können«, befürchtete Lena.

Ureat nickte besorgt. »In der Tat.«

Der Bärtige mit der Lanze lief neben ihnen her, hielt mühelos mit den Pferden Schritt und sah zu ihnen auf. »Sobald Arihan zurück ist, wird er einen der Berggeister bitten, die Spuren zu verwischen.«

»Das wäre ausgesprochen hilfreich«, entgegnete Ureat.

Eine ganze Weile ritten oder liefen sie durch die zu Eis erstarrte Bergwelt. Die Äste der Bäume bogen sich unter der Schneelast teils bis zum Boden, bizarre Frostgebilde, die an Fabelwesen erinnerten. Auch die kleinen Seen, an denen sie vorbeikamen, waren bereits an den Rändern gefroren.

An einem Wasserfall hielten die Bergmänner schließlich an. Links und rechts erhoben sich mächtige, senkrecht in die Höhe ragende Felswände. »Ihr müsst geloben, niemals über den Zugang zu unserem Tal zu sprechen«, verlangte Neas mit fester Stimme.

Ureats Blick schweifte über seine Männer, so als wolle er sich vergewissern, ob ein jeder zu einem solchen Gelöbnis in der Lage wäre. »So sei es«, verkündete er dann. Wie um seine Worte zu bestätigen, verbeugten sich die anderen, und auch Lena neigte ihren Kopf.

Sie beobachtete, wie der große Mann, den man in seinem Pelzumhang beinahe mit einem Bären verwechseln konnte, auf das Felsmassiv zuging. Seine Hand tastete die Spalten ab, und zu Lenas grenzenlosem Erstaunen tat sich nun eine mehr als mannshohe und gut fünf Meter breite Öffnung auf.

»Was ist das denn?« Lena schaute zu Ureat, aber auch der alte Mann hatte seine Augen weit aufgerissen und schüttelte erstaunt den Kopf.

Mit stolz erhobenem Kopf stand Neas in der Öffnung. »Willkommen in unserem Reich!«

Das Innere des Tunnels war mit Kristallen erhellt, ähnlich wie

Lena es von den Höhlen der Tuavinn kannte. Von Ureat und seinen Begleitern hörte sie immer wieder Laute der Verwunderung. Aus einem Loch in der Decke stürzte Wasser und bildete einen Fluss, der längs des Tunnels floss – ein fantastischer Anblick. Schillernde Steine bedeckten den Grund des Stromes, große Fische schwammen dazwischen umher. Beinahe war Lena enttäuscht, als der Gang wieder ins Freie führte, doch auch das in dem Bergkessel gelegene Tal war atemberaubend. Zu beiden Seiten der schroffen Berghänge schlängelten sich zwei Flussarme in endlosen Windungen entlang und vereinte sich an der Stelle, an der sie aus dem Tunnel traten, wieder miteinander und bildete draußen vor dem Bergmassiv den tosenden Wasserfall. Auch von den Berghängen ergossen sich immer wieder kleine Kaskaden. Viele von ihnen waren nun zu Eis erstarrt und boten einen scharfen Kontrast zu dem dunklen Gestein. Erst weiter in Richtung Talgrund wuchsen dichte Nadelgehölze, und auf der Ebene waren zahlreiche Haine zu sehen.

»Dieses Tal ist perfekt geschützt«, staunte Ureat. Sein Blick wanderte über den gesamten Kessel. »Ein großartiger Rückzugsort!«

Eine Bewegung zu ihrer Rechten erregte ihre Aufmerksamkeit. Ein Reh stand am Berghang, den Kopf aufmerksam zu ihnen gerichtet, aber Lena glaubte noch etwas anderes wahrgenommen zu haben. Hatte sie sich geirrt? Nein, ein Tier kam den Berghang herabgestürmt, im Schnee kaum zu erkennen. Lediglich die schwarzen Punkte an Pfoten und Schwanz verrieten dem aufmerksamen Beobachter, was da vor sich ging. Das Reh wandte den Kopf, setzte zur Flucht an, aber es war zu spät. Eines jener seltsamen Tiere, die Ragnar als Kurdul bezeichnet hatte und nun im Schnee fast nicht auszumachen war, stürzte sich auf sein Opfer. Wendig schlug es Zähne und Krallen in das unglückliche Reh. Es war das erste Mal, dass Lena eine dieser Kreaturen wiedersah. In das Reh verbissen kugelte das Raubtier den

Hang hinab, beinahe vor die Füße der Reiter. Der Kurdul, so klein er auch war, stellte sich mit aufgerichtetem Schwanz und gefletschten Zähnen vor seine Beute. Als niedlich hätte sie dieses Tier nun nicht mehr bezeichnet, und auch Ureat trieb sein Pferd rasch weiter.

»Mit einem Kurdul ist nicht zu spaßen.«

»Klein, wehrhaft und mutig«, erklang eine weibliche Stimme. Lena wunderte sich, denn sie hatte gedacht, es handle sich ausschließlich um Bergmänner, doch unter der dicken Fellkapuze kam nun der Kopf einer Frau mit dunkelblondem Haar und einem freundlichen Gesicht zum Vorschein. »Der Kurdul ist ein Wahrzeichen unseres Clans. Wir verehren ihn, da er unser Tal beschützt, wie wir glauben.«

»Das … ist schön«, entgegnete Lena vorsichtig.

»Ich bin Romba, Neas' Frau.«

»Ich heiße Lena.«

»Sei willkommen in unserem Dorf. Ein warmes Lager wird dir gewiss sein.«

»Das wäre toll«, seufzte Lena.

Romba lächelte ihr zu, hieb dem Pferd wenig elegant die Hacken in die Flanken und tauchte in den nächsten Hain ein. Gewaltige Laubbäume mit Blättern, die ein kleines Haus hätten verdecken können, wuchsen hier. Auch wenn sie sich unter der Last des Schnees bogen, bildeten sie dennoch ein dichtes Dach, und zwischen den mächtigen Stämmen war überall Gras und Erde zu sehen. Ein ausgetretener Pfad führte sie zu einer Art Dorfplatz, wo in einem steinernen Ring ein Feuer prasselte. Erst auf den zweiten Blick erkannte Lena überhaupt Behausungen. Einige waren direkt in die Astgabeln gebaut, Strickleitern hingen bis zum Boden, andere an Felsen oder Stämme geschmiegt und mit Efeu und anderen Pflanzenranken bewachsen. Aus einem dieser kuppelförmigen Gebäude kamen nun Kinder und starrten sie neugierig an.

»Bringt den jungen Mann in unser Haus«, befahl Neas. »Ich werde einen der besten Heilkundigen zu ihm schicken.«

Kian wurde in eines der Efeuhäuser geschafft, und Ureat beeilte sich, aus dem Sattel zu steigen. Ein kleines Mädchen mit rötlichem Haar kam nach ein paar schüchternen Blicken herbeigelaufen. »Darf ich mich um eure Pferde kümmern?«, fragte sie aufgeregt.

Ureat brummte seine Zustimmung, dann folgte er den Trägern. Auch Lena stieg ab, übergab der Kleinen die Zügel und stand etwas unschlüssig da.

»Sicher möchtest du ein heißes Bad nehmen«, mutmaßte Romba.

»Das wäre wunderbar, aber Kian …« Lena sah in die Richtung des Hauses, in das man Kian soeben gebracht hatte.

»Man kümmert sich um ihn.« Die Bergfrau fasste Lena am Arm und ging mit ihr auf einen Felsspalt zu, hinter dem sich eine kleine Höhle auftat. Im Inneren glommen Kristalle, Feuchtigkeit hing in der Luft, und bald erreichten sie ein natürliches Wasserbecken.

»Ist das eine heiße Quelle?«, staunte Lena.

»Richtig.« Romba verneigte sich. »Der Berg ehrt uns damit, diese Quelle benutzen zu dürfen. Du kannst dich ausziehen, ich lasse dir Tücher und wärmere Kleidung bringen. Komm später zu dem Haus, in das man deinen Freund gebracht hat.«

»Danke«, rief Lena Romba hinterher. Dann entledigte sie sich mühsam ihrer Kleider. Hände und Füße waren blau vor Kälte, und sie war froh, keine Erfrierungen davongetragen zu haben. Vorsichtig steckte sie eine Zehe in das Wasser und zog den Fuß gleich wieder zurück. Das warme Wasser war äußerst schmerzhaft an ihren eiskalten Gliedern. Eine Weile kauerte sie am Beckenrand, ließ die Dämpfe um ihren Körper spielen, ehe sie sich langsam in die heiße Quelle sinken ließ. Es war eine Wohltat, nach den Strapazen hier zu liegen. Mit schlechtem Gewissen dachte sie an Ragnar, der sicher noch durch die Kälte ritt. Lediglich Devera an seiner Seite und – wie Lena annahm – mit vielen Zweifeln im Herzen. »Bitte, Ragnar, mach keinen Blödsinn«, flüsterte sie.

Irgendwann schlich sich ein kleiner Junge in die Höhle, betrachtete Lena neugierig, legte Kleider auf ein Steinpodest und verschwand eilig wieder. Am liebsten hätte Lena diese warme Quelle gar nicht mehr verlassen, doch sie wollte nach Kian sehen. Aber plötzlich kam jemand in die Höhle gestürmt.

»Aravyn?«, rief sie verwundert.

»Ich bin schon ein paar Tage hier. Man hat mir gesagt, Flüchtlinge aus Erborg seien eingetroffen«, entgegnete Aravyn aufgeregt. Sie zog ihren dicken Pelzmantel aus und sank am Rande des Wasserbeckens auf die Knie. Ihre dunkelblauen Augen waren weit aufgerissen und richteten sich nun erwartungsvoll auf Lena. »Ich habe soeben erst von diesem übellaunigen Menschen erfahren, dass sich Ragnar während eurer Flucht von euch getrennt hat. Geht es ihm auch wirklich gut? Ist er nicht den Rodhakan zum Opfer gefallen?«

»Hättest du das als seine Anam Cara nicht spüren müssen?«, konnte sich Lena nicht verkneifen und nahm an, dass mit dem übellaunigen Menschen Ureat gemeint war. Doch im gleichen Augenblick tat Aravyn ihr leid, denn ganz offensichtlich machte sie sich wirklich Sorgen und senkte betrübt ihre langen Wimpern.

»Ja, er konnte sich befreien und war eigentlich unterwegs, um dich und deinen Onkel zu suchen«, beruhigte Lena die Tuavinn daher rasch. »Aber wo kommst du denn so plötzlich her?«

Ein erleichtertes Seufzen entstieg Aravyns Kehle, dann sah Lena mit Verwunderung zu, wie die Tuavinn-Kriegerin eilig ihre Kleider abstreifte und sich in das Wasserbecken gleiten ließ. Voller Neid betrachtete Lena ihren perfekten Körper. Kein Gramm Fett zu viel, Rundungen an den richtigen Stellen, schlanke, lange Beine.

Kein Wunder, dass Ragnar von ihr fasziniert ist, dachte sie bitter.

»Graha kam zu uns. Wir bemerkten schnell, dass etwas nicht stimmte. Also machten wir kehrt und trafen unterwegs auf Etron. Er hat uns von dem nächtlichen Überfall erzählt und dass er sich freikämpfen konnte. Allerdings war es ihm allein nicht möglich, euch nach Erborg zu folgen. Etron und Graha brachen sofort auf, um Maredd zu suchen und Verstärkung zu holen, während Targon und ich in der Nähe blieben, in der Hoffnung, euch befreien zu können.«

»Maredd«, flüsterte Lena. »Hoffentlich ist er noch am Leben.«

»Was meinst du damit?«, wollte Aravyn wissen. Heißer Dampf hatte Wassertröpfchen geformt.

»Orteagon wurde ermordet!«, erklärte Lena.

»Aber nein, was redest du da? Er ist mit Maredd …«

»Nein. Das war nur ein Doppelgänger. Der richtige Orteagon hat Erborg nie verlassen.«

Aravyns Lippen öffneten sich, sie wollte etwas erwidern, doch Lena sprach einfach weiter und erzählte, was ihr und Ragnar in Erborg und während ihrer Flucht widerfahren war.

Am Ende legte die junge Tuavinn ihre Hände vors Gesicht und schüttelte fassungslos den Kopf. »Dann wurde Maredd ganz sicher ebenfalls angegriffen. Niemals hätte er zugelassen, dass diesem Orteagon etwas zustößt. Aber das bedeutet auch«, sie schluckte schwer, »dass all das geplant war. Dies war ein geschickter Zug, um den Krieg gegen die Tuavinn zu eröffnen, Seite an Seite mit den Rodhakan.«

»So ist es!«

»Unfassbar«, stieß Aravyn aus und tauchte kurz unter, als könnte sie die schrecklichen Nachrichten damit wegspülen.

Auch Lena hatte das Gefühl, erst jetzt, da sie mit Aravyn darüber gesprochen hatte, die Tragweite der Geschehnisse der vergangen Tage wirklich zu begreifen. »Du hast mir immer noch nicht verraten, weshalb du nun hier bist«, sagte sie.

»Onkel Targon sprach von Tuavinn in den östlichen Bergen und überlegte, sie zu Hilfe zu holen. Doch dann entschied er abzuwarten, bis Maredd und Etron zurück wären.« Zwei Grübchen bildeten sich an ihren Mundwinkeln, als sie schmunzelte. »Allerdings gehört Geduld nicht gerade zu meinen Tugenden, daher habe ich mich fortgeschlichen und wollte die Tuavinn selbst suchen. Ich musste einfach etwas tun, auch wenn es etwas Dummes war, denn meine Suche gestaltete sich schwieriger, als ich dachte.«

»Weshalb?«

»Ich war nur ein einziges Mal in den östlichen Bergen bei befreundeten Tuavinn zu Besuch. Wir Tuavinn verfügen über ein ausgesprochen gutes Gedächtnis …«

Wie könnte es auch anders sein, dachte Lena gereizt.

»… allerdings war ich damals noch ein Kind, und ich konnte mich doch nicht mehr an den Weg erinnern.« Nun huschte ein Schatten über Aravyns Gesicht. »Dann spürte ich die Anwesenheit von Rodhakan. Es waren viele, also floh ich. Unterwegs traf ich eine Frau vom Bergvolk, die mich mit hierhernahm. Sie versprach, mich mit einem Tuavinn zusammenzubringen, der unter ihnen lebt. Auf ihn warte ich nun schon seit einer Weile.«

»Wie es aussieht, haben wir alle noch einmal Glück gehabt.«

»Beim Licht der Ewigkeit«, stieß Aravyn hervor. »Ich bin unendlich froh, dass es Ragnar gut geht und dass er – nein, dass ihr beide«, sie legte Lena eine Hand auf die Schulter und sah ihr in die Augen, »entkommen konntet und in Sicherheit seid.«

Lena lächelte zaghaft. In Aravyns Blick konnte sie nur Aufrichtigkeit erkennen. *Vielleicht könnten wir sogar Freundinnen werden, wärst du nicht in denselben Mann verliebt wie ich*, überlegte sie, und natürlich teilte auch sie Aravyns Sorge um Ragnar. »Ragnar wollte nach Nordwesten zu eurem Lager«, erwiderte sie, und dabei kam ihr ein Gedanke. Sie wollte, so schnell es ging, wieder bei Ragnar sein und fragte sich, ob sie und Aravyn nicht mithilfe der Naturwesen rasch zu ihm aufschließen konnten. Andererseits plagte sie sogleich ein schlechtes Gewissen Kian gegenüber. Zusammen mit seinem Bruder hatte er sie gerettet – Ruvens Tod war der Preis dafür gewesen. Zudem war Kian verletzt, und Lena mochte ihn nicht allein lassen. Fast schon fühlte sie sich zwischen ihm und Ragnar hin- und hergerissen.

»Denkst du …« Es fiel ihr schwer, Aravyn um Hilfe zu bitten, aber es war besser, zumindest sie an seiner Seite zu wissen, als Ragnar allein durch die Gegend reiten zu lassen. Daher drängte Lena ihre noch immer vorhandene Eifersucht zurück. »Könntest du ihm folgen? Ich vermute, er ist bei diesem Schnee noch nicht weit gekommen. Du könntest doch die Naturgeister beschwören.«

»Ich bin mir nicht sicher, ob es mir gelingt«, gab Aravyn zu bedenken. »Auch als ich in diese Berge kam, hat mir weder ein Berg- noch ein Wassergeist geholfen.«

Lena schwang sich aus dem Becken, griff nach einem Tuch und band sich dieses um den Körper. »Dann streng dich an, verdammt noch mal. Ragnar braucht dich, er ist ganz allein.«

Überrascht sah Aravyn zu Lena auf. »Ich will es versuchen«, versprach sie. »Wenn ich mit dem Tuavinn geredet habe, von dem die Frau sprach.«

»Du solltest besser schnell gehen«, drängte Lena. »Ragnar braucht dich wirklich dringend.«

»Stimmt etwas nicht mit ihm?«, fragte Aravyn alarmiert. Auch sie kam aus dem Wasser und trocknete sich eilig ab.

»Nein … ja …«, druckste Lena herum. »Findest du nicht, er verhält sich in letzter Zeit seltsam?«

Aravyn hob die Schultern. »Sicher macht ihm die Bedrohung durch das Bündnis der Menschen mit den Rodhakan zu schaffen. Obendrein ist mein Onkel auch noch gegen unsere Verbindung.«

Nicht nur dein Onkel, schoss es Lena durch den Kopf, doch sie schob diesen Gedanken beiseite und überlegte, ob sie Aravyn von

Ragnars Begegnung mit Lucas erzählen sollte. Allerdings hatte sie Ragnar ihr Wort gegeben, dies nicht zu tun. Daher schwieg sie, auch wenn sie nicht wusste, ob das wirklich klug war. »Ich habe einfach ein schlechtes Gefühl«, meinte sie nur. »Also, Aravyn, tu mir den Gefallen und versuch, ihn zu finden.«

Die junge Tuavinn-Kriegerin kleidete sich an, warf Lena dabei immer wieder fragende Seitenblicke zu. Sicher ahnte sie, dass Lena mehr wusste.

»Weißt du, welche Strecke er nehmen wollte?«, erkundigte sich Aravyn, nachdem sie hinausgegangen waren. Im Gegensatz zu der dampfigen Höhle war es hier klirrend kalt, und Lena war froh um die dicken Wollhosen, das Hemd und den Mantel aus dunklem Pelz. Schwer lag er auf ihren Schultern, aber er hielt den Wind hervorragend ab.

»Er ist mit Devera in Richtung Norden geritten. Wahrscheinlich wird er Erborg in großem Bogen umgehen, ehe er sich nach Westen wendet.«

»Gut.« An einem der vielen kleinen Bäche, die sich aus dem Fluss am oberen Rand des Talkessels ergossen, blieb Aravyn stehen. Sie schloss die Augen, streckte ihre Hände in Richtung des träge dahinströmenden Wassers aus und verharrte eine ganze Weile. Unruhig trat Lena von einem Bein aufs andere.

Bitte, Aravyn, du musst es schaffen, flehte sie stumm.

Eine lange Zeit stand die Kriegerin bewegungslos da. Als sich – scheinbar aus dem Nichts heraus – eine Nebelwolke über dem Wasser bildete, hielt Lena die Luft an. Bleiche Augen blickten ihnen aus dem Nebel entgegen, aber der Geist – so es denn einer war – verschwand sofort wieder.

In diesem Moment sackten Aravyns Schultern nach unten, und sie drehte sich um. »Es gelingt mir nicht, Lena.«

»Schon gut«, brummte sie.

Nun schlug Aravyn ihre Hände vor das Gesicht, und Tränen quollen darunter hervor.

»Hey, du hast es versucht. Ich weiß ja, dass es für euch schwierig ist«, sagte Lena und drückte aufmunternd Aravyns Schulter.

»Ich wünschte, ich könnte es. Ich möchte Ragnar so gern beistehen.«

»Sicher kommt er zurecht!«, versicherte Lena ihr, obwohl sie das Gegenteil befürchtete. »Komm jetzt, ich möchte nach Kian sehen.« Aravyn wischte sich über die Augen und nickte. Entschlossen stapfte Lena zu der Hütte, in die man Kian gebracht hatte. Ein dicker Teppich aus karierter Wolle hing vor dem Eingang. Vorsichtig schob Lena ihn zur Seite und erwartete eine beengte, möglicherweise rauchige Behausung. Stattdessen trat sie in einen recht großzügigen, runden Raum. Hellblaue Kristalle spendeten ein freundliches und beruhigendes Licht, und in der Mitte prasselte ein fast rauchloses Feuer. In einem Kessel köchelte Suppe oder Eintopf langsam vor sich hin und verströmte einen appetitanregenden Geruch. Hier drinnen war es überraschend warm, deshalb zog Lena den Mantel aus.

»Hast du dich aufgewärmt?«, erkundigte sich Romba und nickte Aravyn zu, die gleich hinter Lena hineinschlüpfte.

»Ja, danke, es war wunderbar.«

Die kräftige Frau fuhr sich durch ihre dunkelblonden Haare. »Wir müssen Arihan fragen, ob er noch mehr dieser Wärmekristalle besorgen kann, falls es weiterhin so kalt bleibt. So etwas habe ich noch nicht erlebt.«

»Ist es hier nie so lange Winter?«

»Was ist *Winter*?« Die Frau legte fragend den Kopf schief.

»Na ja, die kalte Jahreszeit. Einige … ähm …« Sie wusste, hier maß niemand die Zeit in Wochen oder Monaten, also bemühte sie sich, es anders zu formulieren. »Es schneit über eine lange Periode, und es ist kalt.«

»In welchem Teil Elvancors soll das denn geschehen?«, wunderte sich Romba. »Stammst du von einem Bergvolk, das nahe den Gipfeln von Avarinn lebt?«

Nachdem Lena gerade erst einer Opferung entronnen war, wollte sie nicht zu viel preisgeben und lenkte vom Thema ab. »Wie geht es Kian?«

»Einer unserer Heilkundigen ist bei ihm. Du kannst ihm eine Schüssel voll Suppe bringen.« Romba reichte ihr eine Holzschale und deutete auf den Kessel.

»Ja, das mache ich gerne.«

»Nehmt euch zu essen. Ihr werdet hungrig sein.«

»Ich habe bereits gegessen, aber kann ich dir behilflich sein, Romba?«, erkundigte sich Aravyn.

Die Bergfrau runzelte die Stirn, dann nahm sie eine Holzschale mit grünlichem Brei in die Hand. »Du könntest dem lahmenden Pferd diese Paste auf das Bein streichen.«

»Ja, sehr gern.« Aravyn sah zu Lena hinüber. »Ich bin froh, mich ablenken zu können.« Damit ging sie wieder hinaus, gefolgt von Rombas Blick.

»Selten habe ich eine so faszinierende Tuavinn zu Gesicht bekommen. Den Männern im Dorf klappt jedes Mal der Unterkiefer herunter, sobald Aravyn auftaucht«, lachte sie.

»Kann ich mir vorstellen«, murmelte Lena, schöpfte zwei Schüsseln voll und balancierte sie zum hinteren Teil der Behausung. Erstaunlicherweise endete die aus Weiden geflochtene Hütte in zwei hohlen Baumstämmen. Auch hier hingen Decken vor den Eingängen.

»Der rechte Eingang«, rief Romba ihr zu.

Mit dem Rücken zuerst verschaffte sich Lena Eintritt. Dieser Raum war deutlich kleiner, maß vielleicht vier Schritte. Auf einem Lager aus Stroh lag Kian. Ein Mann mit grauem Haar war damit beschäftigt, sein Bein zu verbinden.

Lena stellte die Schüsseln auf eine Truhe neben dem Bett und ließ sich neben Kian nieder. »Wie geht es dir?«

Seine Haut war blass, sein Blick völlig abwesend, wie er so auf die dicke Rinde des hohlen Baumes starrte.

»Alles wird heilen«, antwortete er lediglich, drehte den Kopf zur Seite und schloss die Augen.

»Er wird bald wieder auf den Beinen sein«, bestätigte der bärtige Heiler, erhob sich ächzend und verließ den Raum.

»Ich habe dir etwas zu essen mitgebracht.« Sanft berührte sie Kians Schulter, allerdings schüttelte er nur den Kopf, ohne die Augen zu öffnen.

»Es tut mir so leid mit deinem Bruder«, sagte sie und spürte, wie ihre Stimme zu zittern begann. »Wenn du jetzt wütend auf mich bist und mich hasst, könnte ich das verstehen …«

Ruckartig fuhr er herum. »Weshalb sollte ich dich hassen?«, fragte er ungläubig.

»Ihr habt mich befreit. Ruven ist meinetwegen gestorben.«

»Bei allen Geisern Elvancors, Lena, ich mache dich nicht dafür verantwortlich!«, beteuerte er. Zumindest klang er jetzt wieder so wie immer, seine Augen, wenn auch traurig, zeigten endlich Leben. Er nahm ihre Hand und zog sie ein Stück zu sich heran. »Ruven war ein Krieger. Es war seine Aufgabe, andere zu beschützen. Es hätte jederzeit geschehen können, und das war ihm auch bewusst.« Er seufzte tief. »Aber ich mache mir Vorwürfe, weil ich ihn völlig falsch eingeschätzt habe und wir uns so oft gestritten haben. Ich wünschte, wir hätten uns versöhnen können.«

»Ihr wart Brüder, die streiten eben«, versuchte Lena ihn zu trösten.

»Nein, unsere Zwietracht ging weit über normalen Streit hinaus«, widersprach Kian, dann schüttelte er betrübt den Kopf. »Zeitweise haben wir uns regelrecht gehasst. Alles nur wegen eines Mädchens, das es nicht wert war.«

»Aber am Ende hat Ruven sich für dich eingesetzt, dich und auch mich gerettet.«

»Ja.« Kian fuhr sich durch seine Haare. »Ruven hatte schließlich durchschaut, was die Menschen im Schilde führten, und mir gestanden, schon seit geraumer Zeit Zweifel an der Ehrbarkeit der Fürsten zu hegen. Lena, er war gar kein schlechter Mensch.«

»Nein«, bestätigte sie und hob zaghaft einen Mundwinkel. »Nur ein Aufschneider, aber letztendlich ein liebenswerter.«

»O verdammt, Lena, er fehlt mir so sehr.« Kian versteckte sein Gesicht in den Händen und drehte sich zur Wand.

Eine Welle der Zuneigung durchflutete Lena. Sie legte ihre Arme um ihn und drückte ihr Gesicht in seine Haare. »Es muss dir nicht peinlich sein, wenn du um ihn weinst.«

»Es ist gut, dass du hier bist«, sagte er heiser, dann ließ er seinem Kummer freien Lauf, und Lena war dankbar, ihm zumindest mit ihrer Anwesenheit Trost spenden zu können.

Kapitel 27

Neue Zeiten

Lena und Kian unterhielten sich noch lange miteinander, erzählten von ihren Geschwistern, ihren Familien. Kian hatte von seiner Kindheit in dem Bergdorf gesprochen, an die er sich nur noch undeutlich erinnern konnte, und davon, wie sich die Wege seines Bruders und seine eigenen einst in Talad getrennt hatten, nachdem ihre Eltern gestorben waren. Doch mitten in seiner Erzählung schlief er ein, sein Kopf sackte gegen ihre Schulter. Zärtlich strich sie ihm eine dunkelblonde Haarlocke aus der Stirn. Auch Lena war müde und erleichtert, hier im Warmen und Trockenen zu sein. Trotz ihrer Gedanken, die um Ragnar kreisten, fiel sie bald in einen tiefen und traumlosen Schlaf.

Kian war bereits wach, als sie am Morgen die Augen aufschlug. Mit einem leichten Lächeln auf dem Gesicht betrachtete er sie, und Lena fuhr sich verlegen durch die Haare.

»Bist du schon lange wach?«

»Nein, erst seit einer Weile.« Unter sichtbarer Anstrengung erhob er sich. »Kommst du mit hinaus?«

»Bist du sicher, dass das gut für dein Bein ist?«, erkundigte sich Lena kritisch.

»Ich weiß nicht, aber ich brauche dringend frische Luft und möchte mich ein bisschen bewegen und mich an dieser heißen Quelle säubern.«

»Also gut.« Lena fasste ihn am Arm, sodass er langsam neben ihr herhumpeln konnte. Die Hütte war leer, und auch draußen waren kaum Menschen zu sehen. Sie begleitete Kian zu der Höhle mit der heißen Quelle, wartete draußen, bis er fertig war, und stapfte anschließend noch eine Weile mit ihm durch den Schnee. An einem flachen Felsen hielt er an, ließ sich mit einem Seufzen darauf nieder und blickte in die Höhe.

»War wohl doch ein wenig viel mit deinem Bein, oder?«, fragte sie.

Er zuckte lediglich die Schultern und ließ seinen Blick schweifen. »Ein faszinierendes Tal. Völlig abgeschieden, friedlich und fernab des Wahnsinns, der Elvancor befallen hat.«

»Das ist richtig«, Lena beäugte die zu Eis erstarrten Wasserfälle, die Steilhänge und die Bäume, die an bizarre Märchengestalten erinnerten. »Nur befürchte ich, der Wahnsinn wird auf lange Sicht auch vor diesem Tal nicht haltmachen.«

Eine mächtige Gestalt am Himmel erregte ihre Aufmerksamkeit, und auch Kians Augen weiteten sich.

»Ein Drache«, flüsterte er, dann wurde seine Stimme ganz leise und wehmütig. »Unsere Urgroßmutter hat Ruven und mir, als wir noch ganz klein waren, immer Geschichten erzählt. Sie behauptete, wenn ein besonders tapferer Krieger stirbt, wird er in Gestalt eines Drachen wiedergeboren.«

Nun setzte sich Lena neben Kian, nahm seine Hand und drückte sie fest. »Dann wird Ruven sicher eines Tages über den Bergen von Avarinn kreisen. Es tut mir so leid, dass du ihn verlieren musstest, Kian.«

Er nickte stumm, biss sich auf die Lippe, und Lena streichelte ihm tröstend über seinen Arm. Da drehte er den Kopf zu ihr, sah ihr ganz lange und intensiv in die Augen, und sie hatte auf einmal den Eindruck, all seine Gefühle selbst zu spüren. Den Kummer, das Schuldbewusstsein, die Einsamkeit.

»Oft versteht man erst, wie viel einem jemand bedeutet, wenn er nicht mehr da ist«, flüsterte Kian. »Ich möchte nicht, dass mir das noch einmal passiert.« Behutsam und sehr zärtlich strichen seine Finger über ihre Wange.

Lena hielt die Luft an, wusste nicht, was sie darauf antworten sollte.

Doch da kam Romba durch den Schnee auf sie zugestapft. »Kommt ihr in meine Hütte? Ich habe gekocht. Aravyn ist übrigens mit einigen Männern auf die Jagd gegangen.«

Sie erhoben sich gleichzeitig, aßen gemeinsam mit den Bergleuten und spekulierten darüber, was die Fürsten als Nächstes tun würden. Währenddessen bemerkte Lena immer wieder Kians Blicke, die sie ein wenig verunsicherten.

Die Dunkelheit brach früh herein, und da es so kalt war, zogen sich alle bald in ihre Hütten zurück. Bis zur Nasenspitze mummelte sich Lena in ihre Decke ein. Doch die Kälte, die vom Boden her durchdrang, konnte auch das Fell neben Kians Bett nicht abhalten.

»Du kannst auf meinem Lager schlafen«, bot Kian an, da er offenbar bemerkt hatte, wie sie sich unruhig hin und her wälzte.

»So weit kommt es noch, dass du mit deinem verletzten Bein auf dem Boden schlafen musst. Ich halte das schon aus«, behauptete sie.

»Wir könnten das Strohlager teilen«, erwiderte er mit einem vorsichtigen Grinsen und hob einladend seine Decke.

Lena zögerte, spürte ein gewisses Kribbeln in ihrem Inneren, als ihre Augen in Kians rehbraunen versanken. »Na gut«, gab sie sich schließlich einen Ruck. Kian rutschte zur Seite, und sie seufzte wohlig, als sie sich auf das warme Strohbett legte.

»Besser?«

»Auf jeden Fall!«

Eine Weile schwiegen sie, Kian hatte seinen Kopf auf den rechten Arm gestützt und musterte sie stumm. »Ich bin froh, dass du hier bist«, gab er zu, berührte mit seinem linken Zeigefinger sachte ihre Wange.

Wieder spürte Lena dieses gewisse Kribbeln in ihrem Inneren. »Ich hab dich sehr gern, Kian …«

Ehe sie ihren Satz beenden konnte, war er dicht zu ihr herangerutscht, eine Mischung aus Unsicherheit, Verlangen und unterdrückter Zärtlichkeit stand in seinem Blick. Dann näherte sich sein Mund ihrem, beinahe hatte sie den Eindruck, er würde abwarten, ob sie ihn von sich wies, doch das wollte Lena gar nicht. Sie war sich nicht im Klaren darüber, ob sie das Richtige tat, aber als sie Kians weiche Lippen auf den ihren spürte, ließ sie es einfach zu, gab sich seinen Zärtlichkeiten hin, die immer fordernder wurden. Für eine Weile konnte Lena alles vergessen, versank mit Kian in einem Rausch, als sich ihre Köper miteinander vereinten. Kian war leidenschaftlich und zärtlich zugleich, genau so, wie sie es sich vorgestellt hatte, muskulös, wohlgeformt – ein perfekter Krieger.

Am Ende lagen sie dicht nebeneinander, Kian hatte den Arm noch um sie gelegt und schlief bereits tief und fest. Lena hingegen konnte nicht einschlafen. Behutsam streichelte sie über Kians nackten Arm, den eine ganze Reihe verblasster Narben bedeckten. Er bedeutete ihr unendlich viel. Aber war es richtig gewesen, mit ihm zu schlafen? Es war schön gewesen, und sie bereute es auch nicht. Doch würde es nicht vielleicht ihre Freundschaft zerstören, falls Kian sich ernsthaft in sie verliebt hatte? Der Gedanke daran verursachte einen Kloß in ihrer Kehle, und sie wusste einfach nicht, was sie von alldem halten sollte. Wehrte sie sich nur gegen eine Beziehung mit Kian, weil ihr Ragnar nicht aus dem Kopf ging? Doch der war mit Aravyn zusammen, und sie hatte eigentlich beschlossen, dies zu akzeptieren. Konnte sie Kian irgendwann auf eine ähnliche Art lieben wie Ragnar? Völlig verwirrt lauschte sie Kians gleichmäßigen Atemzügen. Sie liebte ihn – nur auf eine andere Weise. Ihre Gefühle für ihn waren so stark, dass sie ihn nicht anlügen wollte, doch wie sollte sie ihm das sagen, ohne ihn zu verletzen?

Lena gestand sich ein, jetzt nicht schlafen zu können. Zudem war sie durstig, daher kroch sie aus ihrem Lager. Trotz der Kristalle war es in dieser Behausung inzwischen recht kühl. Sie trat durch den Vorhang. Vor dem Feuer kauerte eine Gestalt; Aravyn lag auf einem Bett aus Fellen, war wohl erst vor Kurzem von der Jagd zurückgekehrt und schlief nun.

»Romba, könnte ich …« Da erhob sich die Frau, und Lena stutzte, denn der Größe nach konnte das nicht Romba sein.

Irba? Verdammt, was tut die alte Hexe denn hier?, schoss es ihr durch den Kopf.

»Ich grüße dich, Lena«, krächzte die alte Frau überraschenderweise gar nicht so unfreundlich. »Ich betrauere Ruvens Tod und hoffe, du konntest Kian Trost spenden.«

»Ähm … ja.«

Verdutzt blieb Lena stehen, doch Irba bedeutete ihr näher zu kommen. »Ich habe wärmenden Kräutertee gekocht. Nimm dir einen Becher.« Sie schöpfte sich selbst eine Kelle voll dampfender Flüssigkeit in einen Tonbecher, dann setzte sie sich. Irba wirkte alt und runzlig wie immer, doch fehlte heute der biestige Zug um ihren Mund. Konnte es sein, dass das an Ruvens Tod lag und sie wirklich traurig war? Misstrauisch ging Lena zum Kessel, nahm sich von dem Kräutertee und nahm ebenfalls Platz.

»Du wirst dich wundern, weshalb ich hier bin«, begann Irba.

»Allerdings! Und nicht nur darüber.«

Die alte Frau schien sie verstanden zu haben, denn ein Schmunzeln zeigte sich auf ihrem Gesicht. »Ich habe dich nicht gut behandelt, damals in Talad.«

Dieses Eingeständnis erstaunte Lena, und während sie vorsichtig an der heißen Flüssigkeit nippte, beobachtete sie Irba sehr genau.

»Ich denke, ich bin dir eine Erklärung schuldig.« Die schwieligen Hände Irbas schlossen sich um die Tasse. »Ich wurde hier in diesem Dorf geboren.«

»Tatsächlich?«

»Ja, und wir haben stets die Tuavinn und auch die Naturgeister Elvancors geachtet und verehrt.«

»Das hat in Talad aber ganz anders geklungen«, konnte sich Lena nicht verkneifen.

Ein trauriges Lächeln spielte um Irbas Mund. »Ich weiß, aber ich musste so handeln, zudem dachte ich damals tatsächlich, du seist eine Spionin aus Ceadd. Heute weiß ich, dass das nicht stimmt. Aber mein ganzes Verhalten war notwendig, um glaubhaft meinen Platz im Ältestenrat zu behalten.« Als Lena fragend die Augenbrauen zusammenzog, fuhr sie fort: »Um unser Dorf hier in den Bergen zu schützen und auch die Tuavinn, denen wir in Freundschaft verbunden sind, erklärt sich in jeder Generation ein Mann oder eine Frau aus unserem Dorf bereit, in eine der Städte zu gehen.« Sie verdrehte die Augen. »Beim Licht der Ewigkeit – das fällt keinem von uns leicht. Doch es ist nötig, um unser Überleben zu sichern. Wir gehen in die Städte, sehen zu, dass wir an Einfluss gewinnen, kundschaften aus, was die Fürsten vorhaben. Ob sie etwas gegen uns oder die Tuavinn unternehmen wollen.«

»Du bist eine Spionin!«, rief Lena aus. Noch hegte sie einige Zweifel. Zu glaubhaft hatte Irba die garstige Älteste gespielt, die gegen die Tuavinn und das Bergvolk wetterte. Doch andererseits – jetzt erschienen ihre Züge freundlich, und wie sonst hätte sie dieses verborgene Tal finden sollen?

Vermutlich erkannte sie Lenas Zweifel, denn sie rutschte näher zu ihr heran, legte ihre raue, schwielige Hand auf Lenas. »Ich habe so lange Zeit die verbitterte, alte Irba gespielt, dass ich manchmal selbst nicht wusste, wer ich war. Doch nur so konnte ich herausfinden, was die Mächtigen unseres Landes vorhaben, behutsam Einfluss auf die Geschehnisse in Talad nehmen, denn ihre Bewohner halte ich für die vernünftigsten ganz Elvancors.«

Diese Geständnisse brachten Lena gehörig durcheinander, und

sie forschte in Irbas Gesicht. »Deshalb bist du auch zu dem Rat in den Bergen mitgekommen. Aber sag, wusste Ureat über dich Bescheid?«

»Erst nach dem Treffen der Fürsten und Tuavinn habe ich ihm offenbart, wer ich tatsächlich bin.« Sie grinste und entblößte dabei ihre Zähne. Auch wenn einige fehlten, waren die übrigen überraschend gut erhalten. »Über sein Gesicht muss ich noch heute lachen. Doch er erschien mir von jeher als einer der wenigen, die nicht blind den Fürsten folgen, sondern auch ihre eigenen Überzeugungen haben und versuchen, diese zum Besten der Stadtbewohner durchzusetzen.«

»Wusstest du am Ende von der Sache mit Orteagon?«, presste Lena hastig hervor, doch Irba schüttelte eilig ihr weißes Haupt.

»Nein, Lena, genauso wenig wie Ureat, und ich gehe sogar davon aus, dass auch die Fürsten von Ceadd nicht eingeweiht waren. Ich persönlich halte diese Intrige für die Bosheit von Orteagon, Elgetia und Nemetos.«

»Hm.« Lena legte eine Hand an die Nase. »Gut, aber was hat es euch letztendlich gebracht, euch in die Städte einzuschleusen?«

»Bislang noch nicht allzu viel. Aber über weitere Generationen hinweg mag ein Umdenken vonstattengehen. Wir vom Bergvolk hoffen zu erreichen, dass die Menschen in den Städten wieder so leben, wie es die Tuavinn sie einst gelehrt haben. Mit Respekt vor den Geistern Elvancors, ohne das Antlitz dieses wunderbaren Landes zu sehr nach ihren Vorstellungen zu verändern.« Ihre Hand zeigte auf das Innere dieser Behausung. »Elvancor gibt alles freiwillig, wenn man es darum bittet. Nur die Fürsten …« Ihr Kopf fuhr herum, als eine düstere Gestalt in der Türöffnung erschien. »Arihan!«, rief Irba freudig aus. Sie erhob sich, und der hochgewachsene Tuavinn umarmte sie, bevor er sich vor Lena verbeugte.

»Der junge Ruven ging friedlich in die Ewigkeit ein. Ich habe eine Botschaft für seinen Bruder.«

»Kian schläft gerade.«

»Nun gut.« Arihan ließ sich auf einem der Holzklötze nieder, der viel zu klein für seine beeindruckende Statur erschien.

Irba brachte ihm einen Becher voll Kräutertee, den er mit einem dankbaren Nicken annahm.

»Du erzähltest Lena von den Fürsten«, brachte er sie dann auf das ursprüngliche Thema zurück.

»Ja, die Fürsten.« Nun verzog sich Irbas Gesicht wieder so unwillig, wie Lena sie kennengelernt hatte. »Berichte du, Arihan, du weißt besser über sie Bescheid als ich.«

Der große Mann streckte seine Beine aus und trank bedächtig von dem Tee, bevor er begann. »Niemals hätte ich Herrscher wie Nemetos, Orteagon und auch Gobannitio hierherbringen dürfen.«

»Du hast sie hergebracht?«, wunderte sich Lena, betrachtete ihn nun mit ganz anderen Augen.

»Ja, ich bin einer der Letzten, die aus dieser Generation an Tuavinn stammen. Und ich werde nicht mehr allzu lange in Elvancor verweilen. Damals war ich sehr jung, glaubte – so wie viele Tuavinn –, die Fürsten sanft führen und anleiten zu können. Aber es war vergebens.« Sein Gesicht verfinsterte sich. »Und nachdem sich über viele Generationen herausstellte, welch Unheil sie über Elvancor bringen, beging ich großes Unrecht.«

»Was denn?«

Er kniff seine Lippen zusammen, verschränkte die Arme vor der Brust und atmete tief durch. »So wie die meisten Tuavinn beobachtete ich mit Entsetzen, wie die Menschen sich veränderten. Nur noch wenige ließen sich von uns in die Ewigkeit geleiten, wenn sie spürten, dass ihr Tag gekommen war. Mehr und mehr Menschen breiteten sich über Elvancor aus. Sogar Tuavinn verbanden sich mit ihnen und setzten damit weitere Veränderungen in Gang.« Er sah Lena tief in die Augen. »Ich bin heute nicht stolz darauf, denn nun weiß ich, ich war im Unrecht, aber ich bestand darauf zu verbieten, dass sich Tuavinn und Mensch miteinander verbinden.«

»Weshalb denn?«

»Weil das Blut und die Macht der Tuavinn damit geschwächt wird«, erklärte er. »So ist es auch, doch habe ich irgendwann erkannt, dass sich ein Tuavinn nicht aussuchen kann, wer sein Anam Cara ist, und wenn daraus ein Kind entsteht, dann wird das seine Gründe haben. Aber nun gut. In meiner Wut auf die Fürsten steigerte ich mich selbst in einen großen Hass hinein, und eines Tages entriss ich einem der alten Fürsten von Crosgan bei einer Begegnung gewaltsam sein Amulett und geleitete ihn gegen seinen Willen in die Ewigkeit.«

Erschrocken fasste Lena an ihr eigenes Amulett, es war versteckt unter ihrem Hemd, aber sie hatte dennoch Angst, er könne es spüren.

»Dies war eine große Dummheit, und ich wurde von meinem Volk verstoßen.«

»Du warst das?« Lena fuhr sich über das Gesicht. »Aber ich kann dich irgendwie verstehen.«

»Ich zog mich zurück, lebte beim Bergvolk und lernte sie schätzen und sogar lieben.« Zu Lenas grenzenloser Verwunderung drückte er nun Irba einen Kuss auf die Wange. Sie riss die Augen auf, als ihr dämmerte, dass die beiden ein Paar waren. Auch wenn Arihan eine gewisse Aura von Alter um sich trug, wirkte die faltige Irba um einiges betagter. Doch das war bei Menschen wohl einfach anders. Auch in Elvancor alterten sie irgendwann, zumindest jene, die keines der Amulette trugen.

»Du wirst dich wundern, dass er mich alte, vertrocknete Pflanze noch nicht verlassen hat«, kicherte Irba.

Zärtlich streichelte er ihre Hand. »Es gibt Dinge jenseits körperlicher Erscheinung, und daher stört mich diese nicht im Geringsten.«

»Seid ihr Anam Cara?«, wollte Lena wissen.

»Nein, meine Anam Cara war eine Tuavinn«, erklärte Arihan mit spürbarer Trauer in der Stimme. »Sie wurde mir durch die Hand eines Rodhakan genommen. Irba liebe ich auf eine andere Weise.«

»Hm.« Vieles war für Lena verwirrend, außerdem wusste sie nicht, ob sie einem Tuavinn, der wegen des Mordes an einem Menschen von seinem Volk verstoßen worden war, auch wirklich ihr Vertrauen schenken sollte.

»Du scheinst einiges über die Tuavinn zu wissen«, wunderte sich Arihan.

»Sie ist mit einem Tuavinn befreundet«, erklärte Irba, bevor Lena sich überlegen konnte, was sie preisgeben wollte und was nicht. »Zudem stammt sie von jenseits der Schwelle.«

Nun spürte Lena den starken Drang, aufzuspringen und zu fliehen.

Arihan musterte sie mit ausdruckslosem Gesicht, dann senkte er seinen Kopf. »Ich hoffe, ich habe dir durch das, was ich dir gestanden habe, keine Angst gemacht.«

Lena schüttelte nur den Kopf, obwohl ihr doch ein wenig unbehaglich zumute war.

»Arihan hat seinen Fehler eingesehen«, versicherte Irba ihr. »Er wird dir ganz gewiss nicht dein Amulett entreißen. Zudem bist du ja kein Fürst, der schon viel zu lange in Elvancor verweilt.«

»Sehr beruhigend.« Lena schnitt eine Grimasse.

Diese brachte Arihan zum Schmunzeln. »Ich werde mir wohl das Vertrauen der jungen Dame erst verdienen müssen. Das verstehe ich, Lena. Mit welchem Tuavinn bist du befreundet?«

»Maredd, Etron, Eryn …«, begann sie.

»Und jenem, der ein Drittgeborener ist«, flüsterte Irba bedeutungsschwanger.

Nun zuckte Arihan zurück, während Lena sich fragte, was Irba damit meinte.

»Der Nachfahre von Maredd?«, hakte Arihan nach.

»Was ist denn mit Ragnar?«, rief Lena alarmiert.

Der große Tuavinn stand auf und begann, im Raum umherzugehen. »Er ist eine Besonderheit. Niemals zuvor gab es ein Mischwesen aus Tuavinn und Mensch, das sich fortpflanzen konnte. Ich frage mich, weshalb ausgerechnet Lucas mit Nachwuchs gesegnet wurde.«

»Das weiß ich auch nicht«, erwiderte Lena ungeduldig. »Aber trotzdem passieren einfach manchmal ungewöhnliche Dinge. Wie man so schön sagt: Ein Mal ist immer das erste Mal.«

Verdutzt sah Arihan sie an, neigte jedoch kurz darauf zustimmend den Kopf. Lena fragte sich, ob er irgendetwas vor ihr verheimlichte, denn er entschuldigte sich nun. »Ich möchte mit Ureat sprechen. Sobald Kian wach ist, werde ich zu ihm gehen.«

»Du siehst ebenfalls müde aus.« Irbas Augen wanderten über Lena.

»Auch mir war wenig Schlaf vergönnt«, gab sie zu.

Die alte Frau wühlte in einer Truhe und beförderte ein dunkles Fell und mehrere Decken hervor. »Wenn du möchtest, kannst du dich hier am Feuer oder neben Kian hinlegen. Noch ist der Tag fern.«

»Danke.« Lena nahm die Sachen an sich, dann ging sie langsam in Richtung Kians Raum. Sie wollte lieber dort sein, fühlte sich an seiner Seite sicherer, nur für den Fall, dass Arihan doch nicht die Wahrheit gesprochen hatte.

Kaum hatte sich Lena hingelegt, als leise Schritte sie wieder auffahren ließen. Aravyn stand vor ihr. Die Haare wirr vom Schlaf.

»Bist du auch gerade aufgewacht?«

»Nein, ehrlich gesagt, habe ich mich erst hingelegt«, grummelte Lena.

»Verzeih, ich wollte dich nicht stören.«

»Schon gut.«

Sie strich sich die Haare aus dem Gesicht, setzte sich neben

Lena und seufzte tief. »Ich hatte einen Albtraum. Ragnar … er wurde von einer Gruppe Rodhakan zerfetzt. Es war entsetzlich.« Aravyn konnte nicht verbergen, dass ihre Hände leicht zitterten. Der Widerschein des kleinen Feuers enthüllte die Angst in ihren Augen, eine Angst, die auch in ihr schwelte.

»Das war nur ein Traum«, versuchte Lena sie zu beruhigen, »in Träumen verarbeiten wir unsere Ängste.« Als sie sah, wie die junge Kriegerin fröstelte, gab sie ihr eine ihrer Decken, und Aravyn schlang sie um ihre Schultern.

»Ich hoffe auch, es geht ihm gut«, murmelte Lena. Sie mochte Aravyn nicht sonderlich – wollte sie vielleicht gar nicht mögen –, aber sie wusste genau, wie sie sich fühlte. »Und ganz bestimmt wird er schon bald auf Etron oder Maredd treffen.«

»Du hast ihn ebenfalls sehr gern, nicht wahr?«, sagte Aravyn leise und bedachte Lena mit einem Blick, den sie nicht so recht einzuordnen vermochte. Wusste die Kriegerin am Ende, dass sie in Ragnar verliebt war?

»Er ist mein bester Freund, wir haben viel zusammen erlebt«, antwortete sie daher ausweichend.

»Ragnar hat mir von eurer gemeinsamen Suche erzählt«, fuhr Aravyn mit einem leichten Lächeln und ohne eine Spur von Eifersucht fort. »Eure Welt ist verwirrend für mich, aber die Geschichten haben mich neugierig gemacht. Während unserer gemeinsamen Ausbildung in Schwertkampf, Bogenschießen und in der Kunst, die Geister Elvancors zu rufen, habe ich ihn immer wieder danach gefragt, wie es jenseits der Schwelle war. Ich glaube, manchmal wurden ihm meine Fragen zu viel«, lachte sie mit glockenheller Stimme. »Häufig hat er von dir gesprochen und sich Sorgen um dich gemacht. Selbst die Beteuerungen seiner Großeltern, es würde kaum ein Tag bei euch vergangen sein, mochte er nicht so recht glauben.« Aravyn seufzte tief. »Zunächst war er so glücklich, hier in Elvancor zu sein. Aber nach und nach ergriff eine große Unruhe von ihm Besitz, die ich mir nicht erklären kann. Vielleicht liegt es an der Furcht, die ihm einige Tuavinn entgegenbringen, denn seine Fähigkeit, auch jenseits der Kraftpunkte einen Pfad über die Weltenschwelle zu öffnen, verunsichert manche. Auch für mich ist das unglaublich.«

Lena nickte bedächtig, glaubte zu erahnen, wie beängstigend das für die Tuavinn sein musste. »Bist du auf Ragnar getroffen, gleich nachdem er hierherkam?«

»Ja«, bestätigte Aravyn mit verträumter Stimme, während sie in die Glut blickte. »Wir haben uns sofort ineinander verliebt.«

Bei jedem Wort schnürte es Lena die Kehle zu. Dennoch wunderte sie sich über das, was Aravyn nun sagte.

»Zunächst war ich sogar eifersüchtig auf dich«, gab die Tuavinn zu.

»Auf mich?«

»Ja, Ragnar und du, ihr habt so viel miteinander erlebt, und manchmal wurde er ganz wehmütig, weil du nicht hier warst.«

»Ach wirklich?«, brachte Lena mühsam hervor, betrachtete die junge Frau jedoch neugierig von der Seite.

»Er war so glücklich, als Maredd dich hierherbrachte.« Jetzt nahm Aravyn auch noch Lenas Hand und lächelte sie offen und freundlich an – eine Geste, die sie gänzlich verwirrte. »Ragnar meinte sogar, jetzt, da seine Freundin von jenseits der Schwelle bei ihm sei, sei sein Glück perfekt.«

Für einen Moment schwieg Aravyn, und Lena wurde es unter dem plötzlich sehr intensiven Blick der Tuavinn unbehaglich zumute. »Eigentlich sollte ich auch heute noch eifersüchtig auf dich sein, Lena. Dich und Ragnar verbinden eure gemeinsamen Erlebnisse in der anderen Welt, die ich mir nicht einmal in meinen Träumen vorstellen kann. Und ich spüre, dass deine Gefühle für Ragnar sehr tief gehen.«

»Nein, da liegst du falsch, Ragnar und ich sind nur …«, begann Lena, doch Aravyn hob die Hand.

»Ich hege dir gegenüber keinen Groll, und das ist etwas, das mich am meisten verwirrt. Im Gegenteil, ich freue mich sogar, dass du hier bist.«

Lena schluckte schwer und schwieg. Sie selbst war sehr wohl eifersüchtig auf die Tuavinn gewesen, hatte sie um ihre Schönheit und diese unvergleichliche Anmut beneidet. Doch nun, da Aravyn so offen mit ihr sprach, war all das gegenstandslos, es war geradezu, als wolle man jemanden schlagen, der sich plötzlich in Luft auflöst, während man ausholt.

Lena zwang sich zu lächeln, war aber vollends verblüfft, als Aravyn sie ganz unvermittelt umarmte. »Wir werden Ragnar bald wieder sehen. Sicher gibt er auf sich acht.«

Sosehr sich Lena dagegen wehrte, diese Geste spendete ihr sogar einen gewissen Trost. Sie beide fühlten sich Ragnar verbunden, hatten Angst um ihn, und wahrscheinlich war es das, was sie miteinander verband.

In dieser Nacht unterhielten sie sich noch lange. Lena erzählte von Arihan, den Aravyn nur aus den Legenden ihres Volkes kannte.

»Der Morgen graut, wir sollten noch ein wenig schlafen«, schlug Aravyn irgendwann vor, erhob sich und verließ den Raum.

Lena sank müde auf die Felle, dachte viel über Aravyn, Ragnar und vor allem Kian nach.

Wie ein weißer Mantel hatten Schnee und Eis die Natur überzogen und, wie es schien, auch zum Stillstand gebracht.

So wie die Bergwelt in eisiger Kälte erstarrt war, fühlte sich Ragnar in seinem Inneren. Er wusste nicht, wie er handeln sollte, und war auch nicht imstande, Entscheidungen zu treffen. Auf der einen Seite waren da Aravyn, seine Großeltern, Lena und die anderen Freunde, die ihm nahestanden und die er schützen wollte. Auf der anderen Seite jedoch wartete sein Vater, den der Lauf des Lebens zu einem Rodhakan gemacht hatte und der nun Erwartungen an ihn stellte, die ihn an den Rand seines Gewissens brachten. Laut knirschte der verharschte Schnee unter seinen Füßen, während Ragnar allmählich die Berge hinter sich ließ und sich der Ebene näherte. Devera – Ragnar führte das Pferd, um es zu entlasten – stapfte mit hängendem Kopf hinter ihm her. Doch ohne jegliche Vorwarnung riss das Tier den Kopf in die Höhe und machte einen Satz zur Seite. Nur mit Mühe gelang es Ragnar, mit seinen steifen Fingern die Zügel festzuhalten. Er zog das Schwert des Wächters, den die Rodhakan statt seiner geopfert hatten. Seine eigene Klinge, die ihm Schutz gegen die Rodhakan geboten hätte, hatte man ihm in Erborg weggenommen. Noch war der Tag jung, das Licht hinter den Nebeln der Ewigkeit leuchtete nur fahl und sanft am fernen Horizont. Devera starrte zu einem Gebüsch, die Nüstern des Tieres bebten. Offenbar witterte das Pferd Gefahr. Ragnar erwog, aufzusteigen und rasch fortzureiten, doch dazu war es zu spät. Ein Schatten wurde hinter dem Gebüsch sichtbar, manifestierte sich nach und nach.

»Vater«, seufzte Ragnar erleichtert.

Doch Devera wich schnaubend zurück.

Lucas betrachtete ihn und die Stute abwartend. »Dein Pferd fürchtet mich.«

»Ruhig, Devera, er tut dir nichts«, flüsterte er ihr zu, aber die Stute schnaubte heftig und tänzelte nervös auf der Stelle, daher stapfte er ein Stück seines Weges zurück und band Devera an einen Baum.

Langsam näherte er sich seinem Vater, behielt dabei die Umgebung im Auge, aber wie es aussah, war Lucas allein. Mit einer gewissen Anspannung ließ Ragnar eine Umarmung geschehen, dann blickte er seinen Vater an.

»Wohin des Weges, Ragnar?«

»Ich muss … die anderen treffen.«

Lucas' Augen hielten ihn gefangen. »Sprich noch nicht mit ihnen. Sie sind nicht bereit zu verstehen, dass es Rodhakan wie mich gibt. Du musst sie behutsam darauf vorbereiten!«

»Ja, sicher«, murmelte er. »Aber wenn du ihnen zeigen würdest, dass du nicht alle Taten der Rodhakan billigst, und den bevorstehenden Angriff auf das Bergvolk abwendest, würden sie vielleicht verstehen.«

»Dennoch würden sie mir nicht trauen, könnten dies womöglich gar als List erachten.«

Mit festem Griff packte Lucas ihn an den Schultern. Fest, aber trotzdem seltsam, er hatte beinahe das Gefühl, seine Energie würde dadurch schwinden, sein Arm an Kraft verlieren. Er spannte sich an, baute instinktiv einen Schutz um sich selbst auf, so wie sein Großvater es ihn gelehrt hatte. Da ließ Lucas ihn abrupt los, torkelte sogar ein Stück zurück.

»Verzeih!« Unbehaglich rieb sich Ragnar die Schultern. »Fühlt es sich so an, wenn ihr einen Menschen tötet?«

»So ähnlich«, entgegnete Lucas knapp, dann lächelte er wieder. »Ist das nicht wunderschön?« Seine Handbewegung umfasste die beginnende Ebene. »Ist es nicht so wie in Island im Winter? Wie damals, während der langen Nächte, wenn Eis, Schnee und Feuer unser Leben beherrschten.«

»Ja, damals in Island«, stimmte Ragnar wehmütig zu. Wie auf Kommando fing es erneut zu schneien an.

»Ragnar, erzähl mir, wie es war, als du den Pfad nach Elvancor geschaffen hast.«

Schon wieder diese Sache. Ragnar versteifte sich, aber Lucas sah ihn freundlich an.

»Ich möchte nur verstehen, wie du es getan hast. Sicher hast du den Menschen einen großen Gefallen getan, sie hierherzubringen.«

»Ja, das mag sein.« Ragnar lehnte sich gegen den Stamm einer dicken Buche und begann, von den Menschen und Tieren zu berichten, die er unabsichtlich nach Elvancor gebracht hatte, und Lucas lauschte aufmerksam.

Tief, fest und traumlos schlief Lena auf den Fellen, bis sie leise Stimmen weckten. Als sie auffuhr, stand Arihan vor Kians Bett. Noch immer wirkte Kian traurig, aber auch irgendwie erleichtert.

»Ich danke dir, Arihan. Es bedeutet mir viel, dass du mir Ruvens Nachricht übermittelt hast.«

»Auch das ist eine Aufgabe der Tuavinn.« Er verneigte sich leicht und ging hinaus.

Lena streckte sich, gähnte herzhaft und wandte sich nun Kian zu. »Was hat er dir denn erzählt?«

»Mein Bruder wollte mich wissen lassen, dass er mich liebt, und auch er hat verstanden, wie dumm und kindisch unsere ständigen Streitereien waren.«

»Das ist schön, Kian.«

Sie sahen sich in die Augen, Kian öffnete den Mund, schloss ihn dann wieder und räusperte sich. »Du bist ein wunderbares Mädchen, Lena, und ich danke dir.« Aus seinen Worten sprach so viel Zärtlichkeit, dass ihr ganz seltsam zumute wurde.

»Du bedeutest mir auch sehr viel«, gab sie zu und brachte es einfach nicht übers Herz, ihm zu sagen, dass sie noch nicht bereit war, ihm das zu geben, was er sich vermutlich erhoffte. Eine peinliche Stille entstand zwischen ihnen.

»Ich denke, wir sollten nun aufstehen«, schlug Kian vor, stützte sich auf seinen Arm und winkelte das gesunde Bein an. Es fiel ihm jedoch schwer, sich zu erheben, und so half Lena ihm auf.

»Ich kann dir auch etwas zu essen bringen, wenn du lieber liegen bleiben möchtest«, bot sie ihm an.

»Nein, ich möchte aufstehen, und das Bein wird sicher bald heilen.« Mit ihrer Hilfe verließ er humpelnd sein Lager in dem hohlen Baum. Der Vorraum war menschenleer, die Feuerstelle erkaltet.

Lena schnappte sich ihren Fellmantel und reichte Kian kurzerhand eine Decke, damit er draußen nicht fror. Zwischen den

Bäumen war ein großes Feuer entzündet worden, und zahlreiche Menschen drängten sich darum, meist in dicke Pelze gekleidet.

»Jetzt schneit es schon wieder«, stöhnte Lena.

»Ungewöhnlich«, stimmte Kian zu und schaute in den grauen Himmel, der sich über den Talkessel wölbte.

Vieles war unausgesprochen zwischen ihnen, und an Kians vorsichtigen Seitenblicken erkannte sie, dass er das ebenso spürte wie sie, aber offenbar scheute auch er sich, über letzte Nacht zu sprechen.

Langsam gingen sie in Richtung des Feuers. Schon von Weitem stach Arihan durch seine Größe hervor. Im Augenblick unterhielt er sich mit Aravyn, die ihrerseits von einigen Menschen angestarrt wurde. Aber auch Ureat mit seiner ungewöhnlichen Gesichtsbehaarung und den ausladenden Körpermaßen war nicht zu übersehen. Ein grauer Wollumhang mit Kapuze schützte ihn vor der Kälte. Als er Lena und Kian erblickte, kam er auf sie zu.

»Kian, geht es dir besser?«

»Ja, Onkel, vielen Dank.«

»Kommt zum Feuer, die Bergleute haben einen vorzüglichen Eintopf gekocht – mit Wild!« Schon stapfte Ureat los, und Kian zwinkerte Lena zu.

»Onkel Ureat liebt Wild, und in Talad wird es selten gekocht, da sich wenige in die Berge zum Jagen trauen.«

Über einer kleineren Feuerstelle neben jener, an der sich die Dorfbewohner aufwärmten, hing ein Kessel, der gute zwei Schritt im Durchmesser maß. Darin blubberte es, und als eine jüngere Frau Lena eine Holzschüssel voll reichte, erkannte sie Gemüse, teilweise auch Beeren und einzelne Fleischstücke. Eintopf zum Frühstück erschien ihr seltsam, aber es duftete köstlich, und als sie aß, wurde sie nicht enttäuscht. Das Essen schmeckte würzig und wärmte von innen.

Nach kurzer Zeit löste sich Arihan aus der Menge und trat

zu ihnen. »Ureat und Aravyn berichteten mir von der erneuten Dummheit der Fürsten!«

»Das Bündnis mit den Rodhakan, ja«, spie Kian regelrecht aus. »Was für eine Schande!«

»Kannst du mich zu Maredd und den anderen bringen?«, fragte Lena. »Ich möchte wissen, ob es ihnen gut geht.« *Vor allem Ragnar*, fügte sie in Gedanken hinzu.

Arihans ohnehin schon ernste Miene verfinsterte sich. »In der Gemeinschaft der Tuavinn bin ich nicht mehr erwünscht – und das nicht zu Unrecht. Doch sei gewiss, das Bergvolk hat beschlossen, den Dörfern, die weniger gut verborgen liegen, im Kampf gegen Stadtbewohner und Rodhakan beizustehen. Kampffähige Männer und Frauen werden ausgesandt, Schutzbedürftige erhalten Zuflucht.«

»Das ist ja sehr nett von ihnen«, entgegnete Lena ungeduldig, »aber ich muss zu Ragnar – es ist wichtig!« Heute, an diesem frostigen Morgen, drängte es Lena mehr denn je, bei Ragnar zu sein. Sie hatte Angst, er könne erneut auf seinen Vater treffen, und fürchtete sich vor den Konsequenzen einer solchen Begegnung.

»Maredds Enkel.« Forschend wanderte Arihans Blick über sie, dann fasste er sie am Arm. »Erzähle mir von ihm.«

Kian betrachtete sie misstrauisch, aber Lena bedeutete ihm, dass alles in Ordnung sei, und ließ sich ein Stück abseits führen.

»Was möchtest du wissen?«

»Ein Wesen der dritten Generation mit Tuavinn-Blut, das ist einzigartig. Ich vernahm, er hätte Pfade nach Elvancor geschaffen, wo zuvor keine waren.«

Lena fragte sich, wie Arihan das wissen konnte, da er doch so zurückgezogen lebte, aber vielleicht hatte Aravyn mit ihm gesprochen. »Er hat das ohne sein Wissen getan und nur aus dem Willen heraus, Gutes zu tun!«

»Das möchte ich nicht anzweifeln. Aber sag, hast du seltsame Verhaltensweisen an ihm festgestellt?«

Lena zuckte zusammen. Konnte Arihan am Ende auch von Ragnars Kontakt mit den Rodhakan wissen?

»Du hast etwas bemerkt, nicht wahr?«, schlussfolgerte Arihan aus ihrem Schweigen, dann seufzte er tief. »So ist es mit vielen, die das Blut von Mensch und Tuavinn vereinen. Finden sie nicht ihren Anam Cara beizeiten, werden sie rastlos, manchmal sogar aggressiv, und sind leicht von jenen zu beeinflussen, die nicht nur Gutes für sie im Sinn haben.«

Es war Lena bewusst, wie genau Arihan sie beobachtete, und auch wenn vieles von dem zutraf, was er gesagt hatte, bemühte sie sich um eine neutrale Miene.

»Besonders schlimm ist es, wenn einer von ihnen seinen Seelenfreund verliert«, fügte er noch hinzu.

»Das hat Maredd mir auch schon erzählt.«

»Das mag sein … nur …« Arihan brach mit gerunzelter Stirn ab.

»Was? Jetzt sag schon«, drängte Lena.

Wieder dieser Blick, der Lena an einen Raubvogel erinnerte, der eine Maus erspäht hatte. »Es ist etwas, wofür mich die Tuavinn ebenfalls verurteilt und aus ihren Reihen ausgeschlossen haben. Doch noch heute bin ich davon überzeugt.«

»Wovon sprichst du?«

Arihan atmete tief durch, blickte hinauf in die Baumwipfel und begann zu erzählen. »Ich lebe schon länger in Elvancor als Maredd, Targon oder sogar Etron. Ich war schon hier, als die ersten Rodhakan erschienen.«

»Und was soll das mit Ragnar oder den anderen Tuavinn mit Menschenblut zu tun haben?«

Erneut zögerte er, und als er sprach, kamen seine Worte gepresst aus seinem Mund. »Ich denke, die Rodhakan sind in Wirklichkeit Mischlinge aus Mensch und Tuavinn, die ihren Anam Cara verloren und diesen Verlust nicht verwunden haben.«

»Wie bitte?«, fragte Lena entsetzt. »Wie kommst du denn darauf?« Sie spürte, wie es ihr kalt um die Nase wurde, ahnte sie doch, was Arihans Worte bedeuteten.

»Ich habe viele Tuavinn-Mischlinge gekannt, denen ihr Seelenpartner genommen wurde. Und eines war ihnen gemein: Sie waren nicht mehr sie selbst! Bald schon wandten sie sich von allem ab, was uns Tuavinn ausmacht. Auch wenn man ihnen helfen wollte, ihnen versicherte, sie würden ihren Anam Cara eines Tages wieder treffen – die meisten von ihnen ließen sich von ihrer Verzweiflung übermannen. Ein grenzenloser Hass überkam sie, eine Wut auf jene, die ihnen die zweite Hälfte ihres Selbst genommen hatten. Sie stürzten sich in waghalsige Kämpfe, bei denen sie starben, was die Geister Elvancors sehr erzürnte, denn sie hassen es, wenn Leben verschwendet wird. Manche verschwanden auch einfach und wurden nicht mehr gesehen.« Arihan fuhr sich über die Augen. »Manche von uns wollten gar verfügen, dass sich Mensch und Tuavinn nicht mehr körperlich vereinen dürfen, um zu verhindern, dass Ähnliches geschieht.«

»Aber daran hat sich niemand gehalten, nicht wahr?«

»Richtig. Wie gesagt, auch ich gehörte zu denen, die verlangten, dass das Blut der Tuavinn rein bleibt. Immerhin bestand die Gefahr, dass unser Volk sich dadurch nach und nach selbst vernichtet.«

Seine Offenheit verwunderte Lena, aber Arihan fuhr bereits fort: »Inzwischen bin ich jedoch der Überzeugung, dass alles einem höheren Zweck dient, der für uns nicht immer erkenntlich ist. Elvancor wandelt sich, so wie sich auch deine Welt stets gewandelt hat. Früher gab es keine Menschen hier, doch nun sind sie ein Teil unseres Landes. Sie gehören ebenso hierher wie Bergkatzen und Drachen.«

»Das ist ja schön, aber ich verstehe nicht …«

»Warte, Lena.« Arihan hob die Hand. »Bei vielen Mischlingen stellte ich eine Veränderung fest. Im Gegensatz zu reinblütigen Tuavinn wirkten sie verletzlicher und angreifbarer ohne ihren

Seelenfreund. Uns Tuavinn umgibt eine für die meisten unsichtbare Hülle aus Energie. Bei den Menschen ist diese weniger stark ausgeprägt, bei Tuavinn mächtig und beinahe undurchdringlich.«

»Meine Oma nennt es Aura«, flüsterte Lena.

»Deine scheint im Übrigen ungewöhnlich stark zu sein.«

»Das hat sie ebenfalls gesagt.«

»Dann ist sie eine kluge Frau. Sag, schlummert in euren Adern das Blut der Tuavinn?«

»Nein, nicht dass ich wüsste«, lachte Lena.

»In jedem Fall verblasste die Hülle, diese Aura, bei jenen Tuavinn-Mischlingen, von denen ich sprach. Irgendwann hatte ich beinahe den Eindruck, sie würden sich manchmal regelrecht auflösen, nicht mehr greifbar sein. Lange war ich mir nicht sicher, was mit ihnen vorging. Bis zu jenem Tag, als ich einem solchen Tuavinn gegenüberstand.«

»Und was war mit ihm?«

»Du musst wissen, ich kannte Tion, den halbblütigen Tuavinn, der den Wald von Wakkarin zerstörte und dabei umkam.« Arihans dunkle Augenbrauen zogen sich zusammen. »Oder eben nicht wirklich dabei umkam.«

»Was meinst du damit?«

»Lena, für diese Theorie haben mich viele Tuavinn gehasst, und ich erzähle sie dir auch nur, weil ich hoffe, du kannst deinen Freund vor einem ähnlichen Schicksal bewahren.«

»Ja, dann mach schon«, drängte sie.

»Die meisten Geister Elvancors sind freundlich, friedlich und hilfsbereit, sofern man sie achtet und sie ehrt. Für mich sind sie die Seele Elvancors. Doch keine Seele trägt nur Gutes in sich, in jeder schlummert etwas Düsteres.«

Ein Schauer lief über Lenas Rücken, und sie nickte gebannt. »Es gibt Wassergeister, die uns Tuavinn rasche Reisen ermöglichen, aber auch andere, weniger mächtige wie die Maryden, die gerne Menschen in ihr Reich ziehen, denn die sind nicht so stark wie Tuavinn. Und dann gibt es noch die Eibengeister. Von jeher hielten sie sich für die Herrscher der Wälder, lagen mit friedlichen Baumgeistern im Streit, wollten weder Mensch noch Tuavinn helfen und gaben uns nichts freiwillig vom Holz ihrer Bäume. Sie hielten – und halten – sich den anderen Naturwesen Elvancors überlegen, und es dürstet sie nach Macht. In übertriebenem Maße verlangen sie, verehrt zu werden, und so hielten wir uns von ihnen fern, was sie vermutlich noch mehr erzürnte. Als Tions Gefährtin an jenem schicksalhaften Tag während eines Sturmes von einer Eibe erschlagen wurde, brannte er in seinem grenzenlosen Zorn den Wald nieder. Ich war nicht dabei, aber einige von uns versuchten, ihn aufzuhalten, doch er soll von tobenden Eibengeistern mitten in die Flammen gezerrt worden sein.«

»Aber dann ist er doch verbrannt, tot«, wunderte sich Lena.

»Das dachten auch wir. Doch nach langer Zeit stand ich einem Rodhakan gegenüber, einem mächtigen, der bereits recht feste Formen aufwies. Zunächst die einer Bergkatze, dann die eines Tuavinn. Er nannte sich Mitras, wollte mich töten, doch irgendetwas hielt ihn davon ab. Vielleicht besaß er noch nicht genügend Substanz, um sicher zu sein, mich besiegen zu können, und in seinem damaligen Zustand fürchtete er meinen Schutzschild, meine Aura, wenn du es so nennen möchtest. Sie begehren und fürchten unsere Stärke in gleichem Maße. Er griff mich an, provozierte mich und sagte plötzlich: *Du konntest nicht einmal einem Schwarm Maryden widerstehen, wie willst du dann mir trotzen?* Das konnte nur Tion wissen, Lena. Es war ein gemeinsames Kindheitserlebnis, von dem ich niemals jemandem erzählte, weil es meinen Stolz verletzt hatte.«

»Dann denkst du, Mitras ist in Wirklichkeit Tion?«, fragte Lena verdutzt.

»Ich bin der Überzeugung, Tion war der erste Rodhakan. Die Eibengeister bemächtigten sich seines schwachen und von seinem Verlust angeschlagenen und verwirrten Ichs. Tion hatte ihren Wald vernichtet, und indem sie von ihm Besitz ergriffen und sich damit über jemanden erhoben, in dessen Adern Tuavinn-Blut floss, versetzten sie sogar reinblütige Tuavinn in Angst und Schrecken.« Arihan schritt langsam durch den Schnee weiter, und Lena folgte ihm. »Es dauerte, ehe mir all dies klar wurde. Aber diese Tatsache, dass Tuavinn-Mischlinge regelrecht den Verstand verlieren, wenn sie ihren Anam Cara nicht bei sich haben, dass sie angreifbar werden, einfach spurlos verschwinden, bestärkte mich in meiner Annahme. Dazu kommt die Tatsache, dass wir Tuavinn nicht von den Eibengeistern in der Nähe ihrer Wälder geduldet werden, denn sie richten ihre dunklen Kräfte auf uns. Ähnlich beklemmende Gefühle überkommen uns auch, wenn wir einem Rodhakan gegenüberstehen. Das alles brachte mich zu meiner Erkenntnis.«

»Und weshalb glaubt dir niemand? Ich meine, deine Überlegungen klingen ein bisschen wild, aber grundsätzlich kann das doch möglich sein.« Einen Augenblick war Lena über ihre Worte selbst erstaunt, denn vor noch nicht allzu langer Zeit hätte sie nichts von all dem, was sie derzeit erlebte, für möglich gehalten.

»Zum einen«, erklärte Arihan »beging ich jenen großen Fehler mit dem Fürsten, zum anderen halten sich die meisten Tuavinn für so stark und überlegen, dass sie nicht glauben können, von einem Eibengeist überwältigt zu werden. Ihrer Überzeugung nach können wir uns nur deshalb keiner Eibe mehr nähern, weil die Eibengeister uns nach wie vor wegen Tions Tat zürnen.«

»Aber das ist doch so. Maredd hat mir erzählt, wegen der Eibengeister könnten sie Ceadd nicht mehr betreten.«

»Das ist richtig, aber ich denke auch, die Eibengeister haben dadurch, dass Tuavinn-Mischlinge und sie selbst sich zu Rodhakan vereinigt haben, eine große Veränderung bewirkt. Bis sie auftauchten, konnte kaum eine Waffe einem Tuavinn jemals ernsthaften Schaden zufügen. Sofern er nicht direkt ins Herz getroffen wurde oder seinen Kopf verlor, heilte beinahe jede Wunde ausgesprochen schnell. Die Rodhakan-Waffen jedoch können uns töten. Zumindest die reinblütigen von uns sterben sofort, wohingegen jene mit Menschenblut länger durchhalten und bei kleinen Verletzungen sogar genesen. Also denke ich, jene Eibengeister, die zu Rodhakan wurden, haben einen gewissen Zauber in diese Waffen gelegt. Wie genau er aussieht, weiß ich nicht. Aber sie wollen die Mischlinge nicht töten, sondern zu den Ihren machen. Reinblütige Tuavinn dagegen sind ihnen zu stark, deshalb würden sie sie gern von Elvancors Antlitz tilgen.«

»Also schützt das Menschenblut Wesen wie Aravyn und Ragnar in gewisser Weise sogar«, überlegte Lena.

»So ist es. Nur müssen wir sehr genau auf sie achten, sie anleiten und ihnen helfen, ihren Seelenfreund zu finden.«

Etwas in Lena krampfte sich zusammen, als sie Arihan ansah. »Dann denkst du, die Rodhakan könnten Ragnar zu einem der Ihren machen, wenn er sich nicht bald mit seinem Anam Cara vereint?«

»Was sie mit ihm vorhaben, weiß ich nicht. Aber ich denke, große Macht schlummert in Ragnar, dennoch ist er verletzlich. Sag, hat er seinen Anam Cara schon gefunden?«, wollte der Tuavinn wissen und betrachtete Lena neugierig.

»Er denkt, es ist Aravyn«, presste sie mühsam hervor.

Arihan wandte sich um, sein Blick blieb auf Aravyn haften, die in einiger Entfernung an einem Baum lehnte und vor sich hin starrte. »Dann muss er sich möglichst bald mit ihr verbinden! Weshalb hat sie nur nichts erwähnt?«, fragte er ungehalten. »Ich habe mit ihr über das gesprochen, was ich dir gerade erzählt habe.«

Auch Lena war darüber verwundert. Bezweifelte Aravyn etwa die Seelenverwandtschaft mit Ragnar? Noch einmal schaute sie zu dem nachdenklichen Mädchen hinüber, aber schließlich hob sie die Schultern. »Vielleicht ist es ihr unangenehm, weil sie beide für eure Begriffe noch recht jung sind. Deshalb können sie sich auch nicht verbinden.«

»Sie sollten die Geister des Cerelon darum bitten, sie trotz allem zu vereinen.« Düster blickte Arihan um sich. »Sonst mag es sein, dass Ragnar Welten zerstört.«

Lena hielt die Luft an, konnte sich nicht vorstellen, dass Ragnar zu so etwa fähig sein sollte. Sie stellte sich vor den großen Mann und schüttelte den Kopf. »Aravyn und ich schaffen das nicht allein. Du musst mit uns kommen, noch einmal mit den Tuavinn reden. Wenn es so ist, wie du sagst, ist Ragnar in großer Gefahr – und letztendlich wir alle.«

»Sie werden mir nicht glauben.«

»Aber mir doch erst recht nicht. Arihan, Ragnar …« Lena schluckte schwer, zögerte, aber was Arihan ihr erzählt hatte, war einfach zu kritisch, als dass sie jetzt noch schweigen konnte. »Ragnar hat mir von einem Rodhakan erzählt. Er sagt, es sei sein Vater, der selbst zu einem der Ihren geworden ist. Lucas wollte, dass Ragnar erneut einen Weg in die andere Welt öffnet.«

Entsetzen spiegelte sich in Arihans Gesicht wider. »Das ist schlimmer, als ich gedacht hatte.« Seine Hand schnellte vor, ergriff Lenas Unterarm, sodass es schmerzte. »Sag, war es ein starker Rodhakan, der eine feste Gestalt annehmen konnte?«

»Ich weiß es nicht, ich bin ihm nicht begegnet, aber Ragnar meinte, er habe wirklich wie sein Vater ausgesehen.«

Erschüttert sank Arihan gegen einen Baum. »Es mag sein, dass noch etwas von Ragnars Vater in diesem Rodhakan ist, doch das kann nicht mehr sein als ein Schatten. Sicher wollen sie ihn nur benutzen. Rasch, wir müssen aufbrechen!« Er stand wieder auf, fasste Lena am Arm und zog sie mit sich.

»Dann hilfst du mir?«, rief sie aus.

»Ja! Bei dem, was du mir erzählt hast, bleibt mir keine Wahl! Wir sollten augenblicklich abreisen.«

»Lena!«, tönte da Kians Stimme zu ihr herüber. Mit einem Lächeln im Gesicht kam er durch den Schnee auf sie zugehumpelt.

»Ich muss ihm sagen, wohin wir gehen.« Wieder machte sich

ein schlechtes Gewissen in Lena breit. Sie hatte entschieden, Kian beizustehen – immerhin hatten er und Ruven sie befreit –, doch die Gefahr, die Elvancor drohte, wenn sich Ragnar den Rodhakan zuwandte, wog nun schwerer.

Ungeduldig nickte Arihan, und Lena eilte Kian entgegen. Sie schluckte den Kloß in ihrem Hals herunter, als sie dem jungen Krieger aus Talad gegenüberstand. »Ich gehe mit Arihan. Wir müssen zu den Tuavinn.«

»Ich komme mit dir.«

»Das weiß ich zu schätzen, Kian, aber dein Bein sollte erst verheilen.«

»Ich kann reiten«, beharrte er stur.

»Also, reiten werden wir wohl kaum.« Lena schnitt eine Grimasse. »Ich vermute, wir werden mithilfe eines Geisterwesens zu den westlichen Höhlen reisen.«

Erschrocken zuckte Kian zurück, aber sogleich atmete er tief durch und straffte die Schultern. »Dennoch will ich dich begleiten.«

Ach Kian, du bist so lieb zu mir, dachte Lena betrübt. *Was mache ich denn nur mit dir?* Lena schaute sich nach Arihan um, der gerade mit Aravyn sprach und kurz darauf mit ihr herbeigeeilt kam. Tiefe Sorge beherrschten die Gesichtszüge des Mädchens.

»Wir müssen aufbrechen. Ich werde nun einen Berggeist beschwören«, drängte Arihan.

»Kann Kian mitkommen?«

Der Blick des großen Tuavinn wanderte über Kian, und flüchtig hatte Lena den Eindruck, er würde ihn zurückweisen, denn er hatte die Hand schon erhoben und schüttelte den Kopf. Doch plötzlich hielt er inne, musterte Lena, dann Aravyn und schließlich wieder Kian. »Ich kann nicht verwehren, was in deinem Herzen bereits entfacht ist«, sagte er geheimnisvoll.

Lena konnte sich keinen Reim auf Arihans Worte machen, und auch Aravyns Augenbraue hob sich fragend, aber sie schwieg.

Kian schien ein wenig unbehaglich zumute zu sein, doch das war wohl eher der Wahl des Reisemittels geschuldet als Arihans Antwort. Trotzdem bemühte er sich um eine selbstbewusste Miene.

»Ich hole nur schnell meinen Bogen«, sagte Lena. Sofort rannte sie durch den Schnee und holte die Waffe.

Als sie zurück war, sprach Arihan gerade mit Kian. »Ich werde versuchen, die Tuavinn im Westen zu überzeugen, Aravyn und Ragnar zum Cerelon zu bringen. Sofern sie gegen die Fürsten kämpfen, biete ich meine Hilfe an. Auch kann ich hierher zurückkommen und die Bergleute als Unterstützung mitbringen. Deinem Onkel werde ich alles erklären, Kian, und hoffe, auch er wird sich mit seinen Männern dem Kampf anschließen. Nur jetzt müssen wir uns sputen.«

»Ich bin so weit«, keuchte Lena und fasste Kian an der Hand, »ich bin schon mehrfach so gereist.«

Auch Aravyn lächelte Kian zu, stellte sich neben Arihan und beobachtete gespannt, wie der große Tuavinn seine Hände auf den Boden legte und etwas vor sich hin murmelte. Schnee wirbelte durch die Luft, Erdreich und kleine Steinchen schossen empor und verdichteten sich. Wenig später stand eine graue Gestalt vor ihnen, die Arihan um mehr als das Doppelte überragte. Das Gesicht wirkte wie gemeißelter Fels, hart und kalt, und zeigte keinen freundlichen Ausdruck.

»Herr der Berge«, sagte Arihan laut und mit großer Erleichterung. »Ich danke dir für dein Kommen.«

»Schlimmes geht in Elvancor vor«, grollte das Wesen. »Die Mächte verschieben sich, doch sicher ist dies der Grund für dein Rufen.«

»So ist es«, entgegnete Arihan.

»Dann beeile dich, denn ich kann nicht lange verweilen.«

»Wir erbitten deine Hilfe, um Schlimmeres zu verhindern. Geleite uns in den Westen, zu den Höhlen.«

Die Augen des Berggeistes hielten Arihan fest. Lena fragte sich, ob er gerade die Gedanken des Tuavinn las. Arihan jedoch hielt dem Blick stand.

»Die Seelenbegleiter brauchen eure Unterstützung, und eure Bitte sei euch gewährt.«

Sofort wirbelte eine graue Masse um sie herum, Lena hörte Kian aufschreien, doch schon wurden sie von dem Berggeist erfasst. Lena hatte den Eindruck, von einem mächtigen Sog nach unten gerissen zu werden, fühlte sich regelrecht ins Bergesinnere gezogen. Die Welt drehte sich, rasend schnell, Oben und Unten hörten auf zu existieren. Kurz glaubte Lena, die verschiedenen Gesteinsschichten erkennen zu können, Fels, Edelsteine, aber dann stand sie bereits auf festem Boden vor den Höhlen von Avarinn, dem Hauptlager des Westens, wo Amelia Lena ihre Höhlenmalereien gezeigt hatte. Ihre Freude wandelte sich rasch in Entsetzen, als sie die Verletzten am Boden liegen sah. Verdutzte Blicke trafen sie, dann eilte Amelia auf sie zu, die soeben noch einen Verwundeten versorgt hatte. »Lena, Aravyn! Ich bin so froh.« Sie nickte Kian kurz zu und betrachtete überrascht ihren Begleiter. »Arihan, welch eine Überraschung.«

»Ihr kennt euch?«, stieß Lena überrascht hervor.

»Bei ihrem ersten Besuch in Elvancor lernten wir uns kennen.« Er nahm Amelias Hand und verbeugte sich, wobei er sie nicht aus den Augen ließ.

Sie räusperte sich, wirkte auf einmal verlegen, und zog – für Lenas Empfinden ein wenig zu hektisch – ihre Hand zurück. Schließlich blickte sie sich betrübt um. »Es ist entsetzlich, Lena, die Fürsten scheinen allesamt verrückt geworden zu sein. Sie töten das Bergvolk, sie greifen Tuavinn an.« Amelia schluchzte auf. »Inzwischen sind wir zu der Überzeugung gelangt, dass die Fürsten schon lange vor eurem Treffen Truppen in Bewegung gesetzt haben müssen, sonst wären sie niemals in so kurzer Zeit hierhergelangt. Das Treffen, die Verhandlungen – das alles war eine einzige Farce. So viele sind uns schon genommen worden. Die Tuavinn haben sich hier zusammengeschlossen, nachdem sie die Bedrohung bemerkt hatten, doch es wird an vielen Orten Elvancors gekämpft.«

»Ich hätte nicht gedacht, dass es bereits so weit ist. Zu lange habe ich in Abgeschiedenheit gelebt.« Selbst Arihan wirkte verwundert.

»Lena«, Amelia fasste sie an den Schultern, »Maredd hat Orteagon und seine Wachen schon kurz nach ihrer Abreise tot aufgefunden. Er konnte nicht erahnen, was geschehen war. Es muss ein Rodhakan gewesen sein, der Orteagon und die anderen umbrachte, als Maredd frisches Wasser holte, denn sonst hätte er doch den Tod der Menschen gespürt.«

»Das halte ich für möglich«, stimmte Arihan zu. »Mag sein, dass dieser falsche Orteagon und die anderen sich sogar freiwillig geopfert haben – in Erborg ist so etwas nicht ungewöhnlich, wenn man den Spähern der Bergleute Glauben schenken mag.«

Lena konnte kaum fassen, dass sie alle Opfer eines solchen Verrats geworden sein sollten. »Maredd, ist er …«, setzte sie an, doch zu ihrer Erleichterung schüttelte Amelia den Kopf.

»Er kämpft am Fuße der Berge. Doch Jarin fiel bereits einer Rodhakan-Waffe zum Opfer, und andere werden folgen.«

»O nein«, rief Lena aus. Sie konnte sich an den Tuavinn erinnern, der damals Timena und ihr Kind begleitet hatte.

»Ist Ragnar schon hier?«, fragte sie aufgeregt.

»Nein, leider nicht. Doch im Augenblick ist es ohnehin schwierig, die Geister Elvancors zu beschwören. Ich denke, sie sind selbst in Aufruhr.«

»In der Tat«, bestätigte Arihan. »Wenn du erlaubst, werde ich mich auf die Suche nach deinem Enkel machen, Amelia.«

Diese zögerte, berührte ihn aber schließlich sachte am Arm. »Es wird Maredd nicht gefallen, doch ich denke, ich sollte deine Hilfe annehmen.«

»Gut! Zwar wollte ich gleich mit den Tuavinn sprechen, doch jetzt, da sie in der Schlacht sind, werde ich noch einmal einen Berggeist bemühen, um zu verhindern, dass Ragnar …«, er brach ab und warf Lena einen bedeutungsschwangeren Blick zu.

Den Rodhaken in die Hände fällt, beendete sie Arihans Satz in Gedanken.

»Sich verirrt«, sagte der Tuavinn jedoch. »Danach muss ich mit den Tuavinn sprechen, ob es ihnen gefällt oder nicht.« Sofort machte sich Arihan auf den Weg.

»Lena, im Augenblick bin ich beschäftigt«, sagte Amelia gehetzt, »aber später musst du mir erzählen, wo du Arihan getroffen hast.«

Amelias Worte drangen kaum zu Lena durch. *Ragnar wird sich also bald mit Aravyn verbinden*, dachte sie stattdessen traurig. Dies tat ihr weh, aber letztendlich war es wohl der einzige Weg, ihn zu retten – und Elvancor sowie ihre eigene Welt vor Schlimmerem zu bewahren.

Kapitel 28
Die Rückkehr

Lena half Amelia, die vielen Verwundeten zu versorgen. Auch Aravyn arbeitete wie besessen – sicher nicht zuletzt, um sich von der Sorge um Ragnar abzulenken. Nach einer Weile stieß Kian ebenfalls zu ihnen und packte trotz seiner eigenen Verletzung mit an, wo er konnte. Es war von Vorteil, dass Lena einiges über das Anlegen von Verbänden im Altenheim gelernt hatte. Sie ignorierte den Geruch von Blut und Erbrochenem und versuchte, nicht ständig an Ragnar zu denken.

Als dieser am Abend jedoch in Begleitung von Arihan in die Höhle kam, sprang sie sogleich auf. Sie wollte ihn freudig umarmen, doch er hielt sie an der Schulter fest und sah sie wütend an. »Du hattest mir dein Wort gegeben, nichts zu sagen.«

»Hat Arihan mit dir gesprochen?«

»Ja, hat er!« Hart und kalt war Ragnars Stimme. »Wie ein Raubvogel ist er zwischen Lucas und mich gefahren, wie ein Schatten, schlimmer noch als jeder Rodhakan. Und seine Anschuldigungen sind lächerlich.« Abrupt wandte sich Ragnar um.

Tränen schossen in Lenas Augen, aber sie hielt ihn fest, wollte sich nicht abweisen lassen. »Wir wollen dir doch nur helfen, Ragnar! Du darfst dich nicht von den Rodhakan einlullen lassen.«

Brutal fasste er sie an den Schultern. »Du hast alles verdorben, Lena! Ich wollte meinen Großvater und all die anderen behutsam auf Lucas vorbereiten. Mit meinem Vater an unserer Seite könnten wir jene abwehren, die Böses wollen.« Er ballte die Fäuste, wirkte äußerst ungehalten.

»Kannst du denn noch zwischen Gut und Böse unterscheiden?«, wagte Lena zu fragen.

Ragnar presste die Lippen aufeinander und schüttelte den Kopf. Erneut ergriff er ihren Arm. »Du hast mich enttäuscht«, presste er hervor.

»Ragnar! Merkst du denn nicht, wie du dich verändert hast?«

»Ach ja? *Ich* habe mich verändert?«, höhnte er.

»Was ist denn hier los?« Kian trat zu ihnen, wollte Ragnars Arm lösen, aber er schlug nach ihm. »Misch dich nicht ein!«

»Du tust ihr weh, siehst du das nicht?«

»Das ist nicht deine Angelegenheit.«

»Doch, das ist es.« Entschlossen trat Kian zwischen Lena und Ragnar, und für einen Moment glaubte sie, die beiden würden anfangen, sich zu prügeln.

»Ist *der hier* wohl dein neuer Freund?«, fragte Ragnar spöttisch und mit einem verächtlichen Blick.

»Hört auf, es gibt hier schon genügend Verletzte«, schimpfte Lena, während sie sich die Schulter rieb.

Die beiden Männer starrten sich an, dann machte Ragnar kehrt.

»Ragnar, lass dir von Arihan helfen!«, rief Lena ihm hinterher, aber er winkte nur abfällig.

Da sie leise schluchzte, nahm Kian sie in den Arm, drückte sie an sich, und sie ließ ihrer Enttäuschung und Wut freien Lauf. »Ich weiß nicht, was mit ihm los ist, aber sicher wird er sich beruhigen.«

»Das glaube ich nicht.« Lena zögerte, aber als Kian sie zu einer ruhigen Ecke der Höhle führte, erzählte sie ihm doch von Ragnar und seinem Vater, der zu einem Rodhakan geworden war. Sie mochte und vertraute Kian, und nachdem Arihan jetzt eingeweiht war, würden es auch bald Aravyn, Amelia und Maredd wissen.

Staunend, aber auch entsetzt hörte Kian zu, unterbrach sie nicht, drückte jedoch aufmunternd ihre Hand, wenn er spürte, wie schwer es ihr fiel weiterzusprechen.

Am Ende blickte er kopfschüttelnd auf die Tuavinn, dann auf Lena. »Diese Wesen sind mir fremd. Lange wurde mir Furcht und Vorsicht vor ihnen eingetrichtert, die Alten warnten die Jungen stets vor den Tuavinn. Dennoch habe ich vermutlich immer gespürt, dass dieses Volk nicht schlecht ist. Es wäre ihnen ein Leichtes gewesen, unsere Dörfer auszulöschen, doch niemals haben sie es getan. Lena, du bist eine gute Freundin«, er streichelte ihre Hand und lächelte zaghaft, »ich weiß nicht, ob Ragnar bewusst ist, wie wunderbar du bist. Du hast das Richtige getan.«

»Ich befürchte, das sieht er nicht so«, schniefte sie.

Sanft fuhren Kians Finger über ihre Wange. »Du konntest nicht länger schweigen, und ich denke, jetzt ist es Aravyn, die ihm helfen muss.«

Sosehr es Lena widerstrebte, das zuzugeben, Kian hatte recht. Wenn es Ragnar zurück auf einen guten Pfad brachte, musste er sich eben mit Aravyn verbinden. Noch immer hielten Kians haselnussbraune Augen sie gefangen.

»Lena, ich muss dir etwas sagen.« Seine Stimme klang heiser, große Aufregung sprach daraus.

Sie nickte nur stumm, in ihrem Kopf wirbelten alle möglichen Antworten auf eine eventuelle Liebeserklärung herum.

»Ich liebe dich sehr«, fuhr er da auch schon fort, und Lena schloss traurig die Augen.

O Gott, Kian, ich will dir doch nicht wehtun, dachte sie verzweifelt.

»Kian, ich …«, setzte sie an, doch er legte ihr einen Finger auf die Lippen, dann fasste er ihr Gesicht mit beiden Händen, und sie glaubte gar, seine Augen feucht schimmern zu sehen.

»Ich weiß nicht, wie ich es dir sagen soll, und denke schon seit gestern darüber nach.« Er küsste sie auf die Stirn, atmete tief durch und presste seine nächsten Worte hastig hervor. »Ich liebe dich, nur leider nicht so, wie ich eine Frau lieben sollte, die auch meine Lebensgefährtin ist. Ich weiß selbst nicht, weshalb das so ist, nur …«

»Was?« Lena lachte laut auf, was Kian sichtlich irritierte. »Du meinst … also …«

»Lena, ich bedauere es so sehr. Du bist eine wunderbare junge Frau, klug, mutig und hübsch, nur …«

»Kian …« Ein beinahe schon hysterisches Kichern bahnte sich seinen Weg an die Oberfläche, und sie drückte seine Hand. »Du musst dich nicht entschuldigen, denn mir geht es genauso.« Erstaunt riss er die Augen auf. »Schon die halbe Nacht und den ganzen Tag habe ich mich gefragt, wie ich es dir beibringen soll, ohne dass ich deine Gefühle verletze oder dich beleidige.«

»Ist das die Wahrheit?«, stieß Kian hervor.

»Ja, Kian, und ich bin unendlich froh, dass es dir so geht wie mir.«

Mit einem erleichterten Seufzen umarmte er sie, und voller aufrichtiger Zuneigung erwiderte Lena diese Umarmung.

Dann hielt er sie ein Stück von sich weg. »So etwas ist mir noch nie passiert«, gab er zu, »und, ehrlich gesagt, verstehe ich diese tiefen, so ganz andersartigen Gefühle für dich nicht.«

Unsicher hob Lena ihre Schultern. »Beinahe habe ich den Eindruck, es ist so ähnlich, wie Amelia es mir bei einem Anam Cara beschrieben hat. Nur dachte ich, bei zwei Menschen kann das nicht der Fall sein.«

»Oder es ist dieses Band das besteht, seitdem wir uns gegenseitig das Leben gerettet haben.« Noch einmal drückte er sie an sich. »In jedem Fall möchte ich immer für dich da sein.«

Laute Stimmen rissen sie aus diesem intimen Moment.

»Schnell, holt Decken!«, hörte Lena Eryn rufen. Kurz darauf

kam Morqua mit großen Sätzen in die Höhle gesprungen. Beinahe gleichzeitig erhoben sich Lena und Kian.

»Tut mir leid, ich glaube, wir sollten helfen.«

Kian folgte Lena, musterte die mächtige Bergkatze jedoch skeptisch.

»Morqua tut dir nichts, sie ist Eryns Anam Cara«, erklärte sie.

In diesem Moment trat die Kriegerin zu ihnen, ihre Kleider schmutzig und zerrissen. »Lena, ich bin froh, dich wohlbehalten anzutreffen«, rief sie aus, dann deutete sie jedoch betrübt auf Etron, der einen anderen Tuavinn auf seinen Armen trug. Sekunden später folgte Taramin, ihr Gesicht tränenüberströmt.

»Gheros – eine Rodhakan-Lanze hat ihn erwischt.«

Erschrocken sog Lena die Luft ein, eilte jedoch sofort los, um Decken zu holen. Leider waren die Vorräte bereits erschöpft, aber als sie zurückkam, hatte Etron Gheros schon auf eines der provisorischen Lager gelegt. Ein Mann mit einem Verband ums Bein wankte gerade ins Freie. Sicher hatte er seinen Platz geräumt. Lena konnte einen Verband an Gheros' Oberkörper erkennen, der Tuavinn zitterte am ganzen Körper, warf sich unruhig hin und her, Schweiß glänzte auf seiner Stirn. Taramin saß neben ihm, Hilflosigkeit stand in ihren Augen.

Lena betrachtete die beiden mitleidig, bemerkte aus dem Augenwinkel, wie Ragnar gemeinsam mit Arihan hereinkam. Die beiden waren in ein Streitgespräch vertieft.

»Sieh dir an, was die Rodhakan anrichten«, vernahm Lena die kräftige Stimme des alten Tuavinn.

»Sie sind nicht alle so!«, hielt Ragnar dagegen, das Gesicht eine starre Maske.

Sowohl Etron als auch Eryn stutzten, als sie Arihan erkannten. Ablehnung, ja gar Feindseligkeit huschte über ihre Züge.

»Er hat uns geholfen«, erklärte Lena sogleich. »Bitte hört ihn zumindest an.«

»Im Augenblick haben wir ohnehin andere Sorgen.« Eryn fuhr

sich über ihr Gesicht. »Die Menschen der Städte sind wie von Sinnen, und Rodhakan greifen sowohl uns als auch das Bergvolk an.«

Arihan schob Ragnar nun gegen seinen Willen näher.

»Möchtest du weitere deiner Freunde als Opfer der Schatten vorfinden?«, rief er und deutete auf die Verwundeten.

Alles an Ragnar drückte Abneigung aus, aber Lena ging gerade etwas anderes durch den Kopf, daher trat sie zu ihm. »An was erinnert dich Gheros' Zustand?«, fragte sie.

»Was weiß ich«, antwortete er unwirsch.

Aber Lena gab nicht nach und zeigte auf den Tuavinn, der sich stöhnend hin und her wälzte. »Damals, als du bei meinen Eltern zum Essen eingeladen warst und zusammengebrochen bist, da ging es dir doch ähnlich schlecht. Ich gehe davon aus, bei Gheros ist es schlimmer, aber der Schüttelfrost, das Fieber.« Sie sah zu Taramin hinüber. »Schlägt sein Herz viel zu schnell?«, fragte sie die Tuavinn.

Die Kriegerin nickte betrübt, dann nahm sie die Hand ihres Gefährten.

»Und was willst du jetzt damit sagen?«, fragte Ragnar gereizt.

»Diese Allergie oder was auch immer es war«, fuhr Lena aufgeregt fort. »Oma Gisela hat gesagt, sie hätte eine Idee, wie man dir helfen könnte.«

»Eine Medizin gegen das Gift der Rodhakan?«, wunderte sich Arihan, und in den Gesichtern der anderen konnte Lena Unglauben, aber auch ein Aufkeimen von Hoffnung erkennen.

»Ich bin mir nicht sicher, ob Ragnar wirklich mit demselben Gift in Berührung gekommen ist oder ob es das in meiner Welt überhaupt gibt. Wir sollten jedenfalls nichts unversucht lassen!«

Zunächst trafen sie skeptische Blicke, leise Diskussionen brachen aus, und letztendlich zog sie Eryn auf die Seite. »Selbst wenn du zurück über die Schwelle reist, für Gheros würde es sicher schon zu spät sein.«

Lena biss sich auf die Lippe. Die Tatsache, dass die Zeitverhältnisse hier anders waren, hatte sie nicht bedacht.

Nun hob Eryn ihre Arme in die Höhe. »Andererseits könnte es vielen von uns das Leben retten. Vielleicht sollten wir es versuchen. Maredd hat mir erzählt, nicht immer würde in Elvancor die gleiche Anzahl an Tagen vergehen, wenn man die andere Welt besucht. Normalerweise spielt das auch keine Rolle für uns, aber nun mag es über Bestehen und Vergehen unseres Volkes entscheiden. In jedem Fall sollten wir jemanden wählen, der dich begleitet.« Eryn rieb sich nachdenklich über das Kinn.

»Ich kann auch allein gehen«, erwiderte Lena, doch die Tuavinn schüttelte entschieden den Kopf.

»Es sind noch immer Rodhakan in deiner Welt. Vergiss das nicht!«

»Also gut!« Die Euphorie, nach Hause zurückzugehen und möglicherweise viele Leben retten zu können, focht mit dem Gefühl, Ragnar im Stich zu lassen, einen heftigen Kampf in Lenas Innerem aus. Langsam folgte sie Eryn, die bereits zurück zu den anderen gestürmt war und nun mit ihnen redete.

Derart in Gedanken versunken, stieß Lena mit Aravyn zusammen, und ihr fiel auf, wie bedrückt und blass die sonst so strahlende junge Frau aussah.

»Haben Arihan und Ragnar mit dir gesprochen?«, erkundigte sich Lena.

Die Tuavinn-Kriegerin nickte, ihre dunkelblauen Augen waren gerötet und geschwollen. »Ich kann kaum glauben, dass Ragnar sich mit den Rodhakan einlassen will, Lena. Er ist so versessen auf diesen Gedanken, und ich weiß nicht, wie wir ihn davon abbringen können.«

Energisch ergriff Lena sie an der Schulter. »Du musst es tun, Aravyn! Du bist seine Anam Cara.«

»Dessen bin ich mit nicht einmal mehr so sicher«, flüsterte sie und warf einen düsteren Blick zu Ragnar hinüber.

Eine böse kleine Stimme in Lenas Innerem freute sich über diese Zweifel, doch sie ließ nicht zu, dass diese lauter wurde. »Ich muss für eine Weile weg«, sagte sie stattdessen. »Du musst gut auf Ragnar achten und … diesen Bund mit ihm eingehen.« Es fiel ihr schwer, dies auszusprechen, aber sie hoffte, dies würde Ragnar an Aravyn und die Tuavinn binden. So war es allemal besser, als ihn ganz an die Rodhakan zu verlieren. »Er braucht diesen Halt, Aravyn, um wieder zu sich selbst – zu uns allen – zu finden!«

»Ich weiß!«, entgegnete Aravyn, doch über irgendetwas schien sie noch immer zu grübeln.

»Du liebst ihn doch noch, oder?«, fragte Lena vorsichtig.

»Ja!« Nun machte sich ein versonnenes Lächeln auf ihrem Gesicht breit, und lediglich ein Flüstern kam über Aravyns sinnlich geschwungene Lippen, als sie weitersprach. »Ich fühle mich so sehr mit ihm verbunden. Doch kann ich wissen, ob meine Liebe ausreicht, ihn vor dieser Gefahr zu bewahren? Kann ich mit seinem Vater und dem, was er bei ihm zu finden glaubt, überhaupt konkurrieren?«

»Das kannst du!« Lena nickte entschieden. »Und du musst es versuchen. Versprich mir, dich um Ragnar zu kümmern«, drängte sie.

»Selbstverständlich werde ich das!« Nun straffte Aravyn ihre Schultern und sah erneut zu Ragnar hinüber. »Wir werden ihn nicht in die Nähe der Rodhakan lassen!«

»Er darf sich aber auch nicht bedrängt fühlen, sonst wendet er sich vielleicht erst recht ab«, riet Lena, denn sie wusste, wie eigen Ragnar manchmal war. Im selben Moment fragte sie sich, wie gut ihn Aravyn eigentlich wirklich kannte. Zumindest waren ja noch Maredd und Amelia da.

An ihr war es nun, Ragnar loszulassen, denn sollte Oma Gisela tatsächlich ein Mittel gegen das Gift der Schatten haben, würde das auch Ragnar zugutekommen. Ihr Blick schweifte zu Amelia, die von Lucas, ihrem Sohn, noch immer nichts wusste.

»Lena, bist du bereit?« Etrons Stimme drang zu ihr durch, und sie sah zu dem Tuavinn auf. Groß und schweigsam stand er vor ihr, seinen Bogen in der Hand, zwei Köcher mit Pfeilen und ein Bündel auf dem Rücken.

»Mein Bogen!«, rief sie aus. »Ich kann nicht sehr gut schießen, aber sicher ist es besser, ihn bei mir zu haben.«

»In der Tat«, pflichtete Etron ihr bei. »Hier sind Pfeile. Finden sie ihr Ziel, wird das kein Rodhakan überleben.« Damit reichte er ihr den zweiten Köcher. Auch Eryn, Morqua und Kian kamen auf sie zu.

»Ich würde dich so gern begleiten«, sagte der junge Kelte zu ihr.

»Ja, das wäre schön!« Lena meinte das ernst, dennoch wäre es für Kian sicher fremd gewesen, in ihre Welt zu gehen.

»Wir haben nur dieses eine Amulett«, sagte Eryn ungeduldig. »Es würde zu lange dauern, ein weiteres zu holen. Zudem ist Kian verletzt. Morqua und ich begleiten dich über die Schwelle.«

»Wenn Etron und Graha mitkommen, sind es gleich zwei wertvolle Tuavinn-Krieger, die fehlen«, gab Lena zu bedenken.

»Auch die andere Welt ist nicht ohne Gefahr.« Etron stieß einen Ruf aus, und kurz darauf schoss Graha zu ihm. »Noch sind Ilragar und Wenlann nicht zurückgekehrt. Wir müssen also davon ausgehen, dass sie die Rodhakan bisher nicht unschädlich machen konnten.«

Nacheinander umarmte sie ihre Freunde, dann stand Aravyn vor ihr und reichte ihr einen festen Gegenstand, in ein Stück Stoff eingewickelt.

»Du hast mir erzählt, du würdest gerne die Schuld bei deinen Eltern begleichen. Amelia war der Meinung, dieses Metall ist jenseits der Schwelle bekannt und würde dir helfen.«

Zu ihrem grenzenlosen Erstaunen wickelte Lena einen hühnereigroßen Goldklumpen aus. »Unglaublich«, stieß sie hervor.

Aravyns Hände schlossen sich um die ihren. »Söhne dich mit

deinen Eltern aus. Und ich freue mich, wenn du zu uns zurückkommst!«

»Darf ich das wirklich mitnehmen?«, fragte Lena in die Runde.

Doch alle Tuavinn nickten einstimmig. »Dieses Gold hat der Berg freiwillig gegeben. Und du willst unserem Volk helfen, deshalb sollst du es behalten.«

Auch Kian wirkte verwundert, wenn auch zugleich beeindruckt.

»Wartet, ich muss noch etwas mitnehmen«, rief Lena, denn ihr fiel etwas ein. Sie wollte die Kleider holen, in denen sie hierhergelangt war, um nicht unnötig aufzufallen. Also rannte sie zu Amelias Hütte, zerrte Ragnars Kapuzenpullover aus der Truhe und zog ihn sich über den Kopf. Nachdem sie aus der Hütte gestürmt war, stand plötzlich Ragnar vor ihr und sprach zunächst kein Wort. Nur seine Augen suchten die ihren.

»Was ist?«, fragte sie schroffer als beabsichtigt.

»Du kommst doch wieder?« Etwas in seinem Blick rührte sie, erinnerte Lena an die Zeit, als sie sich ihm so nah gefühlt hatte. Doch sie riss sich zusammen.

»Du bist doch ohnehin sauer auf mich. Also, weshalb soll ich unbedingt zurückkommen?«

Ehe sie überlegen konnte, ihn einfach stehen zu lassen, hatte er sie an sich gedrückt. »Weil ich dich sehr gernhabe, Lena. Und weil ich dich brauche«, fügte er kaum hörbar hinzu.

Einen Moment lang hatte sie das Gefühl, ihr Herz würde aussetzen. Sie biss sich auf die Lippe, wollte schon ihren ganzen Plan aufgeben. Hier würde vieles geschehen, bis sie zurück war, selbst wenn sie sich beeilte. Trotzdem musste sie es tun. Daher machte sie sich von ihm los, drückte lediglich seine Hand. »Tu nichts Unüberlegtes, und vertrau lieber denjenigen, bei denen du dir sicher bist, dass sie dich lieben.«

Auf der Stelle verschloss sich sein Gesicht. »Mein Vater liebt mich ebenfalls.«

»Aber er ist nicht …« Lena unterbrach sich selbst. »Ich befürchte, das musst du erst selbst erkennen. Mach's gut, Ragnar, ich muss jetzt gehen.« Sie eilte davon, wäre am liebsten noch einmal umgedreht und hätte ihn ganz fest an sich gedrückt. Doch jetzt musste sie ihre Sorge um Ragnar zurückstellen.

An der Seite von Eryn, Etron, Morqua und Graha eilte sie ins Innere des Berges, bis sie den Kraftort erreichten, an dem die beiden Tuavinn Ilragar und Wenlann über die Schwelle in Lenas Welt getreten waren.

»Dieser Weg führt uns doch nach Irland!«, rief Lena aus.

»So ist es«, bestätigte Eryn. »Sobald wir an dem Kraftort angelangt sind, können wir zu jedem beliebigen weiterreisen, und das wird nicht länger als einen Lidschlag dauern.«

Wieder einmal war Lena ausgesprochen erstaunt, aber weiter zum Nachdenken kam sie nicht, denn die magischen Linien breiteten sich auf dem Boden aus, ihr Amulett lag warm und pulsierend auf ihrer Haut. Kurz dachte sie an Ragnar, dann fassten Etron und Eryn sie an der Hand, und ein Wirbel aus Licht und Wärme zog sie mit sich.

Ein stürmischer Wind zerrte an Lenas Haaren und Kleidern. Sie schwankte, spürte jedoch Eryns und Etrons starke Hände, die sie festhielten. Nachdem ihr Blick sich geklärt hatte, erkannte sie weites, offenes Land. Grüne Hügel breiteten sich bis zum fernen Horizont aus, und der Sturmwind peitschte Wolken über einen abendlichen Himmel. Lena staunte, als sie bemerkte, dass direkt über ihr mächtige Steine aufragten.

Doch ehe sie sich weiter umsehen konnte, wurde sie erneut von einem Lichtstrahl erfasst und fand sich einen Lidschlag später in der Esperhöhle wieder – genau wie Eryn gesagt hatte. Die Luft hier war kühl, es roch nach modriger Erde und feuchtem Stein.

Wachsam hielt Eryn ihr Schwert erhoben, Etron hatte einen Pfeil an die Sehne seines Bogens gelegt.

»Ist dies der Ort, an dem du nach Elvancor übergetreten bist?«, flüsterte der große Krieger.

»Ja, wir sind wieder hier.« Lena hielt die Luft an, als drei Gestalten vor ihnen auftauchten, doch es waren keine Rodhakan, die sich geräuschlos näherten, sondern zwei Männer und eine Frau mit hellen Haaren, ähnlich gekalkt, wie sie es bei den Fürsten auf dem Triadenfest von Ceadd gesehen hatte.

»Wir haben auf diesen Ort geachtet«, berichtete die Frau. »Zwei der Euren kamen erst vor Kurzem hierher. Düstere Männer, Schattenjäger.«

Lena erschauerte. Dies konnten nur Ilragar und Wenlann gewesen sein.

So als könnten allein ihre Worte die Rodhakan hierherbringen, blickte sich die Keltin um. Auf Lena wirkte sie ähnlich durchscheinend wie die Geister, die ihr mit Ragnar auf dem Staffelberg begegnet waren. Nun wunderte sie sich, dass sie die Geister der Kelten auch ohne Ragnar an ihrer Seite betrachten konnte.

»Warum nur kann ich sie sehen?«, murmelte sie.

Es war Eryn, die ihr antwortete, allerdings zuckte sie ratlos mit den Schultern. »Das kann ich dir nicht sagen. Es mag daran liegen, dass du eine Weile in Elvancor warst und mit starker Magie in Berührung kamst.«

Ein leises Flüstern lenkte Lena ab. Etron sprach zu seinem Bussard, der daraufhin mit wenigen Flügelschlägen aus der Höhle flatterte. Morqua hingegen schnupperte interessiert am Boden herum.

»Wir sollten aufbrechen«, meinte Etron schließlich.

»Ich warte mit Morqua hier«, schlug Eryn vor. »Momentan scheinen die Rodhakan nicht in der Nähe zu sein, aber sofern sie unser Kommen gespürt haben, mag sich das ändern. Ich werde diesen Ort bewachen.«

Etron nickte, dann blickte er Lena auffordernd an. »Du musst uns den Weg weisen.«

Auch wenn es sie beschäftigte, weshalb sie die Geister nun sehen konnte, wusste sie, dass die Zeit drängte. Durch den dunkler werdenden Wald eilte sie Etron voran. Alles war so, wie sie es verlassen hatte: der Herbstwald, die langen Schatten in der Abenddämmerung. Für Lena jedoch war eine lange Zeit vergangen, Monate oder beinahe ein Jahr, sie konnte es nicht wirklich einordnen. Ihre Eltern würden noch immer denken, Ragnar sei tot, sie selbst würde trauern. Doch alles hatte sich verändert. Wie sollte sie überhaupt mit ihren Eltern umgehen? Außerdem, als sie nach Elvancor übergetreten war, war ihr diese Welt fremd, ja sogar unwirklich erschienen. Nun hatte sich dies geändert, und ihre eigene Welt, die Welt, die sie kannte, mutete ihr befremdlich an.

Der schweigsame Krieger sah sich ständig neugierig um, hielt jedoch erst inne, als die Teerstraße und die Häuser in Sicht kamen. Auch Lena blieb nun stehen. Etron hatte sich in die Hocke niedergelassen und strich mit den Fingern über den Asphalt. Er runzelte die Stirn, schwieg jedoch.

»Vielleicht solltest du besser hinter unserem Garten versteckt bleiben«, schlug Lena vor. Grinsend betrachtete sie den beeindruckenden Mann mit dem Bogen, der Narbe im Gesicht und den langen grauen Haaren. »Meine Eltern sind nicht an Tuavinn gewöhnt, und selbst meine Oma würde vermutlich einen Herzinfarkt bekommen.«

»Das würde unsere Aufgabe beträchtlich erschweren«, stimmte Etron zu.

Lena gab ihm ihren eigenen Bogen, schlich sich ins Gebüsch und bedeutete Etron, hinter dem Gartenzaun zu warten. »Ich beeile mich.«

»Sehr gut.« Gelassen setzte Etron sich auf einen Baumstumpf und betrachtete Haus, Garage und Garten weiterhin äußerst interessiert.

Lena schwang sich über den alten Holzzaun, rannte auf das Haus ihrer Oma zu. Sie hatte gar nicht gedacht, dieses alte Gebäude einmal so zu vermissen. Auch als sie im Flur ihrem Vater gegenüberstand, brach eine unerwartete Woge der Zuneigung über sie herein.

»Lena, bist du schon wieder zurück?«, fragte er verwundert.

»Was? Wieso?« Lena betrachtete ihren Vater, als würde sie ihn das erste Mal sehen.

»Na, du wolltest doch zum Reitstall, oder nicht?«

»Ja, richtig«, entgegnete sie rasch.

Für ihre Eltern waren also höchstens ein paar Stunden vergangen – unbegreiflich. Spontan umarmte sie ihren Vater. Dieser stutzte zwar kurz, drückte sie dann aber an sich.

»Ach Lena, wie schlimm diese Sache für dich sein muss. Zeit heilt alle Wunden, meine Kleine.«

Das muss sie gar nicht mehr, dachte sie, sagte jedoch nichts weiter dazu. »Ist Oma hier?«

»Nein, sie musste noch dringend zu einem Patienten, hat sie gesagt.«

»Verdammt«, schimpfte Lena. Jede Sekunde war kostbar, denn in Elvancor mochte inzwischen eine lange Zeit verstrichen sein.

»Aber komm doch ins Wohnzimmer zu Mama, Ramona ist auch noch da.«

Zögernd stimmte Lena zu, und sie freute sich auch, ihre Mutter und ihre Schwester wiederzusehen, dennoch war sie ungeduldig. Zudem machte sich eine seltsame Beklommenheit in ihr breit, ihr Mund wurde trocken, ihr Herz schlug schneller, als sie den Raum betrat.

»Na, komm her, Schwesterchen«, sagte Ramona, woraufhin Lena sich neben sie setzte und sich von ihr umarmen ließ.

»Sag mal, Lena, hast du dir eigentlich Extensions in die Haare machen lassen?«, erkundigte sich ihre Schwester und streichelte über Lenas Haarschopf.

Diese war überrascht, erkannte dann aber in der Glasscheibe des Wohnzimmerschrankes, dass ihre Haare tatsächlich deutlich gewachsen waren. »Ähm, ja, neulich, von einer Freundin«, redete sie sich heraus und band die lange Pracht eilig zu einem Zopf zusammen.

»Die Stiefel sind schick«, fuhr Ramona fort, wobei sie auf die kniehohen Lederstiefel aus Elvancor deutete, »nur putzen solltest du sie mal wieder.«

Verschämt steckte Lena sie unter das Sofa. »Ich war doch bei den Pferden.«

»Hallo, Lena. Sei so gut und lass die Dinger besser vor der Tür«, verlangte Manuela postwendend mit gerümpfter Nase.

Da Oma Gisela noch nicht zurück war, tat Lena ihrer Mutter den Gefallen, ging anschließend in ihr Zimmer, zog sich eine unauffällige Jeans an und sah sich um. So vertraut und fremd zugleich wirkte alles hier. Sie entdeckte ihr Smartphone, nahm es in die Hand und schmunzelte dann. Früher hatte sie geglaubt, ohne dieses Gerät nicht leben zu können. Aber in Elvancor hatte sie es nur ein einziges Mal vermisst. Computer und Fernsehen überhaupt nicht. In Elvancor wäre für derartige Dinge gar keine Zeit gewesen, geschweige denn, dass diese Errungenschaften der Technik in irgendeiner Form hilfreich gewesen wären.

Unschlüssig drehte sie den Goldklumpen in der Hand herum. Sie konnte ihn ihren Eltern kaum ohne eine Erklärung geben. Aber sofern Oma Gisela ihr glaubte, konnte die ihn vielleicht zu Geld machen. Auch das würde Fragen aufwerfen, doch dafür war nun keine Zeit.

»… das arme Mädchen, was sie in ihrem Alter schon so alles mitmachen muss«, hörte sie ihre Mutter durch die Wohnzimmertür, als sie zurückkehrte. »Wir sollten Lena eine Freude machen und ihr das Ausgehverbot erlassen.«

Wieder musste Lena schmunzeln und betrat das Wohnzimmer mit den Worten: »Das ist lieb, aber nicht nötig.«

»Ach Schatz, wir wollen einfach etwas für dich tun«, sagte ihre Mutter, kam zu ihr und umarmte sie.

Lena genoss diese Zuneigung, so lange hatte sie die nicht mehr bei ihrer Familie gespürt.

»Mir geht es gut«, versicherte sie, und auch wenn sie Zweifel in den Gesichtern ihrer Eltern erkannte, lächelte sie die beiden an. »Wisst ihr, ich kann euch inzwischen verstehen. Ich habe riesengroßen Mist gebaut. Aber ich habe wirklich schon lange eingesehen, wie dumm es war. Das mit dem Auto tut mir leid.« Ihre Hand spielte an dem Goldklumpen in der Sweatshirttasche herum. »Ich werde euch den Schaden eines Tages ersetzen. Es wäre nur schön, wenn ihr mich nicht mein ganzes Leben lang wegen dieser Sache mit dem Unfall und dem Kiffen verurteilen würdet! Nichts kann es ungeschehen machen, und sicher hätte sehr viel mehr passieren können. Ich wünsche mir nur, dass ihr mir irgendwann verzeiht!«

Stumm musterte ihre Familie sie, keiner rührte sich, die große Standuhr in der Ecke tickte unnatürlich laut in Lenas Ohren.

»Also irgendwie bist du plötzlich ganz anders, Lena«, fing Ramona als Erstes zu sprechen an.

Auch ihre Eltern blinzelten verwirrt, Lenas Vater jedoch lächelte kurz darauf und fuhr sich über die Halbglatze. »Also, ehrlich gesagt, war es so etwas, was ich schon lange von dir hören wollte.«

»Vielleicht ist sie ja durch diese schlimme Sache vernünftig geworden«, spekulierte ihre Mutter, dann stand sie auf und streichelte Lena noch einmal über die Wange. »Natürlich sind wir dir nicht mehr wirklich böse. Aber versprich uns, die Finger von Drogen zu lassen!«

»Das verspreche ich!« Vielleicht hätte sie jetzt von Kevin erzählen sollen, aber das würde nur längere Diskussionen aufwerfen, und Lena musste zurück nach Elvancor. Eingehend betrachtete sie das Wohnzimmer, das sie seit so langer Zeit kannte. Würde sie überhaupt hierher zurückkommen? Was, wenn ihr in Elvancor etwas zustieß? Ein Kloß breitete sich in ihrer Kehle aus. Sobald sich Ragnar mit Aravyn verbunden hatte, konnte sie eigentlich ihr altes Leben wiederaufnehmen. Doch wollte sie das noch? Elvancor war so faszinierend, und sie konnte lange dort bleiben, ohne dass es hier auffiel. Aber irgendwann würde auch hier Zeit vergehen. Und da war noch Kian, zu dem sie diese eigenartige Verbundenheit spürte. Lena atmete tief durch. »Wisst ihr, wo Oma hinwollte? Hat sie ihr Handy dabei?«

»Das Ding lag wieder mitten auf der Spüle«, stellte Manuela schnippisch fest, was Lena zum Grinsen brachte. Manche Dinge würden sicher immer gleich bleiben.

»Ich habe gehört, wie sie etwas von *Herr Krause* gesagt hat.«

»Herr Krause?«, wunderte sich Lena. »Ob der General was mit Homöopathie am Hut hat?«

»Sicher gibt es mehrere Krauses. Aber was willst du denn so dringend von Oma?«, wollte ihr Vater wissen.

»Ich wollte sie etwas fragen.«

»Na, vielleicht hat sie ja ein paar Wunderkügelchen gegen großen Kummer.« Etwas spöttisch klang es ja schon aus Manuelas Mund, aber Lena zwinkerte ihr zu.

»Jetzt komm schon, Mama, dir hat sie ebenfalls schon oft geholfen. Gib's doch einfach zu, bei all euren Streitereien habt ihr euch trotzdem gern.«

Wieder kehrte Stille ein, verdutzte Blicke trafen Lena. Manuela fuhr sich ein wenig unsicher durch ihre Dauerwelle. »Nun ja, Gisela hat ihre guten Seiten … manchmal«, grummelte sie.

Leise lachend ging Lena aus dem Wohnzimmer, ließ ihre Eltern und ihre Schwester absichtlich in nachdenklichem Schweigen zurück. In ihrem Zimmer schnappte sie sich ihr Smartphone, setzte sich auf das Bett und wählte Katrins Nummer.

»Hi Lena«, erklang die Stimme ihrer Freundin, dann räusperte sie sich. »Mensch, es tut mir so leid, was mit deinem Freund passiert ist. Ich wollte dich schon besuchen, habe mich aber nicht so recht getraut, weil ich nicht wusste, ob du lieber allein sein willst.«

»Ja, schon gut, Katrin, ich komme zurecht«, unterbrach Lena sie. »Aber sag mal, ist meine Oma zufällig bei euch?«

»Ich denke schon, zumindest stand vorhin ihre Ente bei uns vor dem Haus. Wahrscheinlich hat Opa wieder Probleme mit seiner Hüfte. Im Augenblick bin ich aber in Erlangen. Wollen wir uns morgen treffen?« Katrin klang ausgesprochen besorgt, und Lena hätte sie wirklich gern gesehen, doch sie wollte noch heute nach Elvancor zurückkehren.

»Ja, vielleicht, Katrin. Habe ich dir eigentlich schon mal gesagt, dass ich froh bin, dich als Freundin zu haben?«

»Ähm, keine Ahnung.«

»Dann sage ich dir's eben jetzt.«

Wieder diese Stille, wie bei ihren Eltern.

»Danke … Lena«, stammelte Katrin schließlich. »Halt die … Ohren steif.«

»Natürlich, mach dir nicht so viele Gedanken um mich, mir geht es gut.« So gern hätte Lena sich Katrin anvertraut, aber diese ganze Geschichte war derart verrückt, dass ihre Freundin damit sicher überfordert gewesen wäre. Also griff sich Lena Ragnars Dolch, steckte ihn in den Hosenbund und ließ das lange Sweatshirt darüberfallen. Anschließend kehrte sie ins Wohnzimmer zurück.

»Katrin holt mich ab, ich gehe schon mal zur Straße.« Wieder eine Lüge, aber eine notwendige. Etron wartete im Wald, und sie konnte kaum ihren Vater bitten, den Tuavinn mitsamt seinem Bussard im Auto mitzunehmen. Bei dem Gedanken daran stieg ein Lachen ihre Kehle empor, sodass sie sich rasch räuspern musste.

»Mach das, Kind. Das wird dich ablenken«, stimmte ihre Mutter sogleich zu.

»Vielleicht übernachte ich sogar dort«, sagte Lena vorsichtshalber. Sie wusste nicht, wie und wann sie wieder hierherkommen würde, wie die Zeit verlaufen würde, und so konnte sie ihren Eltern unnötige Sorgen ersparen.

»Natürlich, Lena«, pflichtete ihr Vater bei.

Sie drückte ihm einen Kuss auf die Wange, umarmte ihre Mutter und ihre Schwester und kämpfte mit den Tränen. »Ich hab euch lieb«, flüsterte sie, als sie zur Tür hinausging. Dann straffte sie die Schultern, zog ihre Stiefel wieder an und wollte schnell in den Garten verschwinden.

»Lena!«, rief da jedoch eine bekannte Stimme vom Tor her ihren Namen.

»Kevin«, stöhnte sie.

Betont cool lümmelte er über dem Gartentor und grinste sie an. »Schön, dich mal wieder anzutreffen.«

»Du, ich habe jetzt echt keine Zeit«, sagte sie ungeduldig.

»Ein paar Minuten wirst du doch für deinen Ex erübrigen können!«

Lena verdrehte die Augen, aber sie wusste, Kevin würde nicht lockerlassen, sie wahrscheinlich verfolgen, und auch wenn sie sein Gesicht gerne gesehen hätte, wenn er Etron gegenüberstand, wollte sie diese Konfrontation vermeiden.

»Also gut.« Sie schritt zum Tor, außer Sichtweite ihrer Eltern – die bestimmt hinter dem Fenster standen –, und verschränkte die Arme vor der Brust. »Was ist los?«

»Ungewöhnliches Outfit«, stellte er mit einem Blick auf sie fest.

»Mein Outfit geht dich nichts an. Also, was willst du?«

»Komm, Lena, lass uns ein Stück gehen.«

»Verdammt, Kevin, ich habe keine Lust, jetzt mit dir spazieren zu gehen!«

Er nickte ihr zu, und so folgte sie ihm kopfschüttelnd einige Meter am Waldrand entlang. Dorthin musste sie sowieso, um wieder zu Etron zu gelangen. Sie musste nur Kevin rechtzeitig loswerden.

»Na ja, der Ausländer, mit dem du in letzter Zeit abgehangen hast. Ich habe gehört, er ist tot.«

»Ragnar«, antwortete sie scharf.

Kurz warf ihr Kevin einen Blick zu, dann hielt er an. »Man sagt, ihr hättet gemeinsam nach einem Schmuckstück gesucht.«

»Wer hat dir das denn erzählt?«, wunderte sich Lena.

»Das ist doch jetzt egal. Sag, habt ihr es gefunden?« Ein gieriger Glanz war in Kevins Augen getreten, und Lena betrachtete ihn voller Abscheu.

»Ich wüsste nicht, was dich das angeht.«

»Ihr habt es gefunden, nicht wahr? Sicher wertvoll.« Nun trat er auf sie zu, und instinktiv machte Lena einen Schritt zurück. Ihre Finger umklammerten den Goldklumpen. Kevin war groß und muskulös, sie reichte ihm gerade einmal bis zur Schulter.

Doch plötzlich wallte Wut in ihr auf. Sie blieb einfach stehen, ballte ihre Fäuste und starrte ihn an. Kevin hielt ebenfalls inne, runzelte die Stirn.

»Du willst mich doch nicht etwa schon wieder anpumpen?«

Ein unverschämtes Grinsen erschien auf seinem Gesicht. »Lena, ich bin wirklich in Schwierigkeiten.«

»Das bist du doch ständig.«

»Diesmal ist es ernst, ich habe Schulden bei Typen, die keinen Spaß verstehen. Und die wissen auch, dass wir mal zusammen waren. Ich habe ihnen gesagt, du würdest mir helfen.« Er fasste in seine Tasche, holte ein Klappmesser heraus und begann, wie beiläufig damit herumzuspielen.

Schockiert starrte Lena ihn an. »Du willst mir also allen Ernstes drohen?«

Er hob die Schultern, warf das Messer in die Höhe und fing es wieder auf. »Wenn du mir etwas Geld gibst, hat sich die Sache erledigt.«

Alles, was Kevin ihr angetan hatte, brodelte an die Oberfläche. Einem Lavastrom gleich durchfloss der Zorn ihr Inneres. Sie richtete sich auf, ließ ihn nicht aus den Augen. Verdutzt schüttelte er sich, wich sogar ein paar Schritte zurück.

»Du bist das Letzte, das Dümmste und Widerwärtigste, was mir jemals untergekommen ist«, sagte sie ganz ruhig, auch wenn sie gerne geschrien hätte.

Doch vielleicht war es gerade diese Ruhe, die ihn beeindruckte. Das Messer hatte er noch immer in einer Hand, die andere hielt er abwehrend vor sich. »Lena, was ist denn mit dir los?«

»Was mit mir los ist?« Sie drängte ihn weiter zurück, hatte das Gefühl, ihr wallender Zorn würde eine Mauer zwischen ihr und Kevin bilden, denn er ging rückwärts auf einen Baum zu, stieß sich den Kopf, was sie zum Grinsen brachte.

Nun verzerrte sich sein Gesicht. »Ich lasse mir doch nicht von einer kleinen Schlampe …«

Schon setzte er zum Angriff an, aber Lena war schneller. So wie sie es von Kian und Eryn gelernt hatte, trat sie ihm blitzschnell gegen das Knie. Kevin schrie auf, und sie nutzte die Gelegenheit und rammte ihm gleich noch ihre Stiefelspitze kräftig zwischen die Beine. Als er sich zusammenkrümmte, schlug sie ihm das Messer aus der Hand, dann fasste sie ihn an den Haaren, riss seinen Kopf nach hinten und hielt ihm Ragnars Dolch vor die Nase. Mit einiger Genugtuung erkannte sie, wie sich seine Augen weiteten.

»Mein Lieber, *das hier* nenne ich eine Waffe. Dein Brotzeitmesser kannst du dir sonst wohin stecken. Ich mag klein sein, aber zumindest steht bei mir die Körpergröße nicht in einem überproportionalen Verhältnis zu meinem Verstand, so wie es bei dir der Fall ist.«

Kevin schnappte nach Luft, Panik stand in seinem Blick, aber Lena packte seine Haare noch fester. »Ich habe keine Angst vor dir, und ich will dich nie mehr in meiner Nähe sehen. Hast du das ein für alle Mal kapiert?«

Er stöhnte leise, nickte hektisch, und als Lena ihn losließ, richtete er sich mühsam auf, glotzte sie nur mit offenem Mund an.

»Verschwinde, Kevin!«

Es war ganz deutlich, dass Kevin die Welt nicht mehr verstand. Er betrachtete Lena, öffnete den Mund, schloss ihn wieder, dann humpelte er davon, immer wieder Blicke über die Schulter werfend.

»Verdammt, hat das gutgetan«, sagte Lena zu sich selbst, wollte den Dolch schon einstecken, aber da blieb Kevin auf einmal stehen.

»Hat dieser Idiot noch immer nicht begriffen …«, schimpfte sie, erkannte jedoch, was ihn hatte innehalten lassen.

Ein Schatten löste sich aus dem Gebüsch, wurde dichter und manifestierte sich vor Kevin zu einem Fuchs. Kevin erstarrte und schaute dümmlich zu Lena zurück.

Nun registrierte sie auch dieses ungute Gefühl in ihrem Inneren. Sie umfasste den Dolch fester, war mit wenigen Schritten bei Kevin.

»Ich … was … was ist das?«, stammelte dieser.

»Du hast es nicht verdient, Kevin, aber bleib einfach hinter mir und versuch, deine Angst nicht zu zeigen«, zischte sie.

Lena wusste selbst nicht, was mit ihr los war, aber sie spürte plötzlich eine Kraft in sich, die früher nicht da gewesen war. Dieser Schattenfuchs war Furcht einflößend, größer als ein Fuchs sein sollte. Boshafte Intelligenz blitzte in den dunklen Augen, die sich auf sie gerichtet hatten. Dennoch spürte Lena – anders als bei ihren letzten Begegnungen mit ihm –, dass dieses Wesen nicht sehr mächtig war. Es hob drohend die Lefzen, duckte sich jedoch und schlich knurrend rückwärts, als Lena den Dolch vor sich hielt und auf ihn zuging.

»Du weißt, diese Waffe kann dir schaden, Luvett«, sagte sie mit fester Stimme. Sie dachte an Ragnar, den der Schattenfuchs angegriffen hatte, an ihre Eltern, ihre Oma, denen Gefahr drohte. Etwas in ihr geriet in Bewegung, wie Wellen von Energie, die von innen nach außen wogten.

»Du … sprichst mit einem … Fuchs«, jammerte Kevin.

»Halt die Klappe!«

Sie hörte, wie er lautstark schluckte, achtete jedoch nicht auf ihn und drängte den Fuchs weiter in den Wald zurück. Kurz überlegte sie, den Dolch zu werfen, doch wenn sie ihr Ziel verfehlte, würde sie schutzlos sein.

Da nahm sie eine flüchtige Bewegung von rechts wahr, ein kurzes Aufblitzen, dann ein Zischen. Luvett jaulte, fiel zu Boden und löste sich mit einem entsetzlich hohen Schrei in Luft auf.

»Etron!«, rief Lena erleichtert.

Undeutlich im Abendlicht erkennbar, groß, beeindruckend und mit seinem Bogen in der Hand trat der Tuavinn aus dem Schutz des Unterholzes und verbeugte sich leicht.

Beinahe hätte Lena laut gelacht, als sie Kevins Gesicht sah. Er war so bleich, dass sie schon befürchtete, er würde gleich in Ohnmacht fallen. Nun deutete er auf Etron, dann auf die Stelle, wo der Fuchs gestanden hatte, ein krächzendes Geräusch entstieg seiner Kehle, und jäh drehte er sich um und rannte davon – schneller, als er vermutlich je gelaufen war.

Wenige Augenblicke später war Etron bei ihr, legte den Arm um ihre Schulter und blickte Kevin nach.

»Ich hatte euch beobachtet, erkannte jedoch, dass du allein mit dieser unangenehmen Kreatur fertigwirst.«

»Ja, und das macht mich unglaublich stolz«, lachte sie. »Nur bei dem Fuchs war ich mir nicht ganz sicher.«

»Aber du hast ihm Widerstand geleistet«, sagte er beeindruckt. »Nur wenigen Menschen gelingt das. Das ist eine große Leistung, Lena.«

»Ist Everon auch in der Nähe?«

Etron reichte ihr ihren Bogen und den Köcher. Es fühlte sich gut und beruhigend an, ihn in den Händen zu halten.

»Nein, aber nun gibt es schon einen Rodhakan weniger in deiner Welt. Luvett witterte in dir leichte Beute. Bei Ilragar und Wenlann ist das anders. Sie sind tödliche Jäger, und die Rodhakan werden alles tun, um eine Auseinandersetzung mit ihnen zu vermeiden.«

»Etron, ich weiß, wo meine Oma ist.«

»Dann lass uns schnell zu ihr gehen!«

Viele Male war Lena diesen Weg mit Ragnar gelaufen oder geritten, und jetzt rannte sie, so schnell sie konnte. Etron war wachsam, und sie war froh um Graha, der hin und wieder an ihnen vorbeiflog und zusätzlich alles im Auge behielt. Unbehelligt erreichten sie das Örtchen Burggaillenreuth, verschlafen und in tiefer Dunkelheit liegend. »Wir … gleich … sind wir da«, japste Lena.

Etron beäugte argwöhnisch die Häuser, berührte mit seinen Fingerspitzen Autos und Motorräder, während sie weitergingen. Vor Katrins Elternhaus hielten sie an, und Etron öffnete neugierig eine Mülltonne und rümpfte die Nase, was Lena zum Lachen brachte.

»Welch seltsame Dinge bewahrt ihr in diesen Truhen auf?«

»Das wird weggeworfen, verbrannt«, kicherte Lena. Dann sah sie zu den erleuchteten Fenstern des Hauses und scheute sich auf einmal zu klingeln. »Etron, kannst du warten? Ich muss erst mit meiner Oma reden.«

»Selbstverständlich. Ich ziehe mich zwischen die Bäume zurück.« Mit einem Sprung setzte er über den Gartenzaun und verschwand hinter den Hecken.

Lena nahm all ihren Mut zusammen, klingelte an der Haustür und überlegte, wie sie am besten beginnen sollte. Der General öffnete. Hoch aufgerichtet, die Schultern gestrafft und wie stets das kurze graue Haar und den Schnurrbart akkurat frisiert.

Nun betrachtete er sie verwundert und sagte dann: »Katrin ist nicht hier!«

»Ich weiß, Herr Krause, aber ich muss ganz dringend mit meiner Oma sprechen.«

»Nun gut. In dieser Angelegenheit kann ich dir weiterhelfen.« Er machte eine einladende Handbewegung, und Lena trat ein. Walter Krause marschierte energischen Schrittes durch den Flur, Lena folgte ihm. Wie sie wusste, bewohnte er zwei Zimmer im Erdgeschoss, und aus seiner »Kaserne«, wie Katrin so schön zu sagen pflegte, drang Lichtschein. Er öffnete die Tür, und Lena blieb wie vom Donner gerührt stehen. Lediglich Kerzenschein und das flackernde Feuer eines Holzofens erhellten mit ihrem spärlichen Licht den Raum. Was sie allerdings noch mehr in Erstaunen versetzte, war, dass sie nicht nur ihre Oma, sondern auch einen Mann um die vierzig mit kurz geschnittenem braunen Haar vorfand. Beide waren in ein angeregtes Gespräch vertieft, dennoch flüsterten sie nur. Als Lena das Zimmer betrat, kehrte augenblicklich Schweigen ein, ihre Oma starrte sie mit offenem Mund an, das Gesicht des Mannes drückte Verwunderung aus.

»Carsten, was machst du denn hier?«

Ihr Onkel erhob sich, dann zeichnete sich das für ihn so typische spitzbübische Lächeln um seinen Mund ab. Die vereinzelten Sommersprossen auf seiner Nase unterstrichen diesen Gesichtsausdruck noch. »Das ist eine lange Geschichte.« Er nahm sie in die Arme und drückte sie. »Hey, Kleine, ich habe gehört, was passiert ist. Es tut mir wirklich leid für dich.«

»Ist schon gut. Aber was in aller Welt macht ihr hier, beim …« Sie räusperte sich, doch Walter Krause kam ihr zuvor. Zu ihrer Überraschung lächelte er, sein strenger Ausdruck war verschwunden.

»Du kannst gerne *General* sagen. Dieser Spitzname ist mir bekannt und belustigt mich eher, als dass er mich stört.« Verwirrt blickte Lena vom einen zum anderen. Oma Gisela wirkte so unsicher und beinahe schon verlegen, wie Lena sie noch nie zuvor gesehen hatte. Walter Krause ging wieder zur Tür. »Ich lasse euch allein, sicher habt ihr Wichtiges zu besprechen.«

»Also, was ist hier los?«, wollte Lena wissen.

Carsten und ihre Oma wechselten einen Blick.

»Lena, das ist nicht so einfach, und es ist besser, du vergisst, dass ich hier war.« Damit erhob er sich. »Du wolltest deiner Oma doch etwas Wichtiges erzählen.«

Kapitel 29

Wächter und Hüter

Maredd vernahm aufgeregtes Gemurmel aus allen Richtungen. Etwas über hundert Tuavinn aus allen Teilen des Landes, Vertreter der jeweiligen Schwellenhüter, hatten sich in der großen Höhle mit Amelias Gemälden versammelt, um Arihan zu lauschen. Arihan, dem Ausgestoßenen. Besonders Targon machte ein abweisendes Gesicht, hielt die Arme vor der Brust verschränkt. Doch es war ohnehin nicht Targons Art, leicht zu verzeihen oder jemandem sein Vertrauen zu schenken. Auch Maredd hatte niemals gewusst, was er von Arihan halten sollte, hatte dieser doch zahlreiche Regeln der Tuavinn gebrochen. Dazu kam, dass Maredd schon bei Amelias erstem Besuch geahnt hatte, dass Arihan ein gewisses Interesse an Amelia hegte. Offen hatte der ältere Tuavinn dies nicht zugegeben, doch war stets ein unterschwelliges Knistern zwischen den beiden zu spüren gewesen. Amelia hatte ihm niemals Grund gegeben, an ihrer Treue zu zweifeln, vielleicht empfand sie auch nur eine freundschaftliche Zuneigung zu Arihan. Aber leider war Maredd, auch wenn es anders hätte sein sollen, nicht über derartige Eifersucht erhaben. Darüber ärgerte er sich selbst am meisten, denn er blickte auf ein langes Dasein in Elvancor zurück, hatte viel gesehen und erlebt. So zwang sich Maredd zu berücksichtigen, dass Arihan Lena, Aravyn und Ragnar zu Hilfe geeilt war. Außerdem konnten sie es sich nicht erlauben, auch nur auf einen einzigen Tuavinn zu verzichten, ebenso wenig wie auf die Bergleute, die Arihan mithilfe von Berggeistern aus dem östlichen Bergdorf hierhergebracht hatte. Zu groß war die Gefahr, die ihnen durch die anrückende Fürstenarmee und die Rodhakan drohte. Ureat aus Talad, Neas, der kräftige Bergmann mit seinen Brüdern und Schwestern, und auch die energische Romba waren Verbündete, die sie dringend benötigten.

»Ich sage, wir brauchen keinen Verräter in unseren Reihen«, erhob Targon das Wort.

»Onkel!«, empörte sich seine Nichte, doch er schob sie ungeduldig zur Seite, als sie sich vor ihm aufbaute.

Viele Tuavinn nickten mit den Köpfen, denn Targons Meinung hatte Gewicht unter ihnen. Arihan hingegen schwieg, betrachtete sie alle aus unergründlichen Augen, die eine gewisse Trauer in sich trugen.

»Arihan hat seine Schuld eingesehen«, rief Maredd dazwischen, »was er als junger Tuavinn getan hat, war falsch und unbedacht. Doch nun lebt er schon seit vielen Generationen beim Bergvolk des Ostens, hat es geleitet und geführt.«

»Richtig!« Nur schwer konnte sich Maredd ein Schmunzeln verkneifen, als die kleine, verhutzelte Irba vortrat. Sie hatte zwischen den anderen Bergleuten gestanden, die sich im Angesicht der vielen Tuavinn beinahe schon ängstlich an die Höhlenwand drängten.

»Jeder macht Fehler, doch nicht alle sind bereit, sie auch einzugestehen und daraus zu lernen.« Ihr knochiger Finger deutete furchtlos in Targons Richtung. »Nicht einmal alle Tuavinn.«

»Irba«, rief Arihan dazwischen, »es ehrt dich, dass du …«

»Arihan hat einigen von uns geholfen«, unterbrach Maredd, »und das Bergvolk des Westens ist auf die Hilfe ihrer Brüder und Schwestern aus dem Osten angewiesen. Lasst uns zunächst die Bedrohung durch den Bund der Rodhakan und der Fürsten abwehren. Über Arihans lange vergangene Taten können wir später urteilen.« Maredd zuckte mit den Achseln. »Zumindest diejenigen von uns, die dann noch leben. Wärst du damit einverstanden, dass über deine Rückkehr in den Verbund der Tuavinn erst nach diesem Krieg entschieden wird?«

»So soll es sein«, stimmte Arihan zu, »vielleicht kann ich euch bis dahin von meiner Loyalität überzeugen.«

»Gut, wer dafür ist, dass Arihan mit uns kämpft, der hebe die Hand.«

Viele tauschten unsichere Blicke, Targon hielt seine Arme weiterhin krampfhaft verschränkt, doch nach und nach reckten die meisten die Hände hoch. Arihans Erleichterung war deutlich zu erkennen, und er lächelte Irba zu. Nachdem die Entscheidung getroffen war, verteilten sich die Tuavinn rasch wieder, einige, um in den Bergen nach Rodhakan Ausschau zu halten, andere, um den Bergdörfern weiter unten im Tal zu helfen.

»Maredd, ich danke dir für deine Fürsprache.«

»Die hast du nur der Tatsache zu verdanken, dass du einige derer gerettet hast, die mir am Herzen liegen«, stellte Maredd kühl klar. Arihan hatte dem Ansehen seines Volkes sehr geschadet, außerdem wusste er nicht, ob er diesem alten, seit Generationen ausgestoßenen Mann wirklich trauen sollte.

»Achtung und Vertrauen werde ich mir wieder verdienen müssen«, gab Arihan zu. »Maredd, ich muss mit dir wegen Ragnar sprechen!«

»Leute, ich verstehe das alles nicht.« Lena fuhr sich über das Gesicht. Sie war hier, um eine unglaubliche Geschichte loszuwerden, und traf auf Oma Gisela, ihren Onkel und den General, die ein äußerst seltsames Treffen abhielten und mehr als geheimnisvoll taten.

Tröstend drückte Carsten ihre Schulter. »Man muss nicht alles verstehen. Erzähl Oma, was dir auf dem Herzen liegt. Ich leiste dem General«, er zwinkerte ihr zu, »in der Küche Gesellschaft.«

So sehr sie die Geheimniskrämerei wunderte, jetzt ging es um wichtigere Dinge. Lena atmete tief durch, ließ sich in einen der Sessel sinken und sah ihre Großmutter an.

»Oma, bitte versprich mir, mich nicht einliefern zu lassen, wenn ich dir jetzt eine total abgefahrene Geschichte erzähle.«

»Lena, du weißt, ich bin sehr tolerant!« Gisela faltete ihre Hände über dem Tisch zusammen und wirkte inzwischen deutlich gefasster.

»Ich befürchte, diese Toleranz wird heute auf eine harte Probe gestellt.«

Zunächst wusste Lena gar nicht, wie sie beginnen sollte, sprach von Ragnar, wie sie zur Esperhöhle gegangen war, den Geistern und Rodhakan und wie Maredd sie gerettet hatte.

Während ihrer Erzählung richtete sich Oma Gisela plötzlich kerzengerade auf, ihre Augen weiteten sich, und bevor Lena dazu kam, ihr zu berichten, dass Ragnar in Elvancor weiterlebte, hob ihre Oma eine Hand. »Du hast einen von ihnen getroffen«, stieß sie hervor.

»Wen habe ich getroffen?«

»Einen der alten Lehrmeister!« Aufgeregt sprang Oma Gisela auf. »Lena, ich lasse dich nicht einliefern. Aber sei so gut und warte mit deinen weiteren Erzählungen, bis Walter und Carsten hier sind.«

»Walter?«, fragte Lena gedehnt. »Du kannst doch nicht im Ernst den General …«

Mit einer ungeduldigen Handbewegung unterbrach Oma Gisela sie. »Der General ist nicht der, für den du ihn hältst, genauso wenig wie Carsten oder ich. Aber später mehr dazu. Lena, warte kurz, ich hole die beiden.« Schon war Oma Gisela aus dem Raum gerauscht, ihr langer Batikrock wehte hinter ihr her.

»Na schön, und ich dachte, ich hätte phänomenale Neuigkeiten«, sagte Lena zu sich selbst. Sie rieb sich die Schläfen, einen Moment lang überlegte sie sogar, sich heimlich davonzustehlen, doch da öffnete sich die Tür, und Carsten und der General standen im Raum. Beinahe hätte Lena laut gelacht, als sie sah, wie verdutzt und nahezu ehrfürchtig die beiden sie anstarrten. Noch einmal musste sie alles berichten. Niemand unterbrach sie, niemand fragte nach. Sie hörten nur zu, wechselten Blicke, und lediglich als Lena erzählte, dass sie Ragnar wiedergetroffen hatte, beugte sich ihre Oma zu ihr und streichelte über ihre Wange. »Das ist wunderbar, Lena, und ich bin sehr froh für dich!«

»Also ihr haltet mich nicht für einen völlig durchgeknallten Teenager, der aus Frust, dass sein bester Freund gestorben ist, irgendwelche Drogen genommen hat und jetzt unter Wahnvorstellungen leidet?«

»Wäre dir das lieber?«, erkundigte sich Onkel Carsten mit einem angedeuteten Grinsen.

»Im Augenblick weiß ich das, ehrlich gesagt, nicht«, stöhnte Lena. »Zumindest hätte ich mit mehr Zweifeln gerechnet.«

»Nun gut«, meinte der General bestimmt. »Lasst uns die Karten auf den Tisch legen.« Er ging zu einem der dunklen Holzschränke, holte eine Flasche heraus und goss jedem zwei Fingerbreit von der Flüssigkeit in ein Glas, dann setzte er sich wieder.

Lena trank davon und hustete dann. »Puh, was ist das denn?«

»Ein Kräuterschnaps, altes Familienrezept.«

»Ich glaube, das können wir im Augenblick gut gebrauchen«, scherzte Carsten.

»Nun, Lena«, Walter Krause legte einen Finger an seine Nase und blickte ernst in die Runde. »Wir alle«, er deutete auf Oma Gisela, Carsten und sich selbst, »gehören einer uralten und geheimen Gemeinschaft an.«

»Ach was?« Lena sah ihre Oma an, dann ihren Onkel und den General und schließlich wieder ihre Oma. Sie wusste nicht, was sie sagen sollte, daher nippte sie erneut von dem Kräutertrunk und spürte, wie das Destillat sich seinen Weg zu ihrem Magen bahnte, wo es ein beruhigendes Gefühl verbreitete.

»Bei unseren Vorfahren, den Kelten, oder besser gesagt, jenen Völkergruppen, die von Südeuropa bis in den hohen Norden Schottlands unsere Welt besiedelten und später als Kelten bekannt wurden, gab es weise Männer und Frauen.«

»Die Druiden«, ergänzte Lena.

»Ja, so nennt man sie heute«, stimmte Walter Krause zu.

»Es gibt alte, sehr geheime Legenden und Mythen, dass sie in früheren Zeiten Hilfe und Führung von machtvollen Wesen erhielten. Sie lehrten sie, im Einklang mit der Natur zu leben, sich weiterzuentwickeln, ja sogar, Dinge zu erlernen, die man als Magie bezeichnen kann.«

»Die Tuavinn«, hauchte Lena.

Der alte Mann neigte seinen Kopf. »Nur noch wenige wissen um diese fremdartigen Wesen, denn wie dir sicher bekannt ist, endete ein paar Jahrhunderte nach Christus das Zeitalter der Kelten. Sie wurden besiegt, vertrieben, ob nun von Römern, Germanen oder Griechen. Ihre Kultur ging beinahe unter, auf den britischen Inseln gibt es noch viele stumme Zeugnisse dieser alten Zeit, doch die Überlebenden verstreuten sich in alle Winde und …«

»Ein Teil ging nach Elvancor.« Lena sah den Mann an, den sie immer für einen nüchternen, wenn auch etwas schrulligen Bürger gehalten hatte. Dass sie nun in diesem Kreis über Druiden und Tuavinn sprach, wollte noch immer nicht so recht in ihren Kopf. »Sind Sie ein Druide?«

»Nicht nur das, Lena«, ergriff Oma Gisela das Wort. »Er ist einer der Bewahrer, einer von denen, die um die Kraftorte und die magischen Linien, die unsere Welt durchziehen, wissen. Sie arbeiten im Geheimen, versuchen, das alte, verlorene Wissen wieder zu sammeln, und geben es nur an streng ausgewählte Vertraute weiter.«

»Verzeih, wenn ich dich unterbreche«, Walter Krause verbeugte sich leicht vor Lenas Oma, »aber du musst wissen, Lena, nicht nur die keltische Kultur verblasste, auch die Tuavinn zeigten sich nicht einmal mehr den letzten Druiden. Sie verschwanden, wurden zu Mythen, und irgendwann glaubte kaum noch jemand an sie. Das Druidentum starb beinahe aus, so viel Wissen ging verloren«, sagte er kopfschüttelnd.

»Die Tuavinn kamen eine Weile nicht mehr hierher«, bestätigte Lena. »Sie hatten ihre eigenen Schwierigkeiten.«

»Später musst du uns mehr von ihnen berichten«, verlangte Walter Krause energisch und erinnerte jetzt wieder an den General. »Aus der Schule ist dir sicher bekannt, dass lange Jahrhunderte alles Magische, Übersinnliche als etwas Böses, Verbotenes galt. Die Inquisition griff um sich wie die Pest, weitere weise Männer und Frauen fanden ihr Ende in den Flammen und am Galgen, bevor sie ihr Wissen weitergeben konnten. Die Kirche ging sogar so weit zu behaupten, dass Krankheiten von Gott gegeben sind und nur von ihm wieder genommen werden können – oder eben auch nicht. Du siehst, keine gute Voraussetzung für die Entwicklung der Heilkünste.«

Beim Gedanken daran schauderte Lena, doch sie lauschte gespannt.

»Über Jahrhunderte hinweg existierten die letzten Druiden unerkannt, häufig abgeschieden lebend, und nur noch wenige trauten sich, ihr Wissen zu teilen. Erst seit dem neunzehnten Jahrhundert fing man langsam und sehr vorsichtig an, wieder Kontakt aufzunehmen.« Er neigte seinen Kopf zu Carsten und Oma Gisela hin. »Ich gehörte zu jenen, die auf eine lange Ahnenreihe an Druiden oder auch Bewahrern, wie wir uns nennen, zurückgehen. Mein Vater gab sein Wissen an mich weiter. Doch es gibt auch andere, bei denen diese Familienbande nicht nachvollziehbar sind. Sehr häufig werden sie in der Nähe von Kraftorten geboren oder siedeln sich dort aus einem Impuls heraus an. Instinktiv wissen sie, dass sie die Orte der Macht pflegen und ehren müssen, um sie zu erhalten.«

»Dann sind Oma und Carsten … Gut, Eryn hatte ohnehin die Vermutung geäußert, Oma könnte eine Hüterin sein. Bei dir dagegen hätte ich so etwas niemals vermutet, Carsten.« Lena riss die Augen weit auf, während ihr Onkel ihr zuzwinkerte.

»So ist es«, bestätigte er ihr. »Doch nicht nur wir gehören zu solchen Bewahrern alten Wissens.« Er legte eine bedeutungsschwangere Pause ein und bedachte Lena mit einem abwägenden Blick aus seinen grünen Augen, ehe er weitersprach. »Wie es aussieht, hat diese Gabe auch schon immer in dir geschlummert. Bewahrer wie Walter haben es sich zur Aufgabe gemacht, Menschen wie uns zu suchen. Dabei gehen sie sehr vorsichtig vor, denn man wird heutzutage schnell für verrückt erklärt, wenn man von Magie und Druidentum spricht.«

»Zudem soll unser Wissen nicht in die falschen Hände gelangen«, ergänzte der alte Mann. »Weder mit den Regierungen unserer Welt noch dem Militär möchte ich dieses Wissen um Magie und von dem Land jenseits der Zeit teilen, auch wenn es so einige gibt, die die Existenz einer solchen Welt erahnen.«

»Aber Sie waren doch selbst beim Militär«, staunte Lena.

Sein Schnurrbart hob sich, als er schmunzelte. »War das nicht die perfekte Tarnung? Wer hätte jemals hinter einem alten Kriegsveteranen einen Druiden vermutet?« Er schlug mit einem lauten Krachen die Hacken zusammen und salutierte mit übertrieben ernstem Gesichtsausdruck. Dann schmunzelte er kurz, wurde aber sofort wieder ernst. »Außerdem war es mein Bestreben, in höhere Kreise des Militärs aufzusteigen, um den Bund der Druiden zu schützen, indem ich herausfinde, was man über uns weiß – erfreulicherweise nicht allzu viel.«

»Puh«, ächzte Lena, »wenn Katrin das erfährt, fällt sie aus allen Wolken!«

Mit festem Griff packte der General sie am Arm und blickte sie voller Inbrunst an. »Sie darf es nie erfahren, niemals, Lena! Katrin besitzt nicht die Gabe, sie würde es nicht verstehen, und ich möchte ihr ein normales Leben ermöglichen. Du musst es versprechen, Lena.«

»Ja, schon gut«, versicherte sie ihm. »Ist wohl auch besser so.« Sie schnitt eine Grimasse. »Was meint ihr, wie oft ich mir in letzter Zeit schon ein *normales Leben* zurückgewünscht habe?«

Ihre Oma stand auf, setzte sich auf die Lehne von Lenas Sessel und streichelte ihr über die Haare. »Und genau dieses normale Leben wollte ich auch dir lassen. Als du noch sehr klein warst, hatte ich den Eindruck, du könntest die Kraftorte erspüren. Du hast mich oft begleitet und manchmal erzählt, du würdest Männer und Frauen in hübschen langen Gewändern dort tanzen sehen. Ich dachte, du hättest die Gabe, die Geister zu beobachten, aber als du älter wurdest, hast du nie wieder etwas erwähnt.«

Lena riss ihre Augen auf. »Daran kann ich mich gar nicht erinnern!«

»Du warst zwei oder drei Jahre alt.« Oma Gisela lächelte verträumt, offenbar war sie gedanklich in die Vergangenheit abgetaucht, aber schließlich seufzte sie tief. »Ganz sicher haben dir deine Eltern und auch Ramona zu oft eingetrichtert, du sollst dir keine Geschichten ausdenken. Mag sein, dass du deine Gabe unbewusst blockiert hast.«

»Jetzt kann ich die Geister wieder sehen«, sagte Lena leise und starrte in die Flammen.

»Ach wirklich?« Oma Gisela klang erfreut. »Carsten kann das ebenfalls. Ich hingegen muss mir noch immer mühsam und in vielen Seminaren und Übungen aneignen, Wesen anderer Sphären überhaupt wahrzunehmen.«

»Die Hexenwochen?«, grinste Lena. Oma Gisela lachte.

»Auch die. Außerdem gibt es kleine Gruppen von Interessierten, die sich zusammenschließen und gemeinsam üben.« Sie lächelte ihrem jüngsten Sohn zu. »Carsten hat es weit gebracht, er ist der Leiter eine Gruppe in Spanien, und manchmal kommt er hierher.«

»Das ist krass, das ist richtig krass!«, rief Lena aus. »Ich habe jahrelang neben euch hergelebt und nichts gemerkt!«

»Wir halten es für besser, die, die nicht offen ihre Gabe oder ihr Interesse an dem alten Wissen zeigen, ihr normales Leben weiterführen zu lassen«, erklärte Carsten.

»Und auch wir, die Bewahrer des Druidentums«, warf Walter Krause ein, »greifen nur dann ein, wenn besondere Vorfälle eintreten – so wie in letzter Zeit hier. Ich habe eine massive Schwächung der Kraftorte wahrgenommen, ein regelrechtes Verblassen der Kraftlinien, die alles verbinden. Deine Großmutter hat versucht, die magischen Orte mithilfe von Ritualen zu stärken, wofür ich ihr sehr dankbar bin.« Er nickte Gisela anerkennend zu.

»Dann haltet ihr also schon seit Jahren solche geheimen Treffen ab?« Nach wie vor war Lena vollkommen verblüfft. Die Tatsache, hier im Kreis solcher Bewahrer, die zudem teils noch mit ihr verwandt waren, zu sitzen, versetzte sie noch mehr in Erstaunen, als Elvancor dies getan hatte.

»Nein, Lena, ich wusste nicht einmal, dass es Bewahrer wie Walter überhaupt gibt«, widersprach ihre Oma.

»Und ich erst seit relativ kurzer Zeit«, ergänzte Carsten. »Ich wurde hierherberufen, weil Walter sich mit den anderen Bewahrern in Verbindung setzte, und so kam ich her, in meine alte Heimat. An den Neideckgrotten, wo sich ein Kraftpunkt befindet, haben wir ein Räucherritual durchgeführt und die Mächte der Natur gebeten …«

»Dann wart ihr das damals!«, rief Lena dazwischen, woraufhin sich die beiden Männer ansahen. »Ich war in der Grotte auf der Suche nach einem Teil des Amuletts, da habe ich Stimmen gehört. Als ich ins Freie kam, dachte ich, dass mir einer der Männer bekannt vorkam. Das warst du, Carsten!«

»Ja, ich war im Sommer schon einmal hier. Bewahrer in Skandinavien und teilweise auch in den südlichen Ländern haben schon vor längerer Zeit die Schwächung der Kraftorte, von der

Walter soeben sprach, festgestellt. Schon damals wurde ich von unserem Bewahrer in Spanien hierhergeschickt, um den Kraftpunkt bei den Grotten zu prüfen, der mit unserem in Spanien verbunden ist.«

»Zu diesem Zeitpunkt war mir nicht einmal klar, dass Carsten und Gisela verwandt sind«, fügte Walter Krause hinzu.

»Diese Schwächung«, überlegte Lena laut, »das waren die Rodhakan.«

»Diese Schattenkreaturen, von denen du vorhin gesprochen hast?«, fragte Oma Gisela, und ihr Gesicht nahm einen ausgesprochen gespannten Ausdruck an. »Sag, können wir dieses magische Amulett einmal sehen?«

»Natürlich.« Lena zog es sich über den Kopf, reichte es ihrer Großmutter und grinste dann. »Aber bevor wir weitersprechen, möchte ich noch jemanden holen, gegen den selbst dieses Amulett zu einer nebensächlichen Kleinigkeit wird.« Die drei saßen mit ehrfürchtigen Gesichtern über das Schmuckstück gebeugt, und Oma Giselas Finger fuhren ganz behutsam die verschlungenen Linien ab.

»Wen denn?« Sie klang richtig geistesabwesend.

»Einen Tuavinn-Krieger.«

Wie vom Blitz getroffen ruckten die Köpfe von Walter Krause, Carsten und Oma Gisela gleichzeitig in die Höhe, und Lena hätte nicht zu sagen vermocht, wessen Mund weiter offen stand.

»Ich bin gleich wieder hier.« Sie eilte aus dem Raum, und noch bevor die Tür ins Schloss fiel, hörte sie hinter sich aufgeregtes Getuschel.

Draußen im Garten war alles stockdunkel. »Etron?«, rief sie verhalten.

Sekunden später löste sich seine Gestalt aus den schemenhaften Umrissen der Büsche.

»Möchtest du mit hineinkommen? Meine Oma und zwei weitere Männer, von denen ich niemals gedacht hätte, dass sie über

Kraftpunkte und die Magie der Kelten Bescheid wissen, sind dort und würden dich gerne kennenlernen.«

Der große Krieger verneigte sich leicht. »Es wäre mir eine Ehre, und auch wenn ich Behausungen wie diese meide, so werde ich deinem Wunsch doch nachkommen.«

»Sie können auch in den Garten kommen«, überlegte Lena. »Ist nur ein bisschen kalt.«

»Nein, ich begleite dich. Zudem liegt diese Behausung auf einer machtvollen Kraftlinie. Kein Rodhakan kann sich unerkannt nähern.«

»Ach wirklich?«, staunte Lena.

»In der Tat. Dieses Haus ist ebenso geschützt wie jenes, in dem du vor Kurzem deine Großmutter gesucht hast.«

»Deshalb haben mich die Rodhakan damals also dort in Ruhe gelassen!« Endlich ergaben so viele Dinge einen Sinn. Als Luvett und Everon sie verfolgt hatten, hatte sie sich im Haus ihrer Großmutter sicher gefühlt, auch wenn sie das rational nicht hatte erklären können. Vielleicht war das ja ihre instinktive Gabe gewesen, von der Oma Gisela vorhin gesprochen hatte.

Lena ging Etron voran, öffnete ihm die Haustür. Mit wachsamen Augen trat er ein, wobei sich der hochgewachsene Krieger unter dem Türrahmen ducken musste. Etron schaute sich aufmerksam, aber auch voller spürbarer Anspannung um. Lena führte ihn in Richtung von Herrn Krauses Wohnzimmer und öffnete die Tür. Schweigen erwartete sie, Köpfe wurden neugierig emporgereckt.

»Darf ich vorstellen: Etron von den Tuavinn.«

Auf eine äußerst beeindruckende Art und Weise füllte der Krieger den Raum aus. Natürlich hielt er den Bogen in der Hand, der mit Pfeilen gefüllte Köcher war auf seinen Rücken geschnallt. Drei staunende Augenpaare starrten ihn an. Es war so still in dem Raum, dass man das Fallen einer Stecknadel hätte hören können.

Der Tuavinn verbeugte sich, stellte sich neben Lena und wartete ab.

»Jetzt seid ihr sprachlos«, kicherte sie. »Also, Etron, das hier ist meine Oma Gisela, von der ich dir erzählt habe. Der ältere Herr ist Walter Krause, ein Bewahrer des keltischen Druidentums, und der etwas jüngere Mann, dem auf äußerst unvorteilhafte Weise der Unterkiefer heruntergeklappt ist, ist mein Onkel Carsten.«

Nun schloss Carsten den Mund wieder. »Freche Göre«, knurrte er und verneigte sich. Etron ließ er dabei nicht aus dem Blick.

»Bewahrer und Hüter der Kraftorte sind meinem Volk bekannt«, sagte Etron mit dunkler, ruhiger Stimme. »Meine Vorfahren haben euch in alten Tagen geführt und unterrichtet.«

Walter Krause nickte gebannt, der sonst so gefasste und disziplinierte General wirkte etwas durcheinander. Schließlich räusperte er sich jedoch. »Sie sind … ich meine, Ihr seid …«

»Sagen Sie einfach du, Herr Krause, alles andere verwirrt die Tuavinn«, unterbrach Lena ihn.

Der General hob eine Augenbraue. »Nun gut, du bist nicht der erste Tuavinn, dem ich begegne.«

»Nicht?«, riefen Lena und ihre Großmutter wie aus einem Mund.

»Nein, im Sommer diesen Jahres kam ein schwer verletzter Mann zu mir, der dir sehr ähnelte. Ich bin mit den alten Legenden meiner Vorväter vertraut, in denen die Tuavinn-Krieger beschrieben wurden. Leider lebte jener Krieger nicht lange genug, um mir seinen Namen zu verraten. Er bat mich nur, einen Jungen zu schützen, der in einer Hütte am Wald lebt. Weshalb, war mir nicht klar.«

»Ragnar«, flüsterte Lena, und Etron nickte ihr bedächtig zu.

»Dann handelte es sich um Gavin. Lucas schickte ihn hierher, um seinen Sohn zu suchen und ihn zu beschützen. Ich danke dir vielmals, Walter Krause, dass du den Unseren vor den Rodhakan geschützt hast. Sag, was hast du mit Gavins Körper getan?«

»Walter genügt«, versicherte der General, hob aber sogleich verlegen die Schultern. »Ich trat in Kontakt mit anderen Bewahrern, und man brachte ihn zu Untersuchungszwecken nach Italien. Man hat Erbgut gefunden, das dem der Menschen erstaunlich ähnelt, jedoch auch sehr viel stärkere Knochen, eine andere Gehirnstruktur und …«

Lena bemerkte, wie Etron kritisch seine Stirn runzelte, und sie ging davon aus, dass er nicht sonderlich darüber erfreut sein würde, wenn ihm bewusst wurde, dass man Gavin obduziert hatte. »Also, wie auch immer, sein Körper ist nicht mehr hier«, unterbrach sie daher.

»Hm«, grummelte Etron. »Würdest du bitte veranlassen, dass er dem Feuer übergeben wird? Das würde seine Seele angemessen ehren und Ruhe in der Ewigkeit finden lassen.«

»Selbstverständlich!«, versicherte Walter Krause.

»Wie haben Sie es denn geschafft, Ragnar zu schützen«, wollte Lena vom General wissen.

»Ich war mir selbst nicht sicher, was ich tun sollte. Aber schon zu diesem Zeitpunkt spürte ich, dass etwas unsere Kraftlinien schwächt. Mir war nicht klar, was der Tuavinn von mir wollte, doch ich versuchte, die Kraftorte rund um die Hütte zu stärken, und brachte zudem starke Schutzsymbole an und bemühte mich, den Jungen im Blick zu behalten – was mir jedoch kaum gelang.«

»Das haben Lena und ich aber getan – selbst wenn uns das vielleicht gar nicht bewusst war.« Oma Gisela schüttelte den Kopf, löste sich endlich von Etrons Anblick und wandte sich ihrer Enkelin zu.

»Und genau um diesen Schutz geht es, Oma, die Tuavinn brauchen dringend deine Hilfe!«

Im Eiltempo erzählten sie und Etron nun, was es mit den Rodhakan auf sich hatte, von den alten Keltenfürsten und dem Krieg, den sie begonnen hatten. Vermutlich hätten sie die ganze Nacht und länger reden können, aber nach einigen wenigen Nachfragen sprang Oma Gisela auf.

»Mir ist irgendwann eingefallen, dass Ragnar auf das Gift der Eibe so allergisch reagiert. Die Pusteln an seinen Händen, die Atemnot, als er damals unsere Bäume und Büsche zurückgeschnitten hat, all das habe ich mit den Globuli in Verbindung gebracht, die bei unserem ersten gemeinsamen Abendessen in seine Nachspeise gehüpft sind. Taxus baccata, gewonnen aus Eibengift!«

»Und du sagst immer, Globuli sind harmlos!«, wandte Lena ein.

»Sind sie auch – zumindest für normale Menschen. Aber Ragnar scheint eine Ausnahme zu sein.«

»Kein Tuavinn kann sich ungestraft in die Nähe von Eiben begeben – dies ist offensichtlich auch in dieser Welt der Fall«, warf Etron ein. »Und einer von uns hat schon einmal vermutet, dass Eibengeister den Rodhakan bei der Herstellung ihrer Waffen behilflich sind.«

Oma Gisela lächelte ihn beinahe schon scheu an. »Ich glaube, ich habe ein Gegenmittel. Die Globuli, die Ragnar versehentlich zu sich genommen hat und die ihn krank machten, enthielten das Gift der Eibe in verhältnismäßig starker Konzentration. Aber wenn man eine sehr hohe Potenz, also eine Art Verdünnung nimmt, dann ist das Gift überhaupt nicht mehr nachweisbar. Im Grunde genommen handelt es sich nur noch um so etwas wie die Essenz oder den Geist der Eibe, der darin enthalten ist.« Gisela tippte sich mit dem Finger an die Nase und schien nun mehr zu sich selbst zu sprechen als zu den anderen, die jedoch aufmerksam lauschten. »Wenn man also einen Tuavinn behutsam mit dieser starken Verdünnung an das Eibengift gewöhnt, könnte er nach einer Weile immun sein.«

»Meinst du wirklich, das funktioniert?«, zweifelte Lena. »Wir wollen sie ja nicht damit umbringen!«

»Wie gesagt, das Ganze müsste sehr behutsam und unter Kontrolle vonstattengehen. Außerdem habe ich damals ein Elixier gebraut und zum Glück aufgehoben. Es enthält Eibenextrakt in stark verdünnter Konzentration – ähnlich den Globuli – und weitere Kräuter, die stärkend wirken. Diese Medizin könnt ihr sowohl in akuten Fällen als auch zur Prophylaxe benutzen, und wenn es wirkt, stelle ich gerne mehr her.«

Während Lena noch nicht so recht wusste, was sie davon halten sollte, trat Etron zu Oma Gisela, woraufhin die sich erhob, von seiner Erscheinung spürbar beeindruckt.

»Den Geist der Eibe in uns aufnehmen – wenn das gelingt, könnte uns das schützen. Kein Eibengeist würde den Seinen Schaden zufügen.«

»Na siehst du, Lena!«, freute sich ihre Oma.

»Da haben sich ja zwei gefunden«, stöhnte sie.

Carsten dagegen lächelte aufmunternd. »Das wäre doch wunderbar. Ihr solltet es versuchen.«

»Ich fahre sofort los und hole die Medizin.« Gisela streichelte Lena über die Wange. »Nachdem ich herausfand, was Ragnar fehlt, habe ich die Medizin sofort in der höchstmöglichen Potenz bestellt. Ich hätte allerdings nie gedacht, dass ich sie je wieder brauchen würde.«

»Gut, dass du so ungern Dinge wegwirfst«, lachte Lena.

»Ich werde diese Medizin testen«, bot Etron an.

Oma Gisela blickte bewundernd zu ihm auf. »Möchtest du gleich mit mir kommen? Ich gebe dir davon, dann sehen wir auf der Rückfahrt, was passiert.«

»Du willst Etron in deiner Ente mitnehmen?«, gluckste Lena.

»Weshalb nicht?«

»Eine Ente?« Fragend hob Etron seine buschigen Augenbrauen. »Ein solches Tier vermag mich nicht zu tragen. Ich würde ein Pferd bevorzugen!«

Lachend setzte sich Lena in den frei gewordenen Sessel. »Es ist ein Auto, eines der Gefährte, an denen wir vorhin vorbeigekommen sind.«

Der Krieger machte einen ausgesprochen verwunderten Eindruck, aber Oma Gisela ging entschlossen voran. »Ich zeige dir, was ich meine.«

Nachdem die beiden verschwunden waren, sprach Lena noch eine ganze Weile von Elvancor, Ragnar und den Abenteuern, die sie erlebt hatte. Sowohl Katrins Großvater als auch Carsten lauschten voller Staunen.

»Und ich dachte, ich führe ein aufregendes Leben«, meinte Lenas Onkel am Ende kopfschüttelnd, nahm sie spaßhaft in den Schwitzkasten und verwuschelte ihr die Haare. »Meine Güte, Lena, ich hätte mir vieles vorstellen können, aber nicht, dass ausgerechnet du einen der Übergänge findest, den Männer wie Walter schon seit Ewigkeiten suchen und dabei nicht einmal wussten, ob es sie tatsächlich gibt oder sie nicht doch nur Legenden unserer Vorväter sind.«

»Das ist alles eine verrückte Sache«, stimmte Lena zu.

»Ich würde dich gern nach Elvancor begleiten«, sagte ihr Onkel plötzlich sehr ernst. »Was du erzählt hast, klingt gefährlich. Es wäre sicher besser, wenn du nicht allein über die Schwelle gehst.«

»Carsten! Erstens haben wir nur dieses eine Amulett, und zweitens kannst du weder mit dem Bogen schießen noch mit dem Schwert kämpfen, oder?« Er grummelte zustimmend, doch Lena legte ihm ihre Hand auf den Arm. »Ich weiß, du möchtest Elvancor gerne sehen. Aber ich muss wissen, was mit Ragnar geschieht.« Unruhig wanderte ihr Blick zu der großen Standuhr in der Ecke. Wie viel Zeit mochte in Elvancor schon vergangen sein?

Kapitel 30
Krieg der Völker

Warum gibt es uns? Was ist die Aufgabe der Tuavinn? Diese Fragen quälten Maredd, während er in das weitläufige Tal spähte, dessen Büsche und Bäume nicht nur von den wirbelnden Schneeflocken verschleiert wurden, sondern auch von grauen Schemen – den Rodhakan. In einem grotesken Bündnis mit den alten keltischen Fürsten warfen sie sich gegen das Bergvolk und die Tuavinn, bildeten so eine zahlenmäßige Überlegenheit von mehr als fünfzigtausend Kriegern, denen höchstens eintausend Tuavinn und noch einmal so viele Bergleute gegenüberstanden. Niemals hätten sich die Verteidiger auf einem offenen Schlachtfeld einer solchen Übermacht stellen können. Maredd hätte es vorgezogen, das Bergvolk in dem Talkessel östlich von Erborg in Sicherheit zu bringen, von dem Arihan erzählt hatte. Doch dazu war es zu spät gewesen, denn sie waren überrascht und verraten worden. Noch vor dem Treffen mit den Fürsten, dessen Ziel Einvernehmen und Frieden hätten sein sollen, hatten die keltischen Anführer ihr Heer in Bewegung gesetzt. Besonders dramatisch war, dass die Fürsten sogar Truppen entsendet hatten, um entlegene Dörfer überall in den Bergen von Avarinn anzugreifen. Maredd nahm an, sie wollten damit die Tuavinn nur zerstreuen und schwächen. Hier jedoch, nahe den Höhlen der westlichen Berge von Avarinn, hatte sich nun die Hauptstreitmacht der Menschen von Erborg und Crosgan versammelt, und hier hatten sich auch die meisten Tuavinn eingefunden. Das unwegsame Gelände, in dem sich die Kämpfe zutrugen, hätte ihnen sogar einen Vorteil geboten, wären da nicht die Rodhakan gewesen. Beängstigend schnell spürten sie ihre Feinde auf, zogen sie in eine tödliche Umarmung, in der sie ihnen das Leben aussaugten und die sie nur noch mächtiger machte. Die Männer des Bergvolkes hatten kaum eine Chance, nur die Tuavinn waren in der Lage, mit den aus Pyralon geschmiedeten Waffen die Schatten zu vernichten. Aber Leben auszulöschen war nicht die eigentliche Aufgabe der Tuavinn. Sie bevölkerten Elvancor, um den Einklang, die Einheit mit den Kräften des Lebens zu lehren, um Frieden zu finden und die Seelen, die hierherkamen, ein Stück zu begleiten. Gewiss, die Tuavinn waren herausragende Krieger. Aber das Üben der Kampfkünste sollte lediglich der Vollendung ihrer geistigen Fähigkeiten dienen, dem Einswerden mit sich selbst und Elvancor. Denn eine rasch geführte Klinge ließ keine Zeit für Gedanken, die nur einen Keil zwischen Körper und Geist trieben, es blieb kein Raum für bohrende Fragen, wie sie sich nun in Maredds Kopf ausbreiteten. Hatten die Tuavinn am Ende an den Menschen versagt? Hätten sie nicht schon viel früher Maßnahmen ergreifen müssen, um den Fürsten den wahren Weg zu weisen? Stattdessen hatte sich die Verderbnis ihre eigenen Pfade eröffnet, Pfade, auf denen nun auch noch die Rodhakan wanderten. Es war ein düsterer Tag, nicht nur in des Wortes wahrer Bedeutung, sondern auch in der Geschichte von Maredds Volk. Die Tuavinn hätten eigentlich Kriegern der Seelen sein sollen, heute jedoch waren sie zu Krieger von Blut und Schatten geworden. Selbst das graue Zwielicht und der vom blutroten Widerschein des Vulkans überzogene Himmel spiegelten diese traurige Erkenntnis wider. Und so war es nicht einmal Maredd selbst, der diesen Gedanken beiseitefegte, sondern der Rodhakan, der aus einer vom Wind aufgewirbelten Schneefontäne heraus plötzlich auf ihn zuraste. Klauenhände schossen aus einem konturlosen Körper nach vorne. Doch Maredd war schneller. Er glitt zur Seite, der Rodhakan stürmte ins Leere. Noch während dieser Bewegung hatte der Tuavinn sein Schwert erhoben und hieb damit nach seinem Angreifer, der sich daraufhin auflöste und von heulenden Winden davongetragen wurde. *Eine rasch geführte Klinge lässt keine Zeit für Gedanken*, schoss es Maredd durch den Kopf, daher warf er sich wieder in den Kampf.

»Ich verstehe das alles nicht«, vernahm Ragnar wie aus weiter Ferne die Stimme seiner Großmutter, »schon seit Tagen wird es kaum noch hell.« Amelia stand am Höhlenausgang und spähte, die Arme um den Körper geschlungen, hinaus in dieses sonderbare Zwielicht, das es sonst nur gab, kurz bevor der Tag zur Nacht wurde.

»Es ist, als würden die Rodhakan alles Licht verschlucken«, erfolgte Aravyns düstere Antwort.

Auch in dieser Nacht hatte Ragnar keinen Schlaf gefunden, musste aber gegen Morgen dennoch eingedöst sein. Er erhob sich, zog Hose, ein zweites Hemd und auch seinen Umhang an, denn Eiseskälte hatte sich in der Höhle breitgemacht.

»Ragnar, du hättest doch noch schlafen können.« Zärtlich strich Aravyn ihm über die Wange, aber er wandte sich ab.

»Wozu denn?«

»Du hast seit Tagen nicht mehr richtig geschlafen, du solltest dich ausruhen.«

Höhnisch lachte er auf. »Damit ich weiter hier in dieser Höhle festsitze? Dazu brauche ich nun wirklich nicht ausgeruht sein.«

Aravyn biss sich auf die Lippe. »Du weißt, es ist besser, du bleibst hier.«

Wut, grenzenlose Wut flammte in ihm auf. Er stellte sich vor Aravyn und seine Großmutter. »Dort unten, am Fuße der Berge, da sterben unsere Leute, ebenso wie das Bergvolk. Ich könnte ihnen helfen und vielleicht sogar alles beenden.«

»Du weißt, was Arihan gesagt hat – ein Bund mit den Rodhakan ist zu gefährlich«, erwiderte Amelia sanft. »Du willst die Ehre deines Vaters wiederherstellen, möchtest für dich selbst klarmachen, dass es ihn noch immer gibt, aber Lucas, der nicht nur dein Vater, sondern auch …«, Amelia brach ab, Tränen traten in ihre Augen, »auch mein Sohn war, gibt es nicht mehr.«

Ragnar ballte die Fäuste, weigerte sich, diesen Worten Gehör zu schenken. »Lasst mich doch alle in Ruhe!«, schrie er, stürmte an den beiden Frauen vorbei in die Haupthöhle, wo noch immer zahlreiche Verletzte lagen. Diese Unruhe, dieses Gefühl, nutzlos zu sein, machte Ragnar wahnsinnig. Er wollte hinaus, gegen die Rodhakan kämpfen, die anders waren als sein Vater, und er wollte den Übrigen beweisen, dass Lucas nichts Schlechtes im Sinn hatte. Dazu kamen die ständigen Gedanken an Lena. Würde es ihr gelingen, ein Mittel zu finden, das den Tuavinn half? Vor zwei Nächten war Gheros gestorben. Taramin selbst hatte seinen Geist zu den Gipfeln von Avarinn begleitet und war noch immer nicht zurückgekehrt. Vermutlich führte sie weitere Seelen in die Ewigkeit, denn Opfer gab es viele zu betrauern.

Wie stets seit der Abreise von Etron, Lena und Eryn stand Arihan am Höhleneingang. Groß, düster und, wie Ragnar wusste, nur dazu da, um ihn davon abzuhalten, sich in den Kampf zu stürzen.

»Möchtest du nicht lieber deinen Freunden helfen, statt sinnlos hier herumzustehen?«, fuhr Ragnar ihn an.

»Mein Handeln ist nicht ohne Sinn«, antwortete er gelassen.

»Du weißt, mein Großvater und sogar Targon sind nicht deiner Meinung, was die Rodhakan betrifft!« Ragnar war bei dem Rat der Tuavinn dabei gewesen. Sie hatten Arihan angehört, wenn auch das Misstrauen spürbar gewesen war. Nach Ansicht von Arihan waren Rodhakan nichts anderes als Eibengeister, welche die Seelen halbblütiger Tuavinn vereinnahmt hatten; eine Vorstellung, die für Ragnar nicht nur völlig neu, sondern auch absurd war. Dieses eine Mal stimmte er sogar mit Targon überein. Arihan konnte man nicht trauen. Er hatte einen Fürsten willentlich ermordet, sich mit seinen seltsamen Ansichten bei den Tuavinn keine Freunde gemacht. Trotzdem hatten alle zugestimmt, Arihan nicht fortzuschicken. Im Moment konnten sie jede Unterstützung gebrauchen. Ragnar gefiel das nicht, denn er wusste, der alte Krieger achtete bei Tag und Nacht auf ihn, wollte, dass er sich mit Aravyn verband. Das war etwas, was Ragnar selbst anstrebte, doch im Angesicht eines Krieges musste dieser Bund warten, außerdem entzog sich Ragnar auch, weshalb Arihan so sehr darauf drängte. Selbst wenn er mit Aravyn verbunden war, würde er seinen Vater sehen wollen, versuchen, Rodhakan und Tuavinn zu vereinen. Dieser Wunsch wurde mit jedem Tag dringlicher.

Arihan hatte nicht auf Ragnars Entgegnung geantwortet, lehnte stumm am Höhleneingang und machte ihn damit nur noch rasender. »Ich will hinaus.«

»Dann begleite ich dich.«

»Beabsichtigst du, mich den Rest meines Lebens zu überwachen?«, schäumte Ragnar.

Mit einem Kopfschütteln betrachtete Arihan ihn. »Nur so lange, bis du dich mit deiner Anam Cara verbunden hast. Vorher bist du eine Gefahr – auch für dich selbst!«

Brodelnd fuhr der Zorn durch Ragnars Adern. »Verdammt, was soll das denn ändern?«

»Ragnar, spürst du es denn nicht?«, fragte Arihan eindringlich. »Du bist nicht mehr du selbst. So voller Unruhe und Hass, der sich selbst gegen die richtet, die du eigentlich liebst.« Arihan fasste ihn fest an den Schultern. »Ich habe lange mit Amelia und auch mit Aravyn gesprochen. Als du hierherkamst, warst du ein anderer.«

Unwirsch machte sich Ragnar von ihm los. »Da hat mir auch nicht andauernd jemand erzählt, ich wäre eine Gefahr, nicht in der Lage, klar zu denken, zu dumm, um selbst urteilen zu können.«

Er ging weiter, hinaus in den Schnee, der kniehoch lag. Ein dämmriges Zwielicht lag über dem Land, nur weiter im Osten war ein rötliches Glimmen zu erkennen. Ragnar kniff die Augen zusammen.

»Das ist nicht der Morgen, Ragnar, der Vulkan ist schon wieder ausgebrochen«, sagte Arihan mit einem merkwürdigen, beinahe schon anklagenden Blick auf ihn.

»Und wenn schon.« Er atmete tief durch, sog die eisige Luft in seine Lungen.

»Ragnar, niemand hält dich für dumm, aber du hast dich einfach noch nicht selbst gefunden. Bei allen Tuavinn-Mischlingen, die sich nicht beizeiten mit ihrem Seelenfreund verbunden haben, habe ich ähnliche Veränderungen feststellen müssen. Spürst du denn nicht, dass etwas mit dir nicht stimmt?«

Für einen Moment stutzte Ragnar. Schon seit geraumer Zeit fühlte er sich nicht wirklich gut, aber er und Aravyn waren doch ohnehin ein Paar. Der formelle Bund auf dem Cerelon würde an seiner Einstellung zu Lucas auch nichts ändern.

Daher schnaubte er abfällig. »Ich entspreche nicht deinen Vorstellungen von einem *Muster-Tuavinn* – sehr bedauerlich! Aber müsste Aravyn nicht ebenfalls so werden wie ich?«

»Aravyn ist noch jung für eine der Unseren«, begann Arihan.

»Ach ja? Ich gehe davon aus, sie ist sogar älter als ich«, höhnte Ragnar.

Der Tuavinn-Krieger betrachtete ihn eine Weile stumm, und Ragnar wurde unter diesem bohrenden Blick ausgesprochen unbehaglich zumute. »Aravyn mag nach den Maßstäben der Welt, in der du aufgewachsen und zum Mann geworden bist, älter sein. Dennoch weiß ich nicht, ob man das vergleichen kann. Zudem trägst du mehr menschliches Erbe in dir. Wir wissen nichts über dich oder wie du dich entwickelst. Denk nur an die Übergänge, die du geschaffen hast, das mag faszinierend sein, birgt aber auch eine große Gefahr!«

»Ja, es ist meine Schuld, dass Rodhakan hinübergelangt sind. Ja, und ich bin es, der es zu verantworten hat, dass der Seelengefährte meines Vaters nicht mehr lebt. Aber jetzt möchte ich zumindest ihm helfen!«

»Du trägst nicht die Schuld an Gavins Tod, du wusstest ja nicht einmal von ihm oder von Elvancor«, erwiderte Arihan mit freundlicherer Stimme. Seine blauen Augen sahen nun beinahe traurig aus, nicht mehr streng und unnachgiebig. »Selbst wenn noch etwas von Lucas in diesem Rodhakan ist, den du getroffen hast, dann ist er doch nicht mehr er selbst. Eine größere, finstere Schattenmacht beherrscht ihn – und will dich benutzen.«

»Mein Vater benutzt mich nicht!«, schrie Ragnar, und wie auf Kommando erhellte das Licht einer neuen Eruption des östlichen Vulkans den Himmel. Sogar ein Beben war zu spüren.

Sorgenvoll betrachtete Arihan das Leuchten. »Wer weiß, vielleicht …« Der Tuavinn unterbrach sich selbst, fuhr sich durch sein graues Haar. »Nun gut, Ragnar. Wenn du dir sicher bist, dass Aravyn deine Anam Cara ist, müsst ihr so bald wie möglich zum Cerelon aufbrechen. Wir müssen die Geister bitten, euch schon vor dem Ende eurer Ausbildung zu vereinen.«

»Nur wenn ihr mir zugesteht, mich danach am Kampf beteiligen zu können – auf meine Weise!«, forderte Ragnar.

Bedächtig wiegte Arihan den Kopf hin und her. »Wenn ihr verbunden seid, sollte dir dies genügend Halt geben, um den Rodhakan zu widerstehen – und um Wahrheit von Lüge zu unterscheiden.«

»Und wenn ich auch dann noch erkenne, dass Lucas wirklich nur Gutes im Sinn hat?«

Arihan zögerte, legte Ragnar aber schließlich eine Hand auf die Schulter. »Der Bund mit einem Anam Cara eröffnet einem völlig neue Blickwinkel. Solltest du aber deine Meinung zu diesem Rodhakan, der sich Lucas nennt, beibehalten, wäre ich geneigt, mich mit diesem Gedanken zu befassen.«

»Gut!« Ragnar atmete tief durch. »Lass uns sofort zum Cerelon aufbrechen. So die Geister denn zustimmen, werden Aravyn und ich den Bund eingehen.« Ragnar sah ihm entschlossen in die Augen. »Danach wird mich nichts mehr davon abhalten, diese anmaßenden Fürsten in ihre Schranken zu weisen.« Er deutete auf eine weitere Gruppe von Männern mit Tragen, die Verletzte den Berg hinaufbrachten. »Wenn es so weitergeht, werden sämtliche Bergdörfer in Elvancor sonst noch ausgerottet.«

»Ich muss mit Maredd sprechen«, antwortete Arihan ausweichend. »Aber eine Reise zum Cerelon ist gefährlich, und schon seit Tagen ist es keinem von uns mehr gelungen, einen der Naturgeister zu beschwören.« Seine Augen suchten den Himmel ab, der einfach nicht heller werden wollte. »Ganz Elvancor ist in Aufruhr. Wir sollten warten, bis Lena mit dem Heilmittel zurück ist, und sofern diesem die Kräfte innewohnen, die wir uns erhoffen, wird es für uns ungefährlicher sein zu reisen.«

»Lena«, Ragnar entspannte sich etwas, »ja, ich möchte sie gerne dabeihaben. Irgendwie fühle ich mich vollständiger, wenn sie hier ist.«

»Lass uns helfen, die Verletzten zu versorgen«, sagte Arihan nur, deutete aber plötzlich in die Baumwipfel. »Sieh nur, die Sonne kommt hervor.«

Tatsächlich brachen gerade einzelne Sonnenstrahlen durch die düsteren Wolken, und merkwürdigerweise hegte Ragnar wieder die Hoffnung, seinem Volk beweisen zu können, dass er keine Bedrohung darstellte, sondern einer von ihnen war, der sich für das Gleichgewicht in Elvancor einsetzte.

Voller Ungeduld wartete Lena auf die Rückkehr von Etron und Oma Gisela, und als sie endlich das Knattern des alten Autos hörte, sprang sie auf und rannte gemeinsam mit Carsten, gefolgt vom General, ins Freie.

»Hast du das Heilmittel?«, rief Lena aus.

»Ja.«

Etron zwängte sich aus dem Auto, der Tuavinn war seltsam fahl im Gesicht, zudem schwankte er. Sofort stürzte Graha, an den Lena zuvor gar nicht mehr gedacht hatte, aus den Bäumen und landete auf Etrons Schulter. Tröstend rieb er seinen Kopf an der Wange seines Gefährten.

»Er hat deine Medizin nicht vertragen«, stellte Lena fest. Enttäuschung machte sich in ihr breit.

»Doch, hat er«, kicherte Oma Gisela. »Nur die rasante Autofahrt ist ihm nicht allzu gut bekommen.« Sie drückte ihrer Enkelin einige kleine Fläschchen und auch das Amulett in die Hand. »Ich habe ihm nur einen Löffel voll gegeben, und er hat kurz darauf gesagt, er fühle sich geschwächt. Aber dieser Zustand ist nach sehr kurzer Zeit verschwunden. Er soll zwei weitere Tage etwas davon nehmen. Denjenigen, durch deren Adern bereits das Eibengift fließt, solltet ihr ein Schnapsglas voll verabreichen.« Ihre Augen wanderten zu Etron. »Er hat erzählt, wie tödlich das Gift der Rodhakan besonders für reinblütige Tuavinn ist.« Oma Gisela schüttelte den Kopf. »Solche starken, machtvollen Wesen …«

»Du wirst doch nicht am Ende ein tiefer gehendes Interesse an ihm entwickeln?«, scherzte Lena und grinste noch breiter, als sie im Licht der Laterne bemerkte, wie ihre Oma knallrot anlief und sich verlegen durch die Haare fuhr.

»Jetzt red doch keinen Unsinn«, schimpfte sie und drückte Lena an ihre Brust, wobei sie einige Tränen wegblinzelte. »Übrigens solltest auch du etwas von der Medizin nehmen, Lena. Das Gift der Eibe ist stark und auch für Menschen gefährlich! Geht jetzt, ihr habt eine wichtige Aufgabe zu erfüllen.« Sie schob Lena von sich, und diese verabschiedete sich von Carsten und dem General. Anschließend eilte sie mit Etron und Graha in Richtung der Esperhöhle.

»Wir erringen Siege, werden zurückgeschlagen, das Bergvolk fällt wie Lämmer vor der Schlachtbank. Und letztendlich treiben sie uns doch weiter in Richtung der Höhlen!« Missmutig deutete Targon den Berg hinab, auf eines der provisorischen Lager des westlichen Bergvolkes. Auch heute hatten sie sich weiter zurückziehen müssen, waren vor der Streitmacht aus Crosgan und vor allem vor angreifenden Rodhakan geflohen. So ging es bereits seit Tagen, und Maredd musste Targon recht geben. Langsam wurden sie zermürbt. Die ohnehin schon geringe Zahl von insgesamt um die eintausend Tuavinn dezimierte sich durch die gnadenlosen Schattenkreaturen beständig. Noch immer wollte es Maredd nicht in den Kopf, weshalb sich die Fürsten mit den Rodhakan verbündet hatten. Wie konnten sie nur so kurzsichtig sein und hoffen, die Schattenwesen würden die Städte verschonen, wenn sie nur das Bergvolk und die Tuavinn bekämen?

»Die andauernde Kälte setzt den Bergleuten noch mehr zu als uns«, stellte Targon fest und zog seinen Umhang enger um sich.

»Es ist, als wäre Elvancor erstarrt«, sagte Maredd mehr zu sich selbst und beobachtete die erschöpften Bergleute.

»Und dennoch brennt ein Feuer in den Tiefen unserer Welt wie das letzte Aufbegehren des Lebens.« Düster deutete Targon auf ein Glimmen im Nordosten. »Der Vulkan spuckt beinahe jeden Tag Glut und Asche. Es ist beängstigend.«

»Ragnars Vulkan«, murmelte Maredd.

»Was hast du gesagt?«, fragte Targon scharf.

»Erst nachdem mein Enkel nach Elvancor kam, ist mir der Feuerkrater in den östlichen Bergen aufgefallen.«

»Dann hat Arihan am Ende doch recht«, stieß Targon ungläubig hervor, während er das ferne Glühen betrachtete. »Ich habe ihn nie sonderlich gemocht, diesen Fürstenmörder, doch er denkt, Ragnar wäre in der Lage, Elvancor zu verändern. Den Weg nach Elvancor zu öffnen war vielleicht nur der Anfang.« Targon wandte seinen Blick nicht von dem Feuerberg ab.

»Er glaubt, Ragnar ist für die Vulkanausbrüche verantwortlich.« Eine düstere Vorahnung, die schon lange in Maredd schlummerte, wurde langsam zur Gewissheit.

»Nicht nur das«, erwiderte Targon, und seine Verwunderung wandelte sich zu Zorn. »Er könnte die Grenzen zwischen den Welten niederreißen und alles ins Chaos stürzen. Ich möchte noch einmal betonen, wie sehr ich gegen den Beschluss der Tuavinn bin, Ragnar und Aravyn zum Cerelon zu bringen!« Wütend rammte er sein Schwert in den Schnee. »Meine Nichte soll geopfert werden!«

»Geopfert halte ich für eine maßlose Übertreibung«, wies Maredd seinen Freund zurecht. »Aravyn liebt Ragnar und er sie. Wie kann denn Liebe ein Opfer sein? Zudem ist Lena noch nicht mit dem Heilmittel zurück. Noch werden sie also nicht zum Cerelon aufbrechen, denn es wäre zu gefährlich, sich aus dem Schutz der Berge von Avarinn herauszuwagen.«

Targon ging nicht auf Maredds Worte ein, starrte nach wie vor auf den Vulkankegel, aus dessen Tiefen gerade eine weitere Feuersäule hervorbrach, die den Himmel mit einem blutroten Lichtschein überzog.

»Aravyn ist von Ragnar fasziniert, weil er aus einer anderen Welt kommt, sich von den übrigen Tuavinn unterscheidet und …«

Ein gellender Schrei unterbrach Targon, sofort zogen die beiden Tuavinn ihre Waffen und stürmten den Berg hinab. Ein feindlicher Reitertrupp drängte gerade einige Bergmänner in Richtung des provisorischen Lagers, einen halben Tag Fußmarsch von den Höhlen entfernt.

»Nicht schon wieder«, stöhnte Maredd. »Ich hatte gehofft, die Menschen könnten eine Nacht lang Ruhe finden.«

»Selbst uns Tuavinn würde das so langsam nicht schaden. Aber genau das ist die Taktik unserer Feinde.« Ohne ein weiteres Wort sprang Targon den Felsen hinab, sein Umhang wehte grauen

Schwingen gleich hinter ihm her, und auch Maredd stürzte sich in den Kampf – so wie schon viele Tage zuvor.

Erbittert fochten die Crosganianer in ihren schimmernden Rüstungen, bald schon troffen selbst ihre langen Schnurrbärte vor Blut. Das Bergvolk, unterstützt von zahlreichen Tuavinn, schlug sich tapfer. Maredd vermochte die Zahl der Angreifer nicht zu erfassen, zumal es jetzt schon wieder dunkel wurde – die Zeit der Schatten brach an.

»Targon!«, schrie Maredd und bemühte sich dabei gleichzeitig, drei angreifende Crosganianer abzuwehren.

Der Kopf seines Gefährten wandte sich ihm zu. Auch Targon war damit beschäftigt, einer Gruppe von Bergleuten beizustehen, unter ihnen der junge Kian, der sich stets als Erster gegen die Männer der Fürsten warf und es nicht müde wurde, Kinder und Alte in den Schutz der Höhlen zu geleiten.

»Targon«, wiederholte Maredd, fegte mit seiner Klinge die Spitze einer Lanze zur Seite, »wir müssen uns sammeln! Wenn wir zu weit verstreut sind, reiben uns die Crosganianer auf.«

Der große Tuavinn zeigte durch ein Kopfnicken an, dass er verstanden hatte. »Ich werde mich zu den Höhlen durchschlagen und Späher auffordern, unsere Krieger anzuweisen, nach und nach einen engeren Kreis um unser Hauptlager zu ziehen.«

Ohne Maredds Entgegnung abzuwarten, eilte Targon los.

Aus dem Augenwinkel konnte Maredd erkennen, wie sich Kian und schätzungsweise fünfzig seiner Männer gerade gegen die Crosganianer warfen. Schnell hatte der junge Kelte einen seiner Feinde vom Pferd gezerrt und bewusstlos geschlagen.

Stets hatte Maredd sich bemüht, die Menschen darin zu bestärken, kein Leben unnötig zu beenden, wenn möglich den Feind nur kampfunfähig zu machen. Bei den Rodhakan verhielt es sich anders. Sie mussten vernichtet werden. Kaum hatte Maredd an die Schattenwesen gedacht, da spürte er auch schon das Grauen, das ihr Erscheinen stets begleitete. Voller Entsetzen erkannte er, dass gleich an die zwanzig Schattenkreaturen nicht nur auf ihn zugeschlichen kamen, sondern auch Targon den Weg abgeschnitten hatten.

»Kian!«, schrie er dem jungen Krieger zu und schaffte es, einen der Angreifer mit einer wirbelnden Angriffsfolge zurückzuschlagen. Sofort manifestierten sich weitere Rodhakan, doch endlich war Kian mit einigen Männern bei ihm, die sich mit erstaunlicher Todesverachtung in den Kampf warfen.

»Ich muss Targon helfen«, rief Maredd dem Kelten zu. »Könnt ihr uns den Rücken freihalten?«

Kian blickte sich hektisch um, nickte und schrie seinen Freunden etwas zu, die sich sofort formierten und es Maredd ermöglichten, Targon zu Hilfe zu eilen.

Dieser focht einen erbitterten Kampf gegen einen schattenhaften Berglöwen und einen Rodhakan in Menschengestalt. Die anderen Schattenkreaturen hatten sich verteilt und verursachten unter den übrigen Bergleuten Angst und Schrecken. Eine Klaue hieb nach Targon; Maredd stockte der Atem. Er glaubte schon, sein Freund würde zerfetzt werden, doch im letzten Moment warf sich Targon zur Seite, stürzte jedoch. Maredd zögerte keinen Moment. Er rannte los, stellte sich zwischen seinen Gefährten und dessen Angreifer, der Targon sonst mit seiner vergifteten Klinge aufgespießt hätte. Mit schnellen Hieben attackierte Maredd den Rodhakan in Menschengestalt. Dieser zischte drohend, wich aber zurück. Schon stand Targon wieder, rief Maredd eine Warnung zu.

»Der Berglöwe!«

Maredd fuhr herum, die Tatze schlug nach ihm, und er sprang zurück. Doch der Rodhakan setzte blitzschnell nach, erwischte ihn am Arm und riss ihm das Hemd auf. Ein scharfer, stechender Schmerz durchzuckte ihn. Targon kam herbeigerannt, rammte seine Klinge in den Kopf des Berglöwen, woraufhin sich dieser in grauen Dunst auflöste.

Nur ein kleiner Kratzer, dachte Maredd, als er seinen Arm betrachtete. Dennoch spürte er bereits, wie ihm das Rodhakan-Gift zusetzte, die Spitzen seiner Finger fühlten sich taub an.

»Hat er dich verletzt?« Schwer atmend stand Targon neben ihm.

»Nein.« Eilig ließ Maredd seinen Umhang über das zerfetzte Hemd fallen. Im Augenblick konnte niemand etwas für ihn tun. »Wir müssen weitere Waffen aus Pyralon von den Höhlen holen«, drängte er. »Die Menschen haben den Rodhakan nichts entgegenzusetzen.«

»Du hast recht«, stimmte Targon zu. »Ich breche sofort auf.«

»Ich begleite dich, allein ist es zu riskant.«

Schon stürmte Targon davon. Maredd hielt sich den Arm, lehnte sich einen Augenblick lang gegen den kühlen Fels, dann eilte er hinter Targon her. Vielleicht würde Lena ja noch rechtzeitig zurückkommen.

»Ist er endlich eingeschlafen?«, vernahm Ragnar die leise Stimme Arihans.

Er lag auf seinem Lager in der Höhle, schloss jetzt eilig die Augen und versuchte, ruhig und gleichmäßig zu atmen.

»Ja, schon seit einer Weile«, flüsterte Aravyn.

»Das ist gut.« Ein tiefes Seufzen folgte, bevor Arihan weitersprach: »Ich muss unseren Leuten helfen. Die Rodhakan haben weitere Opfer gefordert, sowohl unter den Bergleuten als auch unter den Tuavinn. Zudem berichten Späher, dass die Fürsten uns immer weiter in Richtung der Höhlen drängen. Lass Ragnar schlafen und achte darauf, dass er die Höhle nicht verlässt. Ich bin zurück, sobald es mir möglich ist. Maredd ist hier, um Waffen für das Bergvolk zu holen. Doch ich werde an seiner Stelle aufbrechen, denn er ist erschöpft und wird dich mit deiner Wache ablösen, sobald er sich etwas ausgeruht hat.«

»Gib auf dich acht, Arihan.«

Ragnar hörte, wie sich Schritte entfernten, und als er die Augen einen Spaltbreit öffnete, sah er Aravyn, die sich unweit von ihm auf eine Decke sinken ließ und den Kopf gegen die Wand lehnte. Sie war selbst müde, das wusste er. Schon mehrfach während der letzten Tage hatte er versucht, sie zu überreden, ihm bei der Flucht aus der Höhle zu helfen, um sich dem Kampf anzuschließen, aber Aravyn war unnachgiebig gewesen. Ihre Bemühungen, ihn zu trösten, ihn zu beruhigen, hatten seine Unruhe und Wut jedoch nur gesteigert, und irgendwann hatte er ihr sogar an den Kopf geworfen, sie könne gar nicht seine Anam Cara sein, wenn sie ihm nicht vertraute. Das tat ihm heute leid, aber er musste einfach verschwinden. Es machte ihn wahnsinnig, hier eingesperrt zu sein. Er bemerkte, wie Aravyn immer wieder der Kopf auf die Brust sackte. Eine Weile wehrte sie sich dagegen, aber schließlich saß sie bewegungslos an der Wand.

Vorsichtig schob Ragnar seine Decke zur Seite und erhob sich ganz langsam, stets darum bemüht, kein Geräusch zu verursachen. Wie alle Tuavinn besaß Aravyn sehr feine Sinne, daher schlich er auf Zehenspitzen zum Ausgang. Er nahm Aravyns grünen Umhang aus einem Regal, zog sich die Kapuze weit ins Gesicht und achtete darauf, seine dunkleren Haare gut darunter zu verbergen. Er nahm auch Aravyns Schwert, um die Verkleidung möglichst perfekt zu machen, und trat in die Haupthöhle. Hier herrschte heilloses Durcheinander. Verwundete wälzten sich am Boden, schrien vor Schmerz oder redeten im Fieberwahn vor sich hin. Als seine Großmutter in seine Richtung kam, wandte er sich eilig ab. Zum Glück beugte sich Amelia jedoch geschäftig über einen Krieger, dessen ganzes Bein von Blut durchtränkt war.

So entsetzlich alles war – jetzt hatte er seine Chance zur Flucht. Er hielt den Kopf gesenkt, drängte sich an Männern mit Tragen vorbei. Als jemand von Weitem rief: »Aravyn, bringst du frisches Wasser von draußen mit?«, hob er die Hand, so als hätte er verstanden.

Am Ausgang stand ein Tuavinn, aber dieser versuchte gerade, einen aufgeregten Bergmann, Ragnar erkannte ihn als Kians Onkel Ureat, zu beruhigen. Diesen Moment nutzte er, schlüpfte hinaus in das Zwielicht eines beginnenden oder vergehenden Tages. So genau konnte er das nicht mehr sagen, denn er war zu lange in der Höhle gewesen. Außerdem waren die Tage ohnehin so kurz geworden, dass es den meisten Tuavinn und ganz besonders den Menschen Sorge bereitete.

Gern wäre Ragnar geritten, aber außer zwei Grauen, die mit hängenden Köpfen an Bäumen angebunden standen, waren keine Pferde hier, und in der Nähe stand Timena mit ihrem Kind.

Daher eilte er zu Fuß bergab, wollte mit eigenen Augen sehen, was vor sich ging. Im Schutz der Dunkelheit rannte er durch den verharschten Schnee hinab in Richtung der Dörfer, in denen das westliche Bergvolk lebte.

»Herr!« Widerwillig wandte sich Mitras von dem Anblick des Gemetzels ab, das sich in einem der Bergdörfer westlich von Ceadd abspielte. Während die meisten Krieger dieser Stadt sich ebenso wie die Bewohner Talads aus dem Angriff auf die Bergmenschen heraushielten, kämpften die Menschen aus Erborg und Crosgan verbissen. Sie jagten die meist schlecht bewaffneten Bergleute aus ihren Hütten, trieben sie in die Arme der wartenden Rodhakan, die ihnen alle Lebenskraft aussaugten und einige weitere gefangen nahmen. Tuavinn wollten ihnen helfen, aber ihre Bemühungen waren vergebens. Zu viele Krieger zählten die Fürsten, und mit den Rodhakan und deren absichtlich chaotischen Angriffen von allen Seiten ließen sie den hochgewachsenen Kriegern mit den grauen Haaren kaum eine Chance. Mitras genoss es, wie sich die Schlinge um die Tuavinn immer enger zuzog, sie weiter hinauf zu ihren Höhlen gedrängt wurden. Mit etwas Geduld und Glück würde es ihnen sogar gelingen, diesen Kraftpunkt zu erobern.

»Was möchtest du mir mitteilen?« Auch Urdhen hatte gebannt und gierig mit angesehen, wie seine Brüder und Schwestern sich auf die Menschen stürzten. Fernab der Kraftlinien, die das Bergvolk normalerweise schützten, waren sie leichte Opfer.

»Ah, verzeiht.« Die schattenhafte Bärengestalt neigte ihren Kopf. »Der Junge, er hat die Höhlen verlassen.«

»Weshalb sagst du das nicht gleich? Bring mich zu ihm«, fuhr Mitras den anderen Rodhakan an, dessen Gestalt sich sogleich in graue Schatten auflöste. Geräuschlos folgte Mitras seinem Bruder.

Kapitel 31

Stunde der Wahrheit

Unbehelligt hatten Lena und ihre Begleiter die Esperhöhle erreicht, und auch die Reise vom Himmelsfluss zu den Höhlen war dank der Kraftlinien ohne Probleme vonstattengegangen. Nun stürmte Lena allen voran hinauf in die Haupthöhle der Tuavinn. All die Verwundeten schockierten sie, und sofort sah sie sich in dem Gewimmel nach Ragnar und Amelia um. Sie entdeckte Ureat und Irba. Die beiden waren über eine Trage gebeugt, und als Lena einen blutverschmierten blonden Haarschopf ausmachte, der unter der Decke hervorlugte, erschrak sie beinahe zu Tode. »Kian?«, krächzte sie.

Ureat drehte sich zu ihr um. »Nein, ein junger Bergmann. Kian ist nicht hier, er kämpft ganz in der Nähe an der Seite der Bergleute.«

Große Erleichterung durchflutete Lena. »Habt ihr Ragnar gesehen?«

»Leider nicht, aber seine Tuavinn-Gefährtin steht dort hinten.«

Lena stellte sich auf die Zehnspitzen, ihre Augen folgten Ureats ausgestreckter Hand, und nun erkannte sie Aravyn neben einer Gruppe von Tuavinn. »Danke, Ureat!« Schon stürzte sie los, schlängelte sich durch das Gedränge und fand Aravyn schließlich in einem Gespräch mit Amelia.

»Ich wollte nicht einschlafen, es tut mir leid«, sagte die junge Tuavinn gerade.

»Was ist denn los?«, wollte Lena wissen.

»Lena, du bist zurück?«, rief Amelia.

»Ich … bin eingeschlafen«, gab Aravyn zu. »Ragnar ist verschwunden«.

Schon lag Lena eine scharfe Entgegnung auf der Zunge, aber Aravyn wirkte so schuldbewusst und traurig, dass sie besser schwieg.

»Wir müssen ihn finden«, stellte Etron sogleich fest.

»Maredd und Targon waren eben noch hier. Targon ist zusammen mit einigen Bergleuten aufgebrochen, um unsere Verbündeten mit Pyralon-Waffen zu versorgen. Maredd hingegen hat sich sofort auf die Suche nach Ragnar gemacht.«

Nach einer kurzen Einweisung über die Handhabung des Heilmittels überreichten sie Amelia die Medizin. Aravyn, Eryn und auch Lena nahmen einen kleinen Schluck, um vor dem Rodhakan-Gift geschützt zu sein, dann machten sie sich gemeinsam mit Etron an Ragnars Verfolgung.

»Morqua, du musst Ragnar finden«, verlangte Eryn von der Bergkatze, kaum dass sie die Höhle verlassen hatten, und das Tier sprang in großen Sätzen voran.

So rannten sie durch das unwirkliche Licht, Lena hatte Mühe, mit den Tuavinn mitzuhalten, aber der Wunsch, Ragnar zu finden, verlieh ihr ungeahnte Kräfte.

Schreie, das Klirren von Waffen, hier und da das Licht einer Fackel. Im Zwielicht des Waldes konnte Ragnar erkennen, wie am Rande eines Dorfes gekämpft wurde. Kreaturen, teils in Gestalt von Tuavinn, teils auch in der von Tieren, huschten wie graue Schatten zwischen den Bäumen umher. Viele tote Menschen hatten Ragnars Weg gesäumt, die meisten von ihnen mit vor Angst erstarrtem Blick.

Vater, bist du hier irgendwo?, dachte Ragnar und blickte sich hektisch um. *Kannst du diesen Irrsinn beenden?*

Krieger in Rüstungen, größtenteils zu Pferde, trieben Bergleute vor sich her und schlugen gnadenlos zu.

Ragnar erkannte Kian, wie er mit bewundernswertem Mut drei Kriegern, den langen Schnurrbärten nach stammten sie aus Erborg oder Crosgan, die Stirn bot. Einen Moment lang zögerte Ragnar, dann eilte er ihm zu Hilfe. Er war Lenas Freund, und auch er hatte den jungen Mann schätzen gelernt, zumal er jetzt sah, dass der Kelte ein kleines Mädchen beschützte. Mit ängstlich geweiteten Augen spitzte die Kleine hinter einem Baum hervor und beobachtete das schreckliche Geschehen.

Ragnar stürzte sich auf den erstbesten Gegner, hieb mit einigen gezielten Schlägen auf ihn ein. Mit einem raschen Schritt zur Seite wich er einem Gegenangriff aus und erhaschte dabei einen kurzen anerkennenden Blick von Kian. Gemeinsam drängten sie die beiden anderen Angreifer zurück. Ragnar spürte, wie sein Schwert sich tief in das Bein eines der Gegner bohrte. Dieser ging schreiend zu Boden, und Kian rammte ihm seine Klinge in die Kehle. Schwer atmend drehte sich der blonde Kelte zu ihm um. »Danke.«

»Schon gut. Bring die Kleine in Sicherheit«, verlangte Ragnar und wandte sich dem nächsten Angreifer zu.

Was war nur mit dem Jungen los? Diese Frage ging Maredd pausenlos durch den Kopf, während er sich nach Spuren umsah, was sich als gar nicht so einfach herausstellte, denn der Schnee war von zahlreichen Füßen zerwühlt. Eigentlich hatte Maredd gemeinsam mit Targon weitere Waffen holen wollen, aber die Suche nach Ragnar war jetzt wichtiger. Vermutlich war der Junge ohnehin auf dem Weg zu den Dörfern, denn Maredd war klar, dass sich sein Enkel den Kämpfen anschließen wollte.

Hoffentlich hält er sich wenigstens von den Rodhakan fern, dachte er, wusste aber zugleich auch um Ragnars derzeitige Unbesonnenheit. Voller Sorge rannte er weiter durch den tiefen Schnee, verließ das Netz aus Kraftlinien, das die Höhlen schützte, und begab sich hinab in Richtung des Bergsees. Still und zu einer silberblauen Eisfläche gefroren lag er unterhalb von ihm.

Bald schon stieß er auf Spuren, die am Ufer entlangführten. Doch zu Maredds Enttäuschung war es kein einzelner Mann gewesen, der die Fußabdrücke hinterlassen hatte. Sofort zog er sein Schwert, und fast im gleichen Augenblick sprangen drei Crosganianer hinter einem Felsen hervor.

Maredd verfluchte sich, nicht achtsamer gewesen zu sein, aber seine Gedanken waren bei Ragnar gewesen. Seine Finger wollten sich fester um den Griff seiner Klinge schließen, doch das taube Gefühl in seiner linken Hand hatte sich inzwischen bis zum Ellbogen ausgebreitet, und so nahm er die Waffe in die Rechte, auch wenn er mit dieser weniger gut kämpfen konnte.

»Wir müssen diesen Krieg nicht führen«, redete er auf die Männer ein. »Wir haben Fürst Orteagon nicht ermordet!«

»Weil ihr nicht den wahren Fürsten bei euch hattet«, knurrte einer der Männer, und sofort drangen sie zu dritt auf Maredd ein.

Maredd mobilisierte seine letzten Kraftreserven, schlug zu, wich zurück, auch wenn es ihm zunehmend schwererfiel, das Schwert zu führen. Das Gift des Rodhakan breitete sich in ihm aus, je mehr er sich anstrengte; jeder seiner Herzschläge pumpte es nur tiefer in seine Muskeln hinein. Einer der Crosganianer stürmte direkt auf ihn zu, der zweite attackierte ihn von der Seite. Ein Ausfallschritt nach rechts, der erste Angreifer lief ins Leere, und Maredd gelang es, ihn mit einem gezielten Schlag auf den Hinterkopf kampfunfähig zu machen. Er wirbelte herum, wehrte die Klinge des zweiten ab, wo sich der dritte Crosganianer befand, konnte er gerade nicht erkennen. Vor seinen Augen verschwamm alles, dennoch stellte er sich der Schlagfolge seines Gegners, und es gelang ihm, die Hiebe abzuwehren und den Mann zurückzudrängen. Dieser strauchelte, Maredd sprang vor, wollte dem Crosganianer die Klinge aus der Hand schlagen, doch er erwischte den Mann an der Hüfte, woraufhin dieser schreiend zu Boden ging. Blut breitete sich auf dem Schnee aus. Ächzend hielt Maredd inne. Er wollte den Mann nicht töten, hoffte sogar, seine Gefährten würden ihn zu einem Heilkundigen bringen. Nun blickte er sich nach dem dritten Mann um, rannte nach rechts, um hinter eine Felsgruppe spähen zu können, und blinzelte ein paar Mal, da seine Sicht immer wieder verschwamm. Als er sich umdrehte, blieb er stocksteif stehen. Irgendjemand stand neben dem verletzten Crosganianer. Größer als die meisten Menschen, dunkelgraues Haar und doch kein reinblütiger Tuavinn.

»Lucas?«, keuchte Maredd, stützte sich dabei schwer auf sein Schwert. Für einen Moment hoffte er, es könnte wirklich sein Sohn sein, der durch ein Wunder den Rodhakan entkommen war. Ja, in diesem Augenblick konnte er sogar Ragnar verstehen, denn derjenige, der sich vor ihm befand, ähnelte Lucas verblüffend. Nun kam er näher, ein Lächeln auf dem Gesicht, freundlich und einnehmend, wie Maredd ihn kennengelernt hatte.

»Vater, wie schön, dich zu sehen.«

Irgendetwas war jedoch anders. Der Klang seiner Stimme? Oder waren es seine Augen?

Rechts von Maredd knirschte es im Schnee. Und da war der verbliebene Crosganianer, einen aufgezogenen Bogen in der Hand. Maredd spannte sich an, schwankte, als er einen Schritt zurückwich. »Lucas, wenn noch etwas von dem übrig ist, der du einst warst …«, rief Maredd.

»Warte!«, schrie Lucas dem Menschenkrieger zu, der sofort innehielt.

Jetzt bemerkte Maredd, dass auch Lucas einen Bogen über der Schulter trug. Diesen nahm er nun in die Hand, und Maredd atmete erleichtert auf, als er erkannte, dass Lucas auf den Crosganianer zielte.

»Aber natürlich … Vater!« Bedächtig legte er einen Pfeil auf die Sehne, zog den Bogen auf und wandte sich ihm ganz langsam zu. Lucas' eben noch so freundliches Lächeln gefror wie der See, der sich hinter Maredd erstreckte.

So gut wie möglich stand Ragnar den Bergleuten in ihrem Kampf gegen die Krieger der Fürsten bei – und derer waren es viele. Plötzlich bemerkte er eine huschende Bewegung zu seiner Linken. Irgendetwas folgte ihm parallel zur Richtung, die er gerade eingeschlagen hatte. Sofort schlossen sich seine Finger noch fester um Aravyns Schwert. Schon schnitt ihm der Schatten den Weg ab, verdichtete sich unmittelbar vor ihm. Ragnar blieb ruckartig stehen und beobachtete, wie die vagen Umrisse deutlichere Konturen annahmen und zu einem Bären wurden. War das einer der Rodhakan, die seinem Vater folgten? Oder doch eher einer von denen, die hier unter den Menschen ihr Unwesen trieben?

»Ich bin Ragnar, Lucas' Sohn«, sagte er daher mit fester Stimme.

Der Bär riss sein Maul auf, Fäulnisgestank entwich dem dunklen Rachen, dann knurrte er: »Komm mit mir, er will dich sprechen.«

Ragnar zögerte, aber der Wunsch, seinen Vater zu treffen, überstieg alle Bedenken. So führte ihn der Schattenbär wieder den Berg hinauf, eilte beinahe in die gleiche Richtung, aus der Ragnar eben gekommen war. Sie konnten nicht mehr allzu weit von dem Felslabyrinth entfernt sein, das zu den Höhlen führte. Zu ihrer Linken lag ein zu Eis erstarrter Bergsee. An dessen Ufer zeichnete sich eine Gestalt in der Dunkelheit ab. Langsam wandte sie den Kopf, hatte wohl das Knirschen des Schnees unter Ragnars Füßen vernommen und verdichtete sich zu einem Mann; ein unheimlicher Anblick, aber Ragnar straffte die Schultern und hielt langsam auf ihn zu.

»Ragnar, mein Junge, endlich!«

Ragnar beschleunigte seine Schritte, lächelte Lucas zögernd

zu, blieb jedoch schlagartig stehen, als er erkannte, wer da am Boden lag. »Großvater?«, stieß er hervor.

»Ein crosganianischer Pfeil hat ihn mitten in die Brust getroffen, es tut mir leid.«

Erschüttert ließ sich Ragnar auf die Knie fallen. Maredds Brust hob und senkte sich nur noch ganz schwach.

»Crosganianer!«, stieß Ragnar hervor. Seine Augen suchten die Umgebung ab, die Wut und der Schmerz, seinen sterbenden Großvater in den Armen zu halten, drohten ihn zu überwältigen. Gleißender Feuerschein erhellte unvermittelt den Himmel, die Erde erbebte. Ragnar blickte auf. Groteske Schatten huschten über Lucas' Gesicht, beinahe hatte Ragnar den Eindruck, er würde lächeln, doch dann legte er den Kopf schief.

»Wieder haben sich die Menschen gegen dich gestellt. An meiner Seite könntest du Vergeltung üben. Du und ich, Ragnar, Tuavinn und Rodhakan vereint. Lass uns jene von Elvancors Antlitz tilgen, die es nicht wert sind zu verweilen.«

»Er lebt noch. Wir müssen ihn zu Amelia bringen«, sagte Ragnar.

»Zu spät, mein Junge.« Lucas kniete sich neben ihn. »Du musst ihn weiter begleiten. Öffne den Pfad in die Ewigkeit.«

»Was?« Ragnar spürte, wie Tränen auf seinem Gesicht gefroren, und im gleichen Moment begann es wieder zu schneien. »Ich … ich kann das nicht«, stammelte er. »Niemand hat es mir gezeigt. Ich konnte nur den Weg aus meiner Welt nach Elvancor erschaffen.«

»Versuche es, Ragnar«, drängte Lucas. »Er ist dein Großvater, du musst es für ihn tun. Du wirst instinktiv wissen, wie du den Pfad öffnest. Gebrauche deine Magie!«

»Und was ist, wenn ich versehentlich einen Weg in meine alte Welt erschaffe?«, flüsterte er.

Hinter sich vernahm er ein Brummen, und als er sich umdrehte, entdeckte er nicht nur den Schattenbären, sondern auch die verschwommenen Gestalten weiterer Rodhakan, die sich langsam näherten. Ragnar war kalt, eiskalt, er zitterte am ganzen Körper. Er wollte Maredd begleiten, aber das, was er hier tat, fühlte sich plötzlich falsch an.

»Hilf ihm, Ragnar«, drängte Lucas jedoch und kam einen Schritt auf ihn zu. »Du bist mein Sohn, vertrau mir. Und Maredds Geist will dich sicher an seiner Seite wissen.« Lucas' Augen bohrten sich in die seinen, er hatte das Gefühl, nicht mehr klar denken zu können. Alles um ihn war in ein gräuliches Zwielicht getaucht, Schneeflocken und Vulkanasche wirbelten um ihn herum.

»Ragnar, eine neue Zeit bricht an«, schmeichelte die Stimme seines Vaters. »Begleite Maredd in die Ewigkeit und lass uns anschließend ein Reich der Schatten gründen.«

Langsam, so als würde sie nicht zu ihm gehören, wanderte Ragnars Hand zur Brust seines Großvaters. Er spürte eine große Energie durch sein Inneres pulsieren, aber es war auch, als würden sich in ihm widerstreitende Kräfte erheben, wie wenn ein verlöschendes Licht sich ein letztes Mal gegen die Dunkelheit stemmt.

Das neue Erdbeben und die Eruption des weit entfernten Vulkans veranlassten Lena und ihre Begleiter, kurz innezuhalten. Dann stand – wie aus der Dunkelheit geboren – Arihan vor ihnen. Sein Schwert in der Hand, das blasse Gesicht vom Licht des ausbrechenden Vulkans beleuchtet.

»Wo ist Ragnar?«, rief er und hielt sich an einem Felsen fest, als die Erde erneut bebte.

»Ragnar konnte entkommen«, stieß Aravyn hervor.

Arihans Gesichtszüge verfinsterten sich. »Wir müssen ihn finden, um weiteres Unheil zu verhindern. Ragnar braucht seine Anam Cara! Verteilt euch. Spürt seine Spuren im Schnee auf. Schlimmes geht vor, und ich befürchte, es hat mit Ragnar zu tun!«

Ohne weiter zu fragen, rannten sie los, und Lenas Panik wuchs. Sie sah sich hektisch um, fasste ihren Bogen fester.

Ragnar, wo bist du?, dachte sie. Sie selbst fühlte, dass etwas ganz und gar nicht stimmte. Der Vulkanausbruch, dieser Tag, der gar kein wirklicher Tag war. Ganz Elvancor schien aus den Fugen geraten zu sein. Schneeflocken fielen vom Himmel, ein Wind erhob sich, aus den Tiefen der Erde ertönte ein Grollen.

Geister Elvancors, flehte sie in Gedanken, *ich bin keine Tuavinn, aber ich muss Ragnar finden. Bitte helft mir!*

Erneut erzitterte der Boden, und als hinter ihr der Schnee wegzusacken begann, tat sich eine Felsspalte auf, die sie von Etron, Aravyn und den anderen trennte. Lena hechtete vorwärts, floh den Hang hinab, ohne auf die Rufe ihrer Begleiter zu hören. Der Spalt breitete sich aus, riss Steine und Bäume mit sich. Lena rannte weiter, nur fort von dieser bedrohlichen Kluft. So schnell sie konnte, hastete sie durch den Schnee – und wäre um ein Haar abgestürzt. Unmittelbar vor ihr fiel der Felsen senkrecht ab. Kaum war sie schlitternd zum Stehen gekommen, stockte ihr der Atem: Verschwommen durch die vom Wind gepeitschten Schneeflocken entdeckte sie mehrere Gestalten am Ufer eines Sees. Rodhakan hatten sich rund um jemanden aufgebaut, und Lena wusste tief in ihrem Inneren, um wen es sich da handelte. »Ragnar«, flüsterte sie mit zitternder Stimme.

»Arihan, Eryn, er ist am See!«, schrie sie, doch der Wind riss ihr die Worte aus dem Mund. Links von ihr wirkte der Abhang weniger steil, rechts hingen mächtige Eiszapfen. Also fasste sie einen waghalsigen Entschluss. Ohne auf ihre Freunde zu warten, rutschte sie auf Händen und Füßen hinab, versuchte dabei immer wieder, einen Blick auf Ragnar zu erhaschen. Als sich aber schlagartig ein helles Leuchten um ihn herum ausbreitete und die Rodhakan auf ihn zugingen, verharrte Lena fassungslos.

»Nein, tu es nicht, Ragnar«, keuchte sie.

Der Schneefall ebbte ab, der Wind legte sich, und für einen

Moment hatte sie den Eindruck, als würde die Zeit in Elvancor stillstehen. Lena fasste ihren Bogen, legte den Pfeil auf die Sehne. Sie versenkte sich ganz in sich selbst. Ein Lichtportal tat sich vor Ragnar auf, schwach glänzend. Der große Bär hielt auf das Leuchten zu und setzte zum Sprung an. Mit einem Surren löste sich Lenas Pfeil von der Sehne, doch das Geschoss bohrte sich nutzlos in den Schnee. Sofort sandte sie einen zweiten hinterher. Gespannt hielt sie inne, ihr Herz schlug bis zum Hals. Dieser Pfeil traf die Bärengestalt im Rücken. Die Kreatur bäumte sich auf, ein schriller Schrei hallte durch die Luft. Abermals schoss Lena auf die Rodhakan, und endlich wichen die Schattenwesen zurück, viele lösten sich ganz auf, vergingen wie grauer Rauch. Von dem Bären war nichts mehr übrig geblieben, auch das Lichtportal war in sich zusammengebrochen.

»Deine sogenannten Freunde wollen dich töten, Ragnar«, schallte da eine laute Stimme durch das Tal. »Sieh nur, sie schießen auf dich. Öffne den Pfad!«

Ohne weiter nachzudenken, schlitterte Lena hinab, rannte auf das Ufer des Sees zu. Dort stand Ragnar, neben ihm ein Tuavinn, aber Lena ahnte, dass es sich nur um einen Rodhakan handeln konnte. Als sie näher trat und ihn eingehender betrachtete, bestätigte sich dieser Verdacht: Wie ein mächtiger Schleier umgab etwas Düsteres die Erscheinung des Rodhakan. *Seine Aura*, dachte Lena, und nun bemerkte sie eine weitere Gestalt, die reglos zu Ragnars Füßen lag. Um wen es sich jedoch handelte, konnte sie nicht erkennen. Sie legte ihren Bogen ein weiteres Mal an. Zwei Pfeile hatte sie noch.

»Ragnar, öffne den Pfad«, hörte sie das Schattenwesen rufen. »Maredd ist dein Großvater, deine Liebe zu ihm ist die Magie, die den Weg über die Schwelle öffnet. Dies war es, was dir bei deinem letzten Versuch gefehlt hat. Und heute, an diesem besonderen Tag, ist es dir möglich. Ragnar, erschaffe den Pfad noch einmal«, drängte der Rodhakan.

Maredd? Weshalb sprach der Rodhakan von Maredd? Aus dem Augenwinkel nahm Lena eine Bewegung wahr. Es waren Aravyn und Arihan, die auf sie zueilten. Auch Morqua stürzte herbei, in einiger Entfernung folgte Eryn. Pfeile zischten über Lenas Kopf hinweg, und sie erspähte Etron, der auf dem Felsgrat stand. Erleichtert ließ sie ihren Bogen sinken. »Lena!« Eine vertraute Stimme erklang hinter ihr, und kurz darauf stand ein heftig keuchender Kian an ihrer Seite. Blutspritzer überzogen sein Gesicht, der Schweiß in seinen Haaren war teilweise gefroren.

»Lass uns Tuavinn gegen die Rodhakan kämpfen«, verlangte Eryn. »Bring dein Leben nicht unnötig in Gefahr!«

Lena wollte widersprechen, doch ein eiskalter Wind rauschte heran, wirbelte die pulvrigen Schneemassen auf, und die Welt versank in weißem Chaos. So schnell die Sturmböe gekommen war, so rasch verging sie auch wieder. Der Schnee legte sich – und in diesem Augenblick lief Lena ein Schauder über den Rücken: Am Ufer des Sees wimmelte es vor Rodhakan. Vielleicht würde sich das Schicksal Elvancors – und damit auch ihrer eigenen Welt – hier und jetzt entscheiden. Unwillkürlich machte sie einen Schritt zurück und blickte zu Eryn. Kurz blitzte auch in deren Augen Entsetzen auf, wich jedoch sofort wieder grimmiger Entschlossenheit. Mit einem kehligen Knurren stellte sich Morqua neben sie.

Abermals jagten Pfeile über ihren Kopf hinweg, und auch wenn Lena die Treffsicherheit Etrons bewunderte, fragte sie sich doch, wie sie angesichts der Vielzahl ihrer Feinde siegen sollten. Ehe Lena reagieren konnte, stürzten sich ihre Freunde auf die Schatten, nur Kian blieb an ihrer Seite. Wenngleich ein heilloses Durcheinander ausbrach, so formierten sich ihre Gegner zu einem schützenden Kreis, in dessen Mitte Ragnar und dieser riesige Rodhakan mit der fast schwarzen Aura stand.

Hatte Lena bislang geglaubt, sie wüsste, was für herausragende Krieger die Tuavinn waren, so wurde sie jetzt eines Besseren belehrt. Mit unvergleichlicher Präzision schlugen sie auf die Rodhakan ein, wurden zu todbringenden Schwertkämpfern. Arihan focht inmitten einer Gruppe Schatten wie ein übergroßer Raubvogel, der sich mehreren zischenden Schlangen zugleich stellte. Wohin auch immer seine Klinge schnellte, hinterließ sie grauen Rauch und ein klagendes Seufzen, von dem Lena nicht wusste, woher es stammte.

»Wie ein schwarzer Todesengel«, sagte Kian, und Lena betrachtete ihn kurz von der Seite. Auch sie hatte Arihan schon einmal in Gedanken so bezeichnet.

»Ich muss ihm helfen«, flüsterte Lena. »Ragnar glaubt, diese Kreatur ist sein Vater.« Augenblicklich schrie sie:

»Ragnar, das ist nicht Lucas!«

Ragnar wandte sich ihr zu. Erst jetzt erkannte sie, dass er seine linke Hand auf den rechten Arm presste.

»Dieses Mädchen hat dich angeschossen«, zischte der Rodhakan. »Hilf uns zu fliehen, Ragnar. Zeig mir, dass du der Sohn bist, nach dem ich mich sehne!«

Ich habe Ragnar getroffen, fuhr es Lena durch den Kopf. *Oder war es ein Rodhakan. Wir müssen ihm das Gegenmittel geben!*

»Kian, wie sollen wir nun an ihn herankommen?«

In diesem Augenblick sprang Morqua mit einem mächtigen Satz in Ragnars Richtung, so als wolle sie den Kreis durchbrechen. Die Pranken der Katze rissen gleich zwei der Feinde auf einmal zu Boden. Ein anderer jedoch schnellte nach vorne – er sah wie ein grotesk verunstalteter Baum aus –, und seine langen Arme schlangen sich um Morquas Körper und drückten zu. Die Katze brüllte auf, aber sofort bohrten sich Etrons Pfeile in den Rodhakan-Leib. Eryns Seelengefährtin kam frei, stürzte sich sogleich auf einen Schatten, der Aravyn bedrängte.

Lena trat noch einen Schritt vor, ohne Ragnar aus den Augen zu lassen. Sein Gesicht war wie erstarrt, seine Augen kalt und verschleiert, als hätte ihn der Rodhakan vollkommen in seinen

Bann geschlagen. Sie wusste nicht einmal, ob er sie wirklich erkannte. Lucas versperrte ihr den Weg. Tatsächlich konnte sie zwischen Ragnar und ihm eine gewisse Ähnlichkeit erkennen, doch da war dieser gewaltige Schatten, der ihn umgab.

Angst kroch in Lena empor, Kian hielt sie zurück. »Geh nicht näher«, flüsterte er.

Selbst wenn sie gewollt hätte, sie hätte nicht weitergehen können, die Panik in ihr lähmte sie mit einem Mal. Doch da breitete der Rodhakan plötzlich die Arme aus, und jetzt sah sie auch, wer da am Boden lag. »Maredd!«, stieß sie hervor. War Ragnars Großvater am Ende tot? Schwertergeklirr ließ sie aus ihrem Entsetzen auftauchen. Arihan und Aravyn wollten ihr zu Hilfe eilen, doch sofort wurden sie von drei Rodhakan abgefangen. Eryn versuchte, sich ebenfalls den Weg zu ihnen durchzukämpfen. Aber keinem von ihnen gelang es, zu ihr durchzudringen, und so nahm sie all ihren Mut zusammen und ergriff schließlich Kians Hand. Der junge Mann starrte mit aufgerissenen Augen auf den Rodhakan und rührte sich nicht.

»Denk an die, die du liebst. Hab keine Angst, dann können wir ihm entgegentreten«, raunte sie ihm zu.

Ein Ruck ging durch Kian, und Lena hatte das Gefühl, eine starke Energie würde durch sie beide hindurchfließen. Gemeinsam rückten sie vor, während um sie herum der Kampf tobte. Der Rodhakan zog seine Augenbrauen zusammen, blieb hoch aufgerichtet stehen, als die beiden so entschlossen auf ihn zutraten. Bei jedem Schritt dachte Lena an alle, die hier waren und kämpften, auch der Gedanke, Ragnar zu helfen, gab ihr Kraft. Freunde, wahre Freunde.

Der Rodhakan lachte höhnisch. »Wie schön, dass ihr freiwillig zu mir kommt. Das bedeutet neue Kraft für uns!« Eine wellenartige Bewegung lief durch seine Aura, ließ sie finsterer erscheinen, als sie ohnehin schon war.

Lena spürte, wie Kian zögerte, aber sie drückte seine Hand.

»Ragnar, hörst du, was er da sagt? Glaubst du wirklich, dein Vater würde eine Freundin von dir töten?«

Lucas schnellte zu Ragnar herum, der unentschlossen hinter ihm stand. »Du warst das Ziel ihres Pfeils, Ragnar!«

»Das war ein Versehen!« Lena ließ sich nicht beirren und war erleichtert, als kurz darauf auch Aravyn hinter ihr stand, obwohl sie keine Ahnung hatte, wie es der jungen Tuavinn gelungen war, den Kreis der Feinde zu durchbrechen. Eine Hand krallte Lena um Kians, die andere lag an dem Dolch, den Ragnar ihr gegeben hatte. Sie wusste selbst nicht, weshalb, aber je näher sie trat, desto mehr wich die Angst von ihr. Es war so, als würde eine unsichtbare Mauer um sie und Kian herum entstehen, und auch das Gesicht des jungen Kelten entspannte sich zusehends. Lena versuchte, an dem Rodhakan vorbei zu Ragnar zu gelangen, doch der versperrte ihnen nach wie vor den Weg.

»Ich lasse dich nicht zu meinem Sohn«, zischte er. »Du bist nicht gut für ihn.« Nun wuchs seine Schattengestalt sogar, ragte bedrohlich über Lena, Kian und Aravyn auf.

»Lena«, rief Ragnar. »Das ist Lucas, mein Vater! Er ist ein Rodhakan, ja, aber versuch doch, das Gute in ihm zu erkennen.«

»Das Gute?« Lena konnte nicht fassen, was Ragnar von sich gab. »Er will dich doch nur benutzen«, redete sie auf ihn ein. »Dein Vater würde das niemals tun.«

Irgendwo hinter ihr fauchte Morqua, kurz darauf hallte ein weiterer Schrei durch die Dunkelheit.

»Du weißt nichts, Mensch«, zischte der Rodhakan, griff jedoch nicht an, obwohl seine Augen gierig glitzerten. Abermals erzitterte der Boden unter Lenas Füßen, Schneemassen fielen von den Bäumen, deren Äste daraufhin nach oben schnellten.

»Ich weiß, dass du nicht das bist, was du vorgibst zu sein«, provozierte sie Ragnars vermeintlichen Vater, denn sie schöpfte Hoffnung, da sie bemerkte, dass immer mehr Tuavinn und Krieger der Bergleute herbeiströmten. Offenbar hatten sie das schicksalsträchtige Geschehen hier am See bemerkt und schlossen sich dem unerbittlichen Kampf gegen die Schatten an, der um Lena und ihre Freunde tobte. Lena selbst fühlte sich wie im Auge eines Sturmes, wo die Zeit stillzustehen schien.

»Ich sehe das, was dich umgibt, deine Aura aus Schatten, aus Dunkelheit«, fuhr sie fort und zeigte mit dem Finger auf den Rodhakan. »Du bist nicht Lucas!«, schrie sie. Ihre Worte waren noch nicht verklungen, da verschwamm die Gestalt. Einen Moment lang schimmerte ein Wesen durch, von dem Lena glaubte, es schon einmal zu Gesicht bekommen zu haben. »Du bist ein Eibengeist!«, schleuderte sie ihm entgegen, denn sie erinnerte sich an Arihans Vermutung.

Für den Bruchteil einer Sekunde stand tatsächlich einer jener drei Meter großen Geister vor ihr, die sie im Wald von Ceadd erblickt hatte. Die ungewöhnlich langen Finger, die in Dornen endeten, formten sich zu Krallen. Auch dieser Eibengeist bestand vollständig aus winzig grünen Blättern, trug statt Haaren eine Krone aus spitzen Nadeln und hatte Augen, die so rot wie die Beeren dieser Bäume leuchteten. Kian sog die Luft ein, und auch Aravyn rückte näher an Lenas Seite, doch einen Augenblick später hatte der Rodhakan wieder die andere Form angenommen.

»Ragnar! Hast du gesehen, was er ist? Was er wirklich ist?«, rief Lena, in der Hoffnung, die kurze Veränderung würde Ragnar zur Einsicht bringen. Und endlich war Leben in Ragnars Augen zu sehen.

Den kurzen Moment der Ablenkung nutzte Aravyn, spurtete an dem Rodhakan vorbei an Ragnars Seite. Sie ergriff seinen Arm und hielt das Schwert vor sich ausgestreckt. »Bleib weg von ihm!«, zischte sie dem Rodhakan zu. Auch wenn ihrer Stimme ein leichtes Zittern zu entnehmen war, hegte Lena keinen Zweifel an ihrer Entschlossenheit.

Mittlerweile war es den Tuavinn gelungen, den Schutzkreis der Feinde aufzulösen, daher sprang auch Arihan herbei. Sein grauer Umhang wehte hinter ihm her. Der Tuavinn stieß mit seiner Klinge nach dem Rodhakan, dessen Blick von rechts nach links huschte. Er war eingekreist, dennoch schaffte er es, im letzten Moment auszuweichen. Mit einer geschmeidigen Bewegung setzte Arihan nach, musste sich allerdings ducken, als sein Gegner ein Schwert unter seinem Umhang hervorzog und nach ihm schlug. Arihans graues Haar flog durch die Luft, als er zur Seite wirbelte. Der Rodhakan folgte ihm und holte zu einem erneuten Schlag aus. Lena glaubte schon, es wäre um Arihan geschehen, doch dieser griff nun blitzschnell an, erinnerte selbst fast schon an einen rasenden Schemen und drängte den Rodhakan in Richtung See zurück. Auch Etron, Eryn und sogar Targon, der wohl an der Seite der Bergmänner herbeigeeilt war, schlossen sich Arihans Kampf an.

Als zu guter Letzt Morqua mit einem mächtigen Sprung über einige Feinde hinwegsetzte und auf den großen Rodhakan zuhielt, verflüchtigte sich dessen Erscheinung – und plötzlich war er verschwunden.

Ohne sich umzusehen oder auf die anderen Kämpfenden zu achten, stürzte Lena zu Ragnar. Mit Tränen in den Augen blickte sie zu ihm auf. »Es tut mir leid, ich wollte dich nicht verletzen, nur verhindern, dass die Rodhakan über die Schwelle treten.«

Stumm betrachtete er sie, anschließend Aravyn und Kian.

»Was habe ich getan?«, flüsterte Ragnar.

»Du hast dich von den Rodhakan beeinflussen lassen«, erklärte Lena.

Ragnar schüttelte sich, dann streckte er seinen unverletzten Arm aus und fasste ihre Hand. »Ich war mir … so sicher! Mehr als alles andere habe ich mir gewünscht, meinen Vater zu treffen«, stammelte er. »Stattdessen habe ich mich von einem Rodhakan in den Bann ziehen lassen und war völlig weggetreten. Danke, dass du mich aufgehalten hast.«

In Lenas Hals bildete sich ein Kloß.

»Die Wunde ist nicht allzu tief«, versicherte Aravyn, während sie behutsam den Stoff an seinem Ärmel aufriss. »Trink das hier, Ragnar, es ist ein Gegengift von Lenas Großmutter.«

Kurz betrachtete er die kleine Flasche, schluckte die Medizin, hielt Lena mit seinem Blick jedoch gefangen, und sie konnte sich auch kaum von ihm lösen.

»Siehst du jetzt ein, dass etwas mit dir nicht stimmt?«, fragte sie leise. »Ich glaube, Arihan hat recht.« Sie schluckte schwer. »Du musst dich mit Aravyn verbinden! Du brauchst deine Anam Cara.«

»Ja, ich …«, er schüttelte sich, drehte sich aber unvermittelt um. »Maredd!«

»Ich habe ihm die Medizin gegeben«, versicherte Eryn ihm, doch ihr Blick sprach Bände. »Ich befürchte nur, es ist zu spät.«

Auch Arihan kniete neben Maredd, große Sorge stand in seinem Gesicht.

Jäh ertönte der Schrei eines Bussards über ihren Köpfen, und Graha stürzte vom Himmel herab.

»Etron!«, hörte Lena Eryn schreien.

Zwischen Felsen und Bäumen tauchten die Krieger der Fürsten auf, und weitere Rodhakan warfen sich in den Kampf.

Doch das war es nicht, was Eryn gemeint hatte, wie Lena mit Entsetzen erkannte. Hinter Etron manifestierte sich eine Gestalt – Lucas.

Kapitel 32

Der Kampf der Schatten

Erneut hielt der Rodhakan seine Waffe in der Hand, ein sehr langes, spitzes Schwert. »Ihr könnt mich nicht aufhalten!«, schrie er. Seine Stimme heulte wie der Sturmwind, schon attackierte er Etron.

Dieser reagierte schnell, zog blitzartig seinen Bogen auf, aber es war zu spät. Das Schwert sauste auf ihn nieder. Lena dachte, die Klinge würde Etron töten, aber der Angreifer hielt inne. In dem Moment, als er Etrons Schulter berührte, verharrte er in der Bewegung, seine Gestalt flackerte.

»Was habt ihr getan?«, brüllte der Rodhakan, verblasste, wurde zu einer körperlosen grauen Masse und schließlich wieder zu dem Eibengeist.

Lena konnte sich keinen Reim auf das Verhalten des Rodhakan machen. Um sie herum wurde gekämpft, Lena erkannte sogar Targon, wie er einem gefallenen Bergmann das Leben rettete und sich zwischen ihn und einen Crosganianer warf.

Unverhofft war Arihan wieder an ihrer Seite, fixierte den Rodhakan. »Es ist also wahr. Rodhakan sind Eibengeister!«

»Ihr tragt etwas von uns in euch«, zischte der gewaltige Geist, umkreiste Etron lauernd wie ein Raubtier, während dieser seinen aufgezogenen Bogen schützend vor sich hielt. Die Blätter des Eibengeistes raschelten, als würde ein Sturm durch ihn fahren. »Wie ist es möglich, dass ihr den Geist der Eiben in euch tragt? Ihr könnt euch nicht unserer Seelen bemächtigen, das ist nicht eure Art«, tobte er und wechselte pausenlos seine Gestalt. Mal war er ein Mensch, dann ein Rodhakan, anschließend wieder ein Eibengeist. Abermals heulte er auf, so laut, dass viele der Kämpfenden innehielten und sich zu ihm umwandten. Als auch noch weitere Reiter aus allen Richtungen herbeigaloppiert kamen, Krieger aus Crosgan, Erborg und Ceadd, ebbten die Kämpfe endgültig ab.

Wo kommen die nur alle her?, fragte sich Lena. Hatten sie vielleicht das Leuchten gesehen, das Ragnar verursacht hatte, und für ein Zeichen gehalten?

Auf einem großen Schimmel erkannte Lena Fürst Nemetos, flankiert von mehr als einem Dutzend Krieger. Der graue Schnurrbart, die dunkle Hautfarbe und das energische Kinn waren unverkennbar. Brutal zügelte er sein tänzelndes Pferd, hob die Hand, und die Reiter blieben auf einem kleinen Hügel stehen, vermutlich um sich einen Überblick zu verschaffen.

»Zum See!«, brüllte er schließlich, woraufhin sich die Hälfte seiner Leibwache in Bewegung setzte. Allerdings stellten sich ihnen Morqua, Eryn und kurz darauf auch einige Bergleute in den Weg.

Lena wusste nicht, was sie tun sollte, und auch Kian umfasste nervös sein Schwert. Sollten sie hier bei Ragnar bleiben, der – wie sie auch – nicht von Maredds Seite weichen wollte, oder besser Etron helfen?

»Achtet auf Ragnar«, nahm Arihan ihr da die Entscheidung ab. »Er ist es, den sie wollen. Ich stehe Etron bei.«

Nemetos ritt näher, und aus der Menge löste sich Fürst Gobannitio. Durch den tiefen Schnee trabte er an die Seite des dunkelhäutigen Fürsten von Crosgan.

»Herr der Rodhakan«, sprach Nemetos unterwürfig. »Wir haben unsere Krieger in die Berge geführt. Ist alles zu Eurer …«

»Schweig!« Der Eibengeist drehte sich zu den beiden Fürsten um, und das war der Moment, in dem Arihan an Etrons Seite eilte. Die Blättergestalt wirbelte herum, rote Augen richteten sich auf Arihan.

Doch dieser wich nicht zurück, stand nur schweigend da.

»Ihr habt unsere Brüder und Schwestern übernommen, ihre Schwäche ausgenutzt, ihre Verzweiflung. Sag mir deinen wirklichen Namen!«

Höhnisch lachte der Eibengeist auf. »Ich nenne mich Mitras, doch trage ich viele Namen von schwachen, verlorenen Seelen, die ich überwältigt habe, in mir! Menschen, Tuavinn, ja sogar Wölfe und Bergkatzen. Ich bin der Erste und Mächtigste meiner Art.« Er sah zu Morqua hinüber, die daraufhin ihr Nackenfell sträubte und fauchte. Nacheinander nahm er erneut verschiedene Gestalten an, letztlich auch die von Ragnars Vater.

Lena spürte, wie Ragnar dazu ansetzte, nach vorne zu stürzen, aber sie und Aravyn hielten ihn gemeinsam fest.

»Mitras! Dachte ich es mir doch«, entgegnete Arihan. »Hast du auch Tions Lebenskraft genommen?«, fragte er dann.

»Tion?« Für einen Moment wurde er zu einem schlanken Tuavinn mit hellsilbernem Haar, dann wieder zu dem Eibengeist. »Ja, er war es, der unseren heiligen Wald zerstörte, unsere Bäume, unseren Lebensraum. Schwach und verwirrt war seine Seele. Ich kämpfte mit ihm, rang um die Herrschaft – und dann wurden wir eins. Er war der erste Rodhakan.«

Lena hörte, wie Aravyn lautstark schluckte.

»Gib ihn frei. Lass ihre Seelen ziehen, Mitras«, verlangte Arihan.

Doch der Eibengeist lachte nur höhnisch. »Niemals! Als Rodhakan sind wir Eibengeister mächtig. Mächtiger als jemals zuvor, denn wir haben das Wissen und die Stärken jener, derer wir uns bemächtigt haben. Wir sind Geister, können überall zugleich sein, aber dennoch ist es uns nach einer Weile möglich, Gestalt anzunehmen. Wir nähren uns von denen, die zu schwach sind, um zu widerstehen.«

»Du kannst uns nichts mehr anhaben«, entgegnete der alte Tuavinn gelassen. »Wir haben ein Mittel gegen euer Eibengift gefunden.«

Erst jetzt verstand Lena, weshalb der Eibengeist seinen Angriff auf Etron abgebrochen hatte. Er hatte das Eibengift, einen Teil von sich selbst, in Etron gespürt.

»Keines eurer Mittel kann mich besiegen!«, fuhr dieser fort. »Ich bin ein Wesen weit jenseits all dessen, was ihr euch vorstellen könnt.« Der Eibengeist wuchs in die Höhe, seine Arme, die an ausladende Äste erinnerten, peitschten bedrohlich vor und zurück.

»Und wir sind Tuavinn«, hielt Arihan dagegen, und auch er schien nun irgendwie größer zu werden. Unnachgiebig baute er sich vor dem Geist auf, seine grauen Haare wehten im Wind. »Mein Volk verachtet den Krieg, mit dem ihr alles«, er bedachte die Fürsten mit einem finsteren Blick, »überzogen habt. Die Aufgabe der Tuavinn ist es, das Gleichgewicht zu bewahren und die Seelen auf ihrem Weg zu begleiten. Dennoch, wir sind Krieger! Unterschätz uns nicht.«

Da kreischte Mitras plötzlich auf. Laut und durchdringend hallte sein Schrei in den Wald, woraufhin sein dunkles Gefolge herbeiströmte – es mussten Hunderte oder gar Tausende sein. *Alles unglückliche, verlorene Seelen, die von Eibengeistern gefangen gehalten werden*, dachte Lena traurig.

»Nehmt sie! Nehmt sie alle!« Ohne Arihan aus den Augen zu lassen, machte Mitras eine allumfassende Handbewegung in Richtung der versammelten Menschen, Bergleute und Tuavinn, und sofort stürzten sich die Schatten auf die Unglücklichen.

»Nein!«, hörte Lena Fürst Nemetos' Ruf. »Wir hatten ein Abkommen. Ihr hattet uns zugesichert, wenn wir genügend Opfer …« Er wurde übertönt vom Kreischen der Rodhakan, den Todesschreien seiner Krieger.

Gobannitio riss sein Pferd herum, versuchte zu fliehen, aber auch über ihn kamen die Schatten.

Mitras lachte und lachte, wich spielerisch einem von Etron abgeschossenen Pfeil aus, wischte mit seinen peitschenden Astarmen den unglücklichen Graha zur Seite und wirbelte so schnell um die beiden Tuavinn herum, dass nicht einmal Arihans meisterhaft geführte Klinge etwas ausrichten konnte.

Lena hatte nur einmal geblinzelt – doch da war Mitras verschwunden, nur um sich kurz darauf ein paar Schritte vor Kian zu manifestieren. Das Gesicht ihres Freundes spiegelte blankes Entsetzen wider, auch sie selbst schreckte zurück.

»Vielleicht kann ich nicht mehr alle Tuavinn töten«, Mitras' rote Augen wandten sich Kian und Aravyn zu, die Seite an Seite vor Ragnar und Lena standen. »Aber der Mensch kann mein sein!«

Der Arm schnellte vor, Krallenfinger griffen nach Kian, dieser wich zurück.

»Nein!«, rief Lena und spannte den Bogen.

Die Äste des Eibengeistes wirbelten um sie herum, Kian und Aravyn wehrten sie mit ihren Schwertern ab, und auch Ragnar sprang an ihre Seite. Zu viert stellten sie sich gegen den Eibengeist, und dieser trat sogar einen Schritt zurück, schnellte jedoch gleich wieder vor. Lena wagte es nicht zu schießen, da sie fürchtete, einen ihrer Freunde zu verletzen, und so senkte sie den Bogen.

Peitschend durchschnitt ein Eibenast die Luft, schleuderte Aravyn zur Seite. Mitras setzte nach, wandte sich jedoch ab und griff Kian an. Auch den Keltenkrieger hatte er schnell zur Seite gestoßen, aber der tödliche Hieb blieb aus, da Ragnar sich zwischen ihn und den Geist stellte. Er duckte sich, als ein Ast der Kreatur auf ihn zusauste, trennte einen weiteren sogar ab. Unerwartet ruckte der Eibengeist zur Seite und drehte sich zu Lena. Sie legte erneut ihren Bogen an, schoss jedoch nicht, denn Mitras verharrte an Ort und Stelle. Die rötlichen Augen bohrten sich in sie, und sie bemerkte, wie ihre Hände zu zittern begannen. Der Pfeil, der an der Sehne lag, klapperte leise gegen das Holz des Bogens.

»Ihr könnt mir widerstehen. Weshalb?«, zischte er, wagte einen Vorstoß, zog sich aber wieder zurück.

Da surrte von hinten ein Pfeil durch die Luft, Arihan stürmte auf Mitras' Rücken zu, hätte ihm beinahe unbemerkt sein Schwert in den Schattenleib gerammt. Doch Mitras fuhr herum, fegte den alten Tuavinn mit einer Handbewegung beiseite. Mitras' Dornenklauen rasten in die Tiefe, wollten Arihan aufspießen. Lena reagierte reflexartig. Sie riss ihren Bogen in die Höhe, legte den letzten Pfeil auf und ließ die Sehne los. Ohne zu zielen, ohne zu denken. Das Geschoss schnellte davon. Neben ihr schnappte Kian nach Luft, stürmte gemeinsam mit Aravyn und Ragnar vorwärts, um dem Rodhakan den Rest zu geben.

Doch in diesem Moment bohrte sich Lenas Pfeil geradewegs in Mitras' Hinterkopf. Noch einmal drehte er sich um, richtete seine hasserfüllten Augen auf Lena. Der Eibengeist nahm innerhalb weniger Lidschläge Hunderte von Formen an, ehe sich alles in weißen Nebel auflöste. *Danke*, vernahm Lena mehrere Stimmen, glaubte eine sanfte Berührung an ihrer Wange zu spüren, dann erkannte sie sogar eine geisterhafte Gestalt, die sich von Mitras löste und sich über Maredd beugte.

»Vater«, hörte Lena Ragnar flüstern.

Der Mann mit den silbergrauen Haaren blickte Ragnar eine ganze Weile lang an, und sie vermutete, dass er mit ihm in Gedanken sprach. Tränen rannen über Ragnars Gesicht, doch kurz darauf erhob sich eine ähnliche Geistergestalt von Maredds Körper, und die beiden verschwanden mit einer plötzlichen Windböe.

»Er ist frei, er hat Großvater mitgenommen.« Auf einmal umarmte Ragnar sie, und sie bemerkte, wie er am ganzen Körper bebte. »Du hast meinen Vater und all die anderen von dem Eibengeist befreit. Weshalb habe ich nur nicht erkannt, wer er wirklich war?«

»Habt ihr auch all die gefangenen Seelen gespürt?«, wandte sich Lena an Kian und Aravyn.

Beide nickten einstimmig, wirkten gar ein wenig verstört.

»Niemals zuvor habe ich so etwas erlebt«, stammelte Aravyn, betrachtete ihr Schwert. »Schon einige Rodhakan haben ihr Ende durch mich gefunden. Aber diesmal war es anders.«

»Lena, du hast sie erlöst!« Noch einmal schloss Ragnar sie in seine Arme, küsste sie auf die Stirn.

Unbeholfen streichelte sie über Ragnars Haare, schaute Hilfe suchend zu Arihan und ein wenig verlegen zu Aravyn. Aber diese schien nicht eifersüchtig, sondern eher erleichtert zu sein.

Eryn deutete in den Wald. »Die anderen Rodhakan sind verschwunden. Entweder sie haben genügend Opfer gefunden, oder der Tod ihres Anführers hat sie verwirrt. Wir müssen nach Überlebenden suchen.«

Eryn, Etron und Arihan stapften durch den Schnee davon.

Ein kurzes Lächeln von Aravyn, dann fasste sie Kian am Arm und sprach leise und aufgeregt auf ihn ein.

Ragnar hingegen klammerte sich an Lena fest. »Bitte verzeih mir. Ich habe alles falsch gemacht. Hätte ich doch nur auf dich gehört.«

»Vielleicht musste alles so weit kommen«, sagte Lena.

Eine frische Brise wehte, die Wolken über ihnen stoben auseinander, und Sonnenstrahlen vertrieben die unnatürliche Düsternis.

»Mein Großvater, ich habe ihn auf dem Gewissen«, flüsterte Ragnar. »Sicher war es Mitras selbst, nicht ein Crosganianer.«

Traurig betrachtete Lena Maredds Körper und konnte sich vorstellen, wie Ragnar sich jetzt fühlte.

»Ich wünschte, sie hätten mich umgebracht und nicht ihn. Ohne mich stände es besser um Elvancor.« Noch immer starrte Ragnar auf Maredd, konnte sich offenbar nicht von dessen Anblick lösen.

Die tiefe Verzweiflung in seinen Augen berührte Lena, aber sie nahm sein Gesicht in ihre Hände und zwang ihn, sich ihr zuzuwenden. »So etwas solltest du nicht sagen! Es gibt viele, die dich lieben. Und Maredd hätte dich sicher nicht an seiner statt sehen wollen.« Sie strich ihm über die Wange, zog ihre Hand aber schnell wieder zurück. »Ragnar, du musst dich mit Aravyn verbinden. Wenn du deine Anam Cara hast, wird so etwas wie heute nie mehr geschehen. Die Eibengeister werden dann kaum noch Macht über dich haben.«

»Weshalb konntest du ihm widerstehen?« Ungläubig schüttelte er den Kopf. »Irgendwie ist es dir gelungen, dich seinem Bann zu entziehen.«

»Ich weiß nicht, wie ich das gemacht habe. Vielleicht war es das Heilmittel. Außerdem hat Amelia mir gezeigt, wie ich meine innere Stärke finde, und Oma Gisela war der Meinung, meine Aura sei ohnehin sehr ausgeprägt.« Lena konnte sich selbst nicht so recht erklären, weshalb der Eibengeist sie nicht überwältigen konnte, sogar regelrecht Angst vor ihr gehabt hatte. Doch schließlich blickte sie zu Kian hinüber. »Ich hoffe jedenfalls, die Menschen aus den Städten erkennen jetzt, wie falsch es war, was sie getan haben. Dann werden sie vielleicht auch zulassen, dass die Tuavinn sie lehren, sich gegen die Rodhakan zu wappnen und zur Wehr zu setzen.«

Ragnar nickte bedächtig. »Sicher. Doch zunächst müssen wir die Rodhakan jagen. Auch wenn sie jetzt führerlos sind, stellen sie für Elvancor noch immer eine große Bedrohung dar. Zudem müssen wir jene Seelen befreien, die sie ebenso vereinnahmt haben wie die meines Vaters.«

Endlich klang er wieder entschlossen, selbstsicher, und Hoffnung keimte in Lena auf.

»Aber zuerst musst du zum Cerelon«, verlangte sie, »du bist etwas ganz Besonderes, Ragnar.« Ein wenig betreten blickte sie zu Boden. Beklommenheit machte sich in ihr breit, denn es fiel ihr schwer, Ragnar zu diesem Schritt zu raten. »Du kannst den Weg in die andere Welt erschaffen und, wie es aussieht, sogar Elvancor verändern. Der plötzliche Wintereinbruch, die Kälte und der Vulkan«, Lena blickte nach Osten, wo noch immer ein rötlicher Hauch den Himmel überzog, »all das hast du verursacht. Arihan ist der Meinung, nur wenn du dich mit deinem Seelenfreund verbindest, kannst du die Kräfte in dir kontrollieren, um Gutes zu tun.«

Endlos sahen seine grauen Augen sie an. »Dann willst du, dass Aravyn und ich …«

Auch wenn Tränen in Lenas Augen stiegen, nickte sie. Doch sie wurden unterbrochen, denn einige Menschen kamen den Berg hinab, unter ihnen Ureat, Irba und auch Amelia.

»Ragnar, ich bin gleich zurück.« Lena riss sich von ihm los, rannte auf Amelia zu. Deren Gesicht war starr, aber dennoch seltsam gefasst.

»Hat man dir schon gesagt …«, begann Lena, doch Amelia schüttelte den Kopf.

»Nein, ich habe es gespürt. Und Maredd hat sich von mir verabschiedet, bevor er weitergegangen ist – gemeinsam mit Lucas.« Langsam und würdevoll schritt sie zu der Stelle, an der Maredds Körper lag.

Lena wusste nicht, was sie tun sollte, drehte sich zu Ragnar um, aber da war schon Aravyn bei Amelia.

Ureat und Irba sprachen aufgeregt mit Kian, deuteten immer wieder dorthin, wo vor Kurzem noch Nemetos' Armee gestanden hatte. Viele von ihnen waren von Rodhakan getötet worden, die anderen mittlerweile geflohen.

Arihan führte einen Mann am Arm mit sich, ein anderer folgte mit gesenktem Kopf. Auf den zweiten Blick erkannte Lena diesen an den auffälligen Holzperlen, die er in seinen Schnurrbart geflochten trug. Es war Martegos, einer der Krieger, die sie in jener Nacht auf ihrer Reise nach Erborg überfallen und entführt hatten. Doch wenn sie nun in sein von Entsetzen gezeichnetes Gesicht schaute, spürte sie nicht einmal Groll. Auch die Menschen und ihre Anführer waren von den Rodhakan betrogen und benutzt worden. Bei dem anderen Mann, demjenigen, den Arihan stützte, handelte es sich um Gobannitio, der überraschenderweise überlebt hatte. Schnee und Schmutz klebten in Bart und Haaren, sein Gesichtsausdruck zeigte das gleiche Grauen wie der von Martegos. Arihan blieb stehen und hielt den Fürsten kurzerhand am Arm fest, als der mechanisch weiterstapfen wollte. Es war offensichtlich, dass Gobannitio gebrochen war.

»Nemetos ist nicht mehr am Leben – oder besser gesagt – nun Teil eines Rodhakan.« Arihan hielt eine Kette aus verschlungenem Gold und Silber in der Hand, ähnlich der, die Lena um den Hals trug.

»Wir sollten sie vernichten«, schlug Etron vor. »Diese Schmuckstücke haben genügend Leid über uns alle gebracht.«

Lange betrachtete Arihan die Kette. »Ich bin mir nicht sicher.« Mehr sagte er nicht dazu, sah Lena nur aus seinen blauen Augen an.

»Was heute geschehen ist, wird sich in den Städten herumsprechen«, vernahm Lena Ureats kräftige Stimme. Gemeinsam mit seinem Neffen stellte er sich vor Martegos. »Ihr müsst es den Menschen erzählen!«, verlangte Ureat, rüttelte dabei an seiner Schulter.

»Fürst Nemetos – sie haben ihn ermordet, in Schatten gehüllt und verschlungen«, stammelte er nur.

»Diese sinnlosen Opferungen müssen ein Ende finden. Heute wurdet ihr Zeuge, was die Rodhakan wirklich sind. Man kann ihnen nicht trauen!«, drängte Ureat, dann trat er vor Gobannitio und sah dem größeren Mann ins Gesicht. »Helft uns, helft den Tuavinn, die Rodhakan zur Strecke zu bringen.«

»Er hat recht.« Auch Martegos wandte sich nun dem erstarrten Gobannitio zu. »Wir müssen Fürst Orteagon und Elgetia in

Erborg benachrichtigen. Fürstin Tarenja befindet sich in Ceadd. Sie alle müssen erfahren, was geschehen ist.«

Ureat nickte nur anerkennend und wartete auf eine Reaktion Gobannitios. Endlich hob dieser ganz langsam den Kopf, ließ seinen Blick über die Toten schweifen, dann über die Tuavinn. »So soll es geschehen«, sagte er kaum vernehmlich.

»Gut, Kian und ich begleiten Euch«, verkündete Ureat sofort.

Lena bemerkte, wie der junge Mann zusammenzuckte, sich dann aber vor sie stellte. »Was willst du tun?«

Lena hob unschlüssig die Arme. »Ihr habt das Heilmittel, Ragnar wird sich mit Aravyn verbinden.« Sie schluckte schwer. »Ich denke, meine Zeit hier ist um. Ich werde zurück nach Hause gehen. Jetzt weiß ich ja, wie man Rodhakan jagt und ihnen widersteht«, sie lächelte traurig, »falls mal wieder einer über die Schwelle treten sollte.«

Kian fuhr sich unschlüssig über sein stoppeliges Kinn, dann drehte er sich zu seinem Onkel um. »Ich möchte mich Lena anschließen, die Welt entdecken, aus der unsere Ahnen kamen.« Plötzlich hielt er inne und wandte sich Arihan zu. »Sofern es die Tuavinn gestatten.«

»Ich kann nicht für mein Volk sprechen«, antwortete der Tuavinn-Krieger und betrachtete die Kette in seiner Hand. »Doch ich denke, Lena hat uns ausreichend geholfen, um ihr diesen Wunsch zu gewähren, wenn es denn ihrer ist.«

»Das wäre schön«, sagte sie leise. Kian war ein echter Freund, auf eine gewisse Weise liebte sie ihn sogar, und sie freute sich darauf, ihm ihre Welt zu zeigen. Vielleicht würde sie sich an Kians Seite nicht so einsam fühlen und nicht ständig an Ragnar denken müssen.

»Ich werde das mit den anderen besprechen«, erklärte Arihan, »und Kian soll eine der Pyralon-Waffen mitnehmen, damit er im Notfall die Rodhakan auf der anderen Seite töten kann. Oder besser gesagt, unglückliche Seelen befreien.«

»Du hast es immer gewusst.« Lena lächelte Arihan an, musste zugeben, ihm eine Zeit lang misstraut zu haben, doch er schüttelte den Kopf.

»Nicht gewusst, aber geahnt. Und ich habe viele Fehler gemacht. Daher kann ich den anderen Tuavinn nicht einmal verdenken, dass sie mich nicht angehört haben.«

Etron hatte bislang schweigend zugehört, streichelte Graha, der etwas zerrupft, aber erfreulicherweise unverletzt auf seinem Arm saß, über das Gefieder. Nun verneigte er sich leicht vor Arihan.

»Auch wir haben Fehler gemacht, waren arrogant, wollten nicht wahrhaben, dass Eibengeister uns überlegen sein können. Du warst stets ein Mythos für uns, jemand, dessen Existenz gerne geleugnet wurde. Ich bitte dich um Verzeihung!«

»Es gibt nichts zu verzeihen, mein Freund. Wir alle treffen falsche Entscheidungen und lernen daraus.« Arihan ging zu Amelia, die – als würde sie Totenwache halten – neben Maredds Leiche stand. Lena hörte, wie Arihan leise mit ihr sprach und sich anschließend mit einigen Bergleuten unterhielt.

Bald schleppten viele der Anwesenden Holz herbei, das zu einem großen Stapel aufgeschichtet wurde. Etron und Ragnar legten Maredds Körper darauf. Jeder erzählte von seinem schönsten Erlebnis, das er mit Maredd verband. Etron von Abenden am Feuer, Eryn von Ritten über die Ebene, Amelia sprach mit entrückter Stimme von den zahllosen glücklichen Tagen, die er ihr beschert hatte. Ragnar erwähnte den Moment, in dem sein Großvater ihn an der Esperhöhle vor den Rodhakan gerettet hatte. Seine Stimme zitterte, und Lena war beinahe froh, als Aravyn ihn tröstend umarmte. Aber trotzdem warf Ragnar ihr weiterhin Blicke zu, als würde ihn etwas beschäftigen. Doch nun war Lena an der Reihe, und so trat auch sie vor.

»Maredd hat mich nach Elvancor gebracht, das war das größte Geschenk, das er mir machen konnte. Und obwohl ich bald nach

Hause zurückkehre, werde ich dieses Land, die Freunde, die ich hier gefunden habe, und auch Maredd niemals vergessen.«

Nachdem alle, die sprechen wollten, vorgetreten waren, entzündete Etron das Holz. Hoch loderten die Flammen in den Himmel empor, erfassten mit ihrem Lichtschein all die umstehenden Tuavinn, Bergleute und die wenigen Stadtbewohner, die noch hier waren. Wieder waren dunkle Wolken aufgezogen, ein starker Wind wehte über den Wipfeln. Auch die Erde rumorte und bebte hin und wieder leicht.

»Elvancor ist in Aufruhr«, sagte Arihan, und Lena bemerkte, wie er besonders Ragnar betrachtete. »Wir müssen die Geister besänftigen, es ist an der Zeit, dass wieder Ruhe einkehrt. Arbeitsreiche Tage stehen uns Tuavinn bevor, denn durch diesen Krieg warten viele Seelen darauf, in die Ewigkeit geführt zu werden. Lasst uns in Gedenken an Maredd Frieden schließen zwischen Menschen und Tuavinn.«

Es gab viele Gesichter, die heute tränenüberströmt waren, und auch Lena konnte sich nicht zurückhalten. Sachte legte Kian seinen Arm um sie, und sie lehnte sich an seine Schulter. Amelia kam zu ihr und streichelte ihre Wange. »Ich werde Maredd sehr bald wiedersehen. Unsere Seelen sind verbunden, und dieser Bund wird ewig bestehen.«

»Denkst du, er wird wiedergeboren und dann trefft ihr euch hier?«

Amelia seufzte schwer. »Nein, er wartet in der Ewigkeit auf mich.«

»Das ist schön.« So sehr Lena dieser Gedanke gefiel, etwas in ihr weigerte sich noch immer, derartige Dinge für wahr zu halten.

Langsam begann sich die Versammlung aufzulösen, die Flammen ebbten ab, nur Amelia verharrte an Ort und Stelle.

Unverhofft durchdrang Gobannitios Stimme die Stille. »Wartet, ich habe etwas zu sagen.«

Alle wandten sich dem Fürsten zu, der den Kopf hoch erhoben hatte, doch sein Gesichtsausdruck strafte seine selbstbewusste Haltung Lügen, und seine Stimme bebte, als er sprach. Er holte sein Amulett unter dem Hemd hervor, dann räusperte er sich.

»Viel Leid haben wir Menschen über Elvancor gebracht.« Er wandte sich Arihan zu. »Wir wollten unsere Art zu leben mit allen Mitteln durchsetzen, ja, haben uns sogar zu Göttern erhoben, die über Leben und Tod entscheiden. Das war falsch.«

»Wie schön, dass er das einsieht«, hörte Lena Irba leise, aber doch so deutlich sagen, dass die meisten es mitbekamen.

Der Fürst runzelte die Stirn. »Ich habe schon immer an dem gezweifelt, was Nemetos, Orteagon und seine Gemahlin taten. Dennoch habe ich ihnen nicht Einhalt geboten und sogar der List zugestimmt, die sie ersonnen haben, um die Tuavinn zu täuschen.« Er verneigte sich vor Ureat. »Ihr wart stets ein weiser Ratgeber, doch habe ich Euren Rat nicht befolgt und mich von den anderen Fürsten leiten lassen, nur um mein geliebtes Ceadd zu schützen und …«, er stockte, »… weil ich fürchtete, Elvancor zu verlassen, jenes Land, das auch ich für die Anderswelt hielt, in der ich auf ewig zu herrschen hoffte. Selbst dem Bund mit den Rodhakan habe ich auf Drängen der anderen Fürsten zugestimmt, ließ meine Zweifel nicht zu, als sie behaupteten, der falsche Orteagon sei von Tuavinn ermordet worden. Ich kann euch nur um Verzeihung bitten«, wandte er sich mit brechender Stimme an die Tuavinn, räusperte sich und sprach weiter. »Ich hoffte, Ceadd und auch mich selbst zu schützen und nahm dabei billigend in Kauf, dass sowohl Tuavinn als auch das Bergvolk, Menschen, für die ich hätte Sorge tragen sollen, geopfert werden. Heute schäme ich mich für mein eigensüchtiges Verhalten.«

An den Gesichtern der anderen erkannte Lena, dass nicht nur sie selbst überrascht war, und sie lauschte aufmerksam, was der Fürst noch zu sagen hatte.

»Ich will zu meinem Volk gehen, ihnen erzählen, was sich heute zugetragen hat. Sofern Ihr unsere Hilfe annehmen möchtet, werden wir mit Euch gegen die Rodhakan ziehen. Ceadd, und ich hoffe auch die anderen Städte, soll den Tuavinn fortan Einlass gewähren.« Er atmete tief durch, dann sah er Arihan noch einmal direkt ins Gesicht. »Sobald … sobald ich mein Volk davon überzeugt habe, einen anderen Pfad zu wählen, reiche ich mein Amulett an die Tuavinn zurück und begebe mich in die Ewigkeit.«

Von überall her vernahm Lena überraschtes Gemurmel. Da trat Arihan vor, legte dem Fürsten eine Hand auf die Schulter und nickte anerkennend. »Nun hast du wahre Größe gezeigt, Gobannitio, Fürst von Ceadd. Dafür wird man dich achten und ehren, auch wenn du in der Ewigkeit bist.«

Der Fürst wirkte noch ein wenig unsicher, und Lena fragte sich, ob er zu seinem Wort stehen würde. Doch wenn zumindest die Kämpfe zwischen Tuavinn und Menschen endlich aufhörten, wäre schon einiges gewonnen.

»Ich verabschiede mich rasch von meinem Onkel«, sagte Kian zu Lena.

»Tu das. Kian, ich freue mich darauf, dir meine Welt zeigen zu können.«

Der junge Krieger drehte sich um und stapfte zu seinem Onkel. Nun rückte der Abschied also näher, so schnell, so endgültig.

»Lena.« Auf einmal stand Ragnar hinter ihr. Lena drehte sich um und schaute in seine traurigen Augen. »Du gehst zurück?«

»Ja, ich denke, es ist besser so. Kian kommt mit mir.«

Er biss sich auf die Lippe, schließlich nickte er. »Ich bin froh, dass du ihn hast, und hoffe, er achtet gut auf dich.«

»Jetzt kann ich selbst auf mich aufpassen«, entgegnete sie augenzwinkernd. Ihre Finger fuhren über den Bogen. »Vielleicht komme ich irgendwann zurück. Ich habe ja das Amulett.« *So schnell, so endgültig*, hallte es abermals durch ihren Kopf.

»Dann wird sich alles geändert haben«, gab Ragnar zu bedenken.

»Und ich hoffe zum Guten.« Sie rang sich ein Lächeln ab. »Ich wünsche dir, dass du glücklich wirst, Ragnar!«

Mit großen Schritten näherte sich Arihan. »Ragnar, wir sollten nun aufbrechen und zum Cerelon reisen.«

»Begleitest du uns, Lena?«, fragte Ragnar unsicher.

Nach kurzem Zögern schüttelte sie den Kopf. *Das kann ich nicht, das bricht mir das Herz*, dachte sie, sagte jedoch laut: »Nein, ich möchte mich vergewissern, dass Ilragar und Wenlann die Rodhakan in meiner Welt besiegt haben. Und Oma erzählen, wie sehr sie euch geholfen hat.«

Als Ragnar sie umarmte, hatte sie das Gefühl, der Kloß in ihrer Kehle müsse sie ersticken. Noch einmal bebte die Erde, das erneute Aufleuchten des Vulkans erhellte die Himmelskuppel über dem Kraterberg.

»Komm, Ragnar, ich werde einen Berggeist beschwören, der uns direkt zum Cerelon bringt«, sagte Arihan. Eine nicht zu überhörende Dringlichkeit lag in seiner Stimme, zudem warf er einen besorgten Blick in den rot schimmernden Himmel, der den Vulkan überspannte.

»Gut. Auf Wiedersehen, Lena.« Ragnar küsste sie sanft auf die Stirn, doch schnell wandte sich Lena ab und stürmte den Berg hinauf.

Aus dem Augenwinkel nahm sie wahr, wie Etron und Eryn ihr folgten, war aber froh, dass die beiden Abstand hielten. Sie konnte die Tränen nicht mehr zurückhalten, und als Kian zu ihr aufgeholt hatte, versteckte sie das Gesicht in den Händen.

»Lena, was hast du denn? Möchtest du lieber doch hierbleiben? Wir müssen nicht sofort aufbrechen.«

»Nein, ich muss gehen«, schluchzte sie, wandte sich um zu der Stelle, an der Ragnar, Aravyn und Arihan standen. Offensichtlich war es ihm nicht gelungen, einen Geist zu beschwören, denn irgendjemand brachte ihnen Pferde. Als Ragnar noch einmal zu ihr hochblickte, schluchzte Lena erneut.

»Du liebst ihn, nicht wahr?«, fragte Kian leise.

Sie nickte nur, dann atmete sie tief durch. »Aber er braucht seine Anam Cara, nicht mich. Ich würde mich nur quälen, wenn ich bliebe.«

Kian musterte sie eine Weile, sagte jedoch nichts. Vielleicht spürte er auch, dass Lena im Moment nicht mehr über Ragnar reden wollte. So nahm er schweigend ihre Hand, und gemeinsam bahnten sie sich durch den Schnee ihren Weg den Berg hinauf. Lena musste sich zwingen, sich nicht mehr umzudrehen, aber mit jedem Schritt, den sie sich entfernte, machte sich sogar eine gewisse Erleichterung in ihr breit. Jetzt freute sie sich auf zu Hause, und auch wenn Zeit in Elvancor eine andere Bedeutung hatte, vielleicht würde sie ja ihre Wunden heilen, wie es so schön hieß. Über ihnen stieß Graha seinen Schrei aus, und kurz darauf vernahm Lena das Knirschen von Schnee. Die ganze Zeit über waren die beiden Tuavinn auf Distanz geblieben, aber nun kam Etron doch mit langen Schritten herbeigeeilt.

»Wartet!«

Sie blieben stehen, und der Tuavinn-Krieger holte kurz Luft, bevor er sprach. »Eryn und ich sind der Überzeugung, im Sinne aller Tuavinn zu handeln, wenn wir entscheiden, Kian das Amulett von Fürst Nemetos zu geben und gleich mit dir über die Schwelle zu lassen. Ich begleite euch.«

»Na, da wird sich meine Oma aber freuen«, sagte Lena, woraufhin Etron sich räusperte und eilig voranschritt.

Kapitel 33

Anam Cara

Arihan war es nicht gelungen, einen der Geister Elvancors zu rufen. Vermutlich hatte der älteste Tuavinn doch recht damit, wenn er behauptete, ganz Elvancor sei in Aufruhr, im Aufbruch, und deshalb ließen sich die Geister nicht beschwören. An Aravyns Seite ritt Ragnar auf einem Grauen in Richtung Osten, wo der Berg Cerelon hoch über dem Land aufragte. Er verspürte eine Unruhe in seinem Inneren, ein Vibrieren und manchmal das Gefühl, zerbersten zu müssen. Auch wenn die Stärke der Eruptionen nachgelassen hatte, der Vulkan spie noch immer Feuer, und Ragnar grübelte, ob Arihan damit ebenfalls richtiglag. War er, Ragnar, daran schuld? Und würde sich etwas ändern, wenn er sich mit Aravyn verbunden hatte? Die hübsche Tuavinn-Kriegerin lächelte ihm zögernd zu, wirkte grüblerisch und in sich gekehrt, wenn er sie ansah. Er fragte sich, worüber sie nachdachte, doch am Ende kehrten Ragnars Gedanken wieder zu Lena zurück. Sie war bei ihrem Abschied so traurig gewesen, und auch er wollte nicht, dass sie ging. Fast schon fühlte es sich falsch an. Aber musste er ihr nicht ihr Glück in der anderen Welt gönnen – vielleicht gemeinsam mit Kian?

Eine Eruption des Vulkans erhellte den Himmel, ein neu aufgezogener Wind jagte dicke Wolken über das Firmament. Lena – würde sie jemals wiederkommen?

Ragnar spähte in jene Richtung, in der die Höhlen lagen. War

Lena am Ende schon auf dem Weg über die Schwelle? War es wirklich richtig gewesen, sie ziehen zu lassen? Eine innere Zerrissenheit breitete sich in Ragnar aus, und prompt erzitterte die Erde unter ihnen, Risse bildeten sich, in die der pulvrige Schnee hinabrieselte. Die Pferde tänzelten nervös und warfen die Köpfe hoch.

»Ragnar, ist alles in Ordnung?«, fragte Aravyn erschrocken. Rasch legte sie ihre Hand auf die seine, und das Beben ließ nach.

Er nickte zerstreut und versuchte, seine durcheinanderwirbelnden Gedanken zu ordnen. War auch das wieder seine Schuld gewesen? Konnte es sein, dass seine Gefühle sich unkontrolliert in Elvancor widerspiegelten? Dieser Gedanke machte ihm Angst, entsetzliche Angst.

»Arihan, wie war es, als du zum Cerelon gegangen bist?« Er betrachtete neugierig den Krieger, der stolz auf seinem Pferd saß.

»Es war ein beglückendes Erlebnis«, erinnerte sich der Tuavinn. »Es ist schon lange her«, seine Augen wanderten hinauf in die Nebel, »viel zu lange. Aber ich weiß noch, dass ich mich auf den Moment freute, mich mit meiner Seelengefährtin zu vereinen.«

Weshalb fühlt sich das bei mir dann nicht so an?, schoss es Ragnar durch den Kopf.

Doch da sprach Arihan auch schon weiter: »Der Weg zum Cerelon ist etwas Besonderes, Ragnar. Manche behaupten, erst wenn man sich endgültig entschließt, sich mit seinem Anam Cara zu verbinden, zeigt einem Elvancor, ob man auf dem richtigen Weg ist. Alle Zweifel, alle Hoffnungen und Wünsche drängen noch einmal an die Oberfläche, nur um von dem reinigenden Feuer im Inneren der beiden Anam Cara fortgewaschen zu werden. Jene Tuavinn, durch deren Adern Menschenblut strömt, verspüren diese Zweifel stets stärker als alle anderen.«

»Gut, dass du das erwähnst«, hörte er Aravyn murmeln, erhaschte einen unsicheren Seitenblick von ihr und runzelte die Stirn.

»Hast du Zweifel, Aravyn?«, stieß er heftig hervor.

»Nein«, versicherte sie, dennoch hob sie plötzlich die Schultern. »Doch, die habe ich. Aber wie du gehört hast, ist das nicht ungewöhnlich.« Sie warf einen fragenden Blick auf Arihan, der nur eine Augenbraue in die Höhe zog.

»Hm.« Ragnar trieb sein Pferd an. Er dachte an die Zeit, als er Aravyn kennengelernt hatte. Von der ersten Sekunde an hatte sie ihn fasziniert. Sie war ein bezauberndes Wesen, zudem warmherzig und eine fantastische Kriegerin. Wenn er mit ihr geschlafen hatte, war das wie ein Rausch gewesen. Aber war da nicht immer ein Rest von Leere in ihm geblieben, etwas, das er gesucht und – wenn er ehrlich mit sich selbst war – bis heute nicht gefunden hatte? In letzter Zeit hatte er Aravyn nicht mehr so sehr vermisst wie früher, wenn sie einmal nicht bei ihm gewesen war. Sicher hatte er sich Sorgen um sie gemacht, aber hätte das nicht anders sein sollen? Erneut warf er ihr einen abwägenden Seitenblick zu. Aravyn war bei ihm gewesen, als Mitras sein wahres Gesicht gezeigt hatte. Sie hatte ihn beruhigt und getröstet. Doch war es nicht letztendlich Lena gewesen, die ihn davor bewahrt hatte, sich dem Rodhakan anzuschließen? Außerdem hatte er sich Lena, nicht Aravyn, gleich zu Anfang anvertraut, ihr gestanden, sich von den Rodhakan auf seltsame Weise angezogen zu fühlen. Weshalb hatte er sich nicht Aravyn offenbart, wenn sie doch seine Seelengefährtin war? Wirklich nur, um sie vor Ärger mit ihrem Onkel zu bewahren? Er schüttelte sich, bemüht, diese seltsamen Gedanken aus seinem Kopf zu vertreiben. Lena war eine gute Freundin, sie bedeutete ihm viel. Aber gleichzeitig brachte sie ihn häufig zur Weißglut, provozierte ihn, wenn auch unabsichtlich – doch letztendlich hatte sie mit ihren Einschätzungen meist recht behalten. Er hatte sich oft falsch verhalten, hatte sich beeinflussen lassen. Viele kleine Dinge fielen ihm unvermittelt ein. Er schob sein Hemd hoch, betrachtete die Narbe an seinem Arm. Als Lena bei ihm gewesen war, hatten die Schmerzen ganz unverhofft nachgelassen. Er hatte das auf Eryns Trank geschoben, und schon damals, als er jenseits der Schwelle mit dem Gift der Eiben in Kontakt gekommen war – hatte sie ihn damals nicht vor Schlimmerem bewahrt? Es war seltsam, auch wenn Ragnar Aravyn keinesfalls missen wollte, so hatte er dennoch das Gefühl, Lena müsse irgendwie zu ihm gehören. Dass sie fehlte, fühlte sich falsch an.

Ganz unvermittelt zügelte Ragnar sein Pferd, und auch die anderen hielten verwundert an.

»Was hast du?«, wollte Aravyn wissen.

»Bist du sicher, dass wir Anam Cara sind?«, stieß er hervor.

Feine Fältchen bildeten sich auf Aravyns Stirn, während sie Ragnar betrachtete. »Es ist sonderbar«, sagte sie nachdenklich. »Ich bin mir sicher, dass wir zusammengehören, dennoch …«

»Was?«, drängte Ragnar.

»Dennoch habe ich das Gefühl, etwas fehlt«, vollendete sie ihren Satz.

»Aravyn, ich weiß nicht, wie ich es sagen soll«, begann er, denn überraschenderweise empfand er genauso wie sie.

»Wie Arihan schon sagte: Wir alle müssen uns auf dem Weg zum Cerelon unseren Zweifeln stellen«, entgegnete sie sanft, und der Tuavinn-Krieger nickte zustimmend.

»Ich …« Ragnar atmete tief durch. »Ich muss Lena noch einmal sehen. Der Gedanke, dass sie Elvancor verlässt …«, eine weitere Fontäne schoss aus dem Vulkankrater, »… ich kann das nicht ertragen.«

»Auch mich macht es sehr traurig, dass sie und Kian gehen«, stimmte Aravyn betrübt zu.

»Es ist immer schier unerträglich, seinen Seelenfreund nicht um sich zu wissen«, erklärte Arihan ruhig und musterte Ragnar aus zusammengekniffenen Augen. »Geh in dich, versuch zu ergründen, was deine Seele bereits weiß!«

»Wie soll ich es denn herausfinden?«, fragte Ragnar verzweifelt.

»Aravyn, bestehen diese Zweifel auch in dir? Vielleicht sogar schon seit Längerem?«, erkundigte sich Arihan.

Die junge Kriegerin zögerte, nickte aber schließlich.

»Weshalb hast du nichts davon gesagt? Ich dachte, zumindest du wärst dir sicher«, fuhr er sie nun an. »Hast du schon früher infrage gestellt, ob du wirklich Ragnars Anam Cara bist?«

»Ich … liebe ihn«, stammelte Aravyn. »Aber … ich weiß nicht, ob es richtig ist, mich schon jetzt zu binden. Ich fühle mich dir verbunden, Ragnar«, flüsterte sie. »Nur weiß ich nicht, ob dies die Verbundenheit zweier Anam Cara ist.«

»Beim Licht der Ewigkeit«, stieß Arihan hervor. »Du darfst Lena nicht gehen lassen!«

Ragnars Blick wanderte zwischen Aravyn und dem Tuavinn hin und her, er zögerte, jedoch nur für einen Moment. Dann riss er sein Pferd herum, jagte den Weg zurück, den er gekommen war. Etwas in seinem Inneren öffnete sich. Unbewusst unterdrückte Gefühle drängten an die Oberfläche, und obwohl noch vieles unklar war, eines wusste er – Lena durfte ihn nicht verlassen.

Den Weg den Berg hinauf und durch das Höhlenlabyrinth legten Lena, Kian, Eryn und Etron schweigend zurück. Jeder hing seinen eigenen Gedanken nach. Lena wunderte sich, dass so viele Verletzte nun vor der Höhle lagen, anstatt im Inneren. Timena kam ihnen mit ihrem Kind auf dem Arm entgegen. »Teile der Höhle sind durch die Beben eingestürzt«, berichtete sie. »Wir mussten die Verwundeten nach draußen bringen.«

»Ist der Zugang zum Kraftpunkt frei?«

Die Tuavinn-Frau schüttelte den Kopf. »Nein, der ist blockiert.«

»Also müssen wir zum Himmelsfluss reiten«, überlegte Etron.

»Würde es lange dauern, den Gang freizuräumen?«, fragte Lena. Sie wollte es hinter sich bringen, Elvancor zu verlassen, denn es schmerzte ohnehin schon ungemein.

Etrons Augenbrauen zogen sich zusammen, und er betrachtete den Höhleneingang, während er sprach. »Wir wissen nicht, wie weit die Gänge zerstört wurden, aber sicher sind auch tiefer im Berg Wände eingestürzt. Wir sollten die Pferde holen.«

»Gut«, sagte Lena nur, setzte sich auf einen Stein und beobachtete die Wolken.

Nach einer Weile kam Amelia den Weg herauf. Vermutlich hatte sie noch an Maredds Bestattungsfeuer ausgeharrt, und auch wenn sie sich gefasst gab, verspürte Lena doch Mitleid mit ihr.

»Teile der Höhle wurden zerstört«, erzählte sie ihr. »Ich hoffe, deine Gemälde wurden nicht beschädigt.«

Amelia winkte ab. »Ich kann neue Bilder malen. Das ist nicht so schlimm.« Sie nahm Lenas Hand. »Ich wünsche dir alles Gute in deiner Welt. Wenn du zurückkommst, werde ich nicht mehr hier sein.«

»Weshalb nicht?«, fragte Lena erschrocken.

Amelias Blick wanderte zu den Nebeln der Ewigkeit. »Sobald ich weiß, dass es Ragnar gut geht, gehe ich zu Maredd.« Sanft strich sie über Lenas Haare. »Wenn man mit Elvancor verbunden ist und gelernt hat, tief in sich hineinzuhören, spürt man, wenn der Tag gekommen ist, sich zu den Gipfeln von Avarinn zu begeben. Noch darf ich nicht, denn meine Aufgabe ist nicht beendet. Aber danach kann ich mich mit Maredd vereinen.«

Wenn ich tief in mich hineinhöre, möchte ich nicht gehen, dachte Lena. *Aber ich komme von der anderen Seite der Schwelle. Vielleicht besitze ich diese Reife noch nicht, lasse mich von meiner Verliebtheit leiten.*

»Ich wünsche dir jedenfalls alles Gute, Amelia.« Lena umarmte sie herzlich. »Es ist schön, dich getroffen zu haben, und ich werde dich vermissen.«

»Eines fernen Tages werden wir alle vereint sein, Lena.«

Sie sah der schlanken Frau nach, wie sie langsam zum Höhleneingang schritt. Aufrecht und von einer Beherrschung, um die Lena sie nur beneiden konnte.

Bald kam Etron mit den Pferden, und Lena freute sich, dass Devera unter ihnen war. So konnte sie später auch von dem Pferd Abschied nehmen. Zusammen mit Kian, Eryn und Etron, dem Bussard und der Bergkatze entfernte sie sich von den Höhlen, und während sie nach Norden ritten, fragte sich Lena, wie es mit Elvancor weitergehen mochte. Sicher konnten sich die Menschen nicht von heute auf morgen ändern, und auch mit den Rodhakan würde es noch viele Kämpfe geben. Aber dank des Heilmittels verloren zumindest die Waffen der Feinde ihren Schrecken. Lena atmete tief durch. Sie hatte ihr Möglichstes getan, und das war ein gutes Gefühl.

Der Weg durch die Berge erwies sich als nicht ganz ungefährlich. Immer wieder erschütterten Beben das Land. Der Wind heulte durch die Bäume. Aufgescheuchte Wildtiere kreuzten ihren Weg.

Plötzlich hallte Grahas Warnschrei durch die Luft. Sofort hielten sie ihre Pferde an. Etron richtete sich gespannt im Sattel auf, ein Pfeil lag bereits an der Sehne seines Bogens. Auch Lena schaute sich um und zuckte zusammen, als sie unter den tief herabhängenden Zweigen einer Tanne den gewaltigen Schattenwolf erkannte. Es konnte sich nur um einen Rodhakan handeln. Knurrend sprang das Tier vor, Etron zielte, und endlich entsann sich auch Lena ihres Bogens. Doch noch ehe sie einen Pfeil aus dem Köcher ziehen konnte, spürte sie einen heftigen Stoß im Rücken und wurde vom Pferd geschleudert. Der Schmerz raubte ihr den Atem. Undeutlich hörte sie Kian schreien, vernahm Waffenklirren, und bevor sie mit dem Gesicht auf dem Boden aufschlug, konnte sie noch einen Krieger sehen, der ihr vage als eine der Wachen von Erborg in Erinnerung geblieben war.

In rasendem Galopp war Ragnar mit Arihan und Aravyn zu den Höhlen gestürmt. Dort hatten sie erfahren, dass Lena auf dem Weg zum Kraftort am Himmelsfluss war. Wieder und wieder trieb Ragnar sein Pferd an. Auch wenn es sich um ein äußerst ausdauerndes Tier handelte, so spürte er doch die Erschöpfung des Hengstes. Mit mächtigen Sprüngen jagte er durch den Schnee. Ragnar achtete nicht auf Äste, die sein Gesicht zerkratzten, ließ das Pferd über Felsen und umgekippte Bäume springen, ohne sich um Aravyns Warnrufe zu kümmern. Jetzt, da er sich sicher war, seine Anam Cara gefunden zu haben, durfte er nicht mehr warten. Der Schrei eines Bussards weckte Hoffnung in ihm. Er galoppierte den nächsten Hügel hinauf und über dessen Kuppe hinweg – und erlebte den schrecklichsten Moment seines Daseins in Elvancor. Ein Krieger stand hinter Lena und Kian, die auf einen Wolf blickten und dabei langsam zurückwichen. Der Mann mit dem langen Schnurrbart hob seine Lanze und warf, ehe Ragnar auch nur einen Warnruf ausstoßen konnte. Ragnar hatte das Gefühl, alles um ihn herum hörte zu existieren auf. Sein eigener Herzschlag dröhnte in seinen Ohren, seine Finger krallten sich in die Mähne des Pferdes. *Nein, das darf nicht sein!*, schrie alles in seinem Inneren, doch kein Laut kam über seine Lippen. Dann sah er Lena aus dem Sattel stürzen, presste im gleichen Moment seine Beine an die Flanken seines Pferdes und galoppierte den Berg hinunter. Als er bei Lena ankam, kniete Kian schon neben ihr, das Gesicht aschfahl. Hektisch presste er ein Stück des Umhangs auf die deutlich sichtbare Wunde und wickelte den Rest des Stoffes als Verband herum. Die blutige Lanze lag im Schnee. Etron und Eryn bemühten sich mit Morquas Hilfe, den Rodhakan und eine Gruppe von Kriegern, die herbeistürmten, von sich fernzuhalten.

»Lena«, flüsterte Ragnar. Als er sie in seine Arme ziehen wollte, stieß Kian ihn fort.

»Lass sie! Was tust du überhaupt hier?«

Doch Ragnar blickte ihm einfach nur in die Augen. Der junge Kelte zog die Brauen zusammen, öffnete den Mund, schloss ihn wieder und half nun Ragnar sogar, Lenas Kopf auf seinen Schoß zu betten.

Ragnar drückte Lena an sich und versteckte sein Gesicht in ihren Haaren. Er spürte, wie seine Hand, die an ihrem Rücken lag, feucht wurde. »Ich war so blind, ich war so verdammt blind«, stammelte er. »Wie tief ist die Wunde?«, wandte sich Ragnar mit heiserer Stimme an Kian.

»Tief – ich befürchte, zu tief.«

Nebel waberte um Lena, ein weißes, hellgelbes Licht umfing sie, so warm und tröstend, wie sie es noch niemals zuvor gesehen hatte. Sie wusste nicht, wo sie war, ihr Orientierungssinn schien sich in nichts aufgelöst zu haben. Sie blickte sich nach allen Seiten um, glaubte, hinter sich vertraute Stimmen zu hören, und wollte schon umdrehen. Aber da teilte sich der Nebel, und jemand trat auf sie zu.

»Maredd?« Lena traute ihren Augen kaum, doch es war tatsächlich Ragnars Großvater, der da vor ihr stand. »Was machst du denn hier?«, wunderte sie sich. Eine düstere Vorahnung beschlich sie, deshalb schaute sie langsam an sich hinab. Lena hatte den Eindruck, sie wäre irgendwie durchscheinend, substanzlos, und erschrak. »Bin ich … tot?«

Der große Tuavinn-Krieger schüttelte den Kopf, dann nahm er ihre Hand. »Es gibt keinen Tod. Nur einen Wechsel der Welten. Aber noch ist dieser Tag für dich nicht gekommen.«

Maredds Berührung hatte etwas Beruhigendes, und auf eine seltsame, verwirrende Art fühlte sie sich plötzlich mit ihm verbunden.

»Ja, aber … was ist denn mit mir los? Weshalb begegne ich dir? Und ich wurde doch getroffen.« Sie fasste an ihren Rücken, wo sie noch vor wenigen Augenblicken einen gleißenden Schmerz gespürt hatte.

»Komm, Lena, ich möchte mit dir sprechen.« Leichtfüßig, beinahe schwebend gingen sie durch den Nebel, traten auf eine Wiese, auf der Hunderte Blumen in den unterschiedlichsten Farben blühten. Ein Wasserfall ergoss sich direkt aus den Wolken und schillerte silbern, blau und grünlich. »Wo sind wir hier?«

»Ich würde es eine Art Zwischenreich zwischen Elvancor und der Ewigkeit nennen. Manchmal, wenn es dringend notwendig ist, um großes Leid abzuwenden, können Wesen wie ich, die in die Ewigkeit gegangen sind, hierherkommen und mit denen sprechen, die noch nicht weitergegangen sind. So war es auch damals mit Jarin, als er seine Vision hatte.«

»Also habe ich jetzt eine Vision«, schlussfolgerte Lena.

»Nicht direkt.« Maredd fuhr sich über das Gesicht. »Lass mich von vorn beginnen, Lena. Wir Tuavinn haben viele Fehler gemacht, ähnliche, die wir den Menschen vorgeworfen haben.«

»Ach ja?« Lena betrachtete Maredd abwartend. Sie wusste nicht, was mit ihr geschah, ob dieses Erlebnis nur in ihrem Kopf stattfand oder Teil einer Wirklichkeit war, wie sie sie noch nie gekannt hatte.

»Damals, als Jarin die Vision hatte und aufgefordert wurde, weise Menschen nach Elvancor zu holen und sie zu lehren, hatten die Herren des Lichts, aufgestiegene Wesenheiten, die Absicht, deine Welt zu einem besseren Ort zu machen.«

»Und das ging schief, weil ihr auch normale Menschen über die Schwelle gelassen habt«, ergänzte Lena. »Aber diesen Fehler habt ihr doch eingesehen!«

»Es war zwar nicht das, was die Herren des Lichts beabsichtigt hatten, aber als Fehler kann man es auch nicht bezeichnen«, widersprach Maredd, was Lena verwirrte.

»Wir dachten, Elvancor sei ein eurer Welt weit überlegenes Land, perfekt und über jeden Zweifel erhaben.«

»Und das ist es nicht?«

Lächelnd schüttelte Maredd den Kopf. »Elvancor ist wunderbar, aber so wie sich eure Welt stets verändert hat, muss sich auch Elvancor wandeln. Nur haben wir das lange Zeit nicht verstanden. Viele Zeichen sandten die Herren des Lichts. Die Anam

Cara, die in deiner Welt geboren wurden oder auch in Menschengestalt in Elvancor, die Kinder, die aus der Liebe unserer beider Rassen hervorgegangen sind – das alles waren Zeichen, dass sich etwas änderte, ändern musste. Nur leider haben auch wir, die wir uns euch doch so überlegen fühlten, diese Hinweise nicht erkannt.«

»Moment!« Lena hob eine Hand, die sich erstaunlich leicht anfühlte. »Aber du sagtest doch, die Menschen mit ihren Städten würden Elvancor zu sehr verunstalten und selbst die Naturgeister seien wütend.«

»Das ist richtig. Nur unterliegen selbst die Naturgeister Elvancors noch einem gewissen Lernprozess. Denk an die Eibengeister. Während ihrer langen Existenz sind sie arrogant und selbstherrlich geworden – den Tuavinn vielleicht gar nicht so unähnlich. Sie haben sich derer bemächtigt, die sie für schwach und beeinflussbar hielten. Und die anderen Naturgeister«, er hob seine Arme, »sie helfen, wenn sie sich akzeptiert und geachtet fühlen, aber stets nur nach ihrem eigenen Gutdünken. Und letztendlich haben sie uns sogar eine Waffe gegen die Rodhakan gegeben. Durch die Verbindung von Pyralon und Silber, das aus der Erde Elvancors kommt, geschmiedet in den Feuern des Berges und gehärtet in den Wassern des Himmelsflusses, vermachten sie uns etwas, womit wir uns verteidigen konnten. Lena«, er drückte ihre Hand, »wir hätten uns dem Wandel, den die Menschen brachten, öffnen sollen. Wir waren wütend, als sie ihre Städte errichteten, die Berge ihrer Edelmetalle beraubten, Straßen bauten. Doch statt sie zu belehren und zur Umkehr zu drängen, hätten wir einen Weg finden sollen, ihnen beim Bau von Städten oder Siedlungen zu helfen, einen Weg, der Elvancors Geister nicht erzürnt. Amelia hatte immer recht – es ist die Art der Menschen, sich etwas von Bestand zu schaffen, und es steht ihnen zu.«

»Und diese alten Fürsten – waren die auch Teil dieses Wandels? Sollen sie wirklich ewig leben?«

»Nein, das nicht, aber möglicherweise wären sie bereit gewesen weiterzugehen, hätten wir uns nicht gegen sie gestellt. Sie wollten ihr Volk beschützen, es nicht ohne Führung zurücklassen und haben sich in diesen Gedanken verrannt. In jedem Fall hätten wir weiterhin über die Schwelle reisen und in deiner Welt weise Männer und Frauen suchen und lehren sollen – aber wir ließen dein Volk im Stich. Eure Welt wandelte sich ebenfalls zum Schlechten, weil kaum noch jemand nach Elvancor kam, um den Einklang aller Wesen mit der Natur zu erfahren und anschließend erleuchtet in die Ewigkeit zu gehen. Zurück in deiner Welt hätten diese Seelen als weise Frauen und Männer ihr Wissen weitergeben können.«

»Also haben die Tuavinn … versagt? Ist es das, was du mir erzählen möchtest?«, stöhnte Lena, woraufhin Maredd schmunzelte.

»So könnte man es ausdrücken. Nachdem wir all diese Zeichen nicht erkannten, wurde Ragnar geboren.«

»Ragnar? Was hat er denn damit zu tun?«

»Er ist ein Wesen, das es noch niemals zuvor gab. Entstanden aus der Liebe von Amelia und mir und später aus jener von Lucas und seiner Frau Svana. Ragnar ist die Verbindung zwischen Elvancor und deiner Welt, geschaffen, um Wege zu finden, wo vorher keine existierten, geboren, um uns Tuavinn im wahrsten Sinne des Wortes wachzurütteln. Das Beben der Erde, verursacht durch Ragnar, sollte uns zu der Erkenntnis führen. Doch auch das verstanden wir nicht. Wir fürchteten uns, weil durch Ragnars Schuld plötzlich Menschen und Tiere hierherkamen, von denen wir uns nicht erklären konnten, was es mit ihnen auf sich hatte. Und selbst als ich Ragnar hierherholte, ängstigte uns seine Gabe. Statt ihn anzuleiten, bewachten wir ihn, hielten ihn von den Rodhakan fern – nun gut, das war nicht ganz falsch«, gab er zu und musterte Lena durchdringend, »denn ihm fehlten seine Anam Cara. Sollte Ragnar nicht wieder zu sich selbst und damit zu seinem inneren Gleichgewicht finden, dann muss Elvancor untergehen – und möglicherweise auf lange Sicht auch die Welt, in der du geboren wurdest.«

»Was?«, rief Lena erschrocken, und ihre Stimme hallte dumpf im Nebel wider. »Das soll alles an Ragnar liegen?«

Maredd schüttelte den Kopf. »Nicht nur an Ragnar. Aber er vereint alles in sich. Deine Welt, Elvancor, Mensch und Tuavinn, uns alle mit all unseren Schwächen, Fehlern und liebenswerten Seiten. Ragnar vermag Welten zu verbinden oder auch zu zerstören. Er ist die letzte Chance für uns alle – nur muss er seinen inneren Frieden finden.«

»Aber jetzt ändert sich doch alles!«, rief Lena aufgeregt. »Er ist mit Aravyn auf dem Weg zum Cerelon. Dann wird doch … alles gut.«

Maredds graue Augen versenkten sich in den ihren. »Denkst du wirklich, Aravyn reicht aus, um Ragnar zu retten?«

Ragnar zitterte am ganzen Körper, er wiegte Lena hin und her. Das Beben unter sich nahm er nur ganz am Rande wahr, ebenso wie die Bäume, die sich bogen und deren Stämme bedrohlich ächzten. Ein tiefes Grollen war aus dem Nordosten zu hören. Aufgeregte Rufe hallten um Ragnar herum, aber auch die drangen nur ganz verzerrt an sein Ohr. »Lena, bitte, du darfst nicht sterben, nicht jetzt«, schluchzte er.

Eine Hand legte sich auf seine Wange. Zart und warm. Aravyn sah ihn traurig an, und auch Kian kniete noch neben ihnen, den Kopf gesenkt, seine Finger umschlossen Lenas.

»Wir bringen sie zurück zu den Höhlen«, schlug Aravyn vor. »Etron und Arihan schlagen unsere Feinde zurück.«

Ragnar hörte entferntes Schwertergeklirr, aber das interessierte ihn ebenso wenig wie ein dicker Baumstamm, der nur wenige Schritte neben ihnen zu Boden krachte.

»Wir müssen hier weg! Die Geister der Erde und der Bäume sind außer sich«, schrie Eryn aus einiger Entfernung.

Doch Ragnar blickte Aravyn verzweifelt an. »Lena verlässt uns, ich muss bei ihr bleiben.«

»Wie meinst du das, Maredd?« Fragend blinzelte Lena den Tuavinn-Krieger an. »Ist Aravyn am Ende doch nicht seine Anam Cara?«

»O doch, das ist sie.«

»Dann verstehe ich das nicht!«

Schmunzelnd sah Maredd Lena an. »Lausch tief in dich hinein. Zu wem fühlst du dich besonders hingezogen? Auf eine ganz eigene und besondere Art.«

»Was habe ich damit zu tun?« Lena wusste nicht, worauf Maredd hinauswollte, doch der betrachtete sie nur abwartend.

»Ja, ich liebe Ragnar«, gab sie zu. »Aber das ist doch etwas anderes!«

»Ist es das wirklich? Spürst du nicht schon seit Langem eine tiefe Verbundenheit zu ihm, die du aus bestimmten Gründen nur unterdrückt hast?«

Jetzt war Lena wirklich verwirrt. »Aber Aravyn …«

Doch Maredd hob abwehrend eine Hand. »Gibt es da noch jemanden, zu dem du dich sehr hingezogen fühlst?«

»Es gibt viele, die ich gernhabe. Amelia, Etron, Eryn …«

»Das ist Freundschaft, Lena« unterbrach Maredd sie. »Etwas Wichtiges und Wunderbares. Doch was ich meine, geht tiefer, ist nicht mit dem Verstand zu erklären.«

»Kian?«, entgegnete sie unsicher, woraufhin Maredd nickte.

»Kian ist mit dir verbunden, ähnlich wie Aravyn mit Ragnar – auf eine sehr intensive Art und Weise.«

»Dann ist Kian mein Anam Cara?«, erkundigte sich Lena. »Gibt es das bei Menschen auch?«

Bedächtig wiegte Maredd seinen Kopf. »Es mag eine Zeit anbrechen, in der das bei allen Menschen der Fall sein wird. Aber darum geht es jetzt nicht. Ragnar ist ein einzigartiges Wesen, das

Veränderung brachte – in jeder Hinsicht. Und er braucht nicht nur Aravyn, sondern auch dich und Kian.«

»Wie bitte?« Lena wusste überhaupt nicht, was sie denken sollte.

»Ragnar hat endlich erkannt, dass du seine Seelenfreundin bist, ja, sogar der wichtigste Teil eurer Verbindung. Aber auch Aravyn und Kian gehören dazu.« Seine Hand legte sich auf ihre Brust, eine leichte, prickelnde Berührung. »So wie der Erdgeist das Amulett in vier Stücke geteilt hat, die ihr wieder zusammenfinden musstet, so musstet ihr euch finden. Dies wurde mir erst bewusst, als ich mich dem Leuchten der Ewigkeit näherte. Ebenso wie die Tatsache, dass letztendlich die Bedrohung durch die Rodhakan Menschen und Tuavinn zusammengeführt hat und mein Tod unausweichlich war. Von den Herren des Lichts wurde uns eine Chance gewährt, denn es vergingen nur wenige Tage, bis du mit dem Heilmittel zurückgekehrt bist. Die Welten verbinden sich, und nun spielt Zeit auch eine gewisse Rolle in Elvancor.«

Lena holte die Kette hervor, betrachtete sie, und Maredds Finger fuhr die verschlungenen Linien ab. »Du und Ragnar, als Mittelstück, stark und fest verbunden. Und Aravyn und Kian als weitere Stränge, die Elvancor und deine alte Welt miteinander vereinen. Wollt ihr diese Aufgabe annehmen?«

Maredds Stimme hatte einen entschlossenen Klang, so als hätte er etwas Endgültiges, Unumstößliches gesagt.

Seine Worte wirbelten durch Lenas Kopf, und auch wenn sie spürte, wie sich etwas in ihrem Inneren löste, ein tiefes Wissen und Verstehen, kämpfte ihr Verstand noch damit.

»Ich … weiß nicht. Außerdem wurde ich doch getroffen.«

»Du stehst an der Schwelle zur Ewigkeit«, klärte Maredd sie auf. »Aber wenn du es zulässt, dass Ragnar und auch die beiden anderen dir etwas von ihrer Stärke geben, wenn ihr euch miteinander verbindet, dann kannst du zurückkehren und Menschen und Tuavinn das erklären, was ich dir gesagt habe.«

»Und wenn nicht?«

»Dann wird das geschehen, was du Sterben nennst, Ragnars Zorn wird Elvancor zerstören und …«

Maredds Worte jagten Lena einen Schrecken ein, und sie schüttelte den Kopf. »Das darf nicht …«, setzte sie an, aber Maredd hob abermals abwehrend eine Hand.

»Es mag seltsam für dich klingen, aber auch das wäre nur ein Schritt in der Entwicklung allen Seins. Irgendwann würde Elvancor neu entstehen, ebenso wie die Welt, in der du geboren wurdest.«

»Ich kann doch nicht daran schuld sein, wenn alles zerstört wird! Elvancor mit allen Wundern, meine alte Welt. Meine Eltern, meine Oma, meine Freunde«, rief sie aus, wollte Maredd schon bitten, sie zurückzuschicken, aber dann zögerte sie. »Was, wenn Ragnar mir nicht glaubt?«

Sanft streichelte Maredd ihre Wange, was weniger eine körperliche Berührung als vielmehr ein Empfinden von Wärme war. »Er weiß es, glaub mir.«

Auf eine Handbewegung hin teilte sich der Nebel, und Lena erkannte weit unter sich – und gleichzeitig so nah – den Wald, in dem sie angegriffen worden waren. Selbst die Tränen auf Ragnars Gesicht konnte sie ausmachen. Mitten in einem Chaos aus umstürzenden Bäumen hielt er sie im Arm und achtete offenbar gar nicht auf Kian und Aravyn, die ihn zum Aufstehen bewegen wollten.

»Ragnar«, flüsterte sie, und eine Welle der Zuneigung durchflutete Lena, füllte jede Faser ihres Körpers aus und bahnte sich endlich ungehindert den Weg zu ihrem Herzen. Auch Kian und sogar Aravyn fand sie dort. Die beiden gehörten dazu – sie alle waren eine Einheit.

»Du musst dich jetzt entscheiden. Bildet den Bund und rettet beide Welten.«

Lena spürte einen starken Sog, der sie von Maredd wegzog,

aber sie wollte ihn noch so viel fragen. »Was soll ich ihnen sagen? Wie können wir diesmal alles richtig machen?« Ein Wind erhob sich, blies Nebelschwaden vor den Wasserfall und auch vor Maredds Gestalt. »Ihr müsst nicht alles richtig machen, ihr müsst nur Veränderungen zulassen, auf eure Herzen hören und die Welten miteinander verbinden.«

»Maredd, warte!«, schrie Lena gegen den Sturm an. »Darf ich denn jemals zurück in meine Welt, wenn ich mich mit Ragnar verbunden habe?«

»Wenn der Bund von euch vieren fest und untrennbar ist, wird er auch über die Grenzen hinaus halten. Sag den Tuavinn, sie müssen Ragnar lehren, dann kann er jederzeit einen Weg über die Schwelle öffnen. Wenn er dich begleitet, wird er für die übrigen Menschen nicht sichtbar sein, sondern als Geisterwesen existieren.«

»Und die Rodhakan? Was ist mit ihnen?«

Noch einmal trat Maredd näher zu ihr, sein Gesicht sah traurig aus. »Lucas war Teil eines Rodhakan, und er konnte Einblicke in deren Absichten erhalten. Vieles, was Mitras Ragnar sagte, war nicht von der Hand zu weisen, ja es mag sogar ein Ausblick auf die Zukunft Elvancors sein.« Sanft streichelte er über ihre Haare, und Wärme und Leichtigkeit breiteten sich in ihrem Kopf aus. »Eines Tages kann es sein, dass mehrere Seelen in einem Körper vereint in Elvancor wiedergeboren werden. Schon jetzt sind in den Geistern Elvancors viele Seelen vereint. In den Geistern des Wassers, der Luft und des Feuers.«

Lena staunte. »Sind sie auch wie die Rodhakan?«

»Nein, Lena, die Naturgeister sind hoch entwickelte Wesenheiten, die sich schon in der Ewigkeit miteinander verbanden und nach Elvancor zurückkehrten. Freiwillig und in tiefer Liebe. Deshalb erscheinen sie auch in immer anderer Gestalt. Doch die Eibengeister«, er seufzte tief, »sie sind ähnlich den Maryden, Wesen niederer Art. Sie haben sich anderer Seelen bemächtigt, was falsch und schlecht war. Von allem gibt es Gut und Böse oder auch vieles, was dazwischen liegt. Das ist bei Menschen und Geistern gar nicht so unterschiedlich. Bei den Eibengeistern entstand großer Hass auf alle Tuavinn, als der Eibenwald niedergebrannt wurde, und Mitras bemächtigte sich der schwachen Seele von Tion, so wie vieler anderer und konnte sogar feste Gestalt annehmen. So begründeten er und die anderen Eibengeister eine neue Daseinsform – die Rodhakan.«

»Dann könnten alle Naturgeister unsere Lebenskraft rauben?«, fragte Lena voller Unbehagen nach.

»Sie könnten es, doch daran liegt ihnen nichts, denn sie sind von höherer Reife, und daher begehren sie dies nicht.« Maredd lächelte. »Mag sein, dass wir uns alle eines Tages zu einer Daseinsform zusammenfinden, die derjenigen der Naturgeister entspricht, um die zu belehren, die glauben, Fleisch und Blut wäre alles, was sie ausmacht.«

»Ich muss gestehen, ich mag meinen Körper«, bemerkte Lena. »Und was sollen wir jetzt gegen die Rodhakan unternehmen?«

»Befreit die unglücklichen Seelen von den Eibengeistern – ihr habt die Waffen, sie wurden euch von Elvancor gegeben. Sie müssen in ihre Schranken gewiesen werden, dann ist das Gleichgewicht wiederhergestellt.«

»Weshalb konnten wir – auch Aravyn und die anderen Tuavinn – erst jetzt die Seelen befreien, die die Rodhakan beherrscht haben?«

»Du weißt es – in deinem Herzen.«

»War es dieser Bund, den wir vier angeblich bilden, oder die Medizin gegen das Eibengift?«

Maredd lächelte nur. »Geh jetzt, Lena, richte denen, die ich liebe, meine Grüße aus.« Wieder erhob sich ein Wind, und nun war Maredd völlig verschwunden, Lena versuchte, den Nebel mit den Händen zu teilen und gleichzeitig dem Sog in die Tiefe zu widerstehen.

»Entscheide dich, Lena. Für die Ewigkeit oder für Ragnar«, hörte sie da zahlreiche Stimmen, die aus allen Richtungen kamen.

So viele Fragen brannten noch auf ihrer Seele, aber schließlich gab sie ihren Widerstand auf und ließ sich fallen.

Kapitel 34

Mittler zwischen den Welten

Ein gleißender Schmerz tobte in ihrem Rücken, und sie war verwirrt. Ihre Lider fühlten sich unendlich schwer an, doch Lena zwang sich, sie zu öffnen, und blickte schließlich in Ragnars Augen. Endlich fand sie dort die Liebe, die sie sich schon so lange ersehnt hatte.

»Sie lebt!«, schrie er, küsste und streichelte sie abwechselnd.

Aravyn und Kian beugten sich ebenfalls über sie, große Erleichterung, aber zugleich auch Sorge zeichneten sich auf ihren Gesichtern ab.

Mir geht es gut, wollte sie sagen, doch sie brachte nur ein gequältes Stöhnen hervor. Für einen Moment wünschte Lena sich zurück in dieses warme Licht, denn dort hatte sie keine Schmerzen verspürt.

»Lena, alles wird gut, wir bringen dich zu den Höhlen«, versprach Ragnar.

»Nein«, presste sie hervor, »Aravyn, Kian, bitte.«

Die beiden erschienen wieder in ihrem Blickfeld, Lena griff nach Kians kräftiger Hand, dann nach der so viel zarteren von Aravyn. Für einen Augenblick hatte sie das Gefühl, alles um sie herum würde ins Stocken geraten. Sie sah Wind- und Wassergeister um sie schweben, Erdgeister erhoben sich grollend aus der Tiefe, ein weiteres Beben erschütterte das Land, und sogar einige rote Feuergeister kamen mit der Asche des Vulkans zu ihnen herübergeweht. Wärme breitete sich in ihrem Inneren aus, sie spürte Kians Stärke, Aravyns Sanftheit und Ragnars Liebe. Alles vereinte sich zu einem nie da gewesenen Band, das sie alle umschloss. Wie aus weiter Ferne nahm sie wahr, dass sich die Erde beruhigte, der Wind versiegte und das Glimmen des Vulkans erlosch. Ragnar hob sie hoch, sagte irgendetwas, doch nun umfing sie eine tröstende Dunkelheit.

Unterwegs musste Lena das Bewusstsein verloren haben, denn sie fand sich in Amelias Hütte wieder und konnte sich an den Weg hierher nicht erinnern. Ragnar hielt sie im Arm, hatte die Augen geschlossen und lehnte an der Holzwand. Unter Aufbietung ihrer gesamten Kraft strich sie ihm über die Wange, und er zuckte zusammen.

»Lena … Wie geht es dir? … Hast du Durst? … Kann ich dir helfen?«, redete er wirr durcheinander.

Noch immer fiel es Lena schwer zu sprechen, sie fühlte sich entsetzlich schwach. Jede Bewegung war eine Qual.

»Alles gut, bleib einfach sitzen«, sagte sie schließlich. Sie atmete tief durch, und auch wenn sie sich diesen Ausdruck von Liebe und Verbundenheit in seinen Augen immer gewünscht hatte, so konnte sie ihn im Moment kaum genießen.

»Wo sind Aravyn und Kian?«

»In der Haupthöhle, denke ich«, antwortete Ragnar. »Lena, ich war so dumm, es tut mir alles so leid. Inzwischen glaube ich, ich wusste schon in der anderen Welt, dass wir zusammengehören«, sprudelte es aus ihm heraus, so als hätte er Angst gehabt, das alles nicht mehr sagen zu können. »Ich gebe zu, du hast mich am Anfang wahnsinnig gemacht.«

»Ging mir genauso«, lachte sie und biss sich dann stöhnend auf die Unterlippe.

»Lena?« Ragnar hielt sie fest, sie spürte geradezu, wie etwas von seiner Kraft auf sie überging. Das war ein wunderbares, magisches Gefühl, und kurz darauf lächelte sie ihn wieder an. »Danke.«

»Wofür?«

»Dass du hier bist.«

Verwirrt runzelte sie die Stirn. »Was du sagst, klingt gut, ich sollte mir aber das Lachen für eine Weile verkneifen.«

»Ach so«, stieß er erleichtert hervor. »Auf jeden Fall habe ich mich nur so vehement dagegen gewehrt, dass du für mich mehr sein könntest als eine gute Freundin, weil du mir immer und ehrlich meine Fehler und Schwächen vor Augen geführt hast. Außerdem ...« Er räusperte sich. »Außerdem hast du meiner Exfreundin in Island geähnelt – zumindest rein äußerlich.«

»Ach was?«, wunderte sie sich. »Ich dachte, du stehst auf große, umwerfende Aravyn-Typen.«

Verlegen fuhr er sich durch die Haare. »Das habe ich mir auch eingeredet. Aber Lilia war wie du. Zierlich, quirlig, dunkle Haare, nur deine schönen Augen hatte sie nicht. Ihre waren meist kalt und berechnend.«

»Und meine sind so besonders?« Lena rümpfte skeptisch die Nase.

»Für mich schon«, der Klang seiner Worte löste ein wunderbares Gefühl in ihrem Inneren aus, »sie sind warm und herzlich. Es tut mir so leid«, wiederholte er. »Ich habe so oft an dich gedacht und nicht erkannt, wie viel du mir bedeutest. Damals in der Esperhöhle hat mein letzter Gedanke dir gegolten. Als ich verletzt war, warst du es, die mir geholfen und mir Kraft gegeben hat.«

»Das mag sein.« Sie drückte seine Hand. »Schon gut, ich habe auch Fehler gemacht.«

»Ich dachte wirklich, Aravyn ...«

»Sie ist tatsächlich deine Anam Cara.«

»Nein, ist sie nicht«, protestierte Ragnar. »Ich habe das auf dem Weg zum Cerelon erkannt.«

»Ich erkläre es dir später, wenn die beiden hier sind.« Nun

nahm sie doch den Becher mit Wasser, den Ragnar ihr reichte, und trank. Danach fühlte sie sich deutlich besser.

»Wir gehören zusammen, das stimmt schon, aber die beiden anderen ebenso.«

»Das verstehe ich nicht«, entgegnete Ragnar.

»Maredd hat es mir erklärt. Ich bin ihm begegnet.«

Die Zweifel in Ragnars Gesicht erstaunten sie nicht, auch nicht, als er vorsichtig bemerkte: »Du warst eine ganze Weile bewusstlos, Lena.«

»Das war kein Traum, ganz sicher nicht.« Sie zwinkerte ihm zu. »Schließlich sind wir hier in Elvancor, da ist doch so ziemlich alles möglich.«

»Ja, mag sein«, gab er zögernd zu.

»Kannst du Aravyn und Kian herholen?«, bat sie ihn. »Ich erkläre euch alles.«

»Ich weiß nicht.« Sein Gesicht drückte große Besorgnis aus. »Jedes Mal, wenn ich kurz weg war, um etwas zu essen oder mir die Beine zu vertreten, ging es dir schlechter. Du hast so viel Blut verloren.«

»Hm.« Müde lächelte Lena. »Dann warten wir eben.«

Sichtlich erleichtert drückte er sie wieder an sich und flüsterte ihr ins Ohr: »Es ist völlig verrückt, aber inzwischen fühle ich mich einsam, wenn du auch nur für ganz kurze Zeit nicht bei mir bist.«

Glücklich schmiegte sich Lena an seine Schulter, schloss ihre Finger um die seinen, und es erfüllte sie mit einer tiefen Zufriedenheit, einfach seiner Stimme zu lauschen. Ragnar sprach von allem, was sie bisher miteinander erlebt hatten, und wie dumm es ihm heute vorkam, nicht gleich Bescheid gewusst zu haben. Langsam wurde seine Stimme zu einem entfernten Murmeln.

Große Unsicherheit stand in den Augen der drei jungen Leute, nachdem Lena ihnen von ihrer Begegnung mit Maredd erzählt hatte, aber zugleich schien sich auch eine gewisse Erleichterung, Hoffnung und ein zaghaftes Verstehen breitzumachen.

»Dieser seltsame Moment, nachdem du kurz aufgewacht bist, die Erde gebebt hat und all diese Naturgeister um uns herum waren?«, fragte Aravyn vorsichtig. »War das …«

»Der Augenblick, in dem wir uns miteinander verbunden – und Elvancor vor Schlimmerem bewahrt – haben«, beendete Lena für sie den Satz.

»Auch wenn wir jetzt schon vereint sind, verlangt es die Tradition, zum Cerelon zu reiten«, warf Ragnar ein, und seine Freunde nickten zustimmend.

Doch besonders Kian machte einen ausgesprochen unsicheren Eindruck, so wie er mit gerunzelter Stirn vor sich hin starrte. »Der Vulkan ist erloschen, Eis und Schnee ziehen sich zurück, und schon seit Tagen verhält sich die Erde still.«

»Elvancor hat sich beruhigt«, murmelte Ragnar.

Aravyn betrachtete sie alle nacheinander, so als würde sie jeden von ihnen das erste Mal sehen. »Wir vier gemeinsam – ich bin neugierig, was sich daraus ergeben mag.«

»Das wird die Zukunft zeigen«, spekulierte Ragnar, dann nahm er Aravyns Hand. »Du bedeutest mir sehr viel, aber wenn ich ehrlich bin, möchte ich mit Lena …«

Aravyn legte ihm einen Finger an die Lippen. »Ich weiß«, flüsterte sie, und Ragnars Brauen hoben sich überrascht. Auch Lena war nicht minder erstaunt darüber.

»Anam Cara müssen nicht zwangsläufig ein Liebespaar sein«, fuhr die Tuavinn fort. »Wir haben einen wunderbaren Abschnitt unseres Lebens als Paar miteinander verbracht. Aber ich kann deine Liebe zu Lena akzeptieren. Bei uns vieren scheint ohnehin alles anders zu sein. Ich möchte euch nicht im Wege stehen, und in gewisser Weise«, sie schmunzelte, »in gewisser Weise habe ich sogar daran Anteil.«

Lena spürte, wie ihre Wangen sich röteten, fragte sich aber

auch, ob Aravyn Lenas Gefühle zu Ragnar wirklich annehmen konnte. Obwohl sie eine leise Wehmut in Aravyns Blick erahnte, wusste sie doch, dass ihre Worte aufrichtig waren.

»Ich fühle mich euch auf andere, für mich vollkommen neue Art verbunden«, versicherte Kian schließlich und grinste plötzlich. »Eine Frau werde ich mir allerdings woanders suchen müssen.«

»Lasst uns, sobald es Lena besser geht, zum Cerelon reiten«, schlug Ragnar vor.

»Und danach möchte ich über die Schwelle gehen und meine Familie sehen.«

Kapitel 35

Ein magischer Bund

Leise knisterte das Feuer in dem alten Holzofen. Kerzenschein erhellte das Wohnzimmer des Generals.

»Schnee und Eis hatten sich nach und nach zurückgezogen und waren ganz verschwunden, als ich wieder gesund war«, erzählte Lena. »Es war tatsächlich so – Ragnar hatte sein inneres Gleichgewicht wiedergefunden, als er erkannt und akzeptiert hatte, dass wir drei seine Anam Cara sind. Damit kehrte auch Ruhe in Elvancor ein.« Sie spürte, wie Ragnars Hand sich auf ihre Schulter legte, und mochte kaum glauben, dass Oma Gisela ihn nicht sehen konnte. Nach Lenas Genesung und ihrem Bund am Cerelon waren sie recht schnell hinüber in die andere Welt gereist, und nun saßen sie bei Walter Krause, gemeinsam mit Oma Gisela und Carsten, der zum Glück noch in der Gegend war.

»Und dann seid ihr zu diesem Berg geritten?«, erkundigte sich ihr Onkel gespannt.

Lenas Blick wanderte zu Aravyn und Kian, die auf dem Sofa des Generals etwas verloren wirkten. Für die beiden war diese andere Welt spannend und verwirrend zugleich.

»Richtig. Es war ein sonniger Tag, Schmetterlinge, Vögel und Drachen kreisten am Himmel.«

»Drachen«, murmelte der General, zwirbelte seinen Schnurrbart und nickte Lena aufmunternd zu.

»Ich glaube, wir waren alle vier recht verwirrt und unsicher«, erklärte Lena, woraufhin Aravyn und Kian einstimmig nickten.

»Ich wusste, eines Tages würde ich meinen Anam Cara finden«, ergänzte Aravyn. »Doch dass es gleich drei sind, mit denen ich in der Seele verbunden bin, das hätte ich niemals gedacht.«

»Und ich erst recht nicht.« Kian hob verlegen seine Schultern, zum wiederholten Male betrachtete er die ihm völlig fremde Einrichtung, was Lena zum Schmunzeln brachte.

»Wir wurden von Arihan, Etron mit seinem Bussard, Eryn mit Morqua und Amelia begleitet«, erinnerte sich Lena an den vielleicht wichtigsten Tag ihres Lebens. »Mächtig und an der Spitze von Nebel verhüllt erhob sich der Cerelon über dem Land. Wir waren sehr überrascht, als selbst Irba, Ureat und Fürst Gobannitio nebst seiner Gemahlin und dreißig Kriegern am Fuße des Berges warteten.«

»Wollten sie euch vor den Rodhakan schützen?«, wollte Walter Krause wissen.

»Nicht nur das«, antwortete Lena. »Gobannitio war gekommen, um zu berichten, dass Ceadd von den Rodhakan überrannt worden sei. Nur wenige hätten überlebt, der ganze Hügel mit seinem Eibenwald sei in der Hand der Schatten. Die Überlebenden waren nach Crosgan geflohen, wo Ureat und Martegos von den Vorkommnissen in den Bergen berichtet hatten. Nach großen Unruhen und Streitigkeiten sind die meisten Menschen irgendwann übereingekommen, sich nun endlich wieder auf die Lehren der Tuavinn einzulassen.«

»Das ist doch wunderbar«, freute sich Oma Gisela.

»Sicher, aber Fürst Orteagon und die Fürstin von Erborg, die nicht einmal selbst gekämpft haben, wollten davon nichts wissen und verschanzten sich in ihrer Festung.«

»Nun gut, aber mit Opferungen werden sie sich die Rodhakan nicht mehr vom Leib halten können«, überlegte Kian. »Nachdem du diesen Mitras getötet hast, haben sie keinen Anführer mehr, und beinahe hatte ich den Eindruck, sie würden nun töten, wen sie in die Finger bekommen.«

»Die Kraftlinien sind stark rund um Erborg.« Aravyn zuckte mit den Schultern. »Mag sein, dass sie überleben.«

»Feiglinge«, schimpfte Kian. »Sie werden sich verstecken, bis Tuavinn, das Bergvolk und die Bewohner Crosgans die Rodhakan erledigt haben und dann aus ihren Löchern kriechen.«

»Sicher müssen noch viele Triaden am Himmel erscheinen, bis sich in Elvancor grundlegend etwas ändert, aber der Weg ist bereitet«, meinte Aravyn.

Lena entgingen die bewundernden Blicke nicht, die ihr Onkel der Tuavinn-Kriegerin immer wieder heimlich zuwarf. Aber jetzt war sie nicht mehr eifersüchtig. Aravyn war eine Frau, die jedem sofort ins Auge stach und Bewunderung hervorrief, doch Ragnar liebte nicht Aravyn, sondern sie.

»Ich kann nicht glauben, dass meine kleine Nichte einem der mächtigsten Rodhakan den Garaus gemacht hat«, lachte Lenas Onkel.

»Das war nicht ich allein.« Sie blickte ihre Freunde an. »Ich habe nur den letzten Pfeil auf ihn abgeschossen. Ragnar, Aravyn und Kian haben an meiner Seite gekämpft, und auch Arihan hat uns geholfen.«

»Gut, und was ist jetzt auf dem Berg, diesem Cerelon passiert?«, drängte Carsten.

»Am Fuße des Berges haben wir die Pferde und unsere Freunde zurückgelassen«, erzählte Lena. Noch heute kam es ihr wie ein Traum vor. »Geister des Berges, der Bäume, der Erde und des Wassers haben uns schweigend begleitet. Ganz oben auf dem Berg, wo immer Nebel wabert, gibt es einen Ring aus Felsen – man könnte ihn mit einem Steinkreis in unserer Welt vergleichen, nur ist er natürlich entstanden. Eine Quelle entspringt dort, der Wind umschmeichelt dich, und es ist, als würde die Erde selbst unter deinen Füßen pulsieren.«

»Mir kam es vor, als würde das Herz Elvancors dort schlagen«, fügte Kian leise hinzu.

»Es schlägt im gleichen Takt wie die Herzen der Tuavinn.« Lena drehte sich zu Ragnar um, der ihr einen Kuss auf die Wange drückte.

»Als wir den Ring des Cerelon betraten, versammelten sich plötzlich Hunderte von Naturgeistern um uns.« Aravyns Gesicht erhellte ein verträumtes Lächeln. »Ich vermag es kaum zu beschreiben, aber es war, als würden sie alle Zweifel, die ich jemals an dieser doch so ungewöhnlichen Verbindung von uns vieren hatte, endgültig beiseitefegen.« Sowohl Lena als auch Ragnar und Kian nickten zustimmend.

»Am eindrucksvollsten war für mich dieser Geist, der uns miteinander verband«, flüsterte Kian sichtlich ergriffen.

Fragend legte Onkel Carsten den Kopf schief.

»Ich weiß nicht, um was für ein Wesen es sich handelte«, erklärte Lena zögernd. »Für mich war es Feuer-, Wasser-, Erd- und Windgeist zugleich. Es veränderte ständig die Form und war doch alles auf einmal. Der Naturgeist sagte uns, an dem Tag, als ich beinahe gestorben wäre, hätten wir den ersten Schritt getan, Elvancor und auch unsere Welt zu heilen. Nun fragte er, ob wir bereit wären, den Bund zu schließen und alles zum Wohle Elvancors zu tun.«

»Dabei meinte er vor allem mich. Sag ihnen das. Ich hätte beinahe alles zerstört«, bemerkte Ragnar düster.

Auch wenn der General und Carsten ihn im Gegensatz zu Oma Gisela sahen, hören konnten sie ihn nicht, und so mussten Lena, Kian oder Aravyn das Sprechen für ihn übernehmen.

»Ragnar, mach dir keine Vorwürfe«, sagte Aravyn zu ihm.

»Es ist seltsam, wenn sie mit jemandem spricht, den ich nicht wahrnehmen kann«, kicherte Oma Gisela.

»Ich kann dich zu einem guten Freund schicken, der sehr gut darin ist, anderen die Wahrnehmung übersinnlicher Erscheinungen zu lehren«, bot der General an. »Du hast die Veranlagung dazu, nur muss man so etwas trainieren.«

»Das wäre schön«, freute sie sich. »Schließlich möchte ich Lenas Freund auch mal wieder sehen.« Sie ging zu Aravyn und Kian und nahm ihrer beider Hände. »Und ich bin sehr, sehr glücklich, dass ich euch kennenlernen darf!«

»Oma, das ist toll, aber ich war noch nicht fertig.«

»Verzeihung, ich bin eine ungeduldige alte Frau.«

»Also, dieser Naturgeist, der alles in sich vereinte, betonte noch einmal das, was Maredd mir erklärt hatte. Wir sollen Menschen und Tuavinn zusammenbringen und Tuavinn wieder über die Schwelle schicken, die hier, in dieser Welt, nach weisen Männern und Frauen suchen. Und auch ausgewählte Mitglieder von Kians Volk hierherbringen, damit wir gegenseitig voneinander lernen. Wir vier sollen einen Bund bilden, der die Welten vereint und in eine bessere Zukunft führt.« Vor ihrer Zeremonie auf dem Cerelon hätte eine derartige Aufgabe schwer auf Lenas Schultern gelastet, und sie hätte sich nicht vorstellen können, sie überhaupt zu bewältigen. Doch durch den Bund mit ihren Seelengefährten fühlte sie sich dem durchaus gewachsen, fühlte eine Stärke in sich, die auf weitaus mehr basierte als dem bloßen Zusammenwirken von vier Leuten.

»Unsere Welt könnte sehr vom Wissen der Tuavinn profitieren«, stimmte der General zu und riss Lena damit aus ihren Gedanken, »auch wenn es vermutlich lange dauern wird, bis sich hier grundlegend etwas ändert.«

»Zeit ist nicht so wichtig, wie es uns manchmal scheint«, erwiderte Lena mit einem Augenzwinkern zu Kian. »In Elvancor existiert sie nicht wirklich, auch wenn das schwer zu begreifen ist. Und hier, bei uns, ändert sich vieles erst, nachdem einige Generationen geboren, gestorben und wiedergeboren wurden. Aber jetzt, da so manch einer aus dieser Welt auch in Elvancor Erfahrungen machen kann, ist etwas in Gang gekommen.«

»Denkt ihr ...«, nervös drehte Oma Gisela an einer langen Haarsträhne herum, »... ich könnte auch einmal ... ich meine, bevor ich sterbe ...«

»Oma, Etron wartet schon ganz ungeduldig darauf, dich nach Elvancor zu führen. Außerdem werden wir noch mehr von deinem Heilmittel für die Tuavinn brauchen, um gegen die Eibengeister zu bestehen.«

»Etron – das ist nett von ihm.« Giselas Wangen nahmen eine ausgesprochen rosige Farbe an, Lena verkniff sich aber ein Schmunzeln.

»Und was ist mit den Rodhakan?«, wollte Carsten nun wissen. »Ich hätte erwartet, dass sie durch euren Bund einfach verschwinden – auf magische Weise sozusagen.«

»Carsten, so was gibt es nur im Märchen, auch wenn ich mir selbst wie in einem vorkomme«, lachte Lena, doch sogleich wurde sie wieder ernst. »Ragnar muss lernen, mit seiner Gabe umzugehen. Übergänge zwischen den Welten zu schaffen, ohne versehentlich Rodhakan hinüberzulassen, ist eine schwere Herausforderung, in der eine große Verantwortung liegt.«

»Dafür wiederum müssen alle Tuavinn ihre Angst vor dem Unbekannten überwinden«, warf Aravyn ein. »Denn nur gemeinsam können sie Ragnar lehren.« Sie kicherte unterdrückt. »Und besonders mein Onkel wird nicht sonderlich erpicht darauf sein.«

»Dieser Targon?«, fragte Carsten nach. Als Aravyn nickte, kniff er Lena in die Nase. »Es kann ja nicht jeder so einen netten Onkel haben wie du.«

»Das stimmt, dich würde ich nicht tauschen wollen! Es ist Zeit für uns zu gehen«, sagte Lena und spürte, wie sie traurig wurde, ihre alte Heimat schon wieder verlassen zu müssen.

»Aber du kommst zurück, Lena?«, erkundigte sich Oma Gisela.

Sie erhob sich, trat zu ihrer Großmutter und drückte ihr einen Kuss auf die Wange. »Ja, und ich bin sehr froh, dass das möglich ist. Nur ein normales Leben – das werde ich hier nicht mehr führen können.«

»Das war mir schon klar«, murmelte Oma Gisela. »Allerdings hätte ich nicht gewusst, wie ich deinen Eltern erklären soll, dass du auf alle Zeit und spurlos verschwunden bist.«

»Ich werde eine Weile in Elvancor bleiben, hier werden höchstens ein paar Tage vergehen, und irgendwann sage ich, ich gehe zum Studieren nach Berlin. Carsten, wenn du den Goldklumpen bis dahin verkauft hast, gebe ich meinen Eltern das Geld lieber selbst.« Sie zwinkerte ihm zu. »Ich kann ja sagen, ich habe im Lotto gewonnen.«

»Gute Idee.« Mit einer etwas ungeschickten Verbeugung wandte er sich an die hübsche Tuavinn-Kriegerin und Kian. »Ich würde mich freuen, euch unsere Welt zu zeigen, Aravyn und Kian, wenn ihr hierher zurückkehrt.«

»Wir kommen bald zurück – für euch vielleicht in wenigen Tagen.«

Auch ihren Onkel drückte Lena kurz.

Nachdenklich strich er ihr eine Haarsträhne aus dem Gesicht. »Und für dich wird eine lange Zeit vergehen, in der du dich weiterentwickeln wirst, Lena. Egal, wie oft du nach Hause kommst, du bist dann nicht mehr die Lena, die wir alle gekannt haben.«

Sie lachte leise auf. »Wollt ihr die denn wirklich zurückhaben?«

»Die alte Lena hatte ihre Fehler, aber lieb haben wir sie trotzdem«, versicherte ihr Oma Gisela, dann stieß sie ihren jüngsten Sohn in die Seite. »Und jetzt mach nicht so ein betrübtes Gesicht. Wir beide dürfen Elvancor kennenlernen, und du kannst Kian und Aravyn bald zeigen, was unsere Welt zu bieten hat.« Sie schüttelte den Kopf. »Nur dass ich als alte Hexe dich nicht sehen und hören kann, Ragnar, das frustriert mich gewaltig.«

»In Elvancor wirst du ihn wieder so wahrnehmen wie früher«,

versprach Lena ihr. »Dort ist so vieles möglich, du kommst sicher aus dem Staunen nicht mehr heraus.«

»Darauf freue ich mich schon sehr.« Kopfschüttelnd wandte Oma Gisela ihr Gesicht ab. »Wenn ich's mir recht überlege, habt ihr Ragnar damals im Altenheim den richtigen Spitznamen gegeben. Ragnarök – hättet ihr euch nicht alle gefunden, hätte das tatsächlich das Ende der Welt, oder besser gesagt, sogar von zwei Welten bedeutet.«

Was meint sie damit?, fragte Ragnar in Lenas Gedanken hinein.

Sie bemerkte, wie ihre Wangen zu glühen begannen. »Oma!«, schimpfte sie und drehte sich anschließend verlegen zu Ragnar um: »Das erzähle ich dir ein anderes Mal.«

Abermals machten sie sich alle gemeinsam auf den Weg zur Esperhöhle. Ragnar hatte Lena an der Hand gefasst, Kian und Aravyn gingen nebeneinanderher. Sie unterhielten sich leise und aufgeregt über Dinge, die sie heute zum ersten Mal in ihrem Leben erblickt hatten. Selten hatte sich Lena so glücklich gefühlt. Die Vorstellung, dass sie gleich drei Seelengefährten hatte, war für sie ungewohnt, und sie wusste, den anderen erging es genauso. Trotzdem war es ein beglückendes Gefühl, dass sie jetzt zusammen waren. Lena war klar, hätte sie sich allein für Ragnar entschieden, Kian hätte ihr gefehlt. Und selbst der Gedanke, dass Aravyn irgendwann für eine längere Zeit hier bei Carsten und Oma Gisela bleiben würde, verursachte ein seltsames Gefühl in ihrem Inneren.

»Was lächelst du denn so vor dich hin?«, erkundigte sich Ragnar.

Sie stiegen den Waldweg zur Höhle hinauf, und Lena spürte, wie sich das Amulett an ihrem Hals erwärmte. Linien begannen auf dem Waldboden zu leuchten. Auch jene Kraftlinien, von denen Eryn gesprochen hatte, konnte Lena nun in Elvancor sehen, seit dem sie mit Ragnar, Kian und Aravyn verbunden war. Ein Netzwerk filigraner, pulsierender Magie.

»Noch ist alles nicht perfekt«, sagte Lena und sah ihn voller aufrichtiger Liebe an. »Aber ich habe mich niemals glücklicher gefühlt.«

»So geht es mir auch.«

Zusammen mit ihren Freunden betrat sie die Höhle, nickte den Geistern der Kelten zu und begab sich dann in das warme, sanfte Licht. Elvancor hatte sie verändert, wartete auf sie, aber auch diese Welt würde immer ein Teil von ihr bleiben.

Epilog

Amelia tauchte ihren Pinsel in den hölzernen Tiegel mit roter Farbe, ließ ihn schwungvoll über die glatte Höhlenwand fahren, und der Vulkan, der daraufhin entstand, spie Glut und Lava. Liebevoll verbesserte sie einige kleine Details an den Gestalten von Ragnar und Lena, Aravyn und Kian, wie sie – getrennt durch eine tiefe Schlucht – dastanden, nur einen Schritt davon entfernt, in eine bodenlose Tiefe zu stürzen. Schaudernd dachte sie daran, wie nah die jungen Leute diesem Schicksal gewesen waren. Beinahe hätten sie sich für immer verloren, und wie groß war die Gefahr gewesen, dass Ragnar nicht nur Elvancor, sondern auch die Welt jenseits der Schwelle zerstört hätte.

Mit wenigen behutsamen Strichen malte sie ein neues Bild. Die Hände der vier, die sich fest umeinander schlossen. Ein Band, das endlich besiegelt war, ein Band, das zahlreiche Leben gerettet hatte.

Noch waren nicht alle Rodhakan besiegt, weder hier noch jenseits der Schwelle, aber zumindest wusste man nun, wie verhindert werden konnte, dass es weitere gab. Zärtlich fuhren Amelias Finger über das Bild von Maredd. Er hatte sein Leben gegeben, und noch viele Tuavinn würden Geschichten über ihn erzählen. Voller Sehnsucht streichelte sie über sein markantes Antlitz.

Dann wandte sie sich ab, zauberte mit einem geschickten Pinselstrich noch die Narbe auf Ragnars Unterarm.

»Ich wünsche euch eine lange und glückliche Zeit in Elvancor«, flüsterte Amelia. Irgendwann würden auch diese vier jungen Leute weitergehen, hinauf in die Berge von Avarinn steigen, um sich mit der Ewigkeit zu vereinen, und sicher würden sie dann auch Maredd und Lucas wiedersehen.

»Amelia, bist du so weit?«, erklang eine dunkle Stimme hinter ihr.

Amelia nickte. »Ich wollte nur beenden, was ich begonnen habe.«

»Du kannst auch bleiben, Maredd wird auf dich warten.« Bewundernd wanderte sein Blick über die vielen Wandgemälde. »Niemand hat jemals solch ein Kunstwerk vollbracht, und niemand wird es so perfekt weiterführen wie du.«

»Maredd hat schon so lange in Elvancor auf mich gewartet – nein, ich muss gehen.« Schon vor Tagen hatte Amelia sich dazu entschlossen, hinauf zu den Bergspitzen zu steigen, sich mit der Ewigkeit zu vereinen. Sie wollte nicht noch einmal so lange von Maredd getrennt sein, nicht schon wieder. Vielleicht trug sie noch zu viel von ihrer früheren, den Menschen eigenen Ungeduld in sich. Vollständig hatte auch sie sich nicht von ihrem Empfinden von Zeit lösen können – nicht einmal hier in Elvancor. Möglicherweise würde sie dafür ein weiteres Leben benötigen. Aber sie wollte bei Maredd sein, für immer.

»Komm, lass uns gehen.« Sie fasste Arihan an seiner kräftigen Hand.

Als sie bemerkte, wie er tief einatmete, seine Arme ausstreckte und in die Höhe blickte, legte sie ihm eine Hand auf die Wange.

»Warte, Arihan. Ich liebe und verehre die Geister Elvancors, aber heute möchte ich nicht auf ihren Wegen reisen, sondern mit meinen eigenen Füßen hinauf in die Nebel steigen. Ein letztes Mal möchte ich Elvancor mit all meinen Sinnen erfassen.«

Der grauhaarige Krieger verbeugte sich vor ihr. »So soll es sein.«

Hand in Hand stiegen sie bergauf, alte Freunde, die eines Tages auch in der Ewigkeit vereint sein würden.

»Beinahe beneide ich dich, Amelia«, gab Arihan zu. »Auch ich sehne mich danach, meine Anam Cara wiederzutreffen.«

»Das verstehe ich, aber du bist der älteste Tuavinn, deine Aufgabe ist es, Ragnar zu lehren, mit seiner Gabe umzugehen. Außerdem musst du auf halbblütige Tuavinn achten, die noch nicht ihren Seelenfreund gefunden haben.«

»Ich weiß«, seufzte er.

Arihan schritt weiter voran. Ein letztes Mal blickte Amelia hinab auf die Ebenen, den Himmelsfluss, den Linnron und den mächtigen Vulkan im Osten. Die Nebel der Ewigkeit umschlossen sie, weich und tröstend. Und dann konnte sie auch schon Maredd spüren, der sie in seine Arme schloss, warm und hell leuchtete das Licht, und sie wusste, ihre Erinnerungen würden hier auf alle Zeit weiterleben.

Verzeichnis der wichtigsten Personen

Lena Langfeld	
Ragnar Winter	
Gisela Langfeld	Lenas Großmutter
Manuela Langfeld	Lenas Mutter
Manfred Langfeld	Lenas Vater
Carsten Langfeld	Lenas Onkel
Walter Krause	genannt »der General«
Amelia	Ragnars Großmutter
Aravyn	Tuavinn-Kriegerin, halb menschlich
Arihan	sehr alter Tuavinn
Etron	Tuavinn-Krieger
Eryn	Tuavinn-Kriegerin
Gavin	Lucas' Anam Cara
Gheros	Tuavinn-Krieger, Taramins Anam Cara
Graha	Bussard, Etrons Anam Cara
Lucas	Ragnars Vater
Maredd	Tuavinn-Krieger, Ragnars Großvater
Morqua	Bergkatze, Eryns Anam Cara
Targon	Tuavinn-Krieger, Aravyns Onkel
Taramin	Tuavinn-Kriegerin
Timena	Tuavinn-Kriegerin, Taramins Schwester
Hurenn	Tuavinn-Krieger, Timenas Anam Cara

Everon	Rodhakan in Lenas Welt
Luvett	Rodhakan in Lenas Welt in Fuchsgestalt
Mitras	mächtiger Rodhakan
Urdhen	Rodhakan in Bärengestalt
Irba	Älteste aus Talad
Kian	junger Krieger aus Talad
Ruven	Kians Bruder
Ureat	Ältester aus Talad
Elgetia	Fürstin von Erborg
Martegos	Krieger aus Erborg
Orteagon	Fürst von Erborg
Nemetos	Fürst von Crosgan
Gobannitio	Fürst von Ceadd
Tarenja	Fürstin von Ceadd
Neas	Anführer vom Bergvolk
Romba	Frau vom Bergvolk

Aileen P. Roberts

Aileen P. Roberts ist das Pseudonym der Autorin Claudia Lössl. Ihre Begeisterung für das Schreiben entdeckte sie vor einigen Jahren durch ihren Mann. Als dieser mit der Arbeit an einem Buch begann, beschloss sie, sich ebenfalls als Schriftstellerin zu versuchen. Seither hat sie bereits mehrere Romane im Eigenverlag veröffentlicht, 2009 erschien mit »Thondras Kinder« ihr erstes großes Werk bei Goldmann, danach folgten »Weltennebel« und »Feenturm«. Claudia Lössl lebt mit ihrem Mann und ihrer kleinen Tochter in Süddeutschland.
Mehr Informationen zur Autorin und ihren Büchern finden Sie unter www.aileen-p-roberts.de.

Mehr von Aileen P. Roberts:

Elvancor
Das Land jenseits der Zeit. Roman

Thondras Kinder
Die Zeit der Sieben. Roman
Am Ende der Zeit. Roman

Weltennebel
Das magische Portal. Roman
Das Reich der Dunkelelfen. Roman
Im Schatten der Dämonen. Roman

Außerdem lieferbar
Feenturm. Roman

Alle Romane sind auch als E-Book erhältlich.

GOLDMANN
Lesen erleben